吕宏强　吕　帆　著

保卫孩子

陕西出版传媒集团
太白文艺出版社

图书在版编目（CIP）数据

保卫孙子 / 吕宏强，吕帆著. — 西安：太白文艺出版社，2014.6
ISBN 978-7-80680-983-9

Ⅰ. ①保… Ⅱ. ①吕… ②吕… Ⅲ. ①长篇小说—中国—当代 Ⅳ. ①I247.5

中国版本图书馆CIP数据核字（2014）第092634号

保卫孙子

作　　者　吕宏强　吕　帆
责任编辑　韩霁虹　闫　瑛
封面设计　金　虎
版式设计　高　薇
出版发行　陕西出版传媒集团
太白文艺出版社
（西安北大街147号 710003）
太白文艺出版社发行：029-87277748
tbwytougao@163.com
经　　销　新华书店
印　　刷　陕西金德佳印务有限公司
开　　本　710mm×1040mm　1/16
字　　数　370千字
印　　张　21.25
版　　次　2014年6月第1版 第1次印刷
书　　号　ISBN 978-7-80680-983-9
定　　价　34.80元

一

自诩“三八娇新娘”的王婷婷做梦也没想到，精心设计的完美婚礼会因都市里司空见惯的堵车而搞得一塌糊涂。

天色微明，婷婷便梦游似的来到街口的美容馆，任凭化妆师在脸上恣意“加工”了个把小时。当阳光从窗棂扑入，撞了她一头一脸时，对面的化妆镜里出现了一位精致如玉琢般的可人儿，婷婷顿时满心满眼洋溢着幸福，人也无端地恍惚起来。

按照约定，新郎周小易9点整带着他的兄弟团登门接亲。挺括贴身的西装令原本以休闲达人自居的新郎官略带拘谨，平日如簧的巧舌也由此受到了牵绊。过五关斩六将，好容易才抱得美人出了单元大门。

临上婚车前，婷婷撩起婚纱的皱褶使它蓬松起来，遮了遮微微隆起的腹部。她轻叹一声，若不是这突然而至的小生命，自己断然不会轻易走进婚姻的殿堂。她回望熟悉的楼前小路，看见已显老态仍在热情招呼亲朋好友的父母，一种不可名状的心酸从心底涌出。眼看着自己的新娘泪眼蒙眬，周小易忙揽过婷婷，在她光滑的额头上轻轻一吻，而后充满爱怜地看着她美丽的眼睛，露出无比灿烂的笑容。婷婷心底一暖，望着将要和自己共度一生的爱人破涕为笑，坚定地迈上了婚车。

在即将举行婚礼的酒店外，彩色气球做成的拱门下，两个巨型“易拉宝”竖立两侧。一边印有“周小易 王婷婷新婚志喜”；另一边则是俩人甜蜜温馨的婚纱照。

络绎不绝的来宾，或成双结对，或携儿带女，喜气洋洋来到酒店。几位老年人驻足婚纱照前，啧啧有声跷指以赞，和胸前挂着相机、一副摄影家打扮的新晋公公周非凡开着无伤大雅的玩笑。

周非凡从剧团干事起步，官至文化局局长。几十年下来，目睹了人之命运的迥异：风光一时而后湮灭的，口吐狂言一事无成的，聪明反被聪明误的，平庸无趣自满自足的，让他认定了只有“业务”才是最靠得住的朋友。故而多年来，摄影成了他为官之外的“专业”，退休后恰逢摄影家协会换届，一不留神被选为主席。于是，他的专业立刻升级为事业，本应休闲的退休生活变得愈发忙碌了起来。

新晋婆婆苏梅从宴会厅里匆匆出来，一套考究的西式裙装合体雅致，精细的妆容使她更显气质出众，品位不凡。她四下寻找着，看见周非凡便疾步上前，小声嗔道：“老周，这不是你搞摄影作品的时候，赶快招呼客人。”

周非凡“呵呵”一笑，抬手就给苏梅抓拍了一张。他刚要说什么，一位老年男子肩上架着小孙子，哼着戏曲小调过来，拱手贺喜道：“周局长，恭贺儿子新婚大喜。”

“都退休的人了，以后喊我老周。老孙，里面请！”

苏梅看着老孙肩上的孩子，笑道：“宝贝快下来，别把你爷爷给累着了。”

“没事没事，给孙子当牛做马，习惯了。”老孙笑眯眯地解释着。肩上的孙子“咯咯”笑着，学着吆喝马车的姿势，拍拍爷爷的头，腿一蹬，清脆地喊道：“驾！”老孙如得号令，原地转了一圈后，一声“嘶鸣”，“驮”着孙子一路蹦跳着向宴会厅走去。

周非凡突来灵感，抓起相机对着老孙的背影一阵狂拍。

苏梅不屑地撇了撇嘴：“瞧你这些老哥们儿这点儿出息。有了孙子，个个都像是打了鸡血一样，兴奋得不得了。”

“梅梅，咱要有了孙子可不能这么惯着。”周非凡放下照相机，正色道，“我可不给孙子当‘孙子’。”

“由不得你。”苏梅发着感慨，迎着来贺喜的一对嘉宾做了个请的手势，又悄声对丈夫说，“现在的爷爷都爱犯贱。我警告你啊，到时候你可别为争孙子，跟你儿子媳妇打起来。”说到儿子，她突然想到迎亲的车队怎么还不见踪影，拿起电话就拨给了周小易。

坐在婚车里的周小易，此刻如同电影里被共军包围的日本兵，前后左右全是严严实实的大小轿车，已经停滞不动有些时辰了。而这条倒霉的行车路线正是他和新娘的得意佳作之一。本来两家相距也不过四五站地，可周小易一时心血来潮，要沿着俩人初识时轧马路的线路走上一圈，并言之是“向未婚告别”，凭吊已然逝去的青春年华。一向温顺的乖乖女王婷婷自然没有反对意见，然而这个浪漫的线路令他们此时后悔莫及。

周小易从车窗向外探出头去，尽量平和地和母亲说着电话：“……对，堵得死死的，趴窝了，急死我了……”好像是为了印证他的话，突然间，前后左右的车都按起了喇叭，一时间，车鸣声此起彼伏不绝于耳。

婷婷安静地坐着，纳闷道：“皇历上不写着今儿‘宜出行’吗？”

一旁的伴娘李小爱搡了她一把，嗔道：“你怎么和我妈一样，信那玩意儿啊？”

周小易突然从外面缩回脑袋，对着电话说：“妈您别着急，前面的车好像动了！”

司机如同听到了出发的号令，忙踩油门启动车辆。突然，一辆面包车猛地从侧道蹿至婚车前，司机猝不及防，慌忙一个急刹车。随着一声紧急刹车刺耳的尖叫，毫无防备的婷婷被闪得趴到了前排的座背上。

周小易见婷婷被吓得花容失色，转身和司机下了车。这才发现，被花束彩带装扮一新的奔驰车和插进来的面包车的前保险杠几乎要碰在一起。司机冲着从面包车上下来的矮胖司机斥道：“你怎么随便加塞啊？出了事，这‘大奔’你赔得起吗？”

矮胖司机并不理睬他们，不屑地抖抖肩，忙不迭地围着自己的面包车检查着，嘴里嘟囔着：“一破‘白奔’嘚瑟什么啊！您要是宾利、劳斯莱斯，哥们儿早离你八丈远了。”

周小易不乐意了：“‘白奔’怎么了？大爷我愿意。你加塞还有理了，着急去殡仪馆啊？”

矮胖司机看看周小易胸前的“新郎”花束，不无讥讽道：“这新郎哥眼里有水嗳，没看我车顶上绑的是什么。”

顺着矮胖司机的手指望去，果然有一摞花圈被绳子结结实实固定在车顶上。周小易怒了：“王八蛋，我们是婚礼车队，你加我前头什么意思？臊我的喜事是不是？”

矮胖司机一副浑不吝的样子靠在车上，讥笑道：“我就是王八蛋，我撞你是怕你们不认识去奈何桥的道！”

周小易气血攻心，扑上去搡了矮胖子一把：“你成心找事啊！”

说时迟那时快，这厢矮胖司机还没反应，面包车上便跳下几个身着黑衣、胸佩白花的壮硕男人，气势汹汹地朝周小易扑来。

大屏幕上播放着周小易和婷婷精心制作的 VCR，大厅的一大半已经坐满了客人,人们谈笑风生,一派喜气洋洋的热闹景象。苏梅招呼完一拨客人急急过来,对站在大厅外看风景的周非凡抱怨迎亲车队迟迟不到。因为按当地民俗来讲,新婚喜宴应在中午12点以前开始,过点的话恐会对婚姻不利。周非凡让苏梅少安毋躁,相信吉人自有天相,更何况是迎亲车队。他正说着,看见一位风韵犹存、颇具气质的中年女子俏笑着,美目顾盼,一路嗑着瓜子,摇曳着婀娜的腰肢走了过来。见是剧团的老同事、名旦李完美,周非凡忙招呼道:“哎哟小李子,真没想到,你也来给我们捧场了。”

李完美一张口,看似软绵绵的话却透着责怪:“我们家小爱怀着孕,可你家儿媳妇非要拽她做伴娘,你说我能不给我女儿操心吗?”

苏梅眼睛看着别处,不冷不热地说:“瞧您这话说的,想给我儿媳妇当伴娘的人多了去了,应该是你家小爱上杆子……”

苏梅和李完美因为“历史原因”明枪暗箭三十余年,一有机会便相互极尽讽刺挖苦之能事,却因为周非凡的调和一直没有翻过脸。眼瞅这一对冤家要掐起架来,周非凡当起了和事佬:“呵呵,小爱是我家儿媳妇的闺蜜,打小的好朋友,应该,应该。”

李完美环顾一下四周,过去用肩头撞了苏梅一下,笑嘻嘻地问:“苏梅,街坊们都说你家的婚礼比我们小爱的婚礼热闹、气派,有点儿要在咱家属院拔头筹的意思。”

“咋地,后悔了?”苏梅得意地说,“你可以让你家李小爱再办一回啊,我全程帮你张罗。”

周非凡忙告饶道:“行了,行了,一见面就掐,也不分个场合地界。”

“我话还没说完呢。”李完美摸出一张纸巾,将手中的瓜子皮认真地包起来,轻描淡写地说,“我承认你家的婚礼是比我家小爱的婚礼热闹上档次。但遗憾的是,一对新人两台旧机器,也没什么好显摆的。”

苏梅喝道:“你少胡说八道,我家小易和婷婷可是一年前就领了结婚证的。”

周非凡也正色道:“梅梅说得没错,要不是小易为了完成他手上的大项目,早把事办了。你可不敢给来宾瞎说,出了事,梅梅可不是……”

李完美娇声娇气地唤道:“周老大,你‘梅梅’长‘梅梅’短地叫,听得我一身鸡皮疙瘩。保点儿晚节吧,别叫人听着觉得恶心。”说罢拎起纸巾一角,将已经包好的瓜子皮随手一扬,拎着纸巾转身甩手离去。

“这狐狸精,我看她就是来搅局的。”望着李完美的背影,苏梅心有不忿。

周非凡宽厚一笑:“你多心了,她女儿是婷婷的闺蜜又是伴娘,怎么会搅局?”

苏梅低声喝道:“你护着她说话什么意思,没有当年你和她……”

“姑奶奶,赶快打住。”周非凡连连双手作揖,“今儿是咱儿子的大喜日子,不提陈谷子烂芝麻的事，成不？”

“妈，我弟咋回事，接新媳妇的车队怎么还不到啊？”随着呼唤，婚礼主持、新郎的姐姐周小容来到他们身边。

此刻被众人千呼万唤的周小易正被几个壮硕男人围在中间，矮胖司机撸起袖子一步步向他逼近。猛然间不知是谁搡了周小易一把，他竟如保龄球般直直跌入矮胖司机的怀里。得了便宜的矮胖司机顺手将周小易摁在面包车上，挥起拳头劈头盖脸砸去。周小易奋力反击，但明显实力差距过大，没几下，便被对方占了上风。

眼见“战争”爆发，李小爱急忙冲着迎亲车队的宾客们发出呼喊。知道自己人受困，宾客们纷纷跳下车来增援新郎官，冲在最前面那位上了年纪的妇女正是婷婷的母亲马大玲。

仗义、直率的马大玲全然忘记自己的年龄和身份，不由分说挤进人群，这才看见矮胖司机和周小易两头相抵，如同斗兽场里的两只斗牛僵持着。虽然周小易处于下风，但他仍不依不饶地脚下使着绊，死死拽着对方的胳膊使其不得动弹。见此情景，马大玲大叫一声扑了过来，毫不犹豫地在矮胖子胳膊上咬了一口。听着对方的连连惨叫，对此“战果”马大玲颇有成就感，她顺势脱下一只鞋抡将上去，厉声喝道：“欺负我女婿，看我不扇死你！”

一见母亲发飙，婷婷深知这位当年的“铁姑娘”今日的“铁老太”的手段，其后果又将会不堪收拾，急忙扑过去，拦腰抱住了马大玲往后拉着。怎知恰在此时，自认为被老妇“羞辱”的矮胖子绝地反击，一头撞向马大玲的肚子。正倾力为新女婿报仇的马大玲猝不及防，本能地向后倒去，令刚扑上来立足未稳的婷婷随她一起向后摔下。马大玲肥硕的身躯结结实实地压在了娇小柔弱的婷婷身上。

周小易和李小爱大惊失色，他们忘了战斗，毫不犹豫地扑过去推开马大玲，招呼送亲的人们将面色苍白的婷婷连抱带拽送回婚车。

马大玲自觉“战功卓著”却遭人冷落，追着女婿兴师问罪。待看到躺在婚车后排座椅上捂着肚子痛苦呻吟不止的女儿时，顿时恍然大悟，后悔莫及。她喝退众人扑上去，悄声问道：“没事吧？”

婷婷强忍痛苦，挣扎着抬起头来：“妈，我可能要……要流产了。”

“什么，要流产！”周小易大惊失色，平素里鬼机灵的脑袋瓜如同被人猛击，一时蒙在那里。

马大玲想都没想，直起腰来冲着周小易吼道：“都是你干的好事！什么狗屁‘奉子成婚’，我们婷婷要是有个三长两短，我跟你们周家没完！”

李小爱忙劝道：“阿姨，先别埋怨了，咱们赶快去医院吧。”

苏梅夫妇终于知道了迎亲路上发生的一切,周遭的热闹喧嚣全然隐去,只留下老夫妻俩面面相觑。

“结婚的日子新媳妇闹流产,今儿这人要丢大发了。婚礼要是泡了汤,你老周家祖宗八辈的脸都没处搁了。”苏梅拉下脸来,没好气地抱怨着。一抬眼,却看见周小容急乎乎地朝他们走来,催问何时新娘驾到。望着被外人称为“女强人”的女儿,苏梅真不知道她以往处变不惊、运筹帷幄的本领哪儿去了:“亏你还是电视台的主持人。塞车、堵车、撞车,你不会说啊?”

周小容被母亲的一顿抢白弄得莫名其妙,便将求助的眼光投向父亲。周非凡勉强一笑,言简意赅将苏梅发火的内幕向女儿做了披露。得知原委,周小容当机立断,自己去婚宴现场独当一面,父母负责新郎新娘尽早来到现场。

经过一番检查,医生认为婷婷眼下无甚大碍,但需留院观察一小时,以免引发早期流产。得知不能按时赶到婚宴现场,婷婷急得“嘤嘤”地哭了起来。迎亲路上所遭受的种种委屈、痛苦,身心层层叠叠的不适通过“哗哗”的眼泪全部排泄了出来。她哽咽着表示,为了给大家留下一个美好婚礼的印象,也为了掩饰自己奉子成婚的事实,自己需马上离开医院。

“你不要命了?赶快躺下,这婚咱不结了。”马大玲心疼女儿,冲着想要反驳的女婿扔出一串连珠炮似的诘问:“你翻什么白眼?结婚证领一年了你都不办婚礼,是不是把我家婷婷骗到手就万事大吉了?”

婷婷抹了抹腮边的泪水,嗔道:“妈,我不是给您说过好几次了,小易设计的游戏项目突然改了上市档期,他也是身不由己。”

周小易一脸笑模样,轻言细语地解释道:“主要是完成了这个项目能拿到一大笔奖励,有了钱就能把我们的婚礼办得红红火火,让亲戚朋友叫好,也给您和我老丈人长脸。”

“长脸好啊。那我问问你,你妈今儿给我们婷婷准备了多少钱的改口费?”马大玲一本正经地问着,见婷婷伸手拽她,又冲女儿呵斥道:“你犯贱啊?你老老实实给我好好躺着,我外孙的小命要紧。”

周小易借机移步病房门口,长舒一口闷气。恰在此时电话铃响起。一看是母亲的电话,他急忙侧身溜出病房,在走廊接通电话。

“……告诉你丈母娘,婷婷和我孙子的命是要紧,但我和你爸的这张老脸也要紧。让医生和救护车跟着,我给他们封大红包,说什么也得让婷婷在现场撑上半个小时。”母亲的“通牒”从电话里传过来,周小易虽心存不满,却一时又想不出更好的主意。恰逢李小爱催促他赶快搜刮办法应付婚礼事宜,周小易突然有了想法。

“小爱，你是不是婷婷的铁杆闺蜜？”

“全世界都知道我俩好得是‘狗皮袜子没反正’，你不知道啊？少绕弯子，有什么想法赶快说。”

周小易狡黠地一笑，凑近李小爱如此这般低声道来……

“各位亲朋好友，吉时已到，有请新人出场！”

随着周小容一声令下，乐队奏响了温馨浪漫的《婚礼进行曲》，全场灯光渐渐暗下，只有一束追光射向门口。炫目的灯光下，周小易头戴瓜皮帽，身着马褂长袍，新娘一身大红民族装，头顶“红盖头”，俩人挽着手臂，缓缓走向典礼台。

坐在主宾席的苏梅看着儿子儿媳的衣着纳了闷，她凑近周非凡，疑惑地问：“不是订的婚纱吗？怎么改中式了？”

周非凡未置可否地一笑：“是啊，你这个不着调的儿子，难不成还要玩‘掀盖头’不成。”

苏梅突然想起什么，她看了看对面空着的两把椅子：“咦，亲家呢？”

周非凡端着相机对准了新郎新娘，心不在焉地应道：“可能招呼他们家亲戚呢。”

在嘉宾的注视下，两位新人来到典礼台中央站定。周小易帮新娘站好位置，侧身冲担当婚礼主持人的姐姐点了下头，嘴角不易察觉地露出一丝得意的笑容。周小容对弟弟这种笑意再清楚不过了。自小时候起，每当他要玩弄小心眼儿时，便会不经意地露出这种笑模样。但此刻她只能调动一位职业主持人的专业技能，尽力帮衬弟弟，为他打造一个完美的婚礼。

“大家看到了，今天我们举行的是传统婚礼，为什么呢？”周小容故意卖了个关子，她笑意盈盈地环视着嘉宾，将目光落在了苏梅和周非凡身上，“因为新郎新娘的父母当年是一把喜糖、两瓶喜酒、铺盖卷往一起一搬，革命的伴侣就诞生了。今天，他们的下一代过上了好日子，新郎新娘为了弥补父母的遗憾，要让大家见证一个既传统、又热闹的婚礼。下面请新郎向新娘献唱《掀起你的盖头来》。”

热烈的掌声中，周小易毫无羞涩地上前一步，朝嘉宾们深鞠一躬，便围着新娘手舞足蹈地唱着《掀起你的盖头来》。歌声虽无美感却节奏颇准，舞姿尚欠专业然充满喜感。笑声中，嘉宾们用手掌为周小易打着节奏，喝彩声、口哨声不绝于耳。

“新郎唱得好不好？”一曲完毕，周小容向嘉宾们征询意见。当听到此起彼伏的“好”声时，她请过周小易，充满喜悦地介绍道：“大家看看我们的新郎，浓眉大眼，相貌堂堂，英俊潇洒，神采飞扬，简直是赛过影星……大家说，是赛过哪位影星啊?”她冲着台下起哄“闹场”的几个年轻人笑道:“那位男嘉宾说得对,赛过明星王宝强!”

大家哄堂大笑,因为这位主持人姐姐如此“表扬”新郎弟弟实属“笑弹”一枚。

周小易装作笑不自禁,伏在姐姐肩上悄声说:“好,再用闲话往下拖。”

周小容佯装帮弟弟整理衣衫,冲他信心十足地点了点头。转身又开始了下一折:“说完了新郎说新娘……”

如潮的掌声中,“红盖头”下的李小爱告诫自己一定要坚持。按照周小易的精密部署,自己这个假新娘只要扛过一个小时,婷婷就会出现在婚礼现场,神不知鬼不觉地将自己换下去。此刻时间已经过半,自己的任务即将完成。想到此,李小爱不禁暗自哂笑,伴娘做到如此地步,还真是空前绝后哩。

来宾们有节奏地喊道:“揭盖头,揭盖头!”

“大家要求新郎揭你的盖头,你同意不同意?什么?明白了。”周小容对“新娘”问完,又煞有介事地对嘉宾说:“新娘说新郎刚才那段《掀起你的盖头来》唱得不好,必须重唱一遍才能揭。”

“好好,那我再用通俗唱法唱一遍《掀起你的盖头来》。大家给点儿掌声!”周小易磕头虫似的点着头,立马拿起话筒杆,模仿歌星做出一个耍酷的姿势,声嘶力竭地唱起了“原生态”的《掀起你的盖头来》。

周小易的歌声在亲朋好友那里能赢得掌声,但对曾经的名伶李完美来说简直就是受罪。她四下打望没看见当伴娘的女儿,便悄悄溜出大厅给李小爱打电话。电话拨通没人接,正不知所措时,抬眼却看见了令她瞠目结舌的一幕:明明站在台上的“新娘”,此刻却穿着婚纱和她的父母亲匆匆从出租车上下来,急急走上酒店的台阶。

李完美心里一“咯噔”,第六感告诉她这婚礼有些蹊跷。果然,当她急匆匆赶回婚礼大厅时,正听见来宾们起劲儿地哄笑着,要求新郎新娘接吻。周小易讪讪地笑着,求救似的看看周小容,希望这位电视台的名嘴能拯救自己于危难之中。

“好,我们满足大家的要求,新郎新娘给大家亲吻一个。”周小容胸有成竹地笑笑,朗声回应着。她努努嘴,示意周小易揭开“新娘”的红盖头,在盖头里面完成“接吻”。周小易对老姐的这招简直佩服极了,他毫不犹豫地侧向嘉宾,用身体挡住众人的视线,掀开“红盖头”一角,准备演一出瞒天过海的好戏。

“慢!”只听一声断喝,李完美疾步走上台来。周家姐弟见来者不善,忙对她鞠躬、微笑,意欲将她拦在台侧。李完美冷冷地看着大献殷勤的周小容姐弟,抑扬顿挫戏份十足地说:“新郎的演唱真是太精彩了。下面我们请新郎给大家玩个魔术

《大变活人》!”说着话她手一扬,将蒙在“新娘”头上的红盖头一把扯下。

李小爱怔怔地看着从天而降的老娘,同时也看到了目瞪口呆的周小易姐弟,以及从侧门匆匆赶来的新娘婷婷。听着嘉宾们炸窝似的议论和喧嚣,她知道,自己和周小易夫妻联袂出演的戏码彻底失败了。

俗话讲,猪尿脬打人不痛臊气难闻。周小易、王婷婷的婚礼就印证了这句话。一向干练利落的苏梅被这突如其来的局面搞得不知所措,就连好脾气的周非凡也长吁短叹不已。草草结束了婚宴,除了借故溜之大吉的周小容,周、王两家人聚集在苏梅家里声讨周小易。

周小易满腹委屈,一遍遍地讲着艰难的迎亲过程,当然也没忘了把自己的勇敢担当、急中生智浓墨重彩渲染一番。而苏梅则追根溯源,直指问题并没有出在堵车,而是马大玲咬了别人,才导致婷婷摔倒,继而发生了先兆流产事件,最终搅和了婚礼。

“我搅和了婚礼? 你儿子不骂人家,人家能大打出手?”马大玲不乐意了,她噎完苏梅又狠狠地白了女婿一眼,斥道:“知道自己是在结婚,还要惹是生非,弄得全世界都知道你周小易有婚前性行为……”

“怎么能是婚前的那个行为,我和婷婷是领过证的。”

“领过证就成挡箭牌啦?”

“怎么就挡箭牌了?”苏梅咳嗽一声,不紧不慢地说,“亲家你学没学过《婚姻法》,结婚证不管事是吧? 再说我们小易起早贪黑连周末都不休息在赶项目,还不是为多挣点儿钱,把婚礼操持得既有档次又风光体面?”

马大玲不屑道:“那是你们老周家有虚荣心,怕娶了我们家门不当户不对的儿媳妇落下闲话。”

“妈,你瞎联想什么啊!”一直躺在沙发上的婷婷急了,她刚要起身劝阻母亲却被周小易按住了。

一见事情有些背离主题了,周非凡连忙出面说道:“我来说两句。第一,周小易忙活公司的项目确有其事。但操办婚礼,我还没见他出过一个子儿,所以不存在挣钱办婚礼一说。”一句话说得苏梅哑口无言,周小易也只剩下尴尬的一笑。见自己的话有了效果,周非凡又语重心长地对马大玲夫妇说:“第二,咱们周、王两家不存在门不当户不对的说法,那是封建思想的残渣余孽。现在事情已经过去了,就不要互相埋怨了。今后大家的重点工作是保护好婷婷,不能再有类似的事件发生。”

婷婷的父亲连忙响应道:“亲家说得对,我举双手赞成。”

“婚礼的事已经这样了,我也就不多说了。”苏梅顺应大势,息事宁人道,“从现在起，大家要对婷婷肚子里的胎儿负起责任来，不利于胎儿的话不说，不利于胎儿的事不做。”

“我妈说得对，从现在起，婷婷就是咱家的大熊猫、金丝猴，重点伺候。”周小易话刚说完，便看见苏梅眉头轻轻一皱，他赶紧改口说道：“是重点保护！”

如何保护婷婷腹中的胎儿，可让苏梅费了一番心思。她首先做出的保卫孙子计划是杜绝婷婷上网，以防无形的电脑辐射对胎儿所造成的影响。可又不能明着给儿媳提出，思来想去，她觉得如果网络自己断了，那就怨不得任何人了。于是，在一个清闲的中午，苏梅直接剪断了家里的网线。

网络突然中断令婷婷惊叫连连。周小易很快找出了断网的原因，苏梅无奈，只好给婷婷下了正式通知：为了胎儿，怀孕期间坚决不能上网！

不让身为保险业务代办员的婷婷上网！婷婷默不作声转身回了房间，关上房门生起了闷气。这下周小易可忙坏了，他又是央求母亲开恩接上网线，又得不时回房间哄婷婷开心，一边是老娘，一边是老婆，真让他初尝了婚后吃夹板气的滋味。好在周非凡回到家中，严厉批评了妻子的荒唐行为，并和儿子约法三章，是“远离电脑”而不是不能上网。

周小易深刻领会了前周局长“远离电脑”的精神，并很快贯彻在实际行动中。首先，他给婷婷配置了一副最新款的遥控键盘和鼠标，并将她安置在床的最里端坐定，面对三米外的电脑屏幕进行“远离电脑”的操作。

生长在工薪阶层家庭的婷婷是个善解人意的好女孩，嫁给周小易这样的干部家庭在外人看来是攀了高枝，可简单质朴的婷婷却并没看重这一点，她在意的是周小易对自己的那份感情。如果再扩大一点儿，更在意他的聪明机灵和雅痞风格的玩世不恭。对于老公的“智商”婷婷从来都是只有仰慕的份儿，此刻更是如此。她坐在床角打着字，不时让坐在电脑前的周小易给自己念念聊天网页上对方传递过来的内容。如此这般，没几个回合周小易便受不了了，婷婷更觉得看不见屏幕的操作如同盲人摸象一般，仅有手感而不能睹物，着实让人难以忍受。

周小易灵光一现，从抽屉里取出一架望远镜递给婷婷。有了望远镜婷婷看电脑里的字清楚了，如同坐在电脑前一样，周小易也不用再充当复读机的角色。婷婷钦佩地望着周小易，主动嘟起嘴巴，隔空献上一个响亮的吻。周小易来了情绪，凑过去正要和新娘子腻歪，就听房门被人敲响，随着敲门声，苏梅推门而进。

“谁允许你们把网线又接上了？”苏梅看看电脑屏幕，又看看拿着望远镜的婷婷，终于明白有人已经“抗旨犯上”了。她不顾儿子关于“远离电脑”的解释，失望地望着他们，心想孩子们到底还是年轻任性，对潜在的危险严重认识不足。如果任由他们这样下去，胎儿若有一丁点儿闪失，最受伤害的还是他们小两口呀。想到此，她毫不犹豫地命令儿子去将网线剪断，见小易嘴噘脸吊待着不动，她端起椅子便向外走去。

小易知道母亲的脾气，若是一味拗着她怕是自讨苦吃，便忙跟了上去："只要老妈您不登高爬低上凳子，这网线我自己去断。"

苏梅这才松了一口气，正说要去监督儿子剪网线，却听见屋里"咣当"一声响，回头一看，是婷婷将手中的望远镜扔到了桌上。苏梅一怔，心想这丫头平日挺温顺的，这怀了孕脾气还真是见长。她尽量平和地说："怎么了，我这不是为你好吗？"

婷婷终于有了发泄的机会，她坦言道："妈，我肚子离电脑三米远，电脑辐射根本就没有这么远。您不能因噎废食，让我没办法做其他事情呀……"

"什么事情？"苏梅苦口婆心道，"孩子，现在悠悠万事，唯我孙子为大，不要给我讲任何理由。"

刚做了几天新媳妇，婷婷便觉出其中的不同来。两边虽然都称为"家"，可"家"和"家"却大有不同。在娘家，你自由自在、随心所欲，爹娘以你为中心，你是家里的宝贝。在婆家，虽然你也是宝贝，可那种无拘束的自由、任性的张扬却统统都要收掩起来，不得露出半分。在娘家二十多年养成的习性要适应婆家的生活节奏难免要有个磨合期，双方若都不想勉强自己，时间长了，定会产生矛盾。因为用电脑的事和婆婆产生不快，婷婷心有怨气但又无力反驳。想到在娘家的我行我素，下班后便不自觉地走上了回娘家的道路。

刚刚走进小区，婷婷便听到礼堂那边传来了欢快热烈的音乐，想必是老妈他们街舞队又在排练了。想到这儿，她不禁加快了脚下的步伐。果然不出所料，马大玲此刻正率领着几十个退休女工在跳着时尚、活力四射的街舞。只见她身着宽大韩服，头扎鲜艳发带站在队伍的最前端，和着音乐正跳在兴头上。马大玲的舞姿谈不上多么专业，举手投足间却透着一股豪爽和洒脱，最关键的是表情丰富迷倒一众看客。

忠实粉丝刘老蔫端着茶壶，调侃道："马大玲，能不能不要飞你的媚眼了，电得我心里直痒痒。"

"我看你是心怀鬼胎吧。小心我家王满堂收拾你，打你个进了茅房都找不着茅坑。"马大玲且舞且笑着，游刃有余地对付这些老粉丝的小挑逗。她正要"调戏"刘老蔫，抬眼却看见婷婷笑吟吟地站在一边，忙对大家说："姐妹们，今天的排练就到这儿。"马大玲顾不上她的街舞伙伴，径直迎向女儿："你怎么回来了？"

婷婷一笑，拿出纸巾为老妈擦去头上的汗珠，小声说："和我婆婆拌了两句嘴，她说要来找您理论，我先来给您打个预防针。”

马大玲是根正苗红的工农后代，在激变的90年代，因为技术高人品好，没有遭遇到下岗、分流之类的命运。狠着劲儿干了几年，到了退休年龄，“呼啦”一下就想开了。从未跳过舞的她竟然成了街舞队的领头。有了这个头衔，她理所当然地关心起国事家事天下事，成天指点江山，激扬口舌，活脱脱地成了一个老愤青，全无一点儿安度晚年的样子。这会儿得知亲家为了保护未出世的孙子亲自去剪网线，马大玲不禁唏嘘不已。

回到家里，婷婷窝在沙发角落，享受着母亲给她源源不断送来的零食，抱怨婆婆没和自己商量便断了网络，导致自己和约好的客户无法联络，更令依靠网络生存的小两口无法查询孕妇保健知识，购买必要生活用品。看见母亲连连点头，婷婷很庆幸两个妈妈没有结成统一战线，要不自己可真就没活路了。

“我什么时候跟你婆婆结过统一战线？”马大玲对亲家苏梅总体没有意见，但不知道哪个地方没捋顺，总是和她难有共同语言。她想了想又说：“婷婷，但是这回我认为你婆婆的举动还是有一定道理的。”接着她绘声绘色地描述了铁杆粉丝刘老蔫刚得了个头上带犄角的外孙，“小两口可怜啊，住在一个八平方米的小屋里，电脑里的电波展不开，就钻到了孕妇的肚子里，结果生出个‘天线宝宝’来。”

婷婷不禁笑道：“怎么可能呢！”

“怎么不可能？血淋淋的惨案就摆在这里。”马大玲板起脸来，旗帜鲜明地表明态度，“怀孕期间不许上网，我坚决支持你婆婆的举动。”

婷婷呼啦一下把面前的吃食全部推开，央求道：“妈，难道说我给你的预防针要白打了？我要上网，没网我日子就没法过了！”

“这事就听你婆婆的。”马大玲警告道，“万一生出个怪物，你哭都来不及。”

就在婷婷回娘家寻找后盾的同时，苏梅也搬来了援兵，以期结成同盟。

援兵是她的嫡亲女儿周小容。这位电视台的制片人兼主持人，可不是平常意义上的花瓶角色，她大大咧咧的性格里暗藏着缜密，嘻嘻哈哈的谈笑间充满了智慧。被人概括为“三围魔鬼化，收入白领化，快乐日常化，爱情持久化，情调小资化，购物疯狂化”的“五化达人”，在电视台内外拥有一批年轻的拥趸。

苏梅将自己担心电脑辐射影响胎儿，登高爬低剪了网线的事坦言告之。并说由于自己的行为，婷婷已经连续两天借口和客户谈业务，天不黑不回家。想到婷婷腹中的胎儿不能及时得到营养健康成长，她忧心如焚。

“剪网线，婷婷跟您急眼了？”周小容如同看外星人那样盯着母亲追问着，一本正经地说，“妈，您知道不知道，断别人的网线，眼下在缺德事里排名第二，你怎么也

‘二’得不行？”

苏梅情知自己确有过分之处，却放不下架子。遂外强中干地喝道：“掌你的嘴。”

周小容嬉笑着搂过母亲，连连道歉：“苏梅同志，我错了，下不为例，下不为例。”

“婷婷要说也是个听话的媳妇，我呢也是为她肚子里的宝宝好。”苏梅琢磨着说，“听说现在时兴玩十字绣，你能不能搞一个最难的图案回来，让婷婷绣上一年八个月的，晚上有事干了她就不想上网了。”

“早说啊，我绣的那个十八层地狱，一年了才垒了两层。这样吧，十六层以下交给婷婷了。”

“不着调，让你外甥在娘肚子里就伴随着十八层地狱，亏你也能想出来。”

周小容收起嬉闹的神情，一本正经地说：“不就是让婷婷晚上有事干嘛。放心，交给您女儿我了。”

周小容的“妙计”就是看韩剧打发时间。怎知婷婷一看韩剧便入了迷，一入迷便泪水涟涟，招惹得苏梅和周非凡夜半来到他们小两口的房间追问究竟。

敲开小易的房门，只见开门的婷婷确实梨花带雨，泪眼蒙眬。而周小易则窝在床角打着呼噜，睡意正浓。电视机里播放的韩剧，“咚咚咣咣”地说着听不懂的韩文。

“婷婷怎么了，哪儿不舒服？”

“没，没哪儿不舒服。”

“没不舒服你哭什么？”

婷婷抹抹眼睛，纳闷道：“我，我哭了吗？”

“起来，快起来！”周非凡跟了进来，他越过婆媳俩，直接过去拍打周小易。见他依然鼾声如故，便上去揪着耳朵斥道：“我让你给我装！”

睡意正浓的周小易被惊醒，他望着从天而降的父母大人，揉着被扯痛的耳朵，抱怨道：“我装什么了？妈，深更半夜的你们这是干什么，提审犯人呢？”

“你爸问你是不是欺负婷婷了。”

小两口这才明白父母所指，急忙解释起来。周非凡和苏梅终于明白婷婷哭啼原是因为看了周小容拿回来的韩剧，被剧中的传奇爱情所感动而流泪感伤。苏梅认为这种悲悲切切的苦情戏，会使孕妇情绪大起大落，直接影响到胎儿的健康成长，遂果断“保管”了碟片。急得婷婷和周小易没着没落，却也对母亲毫无办法。

为了安抚婷婷，次日晚饭苏梅做了几个精致的小菜。待小两口回到家时，她已和周非凡出去散步了，给他们留下了充足的交谈机会。婷婷沮丧地耷拉着脸，面对丰盛的佳肴视若不见。周小易不停地给婷婷碗里夹菜,好言好语哄着她多吃一点儿。

“你看你,明媒正娶的正房搞得跟小三似的,还撒娇呢。”周小易开始了“抹稀泥”,旨在缓和他至亲至爱的两个女人之间的关系,“不就是我妈没收了你的韩剧吗?这里也有你的问题,你说你看就看,哭得稀里哗啦干什么,连累我躺着也中枪。”

“你说,不许上网,不许看韩剧,我晚上做什么?”

“我妈没收你的韩剧,是因为你老跟着剧情走,悲悲切切的影响肚子里宝宝阳光、健康地发育,没准儿生下来就是天生抑郁症。”

“这你也信啊?那你说,我晚上这几个小时闲着干吗?”

“看电视剧啊。我妈不让你看哭哭啼啼的韩剧,但是没说不让你看其他的电视剧。咱看美剧,绝对不会有勾你哭的情节。”周小易神秘地打开书包取出一个精美的盒子,郑重递了过去,“这是风靡全球的《整容室》第一季,请笑纳。”

“整容的电视剧?我爱看!”婷婷欣喜地接过碟片,使劲儿在周小易脸上吻了一下,以示奖励,迫不及待地回屋看电视去了。

有了电视剧的陪伴,即使在周小易出差的日子,婷婷晚上的日子也好过多了。但颇具恐怖因素的《整容室》却令苏梅草木皆兵,她收缴了《整容室》,声称将给婷婷换上一些绿色无公害的动画片。

“谢谢妈。”心有不悦的婷婷轻描淡写地说,“不过,又是猫又是老鼠还有精灵,一堆动物,您就不怕您孙子生出来长成‘四不像’吗?”

苏梅听出了婷婷的弦外之音,冷下脸来:“怎么了,对我有意见是不是?这话可不像是从你嘴里说出来的。”

周非凡见苏梅神色不对,忙拉着她往外走去:“走走走,婷婷也该休息了。”

看到公婆离去,婷婷关上门,生气地将床上的被子、枕头扔到地上,用脚使劲儿揉搓着,发泄心中的不满。

“你不让婷婷上网,不让看韩剧,又不让看美剧,是不是有点儿草木皆兵了?”周非凡回到房间,对苏梅的做法颇有微词。

“我这是为你孙子好。现在的孩子,不光要优生优育,还要讲究优‘孕’。”苏梅坐在床边,望着茶几上的《整容室》碟片耿耿于怀,“挺乖的一孩子,肚子里怀个孩子就长志气了,教训起我来了,我不给她敲敲警钟能行吗?”

“谁敢教训你?我看应该是你在无事生非。”

“你什么意思,我不让看恐怖片,还错了?”苏梅说着,拿起了电话,说是要通知马大玲,让她好好教导一下宝贝女儿,别把自己的好心当了驴肝肺。

周非凡按住电话,愠怒道:“你真以为你是这屋的老大了?让马大玲半夜三更教育女儿？你不想过安宁日子，我还想过呢。赶快睡觉。”

“你，你凶什么！”一见周非凡真的生气了，苏梅顿时偃旗息鼓。他们俩的关系有些奇妙，平日里总是苏梅发号施令，周非凡言听计从。可若是周非凡真的发了脾气，苏梅便会立刻变成小女人，柔弱听话，甚至有些唯命是从的样子。

就在俩人准备洗洗睡了之际，从婷婷房间传过来一声凄厉的叫声。俩人相视一看，飞也似的冲了过去。

婷婷梦魇了。此刻，她裹着被子披头散发地坐在床上，一脸的惊恐。

“做噩梦了是不是？不让你看哭哭啼啼的，你就看血淋淋吓死人的。惊悚不够，还要加恐怖，你要是对我有什么意见，我不计较，但是你肚子里的孩子不能跟着遭殃啊。你看你这个样子，吓坏了怎么办？我怎么给亲家交代？再说，胎儿肯定也受到了惊吓、刺激。”

婷婷怔了怔，轻声问道：“妈，您是怕我被吓着了，还是怕您孙子给吓着了？”

苏梅一时语噎，她拿起婷婷的外套：“这个问题咱们不理论。立刻去医院查查胎儿的各项指标，看看有没有受到影响。婷婷，穿衣服，走，妈陪你去。”

婷婷为难地说：“妈，胎儿真没事，在我肚子里一点儿动静都没有，要不您听听。”

“梅梅，甭操心过度了。”周非凡好言相劝道，“婷婷是胎儿的亲娘，能没你上心？这样吧，婷婷赶快睡觉，赶明儿小易回来了，一起去医院瞧瞧，把你妈的担心消除了。”

一家人各怀心思，度过了一个不眠之夜。第二天一大早，婷婷起床后没吃早餐便上班去了。周非凡让苏梅反思自己的过火行为，考虑到婷婷的工作确实离不开电脑，苏梅做出一个新的决定，同意婷婷“有条件地使用电脑”。

二

所谓有“有条件地”，就是婷婷用电脑期间必须穿上“孕妇防辐射服”。

为了这件特殊的服装，苏梅脚不停点地跑了一整天。买回来后，她又收集了大家的手机，用防辐射服认真包好，说是在婷婷穿防辐射服以前，要先做个电波屏蔽试验。周小易按照苏梅的要求，用自己的手机逐一拨通众人的号码，无一例外全部拨通。苏梅据此认为这款所谓“孕妇防辐射服”是假冒产品，坚决不能穿。初战失利，苏梅并不气馁。她动用了多年的老关系，从驻军某部搞到了一套防辐射服。虽是军队未接收的等外品，但其功能对付电脑辐射绰绰有余。

婷婷终于穿上了让苏梅满意的盔甲式迷彩防辐射服，她倒是能用电脑了，可周小易却惨了，得不停地用扇子给妻子扇风，以免她过热影响身心健康。丈夫如此“勤快”让婷婷很不适应，更不适应的是自己这身行头。她央求周小易同意自己脱去这沉重而不透气的防辐射服，以免长此以往俩人都吃不消。

“我这不是还给你扇着扇子嘛。不吃苦中苦，能做人上人吗？赶明儿我让我爸把你为老周家传宗接代的英勇事迹，写到我们祖传的家谱里去，流芳百世。”周小易煞有介事地说着，并决定，为了庆祝他制作的游戏获得大奖，也祝贺婷婷上网获得新生，他要请大家吃火锅。

来到火锅店，点了个幽雅、整洁的包间，服务员迅即在一个个电磁炉上摆放着小火锅。苏梅却对这电磁炉产生了怀疑，认真地端详起来。

周小易笑了：“妈，您是不是看上这儿的电磁炉了？喜欢，赶明我让我姐给咱家一人买一个，咱在家……”

“服务员！”苏梅突然冲门外大喊起来，当服务员的身影刚出现在门口时，她急乎乎地说，“再给我拿把椅子，放到门口。”

周小易误以为母亲给姐姐准备椅子，以惩罚她迟到之误，忙替周小容请假。苏梅却说这椅子是专为婷婷准备的。因为电磁炉有辐射，必须坐得远一点儿。至于吃火锅，则由周小易专职负责涮好菜，亲自送过去给坐在门口的婷婷吃。如此安排，实在是超出了在场所有人的想象，屋子里顿时一片安静。

半晌，只听周非凡嗔道：“这，这，没那么严重吧？”

“怎么不严重？知道电磁炉为什么要叫电磁炉嘛，就是因为它有电磁。我们吃火锅，不能让胎儿吃电磁吧。”苏梅义正词严地说完，又转向婷婷：“婷婷，你说，妈讲得对不对？”

“就，就算对吧。你们吃，要不我先回去了。”婷婷勉强笑着，言不由衷地说完便起身要往外走。

“这怎么行呢，点的都是你喜欢吃的菜。”周小易忙拽住婷婷，轻描淡写道，“嘿，不就是一个电磁炉吗，又不是原子弹。你们先喝茶，我回家给婷婷取防辐射服去。”

家属院里，李完美和李小爱说笑着过来，远远看去，仿若一对姐妹花。

李完美神兮兮地说着：“……相耳，一看轮廓，二看厚薄，三看高低，四看耳色。《麻衣相法》说过：轮廓分明有坠珠，一生仁义最相宜。木星得地招文学，自有声名达帝都……”

“妈，您能不能说点儿别的，在家就嘚嘚你的《麻衣相法》，出门还是《麻衣相法》，你有完没完啊？”李小爱威胁道，“再说我就不陪你逛街了。”

对于女儿的要求，李完美从来都是言听计从。她连忙说：“好好好，不说了，你不是想吃火锅吗？那咱就吃火锅。不过我告诉你，不能吃麻辣锅，要吃就吃酸菜鱼。”

“又来了，酸男辣女，您不觉得您嘴皮都说出茧子来了？”

两人走到楼角拐弯处，相扶而行。正在此时，回来取防辐射服的周小易开着辆上面贴满各种动漫造型贴纸的摩托车疾驶而来，待李小爱发现时，摩托车已擦着她的身边呼啸而过，李小爱躲闪不及，一声惊叫倒在了地上。李完美大惊失色，大呼小叫地扶起女儿。李小爱却没事人似的翻身起来，“呵呵”笑着毫不在意地拍拍身上沾着的土。周小易停好摩托车跑了过来，关切地询问有无伤情。

见女儿无大碍，李完美气不打一处来：“你怎么骑车呢，没看见有孕妇啊？这是家属院，不是你家炕上，耍什么酷呢！”

周小易连连道歉：“对不起，李阿姨，我着急有事……”

李小爱拉拉母亲，息事宁人道：“妈，我没事，就别说小易了。”

“着急，有事，那怎么不往你妈身上开？”李完美口无遮拦地谴责道，“跟你妈一样，没神的鬼。”

周小易不悦道：“李阿姨，您骂我就骂我，带上我妈干吗？”

一边是老妈，一边是闺蜜的老公，李小爱只好打着圆场：“好了，都少说两句。”

李完美愤愤道：“今儿我要不是看着小爱跟你家婷婷是闺蜜，非得要你赔我们10000块钱惊吓费不可。”

看见老妈说这话了，李小爱知道她的火已经撒得差不多了。遂又给了她一个台阶：“妈，您就看在小易和吴极是同事加哥们儿的份上，别难为他了。”随后她提出要周小易请客“赔罪”，以安抚她被惊吓所伤害的细胞。

吃火锅的阵营里又加了李小爱，热气蒸腾中，气氛更热烈了。婷婷穿着防辐射服吃得满头大汗，狼狈不堪。

李小爱端起啤酒杯，对周非凡说：“周叔，我敬您一杯。”

周非凡打量着她：“哎哟，你怀着孩子，还敢喝啤酒？”

“怀孕就不能喝啤酒了，谁给规定的？来，干了。”李小爱说着，一口气将杯中的啤酒灌下。

看到李小爱如此豪爽地喝酒，婷婷心有余悸。她往苏梅的座位上看去，却发现那里空空如也，遂想起来婆婆是上洗手间了。她忙对周小易说：“去看看妈，上个洗手间这么长时间，别是滑倒了什么的。”

一旁的服务员说：“没事，阿姨嫌热，在外面透气呢。”

其实婷婷被热得几近虚脱，苏梅看在眼里，急在心里。她借口去洗手间，径直去找到了领班，说包间太热，孕妇在此吃火锅会产生不适，要求马上打开空调。

而包间里，大汗淋漓的婷婷突然痛苦地闭上眼睛，神态虚弱至极。她告诉坐在身旁的李小爱，自己热得发晕，怕是要虚脱了。李小爱毫不犹豫地判断，全是防辐射服惹的祸，让她赶快给脱了。听到李小爱的建议，周小易连忙阻止，他担心被苏梅看见指责，便建议婷婷到外面去透透气再回来接着吃。有如得了释放令，婷婷急忙站起想往外走，突然一阵天旋地转，眼前一黑便虚弱地瘫在了椅子上。众人自然是一阵忙乱，稍后，卸除了防辐射服“武装”的婷婷头顶湿毛巾，手拿矿泉水，才感到了一丝舒爽。

李小爱抖搂着“罪魁祸首”防辐射服，坦言道：“刚才阿姨在这儿，我没好意思说。关于电磁炉，我以前也怵过，但在网上查询后才知道，没事。它不会形成电磁波，对人体影响也不大。而且它的交变磁场的磁力线通过锅体形成闭合回路，一般不会外泄的。磁场和电磁波不是一回事。”

苏梅联系领班开空调被拒绝，失望地回到包间，正赶上李小爱在进行“科普讲座”。她不知道婷婷几乎因热昏厥，以为李小爱自作主张为儿媳脱下了防辐射服，遂不无讥讽地说：“怎么，李教授讲课呢？”

周非凡连忙叫道：“快坐下，听听小爱的科学道理。”

“什么科学道理，‘电’能没辐射吗？”苏梅不以为然道，“小爱，你妈的习性我知道，你就是给她生下个孙悟空、变形金刚那样的，她也不会在意，但我不行……”

周非凡连忙阻止道：“打住，说电磁你提小爱她妈干什么？”

苏梅白了丈夫一眼，戗道：“怎么，李完美说不得啊？”

周小易太了解父母的底线，只要牵扯到李完美定会热言冷语相互揶揄一番。他凑过去低声解释道：“小爱，甭介意，我妈不是冲你来的。”

“阿姨跟我妈也不是斗了一天两天，我理解。”李小爱一副见怪不惊的样子。她将面前的料碗推向一边，决定和婷婷去拍早已订好的孕妇写真系列照片，为将来留下珍贵的回忆。听说儿媳要将肚皮亮出来，摆成各种姿势在影楼拍照，苏梅皱起了眉头，对这种“不登大雅之堂”的行为嗤之以鼻。

周小易虽然赞同婷婷拍孕妇写真，但母亲如此反对也不好当面顶撞，遂又干起了“和稀泥”的差事：“是，是有我妈说的隐私暴露的小问题。不过，妈您放心，咱自家的东西哪会让外人看呢？写真拍好后永久性地珍藏在电脑里，不向任何人展示。”

苏梅并不让步，反唇相讥道：“电脑是保险柜吗？想让‘艳照门’在我家里发生是不是？”

“梅梅，你管得多了，怎么就不能与时俱进？”周非凡在关键时刻站了出来，他机智地转移了话题，“我前些天出去采风照的人体彩绘，那叫一个美。回去让你看看。”

“周叔，您不愧是业余摄影协会的主席，当年您给我妈照那穿泳衣的‘出水芙蓉’照，我妈现在还珍藏着呢。”

苏梅一直很骄傲自己在与李完美的较量中是胜利者。不管她如何风姿绰约，如何才艺过人，在周非凡的爱情天平上，砝码偏向的是苏梅而不是李完美。仅此一点，苏梅便完胜了这位舞台上为爱而死、生活中为爱而生的人。在她看来，一个为爱情执着守候的少女令人羡慕，而一个陶醉在虚幻爱情中的老年妇女，无疑会被世俗流传为《笑林广记》。今天一听李小爱提起这张自己从来没听过的泳装照，苏梅将警惕的眼神“杀”向周非凡，满眼皆是充满疑惑的感叹号和寻找答案的问号。

周非凡与李完美的关系在苏梅心里是根永远的刺。这关系在外人眼里再清楚不过了，在苏梅眼里却是说不清理还乱的。周非凡知道苏梅的心结在何处，所以不管她如何因李完美挑起事端，周非凡都是“以不变应万变”来应对。此刻见苏梅又想找碴儿，他宽厚地笑笑，招呼儿子埋单，结束了饭局。

对于婷婷要去拍孕妇写真一事，苏梅怎么也想不明白。她不明白老一辈紧遮慢掩不能露之分毫的肚皮，怎么到小一辈那里却成了争先恐后露之不及的地方？按说婷婷是个本分纯朴的孩子，平日里穿着打扮也不算新潮时尚，蛮得老人欢心的。此次意欲做出如此越轨之举，一定是受了李小爱的蛊惑。她正发愁不知道这两个孕妇的写真在何处拍时，婷婷因手机辐射请她帮着看客户短信，苏梅乘机检查了婷婷的所有短信，这才得知她们拍写真的影楼和时间。她迅即将此重要情况在电话上与马大玲做了通报，俩人一拍即合，准备联手出面制止这种有伤风化的事情发生，以保住婷婷的“清白”。

婷婷和李小爱如约来到影楼，在充斥着浪漫舒缓音乐的空间里，由摄影师为她们介绍一幅幅精美的孕妇写真。看到孕妇们原本笨重变形的身体在镜头前竟变幻得如此美丽诱人，丰富多姿，婷婷尤为感动，愈发感受到生命孕育过程的伟大和神圣，她迫不及待地选择了一组彩绘系列的照片，要在这个特殊时期为自己也为家人留下一个特殊的纪念。李小爱则直接选择了“原生态”系列的组照，决定将自己美丽的大肚皮不加任何装饰地展露出来，作为留给自己孩子的第一份礼物。

摄影室来了两位漂亮的准妈妈，首席摄影师决定亲自掌镜。在他的指挥下，化妆、服装、灯光各司其职，很快便一切准备停当，只待主角登场。

婷婷和李小爱在服装师的帮助下整理着服装。婷婷纠结于自己的抹胸，总觉得有些短小怕走光。李小爱则坦言自己完全可以接受任何挑战，即使像半坡人那样搭件树叶也可以拍出现代文明人的时尚感。俩人嬉笑着换好服装走向摄影室，婷婷突然听见楼下传来母亲和婆婆的声音。她大惊失色，急忙和李小爱披了外衣匆匆迎了上去。

在苏梅和马大玲看来，影楼就是照相馆，可眼下这个影楼却彻底颠覆了她们的印象：装潢考究，环境幽雅，令人置身于音乐、香水和鲜花的环绕之中，坦率地讲，确实令人身心愉悦。可一看到挂在墙上的孕妇写真照片，如此“暴露”和“叛逆”，便不由得指点起来，毫不掩饰自己的厌恶之情。

当看到婷婷和李小爱从楼梯下来时，马大玲指着墙上的照片，厉声问道：“你是不是也要照这种流氓照？”

婷婷看见影楼里人们的目光都被母亲的大嗓门吸引，忙低声劝道：“妈，说什么呢。这，这怎么能是流氓照？”

苏梅点点头，冷冰冰地说：“不是流氓照，也应该有色情的嫌疑吧？”

紧随而至的摄影师见怪不怪，和颜悦色地解释道：“二位阿姨误解了。我们是专业孕妇摄影机构，是为女性一生最值得留念的怀孕生涯，提供历史的珍藏服务。”

苏梅警惕地问：“你们有没有营业执照、税务登记？”

“有啊，都在墙上挂着呢。”摄影师亮了亮自己挂在脖子上的证件，“我们可是正规的摄影机构。”

苏梅指着墙上的照片数落着：“这么多的乱七八糟照片，还敢标榜正规？”

李小爱听不下去了，她挺身站在了摄影师前面，不悦道：“苏梅阿姨，您怎么说也是国家干部，是有文化的人……”

马大玲当了一辈子电车司机，几次调动都没能成功，就是吃了文化程度低的亏。听此话以为李小爱是在讥讽自己，想都没想便冲她吼道：“你什么意思，是不是说我这个电车司机没有文化……”

苏梅轻轻一摇手，制止了亲家的咆哮。她不紧不慢地说：“李小爱，这种不雅之照，你要照我管不着。但是，我的儿媳妇是良家女子，这种伤风败俗的事情要发生在她身上，我是不能袖手旁观的。”

听苏梅如此说婷婷，马大玲不乐意了：“亲家你说什么呢，我家婷婷伤风败俗？”

“伤风败俗的话是说得有点儿过头。”苏梅拍拍马大玲，诚恳地说，“但把自己的肚皮暴露在光天化日之下，这跟刚才咱们在公交车上看见的那个露股沟的女孩有什么区别？”

对于亲家如此拿自己的宝贝女儿和街上的女混混比较，马大玲不乐意了：“照你的意思，我家婷婷已经是女流氓了？”

婷婷忙制止：“妈，您甭瞎说了。”

眼见马大玲要向自己开炮，苏梅忙警告道：“亲家，来前咱俩还统一过，这种事做大人的要有原则，不能意气用事护犊子。”

“我怎么护犊子了？我怎么意气用事了？你不要以为婷婷是你家媳妇，就可以想糟践就糟践，想骂就骂，想……”马大玲虽然脾气直，但年轻时也曾经羞涩平和过。粗粝的日子把她一点一点塑造成了枪刺，杀向一切可能危及家人的妖魔。

“谁骂婷婷了？”

紧接着，苏梅和马大玲为究竟是谁说了婷婷是“女流氓”而纠缠不休，完全忘了她们到这里来的初衷。末了，还将摄影师拉进了她们的“舌战”，先是争辩，后是推搡，“战争”一触即发。直吵到婷婷自动宣布这写真照不照了，她们才偃旗息鼓。

“我坚决支持！”苏梅瞬间便换了个笑模样，对摄影师吩咐道：“老板，你负责给我儿媳妇选一套艺术照，要最贵的，所有费用我全包！”

一幅幅装帧好的摄影作品挂在墙上，周非凡带领着几位工作人员在为自己的摄影展做最后的检查。

作为一位在文化系统浸润多年的官员，周非凡自有他的独特之处。他不仅为官有颇强的管理技能，且自己的艺术修养亦达到一定的境界。在任时不管多忙也没忘摄影这项爱好，照相机从“红旗20”到“佳能单反”从没离开他的手边，拍摄的作品屡获大奖。退休后，当上了摄影家协会的主席，更是将这项爱好发展成了专业，名正言顺地当起了“摄影师”。这次摄影展他没在美术画廊展出，却选择了家属院里的干部活动室，周非凡的解释是在院子里先做一个预展，让老同事、老朋友们先看看，给提点儿意见，以便充实自己的影展。

这边周非凡还没忙完，那边李完美便拿着一张卷起的照片匆匆赶来兴师问罪，责怪他遗漏了重要的摄影作品。李完美打开手中的照片，眉飞色舞地说：“你可真是贵人多忘事啊。老领导你看看，这是我30年前游泳比赛时你给我拍的‘出水芙蓉’照，啧啧，真是美得不得了。紧身的泳衣，展示出了我永恒的性感。”看着自己旧照片上靓丽的倩影受到几位工作人员的大力赞赏，李完美连连感叹自己生不逢时，并夸赞自己当年堪比巩俐章子怡。

对李完美的自我陶醉能力周非凡还是颇有领教,他“呵呵”一笑:“巩俐、章子怡的级别夸张了,但也算是一代名伶。”

此话若是别人说,李完美定会和他辩出个天昏地暗来。可周非凡这么说,她不但没生气,还连连点头附和道:“没错,当年周局长是才子,我是佳人……”

正当李完美准备大讲其“才子佳人”的往事时,周小易匆匆找了来。望着周非凡被儿子急急拽走的背影,她只好悻悻作罢。没有了周非凡,讲这些“段子”又有什么意义呢?

得知儿媳妇为了照孕妇写真和老伴闹起了别扭,周非凡颇感棘手。婷婷要把自己人生重要事件用照片的形式记录下来这件事,周非凡持肯定态度。他认为这样非但记录了一个女人最美好的时刻,也可以让未来的孩子看到母亲孕育的艰辛。而苏梅关心儿媳的出发点也是好的,只是表现形式激烈了一些,大闹影楼之事显然不妥。

“我妈说了,她也不是完全接受不了婷婷拍‘孕妇写真’,但是,她不能容忍自家的东西给外人看。”周小易一副愁眉苦脸的样子叹着,他可怜巴巴地望着周非凡:“所以给婷婷拍孕妇写真,我有一个两全其美的想法。”

当得知儿子想让自己为儿媳拍摄孕妇写真时,周非凡沉吟着,没有马上作答。单从技术层面上讲,周非凡曾经拍摄过那么多的人体写生、人体彩绘、车模,对通过镜头表达人体美还是有一定的把握的。他的顾忌在于自己和婷婷特殊的翁媳关系。周小易看出了父亲的犹豫。在他看来,翁媳关系也就是父女关系,如同自己和丈母娘的关系亦是母子关系一般,没有什么特殊含义在其中。眼下要安抚好母亲和妻子的最好办法,就是请父亲出面掌镜,既保证了苏梅“咱家的东西不能让外人看”的愿望,也达到了婷婷一心想拍摄孕妇写真的目的。

“爸,你是不是有什么顾忌?”周小易采取激将法,意在一举将老爸降伏。

“没顾忌。你忘了咱一家去泰国旅游,我还给你妈、婷婷拍过泳装照呢。我是担心你妈不能接受孕妇写真这新事物。”

“爸,您想多了。只要我和婷婷愿意,我妈就没辙。”周小易见老爸仍在犹豫,忙又继续鼓动道,“再说了,这也是丰富您的摄影艺术生涯啊。您是美的缔造者,是用相机记录了婷婷作为一个女人,最值得炫耀和自豪的时刻。”

“甭给我戴高帽了。”周非凡“呵呵”一笑,吩咐着,“去给婷婷准备写真的服装,不要穿得太暴露了啊。”

和马大玲的直率任性相比,王满堂愈显内敛木讷,这也印证了性格“对立统一”在婚姻生活中的普遍性。老两口三十多年相伴,虽无大富大贵,小日子却也过得殷实。工人出身的王满堂一辈子就在一个单位没挪过窝，干了 30 年的钳工。厂里的技术革新、产品换代使他八级工的手艺没了用武之地，当他从单位库管员的位置退休之后，便租了小区门口的一间门脸房，开了个不大的“王记修车”。凭着精湛的手艺和良好的态度，小铺很快在小区周围享有盛誉，小生意竟也做得风生水起。

这天，王满堂在“王记修车”里修理一辆自行车，马大玲拿了把笤帚在打扫卫生，收音机里播放着戏曲片段，小日子就这样优哉乐哉地过着，王满堂感觉非常幸福和满足，手上原本娴熟的动作亦愈发麻利起来。

马大玲突然似有所悟，她颠颠地走到王满堂跟前：“老头子，你说我是不是特傻？”

王满堂将自行车翻过来忙碌着，不紧不慢地说：“傻有什么不好？大伙儿不都说我傻，说我老实吗？可我也没吃什么亏啊。”

“跟你有什么关系？”马大玲一五一十将在影楼发生的一切和盘托出，纳闷本来是和苏梅联手指责影楼工作人员，不知为何变成了两亲家吵架了，细追究还是自己冤枉了苏梅。王满堂立刻停下了手中的工作，决定陪老伴登门给苏梅道歉，并带上她最爱吃的马氏泡菜以表诚意。马大玲举双手赞成，她觉得此行不是去向苏梅“低头”，而是担心对方将对自己的怨气撒在女儿身上。为了婷婷能够安宁地生活，她上刀山下火海都可以，何况是个小小的道歉。

对于马大玲的刀子嘴豆腐心，苏梅是早有领教。眼下看到亲家老两口亲自抱着泡菜坛子登门致歉，心里仅有的那点儿小怨气早已烟消云散。她解释也并非只是马大玲一人的错，自己也有不得体的地方。既然大家都是为了未来的孙子好，就算是有点儿小的磕磕碰碰，也应该把它当作一种享受痛苦的快乐。

一坛泡菜化解了两亲家潜在的矛盾。走在回家的路上，王满堂和马大玲满心充满了欢喜，为女儿找到如此懂事识礼的婆家高兴不已。

为了婷婷能拍出既现代又古典、既时尚又传统的孕妇写真，周小易使出浑身解数找来了十余件拍照时穿的衣服，件件有想法，套套有创意，受到婷婷的由衷赞美。

“天下事难不倒共产党员，你的话就是圣旨啊。”周小易受到表扬，心里美滋滋的，嘴巴不由得又贫了起来。他转身出去，将一只大砂锅端了进来，准备“锦上添花”：“老婆，赶快把甲鱼汤趁热喝了，我妈用心煲了几个小时。”

婷婷正在往身上比画衣服，闻言慌张地捂住嘴：“千万别提甲鱼，我听着就犯恶心，一个月吃了四只了。”她建议周小易喝下以补充营养。怎奈周小易天生对甲鱼汤过敏，难以下咽。婆婆对自己的关爱不能领受定会伤了她的心，再发展可能会影响到婆媳关系。为此，婷婷伤了神。

眼见婷婷为难，周小易灵机一动，提议将已经煮好的甲鱼汤给丈母娘送去，就说是母亲亲自炖好给他们补身子的。投之以桃，报之以李，相信这份情意定会让老丈人一家感动备至。如此你来我往，两家关系亲如一家，也是他们小辈人的福分。听周小易如此一说，婷婷欣然同意。

“周非凡个人摄影预展”在小区活动室低调开展了。仅有的一条红色条幅悬挂在活动室外墙上，来往参观的人络绎不绝。李完美顺着展厅看了一圈，也没有看见自己送来的那幅旧时泳装照。她愠怒地向周非凡诘问自己泳装照的下落。

周非凡将李完美拉至一旁，煞有介事地低声道：“小李子，是这样的，你那张照片是我刚学摄影时候的习作，再加上你当时瘦得没人样，近看还行，但远看跟根电线杆杵着似的，所以惨遭淘汰。”

李完美愕然地睁大了眼睛：“周老大，你竟然淘汰我？”

周非凡淡然一笑，正要说什么，听到一旁有人在议论：“这就是传说中的‘人体彩绘’吗？真是太美了！”他忙过去介绍道：“通告一下，我的这张作品已经被《格调生活》杂志选为封底了。”

“这大肚子女人是谁啊，怎么这么眼熟？”几位女人在一张孕妇照片前驻足，小声议论着。照片上的青年女子恬静地笑着，一缕白纱顺着毕露的曲线宛然垂下，勾勒出丰满的乳房和隆起的腹部。她的腹部画着一个可爱的娃娃，纤细的双手叠放在腹部上面，似乎在爱抚即将出生的宝宝，幸福和满足从微微翘起的嘴角溢出。

一位女人由衷地感叹道：“天哪，周局，您把孕妇能拍成这样，太纯洁了、太美了，应该叫《孕育中的维纳斯》。”

一位老者叫来李完美，不无怨艾地说：“李大美人，你怎么能让老周给你女儿拍裸照呢。”

“什么我女儿，那光肚皮的女人是周非凡的儿媳妇王婷婷。”李完美过来一看，急忙辩解着。随后，她不无挑事地对众人喊道：“大家都快来欣赏，公公给儿媳拍孕妇照了！”

听说模特儿是周非凡的儿媳，展厅的人渐渐集中过来，重新对这张照片品头论足，“叽叽喳喳”小声议论着。

周非凡笑呵呵看着大家，不无自豪地说：“是我儿媳妇，这张作品的名字原来叫《生命女神》。现在听取观众的建议，改名叫《孕育中的维纳斯》。”

“好！”有人鼓掌领头叫好，现场的气氛热烈起来，仅有的几句闲言碎语在掌声中被碾得粉碎。这情境，倒令想生出事端的李完美心生懊悔。

收到了亲家母的甲鱼汤，马大玲欣喜异常。她感觉自己修复两家关系已然成功，遂在客厅里以一段强劲的街舞以示庆贺。当王满堂端着陶瓷砂锅从厨房出来时，马大玲才停下舞步，疾步过去掀开锅盖闻了闻，连声赞苏梅大人有大量，毕竟当过干部，宰相肚里能撑船。

王满堂借机开导着："几斤泡菜换来一锅甲鱼汤，你以后可不要再说人家亲家母的坏话了。"

"一锅甲鱼汤就把你乐成了这样？"马大玲拿起汤勺忙不迭地喝了口汤，她咂巴着嘴里的味道，不无讥讽地瞥了老公一眼，挖苦道，"亏你是个男的，要是个女人早为嘴伤身了。"

"就你话多，赶快吃。这甲鱼汤吃了三天，还越热越香。"看着嘴不饶人的老妻，王满堂将砂锅端到客厅，"快来，边吃边看。人家电视上正在教怎么炖甲鱼呢。嘿，我以前还真不知道，鳖和甲鱼、团鱼、王八是一回事。"

"王八？苏梅啊苏梅，你也太恶毒了，变着法子骂我是'王八'。"正要喝汤的马大玲似有所悟，愤愤道，"欺人太甚，让我吃了两个'王八蛋'。这分明就是骂咱家有两个'王八蛋'。不行，我得立刻找她算账去。"

"不会吧，可别把人家的好心当了驴肝肺。"王满堂断然否定着，劝道，"你先别上火，也许人家苏梅……"

"你个窝囊废！把剩下的王八汤，都给我倒茅房去。"马大玲拿起背心套在身上，径直向外冲去。

望着马大玲气冲冲的背影，王满堂急忙拿起电话拨了起来："喂，婷婷，你在哪儿……单位？要出大事了。你赶快回周小易家，你妈被'王八'气疯了，不对，是被你婆婆气疯了。"

被"气疯"了的马大玲破天荒打了个出租车，直接来到苏梅家院子，准备前往周家让苏梅把"王八蛋"的事情解释清楚。刚进小区门却碰见了李完美。听说亲家公周非凡亲自拍摄了女儿的孕妇写真，她打死也不信，因为在这件事情上她和苏梅是达成过统一意见的。此时周非凡从天而降，亲自给儿媳妇拍摄露着肚皮的照片，马大玲想想都觉得这事提不到桌面上来。

见马大玲疑惑的表情，李完美掉转车头，热情地说："走，我带你去看看《孕育中的维纳斯》。"并坦言告诉她，维纳斯就是她的宝贝女儿婷婷。果然，在小区活动室里，马大玲顺着李完美指的方向，看见了已然变成"维纳斯"挂在墙上的婷婷，顿时怔在那里。

此时，照片下一对老夫妻正在欣赏着，并且赞不绝口。他们商议着回头自家姑娘怀孕了，也请周非凡给孩子拍照留念。当知道马大玲是周非凡的亲家时，便盛赞摄影师将婷婷拍出了送子观音般的恬静和善良，令人过目难忘。但在马大玲耳里，这一声声赞美都变成了对她的冷嘲热讽。只听她一声怒喝，跃起身子，一把将相框拽了下来。

苏梅早上起来右眼皮就跳个不停，心里便忐忑不安，总觉得有个什么事要发生。买菜回来的路上，不断有人向她“恭喜”周非凡的摄影预展成功，更有几位平日交往甚少的邻居眉飞色舞地夸奖孕妇照片上的婷婷是如何的美丽脱俗。苏梅表面含笑回应不失风度，心底里却对婷婷违抗自己的意志拍孕妇写真一事耿耿于怀。她略一思索，断定其“帮凶”定是周氏父子。

当周非凡的身影刚刚出现在门口，苏梅满腔怒火顿时化作疾言厉语：“你给我出去！”其声音之尖厉，态度之火暴，令她的爱犬金毛闻风丧胆，“哧溜”躲到了茶几下面。

周非凡不动声色地望着苏梅，侧了下身子，将躲在自己后面的周小易让了出来。

周小易自恃是家里的宠儿，像个局外人似的和苏梅开起了玩笑：“老妈，您忘了，这房子我爸可是户主，你怎么能让他出去呢？”

周非凡很自然地走到客厅在沙发上落座，拿过自己的相机擦拭着，很“大度”地冲儿子说：“别插嘴，让你妈把疯撒完。”

苏梅一副恨铁不成钢的神情跟到客厅，压低了声音数落起丈夫：“你为老不尊，给儿媳妇拍大肚子照，不怕众人的唾沫星子淹死你。”

“妈，这都什么年代了，你怎么还这么封建啊？”周小易情知事情因自己而起，此刻毫不犹豫地当起了父亲的保护神。他解释道：“咱们在泰国的芭提雅，我穿着裤衩，婷婷穿着比基尼，你穿着露背的花样泳衣，不就是我爸给照的吗？你不是还赞不绝口吗？”

苏梅一时语噎，便耍起家长威风：“不要插话，拍风景和拍写真是两回事。”

“怎么两回事，婷婷当时穿的那比基尼，不是比孕妇写真更暴露吗？再说了，婷婷的肚皮上有我亲手画的娃娃彩绘，不是只亮着个大肚皮，你得看看再发言啊。”

周非凡摆弄着相机，头也不抬地说：“我说这写真不能拍，不能拍，你就是不听。为了省俩小钱，把你妈气成了这样，我还落个为老不尊。”

周小易从周非凡“委屈”的声音里听出了弦外之音，他好言好语问道：“妈，您到底是不同意婷婷拍孕妇写真，还是不同意我爸给婷婷拍孕妇写真？”

“都不同意。”

周非凡将相机往沙发上一扔，断然喝令小易去拿剪刀，他要亲自将《孕育中的维纳斯》毁了。

周小易佯装找剪刀离开了客厅。他很快找到了剪刀，但又怕老爸假戏真做将照片真弄坏了，岂不可惜！紧接着，周小易又开始寻找藏剪刀的地方，同时还不忘告诉周非凡剪刀找不着，让老爸改用切菜刀行动。这边，藏剪刀的地方还没找好，婷婷又打来电话，告知马大玲即将杀将上门的消息。周小易捧着电话还没反应过来，便听见门铃响起，紧接着，外面传来苏梅和马大玲的声音，俩人一高一低，一快一慢的对话中充满了火药味。周小易顿时石化了，半晌他才压低声音对婷婷说："……你妈已经进门了，现在屋里已经是硝烟弥漫……"

周小易收起手机，蹑手蹑脚地贴在靠近客厅的走廊里，远远望去，只见马大玲拎着《孕育中的维纳斯》挥舞着吼道："苏梅，你太不地道了，不让我们婷婷在照相馆拍大肚子照，原来是为了让你老公拍，占我们婷婷的便宜啊。"

"亲家，您瞧您这话说的，怎么让人听着那么不舒服呀。饭可以乱吃，话可不能乱说，这是在咱家里，外面可不敢这样随着性子来。"苏梅冷笑一下，很有"风度"地说着，"至于说占便宜，亲家您有点儿离谱了。您想想，老周是文化局长，手下管着大大小小的各种剧团、文艺团体，不是我替老周说不要脸的话呢，想让老周占便宜的排大队都排不上，咱婷婷哪能跟她们是一路货啊？"

马大玲被噎得张口结舌，半晌还不上一句话。

周小易见状忙走了出来，认真地对马大玲解释道："妈，是这样，婷婷的写真是由我亲自打灯布光，老爷子掌镜拍摄，没有外人。咱家的东西外人绝对看不到。"

"谁家的东西？"

"咱家的啊。"

"屁，我告诉你，婷婷是我们马家的东西，你们周家有什么资格看！"

一直坐在沙发上没作声的周非凡连忙站起，他双手作揖，息事宁人道："亲家，我错了，我罪该万死，死有余辜，死……"

苏梅一本正经道："死了活了的干吗呢？大家都有责任，谁让你有摄影这个爱好，还有业余摄影协会主席的头衔？婷婷要赶时髦，追求美，追求新生活，你不能因为她是你儿媳妇就接受她让你拍'孕妇写真'的请求。看吧，让亲家闹这么大的误会。"

马大玲琢磨过话的滋味，不乐意了："哎，屎盆子倒扣过来了。公公不知羞耻地给我女儿拍'裸照'，你变着法子骂我是'王八'，你们家有钱有势就可以欺负我们没钱没势的人家了？"

周小易拉住马大玲胳膊，连连劝道："妈，您看，您说照片就照片，怎么又跟有权有势扯上了？”

苏梅依然不急不躁，话里有话道：“亲家，您这话说得过了，有些得了便宜还卖乖的意思。当年，好多朋友、亲戚都劝我，说我不该认你这个门不当户不对的亲家，我都没搭理他们。”

“你意思我们是高攀了？你也不瞅瞅你儿子，要人样没人样，要本事没本事，整天就玩一张嘴，我女儿真是一朵鲜花插在了……”

婷婷急乎乎地从屋外推门而进，正见着母亲高喉咙大嗓门在和婆婆争吵。她抱歉地冲公婆点点头，压低声音央求道：“妈，你这么大声干吗？院子门口都能听见。”

看见女儿，马大玲如同见了救星，她去一把抓住婷婷，坚决果断地命令道：“婷婷，你回来得正好。立刻搬出周家，绝不再给他们做传宗接代、改良品种的机器！”

一张照片引发的家庭战火就这样燃烧了起来。没有明显的战胜者，似乎各方都认为自己被挫败，只有整个行动的“导演”周小易仍在不屈不挠地四处周旋，力图凭自己的三寸不烂之舌重构美满家庭新格局。

首先他将婷婷带到秋之痕咖啡馆，在舒缓的音乐中，周小易很是绅士地为婷婷脱去外衣，邀她坐在初识时的靠窗座位上。同时很熟络地为她点上最喜欢的抹茶蛋糕和卡布其诺咖啡。看到丈夫为自己所做的一切，婷婷很想给他绽出个笑脸来，可一碰上周小易讨好的眼神，眼泪还是夺眶而出，抹来抹去总是流个不停。

“乖，咱不哭。婆婆生下来就是为了跟丈母娘打仗的，只不过是有早有晚。”周小易坐到她身边，体贴地为她擦去泪水，“你别伤心，咱肚子里还有宝宝，医生说你情绪不能激动的。”

婷婷身心疲惫，负气道：“一切都是肚子里的孩子惹的祸，我立马去医院引产，还大家一个安静。”

“我支持。看来对我妈光文斗是不行了，得来点儿真格的。”周小易干脆地点点头，望着婷婷满眼的疑惑，他表现出一种成竹在胸的神情，“就是打击一下她的嚣张气焰。我现在就送你到医院，而后，你立刻就给我妈打电话，说你已经躺在了引产的床上。”

婷婷一怔，幽幽说道：“小易，我刚才说的是气话，哪能真引产啊。”

“谁让你真引产了，咱也就是吓唬吓唬我妈。”周小易认真地说，“现在已经不是你和我妈的事了，两亲家出现了矛盾，日后受罪的是谁？是我周小易啊！为了将来你家、我家、咱家，三家人的安宁日子，一定要想方设法修复两亲家的关系。”

婷婷想了想，还是觉得以自己打胎来恐吓老人不大妥当，万一因此引发事端，那就得不偿失了。周小易虽然同意婷婷的说法，但考虑到几个家庭的未来，仍然决定照此办理。

按照周小易的计划，当晚他就将婷婷“引产”的事告诉了苏梅。并且很“男子汉”地表示：“妈您不要顾忌我，不就是个引产嘛，你让她王婷婷引，引了我就立即跟她离婚，再找一个18岁的黄花大姑娘，让她给您老人家生龙凤胎！实话说吧，您儿子最不稀罕的就是女人，想为我献身的都排大队呢……”

“闭上你的臭嘴。”被“引产”击蒙了的苏梅大喝一声，不仅周小易连忙住口，就连一直在津津有味啃着人造骨头的金毛也被吓得“倏”地一下蹿去了阳台。

“妈，我的意思是婷婷借怀孕跟您拿捏，咱不能长她的脾气，灭咱的威风，必须对她进行一次‘大修’。”周小易不屈不挠地扮演着“大丈夫”，“妈，儿子给您表个态，媳妇可以有无数个，但妈只有一个，关键时刻，你儿子我还是拿得住稀稠的。”

“你的孝心妈领了。”苏梅叹了口气，语重心长地说，“但媳妇也只能有一个。要说婷婷也是个难得的好媳妇。”

“你俩怎么跟商量好似的，婷婷也说您也是个难得的好婆婆。”周小易不失时机地弥补着婆媳关系。

苏梅长叹一声：“不管婷婷是假引产还是真引产，生气都对她身体不好。”

周小易提醒道：“她年轻，没事。主要是对您未来的孙子不好。”

苏梅放松了身子，放缓了语调：“说得没错。为了未来的孙子，我可以向马大玲道歉，把我说的一些过头话收回来。只要婷婷平平安安把孩子生下来，我保证今后绝不再让婷婷生气，想干什么都由着她的性子。”

“妈，您让儿子太感动了。”周小易连忙捧上一杯茶水递了过去，“不过儿子不认为您这是在向马大玲妥协、道歉，您这是高风亮节啊，是有素质的人给了无素质的人一记响彻云霄的耳光。摆平我丈母娘的事，您就不用出面了，儿子我自有高招。”

婷婷带着笔记本电脑回到家里，按照周小易的计划，将一张张明星的孕期写真照片打开给父母欣赏。同时，为自己的孕妇照寻找着理由：“妈您看，人家明星大腕都时兴的东西，我怎么就不能仿效？女人十月怀胎是伟大而痛苦的事，您怀我时没留下一点儿做母亲不易的珍贵资料，怎么想都是件遗憾事。”

王满堂端着水果过来，递给女儿一个，感叹道：“是啊，你妈怀你的时候，可遭老罪了。穿着我那有裤门的裤子，还拉不上拉链，一不留神就曝光。肚子比你现在还大两圈，真要照成相片，那肯定就是圆不隆咚的肉皮球。”

婷婷不禁哑然失笑：“妈您瞧瞧，我当年在您肚子里什么样，那么珍贵的时刻，我是终生见不着了，太遗憾了。”

马大玲正要开口，门铃响起了。王满堂应声开门，只见周小易拎着一只黑塑料袋站在门口。见来人是惹是生非的女婿，马大玲“哼”了一声，将头扭向一旁。

“喜讯，特大喜讯！婷婷，《孕育中的维纳斯》得了省摄影艺术大赛的金奖。”周小易压根儿没有在意岳母的态度，他欢天喜地地拿出一摞钱在手中拍着，“你们看看，这是奖金5000元，我爸妈让全给您二老送来，说是精神损失金钱补。”

王满堂连连摆手：“照片是你爸的作品，这奖金我们不能收。”

马大玲缓和了脸色：“怎么不能收？这是我们婷婷的‘青春损失费’。”

周小易将手中的钱奉上，连连说：“对对，和我妈说的一样，是婷婷的‘青春损失费’。我老爸建议你们拿这钱买个双人港澳游，散散心。费用我都给你们打听好了，一人2480元，来回五天管吃住行。不出去玩也成，到海鲜酒楼大吃一顿，什么龙虾、海参、鲍鱼、甲鱼……”

“甲鱼？对了，王八的事还没完呢。”马大玲突然想起自己找苏梅的初衷，她冲周小易质问道，“你说你妈让你送我们王八汤什么意思？还让我一顿吃了俩王八蛋，你妈变着法骂人真是芝麻开花节节高啊。”

婷婷一听坏菜了，自己送回家的王八又惹出老妈这般猜想，忙解释：“妈，王八这事，真和我婆婆没关系，是，是……周小易，你给我妈说说是怎么回事。”

“妈，您看看这是什么东西。”周小易拎起手中的塑料袋，拿过一个盆子，将里面的东西倒了出来。他得意地指着在盆子里的甲鱼说：“这是我亲自去养鳖场买的。妈，您要真认为我妈送王八是骂您，您可以把这两只王八送到我家，一比一平。”

马大玲看看甲鱼，思索着问：“公的母的，有没有王八蛋？”

见老妻还想生事，王满堂忙截过话头：“甭管有没王八蛋，我这就给苏梅送去，了了你的心结。”

对于周小易所说婷婷要引产的事，苏梅半信半疑。她打电话召周小容迅速回家，以帮自己甄别其真伪。

周小容是个非典型性的职业电视人。她崇尚自然，喜爱毫无羁绊的生活，把每一天都当作世界末日认真来过。无论是在生活中还是在工作里，都是条理清楚，笃定神闲。此刻，她光着脚丫盘腿坐在沙发上，从果盘里抓起一只苹果，边吃边听着苏梅给她讲述这几天的闹心事。耐心听完母亲的絮叨，周小容一副未卜先知的神情断定她最担心的“婆媳瘟疫”终于在家里爆发了。

“……万一婷婷在她妈的胁迫下，真去医院引产，那可就糟了。”苏梅不无担心地说，“妈的意思是，婷婷跟你关系好，你去劝劝她，可能比小易的效果更好。”

“老妈您也不必太担心，我们《家庭》栏目像婷婷这样的事多了去了，我算是看透了家庭的虚伪和无奈。”

“无奈也得结婚、生孩子、过日子。”

“结婚后的日子要是我，就不能忍受。白天上班挣钱养家，晚上做家务带孩子，难得有个休息日说不定也要去孝敬公婆，万一运气不好还要遇到老公出轨离婚。哎呀，太悲惨了。所以，人生苦短，要好好地、明明白白地活。”周小容放下手中的水果，一本正经地说，“妈，我今天正式通知您，我今后只谈恋爱不结婚。”

“什么，只谈恋爱不结婚？”

“对，我们这种人，叫‘单女’，估计很快就会流行。”

“‘单女’？”苏梅听着从女儿嘴里蹦出来的新名词，哭笑不得道，“你怎么不去庙里当尼姑呢？女人都成了‘单女’，男人怎么活？人类不得灭绝啊！”

周小容狡黠地一笑，反驳道：“我说我不结婚，但不等于我没有男人。”

苏梅顿时拉下脸来，严肃地教训着：“周小容，我可告诉你，咱们周家是有社会地位的，不许你做出丢人现眼的事来。”

“您跟我急什么？好好，说婷婷的事。”周小容见引火烧身，忙举双手做投降状。

今天是街舞练习日，马大玲忙活完家里的事，骑着自行车急乎乎赶去排练。要说马大玲退休前可是连广播体操都做不好的，经过几年练习，现如今却成了小区街舞队的领舞，除了她个人的努力之外，豪爽乐天的性格也帮了大忙。她的街舞动作如少年般快乐，又如男人般潇洒，随心所欲花样百出，为此赢得了不少老年粉丝的喜爱。路上有人告知她王满堂一个人在城河边徘徊良久，似乎有重重心事。马大玲大吃一惊，她生恐王满堂人蔫性闷，万一因为这几天家里的矛盾产生什么念头，那可是后悔都来不及的。想到此，她掉转车头，一路向城河边疾驶而去。

王满堂拎着周小易送来的两只甲鱼，在马大玲的催促下出了家门。他左思右想都觉得将甲鱼送给亲家多有不妥，可拿回家又被马大玲断了后路。左右为难时，人已走到了城河。此刻，他将两只甲鱼放在草丛中，和几个在城河边嬉戏的孩子一起，准备将它们放进城河里去。隐约间，他似乎听见马大玲呼喊自己的声音，抬眼一看四周无人，难道是得了老年幻听症不成？正想着，就看见马大玲骑着自行车风风火火来到身边，以至于刹车不及，她只能用脚在地上刮蹭着，才将车子停下。

“你咋没有去苏梅家啊？”

王满堂生恐被看出了破绽，支支吾吾地解释着：“呵呵，我这是给甲鱼先透透气，看看它们哪个能下出王八蛋。”

马大玲松了一口气，她给王满堂算了一笔账。说既然周家已经把自己“骂”了，再送两只三百多块钱的甲鱼“骂”回去，岂不是赔钱丢人？不如自己吃了它，既补了身体又给了周家最好的反击。王满堂连连赞成，建议拿回家照着电视上厨师教的方法做，换换口味。

马大玲得意地笑道：“王满堂你算算啊，不到一个星期吃了三只王八，真比上大款过的日子了。”

王满堂犹豫地问：“这玩意儿吃多了，不会上火吧？”

马大玲斥道：“上什么火？你可真是穷命，见不得享点儿福啊。”

血水在巨大的电脑屏幕上漫延着，一只怪兽艰难地从血水中站起，扭曲的身形，狰狞的面目令人毛骨悚然。

周小易在一旁看着，作为动漫设计师他对自己的工作无比热爱，精湛的业务为他在公司里赢得了骨干的位置。面对日益增加的电游人群，动漫设计者只有不断地开拓革新才有可能立于不败之地。这工作对于周小易这位充满童心、又喜欢挑战的年轻人来讲，确实充满了诱惑。

此刻，周小易给程序员指导着修改电脑上的怪兽形象：“手指的关节再放大一点儿，要毛茸茸的感觉，我的设计理念是人兽合一。”他正要鸿篇大论开讲，抬眼却看见吴极拿着饮料，哼着流行曲颠颠地过来。周小易瞥了这位损友一眼，一本正经地问道：“德行。昨天怎么没来上班？”

吴极一屁股坐在桌子边上，告诉他昨日老婆过生日，当了一天“三陪”，实在无聊得紧。他说自己在网上新认识了两个美女，邀请周小易一同去和她们K歌跳舞。周小易瞬间想到了自己单身时的快乐生活，痛快地答应了。他不知道，因为这声轻易的应允，给自己未来的生活平添了多少麻烦。

入夜，马大玲和王满堂躺在床上，辗转反侧，难以入眠。

王满堂总觉得心口好似有一把火，烧得浑身都是热烘烘的，令人烦躁不安。他用脚将被子挑得老高，以给自己的被窝降温，但依然无济于事。马大玲也将自己的被子掀掉，纳闷怎么胸口跟要冒火一样。紧接着，俩人如同比赛一样开始了流鼻血，吓得老两口心虚脚软，一阵手忙脚乱后，给婷婷打了电话，让她速到社区医院。

等婷婷赶到社区医院时，甫进大门便见急诊室里父母每人端着一个缸子，接在鼻子处，鼻血一点儿没有止住的意思，滴答滴答地往外流。婷婷哪见过这阵仗。她手足无措地向医生求助，年轻的医生坦言这样流鼻血他还是第一次看到，建议他们立刻去大医院问诊。自己的身体不大方便，两位老人连吓带怕又虚弱不堪，婷婷立刻拨通了周小易的电话，几次三番都没人接听。婷婷只好出去拦了辆出租车，将父母带到最近的三甲医院诊疗。

一番诊察、化验，值班医生将老两口安置在监护病床，将婷婷叫至一边说明了目前的危险性，坦言几种止血药都无效，也查不出病因，再继续流下去，恐怕就危险了。当看到值班医生手中的病危通知书时，婷婷悲痛难耐，掩面痛哭。听见医生催促她叫亲属来告别，她哭着给苏梅拨通了电话。

得知亲家两口子同时患了急症生命垂危，刚刚上床的苏梅和周非凡急忙穿衣前往医院。临走时苏梅将抽屉里的所有现金放进口袋里，准备以应不时之需。路上，苏梅琢磨着什么病能让两口子一起下病危通知。想着婷婷情绪不稳定语焉不详，便给周小易打电话问个究竟。可连拨几次都是无人接听，只好作罢。当他们赶到医院时，立刻兵分两路，周非凡通过私人关系去找最好的全科大夫，苏梅则直奔急诊室。

在周非凡的努力下，他的老朋友刘主任亲自来到急诊室为王满堂夫妇诊疗。一针打下去，未几，护士报告病人的鼻血止住了。

刘主任冲值班医生瞪了一眼，训斥道："这种鼻子流血明显是气血上逆引起的，只需要清肺凉血就可以治愈，你怎么随便就下病危了？"

"当时鼻血止不住，我怕万一……"

"赶快通知病人家属，别让他们再担惊受怕了。"

一场虚惊结束，婷婷总算放下心来。她先送公婆上了出租车，而后将仍虚弱的父母送回家安顿好，这才踏上回家的路。

望着路灯下形单影只的身影，婷婷这才想起平时须臾不离左右的丈夫到现在还没有音讯。再打周小易的电话，竟然关机了！婷婷不免一阵惊慌，生恐在这多事之夜再添祸端，便忙给李小爱打了电话，得知吴极眼下和周小易的"症状"一样，又听闺蜜如此这般嘱咐下来，这才放下心来。

时钟在"嘀嘀嗒嗒"地响着，屋里的一切都被黑影笼罩。婷婷靠在床头上毫无睡意，她思来想去，搞不清周小易到底玩的什么把戏。相识三年以来，可以说周小易完全抛弃了他以前游牧式的生活方式，变成了一个宅男，生活里除了电脑就是自己，就连单位里必不可少的应酬也是能推就推。今天这蹊跷的"失踪"到底隐藏着什么？

"咔嚓"，门外响起了轻微的声音，紧接着，房门被推开一条缝，周小易的身影灵巧地从门的缝隙之间闪了进来。他蹑手蹑脚地摸索到了床边，准备脱衣上床。突然，屋内的灯骤然亮起，再定睛看去，婷婷靠在床头上，两眼眨也不眨地看着挂在墙上的时钟,周小易抬头看去,时间是凌晨2点40分。

周小易自然是早就编好了谎言,说是公司同事聚会,一时高兴便没管住嘴,喝高了。因怕被同事们耻笑为“妻管严”,便没给婷婷请假。并说自己的手机放在办公室,没接到老婆的电话罪大恶极。

婷婷不动声色地拿起座机给李小爱打电话,得知吴极回家说的托词和周小易如出一辙,并且还得到了闺蜜的提醒,让她检查周小易身上是否有女人的香水味。

“我的衣服就是有女人的香水味道,熏死我了。”周小易拿起自己的衣服,殷勤地用双手递了过去,“你千万别误会。是这样的,聚餐时几个女同事喝醉了,我和吴极一人背了一个,送她们回家,所以就沾上了香水味。”看到婷婷的眼神将信将疑,他又言之凿凿地说:“你要是不信,我现在就给李娜打手机,你看看她是不是醉了。”说着随手从裤子口袋掏出自己之前说过落在单位的手机。

看到丈夫如此欺骗自己,婷婷再也无法忍了,她咬牙切齿地骂道:“周小易,你王八蛋!”

三

有人讲,成了家的闺蜜只能算半个闺蜜。其实不然,对婷婷来讲,李小爱这个自中学起就结下的闺蜜,到现在仍然享有第一聆听者和第一高参的位置。既然俩人的老公同时犯下了“男人的错误”,那灭火总指挥的角色定当属于李小爱一人。

婷婷如约来到“真爱美容院”,这里既是李小爱的领地,也是她们小聚的重要场所。李小爱将她领到VIP包间,掩好门便亲自给婷婷做起了皮肤保养。淡淡的香气在小屋里弥漫开来,舒缓的音乐里,两个闺蜜推心置腹地娓娓道来。她们先是分析了两个男人的状况,多种因素判断还不至于到出轨的地步。

“女人怀孕是男人出轨的高危区,一定要严加防范。”李小爱娴熟地忙碌着,加重了语气说,“男人是上半身和下半身分离的动物。”

“没那么严重吧,从古到今,哪个女人不生孩子?”婷婷又问道,“分离是什么意思?”

“书上说,男人的上半身像个小男孩,吸吮着女性的乳房离不开,下半身却喜欢无拘无束地游荡。如果条件合适,几乎没有哪个男人会在女人怀孕期间不出轨。”

“你别吓我成不成。女人为心爱的男人怀孩子,男人应该倍加呵护才是。”

“你的说法只是善良孕妇们的一厢情愿。书上还说了,按照人性论,女人怀孕压抑了男人的肉体欲望和精神欲望。像吴极和周小易那种永远走在时代前头的新潮男人，他们会提出：凭什么女人怀孕，我就得禁欲？他们会找出一百个理由来为他们的出轨找借口。天知道这俩人昨晚是去哪里了，很可能是联手骗咱俩，这就是耐不住寂寞的前兆。”

婷婷不由得又担忧起来：“是啊，他们昨晚到底都做什么了？”

李小爱拍拍女友的脸蛋，笑道：“做了什么不重要，重要的是他们的心还在我们这儿。其实吧，女人嫁给谁都后悔，嫁给有钱的男人，住豪宅，开名车，这样的日子应该很不错吧？可是，男人挣钱需要时间和精力，整天忙于应酬，一星期能回家吃一回晚饭都不错了，就这还在饭桌上算计公司的事，缺乏温馨，我早已看透了这种男人的本质，重利轻家庭。”

“说得也是。一个男人条件再好，但没有时间陪你，也是多余的。嫁给这种男人，等于嫁给了电视机，嫁给了美容院。爱情是不可以望梅止渴的，空有一份表面上的奢侈，内心的苦乐不均有谁知道？”

“没错，有钱的有权的咱不稀罕。我呀，曾经想嫁给个帅哥。”

“那你更是自取灭亡。帅哥长得帅，艳遇来得快，你的婚姻很快就会变成一场你方唱罢我登场的闹剧。”

李小爱“咯咯”地笑着，叹道：“咱俩不愧是闺蜜，想的都一模一样。”

俩人说起了李小爱的前男友，那是一个除了对女友之外对任何事物都没有欲望的男人，可自立能力很强的李小爱却受不了他无休无止的关爱而与其分道扬镳。“这种男人往往能力有限，没有很多的钱，你必须千辛万苦和他一起打拼，才能获得一份温饱生活。”李小爱深有感触地说，“来我店里的很多有钱女人虽说年过五十，但脸上连一个褶都没有，而我年纪轻轻，已经皮肤粗糙，这一双玉手早已被各种化学物品弄得变了形，每当想到这儿，我就会忌妒别人怎么能嫁个‘钻石男人’，自己怎么嫁了个破铜烂铁。”

婷婷听着女友的抱怨不由得乐了：“你一会儿说有钱的不好，一会儿又说有钱的好，要我说只是不同的阶段而已。其实我的初恋情人陈子页，现在回想起来，还是不错的，深沉，有思想。”

提起陈子页，李小爱毫不犹豫地啐道：“屁！亏得你没嫁给陈子页，嫁了就是陪他一起喋喋不休地骂世道不平、时运不济。我告诉你，怀才不遇者都有股怨气，怨得深了久了，人也就阴暗了。找男人还是要找周小易那样的，会甜言蜜语，会让你的心情格外舒畅。”

婷婷也承认丈夫的优点，但她又叹道：“但周小易太小聪明了。你换个发型，换件衣服，甚至换了种牌子的口红，他都会及时发现，并马上讨好你。他会别出心裁地夸奖你透明的耳垂，甚至会夸奖你浑圆的脚后跟，你会在他的欣赏中陶醉，找不着北。”

“没错，周小易这样的男人是把双刃剑，也就是说，他这种男人也很善于发现除了你之外的其他女人的美。”

“其他女人？”

“对。他会把甜言蜜语说给很多女人听，你甚至都不知道你是第几个听到他甜言蜜语的人。这种男人很危险，一不小心就会在外面竖起几面‘彩旗’。”说着说着，李小爱看婷婷没有反应，轻轻搡了搡她，“怎么，害怕了？”

“嗯，我还在想昨晚上周小易夜不归宿还花言巧语骗我这事。你有办法让他们不想吗？”

“也不能全怪他，公道地讲，男人会在女人怀孕期间想入非非。”李小爱信心十足地说，“当然有，我们必须抓住男人的弱点才能抵制他们的出轨。今天我约你来，就是要向你推出女人怀孕期间抵制老公出轨的三道私房菜。这三道私房菜，是女人怀孕时控制老公寻花问柳的利器，很多孕妇用了，赞不绝口，网上有大量的微博、帖子为证。”

婷婷急不可耐地翻身坐起：“你就别卖关子了，赶快教给我。”

“你听好了，第一道私房菜是‘拔丝地瓜’。”李小爱很有心得地说，“‘拔丝地瓜’这道菜甜甜的，腻腻的，趁热赶紧吃，凉了就会黏在盘子底。所以得学会‘黏’。”

就在婷婷和李小爱商议如何防御丈夫“出轨”之时，周小易和吴极也假借谈工作凑在周小易的工作台前密谈。

“你说我傻不傻，骗婷婷说手机落办公室了，又自打嘴巴把手机拿了出来。”周小易把手中的鼠标在桌上连敲几下，悔恨之意溢于言表。

“你这一‘失蹄’不打紧，让李小爱对我产生了重大怀疑。”吴极埋怨着，“老婆怀孕，男人守活寡，这是违反人性的。”

“其实咱俩昨晚也没有做什么出格的事情，不就是唱唱歌跳跳舞嘛。”周小易细一琢磨，理直气壮地说，“做个男人真是难，我这一阵太有体会了，男人，就是‘难人’，是左右为难的人，是进退两难的人……”

一旁的同事逮住他们一两句话音凑了过来，饶有兴趣地插话道：“妈和丈母娘不好对付，但我头痛的还有媳妇。我现在是在做夹心板，在老妈和媳妇之间为难。和老妈走得近，媳妇讽刺我：‘干脆和你妈过一辈子得了’；和媳妇亲密了，老妈又挖苦，什么‘娶了媳妇忘了娘，怕老婆，就这么一点儿猴出息’。”

“对对对，你说的这些，我也深有感触。”周小易连忙附和着，“我家婷婷说我跟赵本山似的，整天搞笑，不着调。于是我就假装刚强如铁，不苟言笑，结果又被她指责，说我粗硬冷酷，没情没意。”

“这种女人是不好伺候。”

“要说玩有情有意，那还不是咱哥们儿的拿手好戏？于是，我天天早晚各给她一个吻，柔情似水地说一声：老婆，我爱你！让她看看什么是温柔体贴，谁想她又嘲讽我是太监腔，伪娘，你们说做男人难不难？”

吴极一脸苦瓜相，唉声叹气不止：“你那还是好的。有一天，我和李小爱逛街，遇到一个年轻漂亮小姐突然被三轮车碰倒在地，我刚想扶她一下，结果被李小爱制止，说我不怀好意，臭流氓，想沾人家美女的光。我说，行行，今后再遇上这种事，我就装作没看见。结果又被她说我是麻木冷漠，没有一点儿绅士风度。你们说说，现在的女人怎么就这么矫情，里里外外的话都让她们给说了。”

“我总结一下，当今社会的男人，大多数已经失去了做男人的尊严，尤其是在老娘、丈母娘、老婆的多方夹击下，不熬个几十年，不熬到皱纹密布，不熬出满脸沧桑，很难咸鱼翻身。做男人，真难啊！”周小易煞有介事地盘腿坐在椅子里，拍着大腿做怨妇状，无声地“号啕大哭”着。

末了，他们达成共识，结成统一战线，不能被媳妇牵着鼻子走。

当夜回到家里，眼看着就要上床休息了，周小易接到一个电话，说是哥们儿约在某排档吃夜宵。他毫不犹豫地起身重新穿好衣服，和婷婷告别，却遭到了温顺媳妇的坚决反对。周小易一怔，刚想犯轴，又想自己昨天有错在先，便舰着脸嬉笑说上次哥们儿聚会是他埋的单，这回该别人请，如果不去就亏了。

婷婷抚摸着自己的肚子，娇声嗲气地说自己弯不下腰，要丈夫帮她洗脚。紧接着又一会儿水凉一会儿水烫的，忙得周小易陀螺似的转个不停。好容易洗完脚，周小易接了一个电话，便借故溜出屋门。

婷婷一脸沮丧，她知道第一道以“黏”为主的私房菜看来要被自己做砸了。婷婷丧气地给李小爱汇报战果，遭到了劈头盖脸的一顿揶揄。李小爱在电话里鼓励女友按照自己所授方法，再接再厉，定会大获全胜，将此菜做成经典。

翌日，梦乡里的周小易被闹钟铃声吵醒。婷婷告诉他从今天起家里要执行新的作息时间，她决定将自己以前打理的股票、基金，从今天起统统交由周小易操盘，并要求他在开盘期间每小时汇报一次股票涨跌。同时下达的任务还有：每天搜集母婴话题新闻五十条以上，并下载不低于一百条的评论，以便每晚他们逐条分析，看看哪些对宝宝有益；每天去超市买五种以上的新鲜水果回家制成果汁，以补充宝宝所需的各种维生素；每晚睡前讲二十个以上的笑话段子，以便让宝宝继承其父幽默风趣的素质；最后一个任务，是在婷婷睡着以后，趴在她的肚子上和宝宝交流一小时以上，给他讲国内外发生的大事、要事，让他在娘肚子里就继承他爷爷当局长的潜质。

睡意蒙眬的周小易越听越清醒，他哭丧着脸抱怨道："你，你这不是要累死我吗？只给我剩下周六周日的时间会朋友、锻炼啊。"

"你的锻炼时间，我已经考虑了，合二为一。以后每个周六，你陪我进山走走，吐故纳新，让宝宝呼吸新鲜空气。周日上午学习，咱们一起听《孕妇课堂》，你负责把老师讲的注意事项录下来，我回来要反复学习领会。下午采购时间，宝宝出生后吃喝拉撒睡的东西，夏天的单衣，冬天的棉袄，咱俩要一起去商场挑选，货比三家，给宝宝采购到最好的生活用品。"婷婷喋喋不休地说着，她拍拍复又躺回床上捶胸顿足的周小易，柔言细语地说，"刚给你说的，只是我想起的一部分事情。更多的事情我这两天还会梳理，届时，再给你开详细的任务书。"

周小易翻身坐起，抱怨道："这么多的事情，我还有没有自己的生活空间？"

婷婷不紧不慢地说："现阶段，我和肚子里的宝宝，就是你的生活空间。谁让你当了老公还要当爸呢？"

在婷婷精密的安排下，周小易开始了全新的准爸爸生活。往日的逍遥自在全然没了踪影，换之而来的是忙碌和疲惫的身影。那辆被他收拾得锃亮的摩托车也没了往日拉风的神气，上面常常挂着家禽、水果穿梭于闹市街头。几天下来，别说上班打不起精神，就是每天吃饭时都惦记着瞌睡。

看到儿子如此狼狈不堪，苏梅和周非凡坐不住了。苏梅感叹现如今的女孩娇气难伺候，周非凡却认为孕妇懒点儿没什么，反正现在也退休在家，大家多做一点儿也是乐在其中。周小易借机要求父亲去《孕妇课堂》代自己录像。周非凡刚表露出为难情绪，苏梅下达了任务，令他为了孙子必须去。

《孕妇课堂》来了位风度翩翩的老男人，此事引起了年轻夫妇们的好奇。

周非凡坐在婷婷旁边，三脚架上支着一台录像机，认真地履行妻儿交给的任务。他看到儿媳萎靡不振，便让她在课堂上打盹，言称有录像做后盾，这课绝对不会白上。怎知讲师讲课中间偏偏点了婷婷起来回答问题，见婷婷支吾不清，便先入为主地请她旁边的"老公"代为回答。周非凡误听成"公公"，自然地站了起来，流利地回答。精彩的回答引得孕妇们纷纷赞扬这位"老公"老当益壮，也有人说自己不能接受这种"老牛吃嫩草"的婚姻。

坐在后排的李完美看见周非凡站起来回答孕妇的问题，本来觉得好笑，可听到有人指责时，便替周非凡大声说道："什么老牛吃嫩草，那老帅哥是那孕妇的公公。"

听说是"公公"代替"老公"来听课，人们议论得更欢了，令婷婷万分尴尬。

好不容易挨到下课，婷婷拉着周非凡便要急急离去，讲师叫住了他们。她给周非凡道歉，说由于自己的失误，让大家误会了他们。周非凡坦然说，此乃小事一桩，婷婷给自己生孙子，自己就有义务为儿媳妇做好服务，保驾护航。讲师委婉地提出以后请准爸爸来学习会比较好，此话引起周非凡的不悦。

李完美凑过来揶揄道："周老大，你好歹也当过局长，中国人的礼义廉耻，你应该比我们清楚吧。对了讲师，他还给孕妇照过……"

婷婷一改往日的温顺，利言利语说："李阿姨，你想干什么？不要把正常的事情想得那么龌龊。"

"哟嗬，才给周家当了几天媳妇，就把你婆婆的衣钵给继承了，刀子嘴啊。既然你不觉得这是丢人的事，我回去就给街坊邻居们好好说道说道。"

李小爱寻找母亲而来，见状忙埋怨道："妈，你又胡说什么呢？人家周叔叔帮婷婷来录像有什么错？你不要借由头给周家挑事。"

李完美见女儿胳膊肘向外拐，扭身拂袖而去。借着周非凡在收拾录像机，婷婷悄声问女友：为何李完美和苏梅见面就掐？李小爱朝周非凡努努嘴，告诉婷婷当年周非凡当剧团团长时，台柱子李完美仰慕他的才华人品，狂追不止。就在眼看有点儿眉目之时，苏梅出现了，令她的美梦烟消云散。知道了上辈之间"一个男人和两个女人"故事的来龙去脉，婷婷对婆婆和李完美之间的擦枪走火竟生出几分期盼之情。

回到家里，看到呼呼大睡的老公，婷婷揪着耳朵将他弄醒，责怪他偷懒在家睡觉不陪自己去上《孕妇课堂》，以致被李完美嘲讽。周小易巧辩这完全是因为李完美的忌妒而致，他愿意立刻陪婷婷去完成给宝贝置装的任务，以弥补自己的缺课。

就在小两口将要出门之时，被苏梅拦下。她认为儿子应该好好休息，以更充沛的精力投入下周的工作。而买婴儿衣服这类小事，则由她和婷婷包办即可。

来到商场，面对琳琅满目的婴儿用品，婷婷个个喜欢，爱不释手。亏得苏梅经验老到，她挑选了几件实用的纯棉小衣物，主动去收银台给未出生的孙子交了第一笔衣物款 328 元，令婷婷很是感动。临出商场时，见苏梅对首饰柜台里的一款玉坠爱不释手，她毫不犹豫地刷了 2100 元的银行卡，为婆婆买下了这块玉坠。

就这样，周小易近期最头痛的事都被父母所代办，自己优哉乐哉又恢复了往日的逍遥。婷婷感到李小爱教授的第一道私房菜——黏兮兮的"拔丝地瓜"在公公婆婆的无心掺和下已然失效，遂又向她讨教新的驭夫之术。

李小爱面授机宜，她管这第二道私房菜叫“麻辣鱼”。

“这道菜虽然辣味十足，但对喜欢吃这道菜的人还得加料。也就是说，男人肯定喜欢自己未来的孩子，所以怀孕期间得给男人多添义务和责任的料，让他背上自己的孩子和家庭都必须过得比别人好的精神负担。有了压力和负担，男人们就没有工夫去想出轨的事情了。”

分析了麻辣鱼这道菜肴的做法，婷婷得出结论，在麻辣的结果出现之前，还须有葱姜蒜、咸甜鲜等辅料的配合。她如此这般，用计算器反复演算着一些数字，直到自己觉得满意了，才命令玩网络游戏的周小易关上电脑，洗耳听命。

“有了孩子咱总不能还住在你家里当‘啃老族’吧？”

“啃就啃呗，直到‘啃’不动的那一天。再说我爸妈也愿意叫咱‘啃’。”

“你个大男人，这话也好意思说出来。父母养你大半辈子，也该享几天清福了。你想一辈子住在你家啊？买房的事情必须提到议事日程上来。”

“行行，攒钱买房。”

“我算了，宝宝出生后，每个月的开销，还房贷3000元得有吧，两人的手机网络费得500，保姆工资2600元中等吧。每月在家吃饭，柴米油盐、菜肉鱼蛋开销得两千多。水电、煤气、物业加一起800元不多吧，有线电视点播节目150元不多吧，孩子奶粉、尿不湿每月就算5000……”

“还有我看上的那款车，听说就要下线了。”

“对，汽油费1000元，停车费100元，保养月均500元不多吧。两个人加孩子的娱乐、衣物开销月均800元，你的烟酒、我的化妆品、外出就餐，月均1500元不多吧。七七八八算下来，每月起码得花两万多银子，还不一定能包住。”

周小易倒吸一口凉气，惊愕地睁大了双眼：“天哪，这真是不算不知道，一算吓一跳。”

“怎么办呢？一想起这些钱，我都睡不着觉。”婷婷也被自己算的账惊呆了，她发自内心地叹道，“就这咱才过的是普通人的日子，要是想再往上奔点儿……”

“烦死人了，睡觉，眼睛一闭，什么烦恼都没有了。”周小易说着翻身躺下，用被子蒙住头。

“逃避现实是不是？要想没烦恼，你眼睛就别再睁开。对了，每月看两回双方老人还没算进去，没有三五百拿不出手。”对丈夫的反应，婷婷心中暗自欢喜，表面却是愁容惨淡，轻唤可怜：“唉，也不知道有钱人还能看上我不，说实话，我这会儿，当二奶小三的心都有了。”

周小易掀开被子翻身坐起，咬牙切齿地低声喝道："你敢！"

为了不让老婆对自己失望，周小易决定去兼职。游戏高手找工作是手到擒来的事，周小易次日便找到了第二份工作，并电话接了两单私活。为了完成婷婷为未来设计的支出，他连续数天废寝忘食，早出晚归，以一个劳模的状态要求自己，将体力和脑力发挥到极限。

眼见着老公如此卖命地透支着身体，婷婷心有不忍。她邀请李小爱来到甜品店，向她叙说自己的担忧。

"小易现在干了三份工作，我真怕他累出病来。"婷婷可怜巴巴地还没说上几句，眼圈一红，眼泪就要掉下来了。

"没事，像周小易和吴极这样的就是干上八份工作也没事，要不了几天就适应了。"李小爱坦言自己也给吴极吃了"麻辣鱼"，并估计那两个难兄难弟没几天就会适应忙碌的生活。那时，心猿意马，不守"夫道"的迹象定会再次出现。她觉得给男人们隆重推出第三道私房菜的时候到了。

冬瓜排骨汤，其特点清淡中又带点儿荤味。李小爱觉得孕期对青年男女来说都是难熬的岁月，女人一心盼望宝宝早点儿出世，男人会有二心，那就要早点儿解除禁欲生活。男人是释放性动物，长时间要求一个正常的男人来禁欲，那是不现实的。男人总要释放荷尔蒙，而转移这种荷尔蒙的释放只有一种办法，就是让他有荤有素。她炫耀自己已经开始给吴极吃"荤"了，也就是将他惦记着的A片给解禁了。

"那种恶心的碟片，周小易也拿回来过，全让我掰碎给扔垃圾筐了。"

"我也是。不过眼下是非常时期，适当解禁一下那种内容的碟片，只要他是一人在家里看，也是释放男人荷尔蒙的无奈选择。"

婷婷想了想，摇头道："小爱，你的这道菜，我可不学。"

李小爱喝道："装什么清纯呢。这种时候，咱不自己主动想办法，让他们去找了小姐、发廊女，把性病、艾滋病带回来，看你怎么收拾。"

"我想，我们家小易还不会这么下贱吧。"

"你把他也想象得太好了。你说，周小易和吴极那天晚上到底干什么去了，女人的香水味是从哪里来的？"见婷婷缄默无语，李小爱言真意切地说："制止他们的不良行为，也是保护咱们自己。"她坦言自己给吴极看的所谓"A片"，也不是那些淫秽影碟，而是国家正规出版社出版的《夫妻性爱指导大全》。

隔日，收到李小爱送来的第三道私房菜，婷婷就将它送给了周小易，作为奖励他最近辛苦工作的礼品。周小易白天才听吴极说李小爱给他买了《夫妻性爱指导大全》,回到家自己也收到了一套,便对女人们为了制止丈夫“红杏出墙”的小把戏了然于心。他乐得遂了自己心愿,便大大方方地在家看了起来。

怎料,第一天晚上看片因为影碟声音控制失当,便被苏梅听了个正着。她将此情况汇报给了周非凡,认为这是儿子过不了生理关,在用淫秽录像勾引儿媳。他们决定对此现象不能视而不管,为了未出世的孙子,得好好敲打敲打周小易。次日早餐,苏梅便一本正经地和儿子、儿媳谈起话来。她要求婷婷认真学习妇产医院发的《孕期须知》,并问周小易昨晚看的什么电视剧。

“嗯……”周小易随口诌道,“电视剧没意思,就看了看专题片《人与动物》。”

“好啊,你说说人与动物的区别是什么。”

“妈,您这是什么意思?”周小易此时方觉母亲出言不善,他突然想起昨天晚上看录像时音量瞬间过大,似乎有脚步声来到过房门口。看母亲的态度,想必是她又玩“老房东查铺”了。他忙赔着笑脸解释道:“妈,您误会了。我昨晚在电视上学习的是正确的‘人性观’。”

“妈,这事您是真误会小易了。”婷婷也弄明白了苏梅所指,她忙为丈夫帮腔:“他看的是指导夫妻生活的科教碟片,不是那些乱七八糟的东西。”

“光着屁股不是乱七八糟的东西?”

“妈,您可真是冤枉我了,我看的那是李小爱送给婷婷的正规出版物,是教育青年男女如何进行正确夫妻生活的光碟。”

听闻光碟是李小爱所送,苏梅顿时怒从心起。她不知道自己造了什么孽,两代人都和李家母女纠缠不清。若不借此事让李小爱知难而退疏远婷婷,保不齐会惹出更大的事端,如果因此令未出生的孙子有个闪失……想到此,她不寒而栗,心里开始盘算如何让婷婷疏远李小爱。

日子过得很快,转眼婷婷怀孕已经八个多月了。

这天她抽出时间去医院进行产检,回去乘公共汽车上车时被一群人推搡着,脚下一滑,摔倒在路边。恰被开车从此经过的周小容遇见,她急忙下车从好心的路人那里将婷婷接上了自己的车。得知婷婷无甚大碍这才放下心来。在送她回家的路上,周小容这才知道弟妹每次产检都是一个人独来独往,不禁生气起来,她责怪婷婷不给周小易压担子,更担心这个弟弟不知何时才能变成负责任的男人。她由此想到应该策划一期“准爸爸”的节目,让男人们知道女人们怀孕期间的艰辛。

《准爸爸的孕妇生活体验》在周小容的张罗下,即将于《家庭》栏目现场直播,她特意邀请了周小易和吴极两对小夫妻参加。节目包括若干个模拟孕妇生活片段的比赛。第一个环节是喝醋,而且第一名的奖品是每一个参赛选手怀孕的妻子送给他一个香吻。听说礼物是所有孕妇的香吻，选手们非常踊跃，但在一气喝完一小瓶醋面前，纷纷败下阵来。倒是周小易挺争气的，将一瓶老陈醋全部喝完。虽然在欢呼胜利雀跃之时，绑在衣服里的“胎儿”不慎掉了出来令全场爆笑不止，但这并不影响他赢得胜利这一事实。于是，在雄壮的《运动员进行曲》中，孕妇们嬉笑着排队依次上台，给周小易献上或轻或重的香吻。此情此景，不仅令吴极等男“孕妇”们忌妒，就连摄像师都感叹周小易真是好福气，慕煞天下男人。

在家收看电视直播的周非凡夫妇看到此不禁乐而开怀。看着儿子幸福地张开双臂享受香吻，苏梅直赞儿子和自己长得像，后悔没让他去当演员。

“行了，你儿子那张脸也就是对得起你家的遗传了。哪像我们小容，要鼻子有鼻子，要眼睛有眼睛，比当年的李完美还漂亮。”周非凡手上擦拭着心爱的镜头，不在意地应对着。可话刚出口便自知失言，忙赔笑道：“对不起，对不起。说溜了嘴。”

“什么说溜了嘴？”苏梅睨视着周非凡，“这就是你惯用的伎俩，以突然袭击的方式，说出了蓄谋已久的心里话。”

“我怎么蓄谋已久了，李完美不漂亮能当演员啊？”

“她漂亮，你怎么不让她给你当老婆呢？”

“漂亮能当饭吃还是能当酒喝啊？”

“这话我爱听。”苏梅不禁笑了，回过头又说，“你这女儿在家不着调也就罢了，现在还把这不着调搬到了工作中。我要是电视台的台长，立马把她开除。”

“小容怎么不着调了？”周非凡为女儿辩护着，“她这是在给你们女人伸张正义，让男人知道女人十月怀胎的不易。再说，他们台长这会儿不知道怎么乐呢，这样的节目既贴近生活，又刺激，比那些折腾人的体育闯关节目有意思多了。”

都说女儿是父亲前辈子的情人，这话在周非凡这儿应该是比较准确的。在他的眼里，周小容说话办事总是别出一格，就连她的不靠谱在这位父亲的眼里也是特立独行的个性。如果说这世上有父女同心这类人的话，周氏父女定在此列。

四

望着台上周小易春风得意的嘚瑟劲儿，“羡慕忌妒恨”几种情绪在一瞬间阶梯式从胸口漫漶开来。吴极咬牙跺脚暗下决心，定要在下个环节中赢得胜利，让周小易也在失败中体验痛苦的煎熬。

接下来是让准爸爸们体验妻子孕期呕吐的感受。在周小容的安排下，四个壮硕的工作人员分别拽着选手的四肢来回摇晃，以使其因眩晕而呕吐。这对于热衷于飙车和蹦极等极限运动的周小易和吴极来说，无异于小儿科的把戏。他们不仅不难受，反而产生了很享受的感觉，令卖力费劲儿的工作人员很“受伤”，周小容也产生了极大的挫败感。她宣布周小易和吴极提前过关，直接进入第三环节“魔鬼大转盘”，誓在这个环节令二人尝到苦头。

被绑在直立大转盘的周小易和吴极，起初还蛮高兴的，彼此吹嘘着自己的形象是如何的“酷毙”“帅呆”，面对镜头出尽风头。当大转盘转了起来，周小易看着蓝天绿草在眼前交织而过，身体亦如鼓满了风的帆，向着天空、向着大地飞奔而去……他感到了一种久违的刺激，不由得兴奋地欢呼着，准备迎接更加刺激时刻的到来。突然，他似乎感觉自己的心脏被抽离了身体，瞬间又被砸了回来，同时体内的器官纠结成一团，翻滚着挤压着，一种来自身体深处无法抑制的恶心翻涌到了喉头。他努力地隐忍着，可终敌不过身体对意志的背叛，一声“我不行了”还没喊完，便被飞溅而出的呕吐物遮住了双眼……

婷婷急急来到周小容身边，告知她小易已经吐了，须赶紧下来。

“你好了伤疤忘了疼是不是？我今天不让周小易和吴极吐个天翻地覆，尝够孕妇的滋味，绝不撒手。”周小容蹲下身子，为弟妹捋捋额边的乱发。起身便让工作人员加快转盘的速度，以便让体验者真正“体验”孕妇的真实生活。

周小易和吴极无望地在空中挣扎着，狂吐不已。

电视直播还没看完，苏梅便关了电视。她来给周非凡当帮手，要好好给儿子做点儿吃的，以表彰他在活动中的英勇表现，弥补周小容给他带来的折磨。

周小易拖着疲乏的身体进了门，径直来到厨房门口，一声“妈”刚出口，就“扑通”一下跪在了苏梅身后，情真意切地说：“妈，您太不容易了，早知道您怀我那么痛苦，我就不该来到这个世上。您受难时吐出的胆汁，儿子今天用鱼翅、燕窝给您补上。”

“起来，起来。瞎表忠心。”周非凡拍拍儿子，将他拉了起来，笑说，“你妈怀你的时候，别说是吐，连个恶心劲儿也没有过，一天到晚高兴得和陀螺似的。哪像李完美怀李小爱那阵儿，那个吐啊，吐得舞台上滑得都站不住人……”

苏梅正为儿子的诚意感动着，听周非凡如此一说，顿时将不悦挂在了脸上。她把手上的锅铲扔进锅里，质问道：“李完美怀孕的事你现在都难以忘怀，什么意思？”

正感动着，突然父母又起了争执，周小易无奈地央求道：“爸妈，您二老今后能不能都不提李完美。”

说曹操，曹操到。苏梅正要表态，却听见窗外好似李完美和婷婷在争吵，她慌忙和周家父子交换了个眼神，解下围裙冲了出去。

果然，素日里细声细语的婷婷和李完美正在置气。其核心是李完美说凭她的“火眼金睛”判断，婷婷怀的是个女孩。而之前她曾预测李小爱是男孩，刚才已经在医院里做了B超，是铁板钉钉的事了。本来，生男生女于婷婷来讲无所谓，可李完美当着院子里的阿姨们这么一说，却令她心情不爽。苏梅得知原因，情知在此和李完美争吵会跌份儿损面子，两败皆输，便故作大度，笑称“跳大神”的话不足信，拉着婷婷便要离开这是非之地。怎料刚一迈脚，却又被李完美坚称有了婷婷生女儿的佐证，其证据便是婷婷刚刚起步是迈开的右腿，“男左女右”嘛。

“瞎掰。”苏梅不得不停下脚步，和李完美理论起来。

“我怎么瞎掰了？你看看你儿媳妇的肚子，是不是圆乎乎的？”

“你怀孕肚子是方的，妖魔鬼怪啊？”

“心虚不是？老话说，女人孕妇时肚型又尖又凸，那肯定是男孩。我家小爱就是这个体型。肚型要是浑圆，肯定就怀的是女孩。”李完美来到婷婷身边，煞有介事地比画着给围观的几位妇女讲解着，引得苏梅不禁也认真听了起来，“还有，如果孕妇的容貌变得漂亮，皮肤变得光滑，怀的就是女孩。大家看看，婷婷哪像孕妇，简直可以和歌星、影星媲美。”

婷婷有些心虚地摸摸自己的脸颊，低声向苏梅问道：“妈，她说得真的假的？”

“大家回头再看看我家小爱，越长越难看。自打怀孕后，皮肤变得粗糙，脸上长满大大小小的痘痘，整个一大灰狼的面相，这是典型怀男孩的状态。”

“婷婷，别听她瞎诌，她是为她家小爱‘女大十八变，越长越难看’找借口。不要听她的鬼话。走，回家。”苏梅搡了下婷婷，转身准备离开。

婷婷顺从地点点头，刚要随苏梅离去。一迈步，又被李完美“男左女右”的喊声给怔住了，因为她的确迈出的是右脚。就这样，婷婷站在那里，在众目睽睽之下，竟然迈不开步子走不了路了。

苏梅冲了过来，站在婷婷面前，喝道：“李完美，你什么意思，咒我们是不是？”

“我咒你们干什么，”李完美笑吟吟地说，“生女儿好啊，和我外孙天仙配。将来咱两家搭亲家，你家周非凡还要给我孙子当外公呢。”

“你妄想！”苏梅斩钉截铁地说，“周非凡就是给外星人当外公，也轮不到你。”

回到家里，苏梅越想越不对劲儿。对于李完美故意扬言要让周非凡给她的孙子做外公一事耿耿于怀。她不顾周非凡的反对，通知全家明天集体到医院去，非得马上弄明白肚子里怀的宝贝是男是女，如果是男孩，定要给李完美一记响彻云霄的耳光。

第二天一大早，全家人准时来到医院。在苏梅的布置下，周非凡去找熟人联系B超，周小易负责跑上蹿下挂号交费，而她自己则负责让婷婷平静心态，以良好的状态等候检查。

“妈，要不咱回去吧，真的，男孩女孩我都喜欢。”

“婷婷，你婆婆我也不是不开明的人。”苏梅长长地叹了口气，“对我个人来说，你生男生女都无所谓。但是，周家已经是五代单传了，你总不能让周家在你们这里断了香火吧？”

听婆婆这么一说，婷婷意识到事情对于老辈人的重要性，不禁忧心忡忡道：“那，那要‘超’出来是女孩呢？总不能把她‘做’掉吧？”

“凡事都要往好处想。根据我的经验判断，你怀的宝宝有80%是男孩。”

“那万一就碰上那20%呢？”

对于婷婷如此丧气的预测，苏梅非常不满，可又无法和她理论。正纠结着，恰见周非凡与一位熟识的医生说着话从远处过来，急忙迎了上去，并陪着婷婷进了B超室。检查一结束，苏梅便急急地向大夫问询胎儿的性别。

医生看着电脑屏幕，吞吞吐吐地说：“胎儿生长不错。你儿媳妇的肚子比较特别，好像是羊水太浓，胎儿的一些细致部位……看，看不清楚。”

苏梅凑过去盯着屏幕看着，怎奈除了胎儿的轮廓之外，什么也看不明白。她不禁怀疑医院的B超机器老化，更质疑这医生是个庸医，遂决定重换医院再做诊察。她命令周小易找到帮李小爱做胎儿性别鉴定的熟人，务必一次将婷婷腹中胎儿的性别查出，以解后顾之忧。

从吴极那里，周小易很顺利地打听到了帮他们鉴定胎儿性别的医院和医生，可当他带着婷婷如约前往时，却遭到了那位医生的拒绝。医生告诉他，虽然吴极专门打了电话，但自己却刚刚因为私自告知孕妇胎儿性别这事被罚了三个月的奖金。周小易一听急了，再三保证自己绝对不会将此事张扬，如再被罚款，罚金由他自己来出。

“不是我非要做，是我妈知道了您给李小爱B超做得特棒，非得点名让您做。”周小易眼睛一转，计上心来，“医生，我告诉您，我妈可是个泼妇。如果你给李小爱做了不给我老婆做，她会跟您急眼的。她一急就会来医院大吵大闹，到时您给李小爱‘超’男女的事不就暴露了？”他看医生的样子似有所动，但仍在犹豫不决，便拉过婷婷，欲擒故纵道：“那我们走了，再见哈。”

“别别，我给你老婆做。但是，你们一定要为我保密啊。”

小两口欣喜地随医生去做B超了，可结果仍然是“看不清”，关键部位“一片迷茫”。这消息可令婷婷费了神，她不明白为何自己和李小爱的预产期就差二十几天，其结果会如此不一样。

周小易则完全相信医生所说，笑称未出世的孩子定是当超级特工的料，从胎儿起便会使用隐身术。他告诉婷婷，不必跟着母亲的指挥棒转，男孩女孩在他的眼里都是宝贝，如果是儿子，他们爷儿俩一起保护婷婷，如果是女儿，那她们娘儿俩一辈子都由自己来保护，绝不会让自己心爱的女人和女儿受丁点儿委屈。

听着丈夫发自肺腑的话，婷婷感动得泪眼蒙眬。她自己又何尝不是这样呢？可婆婆讲得有道理，家族中从根子上还是喜欢男孩的，似乎传宗接代更为正宗一些。眼看丈夫一味地哄自己开心，婷婷不由得担忧起来。怀孕妇女最担心的便是胎儿的健康，如此三番五次B超都说看不清楚，难不成是胎儿有问题，医生们都讳言相瞒？回到家里，婷婷迅速上网，将自己遇到的情况和网友们探讨起来。果然，万能的网友们告诉婷婷，以她的怀孕月份，胎儿性别完全可以在B超上分辨清楚，除非胎儿是畸形。

畸形！婷婷如五雷轰顶，她慌忙叫起已然熟睡的周小易，将自己在网上咨询的结果告之。周小易一下子也乱了套，他慌忙上网查询，真是不查不知道，越查越糟糕。这世上胎儿畸形的比例竟有2%还多，其种类也多达两位数……婷婷已经“嘤嘤”哭了起来，她的无助与痛苦将周小易彻底击垮，完全丧失了主见，却还要表现出一个男人在危急时刻的担当。他无助地关了电脑，低声叮嘱此“噩耗”绝不可让家人知道，必须马上找周小容商量。

周小容是个非常“分裂”的女子，清秀的容貌掩盖着大大咧咧的性格，前卫的衣着包裹着传统的思维，这个把每一天都当作世界末日来享受的姑娘，做事却很有远见，行事风格干脆利落，待人接物坦诚率真，很受朋友的欢迎。在家里，她是个“神龙见首不见尾”的主。除了在电视屏幕上，家人想见她比较难。但不管大小事，谁也离不开她，被周非凡笑称为“周百度”，以表彰她在家里的突出贡献。

次日，周小容亲自开车，带着弟弟和弟妹去医院检查。陈医生详细询问了婷婷孕期情况，并为她做了详细的检查，排除了胎儿畸形的因素，令周小易和婷婷欣喜万分。对于这位年龄不大、却是妇产科权威的专家，周小易夫妻心存感激，直言要请对方吃大餐以表谢意，被周小容代而谢绝。

周小容直言陈医生是“单女俱乐部”成员，时刻听从自己这位“主席”召唤。知道姐姐真的整出来个俱乐部，周小易立刻断言，这都是在电视台搞那个《家庭》栏目的后遗症，那些负面的家庭案例真让姐姐变态了，变成个不结婚的老姑娘。

“偏见，‘单女’等于变态女吗？”周小容一本正经地说，“我告诉你们一组数据，据美国人口普查局公布的最新数据，在25岁至34岁的人群中，从未结婚的人数高达46.3%，单身人群首次超过已婚人群，成了多数。另外台湾地区‘妇女婚育就业调查’的最新结果也显示，上一年度台湾单身女性占女性总人数的15%，其中持独身主义的女性有25.8万人，占18%。我们‘单女俱乐部’有像陈医生那样的妇科专家，有房地产老板，有银行高管，有上市公司的独立董事，有教授，有著名作家，不瞒你们说，还有咱们市的一位副市长。”

周小易说不过周小容，只得由衷地恭维道：“这哪是‘单身俱乐部’，简直就是‘精英俱乐部’！”

说话间，姐弟几人驱车来到一家酒店，周非凡和苏梅早已等候在此，一家人在此聚餐，给婷婷和没出世的宝宝举行“压惊宴”。

周非凡举起酒杯说：“今天我和你妈做东，是给婷婷……”

苏梅提醒：“还有宝宝。”

“是。首先，我们为婷婷的母子平安干杯！”

“别急，我也得说两句。”苏梅拿起酒杯，直视周小易，语重心长道，“咱老周家是五代独苗相传，不能在我们的手上断了周家的香火……”

又是“香火”！难道自己真成了周家传宗接代的工具？婷婷心里不悦，顺势将手中的杯子放在桌边，装作没事人一样，翻来覆去地叠着面前的纸巾。

周非凡将婷婷的举动看在眼里，他连忙拦住苏梅的话头，笑哈哈地说：“没那么严重，我看现在女孩更好。就说咱们家吧，大事、急事、要掏钱的事，连婷婷肚子里的事，都是周小容一马当先。咱们社区贴着‘有难事找民警’，我看咱们家也应该贴上一张条，上面写上‘有难事，找小容’。毛主席说得好：妇女能顶半边天，我看小容就是咱家的天……”

“老周，你昨天还说我是咱家的天，今天又给小容封了个‘天’，咱家是两重天啊？”苏梅自知刚才自己的“香火”说有些失言，便顺着周非凡的话说着，想让婷婷放松一些。

周非凡故作恍然大悟状：“嗨，我怎么把你这个重要妇女给忘了。我提议，首先为咱家的三个妇女干杯！”

婷婷嫣然一笑，拿起杯子率先站了起来，给婆婆和大姑姐敬上一杯。清脆的碰杯声带走了之前的些许不快，众人相视会心一笑，一饮而尽。

知道陈医生是周小容的好友，苏梅执意要让她打听一下B超时胎儿性别。

“妈，人家医院有医院的规矩，医生有医生的医德，我不能逼着我的姐们儿犯错误啊。”周小容睨了苏梅一眼，一副不情愿的样子。

“不就是提前知道男女嘛，怎么搞得像选政治局常委似的。”苏梅耍起了小孩子脾气，“不知道孩子是男是女，我吃饭饭不香，睡觉觉不甜。”

“梅梅，你就别难为小容了，医院又不是给咱家开的。”周非凡咳了一声，提示道，“苏梅，今儿都挺高兴的，你可别扫了大家的兴啊。”

“别争了，不就是个男女嘛，我现在就给陈医生打电话。”为了安抚家里的“老小孩”苏梅，周小容息事宁人地拿起手机拨出了号码，并将电话放在免提上。

“小容你这真是难为我了，我真不能告诉你。”陈医生的声音在电话里显得有些为难，她吞吞吐吐地说，“这么讲吧，你弟妹胎儿畸形应该是排除了……但是，但是胎儿屁股上有只‘小尾巴’，这事儿你可以告诉你弟妹和你老妈。”

刚排除了畸形嫌疑，胎儿却又长了“小尾巴”！

婷婷百思不得其解。她感慨道：“我一辈子不跟人争吃争喝，也不说别人的坏话，有理也让人，没理也让人，可老天爷为什么要这样不公平地对待我？”可这长了“小尾巴”的孩子也是自己的骨肉啊，想到“小尾巴”将来会遇到的种种难堪和困难，她不由得泪水涟涟，抽泣不已。

“别那么悲观，说不定陈医生是在暗示胎儿的尾巴就是小鸡鸡。”周小易被婷婷哭得昏了头，他总觉得自己的孩子不至于遭到如此命运，遂猜想出好的结果。

“小鸡鸡能长到屁股上吗？亏你还是男人。”婷婷哽咽道，“刚没了畸形，又出来尾巴，这跟畸形有什么两样。”

“不一样，畸形是没有办法改变的，而小尾巴是有办法根除的。你看看网上说的，医学上把胎儿屁股上长尾巴定位为‘返祖现象’，可以在婴儿出生后手术根治。”周小易拍拍电脑传授着刚从里面得到的知识，又嬉笑着劝道，“甭难受了，你说说全世界一年要出生多少个婴儿，但能有‘返祖现象’的有几个？简直比中一亿元人民币的彩票还难！没准儿啊，咱家宝宝就是老祖先炎黄二帝派到人间的使者，中华民族的伟大复兴……”

“你瞎掰扯什么，都是让你妈周家几代独苗给咒的。”对于周小易不合时宜的胡诌，婷婷从内心深处感到烦躁。她转身给李小爱打了电话，告诉她最近发生的一切。李小爱坦言婷婷想得太多了，并坦言听说自己小时候也曾经长过“尾巴”，满月时割了就没事了。还说最近她的一个客户的宝宝也长了尾巴，吃了位祖传医生的三服药，就把“尾巴”给解决了。并保证迅速联系此客户，以解婷婷后顾之忧。

按照李小爱客户的指引，周小易带着婷婷坐上出租车一路疾驰到郊外。出城之后，婷婷心情好了许多。在她的眼里，仿佛天更高更蓝，地更宽更阔，就连转瞬即逝的农田、乡舍，都透着几分亲近可爱。县城老街道，狭窄而幽长。出租车缓慢地驶着，坐在车里的婷婷和周小易专心致志地看着外面，寻觅着他们要找的门牌号码。终于，当一座稍显破败的建筑出现时，他们异口同声地叫道："停车！"

终于找到了可以医治"小尾巴"的医院，周小易和婷婷兴奋地从车上下来，疾步来到大门前。当看到大门一侧暗淡的牌匾上"大王镇兽医院"几个字样时，他们相视一怔，惊呆了。婷婷急忙拨通了李小爱客户的电话，当得知她家的宝宝是从澳大利亚带回的考拉时，她不禁啼笑皆非。真是心急乱投医，都是自己"拯救胎儿"心太切，以致搞出这么大的笑话。她沮丧地转身欲离开，空寂的街道却连辆出租车都没有，她只好靠在路边的树上休息，让周小易想回城的办法。

周小易闲来无事，便开始琢磨起来："婷婷，我有个想法。你说兽医他能给动物把尾巴用药去掉，那人应该也适用吧？"

"你什么意思，想让我看兽医啊？"

"不是，不是。我是说现在民间有很多'神人'，记得我三岁的时候，上房顶捅马蜂窝，结果摔断了胳膊，当时，好多大医院都说没法接，后来就是一位兽医给我接好了胳膊，你看看，现在搂着你多有劲儿，兽医胳膊！"

"你说的真的假的？"

"当然是真的，不信一会儿回去了你问我爸妈。"周小易见婷婷不再反对，又说道，"反正咱现在不是也闲着吗，闲着也是闲着，不能让咱来时的出租车费打了水漂，进去咨询一下也没什么坏处。"

"我不去。"

"你不去我去。人是猿猴变来的，既然长尾巴是返祖现象，跟动物有关系，就应该问个究竟。"

"周小易，你真不靠谱啊。要去你去，我不去，我是人，不是畜生。"

"你要是畜生我成什么了？"见婷婷一时语噎，周小易又忙施展开温柔战术，"好，乖，你在这儿等着，我进去瞧瞧。"

周小易蹑手蹑脚进了兽医院。偌大的院子里空荡荡的，几个诊室一字排开，只有一个挂有"专家门诊"的房间里有人影晃动，周小易遂走了过去。他看见一个少妇怀里抱着一只躁动不安的兔子，穿着白大褂的兽医正在给兔子尾巴换药。一打问，才知道这只兔子尾巴太短，兽医专家为它做了增长手术。

"太有才了。"周小易感慨道，"那今后'兔子尾巴长不了'这老话得改写了。"

兽医看看周小易，点头赞许道："你说得完全正确。在我们医院，可以应患者家属的要求，不管是什么科的宠物，要长尾巴的，我的药就可以让它长，不喜欢尾巴的，我的药就可以将它去掉。你看看墙上的预约：杜宾犬、巴哥犬、柯基犬，它们先天并非没有尾巴，只是为造型好，在娘胎里尾巴就被我的药物清除了。”

周小易小心翼翼地问：“那，那人要是长了尾巴，您的药管不管用？”

“人长尾巴是返祖现象，也不是什么稀奇的事。理论上我的药也是能治疗的，但是还没有人来找过我。”

周小易试探着向兽医打听根治“尾巴”的费用，坦言自己将鼎力帮助他完成这项“科学试验”。他正热络地跟兽医聊着，只觉得耳朵一阵发痛，原来婷婷早已跟随而至，看到老公如此不靠谱地要将自己和腹中的胎儿交与兽医处置，她再也无法忍受，遂提耳将周小易揪出兽医院。

眼见弟弟、弟妹为了割去“小尾巴”连兽医院都去了，周小容唬得连忙和陈医生取得联系，方知“小尾巴”原是陈医生为了规避医生不得为孕妇检测胎儿性别而选择的代名词，婷婷孕育的是个男宝宝。

得知自己将要有孙子了，苏梅感叹此盼孙之路经历不亚于两万五千里长征，终于拨开乌云见太阳了！她买来后腿肉和韭菜，要包饺子以示庆贺，并责令周非凡亲自擀皮。

瞧着老伴喜上眉梢的样子，周非凡打趣道：“看把你给高兴的。我看咱孙子将来名字不叫‘周盼盼’就得叫‘周难难’。”

“盼盼是熊猫。”

“我现在还在纳闷，怎么前边的两个医生统一口径，都说看不清婷婷肚子里的胎儿是男是女？”

“这不明摆着嘛，人家医生是怕受处分，故意说看不清楚。”

“但刘医生他不能骗我啊！唉，下台干部，人瞧不起啊。”

“要别人瞧得起干吗？只要我瞧得起就是最大的瞧得起。老周，我想明天咱再做一回东，去烤鸭店，庆祝咱们周家有了正式的孙子，把咱亲家也请上，把你珍藏了30年的茅台也贡献了。”

“好啊，我看应该把李完美也请上。”

一听李完美的名字，苏梅顿时拉下了脸：“你什么意思？”

周非凡理直气壮地说：“现场宣布咱家有了孙子，气死她啊。”

苏梅哑然失笑，赞道：“你这辈子，就做对了这一件事！”

包好了饺子，周小易小两口还没下班，家庭小型庆祝会也没办法召开。苏梅按捺不住激动的心情出了家门，看见楼前一拨退休的妇女们在聊天，她没像以往那样视而不见，而是主动上前和大家聊了起来，巧妙地将自己即将有孙子的事说了出去，并盛邀众人将来喝自己孙子的满月酒。

邻居们早已知道苏梅和李完美之间的暗战，话里话外也就附和着说了些李完美的坏话。正聊得热闹，恰好李完美从外面回来，众人纷纷四散而去。

李完美过来，望着远去的人们，打趣道："真热闹，你们刚才是说谁呢？"

"赞美你呢。"苏梅站定，掩饰不住心中的得意，"难道让我把大家的美誉之词，再朗诵一遍吗？"

李完美从女儿那里早已知道婷婷所怀男孩之事，看苏梅如此反常的样子情知定是因此。她晃了晃脑袋，不屑道："嘚瑟什么劲儿，是孙子又怎么了？我告诉你，我家小爱的预产期是8月份，你家婷婷的预产期是9月份，也就是说，我孙子可以在六岁上学，而你的孙子得等到七岁才能上学，我孙子在娘胎里就领先你孙子一步。"

如一记闷棍迎头袭来，苏梅表面虽不动声色，脑子里却在快速地思索着。

李完美得意地晃着脖子："赞美啊，怎么不赞美了？记住了，孙子和孙子是不一样的。"言毕，她一扭身，唱着戏曲段子，迈着碎步骄傲地离开。

出事了！如果孙子晚上学一年，按现行的体制，他就业、评职称都会因此而晚上一年。是夜，苏梅召集全家人开会，为未来宝宝的上学问题出谋划策。

"……我去学校咨询了，教育部门规定儿童需在9月1日前满六岁才能入小学。如此看来，9月份出生的孩子，比8月份出生的孩子上学，确实是要晚整整一年。也就是说，我孙子一出生就落在了李完美孙子的后头，不在同一个起跑线上。"

听苏梅这么一分析，婷婷自责不已，连连检讨自己孕前没有计算好时间。周小易却不以为然，他认为多玩一年对孩子来讲未必不是好事。

"什么好事，一步赶不上步步赶不上。上小学晚一年，上中学就得晚一年，上大学也得晚一年，工作还得晚一年。调工资、分房、评职称都得晚一年。"苏梅瞪着不靠谱的儿子，滔滔不绝地掐指数落道，"再就是经济上也要多出一年的托儿费，当然这都是小事情。核心的问题是孩子会成了班级里年龄最大的。学得好了不说，学得不好便要受人耻笑，心理上要承受多少打击呀。"

"妈您想得也太多、太远了。孙子还没出生就想到了分房子、调工资、评职称。"周小易反诘完苏梅，又寻找内援，"爸，我妈怀我那会儿，想到这么多了吗？"

"那会儿哪有这么多心思，只想着你和你姐怎么能喂饱肚子。"

"妈，我看您现在有点儿'没事找事'的意思，咱不能……"

"什么叫'没事找事'？"周非凡冲周小易眨巴着眼睛，正话反说道，"你妈多操心一点儿你们的事就是'没事找事'了？你这孩子是怎么说话呢？"

果然，一听周非凡斥责儿子，苏梅不乐意了，冲着老公啧道："你急什么，小易说话就这种风格，你也不是不知道。”

一直在思索的婷婷忙扭转话题：“我认为妈的担心也是有道理的。但是预产期不是咱们想调就能调的事啊。”

对于婷婷的表态，苏梅很满意：“只要认识到事情的严重性，解决问题的方式和办法总会有的。”

临睡觉前，苏梅建议明天和周非凡一同去婷婷娘家一趟，和亲家商量，想办法把孙子出生的日期调到 8 月 31 号前，以便让孙子在起跑线上先胜一筹。

周非凡不屑道：“预产期怎么可以调，你是神仙啊？这不是异想天开嘛！”

苏梅胸有成竹地说：“怎么不能调，让婷婷提前剖腹产。”

“不行，生孩子是‘瓜熟蒂落’的事，你怎么可以去‘拔苗助长’？”

“行了，就你懂得多，怎么没人提拔你当市长、书记？剖腹产的事，我自己去找马大玲。”苏梅不满地瞥了眼老公，下了逐客令，“去，睡书房去，呼噜声越来越大了，影响我思考问题。”

亲家突然造访，可忙坏了王家两口子。王满堂笨手笨脚地削着苹果，马大玲则挽起袖子张罗着要给亲家母做她最拿手的红烧大棒骨。苏梅连忙拉住她，言说有重要事情要两家商议，必须尽快做出决断。听苏梅一股脑儿将孙子必须提前出生的种种理由说完，一向快人快语的马大玲却缄默不语，一个劲儿地在客厅里转来转去。这反常的举动令苏梅心里愈发忐忑不安，人在沙发上坐定，眼光却随着马大玲移动着。

马大玲终于停止了思考，她忧心忡忡地说：“剖腹产也不是不可以，但是让婷婷提前二十多天把孩子生出来，只怕对孩子和婷婷都不好。”

“没事。”苏梅言之凿凿地说，“我妹妹当年早产一个多月把我外甥生了出来，现在我外甥一米九的大个子，人高马大，上着体育学院，一点儿事都没有。”

“亲家，吃苹果。”王满堂满脸是笑，将削好的苹果递给苏梅。

苏梅接过苹果，温和地向王满堂询问：“亲家，您的意见呢？”

王满堂看了马大玲一眼，刚好碰上她“威胁”的眼神。遂干咳了两声，说：“生孩子那是你们女人的事情，我不懂，你们说怎么生，就怎么生。”

“既要保证母子的平安，还要让咱孙子不落后一年上学，是挠人心的一件事。这样，我有了一个‘革命生产两不误’的想法。满堂，去，拿 1000 块钱来。”马大玲发号施令完毕，胸有成竹地说，“这 1000 块钱，你带回去给你们家老周，他门路广，找派出所的民警吃饭、K 歌，在孩子出生前就把户口上了。一点儿小事，搞定手中有权的人，老周有的是经验。以前别人怎么搞他的，现在他就怎么搞别人！”

口无遮拦的人苏梅是见过,但如此这般坦率的还真是没遇到过。但碍于亲家的关系,又顾及自己的身份,她又说不得什么,只好双手叠放在胸前,往沙发上一靠,不动声色地看着马大玲,以沉默“示威”。

王满堂自知马大玲又将话说过了,忙阻止道:“大玲,说啥呢你?你这不是逼着老周犯错误,让人家晚节不保吗?”

苏梅平心静气地说道:“也没那么严重。但是老周平时看起来大大咧咧的,其实他是非常有原则的人,绝不会去干孙子没生出来就上户口的违法事。”

既然苏梅不出头请周非凡找熟人给孙子上户口,自己又不愿意女儿平白无故挨上一刀,马大玲思来想去,决定亲自出马,找熟人给孙子提前把户口报上。

几经周折,马大玲通过老年俱乐部的刘老蔫找到了在派出所工作的孙协警,摆下一桌丰盛的酒席,准备以此打通关节,给孙子早日报上户口,以解后顾之忧。酒足饭饱之后,孙协警提出需50000元才能将所托之事办好。这个钱数显然超出了大家的预料,马大玲和刘老蔫都傻了。但经不住对方的承诺,最终还是同意花钱为未出生的孙子办下这件至关重要的大事。

周非凡看似一团和气,实则原则性很强。多年的管理工作让他养成了外柔内刚的性格,虽然已经退休了,但习惯使然,他仍然保持着自己独特的处世方式。这天,他正在门口的小花园里拾掇花草,婷婷从医院孕检回来。

婷婷帮周非凡修剪着花枝,借机向他汇报起向医生咨询生产方式的结果。她说医生不主张剖腹产,且不说提前三周多出生有很大风险,更主要的是,胎儿没经过产道挤压很容易发生湿肺。肺要是张不开,容易缺血缺氧,还会导致呼吸衰竭,导致硬肿症、呼吸窘迫综合征等早产并发症。婷婷坦言如果仅仅是为了上学这个原因,冒这么大的风险确实得不偿失。为了孩子的安全,她倾向于顺产。

“孩子怎么生,这是你和小易的事,我不掺和任何意见。”

“但是我妈坚持要让孩子生在8月31日以前,为这事,她还专门去了我家做我爸妈的工作。”

“鱼与熊掌不能兼得,你得让你爸妈三思。”周非凡想了想又说,“婷婷,我得说你两句。你这孩子什么都好,但就是有时候太软弱,太顾及别人的想法和感受了。大是大非面前,只要自己认为是对的,就不要思前想后,天王老子也不能阻挡。”

婷婷心底一暖,她知道公公看出了自己在家中的隐忍与委屈,遂敞开心扉道:“爸,生宝宝是咱家的好事、喜事,我想让大家都高高兴兴的,每个人都痛痛快快的,您就帮帮我吧。”

周非凡爱怜地看看婷婷,很痛快地答应出面做苏梅的思想工作。

得知婷婷和周非凡谈了想顺产的事，苏梅有些不悦。她认为这事婆媳之间沟通可能更好，没必要让丈夫拐弯抹角给自己传话。

“人家孩子怕你啊。”

“怕我，我是李完美那样的泼妇、搅屎棍啊？”

“大街上，我不跟你理论。”周非凡连忙举手缴械投降，他认真地说，“不过梅梅，我认为婷婷对提前剖腹产的担忧是有一定道理的。孙子晚上一年学，也不是什么大事，但是提前剖腹产要是出现问题，大人小孩都得遭殃。再说了，早产儿有很多不可预知的麻烦，你听我给你讲讲案例……”

听老伴谈虎色变地说讲剖腹产的后遗症，苏梅不耐烦地打断他：“你不要再给我做工作了，你知道什么叫早产儿吗？早产儿一般是指怀孕未满 37 周出生的宝宝，我已经做了精确的计算，婷婷在 38 周的第一天做剖腹产。既避免了早产，也把孩子生到了 8 月。一箭双雕！”

周非凡不无挖苦道：“哎哟，你真是费尽心思了。”

苏梅理直气壮地说：“我当奶奶，要全方位地关注孙子的生活，能不费尽心思？”

“我给你说，不管什么事情都要有个度，疼爱孙子、关爱孙子没错，但是儿孙自有儿孙福，莫为儿孙做远忧。”

“讽刺我为孙子考虑分房子、评职称是不是？”

“我的意思是，生孩子的事情还是让人家小两口做主，咱们就不要干预太多。”

苏梅哼了一声，悻悻道：“他们能做主？能做主怎么就没在怀孕前把孩子的上学问题考虑进去呢？婷婷明天就去医院做全面检查，剖腹产的事，就这么定了。”

给孙协警交了 50000 块钱，为孙子早上户口这事也就等于板上钉钉了。马大玲这几天心情好极了，在和姐妹们练习街舞时，不仅早来晚走，还重新编排了几组动作，使老年街舞更显潇洒。这天她正在练习街舞，刘老蔫神神秘秘地将她叫至俱乐部外面，满脸愁云地告诉她，孙协警搬离了原来的住处，找不见了。

马大玲一下子气血上头，她忙扶住旁边的墙，吩咐道：“打他手机呀！”

“打了 100 遍了，没人接啊。”

马大玲想了想又问道：“你是怎么认识他的？”

“我在街头下象棋，为了悔一步棋，跟棋友发生口角打了起来。正巧他路过，说他是协警，把我俩给拉开了，这样我们就认识了。”

“他说他是协警，就协警了？你怎么能把街头随便认识的人介绍给我？”马大玲气得直跺脚，“刘老蔫，我那 50000 块钱要是打了水漂，我跟你没完！”

话虽这样说，但马大玲还是和刘老蔫一起，又去了趟孙协警已经搬离的住处，希望能找到一丝线索。当确定此人已经无法找到时,马大玲毫不犹豫地去派出所报了警。捅了这么大的娄子,马大玲自知无法再将此事隐瞒下去,遂将前因后果和盘向王满堂托出,以期得到他的谅解。

“那么多的钱,你怎么就不给我说说?”王满堂越想越气恼,拿着手里的工具使劲儿敲桌子,“你什么脑子啊,哪个警察就敢要你50000块钱?明明是骗子,你就没有一点儿警惕?”

“刘老蔫带来的人,我怎么能怀疑?”

“刘老蔫是你爸,还是你老祖先啊,你就那么信他啊?”

“你凶什么,我给你把钱找回来,还不成吗?再说也报案了,公安说给查,但我也得主动出击。”马大玲咬了咬牙,义愤填膺道,“抓住他,我先残了他的命根,再……”

“行了,别钱没找回来,先伤了你自己的身子。”

“不怕,我买了把新菜刀。”马大玲说着,“唰”地从身后取出一把菜刀。

五

自从怀孕以来,原本温顺乖巧的婷婷变得敏感了许多,一个眼神一句闲话都会让她思考半天,一朵小花一株闲草也会令她徒生感慨。这一切,被周小易称为“孕期综合征”。

此刻,小两口出来散步,婷婷却不自觉地停下脚步,眼睛随着一对推着婴儿车的年轻夫妇移动着,望着他们甜蜜温馨的身影,流露出羡慕的目光。周小易笑称此情此景指日可待,并郑重宣布,自己将把儿子的出生过程通过微博、QQ向亲朋好友现场直播。这个突发奇想可真是吓坏了婷婷,想到自己惨不忍睹的生产过程将被不靠谱的丈夫大白于天下,她连叫绝对不行。周小易却认为女人最伟大的时刻就是生孩子,让人生唯一的一次“痛并快乐着”与亲友共享,是善莫大焉。

两人正争执不下,婷婷接到父亲打来的电话,告之马大玲人不见了,并且腰里还揣着菜刀!周小易大惊失色,婷婷急得放声大哭。还好,幸得周小易很快冷静下来,他让婷婷和王满堂一组,互相照顾着在家属院附近寻找,自己则去比较远点儿的公共场合,力争早点儿找到马大玲,避免灾难性事件的发生。

为了避免家人妨碍自己追击骗子,马大玲将手机放在家里,拎着新买的菜刀上了大街。她漫无目的地寻找着,企图在茫茫人海中寻找到那个骗走她50000元血汗钱的“协警”，将自己因爱孙心切所造成的损失找回来。没承想，她这一个举动引得家里发生了不小的地震，也差点儿令自己身陷囹圄。

马大玲刚过了十字路口，便见前方人群中有一个身着协警制服的男人，其身形背影和骗子“协警”极其相似。马大玲热血瞬间冲上头顶，她大步流星追了上去，一把揪住男人后衣领，挥刀便砍。男人被她猛地一拽原地转了半个圈，当看到挥舞在空中的菜刀时，不禁面露惊恐，急忙躲闪。马大玲这才发现自己抓错了人，慌忙放下刀来尴尬道歉。听对方说认错了人，男人顿时神勇起来，他厉声呵斥马大玲立刻缴械，将其凶器扔地上，并声称必须将在大街上举刀威胁他人的马大玲扭送公安局，将其绳之以法。

马大玲拔腿就跑，她知道如果被真的协警抓着，自己定会麻烦不断，无法继续寻找骗子。可茫茫人海，要找到一个存心隐藏的人是何其难啊。天已经黑了，眼看骗子还无处可寻，马大玲突然想起刘老蔫来，如果没有他的介绍，骗子怎么会从天而降？在抓获骗子的过程中，刘老蔫责无旁贷，不能缺席。想到这，她径直冲到刘老蔫家，拽上他又重新踏上了寻找骗子的征程。

都市的夜色总是比白天更显华丽雍容，闪烁的霓虹灯，各色景观照明组成了炫目的繁华。行走在这热闹之中的马大玲和刘老蔫对此却视而不见，目光只是投向熙来攘往的人们，警惕地辨别着一个个“嫌疑人”。路过一个装潢华丽的洗浴中心时，马大玲突然有了想法，她认为电视上经常报道犯罪分子只要有了钱，必先吃喝玩乐，挥霍银两，满足私欲。她让刘老蔫扮作客人进入洗浴中心查访骗子，自己在外守候以备接应。

婷婷和父亲沿街寻找马大玲未果，想着母亲性子烈脾气大，手上又拿着刀，万一闯了祸定是后果难以设想，婷婷不顾王满堂的反对，强撑着不适的身体坚持着来到火车站。她认为骗子一定会想到马大玲报警，肯定会匆忙离开此地，火车站和长途汽车站应该是首选，而生活经验丰富的马大玲也极有可能在那里守株待兔。婷婷将自己的想法和周小易在电话上进行了沟通，俩人达成共识，分头前往火车站和长途汽车站。

在路上，周小易给家里打了电话，告知父母自己晚回的原因，并说了老丈人家所遇到的麻烦。苏梅一接电话便急了，说婷婷还有一个月就要生产，万一因此而动了胎气引发早产，那麻烦可就大了。周小易这才回过神来，再拨打婷婷电话已是无人接听状态，不禁心急如焚，转身又往火车站方向跑去。

此刻的火车站候车大厅里灯火通明，人满为患。婷婷举目望去，四下皆是匆匆赶路的旅客，唯不见母亲的身影。她正和王满堂抱怨马大玲不拿手机独自出门的动机,突然感到一阵头晕目眩。王满堂见女儿面色苍白,急忙和一位候车的乘客商议请他让出座位,让婷婷坐下稍加休息。

眼看着婷婷头上渗出点点汗珠,王满堂手足无措,催促婷婷放弃寻找马大玲,去医院就诊。就在这当儿,有乘客议论说二楼开水房有人打架,一女人拿着菜刀去砍一男的,结果反被男人夺过刀来砍了三刀。婷婷一听急了,以为是母亲受了伤,她起身跌跌撞撞便冲上扶梯,准备到二楼开水房看个究竟。匆忙中,被一位慌张赶路的小伙子撞了个正着,婷婷一声惊叫,脚下踉跄着,滚下了电动扶梯。

"情绪波动或精神过度紧张,可使大脑皮层功能紊乱,儿茶酚胺分泌增加,交感神经兴奋和血管收缩,导致早产。"

医院急诊室里,被救护车紧急送来救治的婷婷面色苍白,躺在床上输液。王满堂听着大夫的讲述,一时手足无措,只是着急地四下张望,希望他的主心骨马大玲似天兵突然降临。马大玲没盼来,王满堂却看见李完美和吴极搀着李小爱出现在急诊室门口。而吴极也看见了躺在床上的婷婷,得知她要早产,不禁连呼这两个闺蜜,还真跟商量好一样,连生孩子都要选同一个日子。此时,王满堂接到了马大玲的询问电话,他不禁勃然大怒,连斥老妻将女儿害惨了!

接到老丈人的告急电话,刚扑到火车站的周小易又慌忙打车来到医院。刚下出租车,迎面撞上了匆匆赶来的苏梅和周非凡。"为什么不和婷婷在一起?你丈母娘重要,还是你媳妇重要?"遭到母亲一顿呵斥,周小易自知有错,哑口无言。当他们进了医院找到王满堂时,才知婷婷因大出血已经被推进了手术室正在抢救,一家人顿时陷入焦急之中。

"王婷婷家属!"手术室的门突然打开,护士冲着迎上来的周小易说:"产妇大出血,但我们医院没有AB型血,市中心血库也调不来,我们正在积极联系其他的血源,你们家属也赶快想想办法。"

王满堂挽起袖子:"我是A型,她妈是B型,能输吗?"

周非凡连忙拍拍王满堂,阻止了他的异想天开,说自己给老朋友打打电话,想办法找到血站的人,调些血来急用。怎奈电话一直不通,急得几个老人全都眉头紧锁,呼吸加重。突然,一直默不作声的苏梅告诉大家,她是AB型血,现在就可以给婷婷输血。

王满堂万分感动,他望着苏梅,嘴唇颤抖着叫道:"亲家,你……"

因为苏梅患有低血糖,周非凡对她要献血不甚支持,坚持在外面寻找血源,得到了周小易和王满堂的鼎力支持。

"都这时候了,救人要紧。"苏梅微微一笑,将手中的外套交给周非凡,毅然推开门进了手术室。

望着苏梅娇小的背影消失在手术室大门后，王满堂给她磕头的心都有了。平日里，偶然会觉得这个亲家强势拿架子，可到了关键时刻人家把婷婷当作自己的女儿，一点儿含糊也没有，那献出来的可是人之精华殷殷鲜血啊！这血不仅仅救了婷婷，也救了没出生的小孙子，苏梅就是周王两家的第一大功臣！

周非凡被苏梅感动了，他想也没想迈步欲随妻子进去以便照顾她，却被护士拦在门外。周非凡心里如沐阳光，这个相濡以沫的老妻仍然和年轻时一样，不管平时多么刁蛮，关键时刻顾大局识大体，是个不简单的女人，今天这挺身献血不仅令亲家惊讶，就连自己也佩服有加。

“周老大，你们家婷婷怎么样了?”李完美从远处一路小碎步过来，她喜笑颜开道：“我家小爱预产期提前了五天，刚给我生了个六斤八两的大胖孙子!”

“祝贺你，母子平安就好。”

“你们家孙子是不是跟我家孙子飙劲儿呢，也要赶到8月份出生啊。”

“我这会儿没心情和你闲聊。”

见周非凡心不在焉，李完美扭身讪讪离去。她刚走开，马大玲一路跌跌撞撞飞奔而来，喘息未定便一把揪着周小易问他婷婷的下落。当得知女儿正在手术室抢救时，撒脚奔去推开大门便想往里面闯，却和正要出门的苏梅撞在了一起。躲闪不及的苏梅被撞晕了头，捂住脑袋站在那里半晌没动，唬得周非凡慌忙上前扶住她，焦急地连唤“梅梅”。

“我的血已经输给了婷婷。”苏梅靠在周非凡身上，声音虽然虚弱，脸上却幸福地笑着。

得知亲家主动为女儿献了血，马大玲一时不知说啥是好。她搜肠刮肚找了几个词，刚想说给苏梅听，却见她眼睛一闭，顺着周非凡的身子溜了下去晕倒了。王满堂不管不顾地推开手术室大门，发疯似的叫着：“护士，护士!”周家父子手忙脚乱地将苏梅抬起，让她在门前的排椅上躺下，声声焦急的呼唤终于将她唤醒。

马大玲“扑通”一下跪到了地上，拉住苏梅的手，热泪盈眶地说：“亲家，我们全家都会记住您的大恩大德，以后您就是婷婷的亲妈……”

苏梅微微一笑，虚弱地说：“大人孩子没事就好。”

马大玲回过头，对领着护士刚从手术室里出来的王满堂喊道：“你还杵着干啥?赶快给亲家买牛奶、买面包。”

“我知道梅梅喜欢喝什么，我去。”周非凡将外套搭在苏梅身上，匆匆离去。

周非凡刚刚离开，手术室里的情况就发生了变化。婷婷血压急剧下降，心电图同时也出现异常，并且胎音开始减弱。医生立刻通知家属，要他们速速决定，在大人与孩子之间做出选择，是保大人还是保孩子。

苏梅如被针扎，“倏”地从排椅上坐起。马大玲身子摇晃着，脚跟一软差点儿瘫倒在地，幸得王满堂眼疾手快急忙扶住老妻。没遇过大事的周小易更是慌了神，六神无主地望向苏梅。

苏梅略作思考，冷静地问：“医生，现在的情况，是保大人的把握大，还是保孩子的把握大？”

“什么这个大那个大？肯定是保大人，保我女儿！”马大玲恸声哭着，催促道，“周小易你还愣着干啥，赶快签字啊！”

周小易点点头，又看看仍在思考的苏梅，希望听到她的决定。

“别急。我还是认为应该听听医生的建议。”苏梅定了定神，决然说道，“如果保大人的把握大，咱就保大人；如果保孩子的把握大，就保孩子。”

“苏梅，你太自私了！”马大玲不管不顾地扑向苏梅，指责道，“你意思就是保你孙子，舍了我女儿的性命？”

王满堂劝道：“大玲，你冷静一点儿，亲家也没说一定要……”

“闭上你的嘴！孙子没有了可以再生，娘没有了到哪儿去怀孙子？”马大玲回头望着周小易，喝道，“周小易，你个狼心狗肺的，这字你不签，我签！”

“不是我不签，是……”他正要解释母命难违，抬眼见周非凡拎了袋东西从走廊过来，忙迎上去，“爸，现在婷婷和孩子都遇到了危险，医生问是保大人还是保孩子。”

周非凡来了，众人皆认为主事之人到场。一时间，苏梅和马大玲争相说着自己的想法和理由，意在影响周非凡的决断。略作思量，周非凡向医生问道：“如果是大人、孩子都保的话，最坏结果会是什么？”

“结果有可能会是大人小孩都保不住。你们快决定，我进去看看情况。”医生说罢，转身进手术室。

周非凡看看大家，又拍拍满脸痛苦的儿子：“小易，我们要相信婷婷和孩子都有很强的生命力。我倾向搏一下，咱们大人、孩子都保。”

“你站着说话不腰疼啊，我一把屎、一把尿把婷婷拉扯大，怎么可以让她当你的试验品……”想着女儿有可能因生产而遭遇不测，马大玲哭成了泪人，悲戚的哭声令在场的每一个人都如坐针毡，痛苦难熬。

手术室门张开了一条缝，护士探出头来催促着：“王婷婷家属，医生问你们决定了没有。”

“不说了，我是婷婷的老公，是孩子的爸爸，快刀斩乱麻。”周小易看看痛哭不止的丈母娘，又看看固执己见的母亲，果断地从口袋掏出一枚硬币，“一掷定生死，正面是婷婷，反面是孩子……”

周小易话音未落，一个巴掌落在了脸颊上。

“王八蛋，你这是对生命尊严的亵渎！”周非凡用颤抖的手指着儿子，痛斥他的荒诞行为。

“爸，原谅我，我这也是没有办法的办法，再不做出决定我就要崩溃了。”周小易泪水涌了出来，蹲在地上双手插进头发里，使劲儿地捋着。

苏梅看看痛哭着的周小易和马大玲，又看看愤怒的周非凡和无助的王满堂，心里对自己的想法有了纠正，她平静地说：“大玲说得对，孩子没有了还可以再生，但母亲没有了到哪儿再去生孩子？”

“妈，您的意思是保大人？”周小易一下跳起，欣喜的脸上还挂着泪痕。在看到母亲认真地点头之后，他再一次哽咽着将话重复给护士：“决定了，保大人，保大人！”

马大玲惊讶地捂住了嘴巴，她任凭眼里的泪水恣意流淌，执意要给苏梅跪下，用最隆重的礼节感谢她在关键时刻舍弃周家的亲骨肉而保全自己的女儿。

“亲家，您这是干什么呢？”周非凡忙拦住马大玲。在他看来，婷婷不仅是马大玲的女儿，也是自己的女儿。在共同生活的时间里，婷婷的温顺可人、善解人意都是自己儿女所不具备的优良品质，他怎么能在生命攸关的时刻放弃她呢？

手术室的门再次打开，众人急忙将从里面出来的医生团团围住，七嘴八舌问个不停。医生卸下口罩，欣喜地说大人孩子都保住了，母子平安！

得知婷婷生了个五斤八两的儿子，周小易欣喜若狂。他不由分说地抱起医生狠狠地亲了一口，又搂住周非凡和王满堂，泪眼婆娑，相抵而泣。马大玲和苏梅紧紧相拥：“有孙子了！”俩人难掩兴奋心情，彼此祝贺，为对方抹去激动的泪花。

周、王两家的女主人还没来得及预订迎接长孙诞生的产房，孙子便急不可耐地来到人间。匆忙之中，苏梅包下了一个 VIP 房间，给儿媳调养身体，也便于家人有机会和孙子相处。周小易买来了婷婷喜爱的玫瑰和百合，布置在病房的各个角落。淡雅的花香之中，婷婷开始了“坐月子”的生活。

产后第一天，苏梅和马大玲便为给婷婷吃什么产生了矛盾，令本来温馨和谐的气氛受到了严重的破坏。

苏梅曾咨询过几位营养师，大都认为此刻婷婷应该多喝蔬菜汤。原因是眼下的孕妇营养好，大部分都属营养过盛，极易造成乳腺闭塞。蔬菜汤可以充分对身体进行调节,将乳腺冲开之后,再喝传统的滋补类鸡汤、猪蹄汤催奶。而马大玲则认为苏梅是怕麻烦,用这种敷衍的方法来凑合。她认为女儿必须吃了自己亲自炖的鸡汤、鱼汤、猪蹄汤才可以迅速补好身体,同时给孙子更好的母乳喂养。眼见两个妈各执己见,争执不下,周小易息事宁人地叫酒店将蔬菜汤和鸡汤各送一份来病房。

周非凡见状忙把话岔开,亲切地叫道:"亲家母,我已经和小易他妈商量好了,咱孙子的名字叫周方明,想征求一下您和亲家的意见?"

"不用征求,孙子是周家用来传宗接代的,大名我们娘家不干涉。但是小名必须是我起的。"

苏梅正为儿子和稀泥的事不悦,听马大玲信誓旦旦地要为孙子起小名,不禁一愣,忙问道:"你准备给宝宝起的小名叫什么?"

"'钢镚'!"马大玲得意地说,"又硬朗又结实,象征着咱孙子能挣钱,挣大钱!"

苏梅内心不满极了,这么个庸俗、草根的名字,也只有马大玲才想得出。她硬生生地挤出个笑脸,干笑了几声:"我看叫'钢镚'还不如叫'钱串子'呢。太俗气,一股铜臭味,跟咱们家的身份、地位不搭调。"

马大玲对苏梅总忘记不了"身份"这件事很不以为然,听她此刻谈起,更觉得要好好"迎头痛击"一下。她睨了眼苏梅,坦率地说:"不是咱们家,是你们家。我就一电车司机,王满堂就一仓库保管员,平民百姓。平民百姓有平民百姓的名字,'钢镚'是我琢磨了几天几夜想出来的,是它也是它,不是它也是它!"

躺在床上的婷婷意识到两个妈之间又出现了起事的征兆,忙向周小易暗示,让他赶快阻止这场潜在的战争。

周小易什么人呀,牵一根头发都会出来九个心眼。对丈母娘起的这个名字他也感到啼笑皆非,可老人一番好意也不能直接拒绝了。他灵机一动,对马大玲说:"我有个好的小名,叫'money',和了我妈希望的洋气、大气,又顺了您要求的'钱味'。"

"你刚说什么,叫'妈奶'?"马大玲顺着读音一念,不禁皱起了眉头,斥道,"你怎么不叫姑奶奶呢?这是你儿子的名字吗?给我还差不多。"

面对如此"水平"的马大玲,不仅周小易哭笑不得,就连婷婷都觉得臊得慌。

她欲起身拦住母亲,怎奈体虚气短,动弹不得,只能闭上眼睛装作睡着了,静等事态发展。

苏梅被马大玲给孙子起的小名搅和得心烦意乱,为了彻底粉碎"钢镚"这个恶俗的名字,她建议两家换一下,改由王家给孙子起大名,小名由周家来起。怎知马大玲张口就应允下来，并依照周、王两家继承人的思路，给孙子起了个洋味十足的名字“周王一根”。

“一根是大葱还是黄瓜？亲家，这名亏您也想得出来。”苏梅此刻后悔极了，之前极力主张的“门当户对”被全家人反对，此刻，面对如此“通俗易懂”的名字，她切肤地感觉到“门不当户不对”所产生的恶果。

看到两个女人互不相让，亲家王满堂和儿子媳妇都是一副无可奈何的神情，周非凡果断地做出决定：“婷婷刚生完孩子，需要好好静养，大家就暂时搁置争执，先把婷婷坐月子的事情弄好。”

“我就不明白你为什么非要坚持孙子小名由你起。”回到家了，王满堂还沉浸在医院里的情景中，对马大玲的做法深深不解。

“你知道什么？”马大玲瞪了眼紧跟在身旁的老公，小声解释道：“外孙的大名那只是个符号，是学校和户口本上用的。但是小名是大家每天24小时都要喊的，让别人给我外孙起个我不中意的别扭小名，每天喊着我还不得气死。所以，‘钢镚’这小名是叫定了！”

“那周家要是坚决不同意你起的小名呢？”

“苏梅胆敢不同意我的‘钢镚’，她周家就是给咱孙子起个周公、周始皇、周总统的大名，我也不通过。”

同样为孙子起名之事坐立不安的还有苏梅。

“当初我就不同意娶门不当、户不对人家的媳妇，可你说我是小人之心，这下好，没文化的要收拾有文化的。”

“什么叫没文化的收拾有文化的？”周非凡忍了忍，终还是端杯水递给苏梅，好言相劝，“说句不好听的，你退休前也就是个人事局后勤科的小副科长，别整天拿自己当头蒜，说这个没文化，说那个没文化，让人家听着不舒服。”

“你意思我是在装大尾巴狼？”苏梅自知自己的短处在哪儿，可如此明明白白地被人指出，即使是丈夫，她也不乐意。

“明白就好。”周非凡嘿嘿一笑，嗔道，“其实你骨子里和马大玲没什么区别。”

这下苏梅真不乐意了，她起身冲着老伴斥道：“我今儿算是明白了，我在你的心里就是马大玲那样的泼妇。”

“我就随便说说，看把你给急的。”周非凡点到为止，及时扭转话题，“好了，还是说给孙子起名的事。”

“说什么说？”一提孙子的名字，苏梅气便不打一处来，“‘钢镚’这钱串子似的小名，马大玲她想也别想。”

眼瞅着父母双亲为孩子的名字争执不休，周小易和婷婷着急了。他们抱怨自己“人小言轻”，连给亲生骨肉起名字的权利都没有。眼瞅着就要出院回家了，总不能“喂，喂”地跟叫路人一般称呼自己的孩子吧。可最顺口的“宝宝”已经被吴极、李小爱正式“霸占”成了他们儿子的小名，而次顺口的“贝贝”则早已是楼下张大嘴家小京巴狗的名字。一气之下，周小易建议以孩子的生日命名为“八二四”，遭到了婷婷的坚决反对。她认为这个数字看似囚号，谐音又为“爸儿死”，大大的不吉利。她要求周小易必须在最短的时间内发挥三寸不烂之舌的功能，说服双方老人，早日为孩子取上大气、吉利的好名字。

虽然不是“妻管严”，但周小易对婷婷基本上是言听计从，更何况又关系到自己孩子的终生“冠名权”。他急急回到家里，决议首先攻下苏梅这座山头。

“……自古以来，大人为了孩子好养，都起一些猫啊狗啊的小名叫。您看看我爸是局长，他的小名叫‘独龙’，您是科长小名不也叫‘单凤’嘛，都不是什么好听的小名。但是，现在看来，当年老人们给你们起这种不着调的名是暗藏天机的。”周小易盘腿坐在沙发上，口若悬河开始“忽悠”，果然引起了苏梅极大的兴趣。

“什么天机？”

“独龙配单凤，才子娶佳人，整个一‘龙凤配’。羡慕得李完美现在都盼着她家的狗狗能生个龙凤胎，想起名叫独龙、单凤呢。”

“什么？她李完美家的狗取我和你爸的名字？这不是变着法地骂我们么？我找她算账去。”苏梅说着起身便要往外走，见周小易急忙拦住自己，承认刚才说的话都是他瞎编的，便警惕地问，“你到底想干什么？不要跟我兜圈子。”

“妈，是这样的，在我的三寸不烂之舌的劝解下，我丈母娘在‘钢镚’的问题上做出了重大让步。”周小易煞有介事道，“我丈母娘同意立下保证书，在您孙子上学前小名叫‘钢镚’，上学后，改‘钢镚’为‘明明’。您孙子大名周方明，小名‘明明’。如果你们二老还都不让步，孩子将没法上户口，更重要的是我和婷婷起的那个‘八二四’一旦叫顺了嘴，改都改不回来了，你孙子跟监狱里的犯人似的。”

苏梅想想，认为儿子说得不无道理，遂决定看在要给孩子抓紧报户口的份上，让马大玲写好保证书押在这里，自己便可以考虑接受“钢镚”这个小名。但是对方也必须接受“周方明”这个大名。

“一个人有个好名字对人生的影响太重要了。你爸原来不叫周非凡叫周非常，就是我给他改的名。”苏梅进一步举例说明，“周非常是人间的名，周非凡是天上的名。自从你爸改了名，好事就成双成对地往下掉，先是从剧团团长一步登天成了最年轻的文化局长，接下来又赶上了计划生育的末班车生下你姐和你。”

“‘非凡’是比‘非常’好，有点儿‘神’的意思。”

“我给我孙子起的名，才有‘神’的意思。你听好了。”苏梅眉飞色舞道，“周是圆形，像天一样，为阳，无边无际；而方，就是方形，就是地，地为阴；而明是日月，光明绚丽；周方明三个字，就是天圆地方，阴阳平衡，寓意你的儿子、我的孙子一生健康，万事如意。”

听母亲如此一讲解，周小易明白儿子的大名非得是“周方明”不可了。老人如此费尽心机、引经据典地给孩子起名字，不就是希望后辈越来越好嘛！虽然“周方明”是个中规中矩、老套平凡的名字，可苏梅说得振振有词，不容反驳，更不能置疑。他当场表示马上就去丈母娘家，将母亲的这番良苦用心说与她听，若不同意誓不罢休。

对婚后男子如何把握母亲与媳妇之间的关系，有一句俗语说得好：“会当儿子两头瞒，不会当儿子两头传。”周小易把这句话发挥得淋漓尽致，在苏梅和婷婷之间起到了很好的桥梁与缓冲带作用。而且，在对付两亲家之间的摩擦中，他使用此招也游刃有余，屡战不殆。

见了丈母娘他先报喜，并坦言高傲的母亲今天低头了，同意使用“钢镚”这个小名，并轻描淡写地说了上学后改小名为“明明”的事。

“你妈同意了‘钢镚’这个小名，我很高兴。但是必须让我外孙在上学时改叫‘明明’我不能同意，更不能写什么保证书。”

“妈，您怎么是死脑筋啊？”周小易亲昵地为她分析着，“您想想，一个人的名字叫上五六年，大家都叫顺了嘴，那是随便能改得了的吗？总不能给社会各界群发短信，说我家孩子改小名了吧？那是精神病干的事情。”见马大玲连连点头称是，他又一本正经地解释道：“其实，我妈也懂这个理儿，她之所以让您写保证书而且是六年后才生效，那是我妈那天在医院把话说大了，给自己找个台阶下。我给您保证，马大玲的外孙子，也就是我的儿子，他就是到了棺材里也还是叫‘钢镚’！”

“你早说清楚啊。行，只要你妈服了软，我同意写下保证书。”一番话说得马大玲心里乐开了花，她麻利地给女婿打开了瓶啤酒以示犒劳，进一步要求道，“我对你们周家给孩子起的大名‘周方明’还有意见，太老气了，需要改改。”

“妈，这名好啊，千万不能改。”周小易喝了口啤酒，咂巴咂巴嘴，用手比画着说，“妈您听我说，周方明的周，是圆的意思，方是方块的意思，在圆里放一方块，您说说这是什么东西？”

马大玲脱口而出：“麻钱。”

“恭喜您，答对了！”周小易喜笑颜开，可劲儿地搅和着，“周方明就是周麻钱，周麻钱就是周方明。我老妈就是受了您起‘钢镚’的启发，才叫的周方明！您说说，麻钱、钢镚是不是一个意思？都遂了您老的愿望。”

“麻钱、钢镚还真是一个意思。”马大玲琢磨着，欣喜道，“难怪我们能搭亲家，真是心有‘啥啥’一点通。”

“‘灵犀’，心有灵犀一点通。”

一场围绕名字的家庭战争，在周小易如簧般巧舌的游说下，终于偃旗息鼓。自此，周小易和婷婷的宝贝儿子有了奶奶起的大名“周方明”、姥姥起的小名“钢镚”，正式迈入有名有姓一族。

婷婷带着钢镚就要出院了。由于早产加难产，两家人都希望能给她在月子里好好补补。苏梅预订了月薪8000元的月嫂，要求她在自己的亲自指导下帮助婷婷坐好月子。马大玲则言称将亲自出马，因为女儿的口味只有她这个当妈的最了解。

“亲家，这些天把您也累坏了，我看伺候月子的事，您就不用忙活了。婷婷嫁到我家有日子了，天天在一个锅里吃饭，她喜欢什么、好哪一口，我也知道得清清楚楚。”

“妈和婆婆不一样，她想吃什么，喝什么，能对我说，但就不见得能对您说，再说了，天下哪有婆婆伺候儿媳妇的道理。”

俩人各执一词，互不相让。但核心内容不容置疑，那就是让婷婷过个最舒服的月子，让孙子在人世间的头一个月便体会到祖辈无微不至的关爱。可是一旦个性太强的两个女人一起照顾产妇和婴儿，其难度显而易见。回到家里，周家父子便开始给苏梅做思想工作，以期化解两亲家母之间的矛盾。

“妈，你说说，天底下，最难对付的女人，是什么样的女人？”周小易盯着父母，叹道，“坐月子的女人！坐月子的女人是天底下最难对付的女人，比武则天还武则天，比慈禧还慈禧，稍有不顺，吊脸摔碗，婆婆为了孙子只能是忍气吞声。”

周非凡对儿子的危言耸听一说表示怀疑，苏梅却认为婷婷“传宗接代”成功，给老周家种下了“金秧子”，搞不好会滋长一些情绪，变成不可理喻的蠢女人。

“我妈高瞻远瞩，看到了问题的本质。”周小易适时为苏梅戴上了高帽子，“贴心”地表示，“作为一个孝顺的儿子，我不能看着自己的母亲遭受媳妇的白眼和不待见。婷婷她妈不是了解她女儿吗？不是不怕她女儿的叨叨、无事生非吗？那么好，让她来，什么脏活、累活都给她，她还得屁颠屁颠地干，权当咱家雇了一个不要钱的小时工。”

“你别说，小易的‘理论’还真有一定的道理。”周非凡心有余悸地说，“女人坐月子脾气大，这是千古流传，咱家可不能孙子养得白白胖胖，但婆媳关系却出现裂痕。”

苏梅被周小易说动了，她沉吟半晌：“马大玲愿意来伺候她女儿也行，咱也省了死贵的月嫂钱。但是我得约法三章：她白天可以来家里照顾女儿，但晚上得回她自己家，不能在咱家留宿，这是第一；第二……”

约法三章发出的次日，一大早马大玲便扛着被褥正式入住苏梅家，“霸占”了周非凡的房间，让亲家公去自己家和王满堂搭伴过日子，并为此精心准备了十箱方便面，一箱榨菜，一箱火腿肠，一箱卤鸡蛋和一桶食用油，让两位不善餐饮的男人煎炸泡煮方便面，过一段自由自在的日子。自己则要在周家扎下根来，一心一意照顾婷婷的产后生活。

在两位妈妈的悉心照顾下，不足一周，婷婷因难产而虚弱的身子便有了起色，早产的小钢镚更是如吹了气似的，细嫩的小脸蛋粉嘟嘟的逗人爱怜。眼看着苏梅和马大玲像比赛似的在屋里进出，不厌其烦争当好“月嫂”，为孙子献爱心，婷婷心里不禁乐开了花。于她自己来讲，连当新娘的瘾都没过够便猝不及防地当了妈妈，确实有些束手无策。幸得周、王两家的女主人早有准备，才不致手忙脚乱。这时候，婷婷才真正理解了“家有一老，如有一宝”的含义，若是由她自己单打独斗来应付这个月子，还真不知道会搞成什么糟糕的局面呢！

婷婷凝视着襁褓中的孩子，恍惚中竟有了种穿越的感觉。这个陌生的亲骨肉，是上帝派来和自己相依为命的孩子，是爱情的结晶，更是血脉的传承。她心底最柔软处被触动了，情不自禁将孩子搂得更紧了。

“婷婷，这屋里的味，你能忍受吗？”苏梅推门而进，径直过去打开窗子，“污浊的空气对你不好，对宝宝也不好。怎么我一打开窗户，你马上就给关上了？”

马大玲端着水盆来到门口，接过话茬应道：“是我关上的。亲家，你是过来的人，应该知道产妇在月子里是不能见风的。”

“你那说的都是老皇历了。清新的空气，有着丰富的负离子，对产妇、婴儿都有好处。”

“什么负离子正离子，我不懂。但我知道坐月子期间不能开窗户，这是中华民族几千年总结出来的，怎么到了你这儿就要终结了？”马大玲毫不犹豫地过去关上窗户，嗔道，“你闻闻窗外飘进来的是离子？我怎么闻到的都是汽车尾气和PM2.5。”

“什么PM2.5，妈，您就甭说了。”一见两个妈的话里话外又有了火药味，婷婷忙放下孩子，起身准备调停，一抬眼，看见周小易拎着购物袋进了屋。

“婷婷，我把你要的洗发水和沐浴液买回来了，看看，是不是你最爱的香型。”

得知女儿要洗浴，马大玲不由分说将周小易刚买回来的清洁用品没收了，再次重申产妇不能洗澡的禁令。

“怎么就不能洗澡了？想让我自己痒死，还是把你们臭死啊？”婷婷急得抓耳挠腮，将央求的目光投向苏梅。

苏梅本来对马大玲有些做法深感不满，碍在面子上又不好言说。如今见婷婷伸手求援，便毫不客气地向马大玲摊牌：“亲家，咱做事要有科学的态度。过去产妇坐月子不能洗澡，一方面是有传统的原因，一方面是家里没有洗澡的地方，不像现在……”

马大玲将沐浴用品紧紧抱在怀里，固执己见：“你不要说了。我是中国人，要遵守中国人的规矩。”

周小易顺着马大玲的意思应和着：“妈您说得对，坐月子不能开窗户、洗澡，这是中华民族的美德，是华夏子孙的传家宝……但是，谁叫现在有了‘与时俱进’这个词呢？什么叫‘与时俱进’？就是要跟上时代发展的步伐，就是要有创新的精神。妈，您瞧瞧，这屋里的家具是含甲醛的，以前是生漆，无色无毒无味。现在的水里面有有机污染、有无机污染、有悬浮物质污染、有放射性污染，但过去喝的是自家井里的水……”

看着母亲的眉头越拧越紧，婷婷知道她是听糊涂了，忙解释着：“小易的意思是，以前的东西都是原生态的，没有污染，所以产妇坐月子，不用开窗户。但现在就不成了，得开窗把这些有害物质统统都赶出去。”

“媳妇，你真是我肚子里的蛔虫，我的心思，你懂的。”周小易远远地向婷婷送去一个飞吻，惹来苏梅一个白眼。

“亲家，让小易这么一说，还真是那么回事。开窗户的事，我是老脑筋，不能与时俱进。现在听你的，你说咋开就咋开。”马大玲琢磨着女儿、女婿的话，若有所思，“但是洗澡的事我得坚持原则，不能洗就是不能洗。”

婷婷一听便急了，叫道：“妈，你真要让我臭掉啊？你过来闻闻我的头发。”

苏梅刚想说什么，被周小易悄悄制止：“甭吭声，让她们娘儿俩掐。”

夹在三个女人之间的周小易充分发挥“侃”的特长，周旋在她们之间，维持着难得的平衡。几天下来，话没少说，“稀泥”没少和，但看似平静祥和的家中，却暗流汹涌。周小易以取得了“阶段性成果”为由，向婷婷央求奖励，期望能将钢镚吃的奶水赏给自己一口，被斥以“没正形”遭到拒绝。他颇感失落地坐在一旁，仰天掐指，嘴里喃喃嘟囔着什么。

婷婷回头一看乐了：“你算什么呢？”

周小易一副可怜巴巴的样子："我算我什么时候能解放啊，不能老这么'旱'着吧。"

婷婷忍俊不禁，笑道："就应该让你永远旱着，当太监。"

"求求你了好老婆，今晚能不能提前解禁。"

"不行，得严格执行医生的规定。"

马大玲推门而入，接过话茬问："什么事得严格执行啊？"

周小易颇为尴尬，嘿嘿一笑打起了马虎眼："我和婷婷的事，您就甭打听了。"

马大玲的注意力根本就没在小两口身上，问话也不过是随口而已。她径直过去看看已经熟睡的钢镚，在他脸上轻轻地亲一口，满足地离去。

婷婷感叹这些日子周小易铁嘴钢牙所立下的汗马功劳，让他再想法子，让同在一个屋檐下的两个妈减少见面的机会。一番合计，小两口决定采取"分工合作"的方式让她们分别给孙子"献爱心"，苏梅管白天，马大玲管晚上。这样，可能出现的矛盾就会化解在互不相扰之中，许多摩擦将会避免。

与周家的热闹场面不同，被"发配"至王家的周非凡和王满堂过上了悠闲、安静的好日子。

周非凡虽然对于马大玲留下的那些速食品不感兴趣，但想到苏梅目前的工作重心只有钢镚，自己在家里的地位岌岌可危，仍愿意留在王家，和亲家公有福同享，有难同当。两个生活轨迹迥异的老男人住在一起，聊聊家长，谈谈孙子，倒也优哉乐哉。对于老伴们对孙子的无微不至的照料，俩人都心服口服，佩服之至。

周非凡抱怨苏梅给自己未来布置的任务，诸如，每天要给钢镚洗十次屁股，吃蒜喝酒不许抱钢镚，没刷牙洗脸不许亲钢镚，最有技术的属每天要给钢镚搓脚心的涌泉穴。"苏梅说了，脚掌上有两块肉，中间有一个坑，那坑叫涌泉穴，每天给婴儿搓一搓可以把体内的火与毒都排出来，还能预防感冒。还有……"周非凡感慨道，"我活了六十多岁了，还没有人给我搓过脚心呢。如果我待在家里，不定还要给我再安排出什么活呢，亏得你家大玲给我提供了避难的机会。"

"亲家，你是身在福中不知福，我现在见不上孙子急呀，急得都要发疯了。"

"儿孙自有儿孙福，莫为儿孙做远忧。你看看医院产科的那些爷爷、奶奶比产妇和医生护士加起来还多，孙子真成了众星捧月了。"

"你不是也看着孙子乐啊？"

"是，我孙子我当然要乐了。但是，老人应该有老人的生活，安享天年才对，不必那么注重孙子。"

"我和你想的不一样。我这一辈子，上班时守着仓库，下班守着马大玲，晚年就是守着我孙子。”王满堂兴致勃勃道，“对了，我把我的‘王记修车’的店名都改成了‘钢镚修车’！”

“干了一辈子，退了休还不闲着？”周非凡手一挥，替王满堂做出决定，明天关闭修车小店，随自己去郊外淘石头，淘树根，在大自然中享受晚年的自在幸福。

次日一大早，天边刚露出鱼肚白，周非凡和王满堂便来到长途汽车站，乘车前往50公里之外的浮峪沟。在沟口吃完农家饭，借了主人一把铁锹，俩人便顺着蜿蜒的河沟而上，伴着潺潺的流水声，步入满山碧翠的山峦。

一入山林，周非凡往日的儒雅淡定全然不见了，取而代之的是固执与狂热。他不仅自己爬上蹿下寻找树根，还拉着门外汉王满堂现场讲授，从树根材质的遴选，到除腐剔朽的准备，乃至“三雕七借”的意象造型，不管对方是否爱听，一股脑儿地全讲与他听。周非凡感叹王满堂给自己带来了好运，一天工夫就寻得三件可造之才，日后这些看似蟠虬残缺、虫蛀洞孔的柴薪，经精心打磨雕琢，经历由丑到美的微妙变化，定是化腐朽为神奇的上品佳作。

看着换了个人似的亲家，王满堂怎么也弄不明白，这些个丑俗不雅、疤瘤节结的树根，怎么就赢得他如此这般的欢喜。碍于面子，他只得赔着笑脸静心聆听。对于周非凡的人品，王满堂从认识他的那天起就敬佩有加。他平易近人，和蔼可亲，智慧豁达，完全符合王满堂心目中领导干部的形象。可眼下的周非凡如同久旱逢甘露的禾苗，生动鲜活地展现在他面前，令他更觉这个亲家是个好兄弟，庆幸女儿嫁了个好人家。

背着树根的王满堂站在山道旁，看着亲家饶有兴致地挥舞着铁锹走向远处寻觅新的树根，刚想坐下歇歇，就听见周非凡声嘶力竭地叫自己。慌忙奔去一看，原来亲家的脚崴了，瞬间脚背肿得像块面包，连鞋袜都无法穿上。眼见着天已经黑了，朦胧月色中，白日里的青山绿水全然隐去，山峦、小道变得神秘莫测，处处令人生疑。为了赶在天黑前下山，王满堂背着周非凡匆匆向前，之前他背着的树根则被周非凡拖着，跌跌撞撞地在山路上划出一串叩击声。

“疏林归鸟静，月隐半峰间。”沐浴在夜色中的周非凡诗兴大发，脱口吟诵着。见王满堂没有应和，这才注意到他已经累得气喘吁吁，忙挣扎着要下来：“亲家，我没啥大事，你扶着我走就行了。”

“不行，崴了脚越活动越厉害。”王满堂哈哈一笑，“再说，我背你就不用背你那些树根了。”

“你可别小看那些树根。回去经我一加工，就是精美的根雕。”

听周非凡又开始聊起了根雕，王满堂的头顿时又大了起来，他嘴里应付着，脚下便加快了速度。突然，路旁的一块石头将树根绊住，王满堂未防备，身子一闪，脚下一乱，“哎哟”一声，连同背上的周非凡一起掉进路边的沟里。

幸得一伙下山的驴友相救，周非凡和王满堂双双住进了医院，他们庆幸自己大难之后必有大福，决定隐瞒伤情，摆脱“妻管严”的日子，在医院里度过这段自由时光。医院里规律的生活令老哥俩非常满足。他们或安心治疗，或下棋打牌，就连去院子里晒太阳都一起，几天下来，原来还有些客套的两亲家已经无话不谈，相处甚欢了。

这天，王满堂看见闭目养神的周非凡脸上浮现出幸福满足的微笑，忙问他可是想孙子发出的甜蜜笑容。当知道周非凡是梦见找到一块好石头时，他失望了。王满堂不明白为什么那么可爱的孙子不想，要去想那些冷冰冰硬邦邦的石头、树根。他觉得外孙摊上这么一个爷爷真是太不值了，自己必须用加倍的爱来弥补周非凡对外孙的伤害。想到此，他仿佛看见钢镚那肉乎乎的小模样就在面前，可再怎么努力却也看不清楚。王满堂知道自己真的想外孙了，而且这念想瞬间就像无数的藤蔓一样，爬满了身体的每个角落，令他抓心挠肺。他忙向周非凡要家里的电话号码要打回去，哪怕是听不到外孙的笑声，就是听点儿哭声、闹声，甚至拉屎撒尿的声音也能了却心中的思念。

得知亲家要给自己家里打电话，周非凡深恐他言语之间泄露了行踪，惹得苏梅平添怨恨，便怎么也不肯将号码告知王满堂。他坦言自己也不是铁石心肠，那么可爱的孙子肯定会想，但绝对不会到王满堂离开孙子就难受的地步。

六

白天照顾钢镚和婷婷，忙得苏梅如陀螺般在屋里转个不停。毕竟60岁的人了，又几十年没伺弄过小婴儿，身体、精力大不如往日，面对肉乎乎的钢镚亦心有余而力不足。她暗自后悔当初就不应该接受马大玲的建议，如按自己的计划，找个月嫂来家岂会忙乎得连三十多年不解伴的老公也被遣散出去？

好容易天黑下来，睡了一天的马大玲接了班，苏梅晚饭都没吃便回到卧室躺下。蒙蒙眬眬之间，却被客厅里电视机的声音吵得心烦意乱，不得入眠。她翻身坐起，拿起手机给周小易打了电话。接到老妈的夜半来电，周小易急忙来到客厅，看见正值“夜班”的岳母怀抱钢镚在客厅走来走去，一边哄着孩子睡觉，一边兴致勃勃地看着电视上播出的武打片。屏幕上响成一片的嘶喊声和刀剑相击声，伴着马大玲哄孩子"噢,噢"的低吟声混成一曲百味杂陈的交响曲。

"妈,看电视呢。"

看见女婿,马大玲忙吩咐道:"给我换个戏曲频道,再把声音调大点儿。"

周小易低眉顺眼地答应着,按照岳母的意愿为她调到了满意的频道。听着电视机里的豫剧,马大玲喜笑颜开地和着曲调哼唱着,晃悠钢镚的姿势也更加富有节奏感。

一脸愁容的苏梅看见周小易进了自己卧室,连忙招手叫他坐在身旁,指着门外低声抱怨着:"这已经是第三个晚上了,还让我睡觉不?"

"妈,求您看在钢镚的分儿上忍一下。婷婷只要一出月子,我立刻就让我丈母娘走人。"说着,周小易把早已准备好的耳机给苏梅戴到了头上。"您戴上我的这耳机,肯定什么都听不着了。"

戴上耳机的苏梅懵懂地瞪着眼睛,仔细听着外部的声音。她看见周小易的嘴巴一张一合说着什么,可就是听不见任何声音。

周小易过去摘下耳机,得意地问:"是不是封闭特好?"

苏梅点点头,吐了口长气:"还行,听不见鬼哭狼嚎了。"

周小易又给苏梅戴上耳机,将她按在床上盖好被子。自己关上灯,悄然出去。戴上了儿子给的耳机,苏梅终于睡了一个好觉,早上起来已是9点多。她自觉神清气爽,状态大好,便给自己蒸了碗蛋羹,准备吃完就带着钢镚去医院检查一下肠胃。

"亲家,快看,钢镚拉的屎正常了。"马大玲拿了片尿布兴冲冲地过来,说着打开尿布将上面的黄色便渍递给苏梅看。

苏梅给蛋羹里洒了葱花,又点了香油,刚吃了一口便听见马大玲招呼她,想也没想便回头望去。钢镚的粪便便黄灿灿地直扑眼帘,正准备下咽的苏梅心里一阵恶心,忙将头拧了过去。

马大玲抖落着尿布,如欣赏珍宝般地赞颂着:"亲家您看看,这颜色、这稀稠和你碗里的鸡蛋羹一模一样。"

苏梅终没能忍住,一阵反胃,刚咽下的鸡蛋羹冲口而出。

自从马大玲住进来,家里的日子便乱了方寸。苏梅凡事讲究个规矩,屋里的各种生活用品分门别类摆放,几十年如一日不乱丝毫。即使门口那方小院子,也被她精心打造成一个小小的世外桃源。一簇竹子,一泓池塘,几块石头,一个棚架。种下的瓜秧花条枝枝蔓蔓地爬开去,造出一方阴凉,一个旧磨盘砌成的石桌便垒在棚架下。这日子过得就有别于一般百姓家,既清爽厚实,又富有雅致情调。而马大玲则不同,她将性格中的大大咧咧也带到了生活中,吃穿用度能简单绝不复杂,屋里的东西遵循的是"顺手"。这种粗线条的主妇和以精细见长的苏梅碰到一起，肯定是矛盾不断，摩擦百出。苏梅虽心有不满，但想到亲家也是为了孙子才客居这里，一切看在孙子的面上，能忍则忍。

小小屋檐下，"忍"的不仅是苏梅，每天连喝五顿小米红枣粥，并伴以各种奇怪食材熬制的汤，婷婷也忍无可忍了。生孩子这么大的动静，回到家来却顿顿稀水不给吃干粮，婷婷觉得自己的待遇比旧社会地主家的长工都好不到哪里去，几次提出改善饮食的要求，都被两个妈以各种名义拒绝，还振振有词地灌了一脑袋"祖上"传下来的宝典，搞得婷婷一筹莫展。

这天，苏梅在酒店定制了黄豆猪蹄汤，马大玲又熬了红枣小米粥，几乎同时来到婷婷房间，催她吃下。婷婷看看这个盆又看看那个煲，再看看站在一旁的两个妈，在她们"虎视眈眈"的注视下，她端起猪蹄汤闻闻放下，端起小米粥闻闻又放下。眼见着妈妈们为自己精心准备的汤水无法下咽，可自己心里的委屈却无人理解，不觉心里一酸，眼泪潸然落下。

对于婷婷的"矫情"，周小易有话要说。

看见丈夫回来，原本愁容满面的婷婷急急召唤他坐在身边，幽幽倾吐着自己的烦闷："你说，现在两个妈展开了做饭竞赛，不管是谁做的饭，我都必须说好吃，还得多吃，否则她们就会不高兴。我肚子里长的是胃，不是垃圾桶啊。"

周小易责道："瞧你这话说的，真让人忌妒啊。我倒是想当垃圾桶，可惜没那福分啊。老妈她们也是为你好，你不能抵制她们，更不能给她们脸色瞧。"

"谁给谁脸色瞧了？我给她们下跪都来不及。她们口口声声是为了我，但实际都是为了她们的孙子，想让她们孙子吃世界上最好、最有营养、最有 ABCD 一直到 WXYZ 的天然维生素乳汁！可她们想过没有，以后我还上不上班，出不出门？你不嫌我丑，我还怕影响市容呢。"说到伤心处，婷婷似乎已经看到了自己的未来，不觉抽泣起来。

周小易忙拿毛巾为她擦去眼泪，笑道："瞧瞧，咱怎么又流幸福的眼泪了？什么叫'痛并快乐着'，就是你这样？哪个人能为自己吃得太好了哭泣？哪个人能为有人把自己伺候得太好了哭泣？只有你，我幸运的老婆，啊！"

婷婷被逗得哑然失笑，娇嗔地将周小易推开："去去去，一边去。"

"你妈、我妈，她们都在做着善意的错事。新形势下，你也要善与亲爱的'敌人'周旋。社会上有以恶制恶，你不妨来个以善制善。"周小易见婷婷的怨气已经撤了一半，这才狡黠地一笑，压低了声音暗授机宜，"从今以后，你改餐厅吃饭为卧室吃饭。不管是你妈，还是我妈，她们做的饭你一律是赞不绝口，做出一副看到'唐僧肉’的样子。等二老离开后，你就把饭往我给你准备好的垃圾桶里一倒。到了后半夜趁着我妈你妈进入梦乡，咱就把饭倒进卫生间的马桶里。”

“这，这不是太可惜了吗？”

“可惜也得倒，这是没办法的事。你知道世界第一美女，印度的艾西瓦娅·雷吗？她没有怀孕前，怎么形容她的美呢，这么说吧，我要是能亲她一下，枪毙两回也值。可是她生了孩子以后，天哪，胖得那叫惨不忍睹，整个印度都在为她惋惜，甚至说她牺牲了自己的美，是叛国的行为。也就是说，她现在要是请我亲她一下，我还得向她倒收最少一万印度卢比的俊男损失费。”

“太可怕了，真不敢想象在钢镚小朋友的满月宴上，亲戚、朋友、同事将会怎么评价我，议论我。”

“所以，你一定要控制自己的饮食。你妈、我妈她们疼的是孙子，只有我疼的是你，疼的是我青春永驻的老婆。”周小易望着婷婷，妻子原来精致的面孔因为生产而变得圆润了，丰腴了，皮肤更显娇嫩白皙，只是那眼神里多了一些似有若无的惆怅，令人倍生爱怜。

“老公，我太感动了。快过来，让我‘奔儿’一个。”

按照周小易的部署，婷婷顿顿吃得“盘干碗净”。苏梅和马大玲虽心有疑惑，却也没往别处想。直到有一天，家里的马桶堵了。被请上门的维修工一番折腾，断言有人给马桶里倒了东西致使堵塞。苏梅马上联想到平日粗枝大叶的马大玲。

“以后你不要把什么东西都往马桶里倒。”许是感到自己的语气有些生硬，苏梅又放缓了语调说，“当然，你有你的习惯，我家也有我家的规矩。”

马大玲想想，断然否认：“我真没往马桶里倒什么东西啊。”

“没倒怎么能堵呢？这回师傅给疏通后，请您以后要注意点儿。”苏梅态度很和蔼，但语调却是不容反驳的。同时她以最“平和”的语调将自己的不满就势说出，“亲家，不好意思，我举例数数你一些不好的习惯，你别犯病啊。你用围裙擦筷子擦碗有这事吧？上完厕所不洗手直接上饭桌我没说错吧？给钢镚喂水先自己用嘴试冷热……”

“我不用嘴试冷热，用什么试？你没养过孩子啊，祖祖辈辈哪个人给婴儿喂水，不是用自己的嘴试的？”

“我不跟你争，反正嘴是不卫生的，唾液也是可以交叉传染的……”

“唾液也传染？你别蒙我好不好，我和我家王满堂亲了一辈子，连个口疮也没得过。”

如此直白，苏梅不禁哑然失笑：“我只是说唾液有传染的可能。我建议您以后试奶瓶里水的温度,最好用脸蛋……”

马大玲白了苏梅一眼:“谢谢您了,我的脸蛋是用来给我们家王满堂看的、亲的,不是你家的温度计。”

俩人这边还没掰扯清楚,维修工便掏出来一大堆黑乎乎、灰蒙蒙奇形怪状的污浊物。苏梅侧着身子费力望去,确实分辨不出来是什么东西。还是马大玲眼尖,打眼一看瞬间便认出自己炖的大棒骨。在她的启发下,苏梅也在里面找着了自己做的猪蹄和鱿鱼须。

维修工感叹这家人不会过日子,太过浪费。苏梅和马大玲面面相觑,她们已经猜出令马桶淤塞的罪魁祸首。苏梅一声“婷婷”,马大玲一声“周小易”,令早已来到门外探听结果的小两口现了原形。面对妈妈们怒气冲冲的质问,婷婷和周小易无言以答,俩人臊眉耷眼低下了头。

周小易将婷婷挡在身后,嬉笑着抱拳作揖:“二位老妈……”

苏梅戗道:“妈什么呢,我的烩鱿鱼是你倒的,还是婷婷倒的?”

婷婷赶紧护着丈夫,讪讪笑道:“妈,您别发火,烩鱿鱼是……是我让小易倒的。”

周小易感动地将婷婷揽住,一副视死如归的神情对马大玲说:“您炖的大棒子骨,是我让婷婷倒的。”

面对两个“勇于承认错误”的晚辈,苏梅和马大玲同时发出一声长叹。

苏梅痛心疾首道:“孩子,你们怎么能这样?把我们的好心当成了驴肝肺。”

马大玲呵斥着:“两个败家子!亲家,你说咱俩上辈子是造了什么孽了,养出……”

苏梅一听马大玲扯上自己,立马不愿意了:“说您自己别把我带上。”

一看两个护犊子的妈又要起纷争,婷婷连忙调停,可紧拉慢拽她们还是擂响了战鼓,突然一阵发自心底的疼痛令婷婷不自觉地蜷缩起来,靠在周小易身上,发出一阵呻吟。忙说:“妈,都是我的不对,你们就不要说了,我……”

看着婷婷如此痛苦,在场的人都慌了神。周小易解释因为婷婷近日催奶汤喝得过多,钢镚食量有限,引发了奶疮,经常会引发心口痛。苏梅当机立断,马上打电话给一位熟悉的医生,请他上门诊治,不得因此影响钢镚的母乳喂养。

请来的医生是位男性,马大玲不乐意了。她向苏梅提出严肃的抗议,认为婷婷虽已生过孩子,但自家的东西也不能随便让外人看。她提醒大家回忆被骗子骗走50000块钱的教训,不能病急乱投医。苏梅好心没办好事,本来心里挺窝火,可听马大玲这么一讲,好像也有道理,遂不再坚持让医生再行治疗。可请客容易送客难，怎么送走医生成了大家的一桩心事。马大玲提出“远程诊疗”，由男医生在客厅口述诊疗方法，周小易对婷婷实施操作，她来打下手。

如此复杂的程序，又让周小易当着亲娘的面对自己的乳房拿捏揉搓，婷婷羞红了脸。虽然疼痛难忍，她还是坚决拒绝了马大玲这个“远程诊疗”的方案，提出自己去医院，找女医生治疗。

周非凡和王满堂如一对难兄难弟，双双穿着病号服，拄着拐棍，一瘸一拐地在医院小院里溜达。俩人彼此鼓励，相互扶持，把这儿当成了锻炼场所。

王满堂不断地念叨钢镚，惦记他的吃喝拉撒，幻想着孙子长大后老少同乐的情景。他决定在医院里继续住下去，生恐自己回家后分散了马大玲照顾外孙的精力。睿智、旷达一世的周非凡又何尝不想念自己的小孙子？可他和王满堂迥然不同的是，孙子不会成为他生活的唯一，他还有一大堆自己感兴趣的事情等着去完成。看到亲家日夜念叨钢镚，他忍不住地劝他“儿孙自有儿孙福，莫为儿孙做远忧”。眼见周非凡对孙子不管不顾的态度，王满堂十分不解。

俩人在鱼池前坐下，王满堂摸出了随身携带的馒头，将它搓成细屑撒入池中，引来鱼群竞相觅食。

“对了，亲家，你在剧团做过团长，李完美你应该熟悉吧？”

得知王满堂是李完美的粉丝，周非凡感到非常有趣。便和他讲起了自己和李完美之间的关系：“当年是李完美‘倒追’我，那是全城人民都知道的事情。”

“我只听说当年有个大官追过李完美，承诺给她 70 岁的老爹在财政局安排个挂名的正处级巡视员，还让李完美卖打火机的弟弟给自己当生活秘书。就这，李完美都没动心思。”

“没错，有这事，那是因为李完美的心中只有我啊。你知道我以前叫什么名吗？叫周非常，后来在苏梅的‘淫威’下才改了名。”

听说亲家被亲家母相逼改了名字，王满堂十分好奇，一再催促他讲与自己听。

“说来话长，那天是我和苏梅的新婚之夜，亲朋好友都来祝贺……”讲起过往，周非凡嘿嘿一笑，仿佛说着别人的轶事，“……洞房花烛夜，省剧协侯主席听别人误传，以为是我和李完美结婚，送了一副对联，让司机给贴在了洞房门上，结果惹了祸。那对联的上联是，舞台上才子配佳人；下联是，洞房里团长娶名伶。横批，非常完美。侯主席解释说，周非常配李完美，整个一千古绝唱，是现代版的《天仙配》，建议我们剧团立刻排一出新剧叫《非常完美》。”

“《非常完美》？上演没有，我怎么没看过？”

“听我说完。就在大家讨论要不要创作《非常完美》时，新娘子苏梅出现了。

看到洞房门口的对联，苏梅当时气得二话没说就把大红缎子婚服给脱了，命令我就地改名，不改就不许进洞房。”周非凡长长一声叹息，沮丧道，“从那天起，我爹娘给我赐的大名‘周非常’，就变成了苏梅要求的‘周非凡’。”

“你们文艺界的人就是风流。”王满堂羡慕地望着周非凡，失落地将手中的馒头扔向鱼池，不无幽怨地说，“不像我一次恋爱，一次结婚。”

“我叫了周非凡不要紧，但在苏梅和李完美之间却结下了更大的疙瘩。听说李完美后来找了个书法家，花了一万多，把那副对联复制了一遍，压在了箱底。”

“天哪，李完美这不是压了个定时炸弹吗?”王满堂一怔，惊呼道，“虽然我是李完美的粉丝，喜欢她的戏。可她这事做得太过了，不好。那你现在和李完美的关系怎么样?”

“你可别误会，李完美对我绝对是一厢情愿。我们都成家后，十几年倒是低头不见抬头见，但一直是井水不犯河水。”周非凡想了想又说，“前些年，李完美和丈夫离了婚，母女俩相依为命挺可怜的。加上婷婷和她女儿李小爱又是‘铁姐们儿’，我俩见面由点头变成了搭讪。”

“你可真是有艳福。”王满堂羡慕地说，“我这几年最大的遗憾就是听不见李完美唱的《三娘教子》了。‘王春娥坐草堂自思自叹，思想起我儿夫好不惨然……’”王满堂捏着嗓子唱了几句，得意地问道，“老周，你听是不是有李完美的味道?”

“是不是她的味道，我让李完美给你评价一下。”周非凡看着王满堂惊喜的眼神，又补充道，“我不光让李完美给你评价，还让她给你唱一段《三娘教子》。我这就给李完美打电话。”刚答应完，周非凡这才想起自己并不知道李完美的手机号码。可头次跟亲家吹牛总不能食言吧，他开始想着从何种渠道能搞到自己想要的号码。

因为耽误了治疗，婷婷来到医院时因奶疮感染已经发烧，不得不住院治疗。没了奶水的钢镚可怜坏了，挥舞着小拳头哭闹不休，任凭苏梅用尽办法哄，也不能使他消停。

按照母亲的嘱咐，周小易奔跑了一天，也没买下她说的进口品牌奶粉，只好买了罐最贵的国产奶粉回来交差，却遭到了苏梅的坚决反对。最近媒体连续曝光了几起国产奶粉不合格事件，令她产生了前所未有的恐惧，在对待孙子的问题上更是谨小慎微，她生恐一个不小心便会造成终生遗憾。

“妈，人家乳品厂经过了整改，再加上更加严格的检验，国产奶粉一点儿问题都没有了。再说，我给李小爱打了电话，她奶水不够，她家宝宝也吃这个牌子的奶粉。”

“李完美的孙子能跟我孙子一样?”苏梅瞪了儿子一眼，“她什么档次，我们什么档次？我家孙子绝不可能与李完美的孙子为伍。继续去找进口奶粉，必须是我要的那个牌子。”

周小易哭丧着脸讨饶道：“妈，您这不是为难我吗？我的两条腿都快跑断了，没有您要的那种洋奶粉啊。”

“你立刻买飞机票。”苏梅思量一下，决然道，“我要的那个外国奶粉总代理在上海，你立刻飞去上海购买。”

得到老妈的旨意，周小易二话没说，坚决响应，拉着旅行箱便出了门。其实对于苏梅的做法他打心里一百个不同意，完全是反应过激嘛。再说了，若去上海买进口奶粉，一罐三百多，一个月吃五罐就是一千五百多。去上海采购的往返机票三千多，一年下来钢镚的奶粉费用就得三万多！真是不算不知道，一算吓一跳啊。他脑筋一转，迅速来到公司，在网上发布征收废旧进口奶粉罐的消息，准备以此罐装上国产奶粉冒充进口奶粉，达到蒙住苏梅的目的。

吴极对于周小易的行为深感同情。他说单位的小曹已经被丈母娘逼到新西兰买奶粉了，像周小易如此在网上守株待兔等着别人送奶粉罐上门，还不如直接去高档社区，那里的回收站肯定是各国奶粉罐应有尽有。在吴极的怂恿下，周小易骑着摩托车来到市郊的一所高档小区，果然不负所望，没费多大工夫便找到了几个进口奶粉空罐。

有了进口奶粉罐，剩下的就是采购奶粉了。周小易来到超市，一手进口空罐一手国产奶粉比画着，试图找到能放进罐里的奶粉。他古怪的举动引起两个超市营业员的猜疑，他们一致觉得周小易的举动很有可能是准备以旧罐装新奶粉，以此哄骗他人、欺骗消费者。

得到营业员的举报，超市经理立刻联系了工商局。他们调取超市摄像头专门跟踪周小易，并派出保安人员将他跟踪到了一间茶社。就在周小易将国产奶粉往外国奶粉罐子里倒的时候，工商稽查人员从天而降，勒令被抓了现行的周小易带上“作案工具”，和他们去工商局交代问题。

直到工商稽查人员追问制造假冒产品的大本营在何方时，周小易这才知道事情被自己搞大了。面对咄咄逼人的工商稽查，周小易万般无奈，平日的如簧巧舌只剩下了说实话的份儿。他央求对方迅速将自己放出去，因为孩子还在等奶粉吃。言语之间，双方的矛盾激化。周小易愤怒了，自行拎起奶粉便向外面走去，被一位眼疾手快的稽查队员拦住，怒不可遏的周小易冲着来人胸口就是一拳。此举彻底惹恼了一直盘问不出战果的稽查队员们，他们一拥而上，将周小易团团围住扭了起来。

离开了母亲的钢镚无法喝到香甜的乳汁，苏梅又不肯给他喝国产奶粉，一天下来，除了饮水以外，早已饥肠辘辘，连啼哭的声音都小了许多。幸得此时李小爱打来电话，得知闺蜜住院、钢镚断粮时，主动提出要给钢镚喂奶，以解燃眉之急。苏梅欣喜若狂，早已忘了和李小爱母亲之间的怨恨，颠颠地抱着孙子去了李完美家。

虽然一个家属院里住了几十年，可苏梅却是第一次登李完美家的大门。看到李完美不在家，苏梅放松了许多。

“来，可怜的钢镚，姨妈给你喂奶了。”李小爱迎上前来，从苏梅怀里抱过哭泣不止的钢镚，坐在一旁给他喂奶。

钢镚的哭声戛然而止。有了奶水滋润的他咂巴咂巴地吃着，喉咙里不时发出“咯儿、咯儿”的声音，两只小手紧紧抓住李小爱的衣衫，生恐这来之不易的“粮食”凭空逝去。

看着孙子的馋相，苏梅心里不觉一酸。想如果婷婷没有得病，钢镚何至于此，寄人篱下，讨饭吃。

“我说我家今天臊气怎么这么重，原来是有两个宝宝啊。”一阵门响，李完美进了屋。她急急冲到女儿身边，夸张地叫道：“哇，这就是传说中的‘周钢镚’啊？瞧这鼻子，跟周非凡小时候的照片一模一样！”

“妈，您不是打麻将去了吗？怎么这么快就回来了？”李小爱解释道，“是这么回事，婷婷得了奶疮住院了，钢镚饿得直哭闹，苏梅阿姨过来……”

“明白了，要饭啊。”李完美发出一串笑声。她睨视着苏梅，不冷不热地飘着凉话：“我真担心大局长的孙子吃了别人家孩子的剩饭，传出去让人笑话。”

苏梅不忿，从李小爱怀中抱过钢镚：“李完美，你不要尖酸刻薄，我要不是看在你家小爱的分儿上……”

“好了。刚才是我不是，我给您道歉。”看到苏梅生气了，李完美却笑得更加灿烂。她做出亲热状，拍拍苏梅：“看在你家周老大的分儿上，小爱，给钢镚喂奶。”

人在屋檐下，不能不低头。为了不让孙子受委屈，她苏梅被李完美讥笑又算什么？想到此，她毫不犹豫地将钢镚重新递给李小爱。为了掩饰自己在李家不适的尴尬，她走到宝宝的小床旁，咿呀逗着宝宝玩耍。

“骂一声小奴才真个劣性，长成人定是个不肖的……”李完美嘴里哼着《三娘教子》的唱段，拿着抹布在屋里晃悠着，“你道他年小他的心不小，说出话来如同钢刀……”

这明里暗里的刀枪剑戟任谁都能听得出来，李小爱挂不住了，连声请她别唱了，说自己心烦。苏梅更是恨得牙痒痒，但碍于“寄人篱下”实不便发作，只得佯装没听懂唱词里的潜台词。

“我唱唱自己的代表作《三娘教子》怎么了，不许我‘教子’啊？”李完美做了个亮相动作，撇着台词腔还想说什么，却听见手机响了，便拿起手机，甜甜甜地应答：“喂……”

打来电话的是她整日挂在嘴边的周老大。得知周非凡要介绍一位自己的粉丝演唱《三娘教子》，并诚心诚意地请自己鉴定，李完美“呵呵”应着，不时将笑意荡漾的眼神瞥向佯装忙碌的苏梅。突然，她走到苏梅面前，将手机按在了她耳朵上，悄声说：“快听听，你最熟悉的声音。”

“小李子，我们很想听听你的《三娘教子》啊。你说话啊……”周非凡的声音骤然在耳边响起，令苏梅一时怔在那里，不知所措。待反应过来时，她歇斯底里地尖叫一声，冲着手机吼道：“周非凡，你不是人，看我不撕了你！”

“小声点儿，别吓着了孩子。”李完美收回电话，“温柔”地劝着苏梅，扭着腰肢坐回沙发上，若无其事地拿起一个橘子剥了起来。

突如其来的变故令李小爱非常纳闷，她急忙过来问道：“阿姨，怎么了？”

多年的猜想成了现实，周非凡一直和李完美藕断丝连，暗中来往。苏梅感到自己受到了侮辱，自尊心令她不能在此地停留片刻。她从李小爱怀里抱过钢镚，漠然转身向屋外走去，那笔直僵硬的背影，硬是将心里的凛意留给了李家母女。

“天哪，三十多年了，我可是出了这口恶气！”李完美得意地笑着，笑得前仰后合，花枝乱颤。

对于长辈之间的恩怨，李小爱一贯采取的是不干预、不议论的政策。此刻，她却对母亲的恶作剧产生了非常大的反感：“妈，您太过分了，周叔叔这下得遭殃了。”

“周非凡不是爱苏梅吗？不是喜欢苏梅吗？这回让他好好享受享受苏梅的《三娘教子》！”李完美眉头一扬一扬的，满面春风地哼着曲子在屋里扭起了戏曲身段。

和老公忙得两脚朝天、婆婆急得火上房一样，住在医院的婷婷也在艰难度日。白天频繁的治疗、换药令她痛不欲生。入夜，隐隐作痛的伤口更令她辗转反侧，夜不能寐。可即使这样，她心里依然无时无刻不牵挂着钢镚，那个和她血脉相连的骨肉。

她感谢上苍的眷顾，在创造一个崭新的生命的同时，使自己的生命获得了另一种实现。这突然而至的生命是她血脉的延续，更是她将与之依赖一生的亲情，这亲情会填满生命每个细胞之间的缝隙，与之相伴终生而毫无悔意。她要哺育自己的孩子，让他所吃的每一口食粮都浸透着自己的爱意。可眼下，长征似的养育刚刚开始，钢镚的"粮仓"便出现了问题。

她借故支开了在医院陪床的母亲，穿衣戴帽，心急火燎地往家里赶，因为她太想念孩子了。果然，她刚刚走进单元大门，便听见钢镚哇哇的哭声。哭声中夹杂着苏梅焦急而疲惫的哄孩子声音。就在拿钥匙开门的一瞬间，婷婷停住了手上的动作。如果此刻回家定然会给孩子哺乳，而自己的乳汁因为服药肯定效果大打折扣，搞不好还会有副作用。可怀胎十月的等待，母子连心的交融，一月月，一天天，历历在目……突然之间，那泓维系母子的源泉就断了，断得那般猝不及防，那般不忍。这种痛，不是那种大痛大苦，而是丝丝渗入每一个细胞深处的痛，细微到了极点，也痛到了极点。

婷婷痴痴地望着家门，眼泪控制不住地流了出来。怎么办？她决定从两方面入手，一方面自己回医院去找医生催奶，不能让儿子再过这无米无粮的日子了。在此之前，她要打一个电话，并期望这个电话可以了却她们母子的心愿。

接到婷婷的电话，李小爱的心都要碎了。同是初为人母，她懂得婷婷无法哺育孩子的痛苦，她毫不犹豫地答应将为钢镚喂奶之事进行到底。

李完美正在聚集"真气"，准备给宝宝打通任督二脉，以期达到百病不侵和力大无穷的神奇效果。听说女儿又要给钢镚喂奶，李完美不由得拉下了脸子。一番争执，李小爱同意在家给钢镚喂奶。在她看来，只要给钢镚喂了奶才是最实际的。

苏梅满心欢喜，颠颠地抱着钢镚上门。就在李小爱就要给孩子哺乳时，李完美又出现了。苏梅望着一脸傲气的李完美，心里忐忑着，不知她又要出什么幺蛾子。

果然，李完美眨巴着眼睛，莫名地冲苏梅一笑："苏梅，我提醒你一下，我们家小爱本身奶水就不够，但现在还要救死扶伤。我们家小爱大公无私的奉献精神，应该让社会各界都知道。我想您是不是给周非凡同志拨个电话，我也顺便给老上级汇报一下我李完美教子有方啊。"

苏梅无声地喘息着，她突然从李小爱怀中抱过钢镚："小爱，阿姨不为难你。"她说着，拿出手机拨通电话："周非凡，李完美要跟你说话。"

钢镚刚刚吃上的乳汁又没有了，他双手抓挠着大声哭了起来。李小爱欲从苏梅怀中抱过钢镚，说道："苏阿姨，别理我妈。"

"什么，让我跟李完美说话，梅梅，你没事吧？"电话里，周非凡好言好语地说，"梅梅，你千万不能生气，你真是误会我了，我不会再给李完美打任何电话的，也不会跟她再说一句话……"

"求求你了老周，和李完美说句话吧。"苏梅哄着"嗷嗷"大哭的钢镚，将手机放在李完美耳朵上。

“梅梅，你不会是受刺激了吧？我现在对天发誓，我再也不会理李完美了，到了阴间也不理，下辈子托生出来也不理她。”周非凡声音没有了往日的从容淡定，近似央求的声音急切又透着一丝担忧。李完美没有想到自己的梦中情人会一改往日“不战不和”的状态，急于和自己“断交”！想到多少年的一往情深竟被他人做了表白的砝码，李完美不由得怒从心起，原本伶牙俐齿的她竟一时语噎。

看着李完美的脸红一阵白一阵，苏梅心里颇为得意。她收回手机，不无讥讽地说：“自作多情，是不是热脸贴到了冷屁股上，不美了吧？”

被苏梅一番揶揄，李完美顿时恼羞成怒，她暴跳如雷，冲苏梅吼道：“你走，请你立刻在我眼前消失！”

得知婷婷要催奶哺育孩子，医生劝她思考再三，因为如此一来，之前的治疗将会前功尽弃。情急之中，马大玲想起了一句话“有奶便是娘”，她决定自己去产科，找几位奶水充盈的产妇讨些奶水，当作母乳送回去给外孙以解燃眉之急。

听了马大玲的叙述，病房的产妇们纷纷响应，喜得她连连作揖，发自肺腑地感谢这几位刚做了母亲的女子。小心翼翼地捧着盛满了乳汁的饭盒，马大玲打了辆车，马不停蹄地回到苏梅家，希望钢镚能马上吃到奶水。

看着亲家费尽心思搞来的乳汁，苏梅强压住立刻给钢镚喂食的冲动，仔细询问起这些乳汁的来源。得知乳汁来自三位产妇，她皱起了眉头。为了让孙子吃到安全营养的乳汁，她决定上网查询清楚，这种混合乳汁是否可以给婴儿喂食。

马大玲心里不乐意，她印象中过去吃百家奶的孩子个个都长得壮实，怎么到了钢镚这里就怀疑这乳汁有问题了？不过转念想想，眼下孙子因为饥饿体虚，万一这乳汁有点儿好歹，可不是闹着玩的。她看到苏梅在电脑前忙活着，便抱着钢镚在屋里转悠着，一回头，却看见金毛低头起劲儿地舔着饭盒里的乳汁。她大叫一声：“狗东西，敢偷吃钢镚的奶！”

听到马大玲的吆喝，苏梅慌忙回头一看，金毛“嗖”地从桌上跳下，遁入暗处没了踪迹。她急忙过来，看看饭盒里的奶水：“金毛吃奶了？”

“亲家，甭查了，就在碗里舔了两下。”马大玲催促道，“奶瓶在哪儿？”

闻听马大玲要将被金毛污染过的乳汁给孙子吃，苏梅断然拒绝：“不行，这污染过了的奶不能给钢镚吃。”

一听说自己费力搞来的乳汁外孙吃不上，马大玲顿时急了：“金毛不是跟你亲儿子一样吗，怎么就成了污染嘴了？你看看钢镚饿得是三分钟一小哭、五分钟一大哭。他是不是你亲孙子？我就给他把这奶吃了，死了算我的。”说着拿起了饭盒便要给钢镚喂送。

苏梅见状急忙冲了过来，伸手去夺马大玲手中的饭盒。争执中，饭盒掉在了地上摔碎，好容易收集起来的乳汁撒了一地。

马大玲气愤难耐，破口骂道："你，王，王……"

苏梅毫不退缩，坚持道："你今儿就是骂我100个王八蛋，这奶也不能吃。"

"你，你太不是东西了！我走了，你就看着你孙子饿死吧！"马大玲气得眼泪在眼圈里直打转。她将怀中哇哇大哭的钢镚塞给苏梅，转身扑向门口。

本来很好的事结果却成了这样，苏梅满肚子的气无处发泄，只能踢向地上的饭盒，以此泄愤。马大玲听见屋内一串声响，回头恨恨地瞪了眼苏梅，愤然拉开大门，却惊奇地发现，李小爱站在门外。

周非凡从几次电话中觉察到苏梅的反常，他当机立断，次日一早便办了出院手续，和王满堂坐着长途车回到了家中。

甫一进门，便遇见周小易带着两个陌生人给家里送进口奶粉。苏梅夸奖儿子办事有力，搞到了这么多洋奶粉。其实她不知道的是，送奶粉的陌生人是工商人员所扮，只是为了核实周小易所言的真实性。

有了奶粉的滋养，钢镚大口的吮吸，很是满足的样子。

欣赏着儿子的吃相，周小易啧啧道："这钢镚，跟我一样，天生就是个洋肚子。"

"洋肚子就洋肚子。"周非凡呵呵笑道，"奶粉钱，我给你们补助一半。"

"爸，您记错了吧，你以前好像说过，如果是孙子，奶粉您全包啊。"

"梅梅，这话我说过吗？"周非凡佯装糊涂，转身问苏梅，却见老伴拉着脸一副不待见的神情，一看就还是在为给李完美打电话的事在置气。周非凡摇摇头，仍是一副不紧不慢的语调说："你看你，确实是王满堂挑的事，让我栽坑里了。这样，我现在就给他拨电话，你亲口问问王满堂当时是什么情况。"

苏梅白了他一眼："不要丢人现眼了。要不是看你在第二次电话里的表白打击了李完美，今儿我都不会让你进门。"

周小易添油加醋道："天哪，老同志怎么还争风吃醋呢？这应该是我这个年龄的人干的事。老妈，说实在的，我爸一表人才，要德有德，要才有才，年轻时如果没有女人追，就太不正常了。"

周非凡很是受用，却口是心非地说："瞎说什么呢？对了，我想起来了，关于奶粉钱还真有那回事，说话算话，我全掏了。"

"您早说啊，弄得我进了工商局。"话一出口，周小易便急忙改口道，"是找我，找我上海工商局的朋友给钢镚买进口奶粉。"

回到家里的王满堂在门口先要了碗油泼扯面吃了，家也没回便来到修车铺。

没过一会儿,得到信息的马大玲便拎着保温桶给他送饭来了。一口气把家里发生的种种向老伴做了汇报。马大玲长出一口气,抱怨自己不易,和苏梅相处这十多天把几十年的气都受了。

“我不信。你谁啊,你是打遍天下无敌手的马大玲,怎么会受别人的气?”

“我受的那是窝囊气。你知道吗?苏梅她从来都不跟我直接斗,都是绕着圈子骂我,噎我,你说说……”

“好啦,上人家门伺候婷婷是你自愿的,就是受点儿气也是你自找的。要我说,你那暴脾气真要改一改了。你看看我跟人周非凡这么多天处得跟亲兄弟一样,只有一点儿矛盾,就是他不太关心钢镚。”王满堂不满地说,“周非凡不给钢镚买东西,也不主动问钢镚好着没,还整天给我灌输儿孙自有儿孙福的歪理。”

“是吗?现在哪个爷爷不给孙子当孙子,他怎么能这样?”

入夜,马大玲自当了姥姥后第一次躺在自家的床上睡觉,却辗转反侧,难以入眠。因为“混合奶”的事和苏梅有了争执,她一时抹不开脸,便央求王满堂给亲家打个电话,说自己只要一听钢镚哭闹的声音就可立马入睡。其实王满堂又何尝不想小外孙呢。都说月子里的孩子就和吹气一般长得快,十多天没见钢镚了,不知那小模样又会变得多么可爱。他立马拨通了周家电话,向接电话的苏梅表达了想听孩子哭闹声的愿望。

“是亲家您想听,还是某某人想听啊?”

听着苏梅拿腔拿调的问话,王满堂拿着话筒,一时不知如何回答。幸得马大玲在一旁轻声提示“说你自己”他才缓过神来解释道:“亲家母,是这样的,我好久没听到钢镚的哭闹声了,马大玲说钢镚现在哭闹起来跟您可像了,我想听听是不是她说的那样……”王满堂显然被苏梅的什么话提醒了,他急忙解释着,“亲家母,您误会了,马大玲哪敢骂您啊。对了,我得给您道歉一下,由于我喜欢李完美的《三娘教子》,就逼着老周给李完美打电话,结果撞在了您的枪口上。我向您保证,老周和李完美绝对是清白的,他是爱你的、喜欢你的、忠诚你的……好,好,谢谢,我挂了。”

看到王满堂挂了电话,马大玲埋怨道:“让你说听钢镚的声音,你扯上李完美干啥,她们打起来才好呢。”

“你什么人啊,婷婷是周家的媳妇,现在又有了钢镚,她家要是后院起火婷婷和钢镚能有安宁日子过吗?”

马大玲担忧地说:“不知道我生气离开周家,苏梅会不会报复婷婷。对了,婷婷想借这次得奶疮的事,给钢镚把母乳停了改吃奶粉,你说苏梅会同意吗?”

和马大玲担心的一样,苏梅知道婷婷想借治奶疮之机给钢镚断奶后,坚决不同意。按她的想法，给孩子断奶是不人道的做法，必须让孩子吃到完全和粮食搭接过渡上才能不让身体吃亏。

“妈，您知道我们这个行业竞争很残酷，我两个同事为了这份工作，都放弃了要孩子。考虑到我产假满了就得上班，推销保险要四处奔波，不能保证给钢镚按时喂母乳，所以，我想趁治奶疮的机会给钢镚断了母乳。”

苏梅想了想：“这样吧，我考虑一下再说。但是，你先要把回奶药停了。”

回到屋里，苏梅将婷婷准备给孩子断奶的事告诉了周非凡，征求他的意见。周非凡认为断奶这件事还是应该充分尊重婷婷的意见。反正迟早要断奶，吃奶粉的孩子多了，钢镚为什么就不能吃？见老公不支持自己，苏梅大为不悦，话里话外便和周非凡戗戗起来。俩人正争执不下，周小易回来了，他指责母亲为难了媳妇，坦言给孩子断奶是自己的主意。

七

得知儿子因为怕媳妇身材走样让婷婷断奶，苏梅将信将疑，周非凡却认了真，毫不客气地训斥道：“怎么说话呢？婷婷是你老婆，不是你的摆件、花瓶、随身物品。”

“爸妈，你们不要指责小易了，断奶的事……”听见屋外起了纷争，婷婷从卧室出来，站在周小易身边欲承担责任。

“婷婷，我一直认为你是个诚实、有善心的孩子。女人追求美没有错，我也是从年轻时过来的。但美不光是在外表，你说说，有什么样的美能比过母爱的美。”苏梅可能觉得自己的语气过于严肃，又放缓了语调，苦口婆心地说，“我的意思是女人每个阶段都有每个阶段的美，你现在的美就是母爱，就是钢镚吃奶时的笑容，就是你敞开胸怀的风姿。”

“你妈这话说得没错，当年我给她拍的喂奶照片，现在还年年要翻出来看看，我给照片起的名字是《咱家的奶牛》。”周非凡看看苏梅，由衷地赞叹着，“美，美不胜收。”

“爸妈，你们刚才说得都在理，让我也很感动。”婷婷为自己辩解道，“但是，我确实不是为了我的身材、我的外表……”

“婷婷，妈说句不好听的话，你不该为了自己的‘臭美’目的，不惜让老公撒谎，当然这里也不排除有挑拨母子关系的嫌疑。”

周小易忙揽过婷婷，笑道："妈您这话真是高抬婷婷了，她哪有那心眼儿、境界。"

"婷婷没那心眼儿，不等于你丈母娘没那心眼儿。"

本就感觉婆婆高高在上，此刻听到她如此"高抬"母亲，婷婷忍不住掉下了委屈的眼泪，默不作声地返身进屋。她实在不明白，全家人早也盼晚也盼，盼来了他们的宝贝大孙子，本该合家高兴的事，怎么会生出如此多的难题？这让崇尚简单生活的婷婷陷入了为难。

周小易屁颠屁颠地跟了进屋，倒了杯水笑嘻嘻地递过来让婷婷继续吃回奶药。并表示毫不将母亲的态度放在眼里，振振有词道："'咪咪'长在你身上，由不得她，咱想让它冒乳汁，它就冒乳汁，咱不想让它冒，它就不能冒。等到你的奶水差不多没有了，咱就告诉我妈，出不来了。我就不信，她能亲自吸两口检查？"

听老公越说越来劲儿，一直默不作声的婷婷不禁斥道："又胡说八道，满嘴放炮。"

"老婆你听我说，家里的事没有谁长谁短，也没有谁对谁错。"见婷婷开口说话了，周小易知道她怨气也就消了一半。便收敛了嬉闹，煞有介事地说："你看周非凡同志，大智若愚，装傻充愣，其实他什么事不清楚？今天他为什么要站在我妈的一边？那是他前两天跟李完美犯了前科，巴结我妈呢。什么《咱家的奶牛》，我怎么就没见过呢？"

"你不要说爸的坏话，咱家要没他，指不定早就'开锅'了。"

对于父亲在家中的平衡作用，周小易何尝不知。他和婷婷商量，母乳因病感染，工作压力增大，断奶势在必行。三天之内必须拿出一个'双赢'的方案，借助周非凡的力量迫使苏梅同意给钢镚断奶。

这天，马大玲因思念外孙过度，颠颠地来到周家，重拾照顾孙子的重任。苏梅忙里偷闲从网上下载了一些关于母乳喂养的优点的文章，打印装订成册，游说马大玲让她和自己结成统一战线，必须让婷婷恢复母乳喂养。马大玲自然双手赞成，为了照顾女儿的情绪，她建议婷婷休长假，把钢镚带到三岁再上班不迟。

一波未平，一波又起。想到自己辛辛苦苦建立起来的几百个客户，如若休了长假，肯定是一笔重大的损失。婷婷央求两位妈妈考虑到保险工作的实际情况，允许自己给孩子断奶继续上班，得到的却是她们难得一致的意见——坚决反对！苏梅承诺，只要带好了钢镚，三年间，她和周非凡全程为婷婷保驾护航。三年后若婷婷的工作没了，新工作由她们周家全权负责。

两个妈和媳妇起了内讧，周小易知道此时非得他出面解决问题了。其实，自从婷婷进入哺乳期后，望着老远就能闻得见奶味、衣服上总沾着奶渍的婷婷，周小易从心底对她的新形象不喜欢。他不愿意自己的女人因为给孩子喂奶而变成丑陋的妇人，他想让婷婷生了孩子和没生一样，永远线条优美，人见人爱。碰巧了婷婷也因为工作不愿意长期哺乳，他乐得顺水推舟，去做两个妈的工作。

午后，周小易和抱着钢镚的婷婷一起进了家门，他满脸愁云，向大家宣布“看病”的结果——钢镚屁股上的红疹与婷婷的奶水有关。因为婷婷之前做过隆胸手术，怀孕生产导致里面的硅胶填充物渗漏了，以致钢镚如今吃到的都是有毒奶水。

马大玲坚信婷婷发育正常，无须隆胸。周小易大包大揽，说都是自己的主意，完全是为了婷婷在婚礼上能像明星一样耀眼，出了馊主意，以至于有了今天的麻烦。

对于儿子所言，苏梅将信将疑。她试探着问道：“小易，你的意思是婷婷的奶水里被泄漏了毒素？”

“妈您息怒。”周小易观察火候差不多了，这才不紧不慢地说，“医生讲了，因为硅胶渗漏，婷婷的奶水中已经产生了微量的毒素。如果给婴儿继续喂养下去，可能导致婴儿出现各种不适，钢镚现在屁股上的红疹子就是不适的前兆。”

马大玲大惊失色，急忙叫道：“那还不把母乳立刻给停了？”

“那怎么行，母乳喂养好啊。”周小易一副不情愿的样子，“我看那医生诊断的不一定正确。这样，等钢镚满月我带婷婷去韩国的美容机构去做进一步的检查，看看有没有止漏的办法。”

“等不到那一天了！”苏梅坚决果断地说，“咱们宁可信其有，不可信其无。从现在起，婷婷立刻给钢镚断奶。”

母亲的决定令周小易满脸不爽，他装作生气扭过身去，冲着婷婷挤了下眼睛，嘴角露出一丝不易察觉的诡笑。

对于女儿隆胸导致硅胶渗漏一事，马大玲坚信不疑。想着那硅胶破坏了乳腺，而奶水又是从乳腺里流出来的，使得钢镚差点儿中毒，她就气不打一处来。当即吩咐周小易找出隆胸的发票，准备次日找美容院说理去。周小易先是以图便宜没开发票来搪塞，后又以时间长了记不清地方为由企图开溜。但还想当“好女婿”的周小易在马大玲的软硬兼施之下，只有举手投降，同意和丈母娘一起前往。

走过大街穿小巷，周小易一副失忆人的模样，不时对着前方某处标有“隆胸”的美容机构做出“就是这里”的暗示。可当马大玲要冲进去理论时，他又左拦右挡，说自己记错了地方，要重新寻找。

以马大玲的阅历，一眼便看穿了周小易在和自己玩把戏。她厉声命令女婿自明日起请假三天，不找到那个令婷婷“痛不欲生”的美容院誓不罢休。

马大玲气冲冲回到家中，她换上旅游鞋，决定单独出马，踏遍万水千山也要将祸害婷婷的美容院找出来，告他老板个倾家荡产。王满堂看出了其中蹊跷，他觉得做隆胸怎么说也算个手术，美容店无论如何也得去个三两趟。以女婿那猴精的样子，怎么会找不到地方？据他分析，很有可能是小两口联手在骗几个大人，逼迫他们同意婷婷给孩子断奶。

马大玲恍然大悟，觉得自己就如同被蒙着眼睛的驴子，在周小易设计好的磨盘周围无休止地兜着圈子，还以为已经跨越了万水千山呢。遂决定要找女婿问个究竟。话音未落，门外传来周小易的敲门声。马大玲给老公使了个眼色，拎起包拉开门将女婿拦在了门外：“咱走，今天必须找到那个祸害婷婷的美容院。”

“不用了，你们看看这是什么。”周小易挥舞着一个红信封进了屋，喜滋滋地说，“美容院给婷婷赔钱了！”

马大玲半信半疑道：“赔钱，你找着美容院了？”

“是啊，我昨晚睡到半夜，做梦梦见了美容院的地方。”周小易煞有介事地比画着，“我睡得迷迷糊糊的，眼前突然就出现了给婷婷做隆胸的美容院。就在红会巷！骗子们就是借着有‘红会’字眼的地方，进行诈骗活动。”

马大玲详细地询问了周小易索赔的过程，得知仅获5000元赔偿款，很是不满。认为这点儿碎银子给外孙看屁股上的红疹都不够，更别说婷婷还要看病、排毒，搞不好还得重新手术。

周小易强调因为当初做手术时贪图便宜没要发票，如今缺乏证据无法索赔。逼得他和民工一样爬上楼顶扬言跳楼才得到了赔偿款。看到马大玲不依不饶地要去“严惩”那些黑心庸医，周小易谎称在他离开时，那家美容店已经被工商部门查封了，国家会对他们做出审判。他拿出1000块钱交给丈母娘，说是给他们二老的“压惊费”。马大玲嘴上毫不犹豫地拒绝了“压惊费”，却利落地将钱收起，说是用作给外孙买玩具的专款。

听闻周小易将自己父母“搞掂”，婷婷心里仍然不踏实，她知道平日得理不饶人的母亲不会轻易放过此事，建议老公从实将断奶的缘由说与母亲，相信她不会过分为难自己。

其实周小易何尝不知道撒谎的后遗症呢？一次撒谎倒还痛快，倒霉的是以后每当遇到与撒谎有关的人和事，脑子里就得不停地想之前所编造的谎言，真是麻烦不已。可他更知道，如果岳母大人知道了断奶的真相，自己的老妈不出五分钟便会用“家法”盛情款待自己，婷婷也难于幸免。如真到了那一步，这家庭关系可就麻烦了。所以,他坚守自己的谎言,并相信马大玲一定会对“处理结果”信以为真。

和周小易估计得完全一样,看见真金白银,马大玲对女婿跳楼讨赔偿一事深信不疑。然而这种信任只持续了一天,就被一则电视新闻彻底打破了。

“就是这家所谓的‘挺好美容机构’,使用了不合格的硅胶材料进行隆胸手术,造成填充体在患者体内发生渗漏,严重损害了消费者的身体健康。”电视上,出镜记者指着身后一家美容院,语调铿锵地介绍道,“虽然这家美容机构给每位受害者赔偿了20万元,但工商、卫生管理部门还是吊销了这家美容机构的资质,希望广大市民……”

“老头子,听见没,人家赔偿了20万元!”马大玲关掉电视机,长长地叹了口气,她扒拉手指算着账,怀疑女婿从中作梗,将其他的赔偿款“贪污”了。马大玲设想着如果有了那20万元,就可以到韩国去将婷婷的失败手术重新做好,让钢镚重新吃上母乳,生长得旺盛茁壮。

婷婷自然对于母亲所说的20万元赔偿款一无所知,马大玲拿出周小易交给她的1000元“压惊费”以证明美容院确有赔偿一事,周小易定设有小金库,那多余的赔偿款一定被他截留“贪污”了。见母亲一副财迷心窍的样子,婷婷笑着解释这些都是无稽之谈,是周小易为了稳住军心才自掏腰包拿了这1000块钱给丈母娘。

马大玲不认识似的看着婷婷,长叹一声,认真地说:“婷婷,你现在虽然是嫁出去的姑娘泼出去的水,但你要‘身在曹营心在汉’。你说,那20万元的赔款是不是你婆婆不让你们告诉我?”

话音未落,早已在门口聆听的苏梅推门而进,直奔马大玲。

“亲家母,你说的是什么20万元?给我栽的是什么莫须有的罪名?”

“莫须有的罪名?亲家,您真能整名词,我马大玲是无中生有的人吗?20万元的赔偿,我不会要一分的,但钱是赔给我女儿的,都必须花在她的身上。”马大玲说着来劲儿了,“婷婷,找家旅行社,咱娘儿俩尽快去韩国。把你的‘毒奶’重新恢复成‘好奶’,让钢镚有母乳吃啊。”

婷婷有口难辩,苏梅更是丈二和尚摸不着头脑。正在这当儿,周小易回来了。一见周小易出现,三个女人统统将矛头对准了他。一通埋怨后,周小易终于明白自己又惹事了,而且这回的事惹得还不小。

马大玲指责女婿将20万元赔偿款“贪污”了,让女儿不能去韩国做手术弥补毒硅胶的损失;苏梅觉得儿子自小到大没孝敬过自己一分钱,却将20万元飞来的横财双手拱让给丈母娘,令自己失望至极。周小易有口难辩,只有连连道歉自圆谎言。看着丈夫一脸尴尬无力地为自己辩解,婷婷终于忍受不了,直言相告两位妈妈，自己根本就没做过隆胸，硅胶、毒奶更是无稽之谈。一见婷婷扛不住招了，周小易便毫不犹豫地挺身而出，凛然以对。言称："好汉做事好汉当，要杀，要剐，你们全都冲我来。"

苏梅早就对婷婷隆胸这件事产生了怀疑，几次三番和儿子交谈也总是被他虚与委蛇糊弄过去。如今因这件事产生一连串的矛盾，不仅亲家之间有了间隙，就连和自己共住一个屋檐下的儿媳也产生了矛盾。她越想越生气，抬手就给了罪魁祸首周小易一个嘴巴。

婷婷从未见过苏梅如此生气，更没见过周小易受这么大的委屈。她尖叫一声，哭着连连告饶："妈，您别为难小易了，我继续用母乳喂养钢镚成不？！"

虽已入秋，阳光还是灿烂依然，不断声的蝉鸣令这燥热的空气如停滞一般。人们走出家门，在树荫下聊天，去商场购物，打发这难挨的下午。

李完美仿佛从古代穿越而来，她一身戏装打扮，在院子的花园里且唱且舞，视酷热如甘饴，一丝不苟地练着身段。就在一扭身的当儿，她看见周非凡和苏梅拎着只塑料袋从远处过来，便停下演练迎了上去。

"周老大，有个好事，你们听不听？"

周非凡笑吟吟地停下脚步，做出一副洗耳恭听的姿态。

"瞎掰掰你还没听够啊？"苏梅却不买李完美的账，拉着丈夫准备离去。

李完美并不动怒，她优雅地擦拭着脸上的汗水，慢悠悠地说："我有两张'婴儿大讲堂'的票，你们去不去听，是教怎么培养婴儿成为 CEO 的。"

苏梅不屑地哼了一声："婴儿 CEO？愚昧。"

"是有些不靠谱，但那儿有大量国际品牌的婴儿用品优惠直销。"

果然，一听是和"孙子"有关的事情，苏梅忙止住脚步，并产生了浓厚的兴趣。在李完美的鼓动下，她按时参加了"婴儿大讲堂"，坐在阶梯教室里，夹在一群老少各异的男女中，认真听课。

"美女们、帅哥们，您现在看到的是世界上顶级的超豪华婴儿多功能车。这款豪华婴儿车的主体骨架是太空纳米材料，轱辘由欧洲空客飞机公司监制，配有 GPS 自动导航，上下左右四个安全气囊。更有宾利、劳斯莱斯高档汽车上才有的分级减震和转弯稳定系统，最为亮眼的是本豪华婴儿车的安全装置，如果婴儿丢失，车子可立即通过最先进的'安吉星'系统向公安机关遥控报案……"投影屏幕上展示着一辆异形婴儿车，讲师手舞足蹈、声嘶力竭地讲解着，甚是卖力，"该车还可选配自动喂奶装置、自动接尿装置、自动止哭装置……"

苏梅向身边的眼镜女人靠了靠，惊叹道："天啊，你听，这婴儿车都要赶上美国总统的‘空军一号’了。”

眼镜女人打量着苏梅：“你是新来的吧，还有更好的东西呢。”

“哪位有问题要问？”

听到讲师让提问，苏梅忙举手示意：“这婴儿车的售价是多少？”

“这款车就是婴儿车里的宾利、兰博基尼，行走在院子里、街道上保证有百分之百的回头率，它的售价仅是28880元。有了它，将伴随着您的儿子、孙子一起发！”大家热烈的掌声，为讲师的口若悬河响了起来。讲师礼貌地指向苏梅：“美女，要不要给您家的宝贝来一辆？”当听到苏梅说价格偏贵时，讲师告诉她，此车可免费赠送。

“免费送？”苏梅不禁来了兴趣。

听完讲座，苏梅如同重新唤起了青春一样，她甚至感觉自己走起路来都充满了弹性。回到家中，她将此番经见的产品向周非凡倾数讲来。任凭她讲得口干舌燥，周非凡只管埋头细心地擦拭着一块收藏的石头，惹得她不禁揶揄道：“都擦1000遍了，能再给你擦出个石头孙子来？”

周非凡直起腰来，笑道：“我看你是得了‘孙子痨’了，什么事都能跟孙子挂上。”

“我还没给你说完呢，咱孙子的豪华婴儿车，不要钱。”苏梅神气地说，“只要加入‘小皇帝网’成为会员，交纳一定会费，再发展五名新会员，就可以免费得到一辆顶级婴儿车。”

周非凡不置可否：“小皇帝网？现在的商家想挣钱真是用尽了心思。”

不管周非凡反对与否，苏梅铁了心要加入“小皇帝网”。她还计划发动自己的旧友老部下一齐加入进来，让大家的孙子都能用上先进、豪华的婴儿车。

弄清了隆胸事件的原委，可钢镚屁股上的红疹子不仅没有消退，反而如雨后春笋般又生出许多，并有向腰腿部蔓延的趋势。经上网查询，婷婷认为可能是钢镚对某种尿不湿产生了过敏，遂决定逐一排除，以便找出罪魁祸首。

马大玲对婷婷反复试验各种品牌尿不湿的结果产生了兴趣。她认为，既然钢镚用尿不湿都长红疹，那一定是随他们老王家，天生的贱命，用不了时髦东西。回到家里，她翻箱倒柜，一定要找出家里旧时的被褥、全棉的衣衫，准备撕了给钢镚做尿布用。怎奈家里的旧衣旧被都被捐献给历次救灾援困活动，而留下的全棉织品少之又少。她脑子一动，决定专程回一趟老家，让村里的亲戚们给钢镚捐献一点儿爱心。

“农村人用过的旧东西，怕不卫生。”王满堂对老妻的心血来潮很是不满，连连否定,“有了年代的东西,怕是会有细菌呢。”

“细菌怕什么?做好了尿布,把它放到咱家蒸馒头的蒸笼里,大火蒸上一个小时,细菌肯定全军覆没。”马大玲对自己的想法很得意,“屁股用,又不是嘴用,要那么卫生干什么。只要柔软、舒服就成。”

火车坐了三个小时,马大玲回到了她的老家——坐落在秦巴山下的马家洼。整齐洁净的农村街道,行人寥寥。鸡、狗们自由自在地吃食、溜达。马大玲穿着一身运动衣,背着双肩包,一副年轻人的打扮,敲着锣一路走来,吆喝着:“乡亲们注意了,高价收购旧被褥、旧衣服,不是全棉的一律免谈。”

入夜,几位亲戚张罗着,从屋里拉出一根电线,将硕大瓦数的大灯泡高悬在大树上,令院子亮若白昼。八仙桌上垒起一摞旧衣服和破被褥,马大玲和几位亲友收拾旧衣衫,忙得不可开交。虽然农村早已富裕,但勤俭惯了的乡人们还是有些旧存货,再加上马大玲“按质论价,只收全棉”的政策,很快便收得盆满钵满。

此番出征可谓胜利而归。马大玲给乡下108岁的爷爷送了寿礼,给孙子带回了棉质旧衣被。想着自己传承了爷爷的血脉,而孙子又是自己血脉的延续,马大玲浑身都充满了力量。可当亲戚将她送上火车后,她才感觉到饿意充满了全身,仔细想了想,两天来,自己除了在寿宴上吃了几口饭菜以外,几乎没吃任何粮食。

车厢里,没有了春运般的拥挤,旅客人皆有座。马大玲坐在靠窗位置,一旁的长座位上放了两个大包袱。她打开了随身携带的方便面,准备给自己补充点儿能量。却被列车员找着了麻烦,指责她包袱占了两个座位,需补票两张。

马大玲放下手中的面碗,不满地指着行李架上已然堆满的包袱,说自己无处放东西才占了座位,如果真要让她买票,她只好让包袱坐在她的头上了。说着她离开自己座位,费力地坐在另一座位的包袱上,并飞快地将另一个包袱顶在了头上。

列车员看着马大玲的滑稽样,觉得如此屁股下、头顶上都是包袱,怎么也不可能坐一千里路,让她早些给包袱补票了事。

马大玲早就盘算好了,如果给包袱买两张票,那就是把萝卜卖成肉价钱了。主意打好,她信誓旦旦地说:“为了我孙子,抛头颅,洒热血,我乐意。”

列车员可以说是见多识广的人了,可马大玲这般率真的老人还真不多见。他体恤老人惜钱伤身的做法,将包袱塞进座椅下面,才令马大玲免除了一路的苦役。

即便如此,马大玲回到家里依然是腰酸脖子疼。

“你说你这是何苦来着,托运一下也花不了几个钱。”看着眼前这些五颜六色的包袱,王满堂一边给老伴揉捏着脖子,一边数落道,“你弄了这么多的旧被褥、旧衣服,恐怕做的尿布让你孙子的孙子都用不完。”

马大玲晃晃脖子,觉得好了些,便起身将包袱解开,干起活来:"你懂个屁,我把这些东西做成尿布和婴儿的衣服,去妇产医院,在病房搞推销,把我这趟的差旅费挣回来。"正说到得意处,马大玲突然惊恐地大叫一声。

"怎么了?"

马大玲心有余悸地躲到老伴身后,战战兢兢地说:"你快看,那是什么!"

八

一只尖嘴猴腮的老鼠在杂乱的被单里探出一只脑袋,小心翼翼地打量着这陌生的世界。

"老鼠!"王满堂一声炸雷式的吼叫令老鼠受到惊吓,它"倏"地从包袱里钻出来跳到了地上,转动着绿豆大的小眼睛茫然寻找逃亡的方向。

"还不快往死了打啊!"听见马大玲的一声断喝,王满堂如得到指令的战士,随手操起门旁的一把笤帚,冲着发愣的老鼠挥将过去。老鼠灵巧地一闪,使尽全力的王满堂一个踉跄险些栽倒,幸得马大玲眼疾手快,一把拽住他的后脖领,才不至于摔倒在地。差点儿栽倒在一个小小的老鼠面前,王满堂既尴尬又不情愿。他大叫一声,挥舞着笤帚东突西击,闪转腾挪,终不能将那厮擒获。眼见那小玩意儿身形一闪,遁入床下,王满堂毫不犹豫地趴在地上,将头钻进床下,手挥笤帚捣鼓着。未几,满脸灰尘地退出"战场",沮丧地说:"不见了。"

天不怕地不怕的马大玲一生最怕的就是小老鼠。眼见这厮被自己带到了家中,想想都觉得浑身不自在,她六神无主地望着老伴:"这可怎么办?"

王满堂突然想起什么,又提醒道:"快看看,包袱里还有没有?"

马大玲怯怯地看着包袱,连连退缩:"你,你是男人,你来。"

听到老妻的指令,王满堂很是英勇地点点头。他将笤帚递给马大玲,果断吩咐道:"要是再有钻出来的,你稳准狠了打。"

可偌大的屋子,要找一只小小的老鼠谈何容易。王满堂空有一身的力气,但面对几个软绵绵的包袱却无用武之地。末了,将所有的包袱抖落开,花花绿绿的旧衣破衫全都转移到门口处,忙了一身汗,仍寻找不到老鼠的踪迹。

见老伴忙得团团转,马大玲忧心忡忡地说:"钻哪儿不要紧,关键那只老鼠要是只怀孕的老鼠,那就要倒血霉了。"

"农村现在都是楼上楼下、电视电话,包袱里怎么能有老鼠?"

“有几家的被褥十几年都不用了，放在后院的柴火房里有老鼠也是正常的。”

“老鼠！”正聊着，王满堂突然一声厉喝，未及马大玲看清楚，他随手拿起一个枕头扑上去，“狗东西，我让你跑！”

登堂入室的不速之客被擒获，在处理方式上老两口产生了分歧。用菜刀杀之，俩人都下不了手；扔窗外弃之，又恐祸害邻居；放马桶里淹死，又怕它会游泳进了下水道再行繁殖。一筹莫展之际，马大玲想起了儿时玩过的把戏，决定给老鼠的尾巴绑上棉纱，再浇上油，点火烧死它！

王满堂踌躇着：“大玲，这是不是有些不人道？”

“什么不人道？给了它生路，它再生下十窝八窝鼠崽子，邻居们都遭殃就人道了？下手！”

王满堂得令，来到阳台上，将老鼠放进一只脸盆里，又令马大玲取了只锅盖候着。他小心翼翼地点着了老鼠尾巴上的棉纱，放进脸盆里，在松手的一瞬间拿过锅盖捂了上去。想着如此将老鼠”火葬“了，再也不会招惹事端，俩人不约而同地松了一口气。

少顷，紧按着锅盖的王满堂觉得脸盆里面没了动静，遂想这老鼠应该已被烧死。马大玲则担心锅盖捂得太严实，盆里若没了氧气火会自动熄灭，若真那样，老鼠肯定死不了。争执中，王满堂慢慢揭开锅盖，准备一探究竟。就在他掀开锅盖的一瞬间，老鼠拖着冒着火苗的尾巴跳了出来，被炙烤得“吱吱”嚎叫着，在阳台上左窜右逃，狼狈不堪。

马大玲大惊失色：“没烧死，抓住它！”

要想抓住一只逃命的老鼠谈何容易。马大玲和王满堂围堵包抄，终不能如愿，眼见着老鼠“倏”地从阳台跑进了屋里，他们赶紧追了进去。可满眼看到的皆是熟悉的家具和那些堆放在屋里的包袱，一时没了目标。马大玲认为老鼠一定藏身在屋里，可王满堂却言之凿凿地说自己看见它从门缝底下跑了出去。俩人担心老鼠再给邻里惹下祸端，急忙出门去寻找。就在他们转身出去之时，放在屋角的包袱一角冒出一缕青烟，渐渐有了火星。

在门口东张西望的马大玲突然闻到了一股烧焦的味道，并判断是从隔壁老张家传出。王满堂生恐自家的老鼠给邻居带来损失，急忙跑上去敲门，将已经进入梦乡的老张夫妇唤醒，在他家寻找着火的地点。

客厅、饭厅已经找遍，仍然找不见老鼠的踪影。老张看看灯火通明的家中毫无着火的迹象，遂笑称王满堂患了夜游症，深更半夜到他家串门，张罗着要给他泡茶喝。被邻居一番揶揄，马大玲认为自己的好心被他人当了驴肝肺，拉着王满堂就要往外走。

“着火了，二楼着火了！”

听到楼下传来保安声嘶力竭的呼喊，马大玲和王满堂相视一看，三步并作两步向外跑去。刚出老张家大门，便见自家屋里冒出滚滚浓烟，若隐若现的火苗，夹杂着“噼噼啪啪”的燃烧声笼罩了他们简洁、温馨的家。

幸亏消防车及时赶到，才避免了一场灾难性的火灾。经过大半夜的折腾，当硝烟散去，消防队员和邻居们都离开以后，马大玲在王满堂的搀扶下回到自己一片狼藉的家中。

满眼皆是被大火烧得面目全非的家具，马大玲都视而不见，却四处寻找着她千辛万苦背回来的“尿布”，当看到那些破衣旧衫已然化为灰烬时，她不禁靠在门框上哭了起来。王满堂安慰她有亲家的尿不湿垫底，钢镚的尿布一时半刻也不会出现问题。她责怪王满堂烧老鼠尾巴惹出了如此大的祸端。受了委屈的王满堂看到这废墟似的房间，连辩解的欲望都没有了。

马大玲突然想起自己在褥子底下藏有私房钱，可眼看着被烧得只剩下一个框架的床，哀叹怕是已成了灰烬。王满堂小声告诉她，这秘密自己早已发现，那钱已被存进了银行。马大玲这才破涕为笑，她在王满堂脸上狠狠亲了一下，说要凭自己的勤劳重新打造一个新家！

自从参加了“婴儿高级大讲堂”，苏梅就跟变了个人似的，不再孤傲，不再矜持。她主动联系了李小爱，向她推荐专卖婴儿奢侈品的“小皇帝网络”，把那款顶级豪华婴儿车夸得堪比美国总统的“空军一号”。见李小爱动了心思，便盛邀她和自己一起去参加“婴儿高级大讲堂”，让未来的孩子享受到顶级的物质，走共同致富的道路。

当晚，李完美怒气冲冲地找上门来，声称苏梅存心不良，欲将她的宝贝女儿引进传销窝。并坦率地告诉苏梅，自己介绍她进传销组织，就是要捞回损失。没想到，冤冤相报，一时失察，女儿差点儿被拖进传销窝。苏梅大吃一惊，如果以前她只是和李完美翻翻老账，过过口舌之瘾，此番被“陷害”，就显得李完美居心叵测了。这完全是利用自己对孙子的爱达到她不可告人的目的，失点儿钱财可以“折财免灾”，可这跌掉的“面子”却让苏梅大为光火。

“不逞能了吧？人家就是利用你对孙子的痴迷来骗你。”周非凡借机开导着老伴，“什么顶级婴儿车，全是骗人的把戏，我早看出来了。”

“你早看出来了怎么不告诉我？”苏梅警觉地望着他，猜度道，“你不会是和李完美联手把我当猴耍吧？”

"联什么手？我劝你一句，不要再在院子里跟李完美掐了，几十年的恩恩怨怨也该化解了。"周非凡真切地说，"李完美离了婚，心情一直不好，蛮可怜的。你啊，大人大量，就让让她。"

"化解？我倒是想化解。但每次都是她李完美在向我挑衅。"苏梅不忿地说，"还让我让她，怎么让？把你再让回她的怀里……"

指责完苏梅，回到家中的李完美也没安生。得知真相的李小爱埋怨母亲不该将苏梅引入传销，李完美却振振有词地说，苏梅得空便在院子里吹嘘钢镚用的都是名牌，自己就是气不过才想买豪华婴儿车回来气她，怎知进了传销这才身不由己将苏梅也带了进去。钢镚有亲爷爷、亲姥爷的疼爱，自己家的宝宝则是没有一个爷爷关心的"无爷孙子"，她对此一直耿耿于怀。她发誓要用双倍的祖辈情去关爱宝宝，让他幼小的生命中"无爷胜有爷"！

李完美筹划的第一个大活动便是宝宝的满月宴。因为宝宝和钢镚是同一天的生日，她要求李小爱夫妇，一定要让此宴席全面超过周家，从酒席的档次、嘉宾人数到宴会的热烈程度，都要把周家彻底打倒。

次日，周小易在发送请柬时发现，钢镚的满月宴和宝宝的满月宴撞车了，都在同一天的12点！

苏梅断言是李完美要和自己"斗孙"到底，执意要坚持12点办满月宴。并说当初儿子的婚礼就被"流产事件"给搅和得不明不白，现在钢镚的满月宴就要大张旗鼓地整出动静来，以还结婚时的人情债。更重要的是，要通过孙子满月这件事告诉大家，老周家香火有继，儿孙满堂！

眼见着老妈跟打了鸡血一样兴奋，周小易对婷婷使了个眼色，和颜悦色地虚与委蛇，举双手同意了苏梅的决定。

对于和闺蜜在同一时间段办酒席，婷婷从心底里觉得不舒服。她觉得给孩子办满月宴对两个家庭来讲都是个大事情，对她和李小爱更是如此。由两个纯情的小姑娘到孩儿娘，她们在相伴成长的过程中，推心置腹，无话不说。她们是彼此生命中的拼图，少了哪一块，人生便不会完整，她们坚信这种超越了两性之爱的闺蜜情一辈子都是不会输给时间的。可眼下为了一个满月宴的时间将她们推到了前台，她决计要和李小爱商量一下，相信定会给父母一个满意的答案。

"就算小爱答应，李完美也不会答应的。就她李完美那点儿智商、情商跟我较劲儿。"按照苏梅的设想，既然两家已经"撞车"了，那就索性"一撞到底"。她让周小易去弄清楚李完美她们摆满月宴的酒店，也将钢镚的满月宴订在那里。这样，一来两家交互的朋友不用忙着赶场，二来也"真刀明枪"摆起擂台，从各个方面将李完美比下去。

即将举办满月宴的酒店位于闹市区的“孙子酒楼”。据周小易摸底调查，此酒楼的老板注意到“孙子热”是中国独特的社会现象。看到社会上相关产业链已经形成，便迅速竖起一面大旗，挂靠在著名的“孙子集团”旗下，专门为那些宝贝的孙子们过满月、过生日而开设了餐饮旗舰店。

确定了行动目标，苏梅立刻唤上周小易前往“孙子酒楼”进行考察。在领班的带领下，甫入时尚、豪华的宴会区，她便指着左边区域画了个圆圈，表明自己要预订这个场地。得知此处已被李姓女士订走，她猜度定是讲风水好八卦的李完美抢先夺走了属于“上位”的好地盘，遂悄声叮嘱周小易，一定要通过他的铁哥儿们吴极，将左边的地盘夺回来，以保证钢镚满月大吉，一生平安。

周小易哭笑不得，他实在不明白女人的脑袋是怎么构成的。想苏梅一生中规中矩，凡事都要讲究个原则，注意个层次，如今因了个钢镚“堕落”成神叨叨的老妇人，和她终生“不齿为伍”的李完美处处事事争个高下，以至于为争个吃饭的地盘而挖空心思。正在为难之际，抬眼便见李完美和吴极相跟着进了酒店。

领班一见李完美的身影出现，立刻让另一位服务员接待苏梅母子，自己则颠颠地叫着“李阿姨”直奔李完美而去，气得苏梅连声斥责没有素质，并令周小易尾随过去，和李完美他们商谈换场地一事。

得知苏梅亦要在此给孙子办满月酒，李完美直言她是来此搅局，借“斗孙子”之名和自己一决高下。她决定调动所有一切因素认真对待，迎接这次“挑战”。首先，她重新审视了已经订好的酒席位置，这一看还真看出问题来了。在宴会大厅左边的两头，一边是厨房，另一边是洗手间，而墙上则挂着一幅印象派名画。李完美运用她花脚猫般的卜卦常识，认为参加喜庆的满月宴，目光所及零乱、污秽的厨房和洗手间是宴客之大忌。而墙上那幅五光十色、奇形怪状的“名画”，它会形成八卦、天罗地网，使人百病丛出，一生烦扰不断。此处只适合腐败分子们的“鸿门宴”，而右边才是给宝宝办满月宴的最佳场所。李完美看看站在一旁和吴极聊天的周小易，悄声叫过女婿，将场地的利害关系说与他听，让他立刻和周小易商谈换场地一事，以免贻误了宝宝的前程。

吴极向来对丈母娘言听计从，并认定这是讨好老婆维持家庭稳定的不二法门。此番虽感到李完美过于八卦，但还是应允下来，叫来周小易与他交涉。天下竟有这样的好事，你想啥他就来啥，这不是自己常年攒人品所致是什么！周小易满心欢喜，却装作不情愿的样子推诿再三，说即使自己同意此事，苏梅也是断然不会同意的。

“小易，咱俩是哥们儿。你知道的，我丈母娘比较邪兴……”吴极刚一开口，便听见李完美一声干咳，立刻知道是自己着急失言，慌忙双手抱拳向丈母娘告饶，又对周小易说，“我的意思是我丈母娘讲究风水，左边这地儿她说和我家宝宝的八字不合，可跟你家钢镚却是非常搭的，你看看咱两家是不是换换地儿？”

周小易做出一副为难的样子：“我妈比李阿姨更邪兴。就算是我同意，她也不会同意的。”

李完美思量一下，断然道：“吴极，给他们一桌补助50块钱，换了。”

“一桌50，十桌500，十五桌……”周小易算计着，不禁乐而开怀，“行行，就算我收了李阿姨给我们家钢镚的份子钱。”

不劳而获的周小易过去对苏梅说，自己的嘴皮都磨破了，终于将李完美说得同意换地方，但要求一桌为他们补助50块钱，算是补偿费。苏梅略一算计，认为几百块钱能“买”来属于“上位”的左侧宴会厅非常值得，遂满口应允。周小易翻动着嘴皮子便轻易得到上千块的“收入”，这种“蹭老族”惯用的做法已然被他发挥到了极致，心里自然是美滋滋的。所以，当苏梅命令他去“侦察”出李完美他们的满月宴订餐标准时，自然是屁颠屁颠地扭身便走。

“是这样的，您接待的那个李阿姨和我们是一个院子的。李阿姨呢家境不好，老公瘫痪在床上，她自己十几年前就下岗了。找了个女婿还不着调，就你叫的那吴哥，没钱还爱充大尾巴狼……”周小易找到了接待他们的那位女领班，充满同情地地介绍了李完美的“家况”，又一脸真诚地说，“来参加满月宴的街坊邻居很多，是两家混着吃。我家呢，本来是要把酒席的标准定得高一些，但是考虑到影响，也就是贫富差距，不要让李阿姨家不舒服，或者太难堪，所以想不要高出人家太多……”

领班都是见多识广的主，周小易的一番话，令她决计利用客人之间的攀比心理，将营业收入跃上一个台阶。便爽快地告诉周小易李家订的是888元一桌的标准。周小易很快得到苏梅的指示，将满月宴订餐标准定为1228元一桌。接下来在领班“无意识”的提醒中，李完美改订酒席为每桌1588元。苏梅又提高了一档，每桌2188元，誓要在酒席规格上完胜李完美。知道苏梅订了每桌2188元的宴席，而且酒店还赠送他们教堂唱诗班现场演唱的《平安颂》，李完美遂不管不顾地提升标准，订了每桌2188元的酒席，说什么也不能在苏梅面前跌份儿！

激情、冲动之下所做出的决定无一例外都是要后悔的。

回到家里一算账，钢镚的这个满月宴的花销比其老子周小易结婚的费用都高出了一大截。周小易明白是被那领班给忽悠了，苏梅虽有后悔的意思嘴上却死不承认，她让周非凡拿出10000块钱给儿子赞助，以弥补酒席涨价所带来的亏空。

“完全是让那妖精领班给忽悠的。”周小易狠狠地咬下一口苹果，分析道，“妈，其实2188元一桌也真不是什么事，千金难买高兴乐意，对不对？但是您知道吗？由于我们把标准提高了，李完美决定跟您死磕，把他们家的标准也提高到了2188元一桌。如果加上我们还要给她的场地移挪费，那钱可就花大发了。”

周非凡思量着，摇摇头说：“不行，这太奢侈了。儿孙自有儿孙……”

“打住打住。你不说那两句词，能憋死你啊？”苏梅又问了遍周小易，得知李完美确实订了和自己一样的餐费标准，不禁一怔：“李完美疯啦！”

周非凡没好气道：“我看你才是疯了。”

苏梅脸一沉，借机发泄着：“怎么了，我说不成李完美半个‘不’字了？你可以心疼她啊，宝宝不是没有爷爷吗？明天你当着众人的面，隆重宣布你是宝宝的‘干爷爷’我没任何意见，她当不成‘二奶’你当个‘二爷’也是挺美的一道风景啊……”

“妈，您说您跟李完美这样争风吃醋，是不是有为老不尊的嫌疑？”周小易调笑道，“您和我爸都是重晚节的革命老人，李完美蛇蝎心肠，现在逼着咱们烧钱，这就是敌人向我们挑衅了，进攻了！你们怎么还能风花雪月呢？我已经派了婷婷去找李完美了……”

说话间，婷婷回来了。她向大家汇报，经过李小爱、吴极从中周旋，李完美认识到了女领班唯利是图、挑拨是非的丑恶嘴脸，两家已达成了统一协议，不能让酒店渔翁得利，统一标准888元一桌，自带酒水。

对这个结果，周非凡父子拍手叫好，苏梅虽然心里认为婷婷此事办得好，嘴上却仍不服输地责怪着婷婷的狗头军师周小易。周小易哈哈笑着，将母亲的责难全盘接受，开始张罗给酒席的主角钢镚穿什么衣服。这一提醒，又令苏梅如弹簧般从沙发上跳起，忙不迭地拿出周小容买的法国婴儿套装，声称此款曾在巴黎服装博览会上获过银奖，且价格不菲，钢镚穿了定会人见人爱，风头大盛。

周小易手里拿着一把红红绿绿的插头，在投影机前来回忙碌着。说是要将在满月宴上给亲朋好友播放的VCR预播一遍，让大家先睹为快。

刚要开始播放，马大玲抱着个大塑料袋和王满堂双双进了大门。她说孩子的满月宴是以婆家为主的事，自己不仅不会有过分要求，还做好了一切听从苏梅安排的准备。她将带上“嘴巴”赴酒席完成两个任务，一是吃好，二是把钢镚夸好。接下来，马大玲提出了一个小小的要求，希望在满月宴上，钢镚能穿着她亲手缝制的“百福衫”隆重出席。

看着马大玲捧出的一套用红底黄团花织绵锻做的衣衫，苏梅张开的嘴就一直没合上。她赞也不是，恼也不是，只好挤出僵硬的笑，讪讪地说：“那个，钢镚穿上你做的这身衣服，很容易让人联想起过年时门上贴的年画娃娃。”

马大玲如遇到了知音，兴奋地笑道：“亲家，我就是照年画娃娃衣服的样式做的，喜兴、大吉大利！”

苏梅起身拿出那套巴黎服装，给马大玲翻看着：“你看，这是我跑断了腿买来的巴黎娃娃套装。咱钢镚穿着它，不但有档次，而且会在全城都是独一无二的，是亲朋好友们没有见过的。”

眼看着两个女人又要起波澜，周小易和婷婷装作摆弄 VCR 缩在一旁“忙碌”着，王满堂只好将求助的目光投向周非凡。

“我说两句，姥姥和奶奶对孙子的闪亮出场，应该是都做了非常精心细致的准备，这是钢镚的福分，大家说是不是？”周非凡又开始了“和稀泥”，他乐呵呵地说，“咱钢镚呢，一定不能辜负奶奶和姥姥的一片心意。中式的要穿，西式的也要穿。”

周小易脑子里灵光一闪，忙起身打着圆场：“我老爸的意思是，钢镚明天里面的上身穿中式的，下身穿西式的。外面的上身穿西式的，下身穿中式的，这不就圆满解决了吗？爸您是这意思吧？”

周非凡笑而不答，只是竖起了大拇指。周小易得意扬扬地征询苏梅的意见，被她以“上中下洋，不像小丑像流氓”而坚决拒绝。马大玲也毫不客气地予以反对。婷婷担心纷争再起，忙又提议两套新装都不穿了，就穿平素里的旧衣衫，也别具一格。此建议自然遭到了全家人的坚决反对。幸得周小易脑瓜子灵活，以预防和宝宝撞衫为由，再次提出满月宴席上，钢镚和新娘的待遇一样，上半场穿洋装，下半场穿唐装，这才平息了双方的怨气，意见达成一致。

令他没想到的是，在紧接着的观摩满月宴 VCR 时，两家六口人，竟然一次全票通过！

“不错，非常不错。”周非凡率先表态，“平实、感人，真实表现了一个生命的诞生过程。”

“亲家，我错怪你了，我向你道歉。”马大玲说着站起来，正儿八经向周非凡鞠了个躬，泪眼婆娑，激动地说，“我刚看到了婷婷的孕妇写真照片，和我当时看到的那幅孕妇写真照片的感受完全不一样。婷婷的十月怀胎，让我想起了我的十月怀胎，这照片太珍贵了！等钢镚过八十大寿的时候，小易，你一定要亲自去放，让钢镚的儿子、孙子都知道她奶奶的不容易。”

一个婴儿的满月，引起姥姥如此的感慨，大家不禁笑了起来。

“好的我已经说了，我现在就说说不好的。”紧接着，马大玲毫不客气地指出，在这部具有划时代意义的 VCR 里面，她的照片和镜头不及苏梅。这事必须一碗水端平，奶奶和姥姥的出镜率必须一致。

看着形势又要大乱，周非凡忙出面维持秩序。他笑称钢镚又不是皇帝、总统，和他在一起未免就光荣伟大。接着指挥儿子将苏梅给孙子把尿、换尿布的镜头全剪了，又给苏梅解释撤除这些镜头完全是因为在酒宴时间播放，虽然是小孩子拉屎撒尿，仍然会给来宾产生不好的联想。

家里总有一个主事之人，平素家里的大事小情总是苏梅包揽，周非凡乐得做个局外人逍遥自在。可一到关键时刻，只要周非凡出面，苏梅便会退避三舍成全他的想法。今天也不例外，尽管苏梅不认同撤掉表现自己辛苦劳作镜头的合理性，但还是给了丈夫面子，让马大玲如愿以偿。

钢镚和宝宝的满月酒在众人翘首以待中终于开席了。

酒店宴会厅的左侧，马大玲率领一帮老姐妹身着时尚运动装，表演着热情奔放的“街舞”。欢快的音乐中，一群姥姥们纵情舞蹈，释放着对孙子无限的爱。婷婷抱着同样手舞足蹈的钢镚，坐在苏梅和周非凡身边，随着音乐的节奏摇晃着身体，满脸幸福地享受这美好的祝福。

被喜庆的音乐所鼓噪，坐在右侧主人席上的李完美抱着宝宝，引颈看着舞蹈中的马大玲，渐渐有些坐不住了。当音乐进入高潮，长长的彩带、彩纸齐刷刷地射向舞台中央时，她知道街舞助兴结束了，遂将手中的宝宝递给李小爱，毫不犹豫地起身离开主人席，来到主席台前：“各位亲朋好友，为了隆重庆祝我生命血脉的延续，也就是我最最亲爱的孙子宝宝满月，我给大家献上一段京剧《贵妃醉酒》。”她冲音控台笑笑：“音响师，放伴奏带。”

本来两家说好和平办酒席，可马大玲突然一出街舞表演把两家的客人都吸引到了苏梅一方，此景令李小爱多少有些失落。当听到母亲要一展金嗓，亲自为宝宝唱戏庆祝时，她不禁兴奋地冲李完美尖叫道：“妈，好样的！”

嘈杂的人声中，突然传过来一阵锣鼓京胡的曲调。少顷，李完美脱俗而清丽的京剧唱腔传来。

“李完美唱戏了？”在周非凡一怔的同时，王满堂触电似的一下子站起。

来宾听说是市里的老明星李完美登台献唱，纷纷起身向右边宴会厅看去。而王满堂则目光如炬，满脸笑容，如同被人牵引一般向李完美奔去，和他同时过去的还有几个铁杆粉丝一样的客人。惹得苏梅看着空落的座位不免有些失落。

“海岛冰轮初转腾，见玉兔，玉兔又早东升。那冰轮离海岛，乾坤分外明。皓月当空，恰便似嫦娥离月宫……”李完美且唱且舞，唱腔婉转如一樽红酒清冽透明，举手投足间尽显曼妙风情，一代名伶风范在宝宝的满月酒宴上绽放光辉。

这个回合的“较量”，两家各有千秋，论水平自然是李完美技高一筹，论喜庆热闹马大玲又当之无愧。

“……婷婷是我们家的好媳妇，是温良恭俭让的好媳妇。”满月酒宴一开始，周非凡站在主席台上，充满感情地说，“为了表彰婷婷为我们周家传宗接代立下汗马功劳，现请苏梅同志代表我们婆家，为婷婷颁发了‘特殊贡献奖’奖牌。”

热烈欢快的乐曲中，苏梅满脸含笑走上台去，她捧起主持台上的奖牌，冲着还坐在台下笑个不停的婷婷招了招手，将手中硕大的奖牌高高举起。

婷婷含羞带笑，一路小跑着上了台接过这份惊喜。她抱着奖牌，深深地向公公婆婆鞠躬致谢。苏梅情不自禁地伸开双臂将婷婷抱入怀中，轻轻地拍打着这位乖儿媳的肩膀，充满感激地向她额头吻去。

这温馨的场面令来宾们倍感温暖，热烈的掌声持续响起。

来宾中，一位老太太激动地抹着眼泪，说家属院选模范婆媳的票她没白投，准备明年还要将票投给苏梅和婷婷。还有位年轻女客人对苏梅赞不绝口，遗憾地指责身旁的丈夫没有将婆婆叫来接受现场教育。就连老实巴交的王满堂也激动地亲了钢镚一下，让他长大了好好向妈妈学习，做一个孝顺长辈的乖孩子。

“请婷婷留步。”就在苏梅婆媳相搀扶着缓缓走下台的时候，周非凡又叫住了婷婷，“刚才是苏梅同志为我们好媳妇颁发了‘特殊贡献奖’，下面我还要代表我们婆家给婷婷颁发‘特殊贡献奖’奖金 10000 元！”

自然又是一阵热烈的掌声，其中周小易几个哥们儿甚至用筷子敲起了盘子连声喊好，惹得坐在右边的客人频频向这边张望。

看着苏梅一家高兴地颁奖、领奖，李完美抱着宝宝坐在一旁，刚才演唱时的神采已经全然不见，取而代之的是满眼的忧伤与不忿。因为吴极是孤儿，宝宝没有爷爷奶奶，这让李完美心生感慨。吴极明白了丈母娘唏嘘的原委，声称自己也要给李完美颁发“特殊贡献奖”，以表彰她对宝宝所付出的爱，堪比苏梅与马大玲的总和。

李完美破涕为笑：“发什么发，还不是羊毛出在羊身上。”

这边刚刚消停，便见婷婷抱着钢镚过来，喜滋滋招呼闺蜜，要请周非凡给她们俩人抱着孩子来张合影。刚听见照相机一声“咔嚓”，周小易又晃悠过来，建议在这个特殊的日子里，两个家庭应该和两个同日生的小兄弟来一张合影。对此想法，李完美连声拍手叫好，并希望周非凡能够把自己照得漂亮一些。

“没问题。”周非凡吩咐道，“小易，去把你妈和你丈母娘几人叫来，咱们照一张大的全家福。”

九

听到周小易在招呼照全家福,马大玲拉着苏梅乐颠颠地一溜小跑赶来。当看到李完美一家也在整装扮靓要一起照"大全家福"时,苏梅不乐意了。她对周小易表示,自己绝不和李完美同流合污。

"怎么能是同流合污呢?"周小易绕着圈地开导着苏梅,"妈,你想想啊,钢镚和宝宝同日生,这搁到旧社会,就是患难兄弟。"

"小易说得对,哪有这么巧的事。钢镚和宝宝同一天出生,又在同一所医院,还住在同一个院子里,这都是大家给他们凑来的缘分。"马大玲凑了过来,越说越来劲儿,"有句话俗话怎么说的来着?对,不求同日生,但求同日死……"

马大玲的词不达意令赶来围观的来宾们笑得前仰后合。如此气氛下,苏梅只好顺坡下驴,答应看在钢镚的分儿上,参与周李两家人的"大全家福"合影。看到母亲如此顾全大局,周小易喜不自禁地拥抱了她。而后便忙活着给众人安排照相站的位置。按照他的意思,老人站中间,小辈排两旁和后面。响应儿子的号召,苏梅率先站在了中间位置,李完美毫不犹豫地上前一步,站在了苏梅身旁。

如此近距离地站在李完美旁边,苏梅顿觉周遭的气场大变。她屏息良久长叹一声,不甚友好地瞥了李完美一眼,身子向另一侧的马大玲靠去佯装说话,"不经意"间便和李完美拉开了距离,中间出现了一个空位。任凭摄像师周非凡再三要求大家靠拢一些,都岿然不动。

周非凡看着相机取景框:"我要按遥控快门了,都露出笑容来。"

在一片"茄子"声中,大家都露出了开心的笑容,唯有苏梅矜持着,不肯露齿。周非凡按下相机快门,飞快跑到苏梅和李完美的中间站好。"咔嚓"一声,照片定格。看着这幸福的两家人,周围看热闹的嘉宾们不禁纷纷议论、羡慕不已。

苏梅想看刚才拍摄的全家福照片,可没等她看清楚相机里的照片,李完美凑过头来闹着也要先睹为快,并连声称赞周老大果真将她拍漂亮了。众人争相看过"大全家福",交口称赞不已。唯有苏梅拉下了脸,指责周非凡站在她和李完美中间,难道想要一边一个女保镖不成?

"怎么像是保镖呢?我看倒有点儿旧社会一夫两妾的意思。"李完美笑盈盈打趣着,并毫无顾忌地要求周非凡表态。

马大玲不知其中的历史缘由,跟着凑热闹:"还真是。亲家,你好'拽'啊,大老婆、小老婆一边一个。"

周非凡双手抱拳,尴尬求饶:"亲家,可不敢胡说啊。"

这边还在打趣嬉闹不已，那边的苏梅已经怒火中烧了："周非凡，你立刻把照片给我删了！"

钢镚满月了，按照民间的习俗该"倒臊窝"。

为了迎接这一天，马大玲和王满堂从婷婷怀孕便开始准备了。他们在婷婷的闺房里添置了一张小床。马大玲又亲手做了里外三新的被褥，光是被里被面就被她揉洗了不下十次，为的是别让新布硌着了小外孙娇嫩的皮肤。眼看着这天就要到来，她又吩咐王满堂去中药店买来泡澡的药材，要让婷婷痛痛快快泡个"出月澡"，出一身透汗，洗尽"月婆子"的种种血污，重新开始崭新的日子。

天还没亮，马大玲两口子便兴奋地起了床。马大玲如同喝了喜鹊奶一样，"咯咯"地笑个不停。王满堂也破天荒地穿了件新衣服，说是外孙进门要有新形象。俩人匆忙扒了几口早饭便眼巴巴地开始了等待，盼望着外孙早日进门。

和马大玲家喜庆气氛相反，苏梅早上一醒来便是泪眼婆娑，在她的带领下，家里充满了浓浓的离愁。

"妈您甭难受，倒完了'臊窝'，我们就回来了。您要是实在想钢镚，随时打电话，我立刻给您抱回来。"婷婷拎着几个装满钢镚物品的包站在楼下，看着苏梅流着泪抱着孩子不停地亲吻着，心里不觉一阵阵发酸，"妈，这一个月真是辛苦您了。我也不会说那些好听的话，就是从心里真的谢谢您了，妈。"

"这都是妈应该做的。"苏梅抽泣着，又一次叮嘱道，"回去记住了，钢镚的尿不湿不管脏没脏两小时要换一次，喝的水不能低于 38 度、高于 45 度。再有，钢镚已经满月了，你妈小米粥熬得好，每天可以加一餐米汤油。"就这样，孩子什么时候喂奶什么时候喂菜汁，什么时候洗澡什么时候日光浴，苏梅事无巨细地交代完毕，又递上一张早已写好的备忘录交给婷婷。

"好了好了，别整得跟生离死别似的。"周非凡从口袋里摸出纸巾递给苏梅，"你看你啰唆的，婷婷是钢镚的妈还是你是钢镚的妈？你下来要把这种无微不至的关怀用在我身上，从现在起，我就是你的钢镚，老钢镚。"

婷婷歉意地笑笑："爸，真不好意思，有了钢镚让我妈冷落了您，影响了您的正常生活。妈，您叮嘱我的话，我都记住了，我走了，您要好好照顾一下我爸，恢复你们平静的生活。"

"我要平静的生活干什么！"

"你妈喜欢'犯贱'的生活。"周非凡不无调侃地拍拍老伴，还想说什么，抬眼看见一辆小轿车驶来，缓缓停在了楼门前。

"让你们在家等着，怎么出来了？"周小易从车上下来，从周非凡和婷婷手里接过携带的包，放进车的后备厢，“上车，‘倒骚窝’了！”

看着轿车载着心爱的孙子缓缓离去，苏梅的心仿佛都被带走了。她泪流满面，痴痴地望着车子渐渐消失，不停地挥着手……

旋转的五彩的风车悬在钢镚的小床上方，发出清脆的乐曲声。马大玲笑容满面地抱着钢镚，坐在小床一侧不停地亲着他的脸。王满堂蹲在马大玲前面，抓起钢镚的小胖脚丫不停地亲着。

“你们还有完没完啊？”婷婷收拾着带回来的东西，看着父母抱着钢镚那甜蜜满足的样子，故作嫉妒地怨嗔着。

“老头子，别光顾了高兴。赶快去买菜，下午我的姐妹们要来庆祝钢镚‘挪窝’。”马大玲突然想起了什么，急乎乎吩咐着，“我的老姐妹们，还给钢镚编了一曲‘挪窝’的说唱 rap，我给你们唱一段，先听为快。”

“妈，昨天才吃了满月酒，您今天就又要折腾？还 rap，可真有你的。”

“你妈我就是喜欢折腾。”马大玲把钢镚递给王满堂，起身站在屋子中央，手脚并用打着节奏，绘声绘色地说唱起来，“钢镚钢镚我爱你，就像老鼠爱大米，谁也不能比/我们的甜蜜，谁都不能替，我们不是在玩爱情的游戏/爱得真是深，爱得真是真，爱你直到终点永远不会分/我们手拉手，永远一起走，最美好的日子只有我拥有/爱跟你分享，谁都不能抢，咱俩一起来编织这亲情网/微笑到最后，有你就足够，千万年的姥孙情穿梭在宇宙……”

看着母亲手舞足蹈的样子，婷婷高兴得心花怒放。她一边和着节奏给马大玲打着拍子，一边感受着这浓浓的亲情，心里充满了幸福。

王满堂一副茫然的神情：“我说马大玲，你说了半天怎么就没听见我半句？”

“我刚才演唱的是‘姥姥版’，下来我给你们演唱‘姥爷版’。”

一听老妈还要表演“姥爷版本”，婷婷怜惜地看看她满头的汗水，谎称钢镚到了睡觉的时间，否则会哭闹不停。马大玲连连点头，从柜子里拿出她特制的小枕头，说是里面装有蚕屎、鹅绒、决明子、绿豆、荞麦皮等有益于婴儿健康的东西。婷婷感觉枕头有些硬，马大玲解释这都是因为钢镚在周家已经睡得有了后脑勺，再发展下去长大了会影响脸型形象，继而影响到交女朋友、找工作等等，必须用这个硬点儿的枕头予以矫正。

婷婷虽不大相信母亲所说，一个小小的枕头竟能在钢镚的一生里肩负如此重要的责任？但还是顺从地将它垫在了钢镚的脑袋之下，毕竟这是姥姥的一片爱心。

安顿好钢镚，在母亲的唠叨下，又开始洗“出月澡”。直到她泡得面色红润、浑身每一个毛孔都透出中药的芳香时，马大玲才允许她出浴就寝。拖着慵懒的步子回到卧室，婷婷这才感觉真真是累了。她刚准备换上睡衣上床，却隐约听见一阵时隐时现的鼾声传来，婷婷不禁怔住了，空荡荡的床也没有周小易的身影，这鼾声从何而来？她一阵紧张，再凝神屏息循声望去，不禁怔住了。

钢镚安详地睡着，呼噜声正是从他的喉咙里发出的。

婷婷大吃一惊，急忙扑过去，将头侧在钢镚的脑袋前听着，确实呼噜声是从钢镚喉中发出，令人匪夷所思。

头刚挨着枕头，马大玲两口子便被婷婷心急火燎地叫了起来，当得知刚刚满月的钢镚睡觉打呼噜时，顿时傻了眼。马大玲慌了手脚，她先是焚香祷告，求遍了上天的所有神仙保佑她的外孙子平安无事。接着又烧了几张黄表纸，绕着家里转了个圈，请各位神魔大仙绕道远行。眼看着老伴如此折腾钢镚却呼噜声依旧，王满堂悄声叮嘱婷婷让叫周小易迅速赶来，争取以最快时间将钢镚送医院诊治。

值班大夫行医十几年，对刚满月的婴儿打呼噜还是闻所未闻。一番检查发现鼻腔、喉部均无异常，便以医生的经验判断：如今家长对孩子特别上心，尤其是祖辈的爷爷、奶奶、姥姥、姥爷们，一有风吹草动，便风声鹤唳，全家齐上医院参与到“6+1”看病大军。他怀疑家属产生了幻听，让他们到医院走廊将孩子哄睡着了再抱进来诊察。

平日里钢镚一天基本都是在睡觉，想逗他玩得争分夺秒，如今按大夫要求需要他睡觉时，眼睛却睁得大大的，嘴里发出咿呀的声音，煞是可爱。无奈，一家老少只好打道回府。进门刚把钢镚放在床上，婷婷就出去给奶瓶里添了些水，再回屋里时，钢镚已经睡着了。同时，轻微的呼噜声复又响起。

这回他们没有大动干戈，而是由婷婷轻轻抱起钢镚，坐在周小易的摩托车后面，风驰电掣般地驶向医院，找到了刚才给孩子看病的大夫。

“大夫，快，我儿子睡着了，还打着……”

大夫忙起身望去，看到的却是钢镚胖乎乎的小脸上一双可爱的大眼睛。这熊孩子，他又醒了。

百般无奈，小夫妻俩只得抱着孩子回家。这一回他们长心眼儿了，等钢镚睡着了，他们用录音笔将他打呼噜的声音录下来，请医生诊察。医生听了婴儿打呼噜的声音，认为钢镚的各个器官都无异常，仅凭一个打呼噜不能判断是否有其他疑难杂症，拒绝了他们出诊的要求。

自从钢镚“倒臊窝”走了以后，苏梅可以用度日如年来形容。

围绕一个婴儿忙碌的日子让她有了强烈的责任感，这孩子猛一离开，屋里空荡荡，心里空落落，一天到晚恹恹的，除了对金毛有点儿耐心，即使是看电视也是不断调换频道，以缓解心中的烦乱。

“也不知道钢镚今天喝几回水了。”

听见老妻又开始唠叨，周非凡笑道：“瞧你心神不定的，像是钢镚把你的魂也带走了。一会儿操心吃，一会儿担心拉，你别忘了，人家马大玲是钢镚的亲姥姥。”

“我信不过她。一天到晚粗枝大叶的，能让我孙子吃饱穿暖就烧高香了。”苏梅左思右想，还是决定给婷婷打个电话。

这个电话打得可叫苏梅上了火，钢镚睡觉打呼噜这么大的事，婷婷竟和娘家人联合周小易将自己瞒了个水火不透。她放下电话一句话没说，出门拦了辆出租车直奔马大玲家。此时，她不想追究亲家瞒报孙子病情是否失理，只求早点儿见到钢镚，了解他打呼噜的真实原因。进了王家大门，苏梅直扑钢镚床前，果然听见了她半信半疑了一路的呼噜声。她急忙询问了钢镚一天的吃食，又在婷婷房间仔仔细细查看一遍，没有看出有什么异常现象。

“钢镚在我们家好好的，怎么到了你们这儿就打起了呼噜？”苏梅琢磨着，“他姥爷睡觉的呼噜声大吗？”

“你的意思是钢镚的呼噜，是我们家王满堂给传染的？”马大玲一拍脑门儿叫道，“我想起来了，你为什么和我亲家分居，不就是因为他的呼噜声大吗？没准儿是我亲家给钢镚传染的，在你家正好是潜伏期，到了我家正好就发作了……”

“要说呼噜能传染，我早就成呼噜王了，你应该有点儿科学常识。”

“怎么成了我不科学了，刚不是你先问的王满堂打不打呼噜？”

苏梅自知失言，忙挂起免战牌：“这个问题咱不争论了。咱们应该探讨一下钢镚在我家什么事都没有，怎么到了你家就会打起呼噜。”

“你什么意思，亲家？这话都说几遍了，你是不是觉得我家有‘邪气’？”马大玲不忿地说，“你已经把我家看了个‘底儿掉’，你说说我家的邪气在哪儿？”

“我没说你家有‘邪气’，这是你自己说的。”苏梅想了想，又说，“要不，我现在把钢镚带回我家，看看我家有没有‘邪气’，听听他还打不打呼噜，成不？”

马大玲定定地看着苏梅，认真地说：“亲家，你是来关心钢镚来了，还是跟我抢钢镚来了？我告诉你，钢镚现在是在倒你家的‘臊窝’，想让他再进‘臊窝’，门儿都没有。”

看母亲又和婆婆吵了起来，一直愁眉不展的婷婷“嘤嘤”哭了起来。她说自己在电脑上咨询了儿科医生和一些家长，有人说婴儿打呼噜的症状可能是有先天心脏病，她担心钢镚难逃此劫。

几个老人一听便慌了，都说得马上住院给钢镚做彻底检查。周小易却认为仅凭一个打呼噜的症状医院不可能收治。他劝大家不要紧张,把打呼噜的原因先捋一遍再上医院。周小易说首先要排除场地原因,而排除这原因的唯一办法就是得让钢镚回到奶奶家的小床上睡一会儿,如果没打就说明姥姥家的环境有打呼噜的诱因。如果在奶奶家打了,他就直接抱着孩子去医院,大不了扛张床放在儿科门口,待上他三天三夜,就不信医生听不见钢镚的呼噜声。

这个办法得到了大家的一致同意。紧接着,一家老小抱着钢镚来到苏梅家,要对他进行调换场地的试验。

周非凡正在小花园收拾花草,看见苏梅带着一群人急乎乎地回到家中,不禁大吃一惊,以为发生了什么大事情。待知道事情的原委时,便让周小易母子先去"试验",自己来招呼亲家。

"看把你们给愁的,不就是个打呼噜嘛。"周非凡给亲家倒好茶水,聊了起来,"我一生下来,先天性歪脖,从来不知道右边是什么样。你们看看我,现在是眼观六路,耳听八方……"

"快,钢镚睡着了。"

苏梅一声召唤,所有人都急忙随她蹑手蹑脚来到周小易的房门前。果然,钢镚睡着了,被捏成桃心的头发紧贴着额头,煞是可爱。众人围着钢镚,从各个角度端详着他的睡姿,悉心听着他浅浅的呼吸。一刻钟过去了,钢镚依然香甜地睡着,没有半点儿呼噜声发出。

"这就奇了怪了。"马大玲和王满堂相对而视,对此现象颇为不解。

苏梅欣慰地笑了:"是啊,你看他睡得多香,一点儿鼾声都没有,就像是回到了自己的窝。"

"窝,安乐窝?"马大玲拉下了脸色,"那你的意思我家就是……"

周小易忙打起圆场:"我妈的意思是,钢镚就跟踢足球一样,还认主场、客场。"

"钢镚现在没打呼噜,不等于一直不打。"一怒之下,马大玲下达了指令,她让钢镚在"臊窝"里待24小时,如有打呼噜事件发生,立即电召她前来验证。

回到家里,马大玲夫妇直扑婷婷的卧室,俩人围着钢镚的小床打量着,又将钢镚的小被褥一件件掀起,看不出有什么异样。难道钢镚真的就不适合在自己家里居住?

"你说会不会有人在咒咱?"王满堂犹豫着说,"你平时说话不把门儿,是不是冒犯了哪路神仙?"

"提醒我了,李完美!"马大玲如醍醐灌顶,大叫一声,颓然坐在床上,"钢镚过满月那天,在酒楼我一见到李完美,她就告诉我,说苏梅把酒席摆在了左边,而左边一眼可以看到厕所是大忌讳，对钢镚非常不好。我当时还嘲讽李完美已经快成‘李半仙’了，没想到，还真让人说着了。”

“别把李完美的话当真。她见人就看手相、说风水，神叨叨的。上回在苏梅家院子碰见我，拉着我就要算卦，我拒绝了她，她就说我左大腿根有一个痦子……”

“天哪，人家说得对着呢，你左大腿根就是有一个痦子啊！”

“俗话说，十人九痦，我看她是瞎蒙上的。”

“不行，我得立刻去找李完美。”马大玲毫不犹豫地站起身来，“让她来给咱家看风水。”

死对头苏梅的亲家找上门来，让李完美兴奋异常。她二话没说便随马大玲上了出租车，人还没坐稳便开始了风水知识的普及。

“风水最大的要点，在于改，而不在于看！现在社会上所谓的风水大师满街跑，谁真谁假连包公再世也很难分清楚。你今天找我算是找对了。”李完美神采飞扬，口若悬河道，“调理风水，趋吉避凶，破灾转运。知道哪些人是贵人，哪些人是小人，哪些事能旺财，哪些事要破财……”

“旺财、破财跟我现在都没有关系。我火烧火燎地去您家，就是想请您看看我家有啥东西和钢镚犯了克……”

李完美很有信心地让马大玲少安毋躁，言称“李半仙”出马，定会万事大吉。

说话间来到马大玲家，李完美甫一进门，便对客厅里的鱼缸目不转睛，貌似对那些游弋在假山海草之间的金鱼产生了兴趣。并当即宣布，改变王家的风水必须从这只鱼缸开始。

“家里人若八字喜水才能养鱼。也就是说，家中养鱼，必须家庭成员的八字都喜水，如果其中有一个人忌水的话，养鱼那就犯了忌讳，就会对此人造成坏的影响。”当知道曾有大师说过马大玲命中忌水、缺金时，李完美颇含深意地冲她点点头，而后又安慰道：“没事，我有破解的高招。一、您家的鱼缸放得过高。鱼缸摆放的高度不宜低于腹部，也不宜高于胸部。过低缺乏灵气的推动，易患脚气。过高就犯了风水上的‘淋头’之忌。二、正方形的鱼缸，五行属土，土克水，一般不建议使用。而你家的鱼缸刚好是正方形的，得立即改换长方形的。”李完美很具“权威”地说着，不容对方反驳，“下面看看你家家具的摆放。”

李完美掏出一副“六维”的眼镜戴上，透过黄、红两色的镜片在屋里巡视着，很快找出了问题所在。她言之凿凿地说若要钢镚不再打呼噜，必须将屋里的家具来个乾坤大挪移，且搬家公司要请西南方向的，老板必须姓“公羊”，再就是撤掉钢镚所在房间的所有电器，在他床顶的天花板上，要挂一些铁丝网，以屏蔽东北方飘来的浊气。最后一点，苏梅不得再呼唤钢镚的名字。

前几个“高见”虽感荒唐，但执行起来还不算有难度。唯独不让孩子的奶奶叫他的名字，马大玲两口子都觉得不大好办。

李完美说苏梅身上有种未破解的特异功能，只要她认为是属于她的东西，就会不择手段地得到和严加保护，窃为己有。专抢她李完美喜欢的东西。她从自己的个人经历说起，感叹她和周非凡的“天仙配”被苏梅横刀夺爱，搞得“非常”和“完美”这对金童玉女未能珠联璧合，更让“非常”变成了“非凡”，不仅冲走了自己的姻缘，而且是几十年来霉运不断。

如此具有潜能的亲家令马大玲想想都觉得担心，她央求李完美给个破解的办法，以保证钢镚不受侵扰，平安成长。

李完美神秘地说，要破解苏梅的“特异功能”很容易，只需将“梅去”两个字写在一只玩偶上挂在洗手间内，三日内便可看见效果。

千恩万谢送走了李完美，马大玲顺便从路边的小商店里买回一只小人偶，回家便张罗着找笔，在上面写上“梅去”，以期除秽去邪。

“大玲，这霉气的‘霉’，好像不是苏梅的‘梅’吧？”

“怎么不是苏梅的‘梅’？‘梅毒’是不是这个梅？‘梅’就是有病的意思。”马大玲将玩偶挂在洗手间的暖气管上，充满信心地说，“管他是什么‘梅’呢，只要是‘霉’的音就成，就能把钢镚的霉气给去了。”

一家人围着钢镚忙得不亦乐乎的时候，周小容却刻意保持着距离。她比较崇尚西方的育儿经验，对事无巨细的中国妈妈们不甚欣赏，至于祖辈们近乎“自虐”的爱孙子方式她更是不理解。她关心的除了将电视台自己的栏目做好以外，就是她牵头创立的“单女俱乐部”了。

最近，“单女俱乐部”里出了件事，比较内向的惠子姑娘患上了抑郁症，连续12天没有合眼，急得周小容四处为她联系医院住院治疗。由此，她想到“单女”们基本都是孤身一人生活，且大都醉心于工作，忽略了精神卫生。通过朋友，周小容邀请了天籁心理咨询所的首席心理卫生专家陈子页来“单女俱乐部”为大家做讲座，着重帮助“单女”们加强心理卫生教育，重塑生活圈。

“陈老师不光是心理问题的专家，而且还是国际著名催眠大师马歇尔·亚历山大在中国的唯一学生，为我省若干位政界、企业界的领导和CEO高管们担任私人心理顾问。”

随着周小容的介绍，坐在沙发上的成熟男子很有风度地起身，谦逊地点点头。

“首先，我要告诉各位女士，心理咨询是不神秘的。心理咨询师是协助求助者解决各类心理问题的人。现实生活中，很多人会因为家庭、工作、求学、婚姻等问题，出现焦虑、不安，期待做出理想的选择，顺利地度过人生的各个阶段，寻求生活的良好质量。而心理咨询师可以从心理学的角度，提供中肯的建议和精神引导……”

一场讲座听下来，周小容竟然觉得陈子页和自己俨然已经是老朋友了，他讲的许多观点正是自己有所思而没有总结、提炼的。讲座完毕，她邀请陈子页来到楼顶的露天茶社，找了个竹林掩映之下的茶桌，泡了壶自己最喜爱的龙井，聊了起来。

“陈老师，您看我有抑郁方面的问题吗？”

“你身上有什么反常的症状吗？”

“没有，就是晚上不睡，早上不起。”周小容笑笑，煞有介事地说，“还有，我早上必须三杯水。一杯牛奶、一杯蜂蜜水、一杯矿泉水。如果哪天没喝，就一天难受得要死。”

“你这是奢侈强迫症。是不是看见好看的包就爱不释手，非买回来不行？”陈子页一笑，“我很欣赏你的个性，是个‘天马族’。”

周小容乐了，她承认自己是个感性大于理性的人，尽管有时会为自己的感性频频埋单，可她依然如故，并乐此不疲。

“我想知道你从心理问题专家的角度，怎么看我们‘单女’。”

“首先，我要说目前中国男性人口原本就比女性多，当你们‘单女’成为潮流时，我们这些单身男人们就深受其害了。”陈子页侃侃而谈，“城市单身女性在今天正成为一个独立群体，一个社会符号。国外早已存在这一现象，在日本，这个群体被称为‘寄生单身’；在欧洲，她们被统称为‘Latte 一族’。她们的特点是：不彻底奉行独身主义，不属于丁克一族，不排斥婚姻，但又不以婚姻作为某种终点。”

“你说得太准确了，来，走一个。”周小容煞有介事地端起茶杯和陈子页一碰，“我们俱乐部的‘单女’们，有的一直没有找到恰当的‘白马王子’恋爱过，有的有过轰轰烈烈的恋爱，但厌倦了。有的结过婚但又走出了‘围城’，有的有过同居史，有的至今有亲密的情人但不打算结婚，如此等等，呈现出纷繁多彩的生活形态。当然，也容易产生一些精神卫生问题，希望您能给我的姐妹们讲一些正确对待孤独的箴言，也就是打打预防针，减少或者杜绝惠子的悲剧出现。”

“没有问题。我们应以宽容的眼光看待这个独特的群体，只要她们快乐，就是存在的理由。”

和陈子页谈得如此投机，这在周小容的聊天史上是不多见的。得知晚上陈子页要出差，便相约回来后再饮茶畅谈。

为了迎接钢镚顺利回来接着“倒臊窝”，马大玲请来两位民工，在她的指挥下，将婷婷房间的家具来了个乾坤大挪移，并按照李完美所说，在天花板上挂了铁丝网，将王满堂养了大半辈子的鱼缸移到了阳台。

苏梅却一点儿没有要将钢镚送回姥姥家的意思。她推着躺在新款婴儿推车里的孙子，怡然自得地来到花园晒太阳。在和邻居们交谈的过程中，心安理得地接受别人对钢镚的赞誉。

张大妈蹲在婴儿车前，逗弄着钢镚：“苏梅呀，你家钢镚真是漂亮，长大肯定是小帅哥。”

苏梅鼻子里哼了一声，不屑地应道：“是吗？这话你好像也对宝宝说过。”

张大妈有些尴尬，解释道：“那，那我是没见过你们家钢镚。”

苏梅一笑：“那您现在说说，是我们家钢镚帅，还是李完美家宝宝帅？”

“那，那肯定是您家钢镚帅。”张大妈讪笑着，起身佯装要买菜，匆匆离去。

李完美正在楼道里拖地，看见张大妈便叫住了她，说是给她孙女留了祛黑眼圈的眼膜，让她进屋拿回去用。如此盛情令张大妈十分感动。投桃报李，她便将苏梅逼着自己说钢镚比宝宝帅的事告知李完美。

“那你说真话，到底是我家宝宝漂亮，还是她家钢镚漂亮？”李完美在得到对方满意的回答之后满足地笑了。她不屑道：“苏梅强迫大家夸她孙子，那是心虚的表现。你知道吗？钢镚身上有精神病的遗传基因，刚满月就打呼噜。”

听说小小的婴儿钢镚打呼噜，张大妈惊诧地捂住了嘴巴。

“周非凡真是倒了血霉，当年他要是从了我，哪会落到这个下场。”李完美悻悻道，“精神病孙子，哼，不把他折腾死才怪。”

送走张大妈，李完美开始了每日一唱。她换上戏装，围着躺在婴儿车里的宝宝，且舞且唱着京剧《霸王别姬》里的片段：“……寂寞的心冷却了温柔，你让我朝朝暮暮空等候，说红颜娇羞，还能缠绵几春秋，原来情如水，美人莫把富贵求……”

正唱得陶醉，便听见一阵急促的敲门声，她应声开门，却见苏梅满脸怒气，出现在门口。

“贵客来了啊！怎么，你家钢镚又没有奶吃了？”李完美倚在门边，夸张地念着戏词，调笑地看着这位不速之客。

苏梅冲地上啐了一口唾沫，怒不可遏道：“你个神经病，女神经病！”

李完美感到莫名其妙，遂拉下脸来：“怎么了，亲自上门撒泼啊……”

“我就是撒泼来了！我今天要撕烂你的狗嘴。”苏梅冲到李完美面前，指着她喝道，“李完美，钢镚有神经病是不是你说的？”

“都是女人家搬弄是非，不能听的。”周非凡匆匆赶来，冲李完美摆摆手，拉着苏梅便要离开，“走吧，咱们先回去。”

李完美这才明白苏梅发怒的原因，辩解道：“我没说钢镚是神经病，我只是说钢镚打呼噜，脑子有问题。”

苏梅一怔：“钢镚打呼噜？你听谁说的，是哪个王八蛋造的谣？”

“疯了！周老大，你亲爱的梅梅真是疯了。”李完美冷笑道，“瞧你什么人嘛，连你亲家都要骂！”

苏梅这才知道，钢镚打呼噜这事是马大玲广而告之，不禁打落牙齿往肚里咽，不好再与李完美理论，扭身拉着周非凡回了家。

还没进门，便听见屋里传出钢镚的哭闹声。急急开门而进，却见原本去单位报销的婷婷回到了家中，抱着哭闹不已的钢镚满屋乱转，说是刚才他们不在家的时候，金毛将钢镚的脚抓伤了。苏梅和周非凡大吃一惊，扑过去一看，果然钢镚胖乎乎的小脚丫上有三两道被抓伤的痕迹。苏梅如临大敌，抱过钢镚就往外跑：“赶快去医院，打狂犬疫苗。”

打完针刚回到家，马大玲和王满堂便匆匆登门，兴师问罪来了。

马大玲查看了钢镚的伤情，不管不顾地冲苏梅抱怨道：“你们家那个金毛狗不是第一次犯下滔天罪行了，上次偷喝钢镚的奶，现在又把钢镚抓伤，必须就地正法。”说着，她夺过钢镚大踏步地就往外走去，头也没回地说：“你们要是不把那个金毛狗就地正法，就休想再让钢镚回到你周家！”

事出突然，婷婷和苏梅全都愣在那里，一时不知该如何应对。

“快去劝劝你妈。”周非凡轻轻对婷婷说着，再一看苏梅，只见她满脸痛苦，悲愤不已，仿佛马大玲抱走的不是一个孩子，而是揪走了她的心肝一般。

为了能让钢镚早日回到周家，苏梅痛下决心，必须对金毛施以惩戒。可对她满屋追打金毛“教训”的方法，周非凡并不以为然。他认为家里有小孩确实不适合养宠物，必须将其驱逐。

“我看应该把你驱逐了！”苏梅停下追赶金毛的脚步，气喘吁吁地指责周非凡，“你说你什么人哪，怎么对金毛一点儿感情都没有？不要说了，送小容那儿去。”

“我看不行。以我丈母娘那脾气，看不到金毛被处死，是绝不会善罢甘休的。”周小易插话道。

“你的意思是杀了金毛？”苏梅怒目而视，“那你还不如先把我给杀了。”

“妈您消消气。金毛好歹也是咱们家的一员，曾经给大家带来过欢乐，怎么能对它下毒手呢？”周小易狡黠地一笑，侃侃道来，“我现在就去网上下载一张死狗的图片,再把金毛的照片输进我的电脑。接下来,我用电脑软件把它 PS 了,而后将照片打印出来,冒充咱家的金毛。我丈母娘又不是我妈,骗她太容易了。”

“你狗东西,上次把我的头 PS 到了你妈身上,现在又故技重演啊。”周非凡嘴上数落着儿子,心里却不得不承认这是个两全齐美的好办法。

“就这么着了,钢镚今晚是绝对不能在马大玲家过夜的。”刚发完指令,苏梅突然想起了什么,“对了,刚才在医院,我怎么忘了核实马大玲给李完美说钢镚打呼噜这事了。”

“抢”回了钢镚在王家的居住权,让他睡在已经改造过的小床上,马大玲席地坐在钢镚身边,等待着奇迹出现。

“爸、妈,你们不觉得滑稽吗?”婷婷望着屋顶上的铁丝网,忧心忡忡,有所顾忌,“李完美是出了名的‘李半仙’,她的话你也信啊?”

“我这不是被钢镚的呼噜弄得走投无路嘛!”马大玲一副可怜巴巴的样子,她还要解释,却突然面色木然地僵在那里。因为,钢镚又打呼噜了!

听到呼噜声,婷婷一下子急了:“真是邪门儿了,在我婆婆家好好的,一声呼噜都没有啊。”

王满堂当即决定要把钢镚送回奶奶家,马大玲却坚持非要看见罪魁祸首金毛的尸体,否则,是不会让钢镚再登周家大门的。俩人意见不统一,一时僵持不下,令婷婷左右为难。恰在此时,周小易拿着几张金毛的照片“报丧”来了。

“大家看,我妈忍痛割爱、大义灭亲,亲手结束了金毛的性命。”周小易将照片一一展示给大家,一副颇有成就感的样子,看不出一丝的忧伤。

“你要说金毛是你处置的,我还信。要说是你妈亲手处置,打死我我也不信。”马大玲琢磨了一会儿,定定地看着女婿,言之凿凿道,“我活要见狗,死要见尸!”

十

孩子打呼噜,愁坏了婷婷。临到傍晚收到了一条短信,令她一下子又慌了神,犹豫着向母亲讨要主意。因为她的初恋男友来了,并且约她在不远的咖啡厅见面。

马大玲满脸狐疑地审视着女儿,认真地说:“婷婷,你现在嫁了周小易,又有了咱钢镚,就要守做女人的规矩,不要……”

“妈您说什么呢?你女儿是那样的人吗?”婷婷怨责地看了马大玲一眼,长叹了一声,“陈子页和我好些年没联系了,这时候找我,是不是遇上了什么难事?”

“你呀，跟你爸一样，一辈子就是吃亏在了心软上。”马大玲想想又说，“既然好些年没见面了，那就见见，成不了一家人，朋友还是可以做的。”

母亲的态度出乎婷婷的预料，不禁怔了一下。见女儿犹豫不定的样子，马大玲催促她快去快回，家里还有钢镚需要照顾。

之前，婷婷曾无数次设想过和陈子页再次见面时的情景，对这位自己曾经托付过一腔痴情的男子，她怨过也恨过。怨他的无情无义，恨他的见异思迁，她甚至设想再见面时挥手给他一记巴掌，让他好好尝尝当负心郎的滋味，可没想到的是，当现实摆在面前时，那些虚无的设计全都化为泡影。没有仇恨，也没有暧昧，俩人如一对昨天刚见过面的熟人一般，彼此很客气地问了声好，便分坐两旁。

婷婷谢过陈子页为她点的蓝山咖啡，过去这曾是她的最爱：“几年过去了，我的心已经平静了，不知你现在找我什么意思？”

陈子页望着婷婷，真诚地说：“我今天找你，是想向你说声对不起。”

“‘对不起’？好熟悉的声音。”婷婷苦涩地一笑，望着咖啡杯，头也不抬地说，“你的心意我领了。还有什么事情吗？”

“没事，就是想见见你。婷婷，我打听到你做保险很辛苦，想帮一下你。”陈子页说着从包里取出一张银行卡放到了桌上，“这 20 万元是给你的，密码是你的生日。婷婷，我不是用钱赎罪，请你理解我，好吗？”

“你还记着我的生日？”对此婷婷显然有些意外。她看看银行卡，不动声色地说，“20 万元，好大的数目，你可以用它买下几个冯思思的芳心。”

“请给我一点儿尊严，不要再提冯思思。”

“谢谢你的好意。”婷婷抬起头来，看着陈子页的眼睛，平静地说，“对不起，我儿子还等着我喂奶，我老公还等着我一起吃晚饭。告辞了。”说着起身便要离去，任凭陈子页再三挽留，头也没回地出了咖啡馆，留下了怅然若失的陈子页和闪着金光的银行卡。

金毛吃了周小易买的强力安眠药，躺在地上一动不动，软绵绵的如同死去一般。周小易预计药效会持续三到五个小时，在此期间让睡着了的金毛冒充一下“尸体”应该没有风险。为了给儿子壮胆，更为了质问马大玲将钢镚打呼噜之事告诉李完美，苏梅决定和他一同前往王家。

看到金毛如棉花一般软塌塌的“尸体”，马大玲并不惧怕，反而蹲上前去，很内行地翻看着金毛的眼睛。

周小易生恐露馅，忙“沉痛”地说：“金毛的瞳孔早已放大，您就让它安息吧。”

马大玲看不出端倪，认定金毛已然死亡，拍拍手站了起来。

“小易，赶快给钢镚收拾收拾，回家。”苏梅松了一口气，对满脸不解的马大玲说：“你可不能出尔反尔，将金毛正法了，钢镚就回我家，这可是你说的。”

“是，是我说的。”马大玲想起了什么，认真地问，“亲家，我要问问，你是不是在家不分昼夜地念叨钢镚啊？”

“怎么了，我孙子我不能想，不能念叨吗？”

“是这样的，钢镚在月子里和奶奶建立了深厚的奶孙情。”周小易站在两个妈中间，绘声绘色地给马大玲描述着，“在钢镚‘倒臊窝’的日子里，我妈把钢镚的照片和我那已经驾鹤西行的姥爷照片都摆在她的床头柜上，没事就和他们聊聊天，说说话……”

“什么，跟你死去的姥爷照片摆在了一起！”马大玲一声惊叫，气愤地在屋里转起了圈子，“找到了，问题的根子找到了！就是有人在勾引钢镚的魂，才让他睡觉不踏实打呼噜。瞧瞧，真让人李完美‘李半仙’给算着了……”

“李完美？我就说李完美怎么能知道钢镚打呼噜这事，就是你在给通风报信。”苏梅这才恍然大悟，遂尽量克制着嗓门告诫道，“可是，我也希望我的亲家你，以后不要再跟那个唯恐天下不乱的妖精来往了。”

看到婷婷从屋里抱着钢镚出来要劝架，王满堂赶紧把她推到苏梅身边，并做出送客的姿态：“亲家，钢镚要是回您那儿万一又打呼噜了，你可一定要及时告诉我们。”

周小易生恐苏梅和马大玲再起摩擦，急忙过去打开房门，准备离去：“没问题，打不打我都让婷婷给您报平安。”

“把你家的死狗也带走。”马大玲说着，厌恶地踢了金毛的“尸体”一脚。

金毛被踢得移动了位置，身子随之动了动。马大玲吓得一个激灵，不由自主向后退了几步。可更奇怪的事情出现了，金毛先是四肢蠕动，紧接着晃晃悠悠地站了起来，并且冲着马大玲有气无力地叫了两声。

马大玲一脸惊愕，当看到周家母子面面相觑的样子，这才明白被周家做的局骗了。她怒不可遏地叫道：“周小易，你个狗东西联手你妈糊弄我呢？”

“怎么可能呢！”周小易做出一副无辜的表情，胡诌道，“现在这满天下的假货，搞不好金毛吃的毒药就是假冒的。”说着，他便伸手去抓金毛。怎知刚才还萎靡不振的金毛此刻却无比机敏地一闪，跳上了茶几。它尾巴一扫，茶几上的奶瓶被碰倒，掉在地上摔了个粉碎。看到金毛打碎了钢镚的奶瓶，马大玲不由得怒火中烧，随手拿起扫把便向金毛打去。追赶之下的金毛在屋里左躲右闪，钻进了卫生间。

王满堂夺下马大玲手中的扫把，埋怨道：“你看你，跟条狗较的什么劲儿？”

马大玲走到苏梅面前，一把夺过钢镚，冷冷地说："今天你不把金毛打死在我这儿，钢镚就休想进你家门。"

婷婷左右为难，不知劝谁是好，只能看着周小易，希望他能有高招化解风波。可周小易也是一副一筹莫展的样子，两眼望天不知该如何是好。

众人尴尬中，却听一阵声响，金毛嘴上衔着粉色的小人偶从卫生间跑出，径直奔跳到苏梅身上。苏梅爱怜地抱着她的宠物，抚摸着它柔软的皮毛，一声声的"宝贝"叫个不停。突然，她发现了小人偶，不禁一个激灵，一把将小人偶从金毛嘴上夺下。当看清楚上面写着"梅去"两个字时，她的双手因气愤而发抖："什么意思，你们看看这小人上写的什么，咒我呢！"

王满堂知道马大玲又惹下祸了，忙过去安慰着："亲家，您别误会，'霉去'啊，就是把霉气去掉、赶走的意思。"

"把我去掉？你们意思我是妖孽附在了钢镚身上，弄得他打呼噜？"

周小易息事宁人道："妈，您甭胡联想了，我丈母娘没有那么高的智商……"

"我怎么就没智商了？"马大玲直愣愣地说，"亲家，您这一说，我还真有感觉了，你是不是天天在你家叫着钢镚的魂？"

"妈，您别瞎说。"婷婷拉过马大玲，解释道，"我婆婆是叫钢镚来着，但她那是不由自主地思念钢镚。"

"什么叫不由自主？"苏梅警惕地睁大了眼睛，质问着，"婷婷，你老实交代，这变着字眼骂我的主意是不是你给你妈参谋的？"

眼看着女儿惹火上身，这屋里又要乱作一团，王满堂忙挺身而出："亲家，这不关婷婷的事，是我和大玲商量的。"

"不打自招啊！"苏梅终于抓住了王家的把柄，她气不打一处来，对于这门不当户不对的婚姻她本身就不甚赞同，以至于两家往来芥蒂甚多。如今王满堂亲口说出他们一起"陷害"自己，她决心和这个亲家一战到底！

要和亲家暗斗容易，若明火执仗地撕破脸皮，则大多数人都不愿意。毕竟儿女亲家一场，也是不小的缘分。

苏梅最终没有带回钢镚，仍是独自一人回到家中。她将马大玲制作小人偶暗算自己之事向周非凡道来。言称自己明日就让儿子去买一个白骨精模型，写上马大玲的名字挂到家里吊灯上，让她也不得安宁。

"别说，这马大玲看着大大咧咧的，手还真巧。瞧这小人儿，大大的眼睛，弯弯的嘴巴，安个环，能当钥匙扣。"周非凡把玩着手中的小人偶，又对满脸怒气的苏梅说，"怎么，想以暴制暴啊？马大玲不着调，你也不着调啊？咱是什么？是公务员，国家正儿八经的干部，是管理过一级组织的人。”

“行了，我一破后勤副科长嘚瑟什么啊？”

“副科长怎么了，咱这院里有几个？你吧，挺有才能的一个人，就是官场上运气差了点儿。”

苏梅定定地看了老公一眼，知道他如此恭维自己定是有预谋的，便伸腿踢了他一下，佯装不悦道：“你又想说什么了？赶快往外放，不许拐弯抹角。”

“这可是你让我说的。”周非凡从冰箱里给苏梅拿了瓶酸奶，推心置腹道，“自从有了钢镚我就觉得你变得泼了起来，原来你不这样啊。就拿今天的事来说，你一定有做得不对的地方，不然马大玲为什么不把我周非凡做成小人偶挂起来？”

“周非凡同志，我这辈子喜欢你，就因为你是个男人。”苏梅反唇相讥道，“你就没感觉到，自从你退了休，就没有了男人的火气？李完美都说你是他家的‘二爷’了，你屁都不敢放一个。”

周非凡哈哈一笑，煞有介事道：“您还别说，像我这样优秀的男人竟然没有包过‘二奶’，真是亏大发了。我怎么就可以和王满堂一样，恋爱一次就结了婚？从目前看来，这辈子还得是从一而终。唉，真是愧对老祖先的三宫六院七十二妃了。”

“你不要干扰我的思维，不要转移斗争的大方向。你说，马大玲已经把我咒成了小人、妖魔鬼怪，我怎么收拾她？”

“要我说，你最好的收拾方法，就是让钢镚不回来，永远待在王家，忙死马大玲，累死马大玲。”

“算盘打得不错呀！”苏梅瞥了眼周非凡，不屑道，“我不带孙子了，专门伺候你？门儿都没有！”

按照之前的约定，周小容邀请陈子页为钢镚催眠，以便小外甥去医院诊察打呼噜的根源。当她领着陈子页来到马大玲家，向大家隆重推出“心理咨询师兼催眠专家陈老师”时，急急出来迎接的婷婷顿时目瞪口呆。周小容以为婷婷腼腆羞涩，特意将她给陈子页做了介绍，并笑称：“又不是给你做催眠，无须紧张。”看看热情张罗着给陈子页让座、倒茶的周小易，婷婷几次欲言又止。当看到马大玲抱着钢镚从外面进门时，忙迎上去，佯装要给钢镚更换睡觉的衣衫，拉着母亲一起进了自己房间。

婷婷将房间门虚掩，轻轻告诉母亲周小容请来的医生是自己的初恋对象陈子页，并叮嘱她此事无须声张，若周小易知道详情，定会打翻醋坛子。眼下，还是给钢镚看病要紧。看到女儿如此为难，马大玲郑重表示，绝对谨言慎行，不添麻烦。

催眠开始了。陈子页的 MP3 播放出浅浅的音乐，若有若无地飘荡在屋内。钢镚睁着眼睛躺在床上自顾自地玩耍着。众人各找一处安静地或坐或站，将期待的目光投向陈子页。

配合着音乐，陈子页用他带有磁性的男中音轻缓地说着什么，给人一种安宁、深邃的感觉。几分钟过去了，钢镚依然睁着眼睛茫然地看着天花板，马大玲却悄悄打起哈欠，渐渐垂下头去，昏昏欲睡。陈子页将缓慢、深邃的音乐声加大，用充满梦幻般的语调又是一番娓娓道来的话语，钢镚竟然渐渐地闭上了眼睛。与此同时，马大玲幽灵般地从床边站起，闭着眼睛向门外走去。乐得周小易直想笑，看到周小容"嘘"他，便轻手轻脚地跟在马大玲后面出了房间。

"258369，258369……"听着马大玲不断重复一个号码，周小易好奇地向老丈人打听，才知道这是王家银行卡的密码。他喜不自禁，撺掇王满堂继续听下去，看看丈母娘会不会交代出私房钱的密码来。正说着，就看见婷婷从屋里探出头来，告诉他钢镚打呼噜了，赶快抱着他去医院诊察。

的确，钢镚已经睡着了，轻微的呼噜声渐渐响起。

"慢，我先看看。"陈子页低头观察钢镚，一副若有所思的神情。俄尔，他请周小容帮他将钢镚平托起来，以便进一步验证自己的判断。在两个大人的平托之下，钢镚渐渐离开床面，而刚刚响起的呼噜声也渐渐没有了。在陈子页的示意下，周小容配合着他又将钢镚轻轻放了下来，钢镚又重新睡在了床上。看到孩子的枕头有些歪了，婷婷急忙上前为他将枕头放好。刚刚醒来的马大玲也凑了过来，和王满堂连声感谢陈子页，说治好了钢镚打呼噜的怪毛病，要给他烧高香才能以表他们的感激之情。话音未落，钢镚的鼾声又起。

"你们高兴什么呢？"婷婷不无怨艾地说，"看看，这不是又打上了。"

陈子页看了眼婷婷，欲言又止。婷婷佯装照顾钢镚，有意躲避了陈子页的目光。

周小易有些着急，忙说："要不趁着钢镚睡着了，咱们赶快去医院吧。"

"不忙，我再来试试。"陈子页凝视着钢镚，若有所思。少顷，他将钢镚的枕头轻轻拿掉，如同被施了魔法一般，钢镚的呼噜声戛然而止。

"难道是枕头的事？"周小易似有所悟，向婷婷和丈母娘询问着。

"不忙下结论，咱们继续试验。"陈子页说着，又将枕头放在了钢镚的头下。果然，呼噜声又响了起来。如此反复二三，无一不应验。毫无疑问，问题出在了枕头上。而枕头的制作者马大玲一脸茫然，她左思右想，觉得除非有人给钢镚的枕头里放了咒他的小人，那些荞麦皮、蚕屎绝不会令孩子出这么大的问题。为了搞清枕头里到底有什么奥秘，婷婷打开枕头将里面的东西一股脑儿倒在床上。

一本书夹杂在荞麦皮、决明子、蚕屎、绿豆里被倒了出来。

“书!”众人异口同声,纷纷露出诧异的目光。

“不是书,是字典。”马大玲拿起那本足有十公分厚的精装版《儿童插图字典》解释道,“……我给枕头里放儿童字典,一是枕头里有了硬的东西能把钢镚的头型睡好;二呢,是让钢镚婴儿阶段就吸取文化知识,是笨鸟就先飞,不是笨鸟就为将来成为神童做准备。”

钢镚的呼噜声从此销声匿迹,乐得马大玲两口子双双来到苏梅家,向她承诺只要钢镚在王家,她绝不再做往枕头里塞书这样的“好事”。

“真是可怜天下奶奶心啊。”周非凡看着疼爱孙子的祖辈们,煞有介事地说,“我看‘望子成龙’这成语在咱们家得改成‘望孙成龙’了。”

“人家陈医生说了,钢镚就是因为枕头太高过硬,窝着了脖子才造成了呼吸不畅,引起罕见的婴儿打呼噜。”马大玲真诚地检讨自己,“都怪我好心办了坏事,还把亲家母给冤枉了。亲家母,我给您道歉,我是小人。这样,你把小人偶还给我,我写上我的名字,在我家挂上三个月,给您赔不是。”

苏梅淡淡地一笑,摆摆手:“钢镚没事就好,都是一家人,赔礼道歉的事就不说了。只是我们今后要加强团结,不要被一些别有用心的人利用。”

“亲家母,你可是说对了。李完美把我害惨了,让我挪家具、换鱼缸,还给屋顶上安铁丝网……”王满堂抱怨着,“把你做成小人,也是李完美给大玲教的。”

苏梅强压心中的怒火,向周非凡发难:“周非凡,刚才亲家说的话你都听见了吧?是可忍,孰不可忍,你说李完美应该怎么处理?”

“打啊。打她个头破血流,让她知道饭可以乱吃,话不能乱讲。我现在就去她家找她算账。”周非凡说着,起身便准备出去。

“坐下。”苏梅一声断喝,“你以为我就那么傻吗?让我光明正大给你提供和李完美在一起的机会,享受死你。”

周非凡一摊双手,做出一副无可奈何的样子,“这回是我要去收拾李完美,你不让我去,这可是你说的。亲家,你们可都听见了。”

“李完美要收拾,陈子页也要奖励。”看到苏梅不解的样子,马大玲忙解释道,“就,就是给咱钢镚治好打呼噜的那个陈医生。”

“我看咱们就不必出面了。”周非凡和苏梅交换了眼神,对亲家说,“让小易和婷婷买份礼品,找个高档的地方请陈医生吃顿饭。”

夜色将近,楼群里的灯陆陆续续亮了起来。一盏盏灯就像是飞舞在空中的萤火虫,飞着飞着便串起了满天的霓虹,给暗淡下来的城市穿上了镶嵌着宝石的衣裳。陈子页站在窗前，临窗远望思绪万千。他没有看见，在他身后，婷婷在服务员的引导下款款而来。

婷婷轻轻咳嗽了一声，如同按动了一个电钮，陈子页飞快地转过身来。当看到衣着淡雅的婷婷站在身后，他原本宁静的眼神变得热烈起来。陈子页殷勤地为婷婷拉开了椅子，亲自为她布好餐具。他告诉婷婷，自己从德国回来，曾无数次想找到婷婷，想剖开自己的心让她看个清楚。

"我与冯思思分手后，一直在想，当时，我为什么就鬼迷了心窍离开你？"

"不是离开，是抛弃。"

"婷婷。"陈子页抓住婷婷的手，眼里泛着真诚的目光，"请你原谅我，给我一个赎罪的机会。"

"赎罪？你吓着我了。"婷婷将手从陈子页的手中挣脱出来，平静地说，"你已经看到了，我现在拥有一个幸福美满的家庭，周小易、钢镚已经是我的唯一，希望你不要打扰我们平静的生活。"

"做个朋友，一般的朋友，不行吗？"

婷婷淡淡地一笑："你是心理咨询师，这种关系的朋友，你不觉得虚伪吗？"

"我可以理解你的拒绝，但我相信，我们曾经共同拥有的那份美好情感会永远挥之不去。"

"现在说这些有意义吗？"婷婷起身，冷冷地说，"对不起，我要回家了。还是那句话，希望你不要打扰我的平静生活。"

目送婷婷的身影渐渐消失，陈子页颇为失落。

原定两周的"倒骚窝"就要结束了。

苏梅请来小时工，将家里来了个大扫除，迎接钢镚回家。就在此时，她接到马大玲的电话，说因为之前打呼噜的影响，钢镚的"倒骚窝"必须再延长一周。放下电话，她不顾周非凡的反对，立即给周小易下了通牒，说钢镚如若明天不回周家，他也就无须回家，长住王家当上门女婿算了。

总在两个强势的妈中间斡旋，周小易练就了一身好本领。他脑瓜子一转，便拿着U盘去了印刷店，仗着关系熟，赶制出几张钢镚的巨幅海报，准备将此作为晚上让钢镚回家的秘密武器，一举拿下马大玲。一进门他便看见丈母娘抱着孩子在屋里转悠，老丈人亦步亦趋地跟在身后，俩人的脸上都挂满了离愁和泪水。

"钢镚又不是去国外，看把你们给愁的。"当弄清楚他们伤感的原因，周小易笑了。他胸有成竹地展开手中的海报，指着上面钢镚不同的表情，乐呵呵地说，"看看，我把钢镚的照片海报还做了几张和他等高的'易拉宝'。将在咱们家的卧室、客厅、厨房、卫生间都摆上，并且想摆几张摆几张。让你们在钢镚离开的日子里，随时随地可以看到他的音容笑貌。”

马大玲可怜兮兮地冲周小易作了个揖，央求道：“你还是把我外孙的音容笑貌拿给你妈吧。请她老人家行行好，让钢镚在我们家再待一个月……”

周小易大惊，“不是一个礼拜吗？怎么又成一个月了？”

“倒完臊窝，我再也没有让钢镚长期住在我家的理由了，你就让你妈开开恩吧。”

“妈，瞧您说得多凄惨。”周小易想着哄老人高兴，信口开河道，“您将来想让钢镚回家住上一两个月，那还不容易。我可以和婷婷打架，或者闹假离婚，这样婷婷抱着钢镚就能回来了。”

王满堂闻言，忙向地上“呸呸呸”地连吐几口口水，斥道：“不许瞎说！”

马大玲却被周小易的话所吸引，兴高采烈道：“我怎么把这茬给忘了。两口子闹矛盾，媳妇回娘家，天经地义啊！真是‘不是一家人，不进一家门’，当年我就是用这办法把你老丈人整得屁滚尿流。”

王满堂一副心有余悸的样子：“我最怕的就是闹矛盾、媳妇回娘家这招。”

马大玲从周小易信口胡诌的话里找到了方法，她说自己同意钢镚明天回周家，并且可以正式宣布“倒臊窝”结束。但有个条件，那就是一周后，周小易必须和婷婷假装大打一仗，让婷婷“一气之下”带着钢镚回到娘家。

为了能完成苏梅布置的任务，周小易满口应允了马大玲的要求。

孙子如期回家，苏梅一大早起来便去了菜市场，买全了鸡鸭鱼肉，亲自做了一桌丰盛的饭菜摆放在桌上，取名“回巢宴”，只等周小易接回婷婷娘儿俩便开席庆贺。可左等右等，饭菜都凉了，还是没见钢镚的身影，急得苏梅坐立不安。

“着什么急？”周非凡坐在桌前，专心致志地开着酒瓶，“你有‘回巢宴’，没准人家马大玲还设有个‘离窝席’呢。”

马大玲倒是没办“离窝席”，但耽误的时间比喝酒吃席可多了去了。就在一切打点妥当，王满堂抱着穿戴整齐的钢镚，准备送他们下楼时，马大玲突然拿出1000块钱来塞给周小易，让他将此钱转交给苏梅，说这是钢镚一个月的“租赁费”。

“妈，哪有您这样的？钢镚又不是个啥物件，还‘租赁费’？丢死人了。”看着丈夫一脸窘迫的神情，婷婷连忙过去，将钱掏出来还给马大玲，不无怨艾道：“妈，您疼孙子没错，但您也得为我和小易想想，让我们给他家怎么交代？”

向来伶牙俐齿的周小易也一时词穷：“妈，咱、咱不是已经说好了吗？你怎么又变卦了？”

“我就是变卦了,怎么着?钢镚就是不能走!”马大玲不容置疑抱过钢镚,坐在沙发角落,一副誓死保卫孙子的样子,“不行,谁家规定说‘倒骚窝’必须是半个月?这中间钢镚打呼噜在苏梅家还住了几天呢,得减掉。我外孙子今天就是不能走。”

深知马大玲脾气的婷婷知道,今天这婆家怕是回不成了。她将无奈的眼神投向周小易,渴望他能想出一个两全其美的办法。

“这样吧,也到吃饭时间了。”周小易拍拍婷婷,一副成竹在胸的样子,笑呵呵地说:“咱门口不是新开了家烤鸭店吗?我请大家吃饭,咱们边吃边聊。”

这顿饭吃得可谓漫长。尽管婷婷再三劝阻,周小易仍是以各种理由向老丈人和丈母娘敬酒,且喝酒的理由层出不穷,让他们无法拒绝。一会儿感谢二老为自己生了个好媳妇,一会儿又夸他们夫妻恩爱是人间楷模。话说得让老两口打心眼里舒坦,酒喝得令王满堂脸红脖涨,沉默不语,马大玲似醉如痴,嬉笑不已。没过一会儿,便将马大玲喝得趴在桌上,嘴里支吾着什么。

“周小易,你把我妈灌醉,到底想干什么?”婷婷心疼地看着马大玲,拿了个湿毛巾给她擦拭着因喝酒落在身上的秽物。

“老婆,爸,实在是对不起你们了。”周小易连连拱手作揖,“我不这样做,钢镚走不了啊。你们说说,是妈醉了好呢,还是我妈杀将过来好?”

马大玲突然抬起头来,含混不清道:“钢,钢镚,我,我要抱,抱……”

婷婷手足无措,忙向周小易求助:“怎么办?”

“我已经准备好了。”说着,周小易从身边的袋子里取出一个仿真洋娃娃,对婷婷说,“快,让咱妈把它抱上。”

婷婷安抚着喝得昏头涨脸的王满堂:“爸,您千万不能告诉我妈是周小易做的手脚,把孩子‘调包’这事都推到我身上。拜托你了啊。”

终于盼回了儿子一家人,苏梅兴高采烈地宣布“回巢宴”开席。

因为牵挂着醉酒的母亲,坐在餐桌旁的婷婷显得有些心不在焉。周小易看见父母几次对婷婷欲言又止,忙端起酒杯,郑重其事地代表婷婷给他们敬酒,说婷婷上班后钢镚还有劳二老操劳,杯酒寸心,大恩不言谢。见不着调的儿子说出如此懂事的话,苏梅心花怒放,直言周小易当爹后有了责任感,他们二老终身有靠了。

饭毕,苏梅抱着钢镚在客厅里转悠,周非凡盘挲着玉把件,时不时地逗弄一下小孙子,老两口沉浸在幸福和满足之中。

周小易过来和他们商量,说是他们单位要集资建房,必须一次性交清集资款。希望爸妈能给点儿资助,待两年后新房交工时,他便还钱。周非凡挺干脆的,说买房是正经事,应该支持。而苏梅却认为此中定有猫腻。她将婷婷从房间叫了出来,和颜悦色地问她是否自己有做得不好的地方,才想起来搬出去住。得知婷婷对买集资房之事并没参与意见时,便怀疑此事定是马大玲在从中作梗。

“我要是你丈母娘,肯定要操这份心。”苏梅说着话,端详着婷婷的神色,“为什么呢?因为我要随时随地见到我的宝贝外孙,女儿住在婆家多不方便啊。”

婷婷解释道:“妈,我妈绝对没有您说的那意思,我也没有您说的意思。”

周非凡打着哈哈说:“婷婷啊,你别在意,你妈人老了爱联想,以后咱们就叫她‘苏联想’。哈哈,这名好,你妈赶明儿可以卖电脑了……”

苏梅责道:“你瞎搅和什么呢?买房是大事,必须说清楚。”

“我妈说得对,房子的事确实是大事。你们看看能不能这样,我妈的话就是圣旨,集资房我不要了。”没等苏梅的笑脸绽开,周小易又认真地说,“妈,我的意思是集资房我放弃了,咱家这套房你和我爸早早写下遗言,将来归您儿子所有,我就没后顾之忧了。”

“怎么,咒我们死呢?”周非凡瞪了儿子一眼,不悦道,“就是我和你妈都上了西天,还有你姐呢。怎么,想吃独食啊?”

苏梅护着儿子,劝丈夫道:“老周,小易话说得是有些过头,但绝对没有要抢小容家产的意思。我看你才是联想多了,应该叫‘周联想’。”

被周小易灌醉了酒的马大玲一觉醒来发现外孙不见了,这才知道上了女婿的当。她不相信王满堂所说此事是婷婷一手策划的,立即给周小易打了电话,痛斥一顿之后,让他立即兑现诺言,即日便开始和婷婷打架,正式实施假离婚。

当时说闹假离婚也是周小易一时的权宜之计,哪承想这丈母娘当了真。听着婷婷抱怨自己搞高科技的人,竟然连个退休老妇女都对付不了,周小易脑子灵光一闪,想出了个高招。他在自家客厅的隐僻位置安装了摄像头,通过放在房间的电脑将信号传至马大玲家的电脑上。这样,马大玲足不出户便可以看见她日思夜想的外孙。

电脑屏幕上,钢镚在玩着铃铛,一副惬意自得的样子。马大玲不禁啧啧称奇,连声呼唤王满堂来看高科技,对“聪明”的女婿更是称赞有加。有了远程视频的日子,马大玲再也不出去跳街舞了,整日待在家里,等着钢镚在电脑上出现。遗憾的是,一个婴儿的大部分时间都是睡觉,钢镚能到客厅的时间屈指可数。

终于等到钢镚出现了,这回是周非凡抱着孩子,向苏梅夸赞马大玲的传统尿布好,将孙子的屁股养得白白胖胖的。并说马大玲是话糙理不糙,让苏梅不能老去噎她。苏梅点头称是,说马大玲挺可爱的,刀子嘴豆腐心,是个不多事的好亲家。

听到亲家表扬自己,马大玲别提有多美了。王满堂趁机要求她,要像苏梅那样大度，不要老站在自己的角度想别人。两家人和睦相处，两个孩子才能好上加好。俩人正说着，突然发现屋子里周非凡不见了，苏梅不知从何处拿出一摞钱放进一个信封里，在沙发后面摸索了一会儿，再出来时已是两手空空。苏梅在藏私房钱！俩人同时意识到了这一点，顿时面面相觑，张口结舌。

藏不住事的马大玲借口要更换大角度摄像头，以便全方位观察钢镚，将周小易电召到家里。得知丈母娘的要求，周小易颇感为难，他讲自己私自在家里安了摄像头，让她能随时看到钢镚，但也暴露了自家的隐私，这可是大逆不道。让马大玲不要再生其他想法。

“你怎么能这样想呢？你怎么不说我现在是你家的看家狗呢？”马大玲理直气壮地说：“你爸出去看石头、照相，你妈抱着钢镚去院子玩，小偷到你家怎么办？我和王满堂每天都轮流值班监视你家的客厅，你说不是你家的看家狗是什么？对了，我发现了你妈一个重大秘密。”接着她将如何发现苏梅藏钱之事绘声绘色给周小易讲了一遍，愤愤不平道，“你说你爸对你妈那么好，你妈竟然还藏私房钱。”

周小易大吃一惊，连忙告诫丈母娘，此话绝不许再和其他人提起。若是被苏梅知道了，顺藤摸瓜肯定会查到安装摄像头之事，那时不仅自己会受罚，更主要的他们将无法再从电脑里看到钢镚了。

“你放心，你给我们创造了这么大的幸福，我怎么能出卖你呢？”马大玲掷地有声地拍着胸脯，向周小易做了保证。

十一

终于等到这一天了，周小易单位的员工、家属们来到公司大院，为自己的集资房挑选户型、楼层。看见婷婷和李小爱亲密地凑在一起，对着图纸指指点点，周小易言称俩闺蜜的热乎恰如同性恋一般，不如两家搭个邻居，以后也好帮衬。婷婷和李小爱连声叫好，吴极却长吁短叹，说若搭了邻居，自己和周小易就没活头了，丁点儿隐私都会暴露在光天化日之下。几个人正聊得热络，却见保安来叫周小易，说门外有人找。周小易急急赶到大门外，却见找他的是周非凡。

周非凡告诉儿子，有位石友要便宜出手一块好石头，自己手头钱不方便，要儿子支援一下。得知儿子刚交了房子集资款，周非凡颇为失望。周小易建议父亲向单身贵族周小容融资，方知此前老爹已向姐姐借过好些回了，近期无法开口。他不忍父亲失望，欲打电话问婷婷有无私房钱可供一用，突然脑袋闪出一个念头，神秘地告诉周非凡，虽然老妈对老爸买石藏玉不提供资金支持，但可以挪用她的私房钱！

听儿子如此这般说来，周非凡不禁乐而开怀。他决定趁苏梅出门之际抓紧实施，以防心爱的石头被他人买走。

这天，苏梅刚出门去，周非凡便开始了对沙发的大搜查。他左挪右搬，终于从沙发后面找出了儿子描绘的信封袋。他拿出其中一个，见里面竟有两大摞现钞，乐得嘴都合不住了。周非凡将信封袋放在沙发扶手上，准备将沙发回归原位，以免让苏梅看出破绽。可就在这当儿，金毛蹿上了沙发叼起信封便溜之大吉。周非凡一看大事不好，跌跌撞撞地去追金毛，怎知脚下一绊，便四仰八叉地跌倒在地上。

奇怪的事情发生了，金毛颠颠地又跑了回来，将信封放在周非凡面前，充满爱意地在他腿上来回嗅着，好像是怕他受伤一样。周非凡拿过信封无比感慨，这世上，有些事你求而不得；有些事你以为已然失去，不经意间却又相逢在灯火阑珊处！

周非凡心仪的那块大化石对他来讲是个难解的心结。当年在老友的软磨硬泡之下，他收了 1000 元割舍了这个“平庸”的石头。可随着他赏石的深入，对那块又皱又瘦的石头便思念愈深，每每一想到这事他就如坐针毡。恰逢老友着急用钱，愿以 20000 元将此石售出。周非凡当然不会错过这个机会，但唯一要求的是，交割完毕后石头仍放在老友家，以免苏梅兴师问罪。

但此时的苏梅可顾不了那么多，因为她发现藏在沙发后面的两个信封丢失了一个，里面整整 20000 块钱，一急之下便报了警。

小区出现了失窃案，派出所的警察立刻封闭了苏梅家的单元，又是丈量，又是照相，现场勘查进行得一丝不苟。经过详细的查勘，门窗上并无有人进入的痕迹，门锁也安然无恙。警察怀疑苏梅记错了放钱的地方和数目，对此苏梅予以坚决否认，警察只得对房间再次进行检查。

当一位警察挪动柜子上的一个大镂空花瓶时，他身上的无线搜索警报器骤然“嘀嘀”响起。警察问苏梅家里是否装了无线探头，当得到否定的回答时，他拿出仪器四下寻找，很快便在墙上一幅苏绣挂屏顶上发现了一个微型摄像头。

警察检查了摄像头，很有把握地说：“这状况，应是有人在远程监看。”

“监看我家？”苏梅如坠雾里，一片茫然，“怎么会有这样的事情？我老头子在位时虽然是局长，但两袖清风，从来不接受贿赂，也……”

“立即断掉摄像头，检查屋里所有电脑。”警察说道。

俗话说“隔壁有眼”，周非凡拿走苏梅私房钱一事隔壁没看到，却被摄像头另一端的马大玲夫妇看了个一清二楚。同样，警察到苏梅家调查也被他们尽收眼底，更令他们没有想到的是，没过多久，警察便来到了他们家，询问了几句他们和周家的关系，便带走了周小易送来专门用以远程观看钢镚的电脑。

本来周小易今天过得还是蛮愉快的，单位的集资房给每家增加了十个平方米，虽说这部分要按市场价来算，但从长远来看仍是非常值得的一件好事。可当他回到家里后，喜悦的情绪一下子荡然无存。因为婷婷不但怀疑他偷了苏梅的20000块钱去付房款，还追问他是否在客厅安装了摄像头。得知警察突然造访，周小易不免一阵惊慌。他佯装有事要和吴极商量，骑着摩托车一溜烟来到了丈母娘家。因为据他分析，警察一定是在自己电脑上找到了连接视频的IP地址，并会顺藤摸瓜查找到放在丈母娘家的电脑，如果马大玲如实招来，自己定会暴露在光天化日之下。届时不仅要受到婷婷的埋怨，更可怕的是苏梅会大为光火，“驱逐出家”也是分分钟的事。

看见女婿突然造访，马大玲忙向他说了警察来家的事。并告诫他此事万不可让苏梅知晓，若她知道儿子在她屋里秘密安装了摄像头，定不会轻饶。周小易当然知道其中的利害关系，他关心的是马大玲是否将他供出。当知道丈母娘并未透露自己的半点儿信息时，他一下子瘫坐在沙发上，如同卸下千斤重担。

“妈，我估计警察还会来的。到时候你一定要咬死，打死都不能承认你们监视我家的事。”

“怎么成‘监视’了，我们是看我外孙子。”马大玲理直气壮地说，“为了天天能看见钢镚，我们才用了高科技的手段。要不，我去你家把事情交代了，我想你父母会理解我们的心情，从宽处理的。”

“不行，不行。您这不是要出卖我吗？你们想想，女婿和丈母娘联手作案监控自己家，先不说我妈会把我整治成什么样，这样的奇特案子但凡警方爆料给媒体，我就只剩下喝毒药的一条路了。”周小易见两个老人频频点头，对自己的说法完全赞同，又紧接着吩咐，“所以，你们必须咬死，没有监视我家的事。”

“小易说得对，现在的狗仔队可能捕风捉影了。说不定还要编出咱老两口偷看亲家洗澡的八卦新闻来。”马大玲满口应承着，“你说的都没问题。但是警察已经把你孝敬我们的电脑带回派出所了。”

知道电脑已经被警方拿走，周小易不禁颓然瘫坐在沙发上，知道在这一回合自己败给了警方。怎样才能从这档事里脱身？周小易很快就想出了一个好办法——丢卒保车。具体内容就是把事情真相告之婷婷，让她来替自己承担罪名，说家里客厅的微型摄像头是她装的。

“这也是没有办法的办法。我们可以告诉警察这是善意的行为，婷婷为了你二老每天都能看到孙子，又不破坏两亲家的和谐，才做出了这善意的错事。”

“屁！狗屁丢卒保车，你想让你爸妈恨死婷婷啊？”马大玲一听，毫不客气地啐了女婿一口唾沫，“善意的错事，既然是善意的错事，你为什么不承担呢？你把婷婷往火坑里推啊？”

王满堂鲜有地旗帜鲜明地表态：“我同意大玲的意见，这事必须和婷婷没有半点儿关系。”

“你们难道非要把我出卖了吗？”周小易一听便急眼了，“我可是好心给你们办事，你们不能享受了天伦之乐，就这样无情无义。你们想想，我妈要是知道我和你们狼狈为奸给我家安摄像头，那……”

“有了，咱来个丢车保卒。”马大玲大叫一声，神秘地说，“小易，我现在告诉你一个惊天的秘密，是你爸偷了你妈的私房钱。”

家里的苏绣挂屏顶上设有微型摄像机，这事出乎周非凡的预料。他首先的反应是有人要监视自己这个下台局长的行踪，可这微型摄像机是谁放进家里的，又是何时放的，令人难以判断。

看见周非凡把苏绣挂屏摘下来，左瞧右看，一副要看透它的样子，苏梅不免心烦地怨嗔起来：“看什么看，看能把我的20000块钱看回来。”

周非凡内心有愧，却又无法给老妻明说。只好安慰道：“20000块钱也不是什么大事。说不定过两天‘小偷’良心发现，就给你送回来了。”

“想得美，那小偷除非是你。”苏梅没好气地噎了他一句。没想周非凡心底正发虚，被她这突如其来的话一震，半晌竟没有言语。好在苏梅并没有注意到他的脸色，自己仍在琢磨着：“你给分析一下，咱家这摄像头，到底谁给安的，不会是李完美吧？”

“怎么可能。”周非凡对苏梅凡事都能扯上李完美啼笑皆非，他拍拍肚子自嘲道：“李完美要看咱家什么？总不会是我现在的一身囊肉吧，根本没有可能。”

“怎么不可能？李完美能让马大玲给屋顶上装铁丝网，怎么就不能给咱家装摄像头。”苏梅颇费思量，“除了她，还有谁惦记着咱家呢？不会是小易在外面犯了什么事吧？”

周非凡被苏梅的话启发了：“有点儿门。小易最近两款游戏都获了奖，他最近晚上又在家加班设计游戏程序，会不会是有商业间谍想借此来窥探他的秘密？”

苏梅想想说此事也不大可能，商业间谍都关注的是大目标，怎么会为自己区区20000元的私房钱而暴露？说到私房钱，周非凡一下子抓住了话头，他历数自己光明磊落，从无对妻子藏着掖着的事。而年过六旬才知道，老伴竟然背着自己藏有私房钱！论起这“背叛”的性质，可比丢那20000块钱严重多了。他故作大度地告诉苏梅，念在她是初犯的分儿上，对余下的20000元不再追究，权当她40000元的私房钱已经充公了，而丢掉的是自己分得的那一半20000元。

听老公给自己这么一算账，合着意思是说不再追究丢掉的钱了。苏梅谢绝了周非凡的“好意”，下决心一查到底，将偷钱的小偷绳之以法。

人都说，女儿是父亲上辈子的情人，儿子则是父亲这辈子的讨债人。此话放在周非凡身上真是再恰当不过了。从小到大，他对周小容百依百顺，奉行“表扬式教育”；对周小易则坚持“放养”，以批评教育为主。如此一来，周小容成了这个家庭的“公主”，而周小易就是“公主”身后的“跟班”。幸得有苏梅无限度地宠爱着这个周家的独苗，否则他要活得这么滋润可真不大容易。

抓住了周非凡的把柄，周小易决定从此事下手，利用老爸将自己在家中放微型摄像机一事摆平。他在著名的海鲜一条街里找了家老字号，隆重“宴请”周非凡。

“你狗东西今天放血，是有事求我吧？”周非凡拿了两支烤鱿鱼串，很在行地将铁扦左右一拨，便将散挂在扦上的鱿鱼串拨弄到一起，然后扦子一送，嘴唇一抿，悉数吃进嘴里。那动作不仅轻盈灵巧，还透着一股帅气，“说，什么事？”

“您真不愧是我爸，儿子屁股一撅，你就知道要放什么屁。”周小易给周非凡夹了只生蚝，又殷勤地给他的汤勺里倒了点儿调料汁，看似不经意地说起了老丈人和丈母娘疼钢镚之事，“他们现在是一天看不见钢镚就闹心，尤其是我老丈人，现在患了‘思孙症’，跟抑郁症没什么两样。老爸，您知道吗？前几天他们还让我里应外合，把钢镚劫持了，再造成丢失的假象，好带他回河南老家一趟……”正说得起劲儿，周小易不说了，因为他看见周非凡趁着擦嘴的工夫窃笑不已，知道自己的目的已经败露无疑。

果然，周非凡放下手中的吃食，他开始说话了：“后面的故事我来讲。你制止了我亲家的企图，承诺让他们每天都能看到孙子。接着你弄来了作案工具。”

周小易尴尬笑笑：“爸，您真是老奸巨猾啊。”

“少给我油腔滑调。说，咱家的摄像头是不是你安的？”

“您把案都破了还问我。”

“狗东西，你把我和你妈的隐私暴露在你老丈人家，看你妈这回怎么收拾你！”周非凡端起啤酒杯佯装要泼向周小易，在半道却将啤酒倒进了自己嘴里，“你肚子里有什么坏水都往外冒。”

周小易忙打听母亲是否已经知晓自己是作案人，当得到否定的答案时，他悬着的心又放了下来。周小易言称自己犯了一个善意的错误。但这个善意的错误结果是很严重的，若苏梅知道了定会和自己算清二十几年的恩怨，而后绝交。

“明白就好。你就准备卷铺盖找地方避难吧。”

“爸，您怎么能看着我和我妈反目呢？咱家的和谐美满是您费了千辛万苦、好不容易建立起来的，哪能说毁就毁？”

“你干的事，是可忍，孰不可忍。”

“老爸，今儿甭说您是骂我，就是砸我一啤酒瓶，我也得说砸得好，砸得应该。”周小易说着又给周非凡杯子续满啤酒，一屁股坐在了他的身旁，搂着父亲的肩膀，一副心事重重的样子，“但是话又说回来了，我老丈人、我丈母娘思念外孙子，想天天看见外孙子也没错吧？这是亲情。亲情是自私的，是不顾一切的，我作为一个晚辈不能看着长辈们压抑着精神欲望，走向极端地想着一些能和外孙子在一起的招数……”

“不要拐弯抹角，说结果。”

“结果就是您做了一件善意的坏事，给咱家安了摄像头。”

周非凡刚要点头，突然警醒了。他拨开周小易搭在自己肩膀上的手臂，睁大了眼睛问道：“你说什么呢？怎么会是我给咱家安了摄像头？”

“爸，您怎么就不老呢？怎么咋看都这么帅呢？”周小易又腻了过去，帮周非凡将耷拉下来的一缕头发拨弄上去，啧啧赞道，“爸，这个世界上，父爱是最伟大的。老天爷注定了这辈子我是您的讨债人，所以您这辈子还没为我赴汤蹈火过。这回您若帮了我，我终生不忘，将来我一定用您这种伟大的父爱做例子去教育钢镚，让他做一个孝顺爷爷的好孙子。”

周非凡是何等人物，想当年浸润在文艺界的大染缸里，美女的甜言蜜语，对手的糖衣炮弹，哪个场合败过？今天周小易这几句话便想让他去顶这么大个雷，还真是想都甭想。

“爸，既然您这样无情，那我也无义了。”看到父亲只吃美食不办好事，周小易也急了，“您说，我妈的20000块钱，是不是您偷的？”

周非凡一个激灵，刚送进嘴里的一片烤鱿鱼差点儿掉了出来。他不吃东西了，逼着周小易追问从何处得知此机密？当知道是摄像头将自己暴露了时，便不再言语，陷入了激烈的思考。

“爸，您给我顶包，我妈最多也就是生生气，不会把您怎样。”周小易渐渐掌握了主动，他坐到了对面，一副语重心长的样子“关心”道，“您想啊，如果您偷我妈钱这事让邻居街坊们知道，那可是遗臭万年的事。”

想到亲家老两口亲眼看见自己“偷钱”一事，周非凡懊恼不已。他关心亲家对此事的看法，周小易轻描淡写地告诉他，二位老人完全没看法，只是说要是李完美知道就好了。“我丈母娘说李完美不是一直对您情有独钟吗？让她知道您是个家贼,是个吃里扒外的家伙,一准断了对您的念想和崇拜。”周小易看着周非凡的脸色,又预告道:“我丈母娘那张嘴您还不知道吗?没有的都能让她说出花来,何况您还是证据确凿、铁证如山……”

周非凡长长地憋了一口气后,猛然将它呼出:“不要费你的唾沫星了,我答应给你顶包!”

“真的?”周小易喜出望外,扑上去不管不顾地在周非凡脸上亲一口,连带得桌上的酒瓶、杯盏稀里哗啦倒了一地,引来众食客频频侧目。周小易手忙脚乱地收拾着残局,“激动,我太激动了。”

“我给你顶包,但有个条件。”

“您说,只要不是让我摘天上的星星,您尽管说。”

周非凡的要求非常简单,他让儿子为他迅速筹集20000元现金。因为在他看来,如果要按照周小易撰写的“台本”来担纲“男主角”的话,苏梅定会对自己串通马大玲安装摄像头一事大为光火,其结果很有可能被扫地出门。但如果他能在苏梅暴跳如雷之际,“唰”地将20000块钱拿出,定会化干戈为玉帛。

20000元来换老爸“顶包”,周小易脑子里权衡着这桩“买卖”的胜算,嘴里却没停了讨价还价。他强调在父母的“关怀”下,自己一贯蹭老,不懂得计划生活,手头没有存下钱。如今老爸“趁火打劫”这20000元,对他来讲确是天文数字。但说来讲去,看周非凡不仅没有一点儿让步的意思,并且还有了“食言”的倾向,便忙着答应了下来。因为,孰轻孰重他还是非常明白的。

应允了周非凡,周小易可真要坐蜡了。因为他手中的现金交了集资房款已所剩无几,最主要的是他压根儿就不想从自己口袋里往外拿这份“冤枉钱”,于是,他想到了单身贵族周小容。可要从这位头发丝里都透着灵气的剩女那里拿走20000块钱,以周小易的经验,不动点儿脑子是不大容易。

警察来到王满堂家,让他将观看“远程视频”的经过写成文字材料,以便存档。可怜的王满堂经年不写几个字,要组织起一篇文章可是把他头痛得紧。趁着老公在专心致志地写材料,马大玲和警察热络地聊了起来。

有一种人,似乎天生就具有感染力,你和他在一起便会感到舒服,熨帖。马大玲就具备了这种素质,她总是能在最短的时间内和大伙打成一片,传递自己快乐的同时给别人带去温暖。看到自己递过去的香蕉被警察婉拒,马大玲笑笑,没事人地继续将香蕉递上:“看把您给谨慎的,吃犯罪嫌疑人一根香蕉,不算腐蚀拉拢。”

“谢谢马阿姨。”警察只得接过香蕉,若有所思道,“您家这个案子给了我很大的启示。你们用高科技手段,每天远程看孙子,这方法我怎么就没想到?”

“您也有闹心事?”马大玲体恤地给警察又倒了杯水,“要是不见外,就给阿姨说说。”

原来警察遇到了一位和马大玲类似的丈母娘,不仅对外宣称外孙是亲孙子,还“霸占”着孩子不让回爷爷奶奶家。以至于警察的父母每周只能见一次孙子,且不能超过三小时。警察觉得父母可怜,看孙子的待遇如同探监一般。为了不让老人家精神受到损害和打击,他决定效仿马大玲家,择机给丈母娘家也安一个摄像头。

如此孝顺的孩子令马大玲非常喜欢,她建议警察借办案之机找周非凡切磋安装微型摄像机的方法,并说这位前局长亲家是好人,没有架子,心慈手软,一定会暗中给他提供帮助。

因为工作性质和个性使然,周小容一直在外租房居住,这样一来,她不仅有了自己独立的空间,更摆脱了父母一遍遍的催婚通牒。在那套充满了现代气息和小资情调居所里,她就是女王!

难得有空回来早点儿,周小容换上了休闲衣装,泡了杯柠檬红茶,便打开音响,让缥缈的音乐充满整个房子,自己则盘腿坐在瑜伽垫上,跟着音乐舒展手臂,扭动腰肢,完成额定的每日一操。这是她一天最为惬意的时间,没有外景的人声嘈杂,也没有演播厅的喧闹,只有美妙的音乐伴着她无人知晓的孤寂。

刚进入情景,忽听有人敲门。周小容眉头一皱,她这个闺房知道的人可不多,这天都要黑了,是谁突然造访?她起身透过猫眼向外一看,却见周小易拄着拐杖站在门外。她急忙开门,看着他跷着缠满绷带的腿,径直蹦向沙发,抓起个苹果狼吞虎咽地吃着。

“咱这是怎么了,唱的哪出?”周小容拿了个毛巾扔过去,“甭急,先把手擦干净再吃。”

“我和婷婷干仗了。”

“干仗,你意思是婷婷把你打成了这样?”

“婷婷能有那本事?”周小易委屈地眨巴着眼睛,想挤出几滴眼泪博取同情,怎奈肾上腺不争气,眼泪没出来,倒搞得他像是猴子眨眼睛似的,有了几分滑稽色彩,“姐,你绝对想不到吧,你亲弟我是自残!”

“自残,为什么啊?”

“姐,你知道吗?咱爸这两天闹心,害怕和咱妈会打起来。”周小易煞有介事地刚说了个头,猛然停顿了一下,央求道:“你给我倒杯牛奶,我一边补充营养,一边给你说说是怎么回事。”

在周小易的描绘里,周非凡是晚节不保的革命老人,为了一块生不带来、死不带去的石头，偷了老婆 20000 元坏了一辈子的清名。如今由于苏梅报案，警察介入，很快一桩家庭私事将变成小报的热门话题。如今周非凡把肠子都悔青了，想将钱还给苏梅却困于囊中羞涩。

“你的意思是，咱俩一人一半，资助一下咱爸？”

“姐，瞧您这话说的。我是儿子啊！老人养儿子干什么用，就是在这些突发事件中用。”周小易将放在一旁的拐杖拿起，在地上敲着，充满豪气地说，“我一不做，二不休，从我集资买房的钱里抽出 20000 元给咱爸。钱是什么？是粪土。你弟我视金钱如粪土！”

“别卖嘴，往后边说。”

“就在我准备去银行给咱爸取钱的时候，意外的事情发生了。”周小易沮丧地说，婷婷发现他要取钱给老爸，十分不爽。说老爷子为了块石头就去偷老太太的私房钱，我们凭什么要拿买房的钱给他补窟窿，买石头是玩，可买房是生活！尽管周小易磨破了嘴皮，甚至说出自己借自己小家的钱，婷婷仍不同意，并没收了银行卡。

“接下来，你就和婷婷打起来了？”

“姐，你把你弟说得也太没涵养了，天大的事，都不能打女人。”周小易说着将杯中奶喝完又问，“姐，你这儿有没有冰镇的啤酒？”

“先把事情说清楚了再喝。”

“我不能打老婆但我可以打自己，我自残。想咱爸生我、养我这二十多年，一把屎一把尿将我拉扯成人，教我学识字，教我学说话，伴着夜曲让我入眠，心中时常把我牵挂……”正说得顺口，他看见周小容忍俊不禁笑了，一回味，意识到自己把歌词说成“心里话”了，忙一拍胸脯，往回找补，“怎么能因为区区 20000 块钱，让咱爸受煎熬、坐蜡呢？我站在三楼的公用阳台上威胁婷婷，如果不还回我的银行卡，如果不同意我给我爸钱，我就跳楼了。”

“婷婷说，我就是不给你卡，也不许你给你爸钱。于是，你就英勇地跳了下去。”

“你看看，要不说你是我姐呢，描绘的和当时的场景一模一样，连婷婷说的话都一个字不差。”

“不用解释了，你现在很痛苦，想帮咱爸，但没有帮咱爸的能力。”

“姐，你说得太对了。一个人最大的痛苦，就是想帮助别人，但却没有帮助别人的能力。”

“屁大点儿事，不就是 20000 块钱嘛！这样，你不用闹心了，这钱，姐给咱爸出了。”周小容看周小易嘴巴张得老大，半晌没合上，便过去将他下巴往上推了推，亲切地说：“我说的是真的，骗你干什么。去，冰箱里有冰镇的啤酒。”

周小易喜出望外“耶”了一声，纵身从沙发上跳起，做了个胜利的姿势，撒丫子就往冰箱跟前奔去。

看着被周小易扔在沙发前的拐棍，周小容不禁抿嘴直乐。

周小易拉开冰箱找了一通，回头抱怨道：“姐，你骗我，冰箱里哪有啤酒啊？”

周小容拄着拐棍一瘸一拐地在屋里走着，回头问道：“宝贝兄弟，你看看，咱俩谁装得更像？”

为了按照计划行事，周非凡近几日变成了“驯犬师”。和其他的“驯犬师”不同，他只训练金毛一个动作，那就是嘴叼信封。

这一切都是在秘密情况下进行的。当苏梅出门买菜、逛街时，周非凡便开始忙活起来。他拿出自己藏在冰箱角落的酱排骨，让金毛闻过后，将它放在信封里。看着金毛围着信封转个不停，周非凡高兴极了。他将信封口封好放在地上，见金毛扑上来叼起信封，便赏它一块排骨，接着又将信封放在地上等着金毛去叼。如此反复，不厌其烦。做这件乏味的事对周非凡来讲，确实是不得已而为之。所以，当周小容打来电话，说要请他吃西餐时，他便毫不犹豫只身前往。

和一般的老年人不同，周非凡对西餐之类的食物有一种偏爱。他喜欢西餐厅里雅致、温和的气氛和弥漫在空气中食物的香甜味道，更喜欢在进食过程中烦琐的程序和那些用特殊调料制成的美食。他觉得中餐的美好是色形味的统一，而西餐的优越则在于它合理的营养搭配和赋予食者的尊严。

来到位于闹市一隅的西餐厅，周非凡接受了女儿赠送的一盏来自日本的漆器，黑色扁平的器形显然是用于插花，妙的是那漆器上用鎏金绘出一杆极为简单大方的水芋，将时尚的魅力和特殊的清雅气质结合得恰到好处。此举被周小容称为“开胃小菜”，乐得周非凡眼角眉梢都充满了笑意，直言还是姑娘好，有这贴心的“小棉袄”他老来只剩一件事了——享福！

看老爸吃得差不多了，周小容又拿出一个信封说是“主菜”放在他面前。并轻描淡写地说自己为栏目拉了一笔百万元的冠名费，台长为了让她再接再厉，特批了10万元的奖励。女儿吃肉，老爸喝点儿汤。她让周非凡将此款放入他的小金库，以备不时之需。

从天而降的20000元，令周非凡欣喜至极。“儿女是债，有讨债有还债，无债不来。”一副对联的下联倏然从脑海里闪过，这个“还债”的周小容，连家里都不住，却如同长有千里眼顺风耳一般，你刚需要钱，她就送来了。周非凡刚要伸手去拿，却又觉得哪里似乎不妥，遂推辞着：“那哪行，你隔三岔五地资助我买石头买玉，这回是你的奖励，我不能要。”

“老爸，您把钱分那么清干什么。”周小容一副随意的样子，嬉笑道，“等您千古了，那些石头、玉还不是我和小易的，我现在是零存整取。”

“这话爸爱听。”周非凡凑过去悄声说，“哪像你弟不想付出只想收获。”

周小容“咯咯”地笑着，故作认真地说：“那到时候您的遗言里写清楚了，石头和玉，我拿大头，我弟拿小头。”

周非凡认真地点点头。他看看桌上的信封，一副不情愿的样子：“看来你今天是非要给爸钱喽，那我就却之不恭了。”

在得知周非凡和马大玲“内外勾结”安放摄像头之后，苏梅出离愤怒了。她在屋里暴跳如雷，所到之处，小凳子、木椅子全都被她脚踢手扔移了位置。她不停地干笑着，暴露在外的牙齿随着嘴唇一开一合，好似随时准备咬掉一切不顺心的东西一样。周非凡缩在沙发上，他已经充分估计了苏梅生气的程度，但眼下这种生气法仍出乎他的预料之外。他生恐这个愤怒中的女人一时急火攻心，再导致个心脏、大脑出什么问题那就麻烦了。一时间，他对自己“主动招供”这件事有了一丝后悔。

“这种事你都做得出来！你说，你是人不是人？”

周非凡尽量装出一副平和的模样，笑笑：“是鬼能坐在你家沙发上？”

“少给我耍二皮脸。说，你为什么要和马大玲狼狈为奸。”

“瞧你这话说的，你要是说我和李完美狼狈为奸还情有可原，但是说我和亲家母……”

“你少给我说李完美，这儿没她的事。”

“好，那就说马大玲，说亲家。你知道我为啥要帮他们在咱家安摄像头吗？没办法啊，马大玲想见钢镚都想疯了，他们准备把孩子劫持到河南老家待一段时间。”话音没落，就听苏梅一声断喝“她敢！”周非凡认真地说：“怎么不敢，马大玲是说得出就做得出的人，这你也不是不知道。再者你可以问你儿子，他丈母娘这个阴谋已经策划了一个多月了。幸亏被我截获了情报，最后讨价还价才平安无事。”

“马大玲让你在咱家安摄像头？”

“咱亲家哪有那么高的智商，是我提出的双赢办法。他们是通过摄像头每天看到钢镚，一下子就把思念之情给释放了。”

苏梅听明白了，合着自己“霸占”着孙子不让回姥姥家，才导致了今天这场恶作剧。论结局，自己也有几分原因在里面。她觉得在这事儿上自己也有些理亏，遂不再追究周非凡安装摄像头之罪，改而猜测起摄像头下的真人 24 小时直播，王家两口子究竟看见了多少周家的隐私。周非凡让她不要见风就是雨，直言摄像头无意中给家里立下大功劳，偷拿 20000 块钱的窃贼全然暴露了。

苏梅精神大振，排除了家庭成员的因素，期待早日将窃贼绳之以法。但当她知道偷钱的竟然是自己的爱犬金毛时，还是连连摇头，直说绝不可能。

"怎么不可能，你看看这是什么？"周非凡说着从枕头下面取出装钱的信封。

一见是自己装钱的信封，苏梅第一个反应是老公监守自盗。可还没等周非凡回应，便看到了令她瞠目结舌的一幕：金毛不知从何处蹿了出来，直扑周非凡而去，一口夺走他手上的信封奔向阳台。

"驯犬师"看到自己的训练成果得以顺利展示，不禁一阵欣喜。他强忍住笑意，故意做出"义正词严"的样子，指着金毛逝去的方向"控诉"着，"你看是不是金毛作的案？它这毛病是你什么时候给惯出来的？"

一场即将发生的家庭纷争，在周非凡"执家能力"的掌控下，得以顺利平息。作为"局内人"周小易从老爸那里套出内情，当知道周小容慷慨解囊助力周非凡之后，他又有了新的打算。

周小易破天荒地买了一瓶香奈尔五号，亲自登门代表他们小两口感谢老姐为家里做出的贡献。他谢谢刀子嘴豆腐心的周小容，说如果不是她及时伸出援手，周家爷儿俩都将面临离异的危险。"姐，这两天我一直在想，雷锋在哪里？雷锋就在咱们家里，您就是咱家的女雷锋！"

对于周小易的甜言蜜语，周小容认为很大一部分得了她的"真传"，只不过自己早过了那个耍嘴皮子的阶段而已。所以，她对弟弟的巧舌如簧不仅不厌烦，而且还抱有极大的欣赏。如今听他的口吻，八成有事相求。闲来无事便也乐得和他逗起闷子："少给我戴高帽。"

"怎么能是戴高帽呢？您说咱俩是一母同胞，差别怎么就这么大呢？我说我是视金钱如粪土，而您更是……对了，姐，比粪土更脏的东西是什么？"

"是你这张油腔滑调的嘴。"

"姐，您真是把我这个弟看到骨髓里去了。我今天来找您，一是表示感谢，二是要在您面前诉诉苦。"接着他喋喋不休地说起一个大家庭的难处细节，婆媳关系，母子关系，夫妻关系，祖孙关系，这么多的关系，令各种情理之中和意料之外的事层出不穷。在他看来，尤其婷婷变化最大，从一个逆来顺受的小媳妇变成了敢怒敢言的小泼妇。周小易认为，他们应该尽快有个自己的窝，绝不能等到矛盾不可调和时再搬出去。

"这下理解你姐我为什么要当'单女'了吧。"周小容悠闲地摆弄着刚做好的美甲，一副过来人的样子教训着："你啊，压根儿就不应该在家里住。我通过在我们栏目的感受，'婆媳大战''亲家大战'真是太可怕了，你应该立即租房子搬出去，省得真正打起来，我不知道向着谁好。"

“姐，我就是要向您汇报这事。”周小易终于将周小容引上了自己的“轨道”，他忙接过话头，“我们公司正在做集资房，我已经交了一部分，但还不够，你是不是借给我20万元？”

周小容笑了，指着周小易数落道：“我说你怎么就夸我是女雷锋，原来是在这儿等着呢。不是我不借给你钱，你也知道，你姐我是把每天都当作世界末日来过的主，有两个花三个，今天花的明天的钱。”

“行了，那你孝敬起咱爸来咋那么痛快？”周小易嘟囔着，赖不兮兮地说，“我是你亲弟啊，你就不能让我也高兴一下？”

“孝敬爸，那是因为他是咱爸啊。只要爸需要钱，我就是偷、就是抢也要让他高兴。”周小容叹了口气，“20万元，你狮子大张口，我到哪儿给你弄20万元啊。”

周小易一听话里有音，忙殷勤地给周小容又是捏肩又是捶背：“不好意思，我吓着姐了，10万元也成。”

感念于苏梅在摄像机事件中表现出来的“和为贵”，婷婷来到市里最大的商场，给她挑了一件贵气十足的羊绒衫。尽管花去了自己半个月的薪水，但她觉得有这样懂理、大度的婆婆，是配得上自己用心去对待的。

接过儿媳送上的礼物，苏梅满心欢喜，因为这件衣服正是她不久前逛商场相中的，由于价格偏贵而没舍得买回。如今毫不知情的婷婷将它给自己买了回来，这不是婆媳心有灵犀是什么？人都说“人心换人心”，可总是要先等别人付出了，自己再择机去交换，婆媳之间更是如此。婷婷能做到如此，实属不易。

“婷婷这孩子懂事。”周非凡赞道，“知道在咱家安了摄像头的事不对，是变着法给你道歉呢。”

苏梅心领神会，她感叹电视里的婆婆和媳妇们无休止地打来打去，真庆幸自己遇上了个好媳妇。看着明事理的苏梅，又想想乖巧的婷婷，周非凡欣慰地说，还是我们小容说得对，一个好是好，两个好才是好。

钢镚已经熟睡，婷婷为他拉上小床的帷幔，转身整理着堆放在一旁的尿布。抬眼看了看捧着笔记本在床上看视频的周小易，将一块没有洗净的尿布扔给了他，让他自查问题，限时改正。对一块尿布如此认真，周小易认为婷婷此事小题大做了。他已经完全忘记了钢镚屁股对尿不湿过敏的事，对婷婷说洗尿布这事太烦琐，对他来讲更是大材小用。建议继续给钢镚用尿不湿，解放他的生产力。

“你才洗了几次啊受不了了，早前没有‘尿不湿’全中国的丈夫都洗尿布，怎么你就洗不成了？”

“你有完没完，过去的中国男人还娶仨老婆呢，你怎么不说呢？”

“你意思是我一个不够用是不是?”婷婷伸手掐了周小易一下,咬牙切齿地说,“只要你不怕累死,随时可以去找啊。”

“洗尿布把我都累趴下了,我哪还有精力?”周小易故作亲昵要搂过婷婷,却被她一闪,自己趴在了床上。只得怏怏让她将那块没洗净的“地图”尿布拿来,自己到灯下“验明正身”,看看是哪里没洗干净。这一看不得了,周小易竟然从尿布上发现了一组数字!他忙将婷婷叫来,俩人一齐将尿布高高举起。灯光下,尿布上确有浅色印渍若隐若现,似是一组数字。仔细辨认去,貌似阿拉伯数字“545454”。

如此奇闻,自然要与父母分享。周小易叫来父母,要他们看这由钢镚创造的“奇迹”。当周非凡举着尿布,念出“5454……54……”时,苏梅表情沉重地走到钢镚的床前,凝视着孙子可爱的睡姿,不禁黯然神伤。

“妈,您怎么了?”周小易对母亲突然的情绪变化感到不安。

苏梅颓然坐在床边,叹道:“这是一组非常不吉利的数字。”

周小易脱口而出:“你是说,‘我死我死我死’?”

这一夜,苏梅压根儿就没睡。

她本不是个唯心的人,对李完美之流整日八卦占卜也总是抱着玩笑的心态。可尿布上的那组数字一出现时,她却毫不犹豫地把这当作冥冥之中的一种暗示,她必须调动一切力量保卫弱小的钢镚,保卫无辜、可爱的孙子。天色微白时,她做出了一个决定,去百里以外的云顶山抽签问卦,保钢镚平安。

为一块尿布去求签,这确实有些天方夜谭。周非凡明知苏梅此行求的是内心平安,如若执意阻拦定会事倍功半,遂拿起相机和她一起踏上了远行之路。

万物静穆的云顶山被层层叠翠覆盖着,阳光下,山林塔寺都散发着清新灵秀,仿佛是宇宙洪荒的神秘梦境,抑扬婉转的佛曲悠悠袅袅回荡在山涧,融入大自然的鸟鸣溪响,汇聚成一曲沉冥入神、变幻无机的心灵吟唱。

苏梅跟在善男信女的后面,在大殿内供香完毕,又在长须道长的指引下摇了签递给他,满目虔诚且紧张地望着长须道长,看他用毛笔在一张黄纸上涂写着什么。

在大殿门口溜达的周非凡,拿着相机饶有兴致地四处拍照。他将镜头对准了许愿塔下的几位老年香客,看他们满是沧桑的脸上充满了无限的虔诚,双手合十或跪或立,面向这座早已颓败的石塔叙说自己的心事,求上苍保佑,满足他们一点儿小小的愿望。作为旁观者的周非凡,心底无端竟泛出一丝悲凉,一时竟忘了按下快门。

“老周。”苏梅从寺庙里出来,递过一张纸签,一脸惆怅地说,“道长说了:得失皆天定,忧喜终归命,知天知命,守之为幸。”

“这不是说人的命天注定吗?我也会算,跟没说一样。”周非凡镜头追逐着心仪的模特，心不在焉地说，“这儿的景色真不错，一会儿光线就不好了。”

“道长说钢镚的健康，应该和数字没有关系。”

“你看看，疑神疑鬼是不是。”

“是啊。但我刚从寺庙门口出来时，遇到了很‘神’的事情。”苏梅指着不远处的一处卦摊，“寺庙门外有一摆摊相面的，高喊专破各种数字危卦。我赶忙请他给我算了一下，高人说钢镚尿布上的‘545454’是可以化解的。高人说，这一切都是因为我和一个禽兽姓的女人不合造成的，要想让孙子躲过这一难，必须给这个禽兽姓的女人买一身新衣、新帽、新鞋、新袜子。可是我脑袋都想疼了，认识的人里面没有姓猪马牛羊的啊。”

“那些摆摊的全是瞎掰，你真信啊？”

苏梅突然惊呼了一声，张大的嘴巴半天没合上：“有了，马大玲不是姓马吗？家畜姓！”

周非凡一想，还真是这么回事。他放下相机笑道：“行了，还说人家李完美是‘李半仙’，我看用不了几天，你就成‘苏半仙’了。”

苏梅认真地说：“老周，为了咱孙子，我是宁信其有，也不信其无。走，赶快下山，给马大玲买新衣、新鞋、新帽去。为了钢镚不出意外，我给马大玲低头，结束冷战。”

为这组数字不安心的岂止苏梅一人？周小易一上班便将尿布上有字的奇事给吴极讲了，请他帮助分析这数字是否暗藏什么玄机。吴极认为此事丈母娘李完美有极大的发言权，只需用她那若干“仙术”中的一种便可消灾破秽。周小易电话联系了李完美，在规定的时间内来到她家，毕恭毕敬地将“有字”的尿布呈上，期待着她的解答。

李完美煞有介事地举起尿布远观近瞧着，不时将老花镜戴上又摘下，缄默不语。看完尿布，她回身坐在沙发上，拿出一个小本在上面计算不已。她又是让周小易掷骰子，又是掐指默念。末了，合上本子沉重地宣布，钢镚要大难临头了。

周小易自是一番着急，恨不得将李完美叫声妈，只求她能有一方可令钢镚脱离苦海。哪怕是让自己代替也在所不辞。

“甭着急。”李完美胸有成竹地说，“我有破解的办法。”

“李阿姨，你快说，钢镚要是没事了，我就给您做干儿子。”

李完美淡然一笑：“那还得看你爸做不做我的‘干丈夫’呢。我现在送你一副对联，你回去把它贴在你家门上，钢镚就会逢凶化吉，安然无恙。”

紧接着，李完美铺纸研墨，吟唱着京剧《贵妃醉酒》，拎毫挪步书写着对联：“……皓月当空，恰便似嫦娥离月宫，奴似嫦娥离月宫，好一似嫦娥下九重……”未几，便将对联写好交与周小易。

“瞧瞧我这字怎么样，都是你爸当年教我的童子功。”李完美叮嘱着，“记住：舞台上才子配佳人，是上联；洞房里团长娶名伶，是下联，不能搞错位置。横批：非常完美。要贴正了。”

“李阿姨，您这对联什么意思？”

“这是仙家的暗语，驱赶妖魔鬼怪的。”李完美催促着，“回家立刻贴门上。”

自摄像头事件以后，马大玲和苏梅相互埋怨，一直没有见面。突然接到苏梅送来这一堆精致、考究的衣物鞋帽，令马大玲诚惶诚恐。就连王满堂也纳闷这不年不节的送一套新衣新帽，确实令人难解。

“苏梅是在故技重演！”马大玲提醒老伴回忆往事，说婷婷怀孕时，苏梅曾让周小易送来甲鱼汤，表面是关心亲家，实际是骂亲家是王八。如今送来一堆新衣帽，言下之意就是要让马大玲“重新做人”。

听老伴如此解释今天苏梅送礼之举，王满堂大不以为然，认为苏梅态度和蔼、表情真诚，不会如马大玲所想。但马大玲却固执己见，拿起那堆手袋便往外走去。王满堂生怕她再惹事端，急急关了门跟了上去。

当他们来到苏梅家门口时，看见了周小易刚刚贴上的对联。王满堂念着对联，觉得似曾相识。当他意识到是周非凡新婚时惹祸的那副对联时，周小易打开了大门，将他们迎了进去。

给马大玲送完衣物，周非凡拉着苏梅去了周小容那里，希望女儿能劝劝苏梅，让她不要再如此敏感，要恢复正常的生活心态。

周小容请爸妈吃了一顿大餐，开车将她们送回家。当然也没少了劝苏梅要有所觉悟，不能听信什么“大师”“高人”的话，那些人全是借助寺庙门口的宝地，骗人钱财。而真正的高人，都是深藏不露的。

“妈，听我的话，回去赶快把钢镚那块尿布扔了，别再疑神疑鬼了。”

“把尿布扔了？说得轻巧。你以为钢镚是神童啊，当婴儿就会用小鸡鸡做算术？是灾是祸必须查个水落石出。”

“妈，您怎么不听劝呢？真成家庭妇女了。”

苏梅愠怒地将头扭向一边，威胁道：“你再说我就下车了。”

十二

看到老丈人和丈母娘拿着一堆礼品袋进了门，周小易颇感意外。他直言安装摄像头一事已经过去了，完全用不着登门给苏梅赔礼道歉，更不用破费去买这么多东西。

马大玲询问苏梅的去向，并问女婿非年非节为何要给大门上贴对联？周小易故弄玄虚，说此乃仙家暗语，专挡外面进来的牛鬼蛇神。马大玲认为这副对联就是针对自己的，她直斥周家娘儿俩蛇蝎心肠，换着法子骂人。她一生坦坦荡荡的，为何要让她重新做人？莫名其妙被丈母娘一顿抢白，周小易很没面子。他忙讲述自己贴这副对联的原委，说钢镚的尿布上出现了数字……

刚刚讲了个开头，周小易便听见门外传来苏梅声嘶力竭的喊声："周非凡，你把这事给我说清楚！"紧接着，一阵厮打声直扑耳帘。周小易大惊，一句"怎么了"还没出门，一个箭步已经冲到了大门口。拉开门一看，却见一向以和睦、恩爱形象示人的父母在门口翻脸了，一个追，一个躲，把放在门口的垃圾、废品踢得满处皆是。

"你说，这对联怎么回事？"

"我不知道啊。"

"不知道，几十年前的不要脸对联能贴在我家门上？"

听出了他们闹矛盾的原委，周小易忙让母亲息怒，详细听他道来。他这还没开口，马大玲从屋里出来，言称苏梅不安好心，送来从头到脚的新衣裳，让她重新做人。她想明白了，将衣服给苏梅送了回来，要让暗算她的聪明人也重新做一回人，尝尝鸡是怎么收拾黄鼠狼的。

苏梅恍然大悟，认定对联是马大玲贴的，并痛斥她这种揭人伤疤的小人行径。周非凡也开始抱怨王满堂，觉得他将自己对联的事捅了出来，有违做兄弟的原则，是不道德的行为。周小易一看事情闹大了，忙向父母承认对联是自己贴的，被苏梅认为替老丈人家背黑锅，抬手给了他一巴掌，并将对联撕下，让他生吞了。

"妈，您这是干吗呢？这是我好不容易求来的，贴到门上挡牛鬼蛇神呢……"

周小易话音没落，又挨了苏梅一巴掌。马大玲不乐意了，挺身站在女婿身前，严斥苏梅乱打人的行径，并说若想再动周小易一个手指，必须从她身上踩过去！眼看着不少邻居聚在楼梯和单元门口看热闹，周非凡忙推搡着让大家进屋去，说一家人的问题还是在屋里解决比较好一些。

李小爱匆匆跑来，她分开众人，不由分说就扑上去撕着对联。一迭声地对苏梅赔着不是，说李完美已经认识到错误的严重性了，让她专程来取下对联。

半路里杀出个程咬金，马大玲、周小易、李完美，这对联到底是谁贴的？苏梅一时想不明白了。

周小易解释此对联是李完美亲自写了送给自己的，主要目的是辟邪。而贴对联这事确实是他自己所为。

望着不争气的儿子，苏梅恨得牙齿都咬在了一起。她挥手指向周小易，刚要开腔，却见周小容领着陈子页进了单元门。一见有客人到场，所有人都各怀心思，讪讪进了屋子。

周非凡作为主讲人，将昨天夜里钢镚尿布上出现了“545454”尿渍一事后发生的一切向大家做了介绍。讲明了苏梅送马大玲一身新衣是受了算卦人的指引，绝不存在借故让亲家“重新做人”一说。关于对联，他坦然向儿女讲了二十几年前因这副对联而引起的矛盾，认为李完美这次完全是利用了周小易慌不择路的心理，达到了报复自己、破坏周家安定和谐局面的目的，这其中，他应该承担主要责任。

周小容认为此事的关键还是孙子在家里的地位太高了，以至于一有风吹草动，人人惊慌失措。她说自己专门请来了陈医生，希望他能从心理问题的角度，给大家讲讲如何消除恐惧感。

“各位，小容女士请我来跟大家谈一谈‘545454’的问题。首先我给大家说说什么叫‘存在的知觉显著性’，英文名就是 perceptualsalience。意思是你关注到什么，什么就重要。”陈子页在讲话的同时，和各位家庭成员用眼睛交流着。他下意识地瞥了婷婷一眼，见她躲过自己的目光佯装为钢镚整理衣衫时，知道她在刻意回避自己，心里一乱，说话便显得有些零乱。“我举个例子，商场里，一个人突然跑了起来，也许他是猛然想起了与情人的约会，不管他想些什么吧，反正他向门口跑。这时，第二个人也跑了起来，这可能是一个客人，他突然想起自己在门外的车没锁。第三个人，商场的售货员，门外有人找他，他也跑了出去……十分钟之内，商场里很多人都跑了起来。不知谁说了句，商场可能有炸弹，立刻商场的所有人都往门口跑，这就是从众心理。”

周小易和几位老人都流露出不耐烦的样子，便建议陈子页别绕弯子，直奔“545454”的主题。

“很多人说‘54’这两个数字，就联想到了大家公认的‘我死’的谐音。这就是我刚讲的从众心理。那我们可不可以重换一个角度，重新理解‘54’呢？”

周小容积极响应，认为大家不能一遇到事情就净往坏处想。“545454”就非得是“我死我死我死”吗？万一是“我发”呢？因为在音符上把 4 唱作“发”。钢镚是个能与时俱进的好婴儿，将来的职业有无数个可能性，谁又能保证他将来不是歌唱家呢？眼下，他就是在尿布上做了人生第一支曲，名字就叫“我发”！

凡是周小容说对的，周非凡绝不说错，这也是周家铁定的规律之一。周非凡顺着女儿的思路说，出去旅游时，导游把上厕所也叫“唱歌”。并说苏梅如此“唱歌”

不止一次。大家笑了,短暂的笑声打破了刚才的僵局与沉闷。唯有苏梅不屑地哼了一声,虽不积极应和,却也不再生闷气了。对于周小容提议的把“我死”变成“我发”,周小易提议大家不妨做个试验,买少许奖票,看是否能中奖。

“我赞成。人生没有过错,只有错过。钢镚为我们提供了千载难逢的机会,大家一定要珍惜。”周非凡吩咐着,“小易,马上出去看看,附近有没有卖彩票的站点,咱们一家人去搞个团购。”

马大玲不明真假,言称自己退出团购,要到她每期都买的小店里去单独行动,有钢镚做指路明灯,相信自己一定能有所斩获。

趁着热乎劲儿,周小易父子来到福彩投注站,看见门楣上挂着“扶老、助残、救孤、济困、赈灾”的横幅,他们决定就买此彩票。中了奖自然好,没中奖也算是扶贫济弱,给社会做了件好事。虽然都买了彩票,结果可大相径庭。周非凡买了 10 元的福彩,中了 50 元,可谓人品大爆发。马大玲买了 50 元体彩,中了 10 元,也算是给她热爱的体育事业做了贡献。最劲爆的当数周小易,他拿出 1000 元来,声称自己将连买 10 天,每天买 50 元福彩、50 元体彩,如此一来,估计自己一定能中个大奖,满载而归。

自从开始买彩票以来,周小易便热衷于组合、排列各种数字。他说陈子页提的这个建议非常好,若能中 100 万元,定按老爸所说给陈医生提成 20 万元,以示奖励。

听周小易提到陈子页,婷婷顿觉面红心跳,神情恍惚。让前男友堂而皇之地登堂入室,而自己的丈夫却蒙在鼓里毫不知晓,婷婷觉得这在很大程度是一种“欺骗”。基于陈子页眼下仍心存幻想,婷婷决定开诚布公地将这一切告诉周小易,夫妻结成统一联盟,迎接婚后的第一次感情考验。她轻轻唤道:“小易,你知道那个陈医生是谁吗?”

“我姐的哥们儿啊。”

婷婷定了定神,认真地说:“老公,我想跟你好好谈谈……”

“谈什么啊。”周小易仍在摆弄着数字,颇有感触地说,“我老爸说得对,人生没有过错,只有错过。”

“是啊,太有哲理了,人生是没有过错,只有错过……”

周小易沉浸在自己的数字当中,对婷婷的心事毫不知晓。他敲着手中的笔,信誓旦旦地说:“所以,我一定要把握住机会,给咱家弄个大奖回来。”

首先,他搞了个彩票软件,利用其对以往的中奖号码进行多种技术分析,再从数学的角度对即将产生的号码做出预测。可是,十天已经过去了,除了中个五块、十块的末等奖，连个大奖的影子都没看到。

这天上班时，听吴极说李完美跑了市区方圆100里的八个财神庙，抄了他们的门牌号码作为一组彩票自选号时，他认为这太有创意了，有财神爷保佑哪有不中奖的道理？在他的苦苦央求下，吴极将李完美的彩票号码偷出，可这时周小易的彩票基金已经用完了。这千载难逢的大好机遇转瞬即逝，周小易痛下决心，从刚发到手的奖金里拿出5000块来，这才如愿以偿买到了财神爷赐予的号码，顿时浑身充满了雀跃的冲动，这回离中大奖应该不远了！

周小易失算了。闹腾得全家都知道他搞到一个好号，要中大奖了，结果却在众目睽睽之下一无所获，羞臊得无地自容。但还要装作潇洒的样子，说自己是折财免灾、扶贫济弱的大好人一枚。

回到房间，婷婷不免数落他几句："你看你这几天跟中了魔一样。前后赔了六千多，我看你就是低能儿。"

"我告诉你多少遍了，你可以用多种方法羞辱我，我不在意。但是你绝对不能贬低我的智力，它会使我立刻想起你的初恋情人。"

"你什么人啊，我就说过一句前男友智商高，你就记一辈子啊？"

"好好，我从今天起就忘记了行不行？老婆，你再给我点儿钱，我再买最后一回彩票好吗？"周小易嘿嘿一笑，过去腻歪起来，"老婆，我已经知道我错在哪里了。都怪我没有贯彻好钢镚的意思。'545454'是什么？就是找一家54号的投注站，选一个'545454'的号码，再进行54倍投注，肯定马到成功！"

看着周小易越说越来劲儿，一副不到黄河心不死的神态，婷婷无奈地连连摇头，"疯了，这人已经彻底疯了。"

周小易的"疯"完全是被自己逼的。他仿佛钻进了一个狭窄的甬道，被前方一个美丽的光环所吸引，不顾一切地向前奔去。因为，只有到了那里，他才可以看见引召自己的女神。要说起来周小易确实是个好运气的人，听说过买房买成了房东，炒股票炒成了股东，可谁听说过玩游戏玩成了游戏设计师的吗？周小易就用切身的经历告诉人们，这是可行的。

这天夜里，苏梅和周非凡刚刚躺下，便听到一阵急促的敲门声。未及开门，婷婷便推门而进，欣喜地说，尿布显灵了，周小易中了54万元大奖！

如此匪夷所思的事情真的发生了！

未及老两口回过神来，婷婷又将他们拉至窗前，说周小易正在院里裸奔庆祝中奖。

果然，昏黄的路灯下，周小易穿着一条三角裤头在院子里来回奔跑着，手里举着彩票票根，一蹦一跳地雀跃欢呼着："大家快来看啊，我家钢镚中奖了！钢镚给老子挣来房子了！"

花开花落，逝水东流，一晃三年过去了。

周小易用中奖的奖金付清了单位集资房款，如愿以偿有了自己的新居。搬家的日子，他将54个花炮在单元门前摆成巨大的心形，说要以此献给他亲爱的妻子和儿子。直到花炮绽放出绚丽的火花，纸屑将大地覆盖成"红地毯"时，他携着婷婷和钢镚，在亲友的簇拥下走入自己的新家。

尽管和父母住在一起有许多便利，但相对自由的空气来讲，他们更希望的是后者。对每一对小夫妻来讲，有一个可以按自己意愿装扮的房间，有一个可以随心所欲的空间可能都会列为他们的第一追求。

婷婷看着装饰一新的小家，那是她一手经营的温馨和淡雅，不富丽，不豪华，但有她爱的和爱她的人。目光掠过一件件新置办的家具，婷婷内心泛起一阵波澜，辛酸、甜蜜、满足等百般感受一齐涌上心头，汇成一种叫"幸福"的感觉，一时间，她竟然泪眼婆娑。

回眸一望，妻子正在抹泪。周小易忙不迭地追问为何，当得知仅仅是因为有了自己的家而感慨流泪时，不禁哂笑婷婷，预告更大的惊喜还在未来。

马大玲给钢镚介绍了他自己的小屋，领着外孙来到客厅。周小易这才发现，钢镚从进门开始便一直拿着自己的手机在玩，便上前欲夺回自己的手机。怎奈小孩子好生灵敏，一闪身便躲在姥姥身后，大叫有人欺负他。

"乖，你爸的手机高档，别给玩坏了。来，玩姥姥的。"马大玲爱抚地搂着外孙，拿出自己的手机递给钢镚，欲将周小易的手机换下。

钢镚看也没看，随手将马大玲的手机摔在了地上，嚷道："你的手机不好玩，没有吃豆豆的游戏。"

婷婷过去，生气地喝道："钢镚，你怎么能这样？把姥姥的手机捡起来。"

怎知这当了三年"小太阳"的钢镚压根儿不把婷婷当回事，眨巴着圆溜溜的大眼睛，扮着鬼脸就是不捡。果然，马大玲自己蹲下身子捡起手机，没有怪罪钢镚，反而将婷婷斥责一番，认为她声音过大吓着了孩子。

钢镚乖巧地搂住马大玲亲了一下，甜甜地说："姥姥好，姥姥不凶我。"

得到外孙的表扬，马大玲不禁笑逐颜开。她爱溺地搂着外孙："那你说，是奶奶好，还是姥姥好？"当听到钢镚脱口而出"奶奶好"时，马大玲拉下了脸，讪讪站了起来。

"妈您别生气，我再给您问一遍。"周小易之前便发现了钢镚这个语言上的小秘密，那就是先说谁一定是谁好。他笑眯眯地问：“钢镚，你说姥姥好，还是奶奶好？”

钢镚果然仍是张口就来：“姥姥好。”

一个小小的“肯定”又让马大玲脸上有了笑容。她乐颠颠地亲着外孙，告诉婷婷，稍后一起回王家，吃王满堂给做的过水面，以示乔迁新居之祝贺。

趁着马大玲收拾回家的东西，周小易急忙对儿子加强教育。他告诉钢镚，最喜欢的那款变形金刚床便是姥姥、姥爷买来送给他的，而客厅那架钢琴又是奶奶、爷爷送的。为了不伤害他们的感情，以后谁问就说谁好。钢镚答应了，又问要是一起问该怎么说？这个问题令周小易和婷婷面面相觑，一时竟想不出答案来。钢镚告诉他们，应该说姥奶好！如此聪明的回答令周小易喜不自禁，直言这宝贝没抱错，确实得他真传，是周家的种。

钢镚的发明远不止这些，没过一会儿，他便闹腾着要回“老家”去吃饭，并小大人似的给父母解释，‘老家’就是姥姥家。

就在他们准备回马大玲家吃饭之际，苏梅打来电话，要钢镚在半个小时内到她那里学习画画。婷婷颇感为难，告诉大家要更改行程了。马大玲急了，一把夺过手机告诉苏梅，王满堂已经半个月没见过外孙了，钢镚必须跟她回去。苏梅不和亲家母争辩，只是让她请儿子接电话。这个烫手的山芋周小易知道可不敢接，忙向丈母娘摆手示意不接电话。马大玲想也没想，对着电话向苏梅下了通牒：周小易说他没在！

亲生儿子竟然和丈母娘站在一边，不肯接自己的电话，这情景真应了一句老话：娶了媳妇忘了娘。苏梅越想越生气，一屁股坐进沙发里，拿起电视遥控器，烦躁不安地换着频道。

“梅梅，小易他们已经有了自己的窝，这你要想开。不能跟过去似的，大家都得以你为中心……”正在用砂纸打磨根雕的周非凡直起腰来，劝道，“你看你，马大玲去女儿家有什么错？你不是从装修前都管到装修后了，除了买灯泡你没掺和，其他哪件事情没你的身影呢？”

“这个周小易太没出息了，人家娘儿俩说啥就是啥，他连个‘不’字也不敢说一个，我必须教训教训他。”说着，苏梅便要周非凡和她一起去周小易的新家。

“哎，还真去啊？”周非凡数落道，“明明是你和人家马大玲怄气，现在非要撒在儿子身上。我要是为你撑了腰，周小易又得说我偏心眼，我不去。”

“你不去，我去。”苏梅站起身来，拿起挎包头也没回地出了门。

深知母亲脾性的周小易料到放下电话苏梅便会上门兴师问罪，遂让马大玲和婷婷领着钢镚先回娘家,自己在家等候"领罪"。果然,没到半个小时,苏梅便大驾光临。和周小易预计的不一样,她并没责怪周小易的意思,而是不动声色地在屋里转悠着,仔细察看着装潢布置。

周小易拿着两瓶饮料过来,乐呵呵地问:"妈,您是喝常温的还是冰镇的?"

苏梅白了他一眼,没好气地说:"我喝能上火的。"

周小易笑了,凑到苏梅身边,认真地给她解释着:"妈,您真不能生婷婷和我丈母娘的气。你知道钢镚为什么非回我丈母娘家吗?大热的天,我丈母娘怕费电,舍不得开空调,热得满身都是痱子。婷婷心疼她妈,就把钢镚让她带回家去。"

"钢镚能给马大玲止痒啊?"

"钢镚又不是花露水,哪能呢?但钢镚一回去,我丈母娘怕热着了她外孙子,立马把空调就打开了,那凉风,飕飕的。"

苏梅在沙发上坐下,不屑地"哼"了一声:"编,你往圆了编。我告诉你,这事儿我早在电视上看过了,但主角不是钢镚,更不是你丈母娘。"

"嘿嘿,妈,我逗您高兴呢。您知道钢镚为什么非要回我丈母娘家吗?钢镚要给他姥爷显摆,拿了好几张你教他画的画呢。"深知母亲的脾性,周小易故作认真地一番恭维。果然,苏梅听到此话眉头渐渐舒展,他忙趁机说钢镚的卧室已经整理完毕,请母亲视察,做最后定夺。

来到钢镚的房间,苏梅打眼一扫,将照片墙上的几个相框换了位置。看到母亲盯着变形金刚床目不转睛,周小易忙介绍说这是岳父家给孩子的礼物。苏梅责问为何给钢镚准备专门的房间,因为他会一直住在奶奶家,十天半月也不回来一次的。

"妈,三年来你们几位老人照顾钢镚太辛苦了。现在我们小两口有了自己的房子,也该尽尽做父母的义务,让老人们好好休息休息,玩一玩。"周小易对这个问题显然早有准备,他热情地介绍说,"我和婷婷商量了,给你们两亲家买个泰国游,四个老人在一起好好放松放松。上次我去曼谷认识了一个人妖,那人妖会说中国话,我请他给你们当导游,还可以让他给你们做专场表演。"

"看什么人妖?"苏梅翻了翻白眼,"李完美就是活生生的人妖,我天天在看。"

周小易无奈,责道:"妈,您怎么什么事情都能跟李完美挂上?"

"不要提她,恶心。"苏梅回头死死地盯着周小易,坚定地说,"我现在郑重地告诉你,钢镚从一个只会哭闹的肉蛋蛋变成了现在这么个活蹦乱跳的帅小子,你们就想下山'摘桃子'?我警告你们啊,趁早断了这念想,我是不会让钢镚离开我一步的!"

一边拉着儿子肉乎乎的小手，一边挽着母亲健硕的胳膊，婷婷感到无比幸福和满足。在她看来，父母赐予的生命是“命”，但幸福生活的实施则是“生”。“命”无法掌握，而“生”则需要智慧和耐力。一个人若懂得知足，懂得顺其自然，便活得简单了。而你若简单，生活也就简单，享受这种简单便成了人生最大的乐趣。

快到公交车站，钢镚的鞋带开了，他央求姥姥为他系上。婷婷拦住了母亲，告诉儿子你已经三岁了，有许多事应该自己做。看外孙闷闷不乐地噘着小嘴，马大玲责怪婷婷对孩子要求太高，不就是鞋带的事嘛。别看钢镚人小，察言观色的功夫可是了得。有了姥姥的支持，他愈发理直气壮地赖在地上，号称姥姥不给系鞋带就不走了。马大玲顺从地蹲了下去，却又被婷婷一把拉了起来，她坚称这样会给孩子惯下坏毛病，必须从小养成自己的事情自己做的好习惯。见母亲不肯放过自己，钢镚突然扑了上去，抓住婷婷的手便咬了一口，疼得婷婷抱着手掌原地打转。马大玲趁机给钢镚将鞋带系好了，祖孙俩搂在一起，齐叫一声“耶”，共同做出胜利的手势。

在旁驻足观看的一对中年夫妇议论着，如今的孩子如此刁蛮都是奶奶、姥姥们给惯的。这话被马大玲听见，抬头便冲那对夫妇吆喝：“我伺候孙子，我幸福我快乐！”并给了钢镚十元钱让他起来，准备背着外孙离开。

“瞧见了吧，跟你妈的做派一模一样。现在当老人的就是犯贱。”看热闹的中年女人对男人一番抱怨，惹得旁边一位老妇向她发难，“你说谁犯贱？我们老人疼孙子天经地义，你怎么能说成是犯贱？”一位老头劝道：“这位大妹子，别跟他们说了。现在的年轻人都是狼心狗肺，见不得老人享孙子的福。”中年女人脸上挂不住了：“哎，老爷爷，谁狼心狗肺了，您骂谁呢？”“就骂你呢，怎么着？”一位青年男子挺身而出，冲着老头喝道：“喂，你这老头，倚老卖老啊？知道什么叫晚节不保吗？”

一时间，路上围观的年轻人和老人分成两大阵营对峙起来，争争吵吵，指手画脚，战火即将点燃。巡逻的110警车从此经过，见有人聚集争吵，两个民警便从车上跳下，飞快向人群靠拢。

马大玲一看自己惹了这么大的麻烦，忙拉着婷婷退出人群，悄然离开。

俗话说，三岁四岁狗都嫌。钢镚到了这个年龄，不仅脾气见长，小主意、小心眼也多了起来。回到了姥姥家，他如同进入无人之境，在几间房子里跑来蹿去。突发奇想，他宣布大人们不仅上洗手间不能关门，而且便后冲水这件事必须由他亲自完成。王满堂一次没执行，便招来他一顿“拳打脚踢”。

得知孙子眼下痴迷各种按钮、开关，王满堂不仅不生气，还连赞外孙的求知欲强，哪像自己小时候只知道玩尿泥。而马大玲则为了配合外孙的兴趣，一小时之内上了20趟厕所，而且每次在钢镚按水箱按钮时都欢呼雀跃“出水喽！”

看着钢镚被父母如此溺爱，婷婷又喜又急。喜的是老人有了精神寄托，祖孙感情日益加深；急的是钢镚已经从“小天使”变成了“小太阳”，再如此溺爱下去，孩子的教育问题令人担忧！

妻儿没有在家，周小易迎来了自己独处的大好时光。他翻出早年珍藏的黑胶唱片，从冰箱里拿出一瓶纯生，听着迪克牛仔劲爆的摇滚，踏着从音乐里流淌出的“坚硬、磨砺感”，在不大的客厅里扭动着腰胯，“追忆”自己的逝水青春。

门铃响了，周小易开门一看，是苏梅领着几个民工抬了个书柜站在门口，说是要把钢镚的房间给他们小两口改书房了，而孙子以后随她生活，到周小易这里只是“探亲”而已。她已经习惯了和孙子在一起的日子，若离开了钢镚，她的生活便失去了意义。

对此周非凡自有另外的想法，他告诉苏梅，人心好比是个口袋，什么都不装的时候叫心灵，装一点儿的时候叫心眼，装得太多了就叫心事。他认为苏梅执念于钢镚的存在，才会做出不经儿子、儿媳同意，擅自处理了亲家赠送的变形金刚儿童床，将孙子的房间变成书房，就是盛满太多的心事的具体表现。如此下去，终会不堪重负，从而也迷失了自己。只有放下孙子，找回自己，才会活得更洒脱。对丈夫的一番劝说，苏梅自是当了耳边风。在她的心里，孙子已然代表了一切。没有含饴弄孙，没有天伦之乐，她苏梅纵然再活 100 年，也是老朽一个，生活质量从何而言？

就在苏梅苦苦思念钢镚之时，钢镚正抱着一个精美糖盒子和大人们纠缠不清。他不仅在午睡前要吃糖果，还要患有糖尿病的王满堂和他一起吃。为了转移外孙的注意力，王满堂谎称若他能叫够 100 声姥爷，自己便将糖果吃下。没料话音未了，钢镚突然大喊“姥爷，100 声”，抓起糖便往王满堂的嘴里塞。

“周小易前辈子是积了什么德了，能生下这么聪明的儿子。你们两个大人不能欺负孩子啊，说话得算数。”马大玲得意地搂着外孙，不顾婷婷的反对，拿了块糖剥了就往钢镚嘴里塞。

钢镚突然改变了主意，把嘴里糖吐在手上，拿着便往王满堂嘴里塞：“姥爷不吃糖就不是好孩子。”

王满堂无奈地将糖含在嘴里，吮吸着：“好好，姥爷听话，姥爷吃糖。”

眼看着钢镚在姥姥、姥爷的娇宠下有恃无恐，婷婷毫无办法。她无奈地望着父母，埋怨他们太由着孩子了，致使这么小便有了许多的坏毛病，对钢镚健康成长极为不利。马大玲为自己辩白，认为钢镚在周家待得时间长，若说有坏毛病的话，那也都是在周家给惯出来的。更何况，男孩子这点儿淘气绝对不应该算作是坏毛病。

跟自己的亲妈怎么讲理？婷婷只好偃旗息鼓，期待着早日回到自己的小家，在没有长辈干扰的环境里，对钢镚的种种毛病加以修理。

临回家前，婷婷要陪着母亲去趟超市买些生活日用品，马大玲让钢镚跟着一起去挑选零食。婷婷本不愿意让孩子去公众场合，但拗不过老妈，只得举手投降。

来到超市，马大玲顺手便将钢镚放进了购物车，打算推着他在超市购物。婷婷坚决将孩子从车里取了出来，央求母亲在公共场合不要如此不拘小节。孩子多走几步路，鞋也坏不了，脚也坏不了。若钢镚真累了，自己可以抱着他回去。看婷婷真的急了，马大玲也不再争执，任由钢镚扶着购物车和她们一起穿梭在超市里。

来到米面油区域，婷婷看着琳琅满目的大米，一时不知该买哪种。马大玲看着女儿一筹莫展的样子，便教导她过日子必须节俭，散装米卖得快，也比较新鲜，应是首选。婷婷告诉母亲，好米和差米的味道确实不同，在这方面让她向苏梅学习，进嘴的东西绝不要凑合。

就在母女俩心无旁骛地挑选大米之时，无聊的钢镚眼睛一亮，他看着一个小朋友手上拉着的玩具小鸭子从身边走过，不禁喜笑颜开，毫不犹豫地转身跟随而去。待婷婷母女挑好大米回到购物车旁时，钢镚已经不见了。

天塌了！马大玲两眼发直，又惊又怕，她如木偶般转动着身子，发疯地叫着钢镚的名字，跌跌撞撞行走在货架之间。婷婷原本相信钢镚只不过一时贪玩离开了自己的视线，大超市里怎么可能丢孩子呢？可马大玲这么一紧张，她的喉咙也像被一个无形的大手扼住，嘴巴不听使唤地颤抖着。婷婷强力使自己镇静，告诉马大玲俩人分头寻找，一会儿在出口集合。

此时的钢镚正坐在饼干区的地上，他熟练地撕开一包膨化食品，有滋有味地吃着。一位营业员巡视过来，告诉他在超市要交过钱才可以吃东西。钢镚痛快地摸出十元钱来递了过去。营业员看看四周，并不见家长的影子，忙问他和谁来的超市。怎奈钢镚忙着吃东西，小嘴堵得满满的，懒得回答。见问不出究竟，营业员遂将他带至广播室，请播音员播放寻人启事，希望家长能领走孩子。

被营业员安排坐在购物车里，钢镚好奇地打量着播音室里的一切，感到非常新鲜。他欣喜地看见扩音机上诸多的按钮，情不自禁站了起来，伸手便要去按，被营业员及时阻止。愿望没有实现的钢镚心有不满，见营业员和广播员在商谈怎样播放自己丢失的事，便站在购物车里瞄准地上的电源箱撒尿，一泄心中之不爽。

一柱尿水准确地浇到电源箱上，“滋滋”冒出缕缕白烟。瞬间，扩音器材上的各种指示灯全部熄灭。播音员一声惊呼，短路了！

四下寻找儿子不着，原本镇定的婷婷越来越着急了。她急忙跑向超市门口的保安，告诉他钢镚的特征，让他在这个门口帮自己看着，以免孩子从超市走出，自己再去其他的门告诉别的保安。在她看来，只要钢镚还在超市里面，就断然不会丢失。就在此时，她看见一个保安背着马大玲急跑过来，说她不知为何在自动扶梯上逆向狂奔，将腿摔坏了。

一连串的惊吓令婷婷浑身发虚，她急忙打了120叫急救车，等待将痛苦不堪的马大玲送医院救治，而钢镚的事只得交给超市保安继续查找。

母亲执意要将儿子接回家去，彻底打乱了周小易要教育钢镚的目的。为了说服苏梅改变主意，他联合了周小容一起回家进行劝说。

周小容认为母亲大可不必强行将钢镚的卧室改成书房，孩子和父母住在一起天经地义。苏梅直言女儿没有看出问题的本质。她觉得这一切都是马大玲在幕后操作，企图离间钢镚和周家的关系，将小易新家打造成她和钢镚的会客厅，向自己挑战，争夺钢镚的控制权。周小容哭笑不得，对家人宣布母亲的"孙子依赖综合征"已经确诊，并准备请陈子页上门对她进行心理辅导。此建议得到了周家父子的支持，惹得苏梅频频向三个姓周的警告，若有人想离间她和钢镚的亲情，定对其全天候实施断水断粮断交。

就在几人相持不下时，周非凡接到电话，得知钢镚在超市不见了。苏梅闻讯勃然大怒，厉斥婷婷不成熟和马大玲太马虎，号令全家出去找孩子，把马大玲母女捅漏的天补上！

周小容开车，载着一家人向钢镚丢失的超市急速驰去。刚刚停好车，便见一辆120急救车从身边疾驶而过，再看超市门口已经乱作一团。进进出出的顾客们挤作一团，尖叫声、吵闹声不绝于耳。保安拿着喇叭站在高台上，指挥带孩子的顾客从左边出口出门，以便让婷婷寻找辨认丢失的孩子。

周遭的喧嚣婷婷全然没有知晓，在保安的配合下，她拦在门口一个个辨认着走出超市的孩子。有些家长因为害怕公共场合的交叉感染给孩子戴上的口罩，也被婷婷一一扒下。没多久，带孩子的顾客们便纷纷抗议起来，他们不愿意耽误时间，商量好了一般向前拥挤。顿时，婷婷在拥出的人群中，如一叶浮萍被巨浪裹胁着冲向一边。见场面失控，几个貌似钢镚的孩子随着大人转瞬即逝，婷婷一时没了办法，急得号啕大哭。

周小易率着家人匆忙赶来，逆着人流奔向超市门口。

其实，钢镚此时仍在超市里自顾自地玩耍。趁着广播室里的人们忙着抢修器材之际，他溜了出来，逛悠着来到玩具区，对一只摆放在货架上方的嘻哈猴发生了兴趣，便请一位过路的阿姨将他放进了一个购物车。而后，他踩着一旁装满促销长毛绒动物车的边缘吃力地够着嘻哈猴。一位路过的营业员发现了独自一人的钢镚，便向四周询问“这是谁家的孩子”，可等他再回头望去，购物车上的钢镚已经没有了踪影。殊不知，钢镚在够嘻哈猴时一时没掌握住平衡，翻进了旁边堆满毛绒玩具的花车里，瞬间他幼小的身影被那些软绵绵的玩具掩盖了起来。

超市就要关门了，出入的顾客已渐渐稀少，可依然没有看见钢镚的身影。站在门口寻找孩子的苏梅靠在周小容身上，无力地唤着钢镚的名字，神情已近崩溃边缘。周非凡和周小容商量后，决定他先去周边的汽车站查看；周小容给交通台打电话，拟个寻人启事立即播出；周小易去和超市联系，争取查看监控录像，寻找钢镚在超市里的活动轨迹。

心如乱麻的周小易来到超市办公室，要求超市立即关门，全商场搜寻丢失的孩子。说若不关门便给派出所打电话报警，说超市里有炸弹，让警察来实施封锁。超市值班领导对周小易要超市关门的动机产生了怀疑，认为他是其他超市派来败坏本超市名声的，喝令保安将周小易捆绑起来，准备送派出所报案。

硕大的商场里顾客寥寥无几，显得空旷寂静。钢镚惬意地坐在玩具堆里，自顾自地玩耍着。他让两个绒娃娃分别扮爸爸和妈妈，又让一只绒毛小狗当宝宝，准备扮过家家。

一时没注意，手里的小狗没放稳，掉到了地上。他奶声奶气地哄着它：“宝宝，你是不是想睡觉了？好吧，爷爷哄狗狗睡觉吧。”说着，钢镚有些困了，他打了个哈欠，搂着狗狗，在玩具堆里闭上眼睛。

超市已经关门，保洁员们入场开始搞卫生了。

苏梅拿了瓶矿泉水，颓然坐在地上。她头发散乱，双目呆滞，全然没有了往日端庄的形象。周小易带着两名警员匆匆赶来，原来他在派出所说明情况后，警官批评他不可利用寻找孩子的理由制造社会恐慌，如若如此便是犯罪。看周小易认识错误了，便派两名警员和他一起返回超市寻找孩子。

周非凡看看天色已晚，便重新给大家分配任务。他安排婷婷马上去医院看望马大玲的伤情，周小易和一名警员去火车站，周小容迅速送苏梅回家，他请另一名警员在超市查看监控录像，寻找钢镚失踪的原因。自己则要去找在公安战线的老朋友，向他们寻求帮助。

家里人已经乱成一锅粥了，睡在玩具堆里的钢镚浑然不觉。一觉醒来，才发现自己陷入一个黑漆漆的陌生地方，姥姥、妈妈都不在身边，他不由得害怕了，哇哇大哭起来。哭了半晌也累了，也没有人来，钢镚便摸黑四处瞎走瞎撞，想走出这黑影的地方，找到妈妈和姥姥。很快，他摸到了一瓶矿泉水，这才感到口渴了。要喝水得先将瓶盖打开，钢镚想尽办法，将矿泉水瓶子用脚踩、用屁股坐、往墙上摔都没办法打开。黑暗中，他看见墙上有一个按钮泛着淡淡的红光，依稀觉得和家里的电灯开关极像，他够也够不着，一着急抡起矿泉水瓶子向红色按钮砸去。一时间，超市里报警器声大作，警灯四处闪烁。钢镚吓得无处躲藏，只得缩成一团，哇哇大哭起来。

钢镚被超市保安们抱回了值班室，享受了贵宾式的待遇，吃的喝的都给他堆在了面前。保安赶紧给周小易电话，告知他孩子找到了，是钢镚自己按响了报警按钮的。听保安说起“按钮”两字，钢镚想起了什么。他放下吃喝站在凳子上，又开始玩起了按开关的把戏。灯泡一亮一灭，引来了他阵阵笑声。

保安无奈地命令道：“这小东西，太淘气了。听见没，不许按了。”

钢镚愈发起劲儿地说：“我就要按。”

突然，屋里一片黑暗，灯泡彻底灭掉。

十三

经过这次钢镚“丢失”事件，婷婷痛定思痛。她认真分析了孩子的表现，认为钢镚在奶奶“淘气是聪明的具体表现”和姥姥“从小淘个死，长大刚够使”的思想指导下，活泼有余，节制不足。虽聪明有余，可爱不足。如若任由老人如此溺爱孩子，好些坏毛病怕是难以纠正，钢镚的教育问题必须提到议事日程上来。

周小易对此大不以为然，他觉得隔辈亲，老人惯孩子是一个普遍现象，若硬性将钢镚带回管教，恐会惹得老人们不高兴，衍生出新的家庭矛盾。在教育孩子的问题上，婷婷希望丈夫能和自己一条心，共同说服老人们，将钢镚养育成一个懂礼貌、爱学习的好孩子。为此她提议给两家老人分别提个醒，能将孩子的教育问题和安全问题放在同等重要的位置。

婷婷认为不仅大人们需要提高安全防范意识，也要教育钢镚有一定的安全防范技能。苏梅觉得孩子太小，不具备学习能力，教他防范之道无疑对牛弹琴。在周小易的鼓励下，婷婷决定将已经准备好的小游戏表演给大家。

首先，她将茶几上的东西略做归置，给上面铺了几张报纸。在苏梅疑惑的目光中，将钢镚抱了过来，让他站在茶几上。钢镚以为又要自己表演节目，说什么也不肯。婷婷告诉他，今天无须表演，只让他从茶几上跳下来就可以了。六十厘米高的茶几对成年人来讲确实太矮了，但对只有三岁的钢镚却委实有点儿高。他看看地上，平日天不怕地不怕的神情全然消失，怯懦地向后退着，连声告诉婷婷他害怕。

婷婷蹲在地上鼓励着："有妈妈接你，不怕。"说着，她微笑着张开了双臂。

周非凡和苏梅交流了个眼神，对婷婷的做法充满好奇，也充满了疑惑。

"钢镚是个勇敢的孩子，爸喊一、二、三，你就跳。"周小易站在了婷婷身边，鼓励道，"不用怕，你妈妈接着你呢。"

钢镚受到鼓舞，纵身从茶几上跳下。就在他落地的一刹那，婷婷缩回了胳膊，并将身子向后闪去，并没有去接，以致钢镚直接摔在了地毯上。钢镚蜷缩着，像极了一只受了委屈的小狗，他大声哭喊："妈妈大坏蛋！"

见孙子哇哇大哭，苏梅埋怨着婷婷，起身欲去帮助钢镚，却被周非凡紧紧按住。

婷婷为钢镚擦着眼泪，因势利导地告诉他："记住了，连妈妈都可以骗你，这世界上任何人都可以骗你。以后只要是生人用好吃的、好玩的骗你跟他走，都不能去，听见了没有？"

和周非凡鼓掌、赞赏的态度相反，苏梅对于婷婷这种教育方式，虽不反感，但却持保留意见："好什么好，社会难道这么黑暗吗？大人教孩子不相信任何人，让他产生阴暗心理，从小仇视社会，将来长大了还得了，岂不成第二个马加爵了？"

能在婆婆家取得这样的效果，婷婷很满足。领着钢镚回到了自己的小家，她按照教科书上所讲，和钢镚在床上做亲子操，在做操的过程中增强母子的感情。胖乎乎的钢镚做了几下，便咧着嘴巴说自己腿疼。婷婷忙停止了动作，抱过钢镚为他揉腿。她满含歉意地柔声告诉儿子，妈妈今天骗他是为了给他点儿教训。万一真丢了，妈妈今后就没有钢镚了，钢镚也没有妈妈了。

钢镚似懂非懂地点点头，他对"丢"这个概念还属于懵懂阶段，只知道那不是件好事，但糟糕到什么程度，仍不是他这个小脑袋瓜能想出来的。

要睡觉了，钢镚见周小易还没回家，便念叨起爸爸为什么不回来陪儿子和老婆。婷婷佯装生气，说周小易一定是和宝宝爸爸喝酒去了，爸爸太不听话了，就跟你在超市跑丢了一样，妈妈很生气。并说周小易若再这样不听话，就给钢镚重换个爸爸。

说者无心，听者有意。钢镚的小心眼动了动，担忧地问妈妈，如果自己不听话，是不是也要换个孩子给妈妈当钢镚？见婷婷认真地点了头，他又"威胁"说，要是妈妈不要爸爸和钢镚，一个人走出去的话，路上会有大灰狼将她吃掉的。

婷婷一本正经地说自己虽然瘦弱，但并不怕大灰狼。

钢镚以为婷婷这就要走了，不禁"嘤嘤"地哭了起来，他紧紧地抱住婷婷，央求道："妈妈不走，我不让妈妈走，让钢镚和爸爸一起保护你吧。"

婷婷愣了一下，动情地将钢镚紧紧搂在怀中。

时值黄昏，暮色笼罩枝头，忙碌了一天的人们匆匆赶着回家歇息了。路边的休闲椅上，几个从幼儿园接回孙子的老人们聚在一起聊天，不远处钢镚、宝宝和几个小朋友在一起玩耍。

闲聊中，李完美告诉大家宝宝要入托了。她不无炫耀地给大家介绍那是一所双语幼儿园，英语课程全部由外国人担任。看到众人露出的羡慕眼神，她很是自得。听到有人问苏梅准备送钢镚上什么幼儿园时，她竖起了耳朵认真听着。

"我们家钢镚不上幼儿园。一、三、五请了美国老师来家教美式英语，二、四、六请了英国老师来家教英式英语。"开口前苏梅还不知道她要说什么，脱口而出的话连她自己都觉得非常有力。说完她瞥了李完美一眼，心理上已然占了优势。

李完美并不动气，只是笑着给围观的人们讲，北京话和上海话都是中国话，但这两种话杂交到了一起，就什么话也不是了，就成"二尾子"话。以此来暗示苏梅的"美式""英式"英语将要沦落的境地。果然，她的话还没说完，苏梅便扭身而去。从那硬邦邦的脚步判断，此回生的气绝对小不了。李完美不禁暗自得意，心想跟我斗，你苏梅还差得远呢。

回到家里，苏梅鞋都没顾上换，便冲过去抓起电话通知周小易，让他火速赶来商议钢镚入托的问题。在此之前，周小易夫妇和苏梅谈了若干次钢镚入托的问题，都被她以各种理由加以拒绝。今天听到老妈主动约谈，便骑着摩托车火速赶了回来。

对于钢镚入托，苏梅有两点要求。第一必须离家近；第二必须是双语幼儿园，若是三语更好，这样从数量上起码胜过李完美一筹。周小易喜出望外，告诉母亲自己之前曾联系过一家主教汉、英、日的"三语幼儿园"，钢镚此去定能赢在起跑线上，甩下宝宝半条街。苏梅对日语非常厌恶，认为她的亲爷爷抗日战争期间被日本鬼子打死，学仇人的语言绝对不可。她要求周小易必须贯彻她的要求，尽快让钢镚进入幼儿园学习。

周小易和婷婷双双出击，没几天便为钢镚在一所以"双语"和"才艺"教育为特点的幼儿园报了名，并顺利地通过了苏梅的入托验收。

钢镚要上幼儿园了！

连续几天，全家人都沉浸在无比的兴奋与忙碌之中。马大玲亲手给缝制了里外三新的小被褥，苏梅买了精美的小书包和遮阳帽，周小容送了一套雨衣雨鞋，以防小外甥雨雪天上学受阻。在入托前夜，几家人聚在当地有名的"雅宾轩"里，举杯庆祝钢镚的成长，相约次日清晨在幼儿园门口集体为钢镚入托壮行。

对于苏梅和马大玲的"壮行"手段，周小易和婷婷不猜也知道她们能整出多大的动静。俩人一商量，次日一大早，提前将钢镚悄没声地送去了幼儿园，待苏梅和马大玲举着印有钢镚头像的广告牌来到幼儿园门前时，他们坦言告之钢镚已经进去了，惹得马大玲和苏梅一个勃然大怒、一个拂袖就走，乐得被强拽至此的周非凡和王满堂直称儿女本领高，一代更比一代强。

浓密的绿荫下，几只鸟笼挂在树上，鸟儿的啁啾声伴着孩子们的笑闹声，令家属院里充满了生气。周末，钢镚和宝宝都没上幼儿园，和一群孩子在树下玩耍着。而他们的“保护神”就在不远处的花坛边，和几个年龄相仿的邻居们说笑着。

苏梅一时兴起，叫钢镚过来给爷爷奶奶们表演在幼儿园里学的算术。听到一位奶奶问他“1+1”等于几时，毫不犹豫地脱口而出“2”。惹得大家纷纷拍手，齐夸钢镚聪明，令苏梅很是骄傲。李完美见状也叫过来宝宝，同样也是“1+1”的问题，宝宝的回答是“11”。不仅苏梅，在场的爷爷、奶奶们全都忍俊不禁。就在大家都以为宝宝出了洋相之际，李完美不动声色地让外孙给老人们解释一下：“‘1+1’为什么等于‘11’？”

“我们老师说了，‘1+1=2’学的是数学，‘1+1=11’学的是经济学。长大要想当CEO，都要学‘1+1=11’。”

众人闻此皆惊呼不已，纷纷称赞宝宝上的幼儿园好，堪称北大、清华幼儿班，更比潜在CEO集中营，乐得李完美幸福满满，笑声连连。唯有苏梅看见李完美得意扬扬的样子很是不自在，拉着钢镚说是回家吃饭，匆匆离开。

回到家的第一件事，苏梅便给周小易打了电话，狠狠地批评了他不负责给钢镚找来的“低级”幼儿园，要求钢镚坚决退园，并放下一切工作，立刻联系宝宝上的那家幼儿园，费用由她全部承担。

餐桌旁，周非凡和钢镚你喂我一口，我喂你一勺，爷孙俩怡然自得地吃着蛋糕，尽享天伦之乐。见苏梅在屋里焦灼地转来转去，周非凡便劝她不要和李完美较劲儿。“1+1=11”这种高深的理论对孩子并不适用，不会走，就想飞这种事，只有傻子家长才会这么干。对老公间接承认李完美是傻子这件事苏梅感到很新奇，但也让她的心情从郁闷变得有些开心起来。见苏梅不再执拗，周非凡由衷地劝她以后在公众场合要注意言行，不要让她和李完美“斗孙子”成了家属院的一景，让看景的人笑话。

在苏梅的坚持下，几经努力，钢镚终于转学到了宝宝的幼儿园，并很快适应了新的集体。

午睡期间，孩子们都睡着了，只有新来的钢镚躺在床上睁着两只大眼睛，望着这陌生的环境在想着什么。红红老师巡视过来，在他饱满的额头上轻轻吻了一下，告诉钢镚他是个好孩子,午睡应该闭眼了。受到表扬的钢镚乖巧地点点头,翻身趴在了床上,将头埋进枕头里做出一副马上入睡的样子。

钢镚闭着眼睛,感觉到红红老师带来的一阵淡淡的香气,他希望老师能在他身边多停留会儿,这样伴着这好闻的味道就可以好好地睡觉了。可没过一会儿,那股香气便随着轻柔的脚步声远去,他知道是老师走了。钢镚迅即转过身来,轻声唤着躺在旁边的宝宝。遗憾的是宝宝已经熟睡了,没有对他的呼叫有所回应。钢镚想了想,自己起身下了床,蹑手蹑脚地走向卫生间。

在钢镚看来,这个新幼儿园的卫生间有许多可玩之处。大到洗手的水龙头,小到冲便的拉手,都可以玩得很有意思。他偏着脑袋想了想,想起了上午老师教的一首儿歌:下雨啦哗哗哗,小朋友们踩水花,踩水花,嘻嘻又哈哈……想到踩水花这件事,钢镚便充满了激动。一脚踩下去,水花四溅起来,又帅又勇敢。可惜每次下雨大人们都把自己抱在怀里,就踩过一次水花还被奶奶批评了。今天,他要好好过下踩水花的瘾。

有个小朋友们冲脚丫的水龙头比较低,钢镚毫不犹豫地将它拧开,看着水流了出来,可没积攒下多少,又顺着那个浅池子的下水孔"哗哗"流走了。急得他抓耳挠腮,很是煎熬。突然,他脱下自己的两只袜子,揉在一起堵住了池子里的下水孔。果然,池子里的水渐渐积得多了,钢镚高兴极了,光着脚丫站在水里,又是踩水花,又是撩水花,一个人玩得不亦乐乎。

突然,钢镚停住了,他似乎听见外面传来红红老师说话的声音。坏了,要是老师发现自己没有午睡,一定会批评自己的。钢镚心里一慌,顺着墙边溜出了卫生间,却把水龙头忘记关了。

水龙头"哗哗"地流着,很快便将池子里积满了水。紧接着,水缓缓地从池子的边沿流了出来,在卫生间的地上漫延开来。

当人们发现水淹幼儿宿舍之时,已是下午快要上课之际。那时,从卫生间里漫延出来的水已经将木地板全部淹没,寝室里一片汪洋。孩子们的玩具和童鞋如小船一般漂浮在水面,随着水的流向或自由停泊,或盘旋游弋,一副水上游乐园的感觉。而制造这一景象的始作俑者钢镚小朋友已然进入了梦乡,尽管全身衣衫都是湿漉漉的,却睡得很是香甜。

孙子制造了幼儿园"水漫金山"的宏伟场景,苏梅却在家中梦见钢镚在幼儿园被宝宝打了。正当她心急火燎地欲前往幼儿园问罪时,接到了老师的电话,方知自己宝贝孙子闯祸了。

被急召回家的婷婷知晓了钢镚的"能耐",气不打一处来,拿了个鸡毛掸子追着儿子扬言要给他以教训。钢镚从未见过妈妈如此发怒，一阵惊恐，吓得哭着满屋乱窜，躲避着婷婷的追打。三躲两藏，便躲到了苏梅的身后，在这里他找到了最安全的保护。果然，苏梅拦住婷婷，夺过她手中的鸡毛掸子。

失去了发泄的目标，婷婷气得直跺脚：“气死我了，你以为幼儿园是在你家啊，想干什么，就干什么啊？”

对于钢镚的淘气，周非凡早有领教。可惜在苏梅的袒护下，一直不得对其实行“管教”。日前周小易回家请他仗义帮衬，说吴极已经几次警告了，若钢镚再欺负宝宝，他一定对其实施“修理”。他刚对钢镚说了一句，便被苏梅以“李完美的帮凶”为由驱之一旁。如今孙子闯了祸，苏梅也自觉理亏，此时加以利导正是好时机。针对钢镚怕丢失的心理，他板起脸来指着钢镚喝道：“就是，让你妈一会儿就找人把你卖了，赔人家幼儿园的地板。”

本已停止号啕的钢镚，抱着苏梅的腿再次放声大哭起来。

苏梅将钢镚扶起，望着可怜巴巴的孙子，心里一阵酸楚。她哽咽着，亲吻着孙子的额头，安慰道：“乖，不怕，你妈要卖你就连奶奶一起卖了。”

这话令原本有些发怵的钢镚有了坚强的依靠。他带着哭音叫着“奶奶”，就扑到苏梅怀里，紧紧地搂住了她的脖子。祖孙俩你呼我叫着，哭成一团。

眼看着大好的教育机会溜之大吉，婷婷无奈地看着祖孙俩毫无顾忌地上演着“生离死别”的戏码，只能将无助的眼光投向周非凡，向他谋求支持。

“梅梅，这教育孩子，咱大人们要统一……”

周非凡一句话还没说完，便被苏梅理直气壮地挡了回去。在她看来，此事钢镚固然有不对的地方，但是幼儿园的老师也有逃脱不了的责任。孩子午睡，老师、辅导员们本应有所监管，可一个个都不见了影踪。眼下是钢镚放水淹了地板，若是人贩子溜进了幼儿园，趁机把孩子拐走了，这责任该由谁负？

一场对钢镚的教育演化为对幼儿园的声讨。婷婷情知眼下无法和苏梅沟通，便决定亲自去给幼儿园赔偿损坏的地板。苏梅将她拦住，认为此事不能幼儿园说了算，必须他们先对钢镚赔礼道歉，承认管理失误才可进入下一步的赔偿。

之前婷婷一直认为苏梅是个有教养、明事理的好婆婆，可眼下看她对钢镚水淹幼儿园之事百般狡辩，心里真有了种秀才遇见兵的感觉。她正为难如何劝解，“叮咚”门铃响起，开门一看是亲娘来了。婷婷还没开口，就听见马大玲张口便让大家不能给幼儿园赔地板，其理由竟与苏梅如出一辙，唬得婷婷惊叹不已。谁说这两亲家矛盾不断来着，在对待钢镚的问题上，对外她们永远是坚定的同盟者，随时都能结成摧不垮打不烂的统一战线。

有了马大玲的鼎力支持，苏梅脸上透出了一种反败为胜的轻松。她对翁媳俩宣布，有关赔偿地板的事无须他们插手，由她和亲家母马大玲全权负责。接下来，她们商定的基本方针，俩人一个唱红脸，一个唱白脸，死缠硬赖，能不赔就不赔，能少赔就少赔，实在不行再同意全赔，一定要和幼儿园据理以争，死磕到底。

一见幼儿园的红红老师，按照既定方针，苏梅首先表示出“高风亮节”，表示因为钢镚淘气给幼儿园带来了损失，她代表爷爷家表态，这笔费用一定会由他们全部承担。紧接着，马大玲便代表姥姥家质问，外孙中午不睡觉玩水龙头，幼儿园的老师是否是玩忽职守、有管理不力的责任？

“应、应该有点儿责任吧。”

“什么叫有点儿责任？”马大玲扑到红红老师面前，喝道，“你这当老师的想过没有，如果钢镚不是玩水龙头，而是翻窗子，这会儿我们恐怕就只能在殡仪馆见面了……”

“亲家，没你这样诅咒自己孙子的。”

“怎么能是诅咒呢？”马大玲认真地和苏梅掰扯着，“如果我们钢镚不是翻窗子，而是用铁丝什么的捅电源板板上的那些眼眼，那还是得死翘翘的……”

苏梅不乐意了，拉下脸来喝道：“亲家，你能不能说点儿跟死没有关系的！”

“今天刚好你们家长来了，我还真得说说。”红红老师借机赶紧说道，“钢镚这孩子太好动了，是按钮他都要按，有洞、有窟窿的地方，他都要想办法去捅……”

马大玲一拍巴掌接过话茬，如同遇到知音一样：“红红老师，你说得太对了，钢镚这些毛病都是在他奶奶家给惯下的。”

“什么，在我家惯下的？你没有惯他啊？”苏梅听马大玲当众揭短，一下子急了，向红红老师历数亲家惯孩子的种种行径，如叫父亲“哥们儿”，叫爷爷“老哥们儿”。马大玲反唇相讥，认为这一切都是受了周家大小姐周小容的启发，她可以管父亲叫“老周”，钢镚为何不能管父亲叫“哥们儿”？并坚称有不着调的姑姑，就会有不着调的外甥，这是遗传使然。

对于马大玲乱拳打死老师傅这招，苏梅始料不及，她埋怨亲家来谈钢镚的事情就不应该扯上不沾边的周小容。这话惹恼了马大玲，说周小容又不是金枝玉叶，为何说不得？紧接着她开始历数周小容种种不靠谱的事，口无遮拦地把周小容带婷婷前男友回家，周小易仍蒙在鼓里一事讲与苏梅。

“真的假的？”苏梅大惊，追问道，“婷婷的前男友，是哪个？”

马大玲自知失言，忙把紧了口风，把脑袋摇得像拨浪鼓一般，紧闭嘴唇，任凭苏梅再三逼问，誓不开口。

俩人正焦灼着，幼儿园园长来了。听了红红老师的介绍，她和蔼地问两位家长有何想法。苏梅一心想要马大玲说出婷婷前男友的真相，对钢镚的事早已抛之脑后。马大玲这会儿脑袋特别清楚，她告诉园长，因为老师没有管理钢镚才犯了错误。而恰恰是这个“水淹七军”的小错误避免了更大的错误。她认为，如果钢镚被人贩子拐了，翻墙摔了，被电电了，她就不会这么轻饶老师的，必须让钢镚的姑姑，电视台的著名主持人来曝幼儿园的光！

园长客观地评价了此次因钢镚而导致的错误，批评了红红老师没有尽职尽责的行为。说此事已经园务会讨论过了，地板的损失两家对半开。

不战而胜的消息令马大玲欣喜不已，她已经全然忘了自己惹得苏梅生气一事，急得冲着已然离开的苏梅叫道：“亲家，快回来，园长松口啦！”

一直以为婷婷是个冰清玉洁的女孩子，突然冒出来个前男友，且堂而皇之在儿子的眼皮底下来来往往，还竟然敢登堂入室！苏梅犹如陷身于黑暗之中，看不见的敌人猛兽潜伏在四周虎视眈眈，自己却茫然不知敌情在何方。她急急唤回周小易，勒令他必须问出婷婷的前男友为何人，如此胆大妄为耍弄周家人究竟为哪般？

周小易对婷婷的情感史再清楚不过，记得她曾说过前男友出国深造一去不归，而被周小容带回的男人也屈指可数，会是谁啊？在等待婷婷归来的一个小时里，周小易充满了被欺骗、被抛弃的失意和懊恨，被自己的想象逼得几乎疯狂。

还好，婷婷很坦诚地告诉他，那个前男友是陈子页，并说她曾经几次欲将真情告之，表白自己并无杂念二心。周小易心底放松了许多，悲伤的表情转瞬有了些明朗。从他内心深处是相信婷婷的，她对自己充满母性的迁就和爱怜并不是每一个女孩都能够做到的。尤其是有了钢镚以后，对家庭和孩子的付出，更是一个人人羡慕的好儿媳，好妈妈。可他心里过不了被“欺骗”的这个坎，他要发泄，要惩罚这个深爱着的女人。

“你说没来往就没来往了？”周小易摆出一副大丈夫气势，宣布对婷婷的电脑、手机实行查封，他要通过这件事情树立一个丈夫的威严，同时也洗清加给妻子的不白之冤，给父母家人一个交代。

尽管觉得周小易的行为无聊可笑，细想也可利用此事证明自己的清白，婷婷虽有委屈，但还是交出了自己的手机，期待周小易能早日结束这荒唐的“自查”。

想来这陈子页何其歹毒，将周家姐弟和婷婷三人玩弄于掌股之中。对于婷婷，周小易相信她是无辜的，因为她天性温顺善良，简单如一张白纸。而在大风大浪里行船如履平地的周小容，怎会被陈子页蒙在鼓里？周小易急急约了周小容，要向她披露这潜入周家内部的敌细，商量全歼的办法。

“单女俱乐部”的大灯仅在门厅灿烂闪烁，进到里面，被围成茶座式的小隔断里，只有黯淡的红烛映照着丈许方圆。配之以淡淡的音乐，显然这是一个极富诗意的谈话氛围。

“姐，你们就不能把光线弄亮点儿，搞得跟特务接头似的。”周小易坐在吧椅上转来转去，像是检查似的，很不自在。

还没等周小易切入正题，周小容便直言相告，陈子页早就告知他是婷婷的前男友。而且，去周家之前并不知道那是婷婷的婆家，对周小易和婷婷的关系也毫不知情。她感叹婷婷没有珍惜缘分，失去了一个优秀的恋人。说着，周小容的神情掠过一丝迷乱，随即便镇定下来，冲周小易绽出一个高深莫测的微笑：“咱老爸说得对，人生没有过错，只有错过。这句话放在婷婷和陈子页的身上实在是再恰当不过了。”

“什么过错、错过，我是不是成了强占民女的恶霸了？”周小易的声音里充满愤懑，“老姐，你想想，我老婆和她的初恋男友很有可能勾搭上了……”

“不要胡说。”瞬间，周小容脸上的线条失去了柔和，“你有证据吗？”

周小易可怜兮兮地说：“有证据，我还用来找你吗？”

“我唯一可以告诉你的就是，你怀疑的那个人已经出国五年多了。”周小容明亮的双眸又变得飘忽迷离了，“陈子页是一个有味道的男人。如果他没有出国，兴许我们之间也就没故事了。”

周小易一个激灵，浑身的汗毛都竖了起来：“什么故事，难道你要让他成为我的姐夫不成？”

“我说过，我只谈恋爱，不结婚。”周小容的手指优雅地托着酒杯，目光盈盈地笑看着周小易，大大方方地说，“我没有丈夫，但不等于我没有男人。”

“太可怕了。”周小易虽很前卫，但对周小容的“爱情经”还是有些读不大懂。他突然有种预感，不禁一阵心慌，坚定地迎着她的眼神，一本正经劝道，“姐，你要时时刻刻想着陈子页曾经是婷婷的初恋情人，千万不能和他产生一丁点儿关系。”

“与你无缘的人，与他离得再近也是枉然。与你有缘的人，他只要在这个世界存在着，就能感应你所有的感觉。那种近，有着温暖而真实的感觉。”周小容梦游一般说着，突然朝周小易不置可否地一笑，“嘁，我喜欢做的事情跟婷婷有关系吗？”

处理“水淹地板”事件后，在家人的谆谆教导下，钢镚在幼儿园安宁了些日子，有了不少长进。

这天从幼儿园回来，在与孩子有一搭没一搭的“聊天”中，苏梅得知幼儿园开始排《孙悟空三打白骨精》了，钢镚在里面扮演猪八戒，而宝宝扮演的则是他最喜欢的孙悟空。对红红老师的这种安排她非常不满，在她看来，钢镚脑袋聪明伶俐，模样眉清目秀，演不了孙悟空，演个唐僧也还凑合，但让孩子去演猪八戒，却实实有借角色分派打击报复之嫌。她希望周非凡能在送孩子时和老师据理以谈，怎料他不仅不应承此事，还对苏梅说了一番“心若计较处处有怨言，心若放宽时时是祥和”的话，列举了猪八戒诸多可爱的事项，让苏梅不要为此劳神。一怒之下，苏梅决定亲自前往。

说到做到。苏梅不仅找了红红老师，而且还找了幼儿园园长，不知用了什么法子，竟然让钢镚和宝宝角色互换，真的扮上了孙悟空！

这事惹恼了李完美，她冲到幼儿园，对红红老师一顿猛批，称自己当年是艺盖群芳的女一号，说到人类最宝贵的DNA遗传，直言宝宝别说演个孙悟空，就是如来佛也是屈才了。她怀疑红红老师得了苏梅的好处，当得知这事是园长决定的时候，李完美印证了自己的猜想，换角一事定有黑幕！她宣称，若不及时把角色换过来，定向全体幼儿家长揭发内情。

面对如此难缠的家长，红红老师左右为难，只恨没有那么多的孙悟空来满足各位家长的意愿。一怒之下，她决定，钢镚和宝宝不参加这次演出了，孙悟空改由其他小朋友扮演。

钢镚刚发到手的金箍棒又给没收了。回到姥姥家，他哭闹着要继续扮演孙悟空。无奈，王满堂给他买了个“金箍棒”，钢镚却嫌没有猪八戒和唐僧相伴，无法完成西天取经之大任。急得马大玲决定由王满堂扮演唐僧，自己当猪八戒来满足外孙的愿望。钢镚对于姥姥的建议非常不满，直斥猪八戒没有这么老，而且是长“鸡鸡”的。他央求勇敢的姥姥到幼儿园里找红红老师，自己太喜欢孙悟空了。

马大玲毫不犹豫地答应了外孙的请求，承诺一定找到红红老师，将“孙悟空”夺回来。钢镚兴奋至极，挥舞着金箍棒从沙发上跳下来，在地上翻滚着，翻着奇形怪状的跟头以示庆贺。

看到外孙欣喜若狂的样子，王满堂忧心忡忡。他认为苏梅已经再次找了幼儿园，人家老师没给面子。若因为演个节目得罪了红红老师，将来钢镚定会不断有小鞋穿。马大玲哀叹人家小朋友都化了妆，神气地上台演出，钢镚可怜巴巴地坐在台下观看，定会伤及孩子的自尊心。她觉得应该给红红老师送点儿礼。现官不如现管，人家现在管着钢镚，钢镚又不断地给幼儿园添麻烦，只有将红红老师“贿赂”好了，钢镚才会有好日子过。

对老妻送礼的提议，王满堂拍手叫好。但具体到送礼内容，却犯了难。给红红老师送礼，烟酒自然不需要，送化妆品吧，想必送礼的人都能想到给女老师送化妆品这招。茶叶过季就是草，点心过夜是毒药……无计可施，马大玲随口一句“总不能提上一吊子猪肉吧”令王满堂开怀大笑，连声称好。他认为如今肉价疯涨，送肉肯定是个很好的选择，谁能不吃肉啊？他认为各种肉及肉制品肯定有人送了，不如送个猪头，冷门且有面子，红红老师的男朋友是幼儿园的厨师长，肯定会喜欢。

无端被丈夫一顿冤枉，在苏梅的冷眼下，婷婷匆匆离开婆家，去幼儿园接钢镚。路上，她借助手机屏幕看了看自己的容颜，仅闷了这一肚子气，便令原本明媚的容颜戴上了一层灰色的面罩。她急忙走进附近的快餐店，拿出小化妆包在卫生间里对着镜子补了妆。她不希望让儿子看到自己“衰”的一面，愿意为他展现一个青春靓丽的好妈妈。果然，钢镚并没有看出婷婷的不爽，他拿着金箍棒一路兴致勃勃地“哼哼哈哈”喊个没停，并不时让婷婷扮演白骨精、蜘蛛精等一干妖精，被自己“擒获”。

和儿子疯闹了一路，婷婷满心欢喜，早已将不快扔到脑后。待回到家门口拿出钥匙开门时，却看见门上端正地贴着一张字条，凑过去一看，上书“你必须向我道歉！”几个狗扒小字，落款是“钢镚他爸”。婷婷嘴角牵动了一下，胸腔里迸出“哼”的一声，毫不犹豫地将字条撕碎，顺手一撒做了天女散花。

“妈妈，谁给咱家贴的条子啊？”

“神经病。”婷婷说着，兀自开门进去，就在她关门的一瞬间，发现门后又贴着一张字条，仍是那熟悉的字体：“不道歉也可以，给我把皮鞋擦亮就行。”这字条如强力弹簧，将婷婷从门边弹向了玄关鞋凳上，她冲门外虚拟的周小易啐了一口：“我呸，给你擦个屁！”随后招呼钢镚给自己拿鞋来换，她要好好享受一下被儿子照顾的滋味。接过钢镚递来的拖鞋，刚要穿时却发现拖鞋里还塞着一张字条。拿出来一看，纸条上画了个时尚女子，嘴里吐出几个字：我呸，给你擦个屁！

知我者，周小易也！对丈夫这种另类的道歉方式婷婷哭笑不得。她知道，按照周小易的路数，屋里定会暗藏着若干字条，以各种方式向她发起“进攻”。在夫妻相处过程中，蕴含了无尽的“战机”“战场”和“战果”。抓住“战机”便可占据有利位置；统治“战场”，就有可能扩大“战果”；有了“战果”，便毫无疑问地在家庭里占据了主动权。

果然，在给钢镚倒水时，压在晾水瓶底下有张字条：“如果你不知道该怎样向我道歉的话，书桌上有提示。”婷婷来了兴趣，三步并作两步来到书房，果然看见桌上摆着半张纸，上面画着一个男人跪在硕大的搓衣板上，旁边的女人脸上流着大颗的泪水。在纸的上方，类似云彩的文字框里写着：请你再看看纸的背面。翻过背面，一行醒目的彩色字映入眼帘：“做女人，每个月都有几天心烦的日子。”

婷婷忍俊不禁,“咯咯”大笑起来。惹得钢镚拽着她追问笑的原因,当知道是因为爸爸跪搓板的升级换代品暖气片时,他兴奋得纵情欢呼,号称自己也要跪暖气片,惹得婷婷搂着儿子笑得前仰后合,半晌无法直起腰来。笑声中,她已经原谅了周小易的唐突,但仍想借题发挥,好好给这个爱胡思乱想的丈夫一顿教训。

入夜,周小易照例在电脑前要忙碌一阵儿。婷婷洗浴完毕,给自己换上了一件鹅黄真丝睡袍,在颈部和腕部喷了最爱的“毒药”。想着近距离的短兵相接不能对面部浓墨重彩,她将睫毛夹在睫毛上多做停留,并未涂抹睫毛膏却依然翻翘诱惑。眉毛也不描了,用刷子在眉笔上沾了颜色,轻轻顺着眉形刷了过去,便有了“远看山有色,近听水无声”的意境。她看看镜中温婉可人的自己,嫣然一笑,眼底就有了水一样很润泽的东西充溢在深处。婷婷的脸颊泛起隐隐桃红,计划开始了,她要好好把握。

假寝的婷婷,摆了个自觉很具诱惑力的姿势。她侧身卧在床上,瀑布似的长发看似随意却精心地散平,发丝掠过精致的面颊,在胸前弯成一道弧线,将丰满而白皙的酥胸变得神秘而充满诱惑。纤纤玉臂一只垫在头下,另一只随意搭在腹前,两只染有红冠的脚丫一伸一屈,很好地勾勒出姣好的身体曲线。

果然,周小易进了卧室,很快目光便开始散乱地在婷婷身体上游移了。紧接着,他的身体也仿佛遭遇千钧之力似的站立不稳,径直向床边倾斜下去,伸出手去欲抚摸娇妻如花的面庞。婷婷的身体突然显示出了拒人千里之外的僵硬,微微睁开双眸,睨了他一眼,那眼神里传递出来的信息分明是:请你自重,离我远点儿。

周小易最受不了的就是婷婷的这种眼神。她可以哭,可以闹,但不可以这样沉默着,用能杀死人的目光和你交流。据书上传授的经验,若女人不向你倾诉了,不在你面前哭了,那就是她对你绝望了。周小易心里打了个冷战,他索性打开房间大灯,让温和的光从天花板上洒下,落在他们的脸上、身上,也照亮了屋子的每一个角落。洒在婷婷头发上的光是那样梦幻艳丽,仿佛要把她的每根发丝都揉成温暖的一团似的。婷婷往里边挪了挪身子,身体舒缓了许多。

“怎么,想让我睡沙发啊?那都是咱爸咱妈才干的事。”周小易受到了鼓舞,嬉笑靠了过去,撩拨着她的发梢:“哎,怎么还记仇呢?天上下雨地下流,小两口没有隔夜仇。来,我今天刚学了一个新式吻,来,‘奔儿’一个。”

婷婷心中暗喜,嘴上却怒嗔丈夫没皮没脸不知羞臊。周小易大言不惭地承认自己在妻子面前早将脸皮丢到九霄云外:“谁见过我‘情窦盛开’时的可爱面目?只有你呀我的妻!”

“滚开,你不是去调查陈子页了吗?”婷婷起身,带着一阵风,裹挟着温润的体香从周小易身边掠过。她抱膝坐在床的中央，盯着周小易送上的眼神，狠狠地咬住他的目光："把我狼狈为奸的证据拿出来。"

周小易将已经温柔的目光变得冷峻了一些，一本正经地说自己已经和陈子页联系过了，约好明天三对面把事情说清楚。他是想用这个话来诈一下婷婷，如她内心有鬼，一定会寻找理由拒绝和陈子页见面。怎料婷婷立马接过话头，追问具体时间，马上要给单位领导请假。还说不仅自己要去，还要请公公、婆婆、周小容一起前去见证，还自己一个清白。这个态度，无疑间接证明了她和陈子页之间"西线无战事"，令周小易心中一阵暗喜。他侧身挤到婷婷身边，双手一环，将半推半就的婷婷抱在怀里，腾出手来抚摸着她的脸和头发，讪讪地说自己宰相肚里能撑船，同时也绝对相信婷婷是百分百的良家妇女，断然不会做出格的事，要和她重归于好。

丈夫的鼻息正拂在头发上，发丝随着温柔的气息微微波动起伏着。婷婷心底一暖，不再坚持欲擒故纵的小把戏，顺着自己情感的潮汐，"嘤嘤"地哭了起来。只有她自己知道，这哭声中有委屈也有幸福。

"老婆，我错了，我不该给老婆戴绿帽子。不对，是给我自己戴绿帽子。请允许我悔过自新，今天我去了很多杂货店，但都没有买到搓衣板，我决定与时俱进，跪高科技的搓衣板。"周小易说着溜下床去，从墙角的纸袋子里拿出个早已准备好的电脑键盘。他夸张地挤出可怜巴巴的眼神，将电脑键盘放到地上，缓缓脱下睡裤，光着双腿跪了上去。

对突然出现在周小易手中的电脑键盘，婷婷正大惑不解，见有如此妙用，不禁破涕为笑。

周小易一副忠贞不渝的神情，言之凿凿地表示："老婆，你什么时候'奔儿'我，我就什么时候起来，你要是一辈子不'奔儿'我，我就一辈子不起来。我决定了，就给你当个犯罪男人的雕塑。"

婷婷目不转睛地看着自己的丈夫，二人的目光紧紧纠缠了一会儿，彼此都败下阵来，心照不宣地笑了。

这一夜自然是风调雨顺，琴瑟相和。

如今的超市买东西可真是方便，尤其是鱼肉食品。精细的再加工可以将一副骨头分割成腔骨、排骨、扇骨、尾骨、肋排、小排不下十余种；其肉更是不厌其烦地加工成肉片、肉段、肉块、肉丝及一切可以想起的形状。而唯独想买一个猪头却是难上加难。

王满堂将修车铺关了一整天，骑着自行车跑了 20 里，才在近郊的一个屠宰场买到了寻觅已久的猪头。拎着"滴答滴答"流着血水的猪头，他和马大玲踏上了送礼的行程。

不知是因为猪头的缘故还是什么，一路上王满堂总觉得人们的目光追着他们，貌似都在打探送礼的原因和对象。好容易找到了红红老师所在的小区，爬上七层高楼，却看见李完美拎着两箱高档牛奶站在门口，正在和红红老师交谈。马大玲赶紧从王满堂手里接过猪头双手捧上，表白自己打听到钢镚的“准师爹”是个厨师，特意找来猪头诚意奉上。对于几位家长送上门的礼物，红红老师都予以婉拒。李完美悻悻离去，临走时不无“好心”地奉劝红红老师收下钢镚姥姥的特殊礼物，以实践吃啥补啥的传统。

礼物没送出去，马大玲垂头丧气地拎着猪头，王满堂亦步亦趋地跟在身后走出了楼道。他们琢磨，红红老师突然生气、闭门谢客原因何在？很有可能是误解了他们，让钢镚演猪八戒，家长就送猪头骂人家。如果真是如此，钢镚不光节目演不了，以后还会被老师给小鞋穿。想到此，他们决定重返楼上，给红红老师道歉，解释清楚送猪头绝无骂她的意思，只代表了他们的一腔真情。

其实，红红老师拒绝几位家长的礼物，确实是因为幼儿园里有规定，师德、园规的约束，并非不解人情。更重要的一个原因是，她和男友正在紧锣密鼓地装扮新房，准备近期结婚。送走家长们，她急忙回到屋子，看见男友已经将大红喜字端正贴好，正站在远处欣赏着。红红老师上前，亲昵地给男友拿去沾在头上的红色纸屑。情之所至，男友顺势抱着她，俩人凝视着亲吻在一起……突然屋外传过来一阵敲门声，沉浸在爱河里的红红老师恋恋不舍地离开男友，无奈地去打开房门。

马大玲和王满堂端端正正地站在门口，满脸堆着谦卑的笑，向她解释说，一定不能中了李完美的奸计，送猪头绝无骂她“猪头”的意思，只是单纯地想给老师平日收礼多，送点儿独特的礼物好给她留下深刻印象。红红老师忙向两位老人解释，自己绝没误会他们，不收家长礼物是自己的做人准则。她说钢镚还在家里等待大人照顾，自己也有事。说了声“对不起，拜拜”，红红老师又急急关了屋门。

被拒之门外的马大玲和王满堂一前一后下了楼梯。马大玲抱怨王满堂说话有误，说人家老师收礼多，明显就是打人家的脸。以后钢镚定会受到打击报复，在幼儿园里怕只剩下整天坐痰盂了。王满堂辩解自己真无丝毫诋毁老师的意思，为了不产生误解，他还得上楼去再解释一番。

当王满堂拖着疲惫的双腿气喘吁吁地站在红红老师家门前时，殊不知屋里的两位年轻人已经干柴烈火般地缠绵在了一起。被扰了好事的红红老师匆忙整理了衣衫开门迎客，当看到站在门口的还是钢镚姥爷时，不禁连声叫苦。尤其是听到老人家解释他并不是说老师受贿并请老师开恩别处罚他的好孙子钢镚小朋友时，不禁哭笑不得。唉，这是哪儿跟哪儿呀。孩子送到幼儿园，老师拿工资履行自己的职责,爱护孩子是分内的事,为什么一定要送礼才会对孩子多加照顾呢?红红老师哭笑不得,再三承诺自己一定不惩罚钢镚,进幼儿园就表扬钢镚,王满堂这才不情愿地离开。

红红老师向男友连连道歉,说之后绝对再不开门迎接幼儿家长,并为已经深受"打击"的男友解开衬衣扣子,主动温存示好。渐渐地,她觉得男友的身体不再是僵硬如板时,便仰起面庞,幸福地闭上眼睛。突然,她如同从云端跌入低谷,男友将她推至一旁,惊恐地睁着眼睛,死死地盯住门的方向,怔在那里一动不动。顺着他的手指望去,房门下的缝隙里,缕缕血水由外至里漫延进来……

小心翼翼地过去,怯怯地将门打开,一个血淋淋的牛头兀然出现在面前。红红老师吓得惊叫连连,踉跄着后退几步,跌入木然发呆的男友怀中。

李完美笑靥如花,拎着牛头跟了进来:"红红老师,这牛头是坊上刚宰杀的,阿訇念过经的,比钢镚她姥姥在屠宰场买的档次高多了。"

红红老师连连告饶:"求求、求求各位阿姨,你们不要再骚扰我了。我、我让钢镚和宝宝都参加《西游记》节目的演出,总该行了吧。"

李完美认真地说:"我的牛头只管我家宝宝,可不管钢镚的噢。"

在男友的参谋下,红红老师在幼儿园里宣布了一个决定。她要求小朋友们不许将自己在节目中扮演的角色告诉家长,如果被发现了,一律取消上节目的资格。对老师的话小朋友们自然是言听计从,一直到幼儿园汇报演出正式表演的那天,任凭奶奶、姥姥们威逼利诱,担心被从演出队伍中除名的孩子们一个个守口如瓶,惹得家长们对演出充满了期待。

苏梅坐在最前排,她拿了周非凡最高档的一台照相机,要亲自掌镜,为钢镚拍下他人生扮演的第一个角色"孙悟空"。紧挨着的马大玲拿着印有钢镚头像的标语牌,攒足了劲儿要为他摇旗呐喊。李完美也占据了有利地形,她坐在苏梅的身后,准备了响铃和塑料巴掌,打算宝宝一上台便给他制造声响,来个"碰头彩"。孩子们尚未出现,家长们之间的争斗已是剑拔弩张,火药味甚浓。

终于盼到钢镚、宝宝他们班登场了,马大玲让苏梅再一次检查装备,以防万一,自己则狠狠地清了清嗓子,准备给钢镚叫好。李完美碰碰身边的家长,向她炫耀自己的外孙将扮演"孙悟空"。当知道对方的孙女将扮演"白骨精"时,乐得前仰后合,言称一会儿宝宝大战"白骨精",一定有好戏看。

演出开始了,"孙悟空"还没出场,"白骨精"率先露面,长裙拖地的"白骨精"挎着篮子,绕场跑着小碎步。听见现场观众们嚷嚷这"白骨精"是男孩扮演,李完美定睛一看,原来扮演者是自家的宝宝,不禁大吃一惊,情不自禁地站了起来。苏梅此时也认出了宝宝,她心中暗喜,故意大声和马大玲交流着,表扬这男版“白骨精”如何妖娆。话音未落,钢镚头上戴着“牛魔王”的头饰,手拿一根“狼牙棒”,一步三晃地上台开始了“巡山”。李完美尖叫一声,高兴地站到了凳子上,拍手叫好。

“狗老师,敢耍我。”马大玲恨得咬牙切齿,拍着手中的广告牌,四处寻找红红老师的身影。苏梅让她息事宁人,认为钢镚扮演的“牛魔王”起码还是个男的,宝宝男扮女装演“白骨精”比钢镚不知要倒霉多少。

和苏梅的想法相同,钢镚认为自己扮演的“牛魔王”要比宝宝扮演的“白骨精”厉害,一下台俩人便为此争吵不休。一个挥着“狼牙棒”尽显英武,一个抡着小竹篮毫不退缩。钢镚的嗓门不及宝宝,吵不过了便举起“狼牙棒”向宝宝头上打去。一场台上的《孙悟空三打白骨精》终于演变成台下的“牛魔王痛打白骨精”。

钢镚这个祸闯得不小,宝宝被紧急送往医院,脑门上缝了三针,要留院观察两个小时才能离开。

要说婷婷和李小爱是闺蜜,俩孩子又是同日所生,应该亲密无间才是。怎奈这小哥俩就是一对小冤家,几天不闹出点儿风波貌似都过不去日子。知道钢镚又当了“胜利者”,婷婷慌忙买了果篮前去给宝宝道歉。李小爱认为她小题大做,孩子们打打闹闹是常事,若如此便显生分了。婷婷很是感动地拍拍闺蜜,认为礼节还是应该有的,她要给李完美道歉,以免让爱孙如己的她心里结下疙瘩。

得知婷婷的道歉只代表她自己,并不是苏梅让她来的,李完美有些失望。语调怪怪地“表扬”婷婷挺会来事儿,不愧是苏梅苏科长的儿媳。

“妈,有理还不打上门客呢。”李小爱责怨着母亲,回头热情地说,“婷婷,走,去我屋,新面膜到了,我正要给你呢。”

李完美郑重地告诫女儿,她可以和婷婷亲如姐妹,如同自己和周非凡彼此挂牵一样,但两个孩子却是另外一回事。她愤愤不平地抱怨宝宝原来演的是“孙悟空”,让马大玲一搅,变成了“唐僧”;紧接着又让苏梅一搅和又成了“白骨精”。如果宝宝不演“白骨精”,断然不会发生这起严重的“伤害事件”。她明天就要去幼儿园抗议,如果不处理钢镚这个“行凶者”,就生命不息,上访不止。

如此强硬的态度,确实出乎婷婷和李小爱的预料,往日里总是能平和接受一切的婷婷也着急了,她表示只要李完美不去幼儿园抗议,她会带着钢镚亲自来给宝宝道歉。万一钢镚再次被幼儿园当了典型,只怕会给孩子幼小的心灵蒙上阴影。

李完美要的就是婷婷的这种担心。她直言看在周非凡的面子上,不会过于为难钢镚。眼下,宝宝因为扮演“白骨精”身体和心灵受到了双重伤害,要拯救他只有一个办法,那就是让宝宝体会一次当唐僧的滋味。为了配合宝宝康复,钢镚必须当一回“白龙马”，让宝宝骑上在院子里转悠两圈。

“妈，你过分了。”李小爱忍无可忍，她觉得小孩子打架本是常事，大人掺和进来将事情搞得如此复杂，实在给孩子做不了榜样。婷婷拦住李小爱，让她不要和母亲争执。稍作停顿，她说只要李完美不去幼儿园告状，自己同意让钢镚当“白龙马”。

十四

自从婷婷和儿子相识以来，苏梅一直都要求自己做个好婆婆。在她看来，对待儿媳既不能像对待女儿那般无语不谈，喜怒自在，也不可如焦仲卿之母一般挑三拣四、吆五喝六。保持中立、客观的态度，既不刻意亲昵，更不无端生事，这样一个家才能保持稳定和谐。

此刻，因为婷婷自作主张让钢镚给宝宝当马骑的事，已经被李完美用手机拍成了照片，在院子里四处炫耀，搞得人人皆知，令一向注重形象的苏梅无法忍受。她要婷婷对此事做出解释。婷婷坦言担心李完美再去幼儿园对钢镚进行打击，但对她将照片公之于众之事也感到难以接受。有了儿媳的态度，苏梅好受了一点儿。她坦言自己无法咽下这口恶气，李完美一辈子与她为敌没事，但如若胆敢对孙子有什么想法，她定当以恶制恶。具体的办法就是让宝宝当“马”，让钢镚再骑上一回。

对于婆婆这个“高招”婷婷啼笑皆非，但她看苏梅的神情又不像开玩笑，只得点头附和着她的说法，表示赞同。心底里，她对婆婆这种损人不利己的护犊子方法大不以为然，心想要急速找到周家父子加以阻挠。

没等婷婷商量出一个对策，苏梅已经在幼儿园里将自己的设想变为了现实，宝宝在非常情愿的情况下，给钢镚当了一次“马”。两个小家伙意犹未尽地在地上滚成一团，如不是苏梅及时阻止，钢镚还要变换角色，再做一次“马”，驮着宝宝四下转悠，想将他摔下来就屁股一撅，神气极了。

知道宝宝被人骑了，李完美恼怒异常。她找到红红老师，劈头盖脸便是一顿数落。并将“抗议书”正式上交，铁了心要幼儿园处理钢镚，不达目的，决不罢休！

周非凡去幼儿园接孙子，被请进了幼儿园园长的办公室。这位前任文化局局长被 30 岁刚过的幼师硕士生一番教育，这才知道钢镚因为淘气，已经成了班里的“孩子王”。幼儿园准备将他作为淘气儿童个例加以研究，实施一些必要的教育管理措施，希望家长能全力配合。

在家人眼中活泼可爱，仅仅是有点儿小淘气的钢镚竟然成了幼儿园重点帮教的对象！这事情的发展委实超出了周非凡的想象。走出园长办公室，他便给苏梅打了电话，让全体和钢镚有关的人都到家里召开紧急会议，制定应急措施。

听完介绍，众人对幼儿园的态度表现不一。婷婷觉得钢镚确实应该重点教育，王满堂主张邀请李完美和幼儿园在一起开个“三方论坛”化解矛盾，周小易想得更简单，他说三十六计走为上，既然此处不待见儿子，不如换个幼儿园一走了之。

“你这是做父亲说的话吗？”周非凡早就对儿子“放牧式教育法”有所不满，听他如此不负责任，便借机教训道，“孩子有了错误，不是想着怎么教育，而是想着逃避，下一次再犯这样的错怎么办？再转幼儿园，全市的幼儿园都是给你家开的啊？”

“爸说得对。”婷婷坚定地站在周非凡一边，“钢镚现在确实是无法无天了，骑宝宝的事咱先搁一边，但是把宝宝的头打烂，这总是事实吧。再这样下去，不定还得闯出什么祸来。咱们已经说了他不下一百次了，他依然是我行我素，这次就让幼儿园严肃处理，触及他的灵魂。”

“婷婷，你这是在说钢镚呢，还是说现行反革命呢？”半晌没有说话的苏梅开腔了，她冷冷地说，“一个不到四岁的孩子，你要触及什么灵魂？钢镚现在任由幼儿园肆意妄为，感受着人间的冷漠、世人的指责、承受一个坏孩子的精神压力！”

苏梅如此一说，不仅婷婷和周小易不敢再言语，就是马大玲和王满堂也觉得她讲得很有道理，频频点头予以支持。

眼瞅着苏梅就要把控全局了，周非凡忙开了腔：“我说两句。第一，钢镚在幼儿园打了宝宝，这是严重的错误，必须进行教育。第二，我想问问，是谁教钢镚在幼儿园把宝宝当‘马’骑的？”话音未落，苏梅和马大玲同时举手，异口同声说“我”。周非凡不仅乐了，不无揶揄道：“瞧瞧，谁说我们两亲家不和谐？这一到关键时候，都能挺身而出，见义勇为。”他告诉大家，园长不光要在幼儿园里对钢镚实施重点教育，还要让钢镚亲自给宝宝及他的家长当面道歉。

听周非凡这么一说，苏梅和马大玲立刻表示这是对孩子心灵的一种摧残，绝不能允许其发生。周非凡随着她们的意思说，既然你们不愿让钢镚的心灵留下阴影，不能背下坏孩子的沉重包袱，那么解铃还须系铃人，此事还非得二位亲自出马不可。因为李完美给幼儿园递交了抗议书，提了五大条件，说不获全胜，决不收兵。

又是一番争执，大家终于统一了思想。钢镚打人确实不对，后来在家长的唆使下将宝宝当“马”骑也有不妥的地方。苏梅亲自去找李完美道歉，周小易和婷婷分别找吴极、李小爱相商，请他们从中斡旋，早日从幼儿园撤回抗议书。

又一次登上李完美家的大门，距上次来这里给钢镚找奶吃，已经过去了三年有余。对苏梅来讲，如果不是因为钢镚，她宁可一辈子都不登李完美的家门。在爱情上，苏梅是个胜利者，但不知为何，面对李完美她总有一种不可言说的不自在，尤其在这狭小的空间里，这种不自在被无限地放大，令人局促不安。

苏梅站在门口，做出一副随时拔腿走人的姿态，轻描淡写地说："我孙子不对，不该打你家宝宝，还把他当马骑。"

"苏梅同志，你是代表你自己道歉来了，还是替你孙子给我道歉来了？可我听着你这话里怎么有点儿不真诚呢？"李完美拎了个扇子在屋里晃悠着，不时地展开收起，收起展开，"让你骂自己王八蛋吧，有点儿过分。这样吧，你就说一句你不是东西好了。"

"你不是东西。"

"你骂我。"

"这不是你让我说的吗？"

"苏梅，你少给我玩这一套。"李完美被激怒了，"想让我撤了抗议书，门儿都没有。请你在我眼前立即消失。"

"我要是消失了，你一人在屋气得心脏病发作怎么办？"苏梅想想，如此境地下，还是以孙子为重，委曲求全吧。她放软了语调，深深地出了一口气，"这样吧，我不是东西，成了吧？"

李完美笑了，她坐回沙发轻松地摇着扇子："苏梅同志，这是30年来，我听到你说得最好听的一句话。"

"该骂的都骂了，你也该撤了你的抗议书了吧？"

听到苏梅提出的条件，李完美觉得仅仅她一个人的道歉要换取撤销抗议书，自己会得不偿失。她起身走到一个古色古香的柜子前，拿出一面印着黄色圆圈的白旗，袅袅走到窗前，煞有介事地挥舞着白旗，对着远方念念有词。直看得苏梅笑也不是，恼也不是，只能等她将葫芦揭开才知道卖的什么药。

少顷，李完美收起白旗，神情肃穆地转过身来。她告诉苏梅，"爷"说了，要想让她撤回抗议书，必须满足两个条件。一是让钢镚的爷爷周非凡亲自道歉；二是写一份忏悔书，签上你们全家的大名，贴在家属院门口向大家公示一个月。

望着故弄玄虚的李完美，苏梅明知这是一场闹剧，可为了孙子还得让她酣畅地过把戏瘾演完了之。当这两个条件摆在她面前时，她认为李完美这戏演得有些过了，简直欺人太甚。看出了苏梅的不满，李完美也不强求她马上回答，并热情地让她回去和周老大商量，因为她心里有谱，在孙子和道歉之中，他们一定会选择后者。这场较量她赢定了。

周小易摆下了鸿门宴，专门宴请铁哥们儿吴极。要说他俩在一起吃吃喝喝这事，一周没有七八次也有三五回，可这么正式地“请”，在吴极的记忆里尚无先例。

八菜一汤，周小易设宴“伯仲轩”酒楼，点了吴极最喜欢的麻辣狗肺做主菜，并佐以从周非凡处“借”来的一瓶五粮液。酒过三巡，周小易长吁短叹，掏心掏肺地检讨了一番对钢镚的教育缺失，让吴极择机将钢镚“修理”一顿，以报他时常欺负宝宝之恨。同时，周小易撺掇好友，让他冒充受丈母娘委托，去幼儿园将“抗议书”撤回，以解大家的后顾之忧。

孩子之间的打闹在吴极看来打得头破血流都不是个问题，但牵扯到丈母娘的话，即使破了个针尖大的小口，也会被理解为天大的窟窿。他连声拒绝周小易的建议，说万事皆可，此事不行。若非去取也行，周小易得给他先找好新的丈母娘。

眼看自己的计划就要落空，周小易抛出了“撒手锏”。他道出自己早已知晓吴极有个神秘女友，网名“流泪的红蜡烛”。称若心情不好，便会将此人透露给婷婷，让婷婷转告李小爱，让李小爱重新审视她的丈夫，看他是多么地有女人缘。

对于损友如此要挟自己，吴极自是进退两难。他一反被宴请时的倨傲，喋喋不休地开始“贬低”自己，声称他根本不是丈母娘的对手，李完美强势至极，在家里绝对的女一号，管女婿就和管孙子一样，睡觉都得睁着一只眼睛防备她那些古怪招数。若依了周小易撤回抗议书，只怕他这个“叛徒”的下场连甫志高都不如。反过来，李小爱若知道自己有了外心，定会施以铁腕，家庭能否保得住也要看运气了。

“瞧你那点儿出息。”周小易一副无辜的神情，“那我只好把那个‘流泪的红蜡烛’交给婷婷处理了。我没办法呀，我给我老娘是立下军令状的，摆不平你丈母娘，我无颜见江东父老啊。”

“你见江东父老，就把我往虎口里扔啊！”吴极觑起了眼睛，凑过去低声交了底，“咱俩狼狈为奸多少年了，这点儿小事，联手想点儿小圈套应该能解决。”

周小易笑了：“看在李完美是狼、你是羊的分儿上，我还有一个备份方案。”

吴极也笑了：“我就知道你一定有解决问题的智慧。”

周小易从包里拿出一瓶红药水和医用纱布，放在了桌上。望着吴极惊讶的目光，如此这般，细细道来。

老一辈结了疙瘩梁子，令小一辈倍感为难。在对待母亲的态度上，李小爱总是不肯过分用强。因为在她看来，李完美孤身一人将她抚养大，吃的苦受的累够自己用一生去回报。但母亲又是个永远生活在“自我”里的人，偏执而随性，很少顾及他人的感受。在和她交流时，李小爱尽量尊重她的意愿，又要兼顾公正、合理的想法。心一软，说话办事也就难免犹豫左右。

处理这次“抗议书”一事，即便婷婷没和自己说起，她也不能让母亲由着性子折腾。思来想去,李小爱将一个信封放到李完美面前,说苏梅拒绝了她的要求,让婷婷转交了2000块钱,说是给宝宝的专项营养费。李完美嗑着瓜子在看电视,眼睛都不离屏幕便判断出这是女儿当了“内奸”。苏梅是何许人也,茅坑里的石头又臭又硬,怎么可能向她李完美低头认错?谎言被戳穿,李小爱只好从实招来。她央求母亲冤家宜解不宜结,得饶人处且饶人。不要再为了孩子伤了两家大人们的感情。因为她和婷婷两对小夫妻是多年的好友,这样下去只会让她们更加为难。

李完美瞥了眼墙上挂着的剧照,梦幻般地向女儿讲起自己红为一方“名角”的辉煌生涯。她说年轻的自己吸引了无数官员、才子拜倒在脚下,只为博得红颜一笑。而自己却将一腔真情错托他人,让苏梅钻空子、使手段,“抢”走了心上人,从而导致了无法挽回的婚姻悲剧,让母女俩过着悲惨的日子。看着别人家的孩子都有爷爷,可宝宝却没有,心碎之余,只能恨苏梅,因为这一切都是苏梅酿成的恶果。

见母亲沉浸在自己编织的故事里无法自拔,李小爱决心要将此捅破。她直言曾问过周小易,得知周父当年和母亲仅是上下级关系,没有任何情感纠葛。她希望母亲不要再陷在莫须有的感情旋涡之中,别老了弄出个什么“门”来,让人笑话。正沉浸在自怨自艾中的李完美一抹眼泪,厉斥女儿胆大妄为,告诫她自己什么“门”都不会有,倒是李小爱和婷婷整天黏在一起,不小心弄出个“同性恋门”,到时叫宝宝、钢镚他们无脸见人。眼见着母亲又开始胡搅蛮缠,李小爱本想立马离去,可看着她脸挂泪水,悲悲戚戚的样子又于心不忍,只好坐在一旁,给自己倒了杯白水,大口大口地喝了起来,以平息心中的怨责。

一阵钥匙开门声传来,吴极人还未见,声音便传了进来:“大快人心事,你们快看看我手机上的照片。”见屋里的两个人都板着脸分坐两旁,知道这娘儿俩又闹别扭了,便径直走到李完美身边,喜滋滋地说:“妈,我这手机上的照片您看了绝对叫好,吃嘛嘛香。”

照片上,周小易头缠满是血渍的绷带,痛苦地坐在板凳上,一副颓样。

李小爱一惊:“这是怎么回事?”

吴极没理会李小爱,径直对李完美说:“妈,我代宝宝和您把气出了,狠狠地揍了周小易一顿,你看看他头上的血。”

“吴极,你太过分了,怎么能为孩子们的小事和家长大打出手?”李小爱跳了起来,急赤白脸地冲着吴极吼着。

吴极耐心地解释并不是自己主动去打周小易的,而是对方为了摆平钢镚和宝宝的纷争,求着他下手的,说是要“父代子过”。

“他让你打,你就真打了?就你这无情无义的熊样,还哥们儿呢。”李完美不屑地白了吴极一眼。

“妈，您说对了。我怎么能向我情同手足情义无价的哥们儿下手呢。”吴极“痛苦”地自责着。同时又警惕地观察着李完美神情，小心翼翼地说：“妈，说实话，我心里也正好想为咱家宝宝出出气，就用板凳，就是照片上周小易坐的那板凳抽了他两下。谁知，周小易嫌我下手太轻，说不能解您的心头之恨。趁我还在生气的时候，说时迟那时快，他自己拿起啤酒瓶就在脑门上砸了一下。我估计最少流了800CC的血。”

李完美拿过手机，仔细端详着周小易的受伤照片，若有所思地追问着：“你是说，周小易完全是为了解我李完美的心头之恨，才用啤酒瓶砸了自己的脑门儿？”

知夫莫若妻。李小爱从吴极近乎夸张的语气中，已经知晓了两个男人之间的双簧。她不再为周小易的“伤势”担心，嘴角泛出一丝微笑，径直去打开了电视机，自顾自地看了起来。

李完美的心情似乎沉重了起来，她将手机还给吴极，匆匆起身向门外走去。

日无新事，退休后淡出演艺圈的日子过得低调又无聊，即使和年轻时的意中人周非凡住在同一个院子里，偶然可见他愈老愈有风度的身影，也无法解决李完美的复杂情绪。台上演佳人，台下孤冷清，若生活都如舞台上那般风光绮丽，则人间岂会有万般遗憾？李完美有时候也想这种单相思本身就是一种泥淖，即使跳得出去也是一身狼狈。更何况，已经晚了。起先是不甘心，随着时间的推移和情感的付出，就越来越不甘心。这种不甘心加上一些依恋，一点儿回忆，错综复杂，便让她永远在这苦海中无望地浮沉。好在她是明白人，除了在情感问题上总也想不通以外，其他的都很精明。在她看来，最现实的一点就是，心情再不好，际遇再不幸，只要心头有希望，日子便会有奔头。

吴极打了周非凡的亲儿子，还逼着他自残谢罪，这事在李完美看来非同小可。若周非凡因此生气和自己生分起来，那将是她最不想看到的情景，为了避免此事发生，必须赶在第一时间向周非凡道歉。

平日里，李完美对周非凡在院内常去的几个地方非常了解，很快便在密荫环抱的健身场地找到了他。听着李完美掏心掏肺地说她待周小易如亲生儿子，绝无逼他自残之意，周非凡很是纳闷。刚出门时周小易在家捧着猪蹄大快朵颐，哪有丁点儿自残的迹象？李完美将周非凡的真糊涂理解成了假糊涂，她哀求周老大一定不要和自己置气，为此愿意听令他的一切指挥。周非凡乐了，因为他知道全家大小最近正和李完美闹别扭，便随口让她去幼儿园撤了抗议书，并承诺如若照办，他将仍然是李完美的周老大，一切如故。

缠绕几日的抗议书纷争，随着周非凡一句承诺轻轻散开。李完美如约去幼儿园撤了抗议书，还说了一番孩子打架没有谁对谁错的话，恳请老师待钢镚要有耐心，惹得红红老师大惑不解。

刚刚解除了幼儿园的警报，全家人没过上几天安心的日子，便有女孩家长找上门来，说钢镚在幼儿园里溜进女厕所，教女孩站着撒尿。令女孩子不光弄湿了裙子，还受到小朋友们的耻笑。钢镚随意出入女厕所的事还没处理利索，又出现了比厕所更严重的问题。

吃晚饭时，钢镚对大人们不断给自己碗里夹菜感到无比厌烦，抱怨自己的子宫小，吃多了会撑死的。面对如此荒谬的语言，不仅老人们感到惊恐，婷婷小两口也觉得诧异。细问之下，才知道幼儿园里今天学习了“我从哪里来”。

钢镚得意地炫耀着：“子宫你们都不知道啊？我不是从肚子里出来的，是从子宫里出来的。”接着，他主动要为大家表演一个新学的节目，名字叫《小蝌蚪找家》。他脚尖踮起，双臂起伏，手指波浪般前行，如同一只小蝌蚪游来游去，嘴里念念有词：“一只两只，许多许多只小蝌蚪在比赛，它们游啊游，游啊游，终于游到了自己的家……”钢镚认真地告诉大家：“在妈妈的子宫里，小蝌蚪的外号叫‘精子’，他像孙悟空一样，钻进一个叫卵子的小朋友肚子里，后来就变成了小宝宝。”

吃得正香的周非凡尴尬咳了两声，起身进了书房。苏梅和婷婷面面相觑，齐齐放下筷子，追问这节目是从哪里学来的。当得知是幼儿园所教时，她们同时交换了一个坚定的眼神，决计将这件事情追究到底，不能让孩子幼小的心灵再遭践踏。

苏梅当晚电话联系了马大玲，约好次日一起去幼儿园兴师问罪。当幼儿园园长听完她们对红红老师讲“流氓故事”，强烈要求换掉她的投诉之后，坦言给孩子讲述生命起因并不是流氓故事。红红老师是市里的幼儿创新教育的“十大名师”之一，正肩负着新开辟的幼儿性教育课的课题负责人，她盛邀二位家长和她一起去观摩一堂以“幼儿性教育”为主题的小课，加深对幼儿教育的理解。

听课的正是钢镚他们的班级，黑板上画着一家三口其乐融融的漫画，围成半圆圈的小朋友们，正在认真地聆听盘腿坐在黑板前的红红老师讲话。

“小朋友们回答我，你们都是从哪里来的？”

“是从妈妈肚子里”“是从地里长出来的”“是妈妈捡垃圾捡来的”在孩子们七嘴八舌的回答中，只有宝宝说，姥姥说他是像蒸包子一样，从笼屉里蒸出来的。

对于李完美的“奇思妙想”，苏梅乐得差点儿笑出声来。马大玲直接给宝宝改了大名“吴包子”，认为这名字不用解释都是个开包子馆的好材料。二人少有的在一个问题上没有矛盾，彼此抱惭一笑，竟还有些不大适应。

在红红老师的示意下，保育员抱来一堆成人面孔的布娃娃，依次给每个小朋友。这些布娃娃和平时见到的基本相同，男的穿着衬衣长裤，女的穿着裙子，只是发型不如洋娃娃那般夸张。对于这样缺乏创意的布娃娃，小朋友们没玩几下便失去了兴趣。

红红老师拿了个男布娃娃问大家，此娃娃和家里的谁比较相似？大多小朋友都回答是爸爸。红红老师将“爸爸”的上衣解开，指着乳房又问谁知道这是什么？钢镚抢先回答是“咪咪”。老师告诉大家，“咪咪”的正确名字叫乳房。

马大玲和苏梅皱起了眉头，这种“教育”方法在她们看来确有不适。俩人将头凑在一起商量着如何跟园长谈阻止这种讲课的时候，就听得小朋友一阵乱喊“臭臭”“小鸡鸡”“牛牛”，忙抬头一看，俩人都吓得瞠目结舌。课堂上，红红老师手里的男布娃娃已经褪去了裤子，一个很真实的、用布做的男性生殖器暴露在小朋友面前。

“小鸡鸡就是牛牛，牛牛就是小鸡鸡。这都是老百姓的俗称。它准确的名称叫阴茎……”

听到这里，苏梅和马大玲再也坐不住了，坚定认定这红红老师就是个诱导儿童的流氓犯。苏梅将坐在一旁认真听课的园长推了一把，毫不客气地“请”她到教室外说话。

“……现在的孩子，一个个本身就是早熟的老鸡蛋，你们还这么赤裸裸地给他们灌输性知识，这不把孩子往坏里教吗？”“还有那什么‘咪咪’‘鸡鸡’，这些东西还用专门教吗？我长到20岁的时候，‘鸡鸡’是什么东西无师自通。肚脐眼以下的事情不用讲，孩子长大了自然就清楚了。我们强烈要求立即停止上这种流氓课程。”

两位年长女性的狂轰滥炸，似乎都在园长的预料之内。她和颜悦色地说：“性教育的最佳年龄段是四岁到六岁，这个时候孩子对性没有意识，如同一张白纸，给他们讲性方面的知识，他们虽然不可能完全明白，但会和接受其他知识一样自然地接受。之后，随着他们长大成人，就可以健康地理解和运用。”园长态度和蔼，言辞坚决地说，“对不起，你们家长可以有建议权，但不能中止我们正常的教学计划。”

从园长的态度上看，她对幼儿园里的“性教育课”不仅很欣赏，而且还有几分得意成分。想让她们自动停止，难度比较大。

苏梅和马大玲走出幼儿园仍余怒未消，她们商议，决定由马大玲分头联系各位家长，集体去幼儿园抗议，逼迫他们停止对孩子们的“黄色教育”。同时，苏梅去找相关部门反映情况，争取从上到下调查此事，让幼儿园强制停课。

回到家里，马大玲将用红纸剪好的“抗议”两字，端端正正地贴在跳街舞的束发带上，对着镜子将其认真地绑在头上。看到老伴如此装束，王满堂很好奇，问她为何把自己打扮得和"保钓人士"一样。马大玲郑重地向他解释，自己这样做，就是要像保卫钓鱼岛一样，保卫我们的孙子。

马大玲连夜赶到李完美家，将在幼儿园所见所闻全面讲了一遍，希望家长能联合起来，抗议幼儿园向儿童灌输"黄色"思想。在马大玲的讲述过程中，李完美一直皱着眉头撇着嘴，一脸厌恶的表情。在她看来，讲"精子""卵子"什么的，就是大人之间说也有几分恶心，更何况是现阶段只应该知道牛奶、面包的孙子们，绝不能让他们小小年纪就知道那些乌七八糟的东西。老师所说的"性教育从娃娃抓起"纯属无稽之谈，中华民族千年来没有性教育，不照样繁殖成人口世界第一吗？

"说点子上了，还是你有水平！到了幼儿园，咱就用你这句话对他们进行无情的批判。"马大玲发自内心地对李完美佩服有加。她们商议分头再联系家长，明早便到幼儿园抗议，不撤销课程，决不罢休。

为了客观分析幼儿园设置"性教育课"的合理性，周非凡电召周小容回家，让她对此事加以客观分析，以免苏梅她们办出贻笑大方的事情。

周小容乐呵呵地从包里取出给老爸买的两双袜子，并将这300元一双的高级羊毛袜说成是30元一双。她盛邀父母抽空去看看商场里的奢侈品开开眼界，改变观念，将"过日子"改变成"享受生活"。谈到幼儿园的课程设置，她认为母亲干预得有些过火。假如一个儿童在童年的发育时期，始终没有见过异性儿童的裸体形态，可能会引起一种病态的好奇心理。接着她讲了个嘉宾聊天时说的小故事。嘉宾七岁的儿子第一次看到妈妈的裸体时，被吓哭了。孩子哭着喊道：爸爸，快来救妈妈啊，妈妈没有小鸡鸡，没法尿尿了……

"情理之中，预想之外。"周非凡乐得哈哈大笑，苏梅瞪了女儿一眼，斥之"不着调"。

"你们说钢镚在幼儿园进了女厕所，被婷婷暴打一顿？"

周非凡点点头，数落道："哎呀，你这个外甥可真不是个省油的灯。"

"其实，我觉得幼儿园没必要硬将幼儿园男女厕所分开。孩子对男女的认识是感性认识，看到男女差别，就如同看到眼睛和耳朵的差别一样。越隐蔽，不让他们看到，越容易产生好奇心。反倒是，幼儿阶段就让他们'熟视无睹'地看到男女差异，这对孩子的心理其实是健康的，隔绝反而会让孩子产生神秘感或其他联想。"

"我支持我妈。孩子是我们的孩子，幼儿园凭什么想给我们孩子灌输什么就灌输什么。"周小易力挺苏梅，"我认为，不管是大人小孩，都应该有自己的隐私。对孩子进行性教育，不是他幼儿园应该管的事，而是我们家里应该做的事。"

因为有了拥趸者，苏梅脸上充满了得意。可没等她的笑纹完全舒展开来，周小易又来了一通“高见”，她不由得轻皱起了眉头。

婷婷追问着：“你说，在家里怎样对孩子进行性教育？”

“和孩子一起洗澡啊。爸爸妈妈可以毫无保留地将自己的裸体展示在孩子面前。这样对孩子的性教育更直接，更透明，会更有效果。”

“你说的那不是性教育，是三级片！”苏梅对于儿子的不靠谱早有领教，可今天这种不靠谱却完全超出了她的承受范围。她借故出了家门，直接来到教育局，以“涉黄教育”为由，将天使幼儿园告到了“稽查办”，并让接案的工作人员马上处理。

工作人员认为，“性教育”这种课程设置没有标准，很多幼儿园都在搞有关幼儿性启蒙的试验课程，教育局不能明确表态这种做法对与不对，应该让市场来检验。他告诉苏梅，如果家长反对，可以把孩子都转走，幼儿园没有孩子了，他们自然就会反思这种教育方法有没有必要。

次日一大早，按照约定，马大玲勒着写有“抗议”字样的束发带来到幼儿园门口，和李完美并肩站在了一辆接送孩子的小三轮车上。她们一人拿锣，一人挥旗，向前来送孩子的家长们发起了号召。

看着围拢过来的家长们，李完美如表演般提高了嗓门，清脆而富有表情地说：“性教育从娃娃抓起，完全是扯淡！性教育从娃娃抓起，完全是一派胡言乱语。我们中华民族几千年来就没有过性教育，不照样繁殖成人口世界第一吗？”

一些上了年纪的中老年纷纷点头赞同，给予李完美热烈的掌声。

人群中，一位年轻爸爸站了出来，要大家不要对幼儿园的做法产生惊慌。因为在他看来，认识生殖器官，对小孩子来说其实跟认识手指头没啥区别。不要因为一提到生殖器官，就联想到了床。那只是大人们一些龌龊的想法。

马大玲将锣敲响，警示大家不要听小白脸的蛊惑。她抓起李完美手中的一件白T恤挥舞着，招呼大家在上面签字。签字完毕，大家就集体开进幼儿园讨要说法！与此同时，一些持不同看法的家长们也聚到了一起，他们议论着，对出现的一幕表示不解，觉得挺好的一件事，怎么就遭到抵制呢？在年轻爸爸的带领下，几个家长附和着也要组织个签名，支持幼儿园开设“性教育课”。

抗议没有结果，一怒之下，苏梅将钢镚转到了“小博士”幼儿园。在她看来，和孙子健康阳光的成长相比，金钱的损失都可以忽略不计。

除了昂贵的入园费，新幼儿园一入园便要求统一买“博士服”。究其原因是让孩子们统一着装上课，树立远大理想，从小就有长大当博士的雄心大志。并承诺一年内让钢镚能认365个汉字，能算100以内的加减法，能说100个单词的英语。苏梅欣喜异常，表示如果承诺的指标真的达到了，她将给老师们发年终奖。周非凡不以为然，他觉得四岁的钢镚主要任务还是玩耍，搞得和小学生一样，就失去了这个年纪应有的快乐。

果然，从小博士幼儿园回来的第一天，钢镚便彻底换了个人似的。不仅不闹着出去玩了，还主动地趴在小桌上写起了作业。今天的作业是将自己的名字写50遍，“周方明”这三个字被钢镚写了半个小时才写了八遍，一个个还跟狗刨似的歪歪扭扭。周小易看不过眼，随口批评了一句，钢镚立马放下铅笔声称自己累了，夺过周小易的手机便玩起了游戏。眼看着儿子刚上道又回了老路，周小易自不甘心。他一把将手机拿回，诱惑说写完50遍名字，就下载最流行的“打豆豆”让他在手机上玩。

钢镚大哭着，坐在地上挥手蹬腿大叫奶奶，要她出来为自己撑腰。果然，听到孙子的哭声，正在阳台上忙碌的苏梅急急回来，搂着钢镚厉斥儿子。当知道孙子的小手写作业已经酸了，不想再写时，她建议周小易替钢镚将作业写完，被他坚决拒绝。苏梅埋怨地瞪了儿子一眼，承诺自己替钢镚代写作业。

笔迹反映了一个人的修养、个性、情绪乃至职业特点。苏梅自以为模仿小朋友稚嫩的笔迹只要写得歪七扭八就可以了，可这功夫在老师的火眼金睛中自然是会露出破绽的。

次日，交了作业的小朋友都领到了一朵属于自己的小红花，唯独钢镚得了一朵小白花，因为在老师的“循循善诱”下，他交代了奶奶替自己完成作业一事。

班级的墙上有一个布置精美的小栏目，上面写有每个小朋友的名字。领到红花的孩子们很自觉地将花朵贴在自己的名字后面，“叽叽喳喳”地议论着各人小红花的多少，唯恐自己落后。看见小朋友如此高兴地贴着小红花，钢镚羡慕不已，可是大家都不和拿小白花的小朋友玩，令钢镚悻悻若失。

毕竟孩子贪玩的心还是很重的。回到家里，在玩和写作业之间，钢镚毫不犹豫地选择了前者，作业均由苏梅代劳。很快，他便得了五朵小白花，并得到老师的“特许”带回家来。

小白花带来的风波在家庭里持续发酵，婷婷早对苏梅代给孩子做作业表示过不满，如今钢镚因此在幼儿园里受了批评，她就更加认为此事应该让婆婆到此为止了。周非凡此时却向着老婆，将矛头直指小博士幼儿园。觉得钢镚只是个四岁的孩子却要背负这么多的教育内容，奶奶疼爱孙子为其代劳也在情理之中。有了丈夫的支持，苏梅说话便理直气壮了很多。她说现在的孩子都聪明了得，钢镚不能输在起跑线上，这个幼儿园上定了。

钢镚是个争胜好强的孩子，更是个聪明伶俐的孩子。在他的小脑瓜里有个想法逐渐形成：我得不到小红花，你们得到的小红花没有了，不是和我一样了吗？于是，他行动了。在午睡的时候，佯装睡觉的钢镚等老师走了，便翻身下床，拿起自己的脸盆离开了寝室。他将墙上小朋友名字后面的小红花摘下扔进盆子里，端着盛满小红花的脸盆来到了厕所，毫不犹豫地将它倒进了便池里。看着那些曾经威武地贴在墙上的小花花们歪歪扭扭地待在便池里，钢镚开心地笑了。

小朋友们很快发现墙上的小红花没了，七嘴八舌告诉了老师。看着他们一个个因丢失小红花而慌乱、哭泣的样子，钢镚躲在一旁，掩饰不住地“咯咯”直笑。

老师让小朋友们想想，小红花没有腿，怎么会不见了呢？小朋友们争先恐后地回答“被风吹走了”“让奥特曼偷走送给变形金刚了”“变成天上的彩虹了”。对于小朋友们的奇思妙想，钢镚都一一给予反驳。同时，他想到了一个可以驳倒所有人的理由，将大家带到厕所去，看看小红花变成了什么。

至此，对于淘气的钢镚，老师对其进行了严厉的训斥，告诉他已经从一个不听话的孩子变成坏孩子了。听说自己成了“坏孩子”，钢镚惊恐地抬眼向老师望去，“哇”地一声大哭起来。

“好事不出门，坏事传千里。”这句俗话不仅在大人圈子长期有效，对于孩子们来讲，更是有过之而无不及。很快，钢镚在幼儿园里被孤立了，任凭他再三要求和保证，小朋友们玩游戏时都不要他这个“坏孩子”了，甚至上课、吃饭、睡觉都没有人愿意挨着他。

钢镚变成了一个没人理的孩子。他只能独自坐在角落里听课，独自占着一个桌子吃饭，独自一个人玩耍，独自一个人躲在门后，羡慕地看着小朋友们给墙上的表格里贴小红花……

晚餐时分，大家聚集在一起吃饭。谈笑之间，苏梅突然发现钢镚手拿着勺子一动不动，只是目光呆滞地望着对面的墙壁，一副神情恍惚的样子。听到大人催他吃饭，竟一语不发，从座位上起身径直回房间去了。对钢镚这种奇怪的变化，家人不禁有了担忧。

十五

为了迎接钢镚周末回到姥姥家，马大玲买了外孙最爱的拼图玩具。可奇怪的是，钢镚面对喜爱的玩具熟视无睹，只是坐在阳台上呆呆地看着墙壁，好像那上面有什么新鲜好奇的东西一样。马大玲这才发现，外孙目光呆滞，神情木讷，嘟嘟囔囔地不停在说“小红花”，惊得马大玲连声呼唤，大叫这孩子八成中邪了。王满堂急忙过来，抱起孩子二话不说去了医院。

经过一番诊察，钢镚身体上并无大恙。大夫怀疑他有自闭症的倾向，需要做进一步的确诊。详细询问下来，医生排除了遗传方面、生物方面的诸多因素，将关注点聚集到幼儿教育上来。当得知孩子新换了幼儿园之后，便建议多从新环境入手，找到诱因才可以对症下药。

马大玲和王满堂紧急和亲家会合，这才知道钢镚之前因为得不上小红花而闯祸的事，不禁勃然大怒，拔腿就要到小博士幼儿园兴师问罪，被周非凡拦住了。他认为如今孩子病了，幼儿园教育不当自当去讨说法，但当务之急是调动一切因素给孩子迟早治愈，以免留下后患。

思来想去，婷婷觉得心病还得心理医生治，陈子页当是合适人选。只是自己和他已划清界限，不便邀请。倒是周小容一度和陈子页打得火热，若请她出面，想必陈子页定会倾力相助的。

周小容正在演播室里忙着开录前的准备。化妆后的她看起来比平时妩媚许多，有种拒人千里之外的冷艳。听完婷婷的简单介绍，想着那么活蹦乱跳的小侄子成了自闭症患者，不禁心绪烦乱。当婷婷提出请她出面邀请陈子页为钢镚做心理治疗时，她感叹婷婷活得太累，为了照顾周小易的感觉辗转来找自己去求人，实在过于麻烦。一通抱怨之后，她请婷婷向嘉宾席看去，因为今天的嘉宾正是她要找的陈子页。

为了等待陈子页，婷婷坐在了观众席里。从主持人周小容的介绍中，她知道了陈子页刚从国外游学归来，成立了一所“CZY 心理疏导连锁机构”，专门为人们解决烦琐工作、生活之下产生的精神问题。听他在节目中对其他嘉宾的情绪、性格分析得头头是道，对陈子页治愈钢镚的自闭症婷婷充满了希望。节目录制完毕，周小容将婷婷带到化妆间，拜托已在此等候的陈子页多多帮忙，让小外甥早日恢复健康。话没说完，便又风风火火地离开了。

屋里只留下陈子页和自己，婷婷心里掠过一丝尴尬，但仅仅是一瞬间，便被她对钢镚的牵挂所覆盖。和所有孩子的家长一样，她不厌其烦地将儿子的病情做了描述，希望陈子页能从专业的角度帮助钢镚摆脱自闭，重回快乐无忧的童年。

“……自闭症又称孤独性障碍，临床表现为：没有眼神接触或很少眼神接触；不适当地大笑或傻笑；游戏方式缺乏创意，也缺乏角色扮演的能力；满不在乎的态度，比如不理睬家里来访的客人；对同样的话题滔滔不绝；还有注意力分散、发脾气、攻击、自伤等等。”根据婷婷的叙述，陈子页判断钢镚的自闭现象应该是突发的，受了强刺激所引发的连锁反应。必须尽快离开这个环境，到一个全新的地方去，让他迅速忘记发生的事情，走出阴影。他建议婷婷带孩子去草原一段时间，远离都市的喧嚣，给钢镚一个自由自在的全新氛围。他相信，这种环境配以一定的药物治疗，再加上他为孩子特别制订的心理疏导方案，钢镚应该很快痊愈。

听陈子页说要和自己带着钢镚一起外出，婷婷颇感意外，直觉这事太不靠谱。甭说自己和他曾有前史，就算是一般同事或朋友关系也大为不妥。

“我们现在是医患关系，既然你现在觉得不妥，就是心里有一定的顾虑。”看着婷婷原本充满希望和信任的眸子渐渐黯淡下去，陈子页直言她考虑多了，“你不会是怕我们死灰复燃吧？”

婷婷抬起头，正色道：“陈子页医生，我的孩子现在是你的患者，请你不要说与医疗没有关系的话。”

“要不我还是先给你看看病吧。”陈子页淡然一笑，直截了当地说，“你的潜意识告诉你，我是可以给你儿子医好病的。但是，你在考虑和我出去会不会对不起你的丈夫，你是在儿子和丈夫之间受着煎熬。”

被他人看透了心底的秘密，婷婷不再坚持自己的想法。她认为，能直接将隐秘说出来的就不是隐秘了。陈子页如此坦荡磊落，自己再想东道西，倒显得有些小人之心了。她迎着陈子页探询的目光，决然回答：“我儿子比一切都重要，我和你去。”

婷婷要“出差”了。她告诉周小易有趟急差需十天左右。一反常态的是，在往旅行箱里放着衣物时，婷婷一副絮叨老妇人的样子，事无巨细地安排着丈夫的衣食住行，令周小易受宠若惊。激动之余，他伸手用力一拉，便将婷婷拥入怀中。不等她言语，便夸张地来了一顿鸡啄米似的激吻。忙碌的婷婷本想拒绝，可不知怎的，欲拒还迎中却表现出了期待的姿态。周小易双手环抱着娇妻，说自己在网上查了关于自闭症的信息，看来要治好钢镚得打持久战了。婷婷让他放心，说自己这回出差将钢镚带上，大夫说孩子必须要离开受刺激的环境一段时间，隔离疗法也许会让他很快康复。

本来对带孩子出差还存有疑惑，听婷婷这么一解释，周小易顿时释然。他亲亲妻子光滑的额头，眼睛里流露出深深的感激：“宝贝，那就辛苦你了。”

吉普车在坝上草原奔驰着，窗外一片一片的绿，伴着湛蓝的天扑面而来。更有那牧人吟唱悠扬的长调，似从天际传过来的天籁，令人恍惚迷离。

陈子页一身休闲装扮开着车，婷婷带着钢镚坐在后排。自从来到坝上，在这天高地阔的草原上，沁凉的风从车窗吹进，吹散头发，也吹走了婷婷心中的些许郁结。

更喜人的是，原本木讷呆滞的钢镚眼神渐渐活泛了起来。一路上，他旁若无人地扒在车窗上，望着一路过去无垠草原，牛羊到处觅食，马驹欢快奔跑，终于在将要到达目的地时笑了："妈妈看，马，还有羊，都是活的！"

久未听到儿子的声音，刚听钢镚一声"妈妈"，一刹那婷婷流露出万分的惊喜，这惊喜使她的脸庞骤然明亮神采焕发。待要与人分享自己的喜悦时，一抬头，看见后视镜里的陈子页满目释然，和自己一样充满了开心的微笑。因了钢镚病情喜人的好转，婷婷不再刻意和陈子页保持距离。在入住蒙古包时，她主动提出相邻而居，以便更好地配合陈子页的治疗。

开始正式治疗了。陈子页挑选了一只可爱的小羊羔，交由钢镚全权喂养。在他和小羊羔咿咿呀呀自语不断的时候，陈子页便用海豚音哼唱起一首外国歌曲。简单的旋律，悠扬的歌声，让人心情豁然敞亮。羊羔从钢镚怀里挣扎着跑了，钢镚急忙起来去追赶羊羔。

一旦钢镚不在现场，婷婷便犹如被遗弃在一座孤岛上没着没落的，感到一种被抽离的孤独，也就愈发觉得和陈子页的相处很是尴尬。之前恋爱时习惯的话题已化作云烟，之后重逢的拘谨呼之欲出。她甚至觉得陈子页就是上天派来的"克星"，若不是，原本的伤恨离别本该一笔勾销，却偏偏他学成归来被周小容带到了这个家庭，而钢镚又恰恰患了他所研究的自闭症！看着钢镚远去的背影，婷婷很是客套地询问陈子页学医的初衷。因为在她的记忆里，陈子页是美院高才生，和医学毫不搭界。

陈子页答非所问，他望着婷婷的侧影，喟叹着："跟你分手后，与冯思思只有暂短的欢愉和甜蜜，之后便是无穷无尽的争吵、冷战，后来发展到了动手。"

婷婷轻斥道："咎由自取。"

"其实这些我都能忍受。但令我痛苦的是，在孤独之中，我不时想起你，想我们曾经在一起的美好日子。那份纯真、那份挚爱、那份经常没有原因的感动……"

"往事如烟，心存一点儿美好，说明你还有良心。但我要提醒你，我们现在是医患关系，你是陈医生，不是过去的陈子页。"原本最惧怕和陈子页提及感情，此刻，婷婷却异常平静。声音里透着不为所动的镇静和拒人千里之外的礼貌。

陈子页勉强的一笑，他明白今日之婷婷确实已非同往日，两人关系的变化自己终是理亏的一方，理一亏，在心里便是煎熬。他知道自己要想挽回婷婷已为时太晚，可偏就是不甘心。那一段生命和感情曾经是那样的美好，令他难割难舍。既然婷婷已在面前，他还是愿意尽心尽力做一次争取，哪怕被怨责耻笑。想到这儿，陈子页推心置腹道："婷婷，不是我太俗气，我现在可以给你我们以前在一起憧憬的所有东西,我会让你过上天堂般的日子。"

"对不起,我已经在天堂里了。"平日讷言的婷婷不知为何说出此话。话一出口连她自己都被感动了:"我丈夫虽然挣钱不多,但他爱我,他能在我不开心的时候让我快乐,能在我需要他的时候给我一个肩膀。我有疼我的父母,有爱我的儿子,有我喜欢的公婆,这一个其乐融融的大家庭,这是什么东西也替代不了的,这就是我的天堂!"婷婷清澈的眸子望着陈子页,坦言道,"我不是一个无情无义的人,也不是一个没心没肺的人。曾经有过的爱,曾经有过的情分,我会在心里辟出一小块自留地,小心翼翼地珍藏起来。我不信缘分,也不信因果,我信人生没有过错,只有错过。我们错过了……希望你能理解我的意思。"

"错过了就不能重新再来吗?"陈子页抓住时机竭力争取,"我之所以能走到今天,就是不断地重新开始。不管你怎么想,我都要找回我曾经没有珍惜的宝贝。"

"陈子页,你我都是成熟的成年人,希望你能冷静。如果你还想让我的心里有一个完好的陈子页,放手是你最好的选择。"婷婷目不斜视,语调温柔却又拒人千里之外。在她的心里,无论两人之间的关系曾经是怎样的微妙和敏感,她要认真地重新和陈子页做起朋友来。

草原的风似乎更加清冽了,它就那样倏然掠过你的身体转瞬而去。陈子页望了眼婷婷,好似要印证一个梦,一个不真实却令人感动的女子,因为她太纯净,太透彻了。这样的女子值得自己好好保护起来,让她在小天地里安静无忧,不被打扰。是的,仅仅是保护。可心底一种蠢蠢欲动的情绪在鼓噪着,那叫"不甘心"。

为了使钢镚尽快恢复,陈子页可谓用尽了办法。在他的安排下,钢镚和小马驹赛跑,带小羊羔散步、拔草、采花、数星星,整天忙得不亦乐乎。渐渐的,身板灵巧了,眼睛有神了,交流时话语也流畅了许多。若不是偶尔还有痴迷发呆的状况,和其他孩子已经别无二样。

又到了自由时间,陈子页力邀钢镚比赛爬树。虽然在此之前钢镚没有爬过树,但对这种小男孩爱玩的把戏早已心向往之,很痛快地答应下来。并约定若是陈子页输了,就要变成小马驹让他骑。知道儿子赢不了陈子页,婷婷也就没有阻止他们的约定。显然陈子页是深谙此道的,他三蹿两蹿便到了树的中央。而钢镚却还在原地忙活着,好不容易爬上去一点儿,一不小心却又出溜了下来。婷婷挥舞着双拳给钢镚加油,听到妈妈的鼓励,钢镚努力向上攀爬着,终于又向上移动了一点儿位置。

"哎呀!"陈子页已经爬到了树杈处,突然故意从树上掉了下来,并且躺在地上摆出一个"失败者"的惨相。婷婷不知其中有诈,忙跑了过去,她的眼中闪过惊悸之色，自然而然地上前摸摸陈子页受伤的额头，并迅速地从随身携带的包里找出创可贴给他细心贴上。陈子页像石膏一样端坐着，他凝望着婷婷，眼睛里流出的是流水般怅惘的感动，还略略有些伤感。婷婷赶忙抽回手，回避着陈子页深潭般的眼神，一时竟也如石化般半蹲在那里，不知如何是好。

钢镚高兴地喊着“我赢了”，要让陈子页给他当小马驹骑。婷婷刚要阻止，陈子页一把拉住她，说了句“失败者是要付出代价的”，便躬下身去，招呼钢镚：“上马！”

“可以骑马喽！”钢镚高兴地跳了起来，先是围着两个大人做出飞机状转了一圈，而后奋然跨上“马背”，双腿一夹，大喝一声“驾”，“咯咯”地笑个不停。

望着活蹦乱跳的钢镚，婷婷流出了幸福的泪水。

紧张而刺激的康复训练，令钢镚的自闭症状很快有了好转。婷婷总也悬着的一颗心放了下来，天刚擦黑，便在毡铺上睡着了。仍处在兴奋中的钢镚玩着手机上的游戏，突然想起了什么，他放下手机抱着自己的小毯子，蹑手蹑脚地来到蒙古包的门前，撩起毡门出去了。

夜色如黛，一轮明月挂在天际，显得又大又圆，令草原愈发显得深邃、静谧。蒙古包旁的羊圈里，小羊羔蜷缩在干草堆上，已经入眠。钢镚抱着毯子过来，用毯子轻轻地盖在了它身上，顺势坐下去抚摸着它，像一个小妈妈似的充满了柔情，轻声轻语道：“小羊乖乖，我给你们讲一个大灰狼和小松鼠的故事……”

夜色中，陈子页从远处散步回来，刚要回自己的蒙古包，看见钢镚对小羊在讲故事，不由得停住了脚步。他认真地辨析了钢镚的语言表述，满意地笑了。陈子页想了想，转身走向婷婷的蒙古包，准备向她讲述钢镚的进步。撩开蒙古包的毡门，刚想开口，却见婷婷躺在窗下的毡毯上已经睡着了。

月色透过窗户洒进蒙古包，显现出婷婷睡眠中姣好的身姿。也许是梦见了高兴事，嘴角泛起甜甜的微笑。陈子页如同被一条看不见的红线牵引，毫无感觉地便来到婷婷面前蹲下，他知道婷婷身体娇弱，经不得寒冷，便拎起被子的一角给她盖上。之后，便坐在一旁，借着月光深情地凝望着婷婷的脸庞。睡眠中的婷婷看起来恬静而美好，弯弯的眉毛柔和地搭在她大大的眼睛上，使她有了一种接近雕像般的女神气质，离自己那么近，却又感觉那么远。陈子页情不自禁地伏下身去，在婷婷光滑的额头上吻了一下。

如同按下了电源开关，婷婷一个激灵，霍地坐了起来。

钢镚站在门口，很好奇地指着陈子页的背影问婷婷，叔叔不是爸爸，为什么要亲妈妈？婷婷如五雷轰顶，想也没想便冲着儿子一顿训斥，说根本没有的事，是你在胡说！钢镚鼓嘴涨脸，不解地望着妈妈，执拗地说就是自己给小羊讲完故事回来看到的，叔叔真的亲了妈妈！

最担心的事情终于发生了。晚上钢镚睡着以后，婷婷约了陈子页到自己的蒙古包来。在她心意烦乱的时候，需要有个人帮她共渡难关。

婷婷虽然在心里划清了界限，只想将陈子页当成一个单纯的医生，去医好儿子的疾病，并不牵扯到任何情感瓜葛。她深爱着自己的丈夫，也并不想伤害曾经初恋的这个男人。所以，当知道陈子页吻过睡梦中的自己时，她也只是选择了缄默和轻责。然而，陈子页并不这样认为，他认为婷婷随自己单独出行就已经原谅了他曾经的背叛，也承认越是想忘掉的却越是难以忘却。当婷婷鲜活地出现在他面前，给他所带来的喜悦和宁静都是那样的强烈，这感觉令他欣喜更令他不安。所以，“可以怀念，不可相见”也许真是曾经的恋人们最佳的选择。

此时，望着愁眉不展、不断感叹自己跳进黄河也洗不清的婷婷，陈子页充满了歉意，一再致歉，懊悔自己没能控制好情绪，以致闯下如此的乱子。他分析眼下有两条道可走，一条是周小易若知晓此事，定会拼个鱼死网破。而这正是上帝赐给他的好机会，他将调动一切手段，让婷婷重回自己的怀抱。话没说完，便被婷婷斩钉截铁地以“天方夜谭”加以回绝。陈子页定定地看了看婷婷，用一种突然变得苍老的声音说出了第二个选择，让钢镚重新回到自闭状态，才可能守住这个秘密。

“怎么可能呢……”婷婷一声惊呼，如同黑夜里碰见了陌生人，警惕地打量着陈子页，不相信这是自己曾经狂热地喜欢过的男人说出来的话。也许曾经的恋情已经被时间过滤得只剩下美好部分的幻象，再次纳入生活，彼此已是物是人非，确实需要重新定义。

钢镚被婷婷突如其来的叫声惊醒，尖叫着爬了起来，扑进婷婷怀里，说自己梦见爸爸被奥特曼里的怪兽给吃了，要妈妈帮他去打怪兽。

看见钢镚醒了，陈子页告诉婷婷自己回去准备开拔的行李，匆匆离开了帐篷。

钢镚沉浸在梦境里，他心有余悸地问妈妈，我们都不在家，怪兽会不会真的把爸爸吃了？婷婷告诉他，梦只是梦，是看不见的，睁开眼睛就不会存在了。就如同你梦见叔叔亲了妈妈一样。钢镚辩解叔叔亲妈妈是自己亲眼所见，不是做梦。婷婷气馁地坐到了一边，只得重新想辙。过了会儿，她告诉儿子那天自己的头上落了只大蚊子，叔叔帮妈妈把它吃掉了。钢镚想了想依然觉得不对，他在家里看见的蚊子都是奶奶、姥姥用手去打的，叔叔为什么不用手去打蚊子呢？难道他是壁虎变的，是专门吃蚊子的吗？他的小脑袋瓜紧急开动，确认了陈子页不是壁虎变的，他就是亲了妈妈。遇到如此倔强、认死理的孩子，婷婷只得叮嘱他不许乱说，心里却忐忑着，踏上了回家的路途。

回到家里，钢镚又恢复了往日的顽皮可爱。吃饱喝足了，拿着金箍棒，嘴里“嘿嘿哈哈”地怪声尖叫，在屋里恣意玩耍。玩够了，钢镚便和周小易窝在床上，一边玩着手机上的小游戏，一边聊着此次出去的见闻。周小易让说几件最好玩的事，钢镚脱口而出“马、羊、叔叔、蒙古包”。周小易怔了一下，抬眼追问叔叔是哪儿的。婷婷暗自叫苦，急忙接过话头，解释是放羊和牧马的叔叔。她说为了给孩子治病，按照医生的嘱咐要远离熟悉的环境，所以她带钢镚去了好些个游乐场和微缩景观区，各个民族的代表建筑和动物应有尽有，让钢镚很是开心。

周小易啧啧称赞儿子此番收获巨大，不仅治好了病，也长了见识。作为奖励，他抱着钢镚的脑袋狠狠地“奔儿”了一个。

这一“奔儿”不要紧，勾起了钢镚隐藏在心底的小秘密。他刚要开口说，一直在旁密切观察的婷婷忙将自己正吃着的蛋糕塞给钢镚，让他赶快吃了好睡觉。怎奈这孩子正玩在兴头上，说什么也不肯躺下。

眼看着闹腾不已的钢镚，婷婷如同捧了一颗炸弹在手上，而点火的“引信”就是自己笃亲的儿子。无论如何，虽然不是本意，她知道理亏的终是自己。眼下已经陷身泥淖，唯一能避免她遍体鳞伤的也只有这少不更事的钢镚。她得把钢镚这“引信”给拔了，保卫自己美满的婚姻和幸福的家庭。想到此，她撒娇卖嗲说周小易只顾儿子不管妻子，若无自己精心照顾，钢镚康复还得猴年马月呢。婷婷说自己此刻想吃猕猴桃，差遣丈夫“表现”给买回来。

每当婷婷娇羞含笑央求自己做事，周小易都无法抵抗这似水的温柔。此刻，他睨了眼娇妻，但见她光溜溜的额头衬出一脸的绯红，一袭低领睡裙若隐若现地勾勒出她丰满的腰身，特别是婷婷的眼波，似水般地绕着他漾开……周小易已然酥了，他毫不犹豫拿了摩托车钥匙，拔腿就出了门。

婷婷此时觉得自己真是很邪恶。一件原本无心的“偶然事件”，被自己如此遮掩，变成了“丑闻”，可她只能在这条独木桥上走下去，一旦跌落，将体无完肤。正焦灼着让钢镚在周小易回来之前睡觉，手机响起了短信提示音，婷婷心烦意乱地拿过来。短信是陈子页发的，内容只有四个字：“露馅儿没?”婷婷颓然合上手机，更显心事重重。

钢镚没事人一样，意欲拿过妈妈的手机玩游戏，被她一顿呵斥不说，还强行给他脱衣塞进被窝。钢镚发起了小脾气，说自己就是上床了也不睡觉，要等周小易回来一起玩！婷婷真是没辙了。她思量一下，拉开抽屉找出了安定的药瓶，倒了一片出来。

这孩子，是该睡觉了。

这个季节的猕猴桃不大好找，周小易跑了很远才买着。心想婷婷这夜半馋嘴的事，即使怀孕期间也没发生过，难不成其中有何蹊跷？正想着，一辆超越的轿车渐渐靠近了他，赶到前面将他的摩托车拦停。周小易正要发火，却见拦截自己的是周小容，不禁乐而开怀。

姐弟俩将车停在路边聊了起来，当知道婷婷曾找陈子页给钢镚看病时，周小易脑海里不禁闪过钢镚几次说出“叔叔”“蒙古包”时，婷婷拦截话头时的情景，不由得心戚戚、意乱乱起来。周小容说陈子页治好了钢镚的自闭症，准备请客答谢，让周小易和婷婷也一起参加。周小易不禁责怪姐姐“不着调”，和弟妹的前男友纠缠不清，成何体统？周小容不以为然，认为弟弟太过小气，夫妻做不成亦可做朋友嘛。再说，她和陈子页都是成年人，正常交往也不碍着谁，让周小易勿庸人自扰。

心烦意乱的周小易回到家中，推门正见婷婷慌张地将手机往枕头下面塞，嘴角挤出一丝“献媚”的笑来。言称久别似新婚，今夜可以让周小易“性福”一下。周小易心里泛起一丝酸楚，他不顾婷婷的软言细语，推来搡去欲将已经睡着的钢镚弄醒，明说是大家一起来吃猕猴桃，实际想从孩子那里了解让他牵肠挂肚的实情。

对周小易突如其来的烦躁，婷婷感到很是纳闷。她说孩子明天准备去幼儿园了，还是让他休息最好。周小易睨了眼婷婷，说钢镚的病刚好需要休息，他说自己明天请假，在家当专职爸爸，帮助儿子巩固疗效。婷婷心里一紧，生恐他们父子单独在一起，因钢镚言语失误引起周小易的误解。想到此，她虚与委蛇，称儿子的课程落下了好些，必须尽快回归正常生活。

时间有气无力地流逝着，周小易期待婷婷主动坦白“出差”详情的希望逐渐萎缩，就如同他手中的啤酒，直到喝干饮净。自斟自饮借酒浇愁吧，酒醉后的清醒中，白日不敢想、不能想、不去想的人和事全窜进脑子里，乱七八糟挤作一团，按照他的臆想或恣意狂欢，或苟且愉悦，只留下他单身一人，孤枕单衾，顾影自怜。

睡梦中的周小易被尖厉的电钻声吵醒了，睁开眼睛一看，阳光透过窗帷挥洒着光热，周小易看看表，已是上午 10 点多了。屋里寂静如夜，婷婷和钢镚都没了踪影，想必是去了幼儿园。一想到婷婷，周小易的心如同被堵了的下水道，七七八八，充满了诸多混合不清的味道，那叫一个恶心难耐。

枕头下传来婷婷手机不停的短信提示音，周小易稍有犹豫，还是从枕头下拿出粉色手机读了起来。

半个小时后，周小易骑着摩托车出现在婷婷所属保险公司楼下。

“我是来给你送手机的，怕误了你的大事、好事。”周小易取出粉色手机，迎着急急跑来的婷婷，“好奇”地问：“你们保险公司是不是出了什么大案要案？”

本以为丈夫今天是来接自己下班，见他为手机专程而来，婷婷忙解释自己今天送孩子上幼儿园有些急，所以把手机落家里了。她浅浅一笑，称没人找自己，不用急着专为此事而来。

“一连12条短信，都在重复一句话：‘露馅儿没？露馅儿没？’”周小易扬着手机，伏在摩托车头上，直愣愣地端详着婷婷，煞是认真地问，“我就想问问你，是豆沙馅儿，还是牛肉馅儿？”

婷婷羞愧难当，在周小易的注视下变得浑身不自在，偏又拿不出什么有分量的话来驳斥他，遂一把夺过手机：“你，你怎么可以偷看我的手机？”

周小易冷笑道：“你急什么？我刚不说了吗？怕误了你的大事、好事。”

婷婷情知和周小易来不得硬的，又嗲声嗲气地唤道：“老公……”

周小易漠然道：“把舌头捋直了。在前面加个绿，我是绿色老公，环保。”

婷婷委屈地望着丈夫：“小易，我错了，我不该向你隐瞒去草原的事。更不该背着你和陈子页去草原给……”

“你看你这人，这么老实干什么？编句谎言，就说是骚扰电话，我什么都不知道，心也不会烦。”周小易“哼”了一声，两眼望天比画着，“蓝天、白云做被，比席梦思还要舒适的绿茵草地当床，啊，真是太美了，太浪漫了……”

“周小易，你过分了。”婷婷正色喝道，“我再告诉你一遍，我是为了给钢镚治病，绝对没有做任何苟且之事。”

周小易冲婷婷竖起大拇哥儿，“赞”道：“您的革命意志也太坚强了，堪称现代女版柳下惠！虽然我也有坐怀不乱的时候，但是面对初恋情人的诱惑，别说我现在做不到，100年后也做不到啊。”

“我再说一遍，我和陈子页是医患关系，没有你想得那么龌龊！”婷婷疲倦于在这个主题上的追逐，心想“清者自清”不再争辩，眼噙泪水转身跑回了办公大楼。

婷婷懊悔极了，本来很简单的一件事因为自己笨拙的“掩饰”而变得复杂起来，以至于让丈夫产生了极大的误解。夫妻之间最基本的信任失去了，原本一直被外人羡慕的“神仙眷侣”从内部起了间隙，要想弥合关系，仅靠自己的表白是起不到多大作用的。婷婷想到了周小容，以她对陈子页的好感和与周小易的关系，帮她解开这个“扣”应该还是有希望的。

爽快答应了婷婷的请求，周小容很正式地请周小易和婷婷喝茶。

推杯换盏之间，婷婷做了深刻的检查与反省，她不住地叹息着，后悔自己好心没办好事，本不想给周小易添堵，结果却适得其反，堵成了堰塞湖。想到堤破水溃的后果，她泪眼滂沱，若不是公众场合，必定会痛哭失声。

要是在往常，周小易最见不得的便是婷婷委屈的小模样，定会搂进怀里，软言细语好一番温存。可今天不行，一是有老姐在，要“抻”着点儿；二是错不在己，对婷婷得“拿”她一回，让她好好受点儿教训。所以，他将头扭向窗外，看着熙来攘往的风景，故作冷漠。

周小容深谙弟弟的心理，她拍拍小易的肩膀，真心劝道：“婷婷的本分、单纯你也是知道的，她对你的忠诚那可是有目共睹，我劝你还是不要胡乱猜疑。”

“就算是给钢镚看病，也应该告诉我一声吧。”有了周小容的劝解，周小易觉得自己的面子有些挽回了，他睨视了眼还在哭泣的婷婷，“埋怨”道，“我周小易是那种不大气的人吗？我要是高兴，行，说清楚了，你们一起去。我要是不高兴，也行，咱们一起去……”

“你姐我说句话放这儿，就你这德行，去了还真不知道是给钢镚治病还是给你治病。”

“小易，我错了，我保证以后再也不会发生这样的事情。”

“听见了吗？周小易，这话今天婷婷已经说多少遍了？”周小容暗中踹了周小易一脚，催促着，“你也该给自己找个台阶下了。”

“我凭什么给自己找台阶下？”周小易梗着脖子嗔道，“你知道吗？我现在看到馒头都觉得是蒙古包！你想想，那孤男寡女在蒙古包里能有什么好事？”

“婷婷，你不要搭理他。回头我找陈子页看看他是不是得了什么‘强迫症’和‘臆想症’。”周小容瞪了周小易一眼，嗔道，“我觉得你就是在强迫自己相信他们之间有龌龊之事，恨不得被你捉奸在床才好。”

“咱俩还真不愧是一母所生，我现在就是这样想的，难道有错吗？”周小易越说越来劲儿了，“我要见陈子页，单挑！”

婷婷霍地站了起来，看看周小易又看看周小容：“你，你疯了吧？”

婷婷是想袒护哪一方呢？难道自己真的在她心目中比不上那个前男友吗？周小易真的恼了，他一拍桌子，指着婷婷说：“姐，你看见了吧，心虚了是不是？”

“没做亏心事，不怕鬼敲门。”周小容看看他们，有了新的想法，她要用这招给自己，也给周小易夫妻有个交代，“婷婷，我同意他的要求。周小易，我现在就给你约陈子页，地点、时间你来定。”

浓密的绿荫下，陈子页和周小易相距丈许，相峙而立。不远处，周小容和婷婷并肩而立，注视着这两个与自己息息相关的男人。

周小易一挥手，断然喝道：“不用解释了，你说的话我老婆已经给我说了N遍了。你要是个男人就把你们的苟且之事说出来，我既不会为难王婷婷，也不会和她离婚。我就要她在这里对天发誓，今后再不理你这条色狼。”

“周小易，如果没有你姐姐在这里，我定会给你改个好听的称呼——‘周泼皮’。”陈子页向前一步，“你说我和王婷婷狼狈为奸了，证据是什么？赃物是什么？我今天得感谢你，我的心理咨询又有了一个新的研究项目——‘通奸臆想症’，我想很多像你这样的男人都会产生这种不健康的，或者说是龌龊的幻想。”

“不愧是心理学家，死到临头了，还这么侃侃而谈。”周小易说着，突然从腰里拔出一把匕首。那刀刃在阳光下亮光一闪，让这原本紧张的空气顿时窒息起来。

“周小易，你不要胡来！”随着凄厉的喊声，婷婷飞奔过去，站在了陈子页身前，面向丈夫连连摇头摆手，企图阻止他疯狂的举动。

周小易显然愣了一下，但随即便发出几声干笑，不无嘲讽地说：“天哪，老婆同志，您的这一举动，让我想起红色电影中的某位女主角，了不起的女英雄啊！”

“周小易，你说错了，站在王婷婷身后的，也是一部红色电影的男主角。”陈子页推开婷婷，向前走了一步，“周小易，你说，你想干什么？”

“太精彩了！”如此剑拔弩张的局面，被周小容一声夸张的惊呼给搅了，平添了几分滑稽的色彩。

周小易用指头试试匕首的刀刃，对陈子页翻了翻白眼：“你今天敢来和我见面，不就是要证明王婷婷的清白吗？我成全你，如果你还是个男人的话，可以用自戮的方式，证明王婷婷的无辜。”说着将匕首扔了出去。

匕首画过一道弧线，落在了陈子页的脚下。

“怎么，害怕了？我不怕，我现在可以用死来成全你们。”周小易说着来到陈子页面前，欲弯下腰去捡匕首。

陈子页灵巧地脚尖一挑，匕首到了自己的手上。

“陈子页！”婷婷一见陈子页接招，心里吓坏了。她无法相信，自己这样胼手胝足、想方设法来阻止这场纷争，却于事无补。这两个深爱自己的男人非要用这种方式来伤害他们，也伤害着自己。想到即将发生的惨烈现实，她惊恐地闭上了眼睛。

陈子页面色平静，他的目光依次掠过平静的周小容，掠过双手抱胸审视自己的周小易，最后又看了看慌张的婷婷。仰望天空深深呼出一口气，双手握住匕首，突然向自己的腹部捅去，在婷婷的尖叫声中，整个人僵硬地保持着一个欲倒不倒的姿势，就如同古罗马雕像中的掷铁饼者一样，弓腰弯膝头颅低垂。

显然这个结局出乎周小易的意料之外，他目瞪口呆地望着陈子页。

“周小易同志，闹剧演完了吧。”周小容笑得前仰后合，过去在陈子页肩头拍了一下，由衷地竖起了大拇指，“你太可爱了，是个真爷们儿。”说着，将他手中已经没有了刀刃的魔术匕首拿了过来，扔向周小易。“小易兄弟，你太相信我这个姐姐了。这把魔术弹簧刀，拿回去做个纪念，什么时候再犯病了，就拿出来看看。”

周小易捡起匕首看看，轻巧地按了一下旁边的机关，刀刃跳了出来。他惊愕地望着周小容，这才知道自己被老姐给骗了。当初周小容向他面授机宜，说什么“送刀试真情”，其实就是一个彻头彻尾的大骗局。

陈子页突然扑上前去，一把揪住周小易的衣领，言之凿凿地说：“周小易，我告诉你，婷婷是个好女人，你要善待她，和她好好过日子。如果你胆敢欺负她，我绝不会袖手旁观！”

重新回到幼儿园，钢镚赶上了区上领导来视察。当园长陪着他们来到中班的时候，正是“国学大讲堂”的课时。

一切按照安排进行得很顺利，一位领导兴致勃勃地要抽查教学情况，顺手指向钢镚，请他背诵一首宋词。钢镚却坐在那里，饶有兴致地玩着手指，任凭老师再三提示和鼓励，嘴巴终是一动不动，令老师和园长不胜尴尬。

待视察的人散去，老师强压愤懑唤起钢镚，得知回家休息了些日子，他已将学过的《念奴娇》忘得一干二净时，一顿严厉的训斥后，她让全体小朋友陪钢镚背《念奴娇》100 遍，背不完不许下课。钢镚委屈地哭了，可又不敢放声大哭，只能瘪着嘴巴哽咽着，任由泪水在脸上流淌。

老师走了，小朋友纷纷指责钢镚“一只老鼠害一锅汤”。并说钢镚就是老鼠！并手拉手组成一个圆圈，把钢镚一人围在中间，齐声喊道：“老鼠，老鼠，钢镚是只坏老鼠！”面对大家的指责歧视，钢镚心生恐惧，可又无处藏身。他捂着耳朵，撕心裂肺地哭喊着：“我不是老鼠，我不是老鼠！”

次日，钢镚躲进家里的卫生间并将门扣死，以“我不是老鼠”为由，再也不肯去幼儿园了。老两口分析孙子八成在幼儿园里又遭到了打击，所以才如此抵抗。他俩一商量，钢镚在“小博士”幼儿园里，生病、受气不断，长此以往恐对孩子的身心健康都不利，不如费点儿功夫，将他再转回之前的“小天使”幼儿园。如此一来，孩子能在熟悉的环境里玩耍，可能对他的成长健康都会有帮助的。

接到母亲下达的“紧急命令”，周小易和婷婷一合计，觉得钢镚确实和“小博士”幼儿园犯克，一进去不是得病就是受虐，还是早日转走为安。说尽好话，费尽周折，“小天使”幼儿园终于同意重新接受钢镚，但条件有一，那就是为了保证孩子的教育成果，钢镚必须全托。

又是一番周折，苏梅同意让钢镚上全托了，但附加了两个条件：一是双休日必须在周家，由她安排生活起居；二是得给钢镚配一个手机，供她及时了解孙子在幼儿园的情况。

对此婷婷颇感不悦，认为第一条纯属霸王条款，如照此办理，恐怕对姥姥家不好交代。关于给儿子配手机一事，她只得妥协。因为在婷婷看来，孩子上了全托，会锻炼他的自立能力，也更能强化幼儿园的教育免受干扰。

想到儿子送了全托，小夫妻便可重回新婚时的自由状态，周小易乐得笑出了声。可不，从他们结婚之始，钢镚就在母亲肚里成了“第三者”，真正的两人世界他们还未曾拥有哩。

十六

结束了和周小易的“战斗”，周小容请陈子页去了“打左灯向右转”。这地方虽然是街边酒吧，但品位不低，服务相当地道，侍者清一色的老年男子，玫红衬衣配着白领结，一个个笑容里透着宽厚，步履中带着从容。配以弥漫荡漾的马赫、肖邦之名曲，沿街十余米的区域被一种沉稳大气的格调和时尚杯盏所搭配出来的错位美所笼罩，令过往宾客不得不“打左灯向右转”。

“我当时情不自禁吻了婷婷，这是事实。”陈子页坦诚相告，与周小容推心置腹道，“我曾经愧对于她，所以心里一直不安宁。”

“这不是‘吻’一个人的理由。况且婷婷不缺乏爱，也不需要别人的怜悯。”

“自从和冯思思分手后，我认识到是自己没有珍惜到手的缘分。我想找婷婷，但一直压抑着自己。直到你带我去了你家，我心底那团热火才彻底地被点燃了。”

“我不知道你喜欢王婷婷什么。传统的女人味？你不觉得已经过时了？”

“那你认为，我应该喜欢什么样的女人？”

“我这样的。”

陈子页怔在那里，端在手中的酒杯半晌没有往嘴里送去。显然，他对周小容如此坦率的回答感到意外。他放下酒杯，两肘放在桌上，十指交叉悬于胸前：“你不要忘了，你是‘单女俱乐部’的主席。”

“‘单女’怎么了，主席又怎么了？”迎着陈子页的眼神，周小容坦坦荡荡地表露心声，“我说过，我不结婚，不等于我不恋爱；我没有家庭，也不等于我没有男人。”

迎着周小容炽热的目光，陈子页淡淡一笑：“你，你是不是有些直白了？”

周小容“嘁”了一声，责道：“看把你吓的。我有我的生活准则，但我不是一个‘杯水主义’者，更不是‘一夜情’的实践者。我喜欢一个人，也许不用更多的言语、行为，我可以用眼睛就把他给‘强奸’了。”

陈子页审视着对面这位有着电视台主持人身份的女子，坦言自己将她当作花瓶低估了。他眼下很担心婷婷因草原一行在周家受到鄙视，恳请周小容从中斡旋。周小容笑称陈子页是已经列入她“法眼”的人，自当愿意尽力相帮。同时她也提请陈子页，不要再去打扰周小易夫妻的正常生活。

钢镚如今可是幼儿园的“贵族”，因为他拥有手机，奶奶一日几次给他电话，嘘寒问暖，说短道长，令小朋友们羡慕不已。于是，他们纷纷巴结钢镚，希望能借自己一用，和家人说几句话。

被人央求的滋味令钢镚很受用，他想着法变换方式享受着这种优越的感觉。本来钢镚想将电话搞成收费的，无奈小朋友们没有现金只好作罢。后来又逐步升级，要求想给姥姥打电话的宝宝叫他“钢镚爸爸”，待宝宝叫他了，他又做出一副大人样，轻声慢气地让宝宝好好休息，不能要别人的东西。惹得宝宝嫌他说话不算数，叫他“骗子”。

为了缓和与宝宝的关系，晚上临睡前，钢镚主动要和宝宝玩游戏。还在生气的宝宝坚决不和“骗子”玩。正在钢镚郁闷无聊之际，隔壁床铺上淘气的大虫却凑了过来巴结钢镚，以换取给他姥姥打电话的机会。

钢镚问大虫是否想听消防车的声音，大虫应声“呜啦呜啦”地模仿起了警笛声，却被几个没睡着的孩子耻笑，说他叫的是救护车不是消防车。见小朋友们争执不休，钢镚决定满足大家的愿望，让大家听到真消防车和救护车。

听说钢镚要给119拨电话，大虫连忙阻止，说家长叮嘱过，120、119都不可以乱拨，要有坏人了才可以拨110。钢镚斥责他是“傻帽儿”，告诉大虫只有119是管灭火的，要听消防车的叫声，必须要拨119，说幼儿园着火了，消防车很快就会“呜儿，呜儿”地赶来。

消防车和救护车确实闻讯即动，来了，又走了。

紧接着，婷婷被老师急召到幼儿园，这才知道宝贝儿子用手机闯祸了。他先是给119打了电话，叫来了两辆消防车；消防车还没走，120急救车又开来了，搞得四邻不安，以为幼儿园出了什么大事，通知了电视台和晚报的记者。待大家都赶到时，才知道原来是一场虚惊。

“你们家长压根就不该给孩子带手机。”红红老师抱怨着，“本以为钢镚上了全托摆脱了奶奶、姥姥的溺爱，没想到，你们却用上了高科技。”

“没办法啊，我婆婆要求的，我哪敢说不？”婷婷自知有错，很是真诚地连连道歉，“红红老师，真是对不起了。”

“你是母亲,有对孩子的教育权、监管权,不能什么事情都听奶奶姥姥的。”

“是,隔辈亲有好处,但确实也有很多的弊端。”婷婷连忙表示自己以后一定会从做父母的角度负起责任来,尽量减少老人们溺爱孩子所带来的负面影响。

红红老师告诉婷婷,昨晚消防车白跑一趟,120 急救车产生了 580 元的费用,幼儿园已经代付,但需要婷婷给结了。接过老师递来的账单,婷婷才知道,昨夜频繁“出事”,往来车辆的鸣叫声将幼儿园门卫老张师傅吓得心脏病突发,被 120 拉去医院抢救产生了一系列的费用。婷婷心里暗自叫苦,这倒霉孩子钢镚真是一个扫帚星,走哪儿哪遭殃。急忙拿出钱包一边往外掏钱,一边打听老张师傅住院的医院,以便尽早去探望。

钢镚在幼儿园里淘气、闯祸不断,所以老师们有个别体面、露脸的活动也多不带他,只把他当作一个普通的幼儿对待,享受不了一星半点儿的特殊照顾。但在家里,钢镚的待遇可就大不同了。因为孩子全托,苏梅日思夜想得了失眠症,想打电话遥控孙子,电话也被老师勒令禁止带入了。原来整天在眼前像个陀螺一样转个不停、聪明伶俐的孙子突然一周有五天不能见面,苏梅似乎失去了生活的原动力,整天没着没落的,做啥都提不起精神。用周非凡的话就是“掉魂了”。

和她有相同感受的还有马大玲。知道苏梅尝到了远离孙子的滋味,又联想她制定的双休日“霸占”钢镚计划,自己堂堂一亲姥姥,和外孙一个双休日只能相处四个小时,其余时间全归苏梅所有!马大玲觉得这事苏梅做得有些太自私了,孙子是大家的孙子,享受天伦之乐也是大家一起享受,没有贪为己有这一说。她准备反戈一击,本周六一大早便去她家抢孩子,不达目的,誓不罢休。

次日,东方刚露出鱼肚白,马大玲便直奔苏梅家了。门没敲开,却碰见了晨练的李完美向她搭讪,又打听为何不让周非凡老两口睡懒觉。马大玲一腔怨气正无处发泄,看见李完美可是找着个说话的,便将苏梅“霸占”孙子的事一五一十说出。

李完美“好心”劝道:“要我说,您还是回去。就算苏梅给你开了门,能让你把钢镚带走吗?不能。你们两亲家,一个是强势,一个是弱势,该吃亏就得吃点儿亏。走,去我家坐坐,我给你看看最近的运势,想个办法破一下,转转运就好了。”

“你刚才说我家是弱势?”

“对啊,周小易和王婷婷是门不当、户不对,这院子里无人不知,无人不晓。”

马大玲的自尊心受到了极大的挑战,她强压怒火,喝道:“李完美,你别走,我让你今天看看谁是强势,谁是弱势!今儿我要是带不走钢镚,我就是地上爬的!”

“好啊,你要是带走了钢镚,我给你连烧三天高香。”

马大玲被激怒了,她转身从地上抱起一块赏石,冲屋里喊道:“老周,亲家,你听着，苏梅要是再不开门，我就把你院子里的石头都给毁了。”

其实屋里的人早都醒了，只是苏梅固执地不让老伴给亲家开门。她觉得已经让小易夫妻告知了孩子周末的安排，而且他们也都同意了。此刻事到眼前又得寸进尺，违反协议来抢孙子，有些太拿自己当事了。

看着坚如磐石坐在床上扬言开门就离婚的老妻，又听着屋外亲家母闹出越来越大的动静，周非凡急中生智提议“解铃还须系铃人”，是钢镚惹的事，就让儿子儿媳来处理此事，两家既不会伤和气，也能保证彼此的利益。苏梅同意立刻打电话召儿子儿媳回家，但电话上要对他们说清楚，不是“处理”，是让他们“劝说”马大玲放弃幻想，立马回家。

沉浸在温柔乡的周小易夫妻听说两家老人又剑拔弩张了，腾地从床上跃起，胡乱抹了把脸，水都没喝一口，便骑着摩托车飞奔回家。

还好，在周非凡的协调下，马大玲和苏梅已经坐在了客厅，虽然俩人都阴沉着脸互不搭理，但对于周小易和婷婷的出现都露出了渴盼的眼神。

“嘿，大家搞得这么严肃干什么？我给大家讲个段子，你们边吃边听，咱活跃一下气氛。”周小易让婷婷把买的早点给几位老人奉上，嘻嘻哈哈地开始神侃，“说是在产房门前，奶奶、姥姥盼望已久的宝宝终于出世了。女护士抱着宝宝出来，奶奶迫不及待地把手伸进宝宝的裤裆，大声喊道：亲家，你女儿胜利了，给咱们生了个带把的！闻言，产房门外沸腾了，姥姥激动地喊道：我有外孙了！这时，只听女护士痛苦地喊道，快松开我的手指，我受不了了！”

话音刚落，周非凡迅即哈哈大笑，以配合周小易需要的效果。这时，成熟男人的沉着和机智在他身上同时出现，并没有太多的话，但是关注的眼神和耐心的倾听让每一个在场的人都觉得自己受到重视。周小易受到鼓舞，刚说再来几个段子以活跃气氛。苏梅将他打住，喝令直接进入主题。

“那说说我的想法。首先呢，钢镚是我和婷婷生下来的，著作权应该是归我俩的。换句话说，就是你们几位祖辈的老人家和我姐，对钢镚仅仅只有使用权。周六、周日你们二老，不，是四老，把钢镚全霸占了，我和婷婷，孩子的亲爹亲妈岂不没有了天伦之乐？”周小易按照和婷婷路上商量好的既定方针，一开始便展现了强硬的态势。他不顾苏梅和马大玲的反对，自顾自地说出自己的决定：以后钢镚周六在苏梅这里，周日上午由小两口带，午饭之前，将钢镚移交给马大玲。

听到自己一周仍然只能和钢镚相处半天，马大玲狠狠地瞪了婷婷一眼，骂了声“白眼狼”含着眼泪就奔出了周家大门。

婷婷紧追慢赶撵上了马大玲。她向马大玲解释自己并不是“白眼狼”，因为周小易和她商量好了，周六晚从婆婆家接了孩子便给姥姥送过去，而刚才所说的周日上午钢镚和他们独处，也只是个借口，实际上钢镚还是和姥姥在一起。马大玲掐指一算，瞬间眉开眼笑，觉得自己这回真赚了，连声夸奖周小易这个女婿“汉奸”当得好。婷婷借机劝母亲和周家相处要以和为贵，不能再因为爱钢镚而产生恩怨间隙。她怨责马大玲今天一大早砸门、翻花栏，就连一向待她不薄的公公也敢得罪，还扬言要扔他的石头，黑白不分，美丑不辨，行为粗鲁，缺乏礼貌。马大玲是个典型的马后炮，对自己冲动之下办的事也懊悔不已。她一本正经地对婷婷说今天这事真怨不得她，完全是让李完美这狐狸精给挑拨的，以后自己提防着她，不会再上当了。

终于迎来了外孙到家的这一天。马大玲做了一桌丰盛的菜肴，鱼肉虾蛋，应有尽有。可钢镚坐在餐桌旁便开始玩手机，对姥姥的一片心意完全没有领情。劝急了，他说桌上的东西自己吃腻了，眼下最想吃的是肯德基和必胜客。

“乖孩子，吃红烧肉能变聪明，这是毛主席最爱吃的。”王满堂给钢镚碗里放了块红烧肉，允诺下午带他去吃洋快餐。

“你们每次都骗我说是毛主席最爱吃的，那你们怎么不请毛主席吃呀？”钢镚说着，拿起手机向卫生间走去，“你们太烦人了，我要上厕所。”

“这孩子没治了，太任性了。”望着钢镚固执的背影，王满堂连连摇头叹息，“算了，他不吃咱吃。”

“我 6 点起来买鱼买肉，全是新鲜刚杀的。弄了一早上他竟然一口不吃。太让我伤心了。”马大玲说着，眼圈泛红，深感失落。

进了卫生间的钢镚将门锁紧闭，给苏梅拨手机告姥姥、姥爷的状，罪名是“强迫吃大鱼大肉”。

苏梅掐指一算，按照安排，此时钢镚应该和父母在一起，怎的就到了姥姥家？她断定其中有诈，一个电话便拨到了周小易新家的座机上，问他人在何处，并要和钢镚通话。周小易猛然接到母亲的电话，不及思索便说一家三口正在动物园，婷婷带孩子看猴子去了，自己正在逗野猪玩，并对着话筒学起了野猪叫。一声声凄厉而尖锐的叫声，吓得在厨房忙碌的婷婷飞奔至客厅，以为他出了什么事。

“我妈。”周小易捂着话筒对婷婷解释着，接着又对话筒说，“妈，您听见了吧？野猪圈旁边是野驴保护区，您要不要听听野驴的叫声？”

婷婷大惊，她疾步上前将电话按掉。周小易自是急赤白脸和媳妇争执着，问为何挂断他和老娘的通话。婷婷指指电话，说你若在动物园怎么会用家里的座机接电话？这不是庸人自扰嘛！周小易这才恍然大悟，情知面对精明能干的老妈，自己这一劫算是逃不过去了。

变被动为主动。深知苏梅脾性的周小易很快便构思了一个“局”，他买了一大卷纱布，又借来了一副拐杖。在婷婷的包扎下，他的一条腿从膝盖以下僵硬如棍，再架上那副拐杖，配以痛苦的表情，做个伤员已经很“称职”了。当他拄着拐杖一瘸一拐，煞是痛苦地见到苏梅时，第一件事便是将一本婷婷按照电脑提示填写的“病历”递给老妈，让她验明伤情。

对于儿子这种把戏苏梅从小看到大，早就有了“审丑疲劳”，同时也练就了一双去伪存真的火眼金睛，可今天捧着这无懈可击的病历却犯了难。相信吧，儿子自幼人小鬼大，防不胜防；不信吧，万一耽误了他的病情那将如何是好？

“哎哟，那个医生哪是正骨大夫，简直就是个兽医，我是把罪受惨了。哎哟……”

周非凡从外面回来，没进门便听见儿子一迭声地“惨叫”，急忙回家询问。和苏梅一样，周非凡对儿子的各种“装神弄鬼”也具有很强的防范心理，他并没有上前关心安抚，而是远远地观察着周小易的举动，企图从中找出破绽。脚崴了自然会肿胀，但周小易却穿着一双窄版休闲鞋，至此，周非凡心里猜了个八九不离十，嘴上却“同情”地说：“我就说电话里的野猪叫声怎么那么亲切，原来是我们小易疼痛得号叫啊。”

“小易已经这样了，你就不要挖苦他了。”苏梅认定儿子负伤了，一边责怪着老公，一边招呼儿子赶快坐下，让伤腿尽量不要负重。

周小易知道今天这关算是过了，遂千恩万谢地对苏梅表白：“妈，这世界上只有您知道儿子的痛楚，儿子下辈子要给您当不了儿子，也要给您当孙子。”

苏梅对这种太明显的“拍马溜须”显然已经有了免疫力，她茬也没接，直接告诉大家，自己因为常见不到孙子添毛病了，心悸、多梦、孤独，老觉得钢镚要出什么事。为了根治自己病症，她决定去应聘幼儿园的厨师助手。众人自然坚决反对，但经不住苏梅去意已决，只好由着她了。

来到幼儿园，苏梅以家长的身份要求参与厨房卫生监督，获得了厨师助理的岗位。每天在幼儿园里出入，间或能看到自己亲爱的孙子，虽然厨房的工作早已超出她的负荷，但她仍感到无比幸福。到了给打饭的时候，几经争取，苏梅终于来到了钢镚所在的中班。

小朋友们捧着分食盘，排队来到饭菜箱前，听凭厨房奶奶给他们分食饭菜。因为钢镚就在咫尺之遥，苏梅抬眼举目皆能看到他的身影，心里一高兴，她便不自觉地给孩子们盛得多了起来。当听到生活老师提醒这样打下去饭菜会不够时，苏梅这才有意识地减少了大勺里的分量，力争让每个孩子都能吃饭。

可苏梅开心的日子还没几天，李完美便闯进幼儿园，以苏梅偏袒孙子而克扣其他小朋友饭菜为名，将她告到了园长处。幼儿园遂做出决定，任何部门都不得收留家长，同时通知苏梅明天不用来帮厨了。

失去了在幼儿园的工作，又不得见终日思念的孙子，回到家中的苏梅终日恹恹地躺在沙发上，有一眼没一眼地看着电视，不管周非凡如何开导，仍是茶饭不思，衣衫不整。几日下来，苏梅的脸色便憔悴了许多。周非凡看她百无聊赖，提不起精神，凡事都能和钢镚拉上关系，一切围绕钢镚生活的现实状况，给她这症状起了个病名叫"孙子依赖综合征"，说应该找陈子页给她及时做心理疏导。

苏梅没好气地瞪了丈夫一眼，斥道："你个没心没肺的，钢镚把你白叫爷爷了。一星期才能见一回孙子，你怎么就能跟没事人一样。"

"你这样挂念着孙子，凡事都要以孙子为中心，将来是不是指望你孙子会给你有什么回报？"

"我要什么回报？我要回报干什么？"苏梅一下子变得激动起来，嗓门也提高了八度，"这是亲情，是隔辈亲情，是超过所有爱的感情！"

针对苏梅眼下对孙子的依赖程度，周非凡召集儿女商量如何为她排忧解难。

"你给陈子页说说，这又是一个很好的病例，肯定不止你妈一个。"周非凡对周小容建言，希望心理治疗能让老妻尽快康复。

周小容下意识地瞥了眼周小易，见他瞬间虎起了脸，便笑称这病自己都能治，药方之一，便是强行转移注意力。如果能出去旅游上十天半月的话，分地而居，对她化解对孙子的思念和依赖会有作用。

周小易举双手赞成，他建议父母去海南一逛，不辞劳苦联系旅行社的事由他一肩承担，而全程费用则由周小容负担。

落地三亚，一股暖流扑面而来。在导游的安排下，苏梅和周非凡顺利地坐上了旅游大巴。看着窗外扑入眼帘的皆是旖旎的亚热带风光，心情顿时如同这里的景色，一下子澄碧无痕，豁然开朗。

苏梅告诉老伴自己刚才在飞机上做了一个梦，钢镚被宝宝打了。她让周非凡立刻给婷婷打电话，查证有无此事。周非凡正在暗自庆幸此番海南来对了，苏梅已经三个小时未提及钢镚，可还没等他给孩子们打电话报平安，这老毛病却又犯了。他讪笑着，希望亲爱的老伴能触景生情，说点儿大海、沙滩什么浪漫一点儿的话题。苏梅完全没心思和周非凡扯，她眉头紧皱，暗中狠狠地掐了他一把，严斥他逻辑混乱，这些物件哪个有她的孙子重要？

看苏梅又开始焦躁不安，周非凡知道这电话若不打麻烦可就大了。他拨通婷婷的电话，刚报了句平安，又"嗯嗯啊啊"了几句，便挂断了电话。苏梅急得问他为何不问钢镚的事，周非凡说眼下婷婷正在医院忙着，完事后会把电话拨过来详谈。苏梅一听急了，医院！梦境成了现实。钢镚也不知道被打成什么样了。她急得没着没落，让周非凡买张机票她要立即回家。周非凡尽力安抚，答应若婷婷来电说钢镚有麻烦，就双双一起折返。此时，恰有电话进来，他看是婷婷的电话便急忙接通，声音却是李完美的。

李完美直呼周非凡的大名，告之钢镚将宝宝打了，现正在医院急诊室里包扎。紧接着，婷婷颇是为难地告诉他，李完美不接受他们小两口的道歉，非得要周非凡亲自给她道歉。否则她将直奔幼儿园，亲自教训惹事大王周钢镚。

知道钢镚在“战斗”中是胜者，苏梅不禁放下心来，且有了一种沾沾自喜的感觉。对李完美要求周非凡道歉一说也宽宏大量地表示理解，说她醉翁之意不在酒，根本就不是道歉的事，完全是忌妒心使然。目的就是给旅游中的他们找碴儿，让他们不能快乐，一路上打起来她才舒服。苏梅让周非凡不要理睬李完美，一日下级终身下级，哪有局长给演员道歉的理儿？李完美若非要道歉的话，这歉由她苏梅去道，周非凡不能跌这个份儿！

在海边的日子过得很惬意，和旅行团在一起，吃喝玩购全都有人打理，省却了自己的许多麻烦。在这纤尘不染的旅游胜地，周非凡的相机可是有了用武之地。他用镜框对准那些重重叠叠的交织在一起的绿色，青翠欲滴的树木，吐娇献媚的花儿，每一片景致留下的都是美好的瞬间和永恒的记忆。游玩结束，回酒店的路上，趁着苏梅心情不错，周非凡又提及给李完美道歉一事。他认为不管怎么说，都是钢镚打人不对。话没说完，便被苏梅用愠怒的眼神制止了。

今天是自助餐，周非凡陪着苏梅托着餐盘取食完毕回到餐桌，他说自己需要去趟洗手间。很从容地迈着步子，不慌不忙地走进洗手间，周非凡如同上了发条的机器人一般，飞快地拿出手机拨通了李完美的电话，向她正式道歉。

接到周非凡的电话，李完美自然是兴奋万分。她30年前30年后东拉西扯着，就是不挂电话。周非凡是位绅士，多年的教养令他不会抢在女士之前挂断电话，更何况是多年的老同事呢。正焦灼之中，李完美娇笑着提请老上级给她买件有海南特色的泳衣作为道歉的礼物，以便她永久保存。周非凡刚解释说自己和苏梅须臾不离，单独买东西恐没时间。李完美一声“谢谢周老大哈”，兀自挂断了电话。

为了买到李完美所希望的泳衣，周非凡可费大功夫了。他先是以给婷婷买礼品为由要买泳装，被苏梅发现，警告他别忘了拍孕妇照时亲家母马大玲的讥讽。紧接着，又说要赠与红红老师泳衣，请她多多照顾钢镚。这话提醒了苏梅，她连说泳衣便宜拿不出手，直接到免税店买了一套外国化妆品，连说此礼品大气、上档次，红红老师一定喜欢。

无奈，周非凡只得假借去商务中心给钢镚传送奶奶的照片为由，溜出了酒店，直奔不远处的泳装店，将早已看好的游泳衣买了回来，并借着苏梅洗澡之际将它塞进酒店的枕头里藏好。他以为这样藏东西比较保险，等要回家时取出来随便往箱子某个角落一放带回去便万事大吉。遗憾的是：次日早上服务员打扫房间时，三下两下便将枕头里的游泳衣提拎出来了。

苏梅在场，周非凡死也不能承认是自己藏匿的物品，还得提醒服务员可能是前面旅客落下的。问明不是苏梅的物品，服务员说旅客遗留的物品都需统一上交。周非凡只能眼巴巴地看着自己费尽心机买来的泳衣被服务员堂而皇之拿走。

李小爱拎着一个装满时令进口水果的大果篮回了家，说是婷婷送给母亲赔礼道歉的一点儿意思。并说母亲专要周非凡亲自道歉的要求不现实，人老两口在外旅游，纯属故意给人添堵的行为。

“妈，你说你一天到晚费尽心思地斗，到底是要惩罚周叔叔呢，还是要报复周小易他妈呢？”

“各种因素都有吧。但最重要的因素是我们宝宝没有爷爷。”李完美哀叹地捶打着自己的胸口，伤心地说，“小爱，妈妈心痛啊。看着人家钢镚‘双爷’齐全，享受着我们宝宝没有的快乐，我就要给他们无事生点儿非。”

“宝宝虽然没有爷爷，但他还是有姥爷的。我爸已经几次提出……”

“你少给我提那个王八蛋，你要是胆敢让他见宝宝，就立马给我滚出家门。”李完美瞬间赫然而怒，手一挥将面前的玻璃杯打翻了，里面的枸杞水溅了她一身，几个红色的枸杞沾在她的已经濡湿的衣服上，倒像是故意放上去点缀似的。

“我也恨那贪色的酒徒，您放心，我不会跟他来往。”李小爱拿来毛巾，轻轻为母亲擦拭着身上的水渍，贴心地说，“妈，您也不能老这么单着。政协退下来的那个副主席、原来的副省长，不是在您年轻的时候就狂追过您，还是您的铁杆粉丝呢！我了解过了，他老伴前两年去世了，您是不是可以考虑一下？”

李完美不屑道：“你妈我虽然不是烈女，但我是从一而终。我就不信她苏梅没有死的那一天。”

“那周叔叔要是走在了苏阿姨的前头呢？”

“考验我是不是？”李完美似乎看到了那一天，她嘴角浮出一丝微笑，坚定地告诉女儿，“小爱，现实版《人鬼情未了》的故事也不是没有的。”

“你真是对周叔叔情有独钟啊？”李小爱看着母亲——这个在情感上单纯如少女的半老徐娘，劝她不要再去追忆过去的事情。生活不是演戏，不能总沉浸在理想状态，要静静地过自己的生活。

“我怎么理想了？我一大‘角儿’沦落到今天这样，跟苏梅有关系，宝宝现在没有姥爷叫，也是跟苏梅有关系。”李完美无比怅然地仰天叹道，“既生瑜，何生亮！”

“妈您有些偏执了，您现在非要把自己的不幸和遭遇都算到苏梅阿姨身上，这是不对的，是有问题的。”

“我看我是把你惯得不成样子了，向着苏梅的话你也敢说！”李完美冲着女儿吼道，“我不拿她当出气筒，拿你当出气筒啊？”

十七

来海南快一周了。周非凡夫妇的豪华深度游在享受着海岛美丽的风光和美食的同时，最大限度地减少了旅途劳顿，更没有强制购物的烦恼。苏梅觉得这些日子自己的心情好似豁亮了许多，仿佛已经干涸的心田被这洇湿的空气滋润了一般，又好似带着海汛的风吹走了蒙在眼前的阴霾，望山山有情，看水水多姿。

坐在大巴车里，欣赏着连绵不绝的南国风景，苏梅直恨周非凡没有眼福，总是重复“上车睡觉，停车撒尿，景点拍照”的旅游三部曲，让自己的感受不能随时和他分享。突然听见老伴手机短信提示音响了，便忙不迭地将他唤醒。

睡意正酣的周非凡迷迷糊糊拿出手机看看，顿时睡意全无。短信是李完美发来的，追问给她的游泳衣是否买好。这哪是短信，分明是一颗定时炸弹！万一被苏梅看见，后果将会不堪设想。就在他焦灼思考怎么处理这短信时，听苏梅问是谁的短信，立刻计上心来。他轻描淡写地说，老干支部要发展新党员，感叹将要讨论的孙铁柱都82了，还要成为党的新鲜血液，是多么地不易等等。苏梅一听便急了，说你明天开不了会，应该赶紧回个短信请个假。周非凡很不情愿地拿出手机，大大方方地回了李完美的短信：所托之物一定带回，请勿来电。

回家的日子到了，夹杂在穿着各季服装的乘客当中，苏梅夫妇偏坐一隅等候登机。闲来无事，坐在邻座的一位年龄相仿的妇人和苏梅搭讪，聊起了孙子。

“我孙子才三岁，那叫一个聪明。考你一下，一头公牛加一头母牛，猜三个字？”妇人神气地看着苏梅，等待她的回答。见她皱着眉头终不得解时，兴奋地将答案告之：“两头牛！”

苏梅对此幼稚的答案报以哈哈大笑。她很自豪地告诉对方，自家孙子上的是幼CEO班，接着又讲起了钢镚“1+1=11”的“经济学”。令对方大为惊叹之余愈发刨根问底聊个不休。

在一旁干坐着的周非凡对苏梅很是不解。多少年来她总是端着，见人都爱拿个“架子”爱答不理的，人前人后说了她很多次，总也改不了这毛病。可自从有了孙子以后，便忽如被一夜的春风吹醒了，眼下只要有人多看钢镚一眼，或者聊起孙子，她便会异乎寻常地热络，显摆孙子的各种“丰功伟绩”，并乐此不疲。想到老伴的变化，周非凡不禁想笑起来。可是这一笑不当紧，他忽然觉得胸口闷得喘不上气来，急忙挺直了身子深呼吸，喘息着连声呼叫苏梅。

正聊在兴头的苏梅回身一望周非凡，顿时慌了神，急忙给他捶背捏肩，揉搓胸口。和苏梅聊天的妇人提示她周非凡的脸色不对，应该赶快去机场医务所诊疗。

在机场服务人员的帮助下，喘息不停的周非凡被扶上了医疗床检查。医生询问了既往病史，要解开衣服做进一步检查，却被周非凡紧紧护住胸口，不让他触碰内衣。苏梅急了，软硬兼施解开老伴的内衣，想让医生抓紧检查，没想到却看见了令她大为尴尬的一幕：周非凡身上套着女式游泳衣，身上的肉如同捆粽子一般被勒得一道一道的，泛着青紫。

“问题找到了，变态老头别动。”医生神秘地一笑，转身拿起一把剪子，利索地将游泳衣剪开。

少顷，周非凡脸色也正常了，呼吸顺利了，可神情却透着明显的沮丧。

面对苏梅的诘问，周非凡知道骗她、瞒她都是过不去的，索性交代了给李完美偷买游泳衣的事实。惹得苏梅当场咆哮如雷，让他马上交代和李完美狼狈为奸的所有罪行，否则不能登机！

当了一辈子领导的周非凡终于在苏梅的导演下当了一次男主角。众目睽睽之下，他羞愧难当，如坐针毡。

婷婷特意去幼儿园给钢镚请了假，带着他来到婆婆家，并做了老人们最爱吃的白果稀粥和混合面花卷，精心拌炒了几个小菜给他们接风。可奇怪的是，周小易将他们接回来后，俩人异口同声说自己没有胃口，对钢镚也只是象征性地抱了抱，便说累了，催着他们赶快回家休息。

带着老人给钢镚买的热带水果回了家，周小易这才将父母在海南因为游泳衣吵架一事告诉了婷婷。他让婷婷通过李小爱做做工作，让李完美别没事找事净给家里制造矛盾。

“我给小爱说过。小爱说她妈也不是针对你家一家的，她是恨那些孙子有爷爷的人，尤其是‘双爷俱全’的家庭。”

“什么逻辑？宝宝没有爷爷，李完美就得恨人家有爷爷的人啊？”周小易认真地说，“我爸让咱们找找小爱和吴极，想方设法得让李完美承认，她让我爸买游泳衣完全是替钢镚赔罪。”

婷婷对公公眼下的境遇十分同情，想来此事也是因钢镚而起，她决定请李小爱帮这个忙把李完美“拿下”。因为一物降一物，在她们家，李小爱如果真一生气，她那威风八面的母亲便会立刻“俯首甘为孺子牛”。

可这回李小爱的“魔法”不灵了。李完美听说周非凡和苏梅在“战火中”度过了旅游，高兴得连声叫好。她认为自己的“战术”成功地打击了敌人，也在“布局”的过程中度过了无聊的日子，岔开了孤独，驱走了心慌。

她让女儿转告闺蜜，让周家人放心，自己只是发泄一下不忿，但对大事情还是拿得住火候的。

看似人际甚广、圈子甚多的周小容其实对朋友很挑剔，这一点秉承了苏梅的个性，却又显得高出她一截。在她看来，人生一世除了亲人无法选择之外，可以称得上朋友的也不外十人以内，若是好朋友那就更是屈指可数。她觉得大可不必把那么多的人请进自己的生命。若只是泛泛之交，便会将本已狭窄的生命之路挤得拥堵不堪。但对陈子页，她愿意和他并肩而行一段时间，彼此不是陪衬，而是陪伴、相携。

“我给姐妹们搞了一个追求婚姻幸福的小配方，要不要听听？”手执一杯咖啡，斜靠在临窗的沙发上，周小容笑眯眯地望着对面的陈子页，等待他的回答。

“好啊，我听听你的婚姻幸福小配方。”陈子页做出一副洗耳恭听的样子，眼睛里透出的却分明是欣赏的神情。

“通过在我们《家庭》栏目形形色色的夫妻事件，我认为如果想要做个好妻子，就要多一点点聪明，多一点点美丽，多一点点善良，多一点点‘狡猾’，还要多一点点痴和多一点点辣。”周小容掰着手指一一数着，“还得少一点点唠叨，少一点点醋意，少一点点任性，少一点点愚蠢，还要少一点点粗和少一点点强悍。”

“那要做好丈夫呢？”陈子页见周小容茫然地摇着头，便做了个手势让她伏过身来，轻声说道，“那我告诉你：做好丈夫要多一点点机智，多一点点憨厚，多一点点勇气，多一点点宽容，还要多一点点‘傻’和多一点点‘坏’。更重要的还要少一点点忌妒，少一点点狭隘，少一点点自大……”

“你这几条像是在说我们家周小易呢。”

周小容话音未落，母亲的电话就来了。她接通电话后刚想一如既往地贫嘴，就被苏梅一顿训斥堵了回去。苏梅说她马上就到周小容的“窝”了，让她立刻回去接驾。谈兴正浓的周小容只好匆匆告别陈子页，不甚情愿地回了家。

带着母亲回了自己的小家，看着屋里一片狼藉，苏梅不由得皱起眉头，边收拾着边埋怨女儿是个“外面光”，出门光鲜亮丽有何用，一个女人的真实面目要看她的家，从家的布局、整洁程度可观察她的修养及执家能力。周小容对老妈的这种言谈早已有了免疫力，便由她说着，自己乐得有人打理房间。

“这屋里乱成这样，我要是男人，你就是天仙女我也不会娶你的。”

“是啊。所以，我追求‘单女’的幸福生活。”周小容信誓旦旦地说，“找不到我真正钟情的就不结。”

“你到底想找什么样的男人？”

“非逼我说啊？行，知会您一下也好。我要找的是一个会在他钱包里放我照片的男人。”周小容认真地说，“他必须是一个敢让我咬在他身上留印记的人，敢在微博、博客写肉麻的语言赞美我的人，敢让我知道他一切的人。”

“夫妻间就是要坦诚。”苏梅叹道，“你爸也在他钱包放过我的照片，又怎么样？现在不还是把女人的游泳衣当背心给自己穿上？”

父母近日闹别扭，周小易早已给她做了汇报。此刻见老妈如此艾怨，周小容拍拍她的后背，安慰道：“咱先把我的事说完好不好。最重要的是，我要的那个男人，必须在我任性说分手的时候不是抛下我，而是紧紧拥抱着我，不让我走的人。”

“你太理想化了。以妈的经验，假如有一天你碰到了这样的极品男人，那一定会是个能在女人面前花言巧语的男人，真正的爱情是不需要承诺的。”苏梅爱怜地看了眼女儿，她幼时稚嫩可人的小模样从脑海浮出，浸润肺腑。怎么这小精灵一瞬间就过了而立之年，心境却还是少女般的浪漫，必须让她尽快安顿下来，有了家有了责任，就不会有这种虚无缥缈的想法了。想到此她下了通牒，令周小容一周之内必须将男朋友带到自己面前，半年内结婚，一年内她必须抱上外孙子。

苏梅醉心于周小容的婚姻大事，一反常态地经常去老干活动室，和那些退休的老同志逐个分析同事、朋友家的孩子，为周小容储备相亲对象。这样一来，周非凡便过上了清闲日子。无人吆三喝四指挥他干活，乐得他整日抱着自己的根雕打磨雕琢着，倒忘了和苏梅闹别扭的事，很是逍遥自在。

周小易不时回家看看，得知老两口还在怄气，他便埋怨老爷子退休后没觉培养智商急剧下降，给李大美人买游泳衣未尝不可，买完了找个快递公司一寄，妥妥的，犯得着穿在身上把自己搞得差点儿窒息吗？周非凡觉得儿子说的很有道理，但牵扯到“领土”问题苏梅不会轻易罢休，他也就随其折腾，将坏事变成好事，不收场了！因为，苏梅和老伴犯起了犟脾气，此事却转移了她对钢镚的关注，不再去幼儿园找碴儿了。周小易一想，还真是这回事。他忙鼓励老爸继续和老妈耗着，牺牲他一人，幸福一大片！

话是这样说，但没有苏梅唠叨的日子，周非凡还真不适应。几十年过下来，俩人已经磨合成一台机器了，若是一个地方出了问题，肯定也会影响到另一个地方。他不可能给苏梅亲自道歉，那样真就好像是自己有错一样。他要借助李完美，让苏梅早日回归家庭，继续做自己身边的“蚊子”，整日嗡嗡叫个不停，不时咬你一小口，不疼有些痒，挠挠还挺舒服的。

夕阳西下时，周非凡来到小区的健身器材旁，不急不缓地扭扭腰，伸伸腿，他在等着一个人的到来，要“借刀杀人”，以便自己“金蝉脱壳”，继续过上幸福的小日子。果然，没过多大会儿，李完美一身练功服装扮按时来此锻炼。周非凡一反常态迎上前去，夸奖她制造的“游泳衣事件”令自己终得解脱，苏梅如今专心整治自己，反倒将钢镚扔到了脑后，自己再也不用为孙子的事担惊受怕了。

李完美泄气地靠在跑步器上，像是走了很久的路，瞬间变得疲乏不堪。难道自己设计的让周非凡带游泳衣而引起内讧没有成功，弄巧成拙了？原来此时苏梅的这种“折磨”令周非凡很“享受”，反而是之前的状况令他苦不堪言？不行，必须得尽快回到过去，让周非凡受难，以惩罚他对自己掉以轻心的态度。

“你的意思是我帮你做了好事？”李完美脖子一梗，“哼”了一声，带着不可理喻的表情走了。

周非凡心知大计将成，又故意大声叮嘱道：“小李子，你可千万不能告诉苏梅我给你买游泳衣的真相啊。”

没过两天，家里的情况果然有了变化。

这天一大早，苏梅从菜市场采购了一堆东西回来，又煎又炸，还罕见地哼着小曲，拉开了要做一顿大餐的架势。周非凡先是暗自高兴，想着苏梅和自己要和好也不至于整这么大的动静。可等了一上午，没见动静。眼看着快到饭点儿了，肚子有些饿，他便穿戴整齐，捏着钱包欲往外走，却被苏梅叫住了。

苏梅认真地给周非凡道歉，说他完全是替钢镚受过，自己差点儿中了李完美的离间计。不容周非凡表态，便不由分说拉着他进了厨房，说周小容的男友今天要登门，让他帮助准备酒水。

周小容有男友了！周非凡嘴巴张了半天没有合上，这简直是太让人惊喜的事了。

说话间，周小易和婷婷拎着刚买的啤酒也回来了，紧接着周小容领着男友闪亮登场。她挎着一位瘦小的黑人男子，冲着喜滋滋开门迎接的全家人正式介绍这是她“普遍撒网，重点培养”的男友小黑。

周小易第一感觉是不走寻常路的老姐这回栽泥坑了，但奇怪的是，她怎么就缺少一个在泥坑边踯躅徘徊的过程呢？而苏梅来得更干脆，她直接将周小容叫到厨房，严厉斥之为“变态女”，难不成泱泱大中华的男人死绝了，要你准备移民？

“非洲有什么不好？”周小容顺手拿起炸好的丸子吃着，炫耀地说，“您将来一个黄孙子，一个黑孙子，黑白双煞，一边一个护着您，多酷、多威风啊。”

苏梅自然是贫不过女儿的，她压低嗓门埋怨着：“你太不靠谱了，不让你当‘单女’你就变着法给我整一黑人，成心和我作对是不是？”

“妈，我撒的那‘网’里什么人都有。小黑挺可爱的，别看他长得跟难民似的，身体素质可好了，是世界100米短跑第八名的保持者。”说着，周小容伸出头去看了看孤独一人坐在客厅的小黑，冲他飞去一个吻，回头又介绍道，“还有啊，他爸是索马里海盗，可有钱了。迪拜有他家三处别墅，美国NBA啥牛球队他家是第二大股东，你女儿嫁了这样的人能吃亏吗？黑就黑点儿呗。”

“你少给我说这些，他就是非洲王子你想也别想！”

周非凡也挤进厨房将女儿拽了出去，低声问她是否在出什么幺蛾子，糊弄催婚的苏梅。周小容模棱两可地笑了，说自己也不是什么糊弄，只是苏梅让她一周内带男友回家吃饭，自己拿不定带谁。想着这小黑追她经年，生意不成人情在啊，就先带回家来，撮上一顿再说。在周非凡看来，女儿如此直白，虽然委婉迂回的美感不存在，但起码事实是清楚的，小黑虽然是黑人，但又有谁规定周小容不可以和黑人交朋友啊。

说归说，客人上门了饭还是要给吃的。只是一家人围在餐桌旁吃饭，没有了往日的说笑嬉闹，却也算客气有礼。周非凡率先打破僵局，他对小黑说自己最大的愿望，就是能到非洲摄影采风，因为那里的风土人情别有一番味道。小黑闪着两个亮晶晶的眼珠子，张着一口白牙，不管对方说什么，自己都是竖起拇指，“亚克西”“吆西”“撒娃地卡”来回倒腾着说，弄得周小易和婷婷啼笑皆非，认为这位黑人兄弟还挺能入乡随俗的，现如今流行的新疆话、日本话和泰国话都能知晓一二。

为了表示热情，周小易给小黑夹了麻辣鸡，小黑吃下顿时辣得大汗淋漓，哭丧着脸还不住地竖起大拇指称赞着。周小易来劲儿了，又挖了一大勺子给小黑放在吃碟里，让他尽情享用。见小黑不停地出汗，婷婷礼貌地给他送上毛巾。接过毛巾，小黑连话都来不及说便擦起汗来，周小易无意间发现小黑的额头竟越擦越白，不禁皱起了眉头。

“妈，您这菜也太辣了，把客人弄得大汗淋漓。”周小易热情地拉住小黑的胳膊，“小黑哥，咱去卫生间擦把脸吧。”说着，他装作没看见小黑在连连摆手，半拉半拽将他拖进了卫生间。

平日里淡定的周小容此刻如坐针毡，吃饭的心思没有了，耳朵直直地听着卫生间那边的动静。等听到周小易和小黑大呼小叫时，急忙冲过去想阻止什么，但是一切为时太晚了。被周小易拿着花洒一顿猛喷，远处躲藏的小黑脸上化妆的黑油彩顺颊而下，露出了黄皮肤的真面目。

如此欺骗家人，找个同事化装成黑人来家里冒充男友，周小容这回惹起了“群愤”。“批斗会”上，以苏梅为首，大家纷纷开始指责。周小容对排炮式的打击无动于衷，甚至还有些得意的样子。她为自己狡辩，说这是“官逼民反”。

“你现在当着全家人的面表态，什么时间结束你的‘单女’生活？”

“哪天我看上的人出现了，哪天就结束。”

“那要是一辈子出现不了呢？”

“那我就一辈子过‘单女’生活。”

女儿不在乎的态度令苏梅烦恼异常，她威胁道：“你小心我哪天把你的‘单女俱乐部’一把火给烧了。”

“妈，您为什么要憎恨‘单女俱乐部’呢？”周小容热情相邀，“您抽空去我们那儿看看，就知道我和我的姐妹们，过的是多么快乐的单身贵族生活。”

按照周小容所说的地点，苏梅以突然袭击的方式抽查了“单女俱乐部”，之后直接去了周小易家，力邀婷婷请陈子页出马，看看周小容在哪方面有问题，以致她将这个“听着靡靡之音，喝着红酒，三五成群，搂搂抱抱”的“单女俱乐部”如此美化。如此一来，她还是不放心，决定对周小容的“窝”予以突击检查，看女儿是否真的有了“同性恋”的迹象。

敲门半晌，始见周小容穿着睡衣出来开门。苏梅抱怨她起床太晚，昼伏夜出，最终会将身体搞坏。周小容对此很不以为然，在她看来，早晨从中午开始，就是现代人最健康的生活方式。苏梅说不过她，便亮出绝招，直指她打着“单女”的旗号，网络了一批同性恋，将“单女俱乐部”打造成“同性恋俱乐部”。

看到老妈怀疑自己的性取向，周小容大惊，拉着她便向卧室走去。

随着房门张开的缝隙，苏梅看见一个男人侧卧在床上，她有些不相信地揉了揉自己的眼睛再望去，只见被窗帘遮盖严密的卧室里，床头灯映现出一位男人的侧脸，他身上盖着周小容的被子斜靠在床头上看书，听见门响也不慌张，抬头向门看去。当看见苏梅时，脸上顿现诧异之色，本能地放下书，向被窝里面缩去。

这回该轮到苏梅吃惊了，一时进退两难，竟不知如何是好。

“sorry.”周小容冲屋里的男人抱歉一笑，回过头便挨了苏梅一个大嘴巴。

苏梅恼羞成怒，颤抖的手指向女儿："这，这就是你给我说的不结婚不等于没有男人?"

"我本来不想刺激您，可您非要说我是同性恋，我只好不要脸给您看看我是什么恋了。"周小容捂着脸，含羞带怒地解释着，郑重其事地说，"妈，请您尊重我的生活方式。"

苏梅自认为有道德洁癖，向来喜好站在道德制高点上俯视众人。可眼下，一向引以为傲的宝贝姑娘做下这么"下作"的事，让她顿感颜面尽失，痛心疾首。她毫不犹豫地勒令周小容，既然已经如此了，必须马上结婚。可周小容却淡淡地告诉母亲，此男士不是合适的结婚对象，与自己也不过是"天亮即分手"的关系。

如此轻描淡写地掩饰自己的"罪恶"，苏梅气得火上心头，本能地伸出手去，想一巴掌扇醒执迷不悟的周小容，怎知胳膊还没抡出去，便觉一阵眩晕，一个趔趄向前踉跄了几步，若不是周小容眼疾手快将她扶住，几近摔倒。

接下来苏梅宣布了一个决定，马上请搬家公司，将周小容搬回家去，和他们二老同居一屋。

接下来的日子，苏梅吩咐婷婷启动娘家的关系，让马大玲重点挖掘老年俱乐部成员家庭，将其未婚的男子统统给周小容介绍；同时不容反驳地废除了周非凡对石头和摄影的爱好，让他全力以赴做好女儿相亲的后勤保障工作。

周小容是何人，她怎能不明白苏梅的一片好意，又怎肯放弃自己坚持良久的生活方式? 于是，表面上她很顺从地听任摆布，相亲时只要苏梅给"他们"留出交流的时间，她便开始"做妖"。时而用浓发盖住大半张脸，眼睛无神，神情虚弱，沉静宛如染有沉疴的病人；时而又做出女汉子状，粗喉大嗓，表情夸张，激情有如酒仙附体李白再世，令一众相亲男子避之不及，纷纷夺路而逃。为了尽早逃离母亲的管制，周小容决定从最薄弱的地方下手。她给钢镚买了一大堆好吃好玩的，许他一个"天天过六一儿童节"的愿望，要求他自此开始装肚子疼，在家要奶奶照顾，不能再上幼儿园。

此招一出，果然所向披靡。苏梅立刻如临大敌，围绕着给钢镚看病、治疗忙得不亦乐乎，将已经安排好的相亲活动一一取消，乐得周小容暗自叫好。

周非凡对于这个我行我素的女儿向来褒奖有加，但对她将婚姻问题儿戏化也颇有微词。闲聊间，打趣问女儿所相亲的七八个对象可有中意的，周小容笑称中意的尚在送子娘娘怀中，还未赶来。如此一来，周非凡纳闷了，要说相亲的人里面不乏成功人士，可这见多识广的女儿喜欢的是哪一款呢?

"我要嫁的男人不是中意，是要完美。"周小容坚持自己的择偶标准，并说眼下想找到心目中的白马王子难上加难。她取出一张纸在上面画着给父亲说:“首先,经济社会嘛,我要找的那个他必须富有。我要求不高,但年薪怎么说也应该在50万以上。这种人大概会在1000个优质男里产生一个。”周小容用力在纸上写下了1/1000,又说,“第二,要英俊潇洒。怎么也得像老爸您这样的,百里挑一吧。”

“百里挑一?太少了。”对女儿的恭维周非凡很受用,他得意地给自己拔高着,“500人,起码是500个人里面才能找出一个像你老爸这样的。”

“太对了,我爸是谁呀!”周小容又在纸上写下1/500。“幽默、性感、浪漫、成功、健康。分别对应的数字是:1/40、1/30、1/20、1/10。这样的人,我估计也得是100个人里才能出一个。”得到父亲的承认,周小容在纸上写下1/100,说将以数字相乘一下,便是自己所能遇到这位心上人的概率。

父女俩各持一个计算器,热热闹闹算了一阵,得出了几亿分之一的概率。这结果显然超出了周非凡的预料,就在他感叹周小容找到意中人比中彩票还要难上加难时,周小容又告诉他,这仅仅是她本人有幸能碰见这位极品男的概率,如果再加上此人愿意找她的概率,那更是比登火星还难了。

“这一算,我还真是相信缘分了。百年修得同船渡,千年修得共枕眠。古人说得没错。”

“是啊,茫茫人生路,遇不上这种缘分,你说你女儿我不做‘单女’做什么?”

得到了父亲的支持,周小容向自己的终极目标又迈进了一步。她找到婷婷,告之自己对老妈的忍受已达到极限,为了能搬回她的小巢,重新过平静的生活,想找一个“名义情人”给老妈一个交代。因为此人和婷婷曾经有过亲密关系,所以必须先取得她的同意。

“……难道你是说陈子页不成?”婷婷见周小容点头微笑,不禁沉默了,她喃喃道,“姐,你身边的男人多了,为什么要他呢?”

“选择陈子页是给咱妈出难题,把皮球踢给她。”周小容诡异地一笑,“我之所以选择陈子页,一是让妈看到我确实是在谈恋爱。二又因为你和陈子页之前的关系,妈不会同意我的婚事,更不会逼我立即结婚。这样,我就可以顺理成章地搬回我的小窝,享受我的安宁日子了。”

婷婷被周小容的一番“计谋”说得浑身不自在,捧着咖啡杯放在嘴边,但半晌也没呷上一口:“姐,您这样做,难道就不顾及小易的面子吗?”

“小易那儿,我会想办法搞定。你就告诉我,你能接受吗?”

“我现在和陈子页形同路人,他愿意有什么样的生活与我没有任何关系。”

“好,姐要的就是你这句话。”

得知要给周小容当“名义情人”,陈子页不禁一番唏嘘:“做‘名义情人’?你没吓着我,是吓死我了!”

“选择‘名义情人’对我来说,是件易如反掌的事情。但为什么要选择你呢?主要是基于万一将来假戏真做了,我也不后悔。”周小容美丽的眸子向陈子页递过一道秋波,“实言相告,我喜欢有味道的男人。”

“谢谢周大主持的抬举。”陈子页做谦虚状,语气中透着怅然,“一个堂堂有名的心理问题专家,要通过一场‘名义情人’的临时工后,转为正式工,是不是有点儿叫人笑话?”

“我听出来了,您不愿意委屈自己?”

“哪里,哪里。我是曾因醉酒鞭名马,生怕情多累美人啊。”

“曾因醉酒鞭名马,生怕情多累美人。”周小容微阖双目,品味着词中的意境,“太浪漫了,太有诗意了。就凭你这句话,我贱卖给你了。”

陈子页未置可否地一笑,向周小容询问自己扮演的这个角色,不知周小易夫妇会有何感受。从对方的话语里,周小容感觉到他考虑周小易感受是假,为婷婷担忧却是真,想必这位曾经沧海的成熟男子对初恋的婷婷仍是难以忘怀。

得知女儿和儿媳前男友谈起了“恋爱”,苏梅大为光火,但又无法当面拒绝,只能吃了个窝心气。

“你说这周小容到底是不是你我的女儿?怎么天下不着调的事情都让她一人干完了。”苏梅将火气发向周非凡,“人家都是剩女,大龄女青年,她却整出个新派别‘单女’。现在她又要和陈子页谈恋爱!你说这是你我教育出来的女儿吗?”

对于女儿这个恋爱对象周非凡有自己的想法,他觉得这段感情可以支持。虽然陈子页以前和婷婷谈过恋爱,但现在和小容谈也不违社会伦理纲常,无须大惊小怪。

“你说得轻巧。星期天回来,大家围着一个饭桌吃饭,婷婷看着她以前的情人,小易看着他以前的情敌……”

“这你就瞎说了。婷婷做事是有原则的,她是在和陈子页分手一年后才和小易谈的恋爱,怎么陈子页就成了小易的情敌?”

“设想一下不成吗?天下李完美那样的人多的是。”

一听“李完美”的名字,周非凡急忙双手做投降状,连连告饶,“我是彻底服了你了。八竿子打不上的事,你都能和李完美挂上。”

“我一提‘李完美’三个字,你马上就亢奋了,立马给我打住。”苏梅长吁短叹,狠狠地瞪了老伴一眼,命令道,“说,小容和陈子页的事情怎么处理?”

“怎么处理？好处理。”周非凡分析着，“小容现在是心理出了问题，应该需要有陈子页这样的人在身边进行心理疏导。你之前不是也让婷婷找过陈子页吗？再说这种正儿八经的恋爱关系，总比小容信奉的那个什么‘一夜情’好，你说是不是？”

苏梅眼前闪现在周小容家见到‘一夜情’男人的情景，她长长地吁出一口气，叹道：“如果陈子页原先没有和婷婷的那段关系多好，其实他还真是个靠谱的男人，也能罩得住咱家小容。”

老两口对陈子页基本认可，考虑到谈恋爱需要一定的空间，周非凡建议让女儿先搬回自己的小窝去，苏梅连声赞同，生恐陈子页来家撞见周小易，勒令周小容次日就搬离此处。

在辗转医院的过程中，受不了如此折磨的钢镚终于告诉奶奶自己的病是装出来的。没有了赖在家里的理由，婷婷坚持将钢镚送回了幼儿园。

周小容已正大光明追求自己独立的生活空间了，屋里又剩下了老两口。苏梅也不出去遛弯、聊天，更不随周非凡打太极、练门球，只是一个人待在家里，一天到晚恹恹的，没着没落。

为了排解老妈的孤独，周小易和婷婷合计着在网上建个“孙子圈”，让苏梅当管理员。并诱惑她写些养育孙子的心得发到网上，最后结成一本《‘孙子’兵法》的书，肯定畅销。此建议遭到苏梅的坚决反对，她认为这几年来，为了孙子，自己和儿女斗、和老公斗、和亲家斗、和邻居斗、和幼儿园斗，写“心得”纯属是暴露自家隐私，坚决不能干。她总结自己的状况，坦言病不是憋出来的，是气出来的。因为周小容不着调的“同性恋”风波，不靠谱的“谈恋爱”，气得她头晕这档子事老是过不去。她吩咐周小易下班回来给她买个血压计，以便监测血压，以防不测。

得令，周小易次日便将一款名牌电子血压计给她买了回来。可一测血压指标，“低压 80，高压 140”，苏梅紧张了起来。她坚持高压 140 不至于令自己如此头晕，分析是此血压计不准，没有将自己血压的真实情况测出。她心急火燎地令周非凡立刻去药房买传统的血压计，并将量血压的技术学到手。

十八

不到一周的时间里，苏梅的床头摆放了以各种理由买回的四台血压计，令周非凡为主测官，周小易、婷婷为助理，两个小时测一次，一次须将四台血压计轮流使用一遍，取其中两组数值相同的作为自己的“真实血压”。如没有两组以上相同的数字，便将四台血压计所测的平均值定为“真实血压”。由于苏梅高度紧张和频繁监测，她的高压倏然蹿上了180，令众人大惊，不得不将她带往医院求医问药。到医院经医生检查，血压倒是正常了，可她又觉得心脏似有闷痛的症状，她怀疑自己患上了冠心病，要求做一系列的检查。

接下来的日子可以用三甲医院大巡查来形容，周小容姐弟俩和婷婷三天没上班陪她去了四所医院，做了三次CT和两次核磁共振，只查出肝上有个良性小囊肿。可就是这个小囊肿，苏梅如临大敌，责令周小易上网向网友询问，寻访高手。

周小易刷着屏，对坐在一旁的苏梅说：“就是个小囊肿，没事。”

“肝上长东西能没事？我倒是不怕死。”苏梅怨怨艾艾地叹着，眼角竟泛出一汪泪光，“但我要是万一光荣了，钢镚可就没奶奶了。”

“嘿，您怎么一有事就想到了钢镚？就不能想想我爸，想想我！”

“你的意思是我真离光荣不远了？是不是医生给你说什么了？”苏梅警惕地问着，心里已将自己的病情做了最坏的打算。她恨自己的身体不争气，眼看着已经站在了万丈深渊的边上，稍有风吹草动，便会粉身碎骨。她很是不甘心，趁着大脑还没糊涂，还残余着一点儿可怜的自尊与清醒，她觉得自己很有必要将家里家外的事情予以托付。于是，苏梅开始行动了。

她先是连续三天不眠不休给周非凡讲述她们苏氏家族的大事小情，接着又从二人的婚前讲起，大至结婚生子，小至鸡毛蒜皮，件件事情都让周非凡须铭刻在心，将来讲授给儿孙们。讲完这些，苏梅仿佛完成了人生的一件大事，她又去买回一大堆医学书籍，准备潜心研究自己的病情，必要时予以“自救”。

不胜其扰的周非凡紧急召见儿女们，令他们赶快想出好办法，以治好苏梅的多疑症。综合大家的意见，周非凡认为苏梅之所以多疑，都因查出肝上的那个小囊肿，如果将小囊肿割了，定会彻底去除她的心病。周小容立马表示同意，马上联系了一家三甲医院，给苏梅订了间VIP病房，煞有介事地准备手术治疗。

次日，一家人拎着大包小裹，隆重地将苏梅送入医院。接诊的主任接过他们递上来的若干核磁共振、CT片子，告之苏梅肝上的囊肿不到一个毫米，可暂时不用治疗，采用食疗保保肝就可以了，无须住院检查，更谈不上手术治疗。

“保守治疗”，苏梅的理解，是让她在生命的悬崖上又向前了一步。从家人对她“有求必应”的态度和医生“讳莫如深”的谈话中，她感觉到自己确实患了重疾，医生已然“放弃”了治疗。静思下来，原本“怦怦”跳动的心脏便如同树枝上那烂熟的水果一般，往下坠去，令人呼吸吃紧，坐立不安。几日下来，原本细腻红润的脸颊便无端地憔悴了起来。

得知亲家肝上长了个小囊肿，马大玲亲手煲了“三肝汤”用保温饭盒盛着，和王满堂一起送上门来。

“肝上的病千万不能动手术，跟割韭菜一样，割了又长，长了又割，没有个完。”马大玲一副内行的神情，谆谆道来，“治病最好还是中医加食疗，你们要是不相信‘三肝汤’的效果，可以去我们老年俱乐部看看，健在的两个现在都是抗癌明星，活得比我还乐观，还滋润！”

一番话，将本已愁云惨淡的苏梅说得心烦意乱。苏梅郑重地让周非凡通知孩子们明日回家开会，她有重要事情要说。按照电话通知，姐弟俩纷纷请假按时回到家里，向等候他们的周非凡打听会议内容。听说是苏梅有重要事情宣布，周小易让婷婷在屋中间摆了一个椅子，将苏梅从卧室请了出来，端坐于此。

看着母亲一脸凝重，周小易调笑道：“妈，看您这表情不会是要交代遗嘱吧？”

婷婷搡了周小易一把：“瞎说什么呢！”

苏梅郑重其事地告诉儿女们，自己欲将所住这套房子的户主易名，改为钢镚持有。苏梅强忍泪水，悲戚戚地说：“我走后，你爸肯定还是要续弦的。当然，我不是说你们那个后妈肯定就是李完美，但是把这房子就是留给张完美、赵完美我也不会同意。”

“妈，我没听明白，您说您要走了，是要去哪儿？”周小易嘻嘻哈哈地凑近苏梅，给她递上一杯水，“我老妈这是上山当尼姑还是云游四方啊？”

“你不要拿着明白装糊涂，不要哄我了。我知道我自己已经病入膏肓，没几天日子了，请你们能够满足我最后的一点儿心愿。”说到伤心处，苏梅难以抑制地抽泣起来。

按周小容的说法，对于老妈如此“作践”自己，最明智的办法就是既不反对更不附和，让她自己可劲儿地“作”去，“作”够了，也就知道歇息了。

要说苏梅“作”，还真是“作”出了些新的花样。

她在卧室的梳妆台上放了一张自己的标准照，权作“遗像”，并将一个写有“苏梅大人千古”的灵牌放在“遗像”前面，还有板有眼地放了些祭奠用品。做完这一切，她退后几步，审视着布置好的“灵堂”，凄凉一笑，叫过了在客厅疯玩的钢镚，要教他磕头、上香。听说奶奶要上“西天”，钢镚不由得欣喜若狂，连声问她是不是要和孙悟空、猪八戒住在一起？得到确切的答复后，他蹦着跳着要奶奶带着他一起上“西天”。并威胁说，如果不带他去西天和孙悟空玩，就绝不磕头。

见过咒人的，没见过咒自己的。见过摆灵堂的，没见过给自己摆灵堂的！对于苏梅的“作”劲儿，周非凡忍让已有时日，如今见她这般走火入魔，知道不制止不行了。他给周小容打了电话，将家里发生的一切做了叙述，让她请陈子页到家来对苏梅进行心理辅导。殊不知周小容早已将母亲的事和陈子页做了沟通，陈子页从专业的角度分析，应该尽早将苏梅肝上的小囊肿去了，这样才可能消除她的顾虑。

得知自己的“不治之症”有救了，苏梅欣喜异常，很配合地住进了医院。几日例行检查下来，她不仅对这里的医术水平大加赞赏，和同病房两位老年病友也熟络了起来。

苏梅向来不屑于和女人们讲吃讲喝、神侃八卦，认为这是严重的市侩习气。但有了孙子便不一样了，聊孙子聊的是一种恬淡的生活境界，是对生命的满足，人生的幸福！说起钢镚的趣味轶事，平日孤傲寡言的苏梅如打了吗啡一般，充满了兴奋和灵感，孙子的一点一滴在她的描绘下宛若神童。

“听一件小事。我孙子钢镚不听话，她妈装作不高兴，对他说：钢镚，你要是再调皮，我就再生一个小弟弟，永远不喜欢你了。谁知我孙子满脸不在意地说：你要是敢生小弟弟，我就打110，告诉警察叔叔，你们犯法了。”

胖病友不服气地说：“这也叫聪明？我一点儿也没听出来。”

“听不出来，那我就给你说个傻子都能听懂的。我儿子有个朋友，见了我们家钢镚就摸他的小鸡鸡。我对此很反感，就告诉孙子，说以后叔叔再摸你的小鸡鸡，你要强烈地反击他。一星期后，那人和她女朋友又来我家，见面又要摸钢镚的那地方，我家钢镚义正词严地喊道：‘别摸我的小鸡鸡，你也长着鸡鸡，你不会摸你自己的啊！’听听，这一番话把那大男人臊得无地自容。”

“自摸啊，这也是孩子应该知道的事情？”瘦病友面露不屑，冲胖病友挤了挤眼，瘪着嘴讥笑道，“下流。把无耻当天真。”

如同被拉下了电闸，刚才还血脉贲张的苏梅顿时面若冰霜，她没有想到对方如此无素质，竟对自己使出了市井泼妇那一套，遂毫不客气地愤然反击，直指对方的孙子只会鸡零狗碎的小把戏，见了阿猫阿狗都双手合十当神敬，纯属弱智儿童。可对方联合起来，大言不惭地告诉苏梅，就算她们培养了个弱智孙子，也绝对比培养出个流氓孙子强很多。

吵闹不仅会发泄愤怒，更会让人失去理智。苏梅终归不是吵架的料，翻来覆去就那么几句，没过多久，便头晕目眩耳朵嗡嗡直响，只能看着自己可爱的孙子在两个老妇人的嘴里一来一往渲染开来，自己空有一腔愤怒和尖酸刻薄的词语，却张口结舌一句话也说不出来。

幸得护士及时赶到，制止了她们之间无谓的争吵。

苏梅耳根清净了，理智也就回来了。她毫不犹豫地请护士给自己调房间，绝不和素质低的人同居一个屋檐下！

手术前，婷婷和周小易买了苏梅最爱吃的糯米糖糕给她送来，却见病床空空如也。忙向病友打听，才知道她心情愉快出去遛弯了。两个病友笑称苏梅把儿媳妇夸得一朵花似的，非要让婷婷给她们介绍经验，弄得婷婷蛮不好意思的。周小易很得意地“命令”媳妇传经送宝，说这也是为和谐社会做了贡献。

“那我就说说。我认为，女人一旦做了媳妇，最重要的是要把‘孝’和‘顺’两个字分开。”婷婷将饭盒放在床头柜上，手不失闲地忙碌着，“对自己老娘要讲‘孝’，对婆婆要讲‘顺’。”

两位病友对此颇有感触，同时，对婷婷的敬佩也多了一分。

“我媳妇说得容易，但做起来难啊。”周小易靠在窗户旁，不无感叹道，“多少女人在婚前都信誓旦旦地表示，要拿公婆当父母看待。多少公婆也说，我们拿媳妇当女儿看待。这些愿望都太美好了，美好得像天上的彩虹一样。其实全都是谎话，你们就记住我媳妇的这句话，对自己的爸妈要讲‘孝’，对公婆要讲‘顺’。只有这样，就可以打遍天下的婆婆无敌手。”

苏梅如期进行了手术。手术仅进行了十多分钟她便被护士搀扶出来，有些失望地告诉在手术室门口等候的亲人们，医生只在她的肚子上钻了两个眼，连刀的影子也没看见手术就“结束了”！她严重怀疑家人和医生串通在一起糊弄自己。

苏梅忽然之间觉得有些语噎，有些空落。面对着朝夕相处的亲人，她脑袋里一片空白，空白得竟是那样的滞胀、阻塞，以致让她的心灵已经难以承受。她不理解亲人们的冷酷，作为一个明白人，她需要的是实实在在的答案，而不是临死前的推诿和恩赐。

苏梅去找了院长，不顾院方的解释，坦言自己想无忧无虑地走完人生的最后时刻。要求院方将她作为医学试验的患者，愿意承担试验所带来的一切后果。手术成功了算捡条命，手术失败了也毫无怨言，并且在失败后会将所有能捐的器官全部捐出贡献社会。唯一的条件是她亲爱的孙子钢镚在以后漫长的生涯中，万一不幸得了需要眼角膜和肝肾的疾病，能优先享受器官移植。

看到苏梅的疑心病已经“病入膏肓”，周非凡又召集全家人统一认识，确定若不给做个“大手术”断然去不掉苏梅的心结。

几经商议，决定做个偷梁换柱的手术，去掉一些脂肪以冒充“肝癌肿瘤”。但问题是，公立医院没人会做这种偷梁换柱的事，周小容联系了“单女俱乐部”的定点私立医院，那里不光汇集了本市刚刚退休的名医专家，更有国外一流医院预约的

“走穴”高手，相信一定能令医患双方满意。

苏梅如期做完手术被推回了病房。虽然包着绷带插着尿管扎着吊瓶，可她的精神却好过手术前。听医生说割下来的囊肿还挺大的，她竟长长出了一口气。

多疑症消除了，其代价是苏梅的腹部开了一刀取出了若干脂肪。但如何使她术后的生活更加健康，不再重蹈覆辙，周小容拉着婷婷去请陈子页做了指导。

“恕我直言，阿姨个性敏感、多疑、主观、固执、自我中心、自怜孤僻。”陈子页分析着，“这次诱发疾病臆想症，完全是一种强大的失落感造成的。也就是说，她突然不能和孙子在一起了，正常的生活秩序被完全打乱，就会不由自主地要生出很多事来。解铃还须系铃人，让钢镚尽快回到阿姨身边，恢复她以前的生活秩序。”

听说让钢镚重回家里，不再去幼儿园了，婷婷老大不乐意，生恐孩子刚改正的坏毛病会在回到家庭后重新复发。周小容允诺说只是暂停一两个学期，帮苏梅渡过这个难关后，钢镚自然还是要去幼儿园的。

钢镚回家了！失去了幼儿园的束缚，有了奶奶撑腰，他又变成了恣意妄为的小皇帝。

针对幼儿园的教育，为了不让孙子落在起跑线上，苏梅花费一万多元为他报了六个兴趣班，涵盖了英语、数学、绘画、表演、游泳、钢琴，决计要利用在家的时间对他进行全方位的学前教育，使他成为全优儿童。婷婷犯愁六个班的课程对于仅有四岁的钢镚有些过于繁重；苏梅坦言文化局长的孙子，自然是琴棋书画都得有几把刷子。考虑到苏梅还在病情恢复期，周非凡表了态，说只要夫人愿意，他主动承担两个班的接送任务，不等周小易夫妇表态，苏梅忙让他们安心工作，剩下四个班的接送她一人全包了。

话音未落，门铃响起。门一开，是马大玲笑吟吟地出现在了门口。她门也不进，站在外面招呼钢镚跟她去上课。苏梅忙打听，这才知道，姥姥也望孙成龙，给钢镚报了少儿武术训练班，今天就要去上武术班的第一堂课。

“亲家，钢镚已经是好动分子了，再让他学这些打打闹闹的东西，恐怕有些不合适吧？”苏梅一边往屋里让着马大玲，一边表达着自己的不满。

“妈，给钢镚报武术班是我的意思。”周小易一见双方矛盾初现，连忙将责任揽在自己身上。他搜寻着理由说服老妈，“现在钢镚不上幼儿园了，每天都要在院子玩耍，但是咱院子有几个大孩子老欺负小孩子，还索要钱物。所以，钢镚必须练点儿童子功以防不测。”

“小易说得没错。昨天就有一个大男孩向小孩要钱，被我收拾了一顿。”周非凡本来就觉得苏梅报的课程有些单一，缺乏阳刚之气。马大玲这个班恰恰弥补了一些遗憾，遂大力支持。

“钢镚，走，跟姥姥上武术班去。”有了支持者，马大玲高兴地冲周家爷儿俩点点头，领着挥舞着金箍棒冲了过来的钢镚，欢天喜地地去上武术班了。

公交车上人满为患，马大玲抱着钢镚上了车，艰难地在车上移动着，想寻找个能靠的地方站稳。一溜年轻人坐在椅子上，虽男女有别、胖瘦不一，但统一的动作就是都不往车厢里面看。他们或翻看手机不断刷屏，或凝视窗外目不转睛，偶有需要活动身子扫视到了车厢的人们，也是目光空洞，熟视无睹。

马大玲抱着钢镚来到椅子旁，终于可以靠在椅子上有个固定的支点了。她扫视了下坐在标有“老弱孕残”椅子上的黄发青年，发现对方没有一点儿让座的意思，正待发火，坐在前排的一位孕妇站了起来给她让了个座。马大玲说了声谢谢便抱着钢镚移动过去。怎料她的屁股还没挨着椅子，便听钢镚大声嚷道：“不许姥姥坐，我要自己坐。”马大玲一声“好嘞”，笑嘻嘻地起身，让钢镚一人坐在了座椅上，自己则扶着椅背摇摇晃晃地站在那里。

孕妇对钢镚的行为很是不满：“小朋友，起来，让姥姥和你一起坐。”

钢镚没理会孕妇，反而告诉马大玲他要玩手机。马大玲得令，忙取出兜里的手机递过去让他玩耍，自己冲孕妇一笑，一副大人不把小人怪的神情。

“这孩子怎么能这样？起来，让你姥姥坐。”孕妇看着钢镚一副小霸王的样子，一时气不过，伸手便去拽钢镚，“不让姥姥坐，你也不能坐。起来，这是我的座位。”

钢镚赖在座位上不起来，见孕妇拉扯他，便趁势站在椅子上，冲着孕妇拳打脚踢，几次险些踢到了孕妇的肚子。马大玲忙扑过去抓住钢镚的手脚，阻止他胡乱踢打孕妇。趁着马大玲祖孙俩纠缠在一起，孕妇一屁股又坐到了刚才的座位上。

钢镚不干了，哭闹着非要坐回座位。孕妇端坐在座位上，冷眼注视着哭天抹泪的钢镚，对他的哭闹全然不睬。车上乘客的目光大都被吸引过来，人们对这类小皇帝似乎已经司空见惯，除了彼此交换一些无奈、漠然的眼神，并无人理睬。

“怎么把孩子惯成了这样？没有一点儿教养。”孕妇蹙着眉，不屑地瞥了马大玲一眼，将目光投向窗外。

本来马大玲也觉得钢镚确实有些欠管教，准备下车再对他单个训练。怎知众目睽睽之下被孕妇一顿抢白，面子上有些挂不住了。她将钢镚往怀里一揽，冲着孕妇说：“我说大肚子，既然你把座位让给我当了好人，那位子就是我的。至于位子是我坐还是我孙子坐，跟你有啥关系啊？你有教养？你有教养能把泼出去的水又收回去？嘁！”

孕妇八成没见过无理抢三分的主，一下子急了：“哎，怎么骂人呢？为老不尊啊！”

“嗨，我还就为老不尊了！”马大玲已经全然忘了要带钢镚上课这件事，冲着孕妇叱喝道，“我就不信她大肚子不下车。这座位我孙子坐定了！”

“行，那你就好好等着。”孕妇看都不看她一眼，望着窗外冷冷地回击着。

公交车在城市里奔跑着，上上下下的乘客们不知过去了多少拨，车上乘客已经散尽，只有孕妇和马大玲祖孙固执地保持着原有姿态。孕妇坐在自己的座位上，马大玲拉着钢镚紧靠孕妇而站，俩人都有不达目的不回头的态势。

“你们已经把我们车坐了三个来回了，也该消消气，各回各家了。”售票员打扫着车厢卫生，又好气又好笑地劝着这一对吵架的冤家。可怎知她们都不领情，一个表示说什么也不能把屁股底下的座位让给对方，另一个则说宁可坐到末班车，一定要扛过对方，让孙子坐上这个座位！

公交车又出发了，孕妇与马大玲对峙的时间过长，早已神情疲惫，不住地打着瞌睡。而马大玲抱着已经睡着了的钢镚伫立在过道中央，身子靠在孕妇坐着的椅背上，疲态尽显。司机把握着方向盘，在车流中疾驶。突然一个急刹车，全车厢的人被巨大的惯性甩得前仰后合，马大玲抱着钢镚一个趔趄扑倒在了地上。

“看，孩子的头摔破了！”

听到有人喊，马大玲果然看见钢镚额头上一片血迹，看起来比较瘆人。

“我孙子受伤了！司机，快，快送我们去医院！”马大玲心疼地抱着钢镚，大叫着司机，几近疯狂。

公交车直接开到了医院门口，售票员从马大玲手中接过钢镚，奔跑着来到急诊室。医护人员即刻上前为他诊察。头部、肩部、颈部，检查了几处，均未发现外伤。

“那么多的血，怎么可能没有伤。”马大玲扑过去，拨开钢镚的头发，仔细查看着他头发底下的皮肤。

“阿姨，是您的胳膊烂了！”护士一声提醒，大家这才发现原来是马大玲的胳膊受伤了，鲜血已经将她的衣服浸透了一大片，钢镚的头上的血大抵也是被蹭上去的。

“小王，赶快给大妈做止血消炎处置。”

听到医生的吩咐，马大玲这才感觉到自己的伤口有些疼痛。她长长地出了一口气，抚摸着伤口强笑道：“没事，只要我孙子没事就好。”

医生感叹道：“哎呀，您可真是个伟大的奶奶，应该叫电视台来报道一下。”

这一番折腾浪费了大半天的时间，钢镚饿得饥肠辘辘，马大玲光荣负伤。祖孙俩回到家中，又被王满堂一顿埋怨，说她香臭不分，是非不辨。马大玲自知理亏，也就只好听任老伴“教训”。

钢镚刚吃完饭，苏梅就登门领人来了。说孙子太好动了，已经接近了多动症的边缘。给他新报了个瑜伽班让他练练，既能锻炼身体、陶冶情操，又能降了他身上的躁气。马大玲虽觉得四岁的孩子练瑜伽有些匪夷所思，但亲家的面子总是要给的，只好让苏梅将钢镚带走。其实苏梅给钢镚报瑜伽班也是一时兴起，她不顾教练的反对，执意让钢镚在瑜伽班里“修身养性”。怎知第一次上课钢镚便闯祸了。

钢镚先是穿梭在练瑜伽的美女俊男中看热闹，看够了便随意在地板上翻滚玩耍，玩够了，他告诉苏梅自己想尿尿了，得知下课才可以去厕所时，便悄没声地来到瑜伽房的拐角处悄悄撒起尿来。一泡尿扰乱了一堂瑜伽课，教练、学员们有的避之不及，有的则急忙拿起拖布开始打扫被钢镚污染的房间。

“你怎么说尿就尿呢?”见孙子不争气，苏梅恼羞成怒，抓过钢镚抬手就是一巴掌，“你再淘气，看我不打死你。”

“奶奶，你要是把我打死了，你会后悔的。”钢镚嘟起了嘴，做出一副可怜样来，“没有孙子了，你见到别人家的孙子会想我的……”

面对一番童稚“真言”，苏梅又气又爱，因孙子淘气所带来的烦恼一扫而光。

连着上了一周的课，苏梅、周非凡和马大玲轮番接送钢镚，一个个疲态已现。更可怜的是钢镚，从这条街道到那条街道，从这个教室到那个教室，时间都是苏梅已经计算好了的，丝毫不敢怠慢。稍有拖沓，便会耽误课时。搞得小家伙连睡觉的时间都不够，更甭提上课的效率了。

周小容认为钢镚不过是个四岁多的孩子，现在的任务就是玩耍，没必要搞得如此紧张，影响了身体发育才是大事。苏梅觉得女儿说得言之有理，决定在钢镚需要睡觉和休息之时，由自己代孙子去上课，将课堂内容抄写下来，再找时间亲自讲与钢镚听。当周小容问她和小朋友坐在一起，会不会觉得难堪时，苏梅理直气壮地回答她:“为我孙子服务，我虽难犹荣!”

有了奶奶代自己上课，钢镚可高兴了。他想方设法装病撒娇，将一干课程都交由苏梅代为学习，可对于马大玲为他报的武术班，却一堂不落，且醉心于此，颇有成为武术明星的决心。回到院子里和小朋友们一起玩耍时，为了炫耀自己学的“连环腿”，钢镚连踢了几个小朋友，又以“扫堂腿”将毫无防备的宝宝摔倒在地，并且对自己的“武术功力”很是得意。

听到宝宝的哭声，李完美从远处匆匆过来，她谴责了钢镚，并让小朋友们不要和打人的坏孩子在一起玩。小朋友本来对“武功”颇高的钢镚心存畏惧，听李完美这么一说，纷纷响应，四下散去。

十九

经过武术班的学习，钢镚“武功”猛长，一天在院子里打了五个小朋友，激起了众怒。家长和小朋友们见了他避之不及，视如洪水猛兽，已经没有小朋友和他玩了。周非凡因此买了食品和玩具，挨家挨户地给被打者道歉，求人家小朋友能和孙子在一起继续玩耍，怎奈收效甚微。

周非凡和苏梅一商量，觉得当务之急是制止钢镚继续舞刀弄棒。周小易向丈母娘谈了因为钢镚连续闯祸必须停止武术班学习之事，马大玲满口赞同，说这么小的孩子没有自制力，家长又监管不力，自然是容易闯祸。她觉得可以改成相对温和的跆拳道，对孙子的强身健体还是有帮助的。

在丈母娘那里碰了壁，周小易正在一筹莫展，却接到了苏梅的电话，言之如今打车不易，公交车又人太多，准备买一辆专车，用以专门接送钢镚往来各个兴趣班。她直言买车的钱她们老两口出一半，另一半则需由周小易和婷婷“放血”。啃老啃出惯性的周小易虽不大情愿，但为了自己儿子而买车又不能反对，只好点头同意。当他吞吞吐吐地问车主是谁时，苏梅宣告车主不是出资的任何一方，而是她亲爱的孙子——钢镚！

为了迎接新车到家，苏梅加快了学车的速度。除了按时按点上驾驶员培训班之外，没事就拉着周非凡，让他在大街上帮助自己辨认各种交通标志。周小易和婷婷感叹老人不易，年岁大了，眼花手慢，更重要的是协调性下降，万一真的开上车了，出点儿大事小情的，确实得不偿失。而阻止她开车的第一步，当是让她不能领取驾驶证。对于认真而狂热学习驾驶技术的苏梅来讲，若要她拿不到驾驶证，恐怕还得想点儿歪点子。

为使苏梅驾考中的理论考试能“通过”，周小易从电子市场为她买来了电子作弊工具。并顺利说服苏梅，让她佩戴此物进驾校考场，和自己里应外合，定能一举通过理论考试。

送完钢镚去跆拳道班，趁着孩子学习的时候，王满堂去医院看望他的师兄。

师兄患病多时，此时已是病危阶段。走进苍白阴冷的抢救室，只见原来壮实如牛的师兄如今变得瘦骨嶙峋，双目深陷，两颊绯红，无助的身体上接出若干根各式管线，各种抢救、监护设备密密匝匝地围在他的病床边。师兄拉着王满堂的手，生生挤出一丝笑容，喘息着对这位老实一生的师弟说出了他的人生箴言，他要王满堂要想开点儿，别像他那样，到了生命的最后时候，才后悔一辈子都为儿孙活了，才知道好多福都没有享受。

从医院回来的路上，王满堂流泪了。他想想自己这辈子在工厂听师傅的话，结婚后听老婆的话，为单位鞠躬尽瘁，为家庭熬干了心血。原想自己活着就是为了让妻女高兴，让孙子快乐，从来没想过为自己做点儿什么。想到自己终将有一天也如师兄般躺在病床上，会有多少遗憾只有自己心里最清楚。

就这样，他一路心情低落到了极点，直至见到钢镚，沮丧的心情顿时烟消云散。自己算什么？自己的愿望不就是儿孙绕膝、老少平安嘛，和钢镚在一起的天伦之乐便是自己眼下最大的愿望。

下了公交车，钢镚在人行道上一路打着“侧翻”，虽不成样，但也有几分形似。

“你能不能别翻了，摔着了我给你姥姥怎么交代？”王满堂气喘吁吁地追上，拉住钢镚，“你这孩子能不能安宁上一分钟。”钢镚毫不客气，嬉笑着冲王满堂身上就是一通搏击，嘴里还伴着“哼哼哈哈”的声效。打够了，他又向姥爷炫耀今天刚学习的基本功“小翻”。一个歪歪扭扭的跟头，落地时两腿一叉，将路边花圈店摆放的花圈给碰倒了。

就在王满堂过去扶花圈的当儿，钢镚发现了花圈上的小红花，不禁两眼放光，连声嚷着要姥爷买小红花。因为之前幼儿园的小朋友都有小红花，而他却是没有的。王满堂告诉他这是花圈上的花，不能拆开来买的。承诺回家后买红纸给他做，可钢镚认定了花圈上的花，非此花不要。王满堂面对刁蛮的小外孙，没辙了，只好和花圈店老板商量，想买几朵花圈上的小红花。

俗话讲“无商不奸”，店老板看看坐在地上不依不饶的钢镚，心里便有了主意。他告诉王满堂，小红花决不单卖，要买必须连整个花圈都买了。王满堂看出此店主决非善茬，拔腿就走。怎奈钢镚赖在地上，丝毫没有起来的意思。王满堂只得折身返回，向店主询价。几经讨价还价，以 100 元的价格买得花圈一个。当店主要“送货上门”时，王满堂心想自己周围又没有人离去，要花圈做甚？只是苦笑着给钢镚拿了几朵小红花，让外孙满意而归。

回到家里，钢镚喜滋滋地将小红花捧给马大玲看，马大玲这才知道老实巴交的王满堂又干了一件大傻事。她说你师兄不是没几天日子了吗？咱为啥不能先把花圈拿回家来存着，到时候了第一个送去。这样的话，钢镚白得了小红花，你又能在第一时间送了人情，两全其美，双赢的事为何不干！

要说王满堂一辈子佩服的人只有马大玲呢！瞧人家这脑子转的，就是给王满堂一架飞机也未必能追得上。想着已经给店老板说过不要那个花圈了，此刻再去，王满堂怕是花圈难要得回来。马大玲问清花圈店地址，拔腿便走，留下一句话，要不回花圈我就不姓马！

马大玲一路所向披靡,没几句话花圈老板便举手缴械,答应立刻将花圈送到她们家属院。班师回朝的路上,马大玲接了个电话,街舞队有一个临时活动需要立刻前往宾馆演出,她告诉送花圈的车夫自己有急事不能回家了,给了他五元钱,让他独自将花圈送去,放在楼下走人就行。

车夫按照马大玲的嘱咐,告诉门卫花圈是给王满堂送的,这才得以顺利进入家属院。又在热心人指引下,找到了四号楼一单元,按照吩咐将花圈靠在了楼门前。

从花圈进入家属院开始,人们便不断地打听花圈的主人。当得知花圈是送给王满堂时,人们不禁惊呆了。因为有人早上还见过他买煎饼果子,有人昨天还和他说过话,怎么人说殁就殁了?! 人们聚在一起,感怀岁月无常,叹惜好人没好命。纷纷表示要让勤劳一生的好人王满堂走得风风光光。不出两个小时,十余个花圈已经送来,在王满堂家楼下排成一字。虽然花圈落款不一,哀悼的人只有一个"王满堂"。过往人们唏嘘感叹,更有一位中年女人抚摸着花圈痛哭不已。

马大玲演出完毕,心里惦记着家里的一老一少,连妆都没来得及卸,穿着演出的服装搭了个顺车急急忙忙往回赶。刚进小区大门,便被值班的门卫扑过去抓住了她的双手,眼含热泪,连声叹息。

"老孙,你喝多啦?"马大玲不解地望着他,顺手将自己的头花戴在了老孙头上,退后一步端详着,"咯咯"笑出了声。

"王师傅可是好人一个啊。"

"可不! 我们家老头子好是好,可就是人太老实了。没办法。"

"你,你可一定要想开点儿。"

"这事我已经想开了,要不能出去跳舞?"马大玲说着,拿过自己的头花,笑着和老孙拜拜,一路哼着曲子,乐呵呵地往家走去。

王满堂的"离去"让家属院里的人们三五成群聚在一起,将王满堂的朴实厚道口口相传,彼此告诫珍重身体,爱惜生命。当人们沉浸在悲痛的回忆中时,回眸望见"遗孀"马大玲穿着鲜亮的表演服装,风风火火地走来,惊诧之余,几位妇女同情地望着她,异口同声认定马大玲受不了突如其来的打击,精神失常了!

本就是"人来疯",看见众人都望着自己,马大玲抖落着衣服向众人显摆着,让大家评价她的新款演出服。可众人一时都没转过神来,纷纷支吾应付着,更有甚者还向后躲去。马大玲愈发得意了,眼神里流露出按捺不住的激情:"各位大哥、大姐,你们不是老想看我表演的街舞吗? 今儿我高兴,就给大家表演一段。"说着,她嘴里哼着鼓点儿,然后开始了有节奏的说唱,在路上给大家秀起了街舞。

望着马大玲激情四射的身姿,一位老太太情不自禁地流着泪水,感叹道:"大玲家真是太可怜了，一个死了，一个疯了。”

考试在即，周小易来到老妈所学习的驾校，很快便找到负责她培训的教练。趁无人，他奉上烟酒，说自己不是要走后门，而是请他在理论考试时，抓他的亲娘苏梅的现行，以便取消她的考试资格。得到教练的应允，周小易将在外等候考试的苏梅拉到角落处，给她耳朵里装上微型耳机，让她进入考场。自己则扬长而去，静候这个“局”如期收场。

考试开始了，苏梅戴着老花镜，在试卷上写写停停，看得出来她对这些考题有些搞不定。但想到儿子外面找到试卷后会给自己传送正确答案，倒也能够塌下心来。教练过来停在了苏梅旁边，有意识地看了一下她的耳朵。感觉教练在身边站了很久，苏梅抬起头来，却发现他的眼睛直直地看着自己的耳朵。苏梅心里一惊，生怕被发现作弊，便佯装挠耳朵，顺手将耳麦使劲儿往耳孔里推了推。

教练走了，苏梅的耳朵却疼了。是那种钻心的疼，闷闷的，直往脑袋深处疼去，令人头晕目眩，无法忍受。她只好放弃考试，要求教练赶快派人送她去医院。

医院是不用去的。长年应对考试作弊，教练已经练出了“探耳取物”的好手艺。他将苏梅带到办公室，让同样来参加驾考的父亲帮忙，高举手电筒将耳孔里照亮，教练轻举镊子实施操作。仅仅是一瞬间，微型耳机便从苏梅耳朵里被拽了出来。同时，教练宣布她的考试资格予以取消。

苏梅央求教练恢复自己的考试资格，因为她是为了孙子才来考驾照的，绝不能半途而废。听说苏梅也是为接送孙子来学车，教练父亲如同找到了知音一般和她攀谈了起来。他们比较着孙子所上兴趣班的多少，感叹老人们风里来雨里去，干着比民工还辛苦的差事，真是心甜身累的一代老人。谈到热乎处，苏梅请教练体谅老人的难处，再给她一次考试的机会。教练父亲也向儿子求情，说他与苏梅萍水相逢，素不相识，但都是孩子的好爷爷、奶奶。让儿子网开一面，给这位好阿姨一次机会。

教练被逼无奈，只好将周小易所托交代出来。想着儿子绕着圈子让自己钻进“作弊”的陷阱，以致跌这么大的跟头，苏梅不禁恨得牙痒却无处发泄，扬言回家就让周小易给自己下跪，以惩治其犯上作乱的不孝行径。教练劝她不要追究周小易的错误，说儿子也是为了她好才出此下策。并承诺只要苏梅认真练习，将再给她一次理论考试的机会。苏梅喜出望外，忙不迭地感谢起教练来。教练还要叮嘱几句，抬眼看见母亲拎着饭盒来送饭了，便迎上前去埋怨母亲年纪大了不要如此辛苦，自己在单位灶上吃也挺好的。

“不是给你送，是给你爸送。他要是像王满堂一样，我想送都送不成了。”教练母亲为老公收拾着饭菜,长吁短叹道:“瞅着这人说殁就殁了。马大玲接受不了突然打击,穿着奇怪的服装在院子‘跳大神’呢。唉,太可怜了,一天之内,家里两口人,一死一疯。”

听到有人提及亲家公的名字,苏梅有些诧异。但一想城市大了,有个同名同姓的也不足为怪,便没再追问。但提及“马大玲”,苏梅一个激灵,她不敢相信世界上会有这么巧的事情,竟然一对夫妻和亲家老两口都是同名同姓！苏梅急忙向教练母亲打听消息的渠道,当得知这是今天发生在他们院子的事情,而这同名同姓的“王满堂”“马大玲”正是自己的亲家时,不禁悲从心起,痛哭失声。

马大玲扭着舞步过来,老远看到自家楼下摆放着花圈,忙向一旁聚集着聊天的邻居打听谁家人殁了。正在唏嘘感叹王满堂不幸撒手人寰,却见“遗孀”马大玲穿得姹紫嫣红,手舞足蹈充满好奇地打听自己老公的事。邻居们见状面露惊恐连连后退:“马大玲疯成了这样,家委会怎么也没人来管管。”

“啥,我疯了？你们真会搞笑啊!”马大玲“嘁”了一声,正要和邻居们说道说道,只见一位中年妇女跌跌撞撞地奔了过来,“扑通”一下跪在了她的面前,声泪俱下:“我叫张翠翠,是王师傅的徒弟,以前暗恋过我师傅。这么多年了,因为我怕您,没敢去您家看过师傅一眼。希望师母您开恩,能让我见师傅最后一面……”

“你就是张翠翠呀？狐狸终于露出了尾巴!”马大玲勃然大怒,上前一把揪住张翠翠的头发吼道,“说,你和王满堂是不是还有着狗男狗女的关系,走,马上去和王满堂对证。”

围观的邻居们一片哗然,有感动者,亦有好奇者。但对马大玲的举动,无一例外地唏嘘感叹:“疯了,马大玲确实是真疯了。”

就在马大玲抡圆了胳膊,生拉硬拽地将张翠翠拽着去自家对质时,周小易的电话打了进来。当听到女婿“贴心贴肺”地让自己坚强时,马大玲心里倍感温暖。言之凿凿地告之周小易,自己完全能接受一切打击,大不了和王满堂离婚。眼下唯一要做的事,便是收拾掉在自己眼皮子底下埋伏了几十年的妖精!

马大玲倒是说得起劲儿,却将电话那头的周小易吓得够呛。他从丈母娘的话里听出了严重的“魔怔”。情急之下,他一边安慰着被痛苦击倒的婷婷,一边给120打了电话,两头齐进向丈母娘家飞速集结。

当周小易和婷婷赶到家属院时,正见丈母娘如母狼般撕扯着一位中年妇人。而苏梅则围在她身边,泪流满面地劝说着,扶着花圈站在一旁的周非凡木然地看着几个纠缠在一起的女人,满目悲伤。

婷婷扑过去,抱着妈妈失声痛哭。马大玲被束缚了双手,不得动弹,这才定睛看到女儿和亲家都从天而降。本以为她们是来为自己站脚助威的，可依稀听见苏梅哭诉着“我失去了一个好亲家，人间失去了一个大好人啊”，女儿也抱着自己，又是爸又是妈的，一副痛不欲生的样子，不禁犯了嘀咕，忙劝起她们来。

这时，挂着精神病院标志的救护车呼啸而至。穿着白大褂的急救人员下车，在人群中寻找到周小易，问病人现在何方。

周小易强压悲痛，扶着马大玲说：“妈，上车吧。”

马大玲看见车身上写有精神病院的标识，茫然道：“怎么了，谁得神经病了？”

急救人员相互使了个眼色，两个体形壮硕的医护壮汉扑向马大玲，以训练有素的手法很快将“病人”制服，并迅速拖向救护车。

眼看着灾难突然降至亲家家里，“历经沧海”的苏梅和周非凡一时竟也手足无措。他们虽然明白万事万物无时无刻不在变化，人生必须徘徊在得失起伏之间，但对这来得太猛烈的无常变故还是难以接受。一天之间，亲家公阴阳两隔，亲家母失忆疯魔，只留下一个令人怜惜的婷婷，此刻因伤心过度，已瘫软在周小易身上，失声痛哭。苏梅强压着心中的悲伤，过去搂住婷婷安慰着：“孩子，别难过，天大的事，有妈在。”

“有鬼啊！鬼出来了啊！”一个老太太惊恐地从楼门跌跌撞撞地跑出，用失常的声音叫喊着。

围堵在楼前唏嘘感叹的人们听到喊声，纷纷向楼门口望去。

王满堂端着茶缸，“栩栩如生”地站在楼道口，满面笑容地向人们点头致意。

免费为大家上演了一场“家庭闹剧”，始作俑者王满堂自是完全失去了发言权，任由亲家和儿女来调停这场不请自来的家庭风波。

“好啦，亲家没事就好，别把那个张翠翠的事放心上。”苏梅给仍哭泣的马大玲递上纸巾，叹道：“男人家哪个年轻时没有点儿花花肠子，就说那李完美……”

“张翠翠要有人家李完美一半脸蛋、身段，我还替他高兴呢！你听听张翠翠这名儿，像是窑子里出来的……王满堂，有本事你给我弄一个李完美回来。”马大玲正哭诉着，突然擤了一把鼻涕，冲着王满堂啐了口唾沫，斥道：“呸，你个老不要脸！”

“大玲，你的怨气该发完了吧？”一直默不作声的王满堂无奈地为自己辩解道，“我怎么不要脸了？张翠翠她自己喜欢我，我有什么办法？就跟李完美喜欢老周一样，他个大局长也没办法呀！大玲，你老说咱俩在一个被窝多少年了，我屁股一撅，你就知道我要干啥。我真要有什么狼狈为奸的事，能瞒过你？”

“那贱货不是要见你吗？你现在就把她叫来，当着亲家和你女儿、女婿的面，让她给我磕十个响头，再写血书保证今后不找你，我就饶了你。要不然，我这屋里今后就不要你这个老不要脸的了!”

深知老妻是典型的“刀子嘴,豆腐心”,平日对马大玲的无理取闹,王满堂一向奉行“忍一步海阔天空”,有时甚至将自己置身事外,“欣赏”她生气发火的言行举止。可马大玲今天当着亲家和女婿的面如此编派自己,他不禁脸上挂不住了,心底窝的火更是一股一股往上蹿。王满堂将手中的茶杯往桌上一磕,用少有的大嗓门冲着马大玲吼道:“我王满堂几十年都是活得清清白白,光明正大,今天你不光让我在亲家面前出丑,还让我在全院子邻居的面前出丑,我不活了!”

对于老伴的突然反击,马大玲一怔。可她那不会拐弯的嘴巴分秒不差地接过王满堂的话尾,毫不相让地破口而出:“威胁谁呢?你要割血管,我给你拿刀;你要喝药,我现在就去给你买!”

“大丈夫可杀不可辱,我跳楼!”王满堂说着,大步向阳台走去。

事情发展到这一步,令在场的人们大吃一惊。周非凡坐的位置离王满堂最近,他急忙起身欲拦住亲家,怎料王满堂如风一般地闪了过去,自己再要跟上,却被马大玲死死地挡在眼前。

马大玲胸有成竹地说:“亲家,你别管他。就他那点儿老鼠胆,你让他跳去。”

此时的王满堂并不像马大玲形容的那样胆小如鼠,却如同将多年被压迫积攒下来的怒气、怨气、火气全部聚在了一起,无比豪迈地跑到阳台,半秒钟没耽搁,一偏腿便坐到了水泥台沿上。

苏梅和婷婷同一时间扑到阳台上,千万句好语相劝,希望他别做蠢事。

此刻的马大玲倒如同没事人一样,兀自坐到沙发上,让大家别劝王满堂,并预测老伴在阳台上晒会儿太阳之后,脑子里的不良毒素定会大量减少。

面对马大玲的热嘲冷讽,王满堂愈发怒火中烧。他又往前挪了点儿位置,回头冲屋里吼道:“你不要逼我,给你五分钟的时间,不撤销了对我的冤枉,我就真跳了!”

就在屋里的形势剑拔弩张之时,楼下传来一声女人的尖叫:“师傅,你不能死啊!师傅,都是我害了你啊!”

马大玲触电似的站了起来:“张翠翠!”

接下来的情况真可以用乱成一锅粥来形容。马大玲以迅雷不及掩耳之势向楼下冲去,苏梅如影随形也跟着冲下了楼。周非凡扑向阳台,死死抓住王满堂,生恐他因情绪激动而失足坠楼。周小易和婷婷都捧着电话打个不停,他们一个给派出所报警寻求拯救,另一个则力邀陈子页前来对老人进行心理疏导。

楼下的人群中,张翠翠从袋子里取出一把榔头,爱惜地抚摸着,冲着楼上的王满堂说:“师傅,您看看这把榔头,这是您30年前送给我的礼物,我现在归还给您,从今往后,我再也不会想念您了。”

飞奔而至的马大玲挤进人群,一把从张翠翠手中夺过榔头,质问道:“这是王满堂送你的?”

眼瞅着一向默默无闻的王满堂今天做了家属院里的男一号,邻居们不免议论纷纷。首当其冲的并不是死了又活的闹剧,而是充满了无比想象空间的爱情戏码。张翠翠听到大家的议论,认真地解释自己并不是“二奶”,坦言对王满堂这个天底下最值得尊敬的好人,她仅仅是单相思!

俗话说“男想女,隔座山;女想男,隔层板”,既然被徒弟单恋几十年,王满堂肯定有“擦枪走火”的时候。马大玲不依不饶地和张翠翠掰扯着,要她交代出交往中的每一个细节。幸得苏梅夫妻和警察前后脚赶到,才让她从臆想中的“婚外恋”回到现实。怎样营救“油盐不进”的王满堂?警察一方面布置营救措施,一方面向亲友们交代力主攻心战,用一切可用的感情因素,直接刺激其内心最软弱的地方,瓦解其意志,为挽救生命不遗余力。

王满堂望着楼下芸芸众生如蝼蚁一般移来挪去,全然感觉不到他们和自己有半点儿关系,却又清楚地感知这一切确实因自己而存在。他无声地叹息着,木然而无助地看了看扯着他胳膊的亲家周非凡。而在周非凡看来,这位老实持重的亲家此刻目光恍惚,眼睛里透出的无奈和绝望令人心底发凉。他下意识地抓紧了王满堂,生恐因自己的一丝走神而导致情绪失控的好亲家失足坠楼。

一阵纷沓的脚步声,陈子页气喘吁吁地进了门,和焦急等待的婷婷、周小易说了几句什么,他便没事人一样走向阳台。看见有人向自己走来,王满堂又躁动不安起来,他威胁众人如果有人敢到阳台来,他便纵身而下。

“王叔,您不要激动。其实有个女朋友也是正常的,都是结婚以前的事情。”陈子页止住脚步,身子往通往阳台的门框上一靠,不急不缓地说:“您看我和婷婷,当年爱得那也是惊天动地,如火如荼,眼睛对着眼睛还嫌远,这您也不是不知道。”

“眼对着眼,还嫌远!”周小易耷拉下了脸,凑到婷婷身边咬牙切齿地从牙缝里挤出疑问,“听见没,谁谁的前女友。”

婷婷根本没搭理周小易,只是怔怔地望着阳台上的几个男人,生怕一不留神父亲会像空气一般消失了。

“王叔,现在婷婷已经结了婚,还有了孩子,过着幸福的小日子。我呢,也享受着自在的单身贵族生活。您看,我们大家不是都挺好吗?”说着,陈子页面带微笑,深深地看了周小易一眼。

周小易扑了上去，一把揪住陈子页的衣领，怒不可遏道：“你个人面兽心的畜生！说，你当年是不是要了婷婷的清白？”

陈子页从骨子里透出的儒雅瞬间消失，他毫不示弱地吼道：“你个王八蛋，不许侮辱婷婷！”

“老子让你知道王八蛋的厉害。”周小易站稳了身子，猛然挥臂打向陈子页。

王满堂看见周小易和陈子页你一拳我一脚地打起来，婷婷夹在他们中间拉架，却被忽左忽右的各种“拳法”“力道”搞得大呼小叫，狼狈不堪。不禁忘了自己的处境，冲着屋里高喊：“不要打了！”

可屋里的两个小伙子好像都忘记了王满堂还悬在半空这件事，都叫嚣着要拍死对方，越战越勇。周小易抓起一把椅子要和陈子页决一死战，陈子页则闪身进了厨房，熟门熟路地摸出一把菜刀，大有鱼死网破之势。

眼瞅着就要出血案了！王满堂纵身跳下阳台，扑进屋里，一把抱住陈子页的腰，大叫：“婷婷，快夺刀！”

在周小易的精心设计下，几个年轻人用智慧化解了困境，解救了濒于崩溃的王满堂，终止了一场有可能发生的惨剧。

熄灭了王满堂“制造血案”的念头，马大玲连夜“突审”，终于将此“悬案”侦破。想当年，情窦初开的张翠翠对根正苗红的师傅王满堂情有独钟，却对准师母马大玲束手无策。眼看着心上人结婚，新娘却不是自己，张翠翠央求师傅送自己一件东西，以期日后的岁月里睹物思人。于是，便有了“送榔头”的故事。

经综合分析，马大玲断定此事应如王满堂所述，张翠翠确实是一厢情愿。王满堂之所以拒绝年轻女徒弟的爱意，肯定是将之与自己比较再三，显然是因为张翠翠和自己还存在着很大的距离。想到此，之前的恼怒全部都烟消云散，反倒觉得王满堂比之前更加可爱了。

就在马大玲殷勤地给自己端茶倒水之际，王满堂心里却结了个疙瘩，坐立不安了。原因是，他突然意识到，那把榔头是多年前从库房里多领的，如今此事大白于天下，众人皆知王满堂用公家的东西来送礼，万一厂方要追究个“贪污罪”之类的，怕会毁掉了自己的一世清白。突然之间，一种从未有过的“惶惶不可终日”的感觉不期而至。

“神经病，谁会为几十年前的一把榔头找事？再说只要你自己不讲，没有人会知道你贪污的事。”马大玲听到王满堂坦白心迹，不禁哈哈大笑，嗔道，“你贪污的只是把小榔头，不是厂里的钢锭、铝锭。”

“你这是侥幸心理。纸是包不住火的，天网恢恢疏而不漏，干了坏事，总有一天会有人来算账的。”王满堂认真地说，“我一把年纪了，名声无所谓。但是钢镚将来长大了要入少先队，要入团，要入党，说不定还要当大官，如果有一个贪污犯的姥爷，岂不是坏了我孙子的前途？”

马大玲受到启发，思索着：“别说，还真是这回事。听说当美国总统要查祖宗三代，一个家属身上有污点，当官的事就泡汤了。”

“是啊，我是钢镚的亲姥爷，如果成了贪污犯，钢镚别说入党入团了，八成入少先队都得受影响。”

“你确实比我想得远，想得周到。党不是有‘坦白从宽，抗拒从严’的政策吗？如果你主动去保卫科自首，我想就一把榔头的事，不会给你写到档案里面。”

“这我得好好想想。”王满堂叹道，“现如今报纸电视上天天在喊反腐败，这风口浪尖的节骨眼上，会不会是坦白从严，抗拒更严？”

次日，在修车铺里，马大玲对王满堂认真地进行了“审查”，对老公与张翠翠的每一次见面刨根问底，搞得王满堂哭笑不得，坐立难安。

正说着，周小易走了进来。见状便调笑道：“妈，您这儿教育我爸呢？”

马大玲给女婿找了个干净的地方让他坐下，愤愤不平地说：“活该！他不招惹女人，我能收拾他？”

“妈，要说这事真不能怪我老丈人。”周小易煞有介事道，“那个张翠翠找我了，说她今后的生涯里，不想再害几十年的单相思了。她不能看着师傅的痛苦不管，要主动去保卫科上交那个榔头，并承认是自己在仓库亲手偷的，与她师傅，也就是我老丈人没有丁点儿关系。”

马大玲一怔：“你是说张翠翠要主动去保卫科交代自首？”

“您听我说完。张翠翠说，事情完后她就上山削发为尼，远离红尘。您啊，真是冤枉我老丈人了。您想想，当初有那么多的可挑选的‘情物’我老丈人都不送，为什么偏偏要送一把榔头？”周小易凑近马大玲，言之凿凿道，“我老丈人送榔头的意思，就是让张翠翠不要再纠缠他，自行了断。砸，砸自己的心！”

马大玲听着周小易的解释，琢磨着，半天才放慢了语速和声调说：“要说王满堂这辈子也活得窝囊，和我一次恋爱就结了婚，也是亏了点儿。而我自己在和王满堂谈恋爱前，还有过两任男友。”

周小易立马接过话茬，吹捧道：“正常，太正常了。您老虽然没有闭月羞花的容貌，但是您的性格、个性非常可爱，是个男人都喜欢。我要是早托生个二三十年，肯定不娶婷婷，绝对马不停蹄地追您。”

马大玲心里很受用，开心地“斥责”道：“你可真会编穿越乱伦剧。”

接下来，周小易饶有兴致地打问丈母娘的爱情历史，没大没小地和她开起了玩笑，说过年时要带着钢镚去她的两任前男友家中要压岁钱。马大玲没理会女婿的无厘头，而是陷入到了深深的自责中。她一副“大人大量”的神情坦然告知周小易，既然张翠翠是单相思，她必须马上向王满堂道歉。

马大玲突然殷勤起来，先是七荤八素搞了一桌子热菜冷盘，然后又频频献媚，轻声细语温柔有加，直搞得王满堂丈二和尚摸不着头脑，甚至怀疑她被自己的“婚外情”真搞成了精神病患者。一杯酒下肚，马大玲突然变了脸，扔下筷子直斥王满堂不是男人，是天下最没良心的负心汉。望着和前一秒钟判若两人的老妻，王满堂诚惶诚恐地望着她，坦言自己确实没做过对不起她的事，一生一世也不可能改变。

“张翠翠那么爱你，你竟然送给人家榔头，让人家自行了断。你知道不，张翠翠现在要为你上山出家了。”马大玲给自己又灌下一杯酒，对惊诧的王满堂命令道，“你必须要劝阻张翠翠出家，哪怕是拉她一回手，实在劝不住，也可以亲一回她的口，这样咱俩就扯平了。”

当王满堂得知是周小易告之老妻张翠翠要“投案自首、上山为尼”时，不禁起了疑心。一通电话打给婷婷，追问之下，才知道为了让父母尽快和好，周小易才编出如此一堆谎言。没有因为自己而破坏张翠翠平静的生活，王满堂放下了心。瞬间却又铁了心要亲自去保卫科“坦白自首”，目的只是为了自己内心的宁静，为了心底的坦然。

二十

苏梅要买车了，而且是专为接送钢镚的专车。怎奈自己没有驾照却无法开走，只能任由新车继续留在4S店里，自己去驾校，快马加鞭学开车考驾照。

教练网开一面，允许苏梅在其他学员做别的练习时，独自使用圆形车道练习。一番谆谆教习后，苏梅终于得到了独立开车的机会。她目视前方，心无旁骛地驾车前行，开始了新驾驶员们最基本的“绕圈”，一圈没绕完，她便手心冒汗，脑袋发烧，脚下一滑便将油门当成了刹车，径直冲进驾校的简易办公室。在屋倒房塌的同时，也终结了自己的驾校生涯。

苏梅出了车祸，不仅自己头破血流，还险些酿成大祸。闻此消息，公认有涵养的周非凡怒发冲冠，直言必须立刻将新车卖掉，断了苏梅开车的念想。

可是买车容易卖车难。为了减少损失，苏梅恳求4S店将刚挂上车牌的新车收回,4S 店以没有先例为由,要她降价 20000 元才肯成交。二手车市场比之 4S 店更是有过之而无不及。无奈之下,周非凡建议将此车给儿子儿媳使用,苏梅却执拗地认为,此车是为孙子买的,宁可雇个专职司机,也不能便宜了"啃老"啃出惯性的周小易。

"异想天开,给孙子雇专职司机是大款富婆的做派,你能承担起费用?"

"我已经想好了。马大玲不是当过电车司机吗?咱就雇她做不付工钱的司机。

为此,苏梅召集两个家庭召开联席会议,宣布接钢镚的专车虽然自己和周小易各付了一半钱,但使用权归有着 30 年驾龄的马大玲所有。

"您是说我每天开着私家车接送钢镚?"幸福来得太突然了,马大玲拍着胸脯表示一定保证安全,全心全意 24 小时为钢镚服务!

马大玲正式上岗了。她按照礼宾司机的规范要求自己,重新修剪了短发,做到"前不遮眉,侧不掩耳,后不及领",戴着白手套,穿着平底鞋。开了一辈子公交的马大玲太热爱这个职业了,并将这热情加倍转换到实际行动中。车子外面总是保养得锃光发亮,车厢里面也是香气袭人,对钢镚更是充满了无微不至的关怀。

一开始,马大玲还是能自我约束的。她明白这车是周家买的,自己只是负责接送孩子去上课。可久而久之,便理所当然地将这车当作是自己的了,常常借孩子上兴趣班的间隙开车去为自己办点儿私事。这天,她送完钢镚便驱车前往"旧居",和街坊们聊了几句闲话,买了王满堂最爱吃的手工菠菜面。怎知就这么几分钟的工夫,放在不远处的小轿车便没了踪影。

车丢了!

苏梅犹如听到了晴天霹雳一般,整个人都呆在那里了,轻飘飘的,好似自己的魂儿也随那车丢了一般。唬得周非凡连忙将老伴按在沙发上平静心态,自己则打电话令周小易打车去接即将下课的钢镚,又致电王满堂请他速去丢车现场报警并寻找细微线索。自己则需要等苏梅稍微平静后去与他们会合。

钢镚随着小朋友们从兴趣班里出来,在门口却没有看见来接自己的姥姥。当小朋友们被家长领着四下散去,兴趣班门口只剩下他孤零零一个人的时候,钢镚做出了一个很能体现自己"本事"的决定,自己沿着马路走回奶奶家去,给不来接自己的姥姥一个教训。为了给自己加油,他在兴趣班前的零售摊上买了只棒棒糖,一路溜达着走向他自认为回家的路。

突然,钢镚看见自家的红车沿着马路驶了过来。姥姥来了!他想也没想,跳下了人行道,往马路上一窜拦住了正在行驶的汽车。看到戛然停下的红车,钢镚叫着"姥姥"便过去拉开了车门。姥姥没在车上,车里却坐着两个自己不认识的男人。

钢镚靠在车门旁，认真地问：“这是我家的车，你们怎么开着？我姥姥呢？”

“你姥姥？”窃贼互相看看，其中一个小眼睛的直愣愣地问道，“你怎么知道这是你家车？”

“车头上有我喜欢的动画娃娃啊，还有玻璃上挂的‘圣斗士’。”

“呵呵，小朋友上车吧，咱们一起去接你姥姥。”

“我姥姥怎么了？你是谁？”

“我是你爸爸的同事，你姥姥早上生病去医院了。”

“你是我爸爸的同事，那我爸爸叫什么名字？”

“你爸叫，你爸叫……”

钢镚的小脑袋里闪现出大人所说的种种骗子，断然道：“你们胡说！我姥姥没生病，她送我去的兴趣班。”

窃贼的谎言被戳穿，心虚不已。俩人眼神一对，伸手将正要跑开的钢镚往汽车上拉。

钢镚慌忙叫了起来。听到呼喊的路人们大多漠然自走自路了，偶有人向这边看来，也是避之不及匆匆离开。只有一个老大爷刚要上前，窃贼冲老人抱怨说了句“这小孩子太淘了”，老人便留下句“小孩子不打不成器啊”，冲哭喊着的钢镚挥舞了几下拳头，便转身离去了。

求救无门，在使尽了十八般武艺都无法挣脱窃贼的魔爪后，在如暴风雨般的拳打脚踢面前，恐惧的钢镚选择了服从。他无声无息地缩在后排座椅的角落里，尽量离身边的坏人远一些，以免被他们再次殴打。

汽车开动了，沿着繁华的大街行驶了一会儿，便停在了马路边。两个窃贼低声商量着，既然钢镚已经认出了自家的车，是否要将车放弃？可两个大小伙子要对一个小毛孩子服软，这在窃贼看来是断然不可行的事。他们准备先去吃饭，然后将钢镚扔到山里去，以免这个看似聪明的小孩子坏了他们的大事。

临下车前，窃贼和颜悦色地哄骗钢镚，说只要他老老实实地待在车里，他们便会给他买好吃的，然后将他送回家。见钢镚一副茫然懵懂的神情，俩人自觉此招已然骗过钢镚，便一前一后地下了车，将车锁好，径直往不远处的小吃店奔去。

当确信窃贼已经走远，钢镚扑过去，使劲儿拉拉车门把手，企图打开车门跳下车去。可是车门岿然不动，他想了想，姥姥每次要锁住车门都是在驾驶盘那边的门上按下一个键，只要找到这个键便会轻松地将门打开。钢镚迅速从车前排座椅的中间爬了过去，他正在找着按键，突然感到屁股底下有些硌人，用手一摸，竟然摸出一个手机来。

周小易匆匆赶到兴趣班门口，早已过了下课时间。他向周围四方打听，才知道钢镚自己走着回家了。这下周小易急了，他太知道一个四岁小孩第一次独自在城市道路行走半个小时可能遇到的危险了。他第一时间向两个家里打去电话，得知孩子没有回家时，他果断地向110报了案。

警察迅速出警，向兴趣班所在的沿街商贩询问线索，并准备调取附近的道路监控录像。

虽然周小易只是向家人询问钢镚有无到家，并没有说钢镚失踪了，但凭着第六感觉，马大玲和苏梅断定孩子一定出事了。她们双双来到兴趣班门口，四处呼喊着钢镚的名字。有路人知道孩子失踪，也加入到了寻找的行列。听人说最近有一个拐骗儿童的犯罪集团在这一带出没，他们将孩子拐走，取下孩子身上的器官进行国际贩卖，苏梅急火攻心，身子一软，瘫倒在地上。

正当人们忙乎着抢救苏梅时，周小易的电话响了，他一看是个陌生号码便想挂掉，却鬼使神差地顺手接通了电话。这个电话正是钢镚打来的。钢镚告诉爸爸，他眼下就在自己家的车里面，偷车的小偷下去吃饭了，只留下自己一个人待在车里。

周小易欣喜若狂，急忙嘱咐钢镚看看四周有没有认识的路牌和大楼，以便营救。

“爸爸，我在武术班的门口，你们快来救我啊。”

电话里，周小易安慰儿子不要害怕，神勇无比的他将会马上赶到。在他赶到之前，钢镚必须得完成一个任务，那就是想办法给车里的钥匙孔灌上水，这样的话，车就发动不了了。与此同时，马大玲也想出了一个“神兵天降”的好办法，她马上给武术班的教练打电话，让他们就近赶去营救钢镚，以免贻误战机。

得到老爸的指示，钢镚在车里四处寻找着水。他记得姥姥每次来接自己的时候都会带上一瓶饮料，可车前车后看遍了，那应该有的饮料却无影无踪。还有什么水呢？钢镚望着车钥匙孔想着，突然灵机一动，果断地掏出“小鸡鸡”对着钥匙孔开始撒尿。

尿液顺着方向盘杆流走，并没进到钥匙孔里。

钢镚慌了，“水”没有流进钥匙孔，一会儿坏人来了，开着车把自己拉走，就再也见不着爸爸妈妈了。他四下打量着，想着得要有个勺子类的东西将“水”引导进去。他打开副驾驶座前的小箱子，从里面顺利地找到了一个自己用的练习本，他撕下一张纸，熟练地一卷便叠了一个漏斗，将之插在了车钥匙孔上。钢镚松了一口气，无意识地抬头向窗外一看。这一看可把他吓得够呛，两个窃贼已经从小吃店里出来了，他们剔着牙，急急地向车子走来。

瞄准漏斗，重新撒尿。尿液汩汩流进钥匙孔里，成功！钢镚迅速溜到了后排座位上，熟门熟路地从前排座椅的后兜里拿出了清洗车辆的碧丽珠罐子，一副无聊的样子把玩着。

窃贼们看见钢镚仍蜷缩在后排座位上，对这个“识趣”的小男孩还算满意，并没再次为难他。他们一前一后坐好了，小眼睛窃贼开始发动车辆。可任凭他怎么拧车钥匙，总也打不着火。

钢镚乐得哈哈大笑，得意地说：“我给钥匙孔里撒了尿，你们发动不着了。”

被一个小毛孩子耍了？窃贼恼羞成怒，一个揪住钢镚便打，另一个扭过身子，挥舞着拳头不管不顾地砸了过来。钢镚大叫着举起手上的碧丽珠罐子，喷向离他最近的窃贼。突如其来的泡沫覆盖了窃贼的脸庞，使他无法睁开眼睛。

此时，得到马大玲求援电话的武术班小伙子飞奔而来，他们很快找到了马大玲告之“红色的车”，扑过来一看里面已经打上了，便迅速拉开车门加入了战斗。

如此逼仄的地方，武术班的小伙子们也是无法施展开来，只是一股脑扑上去，逮住什么揍什么，揪到哪里打哪里。混乱中，小眼睛窃贼得一空隙，拉开车门便要跑，得以喘息的钢镚顺手将碧丽珠罐子砸向了他的后脑勺……

一场突发事件得以顺利结束，所幸钢镚平安，只是苏梅的新车因为钥匙孔里进了“水”，导致车里的电路被烧坏需要整体更换，免不了又要花一大笔钱。

想想买车之后的种种不堪，苏梅不禁连连抱怨自己有车不能坐，成了别人的私家车不说，还接连出事。她打算以后这车不许马大玲开了。

“不让我丈母娘开，谁接送钢镚呢？”周小易急忙从中斡旋着，“再说摆在院里不用车也得损耗，还得交停车费。”

“钢镚由你爸用自行车接送，你不用管了。”

由坐汽车改为坐自行车，钢镚不乐意了。他死活不肯坐上自行车的后座，赖在地上不起来，还说若没有汽车接送，今后任何兴趣班都不会去上。气得苏梅连叹教育失败，搞得钢镚如此“嫌贫爱富”，将来如何面对繁杂的社会。

钢镚突然又改了主意，要求骑在周非凡的脖子上去上课。一看离上课的时间已所剩无几，周非凡只得无奈应允。他让钢镚爬上自己的脖子，冲着苏梅无奈地笑笑，艰难起身匆匆离去。

周非凡刚走，马大玲便拎着一盒高档蜂王浆上了门，声称送给亲家补身子。而实际上她今天专程登门造访，为的就是重新要回驾驶权。

“亲家，不让你开车也是为你好。”苏梅直截了当地说，“我的爱车变成一堆废钢烂铁没事，但你要是把人给撞了，或者把自己给弄残了，我不得愧疚一辈子啊。”

“绝对不会的，我有将近30年的驾龄。”

苏梅下意识地“哼”了一声，笑着慢悠悠地说：“30年的驾龄怎么连车都给弄丢了？以后可不敢瞎吹，说大话，让人耻笑。”

马大玲最听不得的就是这种看似关怀实则恶心人的话，她突然好像明白了什么，但立刻又变得更加恍惚了。这种时而明白时而恍惚的关系，仿佛就是她和苏梅的关系，也仿佛就是她和全世界的关系。看似联系紧密，却永远隔着万水千山。马大玲站起身来，冲着苏梅问道：“你侮辱我？不要以为自己有几个臭钱，就耀武扬威。我人虽穷但志不短，会给你好看的！”说罢，扭身便走。

苏梅望着马大玲的背影，正想着如何熄灭她的怒火将她挽留，却见马大玲又转身回来了。但见她目不斜视地直奔客厅，将自己带来的蜂王浆拎起来便走。苏梅心中的愧疚被马大玲这么一搞，竟冲得烟消云散。

从苏梅家回来，马大玲叫了王满堂，俩人来到离家不远处的一个小饭馆，点了油泼扯面，又格外多加了一份素菜拼盘。

马大玲将苏梅数落了一顿，愤愤道：“嘚瑟什么啊，不就是比我钱多点儿。”

王满堂捧着大碗夸张地吃着，显得有滋有味：“算了，人家的车人家说话算数，咱也不能强求。”

“我是心疼钢镚没有车坐了。”

王满堂放下饭碗，认真地说：“大玲，最近我老在琢磨师兄临死前的话，别为儿女孙子操心，劳累一辈子，到死了才知道好多的福没有享。”

“你什么意思，能和孙子在一起不是福吗？能天天接送孙子不是福吗？”

“我的意思是咱们的退休生活不能全都扑在孙子的身上。周非凡说的儿孙自有儿孙福、莫为儿孙做远忧那些话，还是有些道理的。”

“那是周非凡拿‘老话’给自己的吃喝玩乐找借口，你可不能学他。”马大玲告诉王满堂，自己已经请刘老蔫帮着租了一辆小面包车，月租费1500块，专门用来接送钢镚。她愤愤然道：“我非出了这口恶气不可，要让苏梅知道穷人也是有脸面的。”

果然，刘老蔫联系的面包车如约送上门来。马大玲将其装饰一新，车内悬挂着钢镚最喜爱的各色动漫人物，车后窗赫然上贴着：私家车，外孙专用。次日，按照原来的接送时间，马大玲将车开至周非凡家门口，要接钢镚上兴趣班。

钢镚高兴地问道：“姥姥，是汽车吗？”

“当然是了。”马大玲说着话，拉着钢镚来到面包车前。

看看面包车，钢镚刚才的喜悦已然消失得无踪无影。他冲着马大玲嚷道：“姥姥，这是什么破车嘛！我不坐，我要坐我原来的车！”

“钢镚，你怎么小小年纪就嫌贫爱富呢？你姥姥弄个小破车容易吗？别挑肥拣瘦伤了你姥姥的心。”苏梅过来“责怪”完钢镚，又和颜悦色地对马大玲道，“亲家，也真难为您了。这种车是拉货的，不是载人的，钢镚不坐也有他的道理。我在婷婷怀着钢镚的时候就说了，周家是要把孙子培养成贵族的，怎么可能坐着拉货的车去上课？您要真想过开车的瘾，我可以给您联系个送纯净水什么的活路干。”

这窝心火受的，一辆小汽车成了碾碎自尊心的祸首，马大玲想起这事便如鲠在喉。她就不明白了，同样是退休的老妇女，她苏梅凭什么这么有优越感。汽车谁买不起啊，就看愿不愿意买了。马大玲决心要争这一口气，怎么着也得弄一辆和苏梅一样的车回来，这样的话，“平起平坐”才有资本，婷婷才有可能不受婆家气，钢镚也不能变成嫌贫爱富的白眼狼。

她来到了二手车市场，找了辆和苏梅同款的车，一问价格便傻眼了，跑了20000公里的二手车并没有如别人所说出了4S店就便宜一半啊！经过再三砍价，马大玲终于得到了比较满意的价位，但手中的钱便成了问题。15万元啊，搁谁家里不是一笔大的开销？更何况马大玲老两口还是拿退休金的人。回到家里，她将所有的存折、银行卡、债券加在一起，能拿出来的现金满打满算不超过10万元。这余下的部分，她准备将自己多年的珠宝首饰和过年过节收到的营养品变价出卖，说什么都要把这车子买回来。人，不就是争的这口气嘛！

得知马大玲为了买车而去变卖家里的值钱东西，周非凡一家陷入了莫名的自责。苏梅面无表情地看着电视，手里的遥控器就没有停过，一个台接一个台地换着，显然是心不在焉。

周非凡激动地在屋里走来走去，冲苏梅发火：“你说你是不是欺人太甚了？明明知道亲家的经济条件不好，却逼着人家马大玲为买车卖营养品、处理首饰玉器。”

“吼什么吼，我怎么逼着她买车了？她要和我较劲儿PK，我有什么办法。”苏梅关掉电视，冷冷地瞥了周非凡一眼，然后冲儿子斥道，“周小易，你给马大玲送金项链是怎么回事？”

周小易眨巴着眼睛，纳闷道：“送金项链？没有的事啊。”

“怎么没有？眼下全老年俱乐部都知道马大玲有个孝顺的女婿。”苏梅越说越来气，“你们在我这儿啃老多少年了，没交过一分钱的伙食费，却省下了钱给你丈母娘买金首饰。行，你马上也给我送10000块钱的金首饰来。”

周非凡应声附和道：“孝敬老人是应该的，但你得要做得公平合理啊。”

周小易急得满屋乱转，赌咒发誓道：“你们真是冤枉我了，我要是给我丈母娘送金首饰，我就不是你们养的。”

一番赌咒发誓竟让周非凡夫妇对儿子产生了惺惺相惜，他们认为这其中必定有诈，此事还得周小易亲自去问明白才好。

“梅梅呀，我是实在招架不住了。”周非凡如释重负地坐下，将整条腿都放在沙发上，又将靠垫放在腿下，忍着疼痛揉着，抱怨道，“再这样用自行车送下去，这小钢镚非得要了我这条老命不可。”

“赶快热敷一下。”苏梅拿起热水袋，急急从饮水机上接了热水递过来，“看来不请个司机是不行了。”

“顺着你的思路，我有个新想法。”周非凡坐直了身子，虽是商议的口吻却又像是做出了决定一般说，“咱能不能请个全职保姆？既会开车，又能教钢镚体育项目，要是再能兼顾上英语、钢琴就更好了。”

“好主意！”苏梅显示出由衷的兴奋，“一下子就能减掉好几个班，既省了兴趣班的费用，还节约了汽油钱，咱俩也有了专职司机。可是，到哪儿去找这种十八般武艺都俱全的人？”

要说这种人物确实不少。但身兼十八般武艺又愿做保姆的，可谓凤毛麟角。老两口一合计，要完成这光荣而艰巨的任务只有一个人能胜任，那就是周小容！是时候让她为小外甥做点儿贡献了。

想着要申冤昭雪，周小易把摩托车骑得比汽车都快。当他呼哧带喘地来到老丈人家门口时，正听见屋里吵成一团。

婷婷为了母亲变卖家里的东西与她争执着，说把自己送的东西都卖了，辜负了孩子们的一片孝心，令她心里很是不爽。见周小易推门而进，婷婷如同见了救星一般，央求他和自己结成联盟，阻止马大玲做出买车的疯狂之举。

“联什么盟啊，我已经被我妈骂得狗血淋头了。”

马大玲一怔，质疑道：“你妈变疯狗啦，她骂你干啥？”

“还不是因为您。”周小易切切地问道，“妈，我什么时候给您送过金项链？您这不是在挑拨我和我老娘的关系吗？”

马大玲给女婿问糊涂了，急忙辩白道：“怎么不是你送的？婷婷，你不是说我的金项链是周小易在香港出差专门给我买的吗？”

事到如今，婷婷只好吞吞吐吐地将实情托出。项链是她自己买的，只是假借小易的名义送给了马大玲，目的是为了让她能对周小易好上加好。周小易一听便不乐意了，他很失望。因为自结婚后，家里的经济大权一直由婷婷掌管，他认为孝敬老人没错，但夫妻间应该有起码的尊重，最起码打声招呼也让他有知情权。婷婷自知理亏，一个劲儿地向丈夫赔礼道歉，那明媚的大眼睛不自觉地滑落出一串串泪水，让人怜爱有加。这要是在往日，周小易早就会将她揽在怀里用温情软语将她融化，可今天不行，这拱手让出的主权被她肆意挥霍，是该给她些教训了。

一见女儿、女婿起了纷争，而这纷争全是因自己而起，马大玲挺身而出，“真诚”地向女婿解释道：“小易，你真是误会了。这项链不是婷婷用你们家钱买的，这是她的前男友陈子页以前送给她的，放你家不方便，婷婷让我给她保存起来。现在为了买车，我饥不择食，就没经婷婷同意，找了个借口把它卖了。”

其实周小易在心里早已原谅了婷婷，此刻听丈母娘如此一番话顿时令他火冒三丈，想也没想便冲着婷婷质问道：“你行啊，竟然还保存着陈子页送给你的首饰，是不是对陈子页怀有幻想？”

母亲一番“洗白”的话已经令婷婷预想到了可能出现的后果，眼下周小易的态度真是让她又喜又忧。喜的是丈夫对自己一如既往的深情，忧的是这一腔深情犹如一泓深不见底的池水，将自己几近没顶，毫无喘息的机会。婷婷感叹眼下家里这“一锅粥”的状况，坦言告知周小易那项链跟陈子页没有半毛钱的关系，确是自己买的，如果不信，回家有项链的发票供他观赏。

既然是婷婷假借自己之名的举动，周小易让婷婷立马和自己回家，拿了发票去向父母说明此事，以还自己对所有长辈都“一碗水端平”的公平态度。

见女婿如此对待女儿，马大玲不乐意了：“周小易，你狼心狗肺啊，我女儿自个儿掏钱给你脸上抹粉，这样的媳妇你打着灯笼到哪儿能找着？你妈八辈子也生不出来一个。”

婷婷责道：“妈，您瞎说什么，小容姐比我优秀多了。”

马大玲一撇嘴：“周小容比你优秀？不着调加不靠谱，我半个眼都瞧不上。”

“瞎说。我周小容在电视台也是有头有脸的，不会有姐弟恋倾向。”周小容不屑地说道。

陈子页搅动着杯中的咖啡，淡淡一笑：“那我就是捕风捉影了。”

“听我说，不是我有姐弟恋，是我栏目招聘的一位工作人员，叫冯昊，一直在单相思。”周小容认真地解释着，“这事都能传到你的耳朵里，看来我是必须认真对待了。你知道吗，我比冯昊大整整一轮，12岁。”

“看吧，无风不起浪，标准的姐弟恋。”

“冯昊这孩子挺好，挺有工作能力的。会开车，英语早过了四级，到我们栏目之前，还当过健身俱乐部的私人教练。”

“其实姐弟恋也没什么。”陈子页眉头微蹙，刚刮过的下巴露出一抹青灰色，透出一股很冷峻的阳刚之气。他将咖啡勺轻轻放在碟子中，不无赞赏地说：“曹植、李清照、拿破仑、马克思都有过姐弟恋的经历，并在历史长河中留下了无数幸福与不幸的传说。名人都如此，你有什么不能接受的。”

周小容轻轻叹了一声，坦诚地说：“我虽然也属另类，但我不能接受姐弟恋。我不能想象一个小学都毕业了的女子和一个呱呱落地的男婴有‘夫妻之事’。”

得知冯昊如今还在周小容的栏目组做事，陈子页连连叹息：“男人痴迷到了这种地步，是很危险的。夜长梦多，你还是要想办法把他弄走。”

周小容端详着陈子页，感觉他看似轻描淡写的话儿近于调情。她很喜欢这种微妙的、快乐的、暧昧的语言游戏，从中可以对一个人的修养、品行、智商有更深层次的了解。“是啊，我辞退他，他说不要薪水也要待在我们栏目。我给他介绍了薪水很高的工作，他也不去，说就是为了能见到我，听到我的声音。”

“这种人，一下子断了他的念想，会导致出极端行为，要有策略，逐步摆脱。”

周小容似乎看到了一丝希望，追问道：“怎么逐步摆脱？”

二十一

爱情真是妙不可言的东西，能让男人和女人心甘情愿被折磨却乐此不疲，竟然会把煎熬当成一种不可企及的幸福。

冯昊坐在周小容的办公桌对面，明亮的阳光从宽大的玻璃窗户投射进来，在周小容的身上投照出一片迷人的光晕。冯昊目不转睛地看着她，从柔顺的头发滑落到弯月一样的两条眉毛上，再由两只亮若星辰紧紧盯着电脑荧屏的眼睛滑行到小巧的鼻子，往下移动到两片好看的薄唇间，又沿着鹅一样圆润细长的脖颈滑落到了周小容胸上，而后再也不肯离开，从张开的衣领间一直往里深入，试图扒开衣服的领子，看到一些更加美丽的风景。

这是一种从来没有过的很美妙的感觉，很折磨人，但却让人感觉心中涨满幸福。冯昊此时觉得很幸福，这么看着周小容，他真的觉得自己很幸福。连他自己都不觉得，他的样子看上去那么怪异，甚至让人感觉有点儿悲哀和好笑。因为不经意间，他竟然不知道自己像狼一样咽了下唾沫，还用舌头舔了下有些发干的嘴唇。以至于周小容在和他说话他都没有听到。

“把对面桌上的夹子给我。”

周小容眼睛盯着显示器，听不到反应，抬头往对面看了眼，见冯昊眼睛一眨不眨盯着自己，当时就愣住了："冯昊，看啥呢你？"

"没，没看啥！"冯昊猛然惊觉，慌乱地收回目光，把头转往了别处。

周小容愣怔了一会儿，起身去把开着的办公室门虚掩上，转身看着冯昊嘴张了张犹豫着说："冯昊，求求你，以后别再到这儿找姐姐来了好吗？这里是电视台，你老来找我，台里已经有风言风语了！"

"我不在乎。"冯昊一副临危不惧的表情，还大大咧咧地摊了下手。

"可姐姐在乎。"周小容看着没心没肺似的冯昊无奈地皱皱眉头，"你知不知道，你已经影响到姐姐工作了。"

"没有啊，你工作你的，我就这么看着你，不会打扰你的。"

"你……"面对这个阳光健硕、外貌和心智很不统一的大男孩，周小容真是好气好笑又很无奈。她姐姐般把手放到冯昊肩上，低头如哄小孩子一般说："喜欢姐姐是吗？要是真喜欢姐姐，就听姐姐的话，往后别再来了。"

"我，我什么都不要，不要工资，不要待遇，我就当一志愿者，每天能和你在一起还不行？"冯昊抬头仰视着周小容，可怜巴巴的。

"不行。"周小容断然说，故意装出一副无情无意的样子。

"这个可以行？"冯昊不死心。

"这个真不行。"周小容依然绷着脸，"要是这样，姐姐另外给你找个工作，到我家去怎么样，我妈妈家。"

"你妈家！"冯昊的情绪如过山车一般由高峰跌入低谷，"你妈家？你妈家就你妈家啊，诱导人干吗？"

面对这个单纯任性的大男孩，周小容只有苦笑。"怎么，不愿意去吗？"

"你妈家，在那儿能见到你吗？"冯昊犹豫着说，"要是能的话，我可以考虑。可是，可是我去你妈家干啥？总不能干坐着吧？"

"当然不能，那不白白浪费了资源。你的工作和任务是，每天开车送我上下班和接送我的侄子去学校，附带教他英语、钢琴和体育课程，不用做家务。当然，你要喜欢帮我爸妈做点儿别的，我也不会反对，每月工资 5000 块，顺带管饭。"

"保姆啊？"冯昊夸张地瞪着眼，"我一大学高才生，给你家当保姆？"

"怎么，不愿意，不愿意拉倒。"周小容身子一扭，收拾起桌面的东西，做出要走人的样子。

"愿意愿意。"冯昊忙不迭道。

"那好，明天我就带你过去。"完成了父母交给的艰巨任务，周小容在心里给自己点了个赞。她坐回办公桌前，眼睛再次盯到荧屏上，故意不看冯昊，严肃地叮嘱道："我可对你说清了，到我家，你得给我收敛着点儿，不准流露出喜欢我的意思。"

冯昊跟着周小容去苏梅家的那天，天下着小雨，有风，雨丝在风中丝线一样飘飞，难得的让人神清气爽的一天。因为周小容事前给周非凡老两口打过招呼，所以家里来了个男保姆他们倒也不是很惊异。而钢镚，却因为家里这个新的男性成员的加入，似乎找到有共同语言的知己一般，转瞬间便和冯昊打得火热，那种不同一般的黏糊劲儿，甚至让周非凡夫妇生出一种淡淡的醋意。

果然，冯昊在体育方面的特长，让天性好玩的钢镚得到最大释放，功课一做完就缠着冯昊穿着滑轮鞋跑到街上去溜达。那段时间，调皮的钢镚变得特别地乖，只要是冯昊布置的作业，很快就完成了，比以往任何时候都听话。但每次功课一做完，便向冯昊提要滑轮滑的条件，似乎未经商议，两个人之间就相互达成一种默契。

每天早上 7 点，冯昊骑着山地车准时来到周非凡楼下。待他将汽车发动好后，背着书包的钢镚便出了门，祖孙两代人相互道声"再见"，冯昊便很绅士地打开车门，等钢镚上了车，再关上车门坐到驾驶位置，开车出家属院。先送钢镚去学校，完了再去周小容住所接上他心中的女神，将她送到电视台大门口。看着周小容走进广电大楼的玻璃门，这才肯掉头开车离去。

这段时间，冯昊真是每天都有一种难得的好心情，偷空还陪着周非凡去了几次古玩市场。而周非凡夫妇一下子从被孙子绑架、每天地球绕着太阳转般的被动回归到以前钢镚没有出生时的闲适。苏梅和周非凡心满意足，自然对冯昊是赏识有加，当着冯昊的面，第一次夸赞女儿切切实实给家里办了件看得见摸得着的好事、实事。

当冯昊将周家老人的话带给周小容时，她对父母的夸赞感到欣慰的同时，心里却有着一丝丝淡淡的担忧。冯昊是个简单的人，对自己的喜欢全写在脸上，让父母看出蛛丝马迹可不好。因为这层原因，周小容这段时间故意很久都没有上父母那儿去，也很少给他们打电话，一直到十多天后，实在想看看冯昊的表现，才独自去了母亲家。一进门，周非凡两口就大力夸赞冯昊英语多棒，体育多好。

"是吗，有你们说得那么好吗？太夸张点儿了吧？"周小容故意做出一副惊讶不太相信的样子，"他们人呢？"

"出去了，出去踢球去了。"周非凡道。

话音未落，楼道里传来一阵急速杂乱的脚步，门"哐"地被撞开，冯昊和钢镚抱着足球，嘻嘻哈哈打闹着闯进门来。

突然看见周小容，冯昊愣了一下，虽然在他心里，周小容是位一天要想念百遍以上的女神，但突然看见她从天而降，冯昊还是像突然看见领导第一次下来检查一般感到一阵拘束，待在门口半晌竟不往里走。这真是一种奇妙的感觉，有如暗恋的一方突然看见了朝思暮想的另一方，冯昊觉得自己现在就是这种心情。

“小冯，愣着干吗？进来啊。”直到周非凡喊，他才走了过去，有点儿不大自然地跟周小容打了声招呼：“周姐，你怎么来了？”

“什么怎么来了，这是我妈家哎。站着干吗？坐啊。”周小容拍拍身边的沙发，示意冯昊坐下来，笑道，“怎么样，还可以吧？”

“还行。”冯昊不好意思地笑了笑。

“不是还行，是非常行。”钢镚拿起茶几上的一个大苹果刚要啃，又大声说道，“姑姑，冯昊哥哥可厉害了，轮滑滑得可快了，比我们班的傅相波快多了。”

“小冯英语很棒的，钢镚这几天英语水平明显见长了！”苏梅也替冯昊帮腔。

“小冯人挺好，没事还陪我遛鸟，去古玩市场。”周非凡不失时机打了个边锣。

“有那么好？”周小容故意夸张地瞪着眼。

“真的好，钢镚这段时间可听话了，我和你爸解放了不少，这都是小冯的功劳。要我说，小容你以后找对象，就找小冯这样的。”不等周小容应答，苏梅转身看着有些腼腆的冯昊，拍了下他的肩，“好好干小冯，过年阿姨奖励你，给个大红包。”

周小容看冯昊有些尴尬，忙扭转了话题：“你要把钢镚当成你的亲侄子一样，不对的地方，该说就说，该打就打。对了，昊昊，我们家钢镚没什么坏毛病吧？”

“坏毛病倒没有。”冯昊勾着头思索着说，“就是，我发现，钢镚好像有点儿女性化倾向，这个得纠正一下。”

周小容和周非凡夫妇听了这话一齐把头扭向钢镚。冯昊忙说钢镚仅仅是说话有些嗲，爱照镜子，倒还没有形成性格。现在注意到了，纠正一段时间就会好的。

“那赶紧，这个弄好了阿姨重奖你！”苏梅忙说。

“不需要，只要周姐开心，我一定会努力。”

“看来，你很喜欢我们家这个疯丫头啊！”苏梅看了看周小容，一脸的爱意。

“妈，萝卜白菜，各有所爱。你喜欢的型，不一定就是我喜欢的。但我把冯昊当成最好的弟弟，更何况，他还是我的铁杆粉丝，粉丝知道吗？”周小容纠正着，又笑眯眯地看着冯昊，“是吗？”

“是，是。”冯昊脸上飞过一丝失落，又忙使劲儿地点了点头。

“我也是。”钢镚好像生怕大人忘记了自己似的，不失时机接过了话头。

冯昊的到来，的确让周非凡和苏梅老两口欣慰了一阵子，感到一种解脱的自由。钢棒变得越来越活泼，各个兴趣班的成绩也都有所长进，尤其在冯昊的调教和纠正下,那些不明显的女性化倾向荡然无存,让周非凡和苏梅很高兴。但这种得到暂时解脱的欣慰和高兴没过多久,却就很快被一种说不出来的失落感代替。

打钢镚出生,两个人就围着这个宝贝疙瘩开始转,以前的生活方式生活习惯生活节奏完全被打乱,日子过得紧张而忙碌。他们老夫妻俩就像拉着同一台石磨的两头驴,不堪重负但却活得充实而有滋味。可是自打冯昊来了以后,钢镚跟他日渐亲密,一天不见冯昊就吵闹不停,做什么都表现出一副没有兴趣的样子,彻底把爷爷奶奶晾到了一边。周非凡还罢了,古玩、摄影、书画将他的时间占得满满的,苏梅可就惨了!以前全身心都在孙子身上吊着,成天围着钢镚转,按照自己的想法和要求培养着他,以期让孙子走出一条成功的周家模式。那时候,苏梅是累,但日子过得踏实充沛,洋溢着一种自豪感和成就感。

当时两口子吩咐女儿找保姆时,只是简单的为身体考虑,没有多想。眼下钢镚和冯昊完全黏到了一起,时间久了两个人就有了一种被晾一边的冷落感。这种感觉很奇怪,就像孩子大了有了自己的朋友圈子就和父母疏远,不再愿意把自己的想法和秘密说给父母,而让父母原来觉得自己是唯一可能的主宰变更成另外一种陪衬的角色。用苏梅的话来说,自己和孙子的亲热权让冯昊给剥夺了。

本来,这种失落的情绪只是苏梅和周非凡心底的感觉,毕竟冯昊功劳卓著,也不是成心要从他们这里夺走钢镚,两口子并没打算把他怎样,但后来发生的一件事,却促使他们很快下了决心,不再顾忌冯昊是女儿周小容介绍来的面子,也不再考虑冯昊那些当初让他们感觉欣慰和赏识的特长,当面向冯昊提出了辞退的建议。

那天已经是下午7点,冯昊辅导完英语,钢镚没有像往常一样跟他说再见,而是闹着要跟冯昊回他的宿舍去。苏梅将钢镚关到了房间里,让冯昊将车开回去,以免被钢镚纠缠不休。偏巧这时候,楼上的王阿姨来借东西,苏梅便和她在客厅多说了几句话。等到送走王阿姨,苏梅推开钢镚的房间,却不见了他的影踪。

以往苏梅小题大做惯了,钢镚一个小小的举动都能让她发出异乎寻常过分夸张的叫声,周非凡几乎都习以为常了。但今天苏梅的声音不同以往,还是让他感觉到出了什么事,急忙从屋里出来向苏梅打问详情。

周非凡这一掺和,事情就由苏梅一个人的惊慌焦虑转变为两个人的紧张慌乱,并且由家里扩散到了楼下。紧接着,没有寻找到钢镚的老两口如同天塌地陷一般,把消息扩散到了周家所有成员的耳膜。一时间,全家都陷入一片无端的紧张慌乱中,如同得了传染病一般,全部投入到寻找钢镚的行动里。

周家人被钢镚的突然失踪吓得不轻,而刚刚回家正要洗澡的冯昊几乎在同一时间段脱了衣服走向浴室时,突然被站在客厅里的钢镚吓了一大跳。他捂着自己的裆间满脸赤红逃进了卧室，慌不迭穿上了裤子。就在冯昊往卧室跑去的时候，他听见钢镚如同做了一件极为得意的事情一般"咯咯"的笑声在客厅回响，这使得一向好脾气的冯昊禁不住也有些恼火。

冯昊蹬上裤子后冲出来，一把拎起双手扶着膝盖还在笑个不停的钢镚扔在了沙发上，横眉怒目冲着他大声叫喊："干什么你，想吓死人啊？"

钢镚的笑声戛然而止，但对冯昊的愤怒和呵斥却一点儿也不在意。他转着脑袋左右看着，似乎在寻找新奇的、可以让自己感兴趣的玩物。看见茶几上放着个削苹果的瑞士军刀，拿起来就要往开打。冯昊最见不得钢镚这种你在和他说话，他却一副熟视无睹的模样，一把夺下瑞士刀，大声说："放下，站起来。"

大概冯昊自打到周家带钢镚起，从来没有过这种情形，钢镚尽管调皮，还是被稍稍震慑住了，态度收敛了许多，但依然没有站起来，瞪眼看着冯昊的脸不说话。

"说，你，怎么跑我这儿了？"

钢镚小脸一皱，冲冯昊做了个鬼脸，跳下沙发就往卧室跑去。

"你给我回来。"冯昊一把抓住他，"说，到底怎么来的？说不说，不说别想饶了你。"

"哥哥，你弄疼我了。"钢镚咧嘴叫着，"我，我钻汽车后座底下来的。我要看你的太空望远镜，我要看玉兔在月亮上的家！"说完，他挣开冯昊跑进卧室"哐"地关上了门。

事情当然是虚惊一场，但这件事却给觉得自己被冷落和疏远的苏梅找到了一个很好的由头，那就是，坚决不能让冯昊和钢镚再待一起了。苏梅的原话是，钢镚和冯昊都是男孩，两个男孩待一起，玩起来什么都会不管不顾，最终钢镚会被冯昊带沟里去。如果非要用保姆，那就找个女的。女的文静，而且细心，一定会好好带着钢镚，让她和周非凡省心。这让在这件事上一直犹豫不定的周非凡最终下定决心，同意了苏梅的建议，辞了冯昊，去中介中心给钢镚找了个女保姆。

名字叫作朱丽叶的女保姆来到周家，苏梅第一感觉就是这个女人外形就是一块甜得发腻的奶油蛋糕。小小年纪浑身的肉，头发微微卷曲，薄薄的嘴唇抹得跟吃了鸡血似的，及至一开口，说话嗲声嗲气简直让人几近浑身发麻。她来的时候，周非凡没有在家。这个小女子一进屋，眼睛就骨碌碌转着，推开家里所有的门，几乎把苏梅家所有房间巡视了个遍，小嘴夸张地嘬成一个圆，不断发出惊异的啧啧声，摸摸这个动动那个，样子如同刘姥姥进了大观园。

好容易看完了整个房间，朱丽叶回到客厅，在苏梅想要询问她情况的时候，她却对墙上挂着的一幅周非凡年轻时的照片发生了莫大的兴趣，眼里闪烁着极度热情的光，声音如同发现了猎物般兴奋：“哇，好酷耶，这谁哎？”

“是你周叔叔，年轻时照的。”苏梅说。

“叔叔啊，这么帅，标准的帅哥哎！他人呢？怎么没见他？”

“他，他出去了。”苏梅皱皱眉头，心里不由自主就产生了一股厌烦的感觉。虽说现在社会进步了，年轻的女孩子都比较自我，苏梅也有女儿，自己也不是那种教条保守的人，可面前的这个女子的举止神态还是让她觉得心里有点儿不爽，生出些许找错人的后悔感，打算聊几句，不行就不用了，明日再另找一个。

“有资质证吗？我看看你的资质证。”苏梅说。

“资质证啊，有的。”朱丽叶的眼睛恋恋不舍地从墙上的照片移下来，打开皮包，翻出一大堆证件递给苏梅，“喏，这是我的大学毕业证书，这个是我的四级英语证书，这个是钢琴五级证书，还有这个，是我的三级厨师证。我可是个全能型人才哦。不过话说清了，我来你们家不负责做饭的，如果你们想吃我烧的菜，那得另加钱，每月1000块。”

“这个就算了，我们家我就是最好的厨师，只要你能教好我家钢镚钢琴英语就行了。”苏梅不屑地撇了下嘴，但朱丽叶最初给自己带来的不快却消除了。

将冯昊打发走是自己的主意，为这周小容没少给他们老两口发脾气，要是不能尽快寻到一个适合钢镚的好保姆，周小容的那些叨唠比起更年期的妇女也是有过之而无不及的。所以尽管苏梅对朱丽叶不是十分的满意，眼下也只好委曲求全先将就一下了。

苏梅同意朱丽叶次日来家里上班，朱丽叶却开出了个条件，每周要借周家的车用两天，以便去见男朋友。遭到苏梅的拒绝后，她不高兴地嘟起嘴，拿着手包便扭搭着出了门。

“那你明天来是不来？”苏梅见她要出门，犹豫着问了声。

“当然来啦。”朱丽叶扭头向苏梅飞了个吻，摇了摇手开门出门而去。

但事实证明，匆匆忙忙将就着去办一件事，总不能得到想要的结果。

朱丽叶的专业知识和自身条件不是很成正比，对于调皮好动的钢镚，根本没耐心，按部就班教完自己认为应该教的东西，就沉迷到手机游戏和男朋友的聊天说笑里去了。

有一次，钢镚没有背过单词，朱丽叶便大施“师道”尊严，拧住钢镚的耳朵将他揪到墙角，罚站了十多分钟。结果第二天，调皮的钢镚用绳子吊了一个花瓶在门顶上，朱丽叶一进门就让结结实实给砸了一下，两人弄得水火不容。钢镚死活都不要朱丽叶教了，嚷着要冯昊回来。

要将刚来不到一周的朱丽叶辞退，苏梅碍于面子开不了口。后来周非凡的一句话，终于让苏梅改变主意把朱丽叶辞了，给周小容打电话请冯昊回来。

周非凡说这个朱丽叶的人品有问题。有一次，朱丽叶要他给她照相，结果他拿着相机跟朱丽叶到公园，拍了几张照片后朱丽叶要脱衣服，说什么让他给拍人体写真，遭到训斥后还表现出一脸的不悦。苏梅听了后非常生气，说这女孩看着人模人样的，怎么这样。周非凡说你不知道，好几次你不在家的时候，她还用言语挑逗我，说的那些话，我都没办法给你说。

苏梅不耐烦地打断周非凡的描述，当即决定辞了朱丽叶，打电话给周小容，看能不能让冯昊回来。

"瞧瞧你们，干的这叫啥事！"周小容接到母亲的电话，不无抱怨地说，"当人家小冯什么啊，招之即来，挥之即去。"

"别说了，妈知道自己错了，我看小冯挺听你话的，就当帮妈和你爸行吗？"苏梅在电话那头用从来没有的口吻央求女儿道。

"好吧，我试试看，人家回不回来，我可不敢给你们打包票。"周小容放下电话，坐在椅子上沉思了半晌，拿起手机拨通了冯昊的号，通知他到家里去一下，说有事要和他商量。

唐代有一首诗叫《登科后》，说的是进士及第后的感受："春风得意马蹄疾，一日看尽长安花！"

接到周小容的电话，冯昊沐浴更衣打扮一番便急急驾车前往。行驶在繁华的大都市街道上，他吹着口哨，心里真有进士及第的感觉。和周小容认识这么久，周小容还从来没主动约他去过家里。恋爱中的人就如同一个醉汉，有时清醒有时糊涂。对方的一颦一笑，一言一行，一个不经意的眼神，甚至身上的味道，好像都散发着醉人的芳香，让人迷恋无法自拔。对于周小容本身和她所用的一切，包括居住的环境，冯昊都充满了好奇。

进了周小容的闺房之后，冯昊的这种好奇得到了从来没有的挥发。周小容说起母亲想要让他重新回去教习钢镚的事，他也只是一味嗯啊着，其实周小容和他说什么一句没听进去。

"干吗你？同意不同意，你倒是点个头。就当上次我爸妈不对，看在钢镚分儿上，你也得回去是不？"

"这个啊，行。"

"答应了？"周小容兴奋地拍了下冯昊的肩，"喝点儿什么，凉茶还是可乐？姐姐给你拿去。"

“随便啦。”冯昊心不在焉地应付了一声，眼睛却不由自主地再次滑移到周小容扔在沙发上刚刚换下的内衣上，因为他看见在内衣下面藏着一副乳罩。

“等会儿。”周小容没有注意到冯昊的细微变化，站起来走进厨房给他去找饮品。冯昊见她进厨房去，心怦怦跳着，忍不住一把抓起乳罩凑到鼻子上。

乳罩是粉红丝缎的，小巧轻薄，散发着一股淡淡的体香。冯昊一阵晕眩，感觉自己的身体就如同一个正在被充气的氢气球，迅速膨大，浑身燥热，出气都不均匀起来。一种新奇的、从来没有过的难受让他觉得自己都要站立不住。

周小容从冰箱找出一罐可乐，走出来准备给冯昊，出来时猛然看见冯昊脸色绯红，拿着自己的乳罩凑在鼻子下用力嗅着，不由得愣住了。周小容虽说比冯昊大不了多少，但她毕竟有过恋爱经历，对于冯昊的心态，她想象得出是怎么回事。平时，她在冯昊面前特别注意，生怕自己一不小心给无意间一个关心，让这个走火入魔的大男孩会错了意做出傻事。当下见冯昊如此这般，竟然还把嘴唇按在乳罩上激吻，周小容愣了愣，心里像闯进了一只兔子怦怦乱跳起来，她犹豫了下悄悄退回厨房，掏出手机拨通了陈子页的电话。

简单说了自己这边的状况，陈子页答应前来帮她解围，周小容这才挂断电话。她抚摸着胸口让自己平复了些，想想老待在厨房不是个事，就拿着可乐走出来，装着什么也不知道的样子，把可乐罐递给冯昊：“来，喝点儿。”

冯昊正沉浸在幻觉中，根本没意识到周小容站在身后，猛然听到周小容的声音吓了一跳，脸腾一下成了血布子，浑身一激灵，一把把乳罩藏在了身后，转身看着周小容，慌乱不知所措。那情形，就像一个青春期刚刚懂得人事的少年正在欣赏自己的生殖器，突然被大人发现。这下周小容想要装着不知道也已经不可能，只好看着冯昊问：“你在干什么，满头的汗？”

“我，我，我……”冯昊讷讷着，出气越来越粗，周小容明显感觉到一股热乎乎的气浪都扑到了自己脸上。看着眼睛如同跳动着两簇火苗的冯昊，她突然觉得一种从来没有的恐惧和害怕，那感觉，就像要蛇的人突然看见自己玩养惯了的蛇突然要向自己扑过来一样，周小容一向伶牙俐齿的嘴顿时哆嗦起来，说话打起了绊子：“你，小冯，你，你干什么？”

“我，我……你，你太美了，姐姐，让我吻一下你好吗？”冯昊脸色绯红，呼吸急促，身子颤抖着往周小容跟前走了两步。

“你，你干啥，我是你姐姐，怎么可以这样，别过来。”周小容完全在冯昊面前失去了以往的镇静，慌乱地往后退却着。

“我知道！”冯昊胸腔剧烈扇动着，“那是你的想法，我不这么认为，你是我的神，我的公主，让我吻吻你！”

到了这时，周小容看着走火入魔一样的冯昊，不由得慌乱了，心里没有一点儿主张，只能祈祷陈子页快点儿到来。尴尬而慌乱的对峙中，外面响起一阵轻微的敲门声，冯昊一愣，已经抱住周小容香肩的胳膊不由得一松，周小容乘机推开他，快步跑过去打开了门。

“子页，你怎么来了？”周小容背对冯昊，向陈子页眨着眼睛，故意做出一副惊讶的模样，却用眼神示意他赶紧进屋。

陈子页走进屋子，看着站在屋子中央的冯昊，故意怔了一下，好像没有想到屋里还有人。周小容当然心里明白怎么回事，忙笑了下指着冯昊说：“小冯，我朋友。有事找我。”

陈子页“哦”了声，做出一副主人翁的样子：“那你们聊，我去睡会儿。”转身推开卧室的门，不急不缓地走了进去。

周小容见他走进卧室里去，不好意思似的向冯昊笑了笑：“陈子页，我男朋友。”

“男朋友，你有男朋友？”冯昊怔怔地看着周小容，嘴唇哆嗦着，眼睛盯着卧室的门，心里一阵说不出的隐隐疼痛。周小容有男朋友，自己竟然还不知道！想起刚才陈子页走进卧室熟门熟路的样子和居高临下主人一样说话的口气，冯昊不知为什么心底就泛起一丝酸酸的醋意，狠狠看着卧室门不说话，那情形，似乎恨不得冲进去把陈子页一把给拽出来。这让周小容心头不由得泛过一丝寒意，忙故作轻松地笑着，用手一拍冯昊：“去，把脸擦一下，今天的事就当没发生过，姐姐不会怪你，以后不许再这样了，知道吗？”

冯昊不说话，咬着嘴唇，默默转身向外走去。周小容看他出门，皱了下眉头：“别忘了姐要你做的事，记得明天去我妈家啊。”

这一夜，冯昊，这个健硕单纯的大男孩有生以来第一次整夜失眠了，把自己一个人关在房间里呜呜大哭，撕床单，砸东西，整晚咆哮着睡不着觉，那情形，就像一头受了伤的雄鹿。

对于冯昊的再次到来，不用说，周非凡两口子心里多多少少有些歉疚和不好意思。自然而然地，免不了絮絮叨叨说了不少抱歉的话，无非想找些由头解释一下上次辞退冯昊的理由，给自己一个台阶。当然，毫无疑问，冯昊的到来，最高兴的是钢镚。这个家里的小霸王小顽主，像一个孤军奋战的流浪军人，终于再次看到了同盟军的影子，对冯昊表现出过分的亲密。但很快，钢镚就发现，情形和他最初期望的完全不同了，他的冯昊哥哥像变了一个人，不再和他亲密无间，整天无精打采，就连玩的时候，也是一副心不在焉、没有兴趣的懒散模样。这让钢镚很感失落和不满，但却无法使冯昊改变模样。

周小容很快便从冯昊那天给自己造成的震动中恢复过来，抽空还跟陈子页去陶吧玩了一天，休闲之余还讨论了关于妻子、情人和红颜知己之间的关系。

“情感‘三剑客’啊。”陈子页高深莫测地一笑，“什么叫妻子？我认为就是愿意把工资交给她保管的女人。情人嘛，就是偷偷摸摸地去和她约会又怕妻子撞见的女人。而红颜知己，就是能把有些秘密说给她听、却不能说给妻子听的女人。”

“红颜知己，你理解得比较到位。”周小容抿着嘴笑了，坦言道，“我个人认为，妻子是一种约束，约束你不能随便和别的女人交往；情人则是一种补偿，补偿你想从妻子那得到却又无法得到的激情；红颜知己嘛，就是一种点拨，点拨你心中的迷津。”

陈子页认真地看了看对面的女子，不无感触地点点头：“很精彩啊。妻子陪男人过日子，情人陪男人花钞票，红颜知己陪男人聊天。妻子不能替代情人，因为她没有情人有情调；情人不能代替妻子，因为她没有妻子的亲情；妻子和情人都代替不了红颜知己，那是心灵的需要。”

周小容坦然问道：“那你觉得我是适合做你的妻子、情人，还是红颜知己？”

“原来是在这儿等着呢。”陈子页伸出泥手，冲着天空画了一个大大的问号，“怎么说呢，娶一个妻子是为了怕别人说闲话，找一个情人是为了给单调的生活加点儿味精，交一个红颜知己是想给空虚的心灵浇点儿鸡汤。”

“你很滑头，没有正面回答我的问题。”

“我的意思是，最好的妻子，”陈子页意味深长地看了她一眼，“就是男人能从她身上找到情人和红颜知己两种相互交织的感觉。”

“呵呵，那我适合做红颜知己。”

“如果有可能，男人都在想把红颜知己变成情人，如果再有可能，再把她变成妻子。只是变成妻子的红颜知己就不再是知己了，因为很少有男人把自己的妻子当成知己的。”

那天的谈话很愉快，周小容通过这个话题，多多少少掌握了一点儿自己在陈子页心中的位置。在她看来，自己条件优秀，吸引男人爱慕、被关注是很正常的事，不被注意才不可能呢，而一点儿也没有思考这中间存在什么危险。直到不久后的一天，陈子页晚上回家时，在小区楼下被人拍了一砖，她才多少意识到，长得漂亮并不完全是什么好事，有时甚至是灾祸这一道理。

发小和闺蜜从形式上来说，都是那种从小一块儿玩大，无话不谈的亲密朋友，所不同的只是性别不一样而已。但男人和女人有着本质的差别，所以发小和闺蜜比较起来，可能并不完全一样。男人有困难大都会想到的人就是发小，即使借了钱一再不还，他们依然保持着亲密无间的关系。若换了女性，情况大抵就不同了。好多亲密无间的闺蜜，到后来为什么变为情敌？这若放在男人身上是很难做出这种事来的，可见男人和女人还是有着本质的区别。所以，在李小爱和婷婷没有可能变成情敌之前，她们依旧非常亲密。

这天，李小爱电话急召婷婷，说是店里来了一种新产品，要她来“尝鲜”。待婷婷躺在美容床上时，李小爱才告诉她，以前将陈子页从婷婷身边夺走的那个冯思思，如今起了个网名叫“流泪的红蜡烛”，她已经勾搭上了吴极，而且两人已经发展到一起吃饭约会的地步。她希望婷婷能帮着约下陈子页，请他和吴极谈谈，揭露冯思思骗取男人钱财的丑恶嘴脸。

“可你知道，我现在结婚了，和陈子页早没了来往。何况我听说陈子页现在和我家大姑姐还打得火热，我去找他，万一让他们姐弟两个知道，会怎么想我？”婷婷一脸为难，显出爱莫能助的样子。

“什么闺蜜嘛，张世贵的毛驴，用着了就趴下了！”李小爱不悦了，手下的按摩动作也变得生硬起来，“你不会偷偷约见一下，我没说让你明着去啊。一句话，你到底帮不帮忙啊？这可是关系到我家庭和婚姻幸福的大事啊！”

“这……”婷婷为难地犹豫着，“好好好，怕了你啦。我去还不成。”

“太好了，够哥们儿。”李小爱兴奋地跳起来在婷婷额头上“叭”地啃了一口，“回头请你吃大餐！”

去见陈子页那天，婷婷特地穿了一件鹅黄色低胸连衣裙，一条银白色坠着宝石红鸡心的链子挂在圆润的脖子上，亮红的鸡心正好坠落在乳沟里，让人心生遐想。她花了些时间化了淡妆，一切都是若有若无的装扮。她的小心思就是和陈子页的每次见面都要把自己打扮得漂漂亮亮的，不管当初离开陈子页是出于什么原因，自己都要让他看到自己就心生后悔。

她把李小爱的担忧说了，请陈子页去和吴极谈一下。谁知道自己出于姐们儿间义气想要帮朋友，没想到事与愿违引起一连串反应，差点儿还让丈夫进了局子。

陈子页出于本性的善良和对冯思思的憎恶，在婷婷找了自己后，主动找到吴极，劝说他少和冯思思这种朝秦暮楚的女人来往，好好善待自己的妻子。没承想吴极将好心当成了驴肝肺，以为陈子页的出现，是婷婷联合李小爱给自己找不愉快，便找到周小易碟子碗一股脑儿发了一通脾气。周小易一听老婆竟然和陈子页暗中来往，心里不由得腾地起了一股无名火，早把最初听到吴极抱怨时心中的那点儿幸灾乐祸忘到九霄云外，自己反倒陷入深深的醋意里面。

两个“窝囊”的男人凑到小饭馆里，你一杯我一杯喝起了闷酒，结果酒越喝话就越多，说到伤心的地方，他们竟然如娘们儿般地哭了起来。若不是饭馆打烊让老板给轰出了店门，说不定喝到什么时候。

分手后周小易离开吴极跌跌撞撞在街上走，连什么时候下雨都不知道。走到陈子页楼下，他被倒在雨水中的陈子页给绊了个大马趴，便趴在昏迷的陈子页身上就再也没起来，结果让巡逻队一块儿给带到了派出所。

陈子页被人暗算，自己一头雾水，想不通到底得罪了哪路神仙。

起初他也以为周小易小心眼儿，怀疑自己和婷婷有瓜葛而报复自己。后来仔细一想不对，周小易报复自己，也不可能傻到睡自己身上，还“同甘共苦”地淋了一夜雨。经过警察的询问，也证实了这一判断。但自己为人低调，除了感情生活有点儿混乱，既未打家劫舍，也没坑蒙拐骗，是谁和自己过不去，要用这么下三烂的手段整治自己？陈子页百思不得其解。

周小容却在陈子页遭遇不幸的时候首先想到一个人，那就是冯昊。

虽然周小容知道冯昊着了魔似的爱着自己，但一直以来，她都把他看作一个不太成熟处于青春骚动期的男孩，除了好玩，一点儿没有衍生的价值。她相信，随着年龄的增长，时光的流逝，冯昊自己会慢慢觉醒，疏远自己去寻找他真正应当拥有的合适的女孩，但事实证明她错了，这只是她个人一厢情愿的想法。冯昊，这个被她当作弟弟一样看待的大男孩并没从她的劝导和有意的冷漠和回避里觉醒，反而越陷越深，用他们这代人认为的方式，从一个极端走向另外一个极端。

“你怎么可以这样呢？冯昊，知不知道你在做什么，你在影响我的生活！”周小容很生气地看着冯昊。

“你虽然还不是我的女人，但我不允许你受到任何男人的玷污。我爱你，你知道我有多爱你，多喜欢你吗？”冯昊不回周小容的话，所答非所问地大声叫着。

“你？”周小容扭头看了眼关着的门，“昊昊，你已经走进死胡同了，也可以说是有些变态。至于我和陈子页怎么样，那是我自己的事，希望你不要介入。同时，我要再次告诉你，我们不合适，也绝不可能！”

“我不管，我爱你！你爱不爱我是另外一回事，但我绝不允许任何男人把你从我手里夺走！”冯昊喘着气大叫着，自顾自地说，“那个陈子页为什么对你的卧室那么熟悉，那样的熟门熟路？”

“冯昊，你，你怎么这样，走火入魔了你！你不觉得你问这种话无聊加无耻吗？请你自重一点儿，不要再干扰我的个人生活。”周小容真生气了，一把推开冯昊挡在自己面前的胳膊，大步向楼下走去。

冯昊望着她绝情的背影，气恼地一脚踢在墙上，冲着周小容大叫："你走吧，我不会放弃，我绝不会放弃！"

这件事过去没几天，陈子页就被打了。开始周小容也简单地以为，是周小易恼恨陈子页干的，但当陈子页告诉她并不是周小易后，她就把视线转到了冯昊身上。联想到冯昊那天的态度，周小容认定此事定是冯昊出于嫉妒，半夜里拍了陈子页黑砖，心中对冯昊的好印象一霎时都坍塌了。

更让周小容吃惊的是，冯昊竟然劫持了周家的宝贝疙瘩钢镚，并发短信给她，要挟她接受自己的爱情，不然就做傻事。这一下子让平静得如同一潭死水的周家巨浪滔天，所有人陷入无边的恐惧和慌乱中。

世人眼里，恋爱中的人都是傻子，总是做出一些在常人看来不可理喻的事情。单恋中的冯昊为了达到拥有爱人的目的，利用钢镚单纯和好玩的本性，用一架天文望远镜和一大堆好吃的零食作为条件，和他达成了共识。他们利用锻炼的机会偷偷离开周家，跑到航天大厦的顶层天台上，架起天文望远镜，一边吃喝一边观察起了天体。这期间，冯昊给周小容发了条短信，模仿电影里黑社会的口气，威胁她若是不答应做他的女朋友，他就带着钢镚远走高飞，让周家人再也找不着。

周小容接到短信，认为这又是冯昊一贯想要得到自己重视的恶作剧，并未十分在意。她不经意地顺手给母亲打了个电话，问钢镚是否和冯昊在家时，才知道苏梅和周非凡正为找不到孙子和保姆着急，周小容心里这才咯噔一下："坏了，钢镚被冯昊绑架了！"

"啥，你说啥？小冯绑架钢镚！"苏梅听到这句话，差点儿没把话筒吓掉到地上。一旁的周非凡也吓得不轻，一把夺过话筒追问究竟。周小容就把冯昊刚发短信给自己的事告诉了父母。周非凡一听就急了，大声质问女儿："我们和冯昊无冤无仇，他这么做是为什么？"到了这时，周小容不得不把冯昊一直在追自己的事告诉了爸爸。

钢镚的"失踪"再次让所有家庭成员聚集在苏梅家。一见周小容，大家纷纷指责她将姐弟恋的对象安插在家中，此事太欠考虑。

周非凡分析，冯昊对钢镚是有感情的，绝对不会伤害他，没准俩人现在在一起高兴得不得了。但问题是他们现在人在何方。周小容说自己手机里有 GPS 定位系统，如果她给冯昊发条短信，只要他回复了，系统就会自动锁定他的位置。

在大家焦急的注视下，周小容编辑了一条短信给冯昊发送出去。很快，冯昊的短信回复了。周小容看看手机，兴奋地叫了一声："他在航天大厦！"话音未落，便起身带着周小易和婷婷跑出了门，开车直往航天大厦急速驶去。

二十二

一行人信心满满来到航天大厦，抬头一看五十多层的摩天大楼，都傻了眼。

“这么大的楼，怎么找啊！”周小易血液里的男性逻辑思维在此刻发生了作用，他沉思了一会儿，让婷婷把住大门守株待兔，自己拉着姐姐就往高处跑去。

楼顶上支着天文望远镜，不远处的地上铺着一块彩条塑料布，上面摆满了好吃好喝的东西。为了哄住钢镚，冯昊一改这段时间的沉闷，一边主动和他玩起脑筋急转弯，一边不住观看手机，等待着周小容的信息。

“下一道题，请问钢镚，什么时候太阳会从西边出来？”

“我爸给我妈发誓的时候。”钢镚想都没想，干脆利落地说完，却见冯昊乐不可支，笑得前仰后合，他不禁怔住了，“昊昊哥哥，我说得不对吗？”

“对，很对。”冯昊止住笑，又说道，“我接着出题。米的妈妈是谁？”“花。”“为什么？”“因为花生米。”“恭喜你，答对了。下一题，米的爸爸是谁？”“蝶，蝴蝶。”“为什么？”“因为我爸说，他和我妈是‘蝶恋花’。”

现在的孩子真的不得了，一个个和精豆子一样，什么稀奇古怪的问题都难不倒他们。冯昊正在自叹弗如，又见钢镚爬上凳子，凑到天文望远镜看着，好奇地探究天穹的奥秘。

“昊昊哥哥，我怎么还是看不到木星啊？”

“木星是很难看到的。来，我给你调整调整，看星云和星团。”

“什么是星云啊？”

“星云是一种由星际空间的气体和尘埃组成的云雾状天体。”

钢镚听得一头雾水，才要问个究竟，隐约听到爸爸呼叫自己的声音，他急忙告诉了冯昊。冯昊侧耳一听，笑容顿减，忙收拾了天台上的望远镜和零食，拉着钢镚便往楼下跑去。

刚下楼顶的楼梯，便看见周小易呼哧带喘地从楼下跑来，冯昊忙将钢镚抱起，身子一闪躲在墙角处，待周小易身影闪过，他急忙又下了一层楼，来到电梯间按下电梯。在焦急等待中，电梯缓缓升至顶层，又终于降了下来。等到电梯门打开，冯昊带着钢镚迅速进了电梯间，按下了一楼的按键。刚得以喘息，冯昊却突然不自在起来，因为他嗅到电梯间的空气中有一种淡淡的香味，这香味，正是周小容平时所用的香奈儿五号的味道。他明白，自己刚刚错过了乘电梯上来的周小容。错过了，一切都错过了。

电梯终于来到一楼，就在他们一路小跑，以为已经甩脱了寻找自己的周小容姐弟时，却被守候在大门口的婷婷看见。她一边呼叫保安帮忙，一边紧紧抓住钢镚，不顾他甩胳膊蹬腿地挣扎，坚决不松手。很快，冯昊、钢镚双双被拿下，结束了这场闹剧。

虽然不过是虚惊一场，但这件事给周家所有家庭成员所造成的心理阴影却挥之不去。尤其是周小易两口子，感到隔代教育存在的弊端和问题，心里滋生出把钢镚叫回身边亲自培养的想法。但他们心里明白，钢镚从小跟着祖辈成长，某种程度上已经成为父母们体现自己价值的一个工具和娱乐晚年生活的一个玩偶，想把孩子要回自己身边抚养，并不是件容易的事。

“想法倒是不错，但带孩子这事会影响你我的工作。”

“不要拿工作当幌子。就算咱们事业有成，可是孩子废了，能算成功吗？”婷婷有些抱怨地看着丈夫，“钢镚现在身上有很多不好的毛病，不能让他带到学校去。咱俩应该抓紧这最后的学前时间和钢镚在一起生活，发现、纠正他的毛病。唉，你说这叫什么事啊，我们自己的孩子想要自己抚养亲自教育还这么难！”

“这有什么难以理解的，爸妈这也是一种爱的延续和衍生啊！”

“少废话，一点儿文学细胞没有咬什么字。赶紧把钢镚给我要回来，放你妈那儿，我再也不放心了。”

“我说你们女人怎么都这样呢？明知不可为而非要为之。你这不逼我跳楼吗？”周小易苦笑。

“你去不去，不去以后晚上别上床。”

“有点儿新意好不好，都老夫老妻了，你的床对我早没啥新鲜感了。诱惑陈子页还差不多。”周小易一副痞子模样笑着。

“你说什么，再说一遍？”婷婷一把拧住丈夫耳朵，做出一副厉害模样。

“撒手，撒手，我去，我去还不行。”周小易捂住耳朵告饶。婷婷并不撒手，依旧瞪着两只圆眼，“有什么高招，说？”

“当然有，你老公是谁，故事大王啊。”周小易又拿出了一贯的做派。

苏梅在钢镚出了事后，有如惊弓之鸟，除了孙子在兴趣班上课，可以说须臾不离左右，钢镚一会儿不在身边就大呼小叫，弄得周非凡也紧张兮兮的。这天周非凡陪孙子去买玩具，苏梅一个人在家，难得轻松一会儿，泡了杯龙井转身想坐沙发上喝，一抬头，儿子悄没声息地不知几时进来坐在了沙发上，抱着个头，一副忧心忡忡的样子，不由得愣怔在那里。

“小易，你几时进来的，也不吭个气，吓死人你！”

“唉！”周小易看了母亲一眼，换了个姿势接着唉声叹气。

"怎么了,出啥事了?"苏梅心里咯噔了一下,把茶杯放到茶几上,坐到儿子身边关切地问。

"婷婷在单位干不成了。"周小易愁眉苦脸地告诉老妈,婷婷单位的秃头经理经常对她进行办公室性骚扰,无法得手便处处给她穿小鞋。为了报仇,他准备用一盆强力胶浇到秃头的头上,把剩余为数不多的那几根毛全部给他粘干净,再给他身上倒上汽油,打火机一按,"嘭",烧得他满大街乱跑,看他以后还敢欺负婷婷。

闻言苏梅果然吓得不轻,连连阻止道:"千万别胡来,犯法的事坚决不能干啊。"

"这只是我的第一套方案,您要不同意,我还有。"周小易的第二套方案就是找几个"三陪小姐"把秃头经理绑架到山里,玩死他,让他高山上倒马桶,臭名远扬。

"咱们是正派人,不是黑社会,你千万不要玩邪的。"苏梅紧张地看着儿子,断然道,"惹不起,咱还躲不起吗?让婷婷别干了!"

看到母亲逐渐上了自己的圈套,周小易暗自欢喜,却又装出一副不耐烦的样子说:"你们女人怎么都这样。婷婷现在天天晚上哭,让我给她重新找工作。我好容易找了家在国内的境外保险公司,有个位置很适合婷婷,薪水待遇也不错,公司领导也正派,可那个位子有个孕妇占着,得四个月以后才能腾出来。"

"你是说,孕妇一走,婷婷就可以顶替她?那就等呗!"

"我也是这样劝婷婷的,但是她不答应啊!还说什么她现在已经让色狼上司骚扰得患上了抑郁症,必须每天有人倾诉才行。"

"她要给谁倾诉?"

"精神方面的事,能给谁倾诉?第一人选,陈子页。"

"陈子页?绝对不行,万一倾诉得两人旧情复发,不是刚出狼窝又入虎口了?"

"是啊。妈,您看看,您儿子如今和伍子胥一样,一夜之间愁白了头啊!"周小易满脸惆怅地摘下帽子,把刚染的一头白发伸给母亲看,"妈,您是不知道,婷婷她现在患上了严重的抑郁症,天天晚上都要向我倾诉,弄得我整晚整晚睡不成觉,这才几天头发就全白了。"

"怎么会这样,这,这可怎么办?"苏梅抚摸着儿子的"白发",心疼得六神无主,眼泪不由自主地流了出来,"儿啊,你怎么能急成这样,天大的事有你妈我呢。"

"妈,您别为我担心,我明天就去剃个光头,谁也不会看到我的痛苦。但我怕的是婷婷哪天真要崩溃了,钢镚可就惨了。"看到老妈真情落泪,周小易真心不忍。他暗骂自己是个不孝之子,可为了孩子的将来,"坏人"已经做了,只能硬着头皮做到底。

苏梅毅然说道:"这样。钢镚现在不是也找不到全能保姆吗?学习我也抓不到点上，要不这四个月就让钢镚和婷婷在一起，肯定能转移婷婷的注意力。”

周小易和母亲玩起了“欲擒故纵”的把戏，他坚决地说：“那哪儿成啊！婷婷和钢镚在一起就会教训孩子，我可忍受不了。妈，钢镚还是您亲自带，婷婷那儿，我可以让她白天吃安眠药睡觉，晚上我陪她说话、上网、看电视剧。”

苏梅嗔道：“你不要命了。白天上一天班，晚上不休息了啊。就这样了，婷婷只要一辞职回家，你们就立刻把钢镚带走。”

“这恐怕还得征求一下我老爸的意见吧。”

“我说了算！”

女人有一个共同的弱点，再强势的女人也不例外，就是在儿女面前缺乏足够的判断力。伟大的母爱和天性蒙蔽了她们的双眼，有时明知道儿女在哄自己，也心甘情愿装作什么都不知道的样子，苏梅当然也不例外。

现在的孩子真是不容易，用钢镚的话说：“鸭梨好大哟！”

打一生下来呱呱坠地，就被剥脱了天性自由，成为大人的工具和玩偶。除了三四岁之前还有一段快乐和自由，以后的时光完全就被大人的梦想和期望绑架，成为应试教育的牺牲品。大人给孩子所附加的一切，不说别的，单单从孩子们背的书包的大小和分量上就能够看得出来。单纯的学习也就罢了，有的家长为了把孩子培养成所谓的精英，钢琴、美术、音乐、舞蹈、跆拳道、奥数，几乎是见什么补什么，完全把孩子当成了天才。

钢镚从爷爷奶奶家回到父母身边，简直就是“才脱虎口又进狼窝”！不说婷婷为了纠正钢镚被爷爷奶奶溺爱骄纵惯下的坏毛病，方法想尽，就是周小易，也把儿子当成他“逆向思维”的试验品。

钢镚回家第一天，婷婷特意给儿子做了片儿汤，可钢镚说什么也不吃，非得要吃山姆鸡。婷婷说了他几句，小小年纪竟然玩绝食，还偷着打电话把妈妈“虐待”自己的事告诉了奶奶和姥姥。结果不过半个小时，苏梅和马大玲一人提着一盒山姆鸡打车驾到，亲自为钢镚送来佳肴。

婷婷眼看着自己的教育计划面临流产，下狠心将两盒山姆鸡放在餐桌中间钢镚够不着的地方，自己则坐在一旁用眼睛狠狠地盯着他，让他不得进食。

眼看孙子受罪，苏梅不乐意了：“婷婷，就算一天吃两顿有什么大惊小怪的？咱们大人不也是经常连着三天顿顿米饭嘛。”

婷婷解释道：“妈，这是两码事，我是通过这件事情在教育钢镚。”

苏梅反驳道：“你法西斯啊，借教育之名用这种不人道的手段整治我孙子。”

马大玲闻言不乐意了，瞪眉瞪眼地斥道：“亲家，你怎么能这样说话呢？婷婷是出了名的乖乖女,在你眼里怎么就成法西斯了?"

"乖乖女我不否认,但你问问她现在为什么待在家里不去上班了?"苏梅鼻子里哼了一声,愤愤道,"说句不好听的话,苍蝇不叮无缝的蛋,整得我们家小易一夜之间白了头。"

马大玲一愣:"你这话什么意思,怎么是有缝没缝的蛋了,你给我说清楚。"

一见自己编的戏码要穿帮,周小易忙过来和着稀泥。说自己是一家之主,可以让钢镚吃一份,另外一份留给他当明天的早餐。

"老爸万岁!可以吃山姆鸡喽。"

眼看着钢镚刚要接过周小易递来的山姆鸡,婷婷毫不犹豫地一挥手,果断地打掉了周小易手上的山姆鸡。看着心爱的食物撒了一地,钢镚顿时号啕大哭起来。

婷婷委屈地看着老公,质问道:"周小易!她们惯钢镚,你也惯啊。"

"婷婷,谁惯钢镚了?"苏梅不客气地白了马大玲一眼,说,"要说惯钢镚这事儿,你妈可比我优秀多了。"

"你才是道高一尺,魔高一丈。你不惯钢镚,钢镚能回他自己家来?再说了,淘小子大出息,要我说我们家钢镚那是可爱!"马大玲看见钢镚从地上捡起山姆鸡塞进嘴里,急忙伸手抠出,温言软语道,"乖,吐出来,姥姥马上带你去山姆鸡店,买最好最贵的套餐给你吃。"

"挑食,不讲卫生,和大人顶嘴,这也是可爱?"婷婷指着钢镚涨红着脸,和母亲争辩道,"我不想为这问题再和你们纠缠了。我觉得,有必要为此专门召开个家庭会议,好好研究讨论一下。"

"要开会啊?开就开!我孙子我有自己的教育方式,我可不想让他长大成为个一棍子打不出半个屁的蔫货。"苏梅说。

"亲家母,你说谁哪?"马大玲一听不高兴了。

"我说我孙子啊,又伤着你什么了。"苏梅疑惑地看着马大玲。

"伤着我什么,你这不是变着法儿埋汰我们家王满堂吗?什么意思你!"

"呀,瞧我,忘了亲家也是个老蔫头。"苏梅抱歉一笑,"你说,什么时候开会?"

周小易忙息事宁人地说:"二位妈,你们看能不能这样,关于钢镚是谁给惯坏的,你们已经吵了不下80回了。这样,咱把我爸、我老丈人都叫上开个家庭会议,把关于到底是谁惯坏了钢镚说清楚,以后大家就不要再提这事了。"

"现在就开,我给我爸打电话。"婷婷说着就拿起手机拨通了周非凡的号。

一听开会,周非凡顿时来了精神,放下电话就赶到了儿子家。这是体现一家之主权威、找回当领导感觉的绝好机会,他可不想错过。尽管他心里清楚,每次这样的会议都是无疾而终，没有一次开出成果，但只要有必要，他还是相当乐意召开的。

会议一开始，婷婷列举了诸多钢镚的缺点，希望各位长辈能在今后的日子里对孩子进行管教，让他更加健康地成长。

“我认为，婷婷说钢镚的那些‘劣迹’根本不算缺点，充其量也就是儿童成长期的调皮而已。”苏梅大不以为然道，“周小易小时候为了摸水缸里的月亮差点儿被淹死；周小容小时候偷吃了分给周小易的点心，硬说是让孙悟空吃了；周非凡小时候用屁股砸核桃，到现在还留着伤疤。可我们钢镚呢？三岁就在超市里按警报器自救；四岁多给汽车钥匙孔撒尿，智擒劫匪；前些天还为了保护蚯蚓、保护生态与坏孩子做斗争，你们哪个人能做到？这么好的孩子，你们当长辈的却视优点而不见只盯着缺点，是何居心？”

“亲家说的话，我完全赞成。”马大玲少有的和苏梅站在同一条战线，她激动得站了起来，高喉咙大嗓门地说道，“我认为，钢镚所谓的坏毛病，都是可爱的表现。如果非要鸡蛋里挑骨头，那钢镚的缺点就是优点太多了！三岁看大，七岁看老，如果钢镚现在就像王满堂一样，蔫得一棍子打不出半个屁来，将来能有什么出息？”

王满堂尴尬地干咳了几声：“唉，说钢镚就说钢镚，扯上我干什么？”

周非凡笑道：“亲家母，看来钢镚在您眼里简直是太完美了！”

“对啊，太完美了！如果不是看着宝宝他姥姥叫李完美，我早把钢镚的大名改成周完美了。”

苏梅立时拉下脸来，嗔道：“亲家你什么意思？想让钢镚给李完美当孙子啊？”

看到苏梅醋意又发，周非凡敲敲桌子提醒道：“咱今天是给钢镚开会，不是给李完美开会。”

“听我说完，老人惯孙子是当下社会的时髦，爷爷当孙子、孙子当爷爷是一件很光荣的事。”马大玲慷慨陈词道，“否则，老年俱乐部里大家说啥？比啥？生活还有什么乐趣？”

经历过大场面的周非凡今天开眼了。本来这是一次要不要溺爱孩子的讨论会，但在苏梅和马大玲时而伶牙俐齿的争执，时而结成“护孙同盟”的过程中，竟然把钢镚的坏毛病说成可爱调皮，把一切缺点转换成儿童成长的必然，说着说着缺点全部变为优点，到后来竟然成了“十佳儿童”的表彰大会。令周非凡对妇女的创造力有了更深的了解。

指望通过开会达成对钢镚教育共识的婷婷失望至极，不再对改变几个老人的观点抱什么期望。看来要想教育好儿子，还得自己亲自出马。为此她专门跑书店买了一大堆有关孩子教育的书，照本宣科对钢镚展开进攻。但不知道是书本上的方法不管用，还是自己不能掌握要领精髓，总之收效甚微。

“这样下去，孩子非毁你手上不可！”婷婷得不到自己想要的结果，很有挫败感，转而迁怒于丈夫，“要知道，在钢镚的教育问题上，我们是一个战壕的战友，有共同的责任。”

“什么毁我手里？是你的教育方式太老套、太传统，我不屑与你同流合污。”周小易不改一贯嬉皮笑脸的做派。

“我传统，那你咋不教他，他不是你儿子？”

“我怎么不教了，我正在按照自己的方式教育他。逆向思维！”

“逆向思维？”婷婷大惊失色，“周小易你想干什么，钢镚应该受的是传统的国学教育。《道德经》《三字经》我都买了一大堆。”

“没用，现代社会讲的是实用主义，那些老古董的玩意儿只能培养书呆子。咱们钢镚需要学习的是乔布斯、比尔·盖茨，他可不是普通的孩子。”周小易对妻子的看法不屑一顾，“要不我先教育着试试？过不了多久，我就叫他见了碳酸饮料就跑，见了山姆鸡就吐。”

“别吹，你只要能让他和正常的孩子一样吃饭，我就服了你。”

“等着瞧，给我十几天，老公我一定改了他的毛病。”周小易成竹在胸。

和妻子打赌后，周小易就开始实施自己的计划，半个多月里，天天带着钢镚吃山姆鸡，喝碳酸饮料，就连在家的每顿饭都要提了山姆鸡回来供儿子享用。开始钢镚还很兴奋，连呼老爸比老妈好。可没过多长时间，渐渐就倒了胃口。到后来看见山姆鸡就恶心，再也不肯张口；碳酸饮料进嘴就咯咯打嗝，改口要喝白开水，嚷嚷着要妈妈做面条给自己吃。

看着钢镚几乎把脸都埋在碗里，起劲儿地吃着面条，周小易很是得意地炫耀着自己的“作品”：“婷婷你看，是不是轻而易举地‘打掉’了钢镚一个坏毛病？”

“花了一千多块打掉一个坏毛病，别在我面前显摆。”

“一千多块怎么了，不值吗？如果钢镚的坏毛病能用钱打掉，我情愿花上几万。”

“甭嘚瑟了，10万元奖金经不住你一个人‘造’。”

周小易笑了，充满信心地说：“我们老板说了，如果我的新游戏再获成功，他要奖励我50万元。”

“先别说你的新游戏设计，你设计一下，咱家钢镚的坏毛病，多长时间能搞定？”

“用不了三个月吧，我就可以把钢镚在老人们那里惯的坏毛病杀个片甲不留，统统消灭。”

婷婷正色道:“我认为,消灭坏毛病是一个方面,但还要治本。钢镚现在最缺的就是中华民族最基本的东西,尊老爱幼,礼义廉耻。所以我们应该从这方面着手,对他进行儒家思想和中华传统道德的教育。”

“儒家思想固然有它的好处,但是我认为更应该对钢镚进行创新教育。中国的未来需要孔子、孟子之类的哲学家,但更需要比尔·盖茨、乔布斯那样有创新能力的精英。”

“没有好的道德素质,有了创新能力只会发明比原子弹更有威力的杀人武器。”

“女人就是女人,我还是坚持我的观点,在打掉钢镚坏毛病的同时,对他进行创新能力的培养。”

“女人怎么了?我不需要我的儿子将来能有多大的能耐,只要平平安安,做个知书达礼的普通人就好。我坚持我的国学教育理念。”

“好好,我不强迫你,你也不要阻止我,咱俩都按照自己的想法思路,分头对钢镚进行教育,比比看谁的教育方法对。”

接下来的时间里,钢镚跟着父亲说反话,从相反的角度思考问题,说话颠三倒四,以至有次苏梅来家看孙子吓了一跳,还以为钢镚脑子出了毛病。这种逆向思维的最终成果是让钢镚变得看起来越来越超越其他孩子。最让婷婷欣慰的是,有一次她和周小易带钢镚去超市,购物时周小易突发奇想,拉着她趁钢镚玩的时候躲到了货架后,把儿子一个人丢在大堂里,说要看看孩子的反应和应对能力。结果一开始钢镚突然发现父母不见了还有些慌张,大声叫着爸爸妈妈满超市寻找,但当有个衣冠楚楚的中年男子主动上前询问,问他是不是找不见爸爸妈妈的时候,小家伙竟然出人意料地指着远处一对正在购物的年轻夫妇说爸爸妈妈在那边,并独自去了广播站,让播音员播出了“钢镚小朋友,你的父母在总服务台等你,请速速前往”的寻人启事,让婷婷和周小易很是惊异了一阵子。

周小易两口子成功将儿子从父母手里“夺”过来,开始用自己的想法培养教育钢镚,日子过得那是紧张忙碌而惬意。但他们的姐姐周小容,这个让苏梅和周非凡两口最为揪心的“老姑娘”却在这次事件之后,让本来就为她的婚姻问题操心不已的周非凡老两口再次感到一种必须尽快给女儿寻找个合适的男人,把她嫁出去,了却心里纠结的紧迫感。

“趁着现在年龄还不是很大,有点儿资本,还来得及赶紧找个合适的嫁了,再过两年青春耗尽,谁还肯要你!要把我和你爸爸熬煎死的!”苏梅看着女儿,语重心长。

“妈,你以为找对象是干什么啊?菜市场买菜啊,随便抓一个回来。这个可是关乎我一辈子的终身大事,我得谨慎考虑,三思而后行。”周小容光着脚丫子,盘腿坐在沙发上,拿着个小刷子,不断从瓶子里挖出油彩涂抹修饰着自己的脚指甲。

“小容,你妈说得对。”周非凡放下正在阅读的报纸,从眼镜片上面看着女儿,“我看了周立波做的一集有关剩女的节目,人家就说得很好。他说剩女之所以成为剩女,就是因为自己认为自己很优秀,总想找个精英型男人,找不到又不肯降低标准,结果导致一天天年龄越拖越大。”

“大就大呗,再大也不能委屈自己啊。”

“委屈,什么叫委屈?人家周先生还说了,剩女是怎么形成的,那就好比上楼。上到第一层,门口写着‘这里有帅哥’。心里会想,往上再看看。上到第二层,门口写着‘这里的男人很帅,很有钱’。心里又想,上边会不会更好呢?结果又往上跑去。到了第三层,门口写着‘这里的男人很帅,有车有房有名气’。心里一犹豫,想想四楼是不是有更好的,又往上边去了。结果上去你猜怎么着?”周非凡说着,故意看着女儿卖了个关子。

“门口写着‘这里什么也没有’呗。”周小容端详着自己艳丽的脚指甲,心不在焉道,“爸,您也算文化人,有点儿新意好不好,想说明什么啊你?绕那么大圈子,你累不累你。”

“我想说选对象这事,差不多就行了,别要求太高,跟谁还都不是过日子。”

“对,你爸说得对,跟谁都是过日子,别太挑剔了啊。”苏梅不失时机地说。

“好啦好啦,你们别再说啦。”周小容收拾东西放进自己包里,翻身用手扳着母亲的肩,有些撒娇似的半开玩笑半认真地说,“别再为我操心了妈,女儿已经决定了,找不到就不嫁,一辈子守着你们。如果你们实在想要了,那女儿生一个宝宝供你们玩耍怎样?”

“你说啥,你要生孩子,男朋友都没有和谁生?”苏梅瞪眼看着女儿。

“试管婴儿啊!现在科技这么发达,没有男朋友又怎么样?照样能养孩子!好了,我还有事就不陪你们了,走嘞。”周小容哈哈笑着,蹬上鞋拿起包冲父母做了个鬼脸就向门外走去,留下周非凡和苏梅傻愣愣坐在屋里,半天回不过神来。

周小容开始说这话,周非凡和苏梅虽然惊愕,但以为女儿开玩笑也没太在意。后来有一天,婷婷去书店给钢镚买书,却在那里碰上正在寻找有关试管婴儿书籍的周小容。

得知姐姐要做试管婴儿,婷婷吓了一跳:“你,你是开玩笑吧,姐!”

“开什么玩笑,开玩笑我用得着这么费神。”周小容说着打开皮包,从里面拿出一大堆男人的照片给婷婷看,“瞧,孩子的父亲我都物色好了。为了成全咱妈她老人家盼外孙的愿望,我在这几个男人中选一个制造试管婴儿。”

婷婷接过照片翻看着,一眼就看到了陈子页,照片上的陈子页神情儒雅,眼神深邃,很有男性的魅力。婷婷的心跳快了起来,看着照片半晌没说话,不知道为什么,心里竟泛起一丝说不清道不明的不舒服来。看着周小容,婷婷磕磕巴巴地问:“姐,你,你是不是爱、爱上了陈子页?”

“姐的词典里没有‘爱’这个字,最高境界就是‘喜欢’。喜欢了就可以在一起聊天、喝酒,甚至是卿卿我我。你说的这个陈子页呢,他是我试管婴儿爸比的首选。”周小容似乎没有注意弟妹的尴尬,从婷婷手里拿过照片用手指在上面弹了下,嘴角挂着一丝调侃欣赏的笑。

婷婷不知为什么脸就红了,这个性格柔弱的乖乖女面对周小容这个特立独行的周家宝贝千金,一时真的有些不知道说什么好。陈子页是她心里揭不掉的一块伤疤,本来应该结束的一切,却因为周小容的介入把婷婷推到一个极其尴尬的境地。面对周小容,婷婷有时候真不知道是该表示欣慰还是表示不满,甚至多说一句似乎都会很敏感:“姐,可以问一下吗?你为什么要选择陈子页?”

“不是选择,是首选。因为陈子页的身上有睿智的基因,我喜欢内向、深沉、成熟的男人。”

“可我认为你跟陈子页并不合适。”婷婷脱口而出,全然不顾自己的失态之举,“还有,这事你和爸妈说了吗?他们同意吗?”

“说了,但他们没表态。这没关系,这是我的事,他们同不同意都没关系。”周小容大大咧咧一笑,见婷婷张嘴还想说什么,便打断她,“好了好了,不说这个了,一会儿买完书陪姐姐买衣服去,姐姐在太平洋看上了一件无袖衫,真的挺好哎。”

看着周小容的样子,一点儿都不像在作假。婷婷当天回去就把周小容和陈子页要做试管婴儿的事告诉了丈夫。一向大大咧咧的周小易听了这个石破天惊的消息也跳了起来,当下扔下手里的活计开车就往周小容住所去了。

“和陈子页做试管婴儿,姐,你这也太离谱了,这不是乱伦吗?”周小易一进房间,顾不上喘气冲姐姐就开了火。

“乱伦,你什么意思,说什么哪?”周小容一时没回过味儿。

“陈子页是婷婷的前男友,婷婷现在是你弟媳妇,你和他试管婴儿,不是乱伦是什么?”周小易瞪着眼,有些急了。

周小容愣了下,旋即忍不住哈哈笑起来:“说什么哪你,八竿子打得着吗,这?”

周小易有些可怜巴巴地说:“可你,你也不能太自私,也得为婷婷考虑一下啊!”

"好了好了,说八遍了你,又不是老太太。"周小容给弟弟开了罐可乐,"我呀,可真没打算和陈子页结婚。我的恋爱不以结婚为目的,只起传宗接代的作用。你要是能说服咱爸咱妈同意我一辈子不结婚做'单女',别整天盯着我让我嫁人,我立刻就不搭理陈子页了。"

二十三

周小易答应了姐姐说服父母,但还没来得及回家,钢镚就出事了,差点儿把小两口吓个半死。

经过一段时间跟着爸爸做逆向思维的训练,钢镚已经渐入佳境。这天,周小易带着他一起翻看结婚相册,听爸爸介绍说这是他们的结婚照时,钢镚立马纠正道:"错! 不是结婚,是婚结。"见儿子能将逆向思维扩散到生活的每个角落,周小易很有成就感。看着婚前俩人的张张合影,那年轻而充满幸福的面庞,竟然恍若隔世。

周小易感叹岁月的流逝,钢镚却在影集里发现了问题。那就是,这里只有爸爸妈妈,而自己哪儿去了? 对于儿子的这个问题,确让周小易费了一阵思量。他指着照片上的自己说:"去旅游的时候,你在爸爸的肚子里。回来的时候,你在妈妈的肚子里。"钢镚想起幼儿园的教育,恍然大悟:"我知道了,是你和妈妈游泳的时候,小蝌蚪钻进了妈妈的子宫里。"

周小易哈哈大笑:"差不多。"

既然自己和爸爸妈妈曾经是一个人,那现在转换一下角色也未尝不可。钢镚提出要给父母当爸爸,这个有创意的游戏被周小易夫妇欣然接纳。

别说,角色这一转换,婷婷真的发现了大人平时教育孩子的一些毛病。比如喝牛奶,每次都出于对孩子身体的考虑,逼着儿子早上喝光一大杯牛奶,可当儿子学着父母的样子逼自己喝牛奶的时候,两个人勉强坚持了两个早上就再也坚持不下去了。比如练琴,每次钢镚坐不住想要逃避的时候,自己总是教训他说:"这点儿苦都吃不了,长大能干什么!""想输在起跑线上啊你,不喜欢也得给我练!"现在转换角色,这些话被儿子从嘴里说出来,还真让婷婷和小易感觉到有些强加的味道和绑架孩子的音符。

这天转换角色告一段落,婷婷和小易都感觉很累,一个去卫生间洗澡,一个躺床上喘气。钢镚一时无所事事,看见茶几上有把水果刀,拿起来这儿捅捅,那儿弄弄，看见墙角的电插板，竟然拿着刀子捅到插板眼里玩起来。结果火花一闪，一声惨叫倒在了地上。

孩子不同以往的叫声把两个大人吓得不轻，一个光着脚，一个围着浴巾一齐跑到了客厅。一看宝贝儿子嘴唇乌青倒在地上，浑身打着摆子，顿时都傻了眼，抱起儿子就往医院跑去。

结果是一场虚惊，钢镚只是被轻微的电流击了一下，并没什么大碍，到医院就清醒了。医生给钢镚检查后说，电击没有造成孩子心脏和身体的不适，但脑子是不是受到损伤，还说不定，得做脑电波系统检查。但医院没有这个设备，得去市精神病医院检查。

周小易一听，忙谢了医生，带着钢镚开车直奔市精神病医院而去。不巧的是，那里的检查设备坏了正在抢修，配件从美国发来，最快也要一星期。挂号的大姐看他们着急，便介绍了一家叫作“圣怡”的私立精神病医院，据说那里的脑部检查设备比公立医院还要先进。

来到圣怡精神病医院，挂了专家号，如期做了脑波段检查。这检查不但让周小易和婷婷放心了儿子的身体状况，而且获得了一条重要信息。专家医生告诉他们，钢镚的脑细胞活动十分活跃，如果好好培养，将来一定是个不可多得的人才。努力一把，考上个北大清华不是难事。联系到钢镚平日里的那些有异于凡人的举动，周小易两口子都觉得儿子真的就是那个闪闪发光的人才了。

“但是，你儿子说话好像有点儿颠三倒四，以我的经验判断，好像是精神病的前兆，得住院观察一下。”专家医生不无担忧地看着钢镚，表情有些惋惜。

“你是说他说话老是反着说吧？我忘了告诉你，我这段时间正在对儿子进行逆向思维的培训，锻炼提高他创新的能力，正话反说是其中的一个步骤。”

“是这样。”专家医生叫过钢镚，进行了简单的测试，见他反应敏捷，谈吐自如，便说孩子不用住院了，但希望周小易留下。专家介绍自己是该院精神一科的胡主任，对周小易的逆向思维培训很感兴趣，邀请他来此做兼职，对一些说话颠三倒四的精神病人进行功能康复训练。

“让我到你们医院做兼职，我可没有行医资格，这能行吗？”周小易不相信自己耳朵似的问。

“你不是大夫，就是心理矫正师。年薪 80000 元，有兴趣试试吗？”胡主任满脸诚恳地看着他。

“我，我考虑一下吧。”周小易犹豫着说。

触电带来的悲伤，竟然变成得知儿子天秉异常的喜讯，再加上圣怡精神病医院想要聘请自己兼职年薪80000元的惊喜，周小易高兴得一连几天睡不好觉。就在他盘算着要不要去捞这份外快时，由于儿子的调皮，竟然让他发现妻子和陈子页在背着自己偷偷约会，从而让他刚刚修复好的心灵再一次受到了伤害。

那天婷婷打扮了一番，说是有事和李小爱出去。可钢镚闹着要母亲陪他睡，婷婷只好躺在儿子身边哄他睡觉。没过多久，放在手提包里的手机响了，刚好周小易从外面进来，顺手从包里拿出手机递给婷婷。

婷婷接过手机看了看号码，人愣怔着，却不去接听。周小易一看妻子神色不对，不由得脸上掠过一丝疑惑，疑心大起，伸手拿过婷婷的手机一看来电显示，姓名竟然是三个阿拉伯数字。

“135？135是谁？为什么不输名字？”

“我，我……”一向老实的婷婷面红耳赤，看着丈夫嗫嚅着，说不出话来。

周小易正疑惑着要进一步追问，门铃响了。开门一看是李小爱。他劈头就问是否来叫婷婷去店里做美容？

“没有啊。”李小爱茫然回答。可当看到刚冲出来的婷婷满脸惊慌时，突然明白了什么，忙“咯咯”一笑改口道，“对对，是要去我那做美容，电话打不通，我亲自来催催她。怎么啦你们这是？”

“装，我叫你们两个给我装。”周小易冷笑着，扭头一声大吼，“王婷婷，你给我把话说清楚，是外边有新人了？还是又勾搭上陈子页了？今天不把打电话的那个野男人给我交代出来，我就跟你没完。”

又是一阵门铃声。钢镚见大人们僵持着，便机灵地过去开门。

陈子页夹着皮包，从容地走进屋来。原来，刚才给婷婷打电话的正是他，为了方便婷婷，他们的约会定在了周小易家旁那家商场的咖啡店。过了约会时间，打电话婷婷又总是不接，陈子页以为她出了什么事，心一急，竟然跑到周小易家里来探视情况。没想到，在门口便听到了屋里在找“野男人”。他进得门来，径直走到周小易面前，冷静地说：“周小易，我就是你要找的野男人。婷婷今天就是和我约会，但没有你想得那么龌龊。你可以尽情地侮辱我，但你不许玷污婷婷。”

这下如同火上浇油，一下把小易的怒火点燃，他直眉瞪眼地叫道：“呦嗬，找上门来当护花使者来了？我不侮辱你，我打死你！”说着，挥拳就冲陈子页脸上打去。

陈子页不躲不闪，被周小易击中面部，嘴角流出缕缕鲜血。

看到大人们打了起来，钢镚心生恐惧，大声哭号起来。婷婷忙叫李小爱将钢镚带到卧室，自己则推着陈子页往门外走，央求道："什么都别说了，请你赶快离开。"

陈子页搡开婷婷，正色道："周小易，我再告诉你一遍，婷婷是清白无辜的，她是一个忠于丈夫的女人。你要是再敢欺负她、玷污她，我就是粉身碎骨也要让婷婷离开你这个无赖！"

"好啊，我就是无赖。你不是心疼王婷婷吗？你不是稀罕王婷婷吗？行，我现在就给你们腾地方，把这个家让给你，我净身出户！"周小易越说越气，拔腿便往门口走。

婷婷拽住周小易，央求道："小易，你不能这样。事出有因，你得听我解释。"

正在气头上的周小易此时哪还能听进去一句话，他使劲儿将婷婷推开。因为用力过猛，婷婷被推得倒退几步，脚下一滑跌坐在地上。

见婷婷被周小易推倒，陈子页扑将上去，挥拳打向周小易："你敢打人？我打死你这个暴徒！"

周小易毫不退让，和陈子页俩人你一拳我一脚地打了起来，看得婷婷惊恐连连，连叫李小爱喊人拉架。李小爱从里屋跑出，看到屋外混乱成一团，不禁怔在那里。钢镚跟了出来，看见陈子页在打周小易，他扑将上去，抱住陈子页的腿就咬了一口。陈子页疼痛难忍，"啊哟"喊叫一声，松开了揪住周小易脖子的手。周小易借机脱身，攥紧了拳头要打陈子页，被李小爱和婷婷扑上去，死死拽住。

"啥，你和陈子页因为婷婷打架啦？"周非凡听完儿子义愤填膺的诉说，扭头看了眼老伴，抱怨道，"瞧啊，你看你弄的啥事。"

苏梅愣了半晌，尴尬地笑笑，走过去拍拍哭得鼻涕一把泪一把的儿子："小易，你误会了，婷婷找陈子页，是妈的意思，妈要她和陈子页见面的。"

原来，因为周小容要和陈子页做试管婴儿的事令苏梅寝食不安，她不明白为何那么多帅小伙喜欢女儿，女儿却喜欢上了儿媳的前男友。想到儿子以后要管情敌叫姐夫，周家将面对如此尴尬的人际关系，苏梅才请婷婷出面和陈子页相谈，让他和周小容终止关系，不要去做试管婴儿。可能考虑到周小易的感受，婷婷才没有知会他，这才闹出了如此大的乌龙。

"是这样啊。"周小易越听越凌乱，原本痛苦万状的脸一下子变得紧张恐慌起来，"妈，你，你可把你亲儿害苦了！"转身抱起随身带来的被褥便往门外跑去。

"你，你干啥去？"苏梅追到门外问。

"我回去跪洗衣板去！"周小易冲母亲叫了一声，撒丫子就跑。

窗外淅淅沥沥下起了雨，微凉的风从半开的窗户透进来，吹动着窗帘微微飘动。婷婷躺在床上,用被子蒙着头,“嘤嘤”地哭。

结婚到现在,她还没有受过白天那么大的委屈,丢那么大的人。自己被丈夫误会、冤枉也没什么,她明白那是小易太爱自己。可令她没想到的是,周小易竟然会当着自己的面,像一条疯狗似的,和陈子页拳脚相加,以致双双挂彩。婷婷伤心地哭着,把自己关在房间不吃不喝,吓得钢镚都不敢再调皮了。

但周小易对付妻子自有绝招,那就是服软,装可怜,跪洗衣板,跪方便面,跪键盘。事实证明这一招确实有效,屡试不爽。经过连续几天的不间断努力,婷婷受不了他这种赖皮做派,最终破涕为笑,原谅了丈夫。为了表明自己是诚心诚意悔过,并且有着不同一般的大肚量,周小易竟然一改对陈子页的警惕,要妻子再次去见陈子页,完成父母交给的任务。

“我不去。”婷婷绷着小脸说,“你把我当什么啦,你叫干啥就干啥,不叫干啥就不干啥啊?我去见他,还不再次打翻你的醋坛子。”

“不会。”周小易涎着脸,“我现在明白了,我老婆冰清玉洁,贞洁专一,绝不会做见不得人对不住我的事。为了姐姐的幸福和家里的平安,老婆大人您就忍辱负重,再去见一次他吧。”

“我听你说话怎么一点儿底气没有?你可要想清楚了,女人可是感性的动物,万一我把持不住,后悔死你。”婷婷满脸矜持,但口气听起来却像赌气开玩笑。

“哪能呢,我的老婆我还不了解吗?夫妻间一定要相互信任,你说对吗?”周小易一副理解的样子,语气里确实听不到一点点儿的底气。

“那行,我就去见他一次,不为别的,就是要考验考验你。”婷婷赌气说。

“去吧去吧,你老公我周坚强,绝对经受得住考验。”周小易嬉皮笑脸道。

“那我这就给他打电话。”婷婷拿起电话。

“打,打,你打。”周小易说,“老公看着你打。”

“以为我不敢。”婷婷说着就拨通了陈子页的号。

婷婷给陈子页打电话的时候,陈子页正和周小容坐在一家酒吧喝酒。

都市的夜是最美的,闪烁的霓虹灯把繁华的街道装点得五光十色,充满大都市的繁华情调。装潢时尚的酒吧里,播放着舒缓的背景音乐,周小容和陈子页坐在酒吧一角,正在谈论陈子页被周小易揍的事。

陈子页一只手指着张着的嘴,满脸苦相:“你看看,你看看,你弟弟干的。”

“呀,破相了!”周小容望着陈子页掉了一颗牙的嘴,微微笑着,“这孩子,怎么下死手啊!”

“下死手？这是轻的，你再看看这。”陈子页抬起腿一把拉起裤管，露出腿上一圈瘀青的牙痕，“看看，看看。”

“呀，这像是给咬的，小易放狗咬你？”周小容用手摸着伤痕，满脸同情。

“是你侄子干的，这小狼崽子，咬住还不松口。”陈子页冒了句粗口，“早知道有今天，当初我说啥也不给他治疗自闭症。恩将仇报！”

“钢镚啊！”周小容愣了愣，“扑哧”笑出声来。

“你，你笑啥？”陈子页生气地看着周小容。

“我，我没笑啥。”周小容忙收敛了笑看着陈子页，“这小东西，下嘴够厉害的。好了好了，咱不和孩子较劲儿了，回头我收拾小易，帮你出气。”

“得了吧，你收拾他，他回头又给婷婷气受。”陈子页端起面前的杯子，呷了口红酒。他放下玻璃杯扶扶眼镜说：“咱们还是说点儿别的吧。”

周小容听他语气里流露出对婷婷明显的关心，心里不由自主就滋生出一阵淡淡的不爽，语气也一下子变得硬邦邦起来，起身做出要走的架势：“算了，我没兴趣了。”

“你怎么这样，跟变脸鸡似的？坐下，坐下。”陈子页忙把她按在椅子上。

“行，我坐下，咱们接着说婷婷。”周小容坐在椅子上，语气酸酸地说。

“你们女人，怎么都是些小心眼儿。”陈子页苦笑了下。

“我给你说的试管婴儿那事，你考虑得怎样了？”周小容举起手中的玻璃杯慢慢转动，看着杯子里的红酒在瑰丽的灯光下不断变幻着颜色，斜眼看着陈子页问。

“这个嘛……”陈子页犹豫了一下，“如果你真要做，我想我们有必要先探讨一下这个话题。从伦理上说……”

“是不是又想给我上伦理课？”周小容打断他，不悦道，“你只说同意不同意？”

见她不高兴，陈子页改变了口吻：“那咱就不说伦理了。虽然选择性别有悖伦理道德，但选择仍是首要的问题。你的选择是，想要男孩还是女孩？”

“无所谓，主要看我妈，想要啥就试管个啥。”周小容无所谓地一笑。

“这怎么行，你虽然是妈妈，可没有权利设计孩子啊。”

“我怎么设计孩子了？这不是科学进步的结果吗？”

“你选择我就是一种设计啊，就是要让未来的孩子接受我的基因，接受我的智慧和所有的缺点。”陈子页凝视着周小容，低声说道，“孩子同我们一样，是独立的个体，他们不应该成为设计的对象，我们也没有资格成为设计者。”

“所有的孩子都是在接受父母的优点和缺点。”

“听我说完。”陈子页听出了周小容的不耐烦，仍不动声色地说道，“孩子的独特性同样是神圣不可侵犯的，而这种独特性首先就体现在其出生时候的偶然性和不确定性上。人生正是由于这种不确定性才获得意义，如果一切都是确定的，一切都在预料之中、是被决定了的，那人生还有什么意义？”

“好了，你别叽叽歪歪了，给我说这些深奥的哲学道理，有用吗？给个痛快，愿不愿意和我联手造人？”周小容紧紧盯着陈子页，加重了语气说道，“你要不愿意，我找别的人去，别说我没考虑过你。”

“你，你当这干什么啊，最起码得让我考虑一下吧。”

“那是不同意了。”周小容站起来就去拿桌上的包，“你一个人喝吧，我走了。”

“你等下，我话还没说完呢。”陈子页忙拉住她。

“好吧，有什么话赶紧说，我还有事。”周小容依旧站着，做出一副随时走人的姿态。

“我……”陈子页正要说话，放在桌上的手机突然响了起来。“对不起，我接个电话。”陈子页拿起电话一看，“是婷婷。”

一听是婷婷，周小容“哼”了声扭头就向门外走去，陈子页连喊几声她也没理。

如同演电影一样，整个情节富有戏剧性，短短几天后，婷婷和陈子页又见面了，地点就选在上次订好的咖啡厅。不过原先预想的轻松愉悦的气氛荡然不见，两个人都显得很尴尬，彼此都在用汤匙慢慢搅动着瓷杯里的糖块，半晌谁都没说一句话。

糖块在瓷白的杯子里被汤匙搅动，发出清脆好听的玻璃棒碰撞一样的声音。制冷空调发出轻微的风扇转动声，咖啡厅里的顾客们相互谈论着各自关心的事，没有人注意坐在角落里的婷婷和陈子页。

“对不起，上次的事……”半晌，还是婷婷主动打破沉默。

“要向我道歉吗？”陈子页抬头苦笑了下，“咱们之间，我看没这个必要。说正事吧，你主动见我有什么事？”

“没，没什么，我就是想问问，你和我姐现在到底咋样啦？就是、就是你们要做试管婴儿那事。”婷婷讷讷着。

“这个啊，这是你姐的主意，我还没答应她。”陈子页摇摇头，思忖着，“怎么说呢，你姐那人你又不是不知道，想起一出是一出。我到现在还分不清，她到底是认真的，还是在和我开玩笑。”

“是啊，这可是个大事，不是开玩笑的。”

“对别人来说是个大事，可对你姐来说，也许就不算是个事。”陈子页嘲弄地笑笑。

“我姐是个典型的人来疯，但不管她这次是认真还是恶搞，你都不要掺和这事好吗？”

“你找我就是为这事？”陈子页看着婷婷，“这是你的意思还是周小易的？”

“是我公公和婆婆的意思，小易他才不管这些呢。”

陈子页显然有些意外，他愣了一下，又问：“你，你是给你公婆当说客来的？”

“是，我公婆上了年纪，他们盼的是女儿尽快找个人嫁了，可不想让她当未婚妈妈。”婷婷坦然说，“不过我可把话说明白，不管你和我姐以后是走到一起，还是你们真要做试管婴儿，都别再把我搅和进去，你理解我的心情吗？”

“当然理解。”陈子页看着婷婷，“我和你是你，和你姐是你姐，我懂得分寸。”

“那，那我就放心了。谢谢你。”婷婷说着，感激地看着陈子页。

“你这到底谈了个什么结果啊，他是什么态度也没搞清楚。”婷婷回到公婆家，把跟陈子页见面的事给二老一汇报，苏梅就急起来。

“就是，他到底是要和小容疯还是没这个打算，你问明白了吗？”周非凡也说。

“我没问，但看他的意思，好像也没打算一定要和姐姐干那事。”

“你说你能干个啥？这么点儿事都问不明白？算了，我看你还是把他约出来，我亲自和他谈谈。”苏梅不满地说。

“妈，这事我可不能再掺和了，要不让我姐误会我不说，还会影响我和小易的感情，没看你儿子那小心眼儿。”婷婷为难地说。

“就是，别让婷婷再去了，要不小易又要打翻醋坛子了。”周非凡在边上给儿媳妇帮腔。

“好了好了，这事不靠你了。”苏梅叮嘱婷婷，回家就把钢镚给她送来，因为孙子触电的事让她后怕不已。婷婷说自己专门在家带孩子，就是要纠正他身上的坏毛病，为上学打好基础。这话在苏梅听来特别不舒服，她觉得这完全是否定他们老一辈辛苦教育钢镚的成果。

“妈您别误会，我可不是那意思，钢镚的毛病是方方面面的，也不是一天两天养成的，这是隔代教育不可避免的结果。”婷婷一改过去乖巧的形象，态度坚决地说，“我已经打定主意了，往后钢镚的教育我得亲自抓。”

“你，你是要活生生把我孙子从我手里夺走是吧？我可告诉你王婷婷，没门儿。”苏梅急了，音调提高了很多。

婷婷愣了愣，将语气放缓了又说："妈，在这个问题上，您和我爸可不能这么简单理解。说句实话，你们在钢镚的生活上是对他照顾得无微不至，可这不能掩盖隔代教育的弊端和失误啊。"

"失误，你给我把话说明白，我失误了什么，竟然指责起我和你爸来了，我们放着清闲不清闲图的什么？"

"妈，我可一点儿没有指责你和我爸的意思。"婷婷怎么也弄不明白，本来是说周小容试管婴儿的事，怎么说着说着变成钢镚该由谁来教育了！看着一脸气愤的婆婆，她尽量让自己语气温柔，以免触动婆婆神经，"妈，我的意思是说，钢镚身上一些不好的毛病，不是你们有意娇惯的，都是你们善意导致的结果，其实这个问题不单纯是我们家的问题，是个社会普遍问题。隔代教育是把双刃剑，这你们明白吧？"

"我明白什么，你是不是把我和你爸当成问题老人了？"

"梅梅，其实婷婷说得也有点儿道理。"周非凡一看气氛不对，忙拉了妻子一把。

"你给我走一边去。"苏梅一把甩开他，指着婷婷道，"说一千道一万也没用，赶紧给我把孙子送来，要不然我跟你没完。"

见婆婆如此不通情理，婷婷生气地拿起自己的包，扭身出门而去。

周非凡见婷婷出去，看着苏梅责怪说："你啊，一辈子都不改你那要强的毛病，有话不能好好说吗？老是一副教训人的口气。你瞧，这样好吗，能得到什么结果？"

"我怎么不好好说话了，你瞧她那样，一口一个要纠正钢镚的毛病。那是要纠正钢镚吗？钢镚有什么毛病？不明摆着说我们没把孩子带好。"苏梅余怒未消。

"好了好了，你消消气，身子可是自己的。"周非凡叹了口气，"不过话说回来，婷婷说得也不无道理，在这个问题上，我看要不再开会研究一下？"

"开会开会，你开会有瘾啊！"苏梅大声道，"不行，这孩子说啥我得要回来，由了他们了？"说着便拿起座机要给儿子打电话。

周非凡一把按住她："行了，你这人咋想起一出是一出，你可别忘了，我们只是爷爷奶奶，小易和婷婷才是钢镚的监护人。要我看婷婷是铁了心不想让我们带钢镚了，争也没用。"

"没用，你看我有用没用。别忘了，钢镚户口落在我这儿，不把孙子给我送回来，我看他上学咋办。"苏梅绷着脸，胜算在握。

全家人在为钢镚的教育问题、周小容试管婴儿的事烦躁熬煎的时候，周小易这段时间却置身事外，活得相当滋润。

搞游戏设计研发的他，平生第一次发现，自己还是块当医生的料。经受不住年薪80000元的诱惑，他还是不顾婷婷的劝阻，跑到精神病院当了一名心理矫正师。虽然没有当医生的任何经验，也没有行医的资质，但人家医院不怕，他怕什么？在矫正病人说反话这方面，他有在儿子身上无数次实践的成功经验。

到医院上班的第一天，周小易便将一位老反着说话的病人给纠正了过来。这令那个聘请他的吴姓专家主任十分高兴，连说自己找对了人。没过几天就交给周小易一个任务，让他一对一地对比较严重的精神病人进行单个矫治，并且把一个顽固的特殊病人交给了他。这个病人一领来，周小易却愣住了，原来此人正是李完美的二舅麻老头。

麻老头患有精神分裂症，在这个医院接受治疗已有一年光景。开始周小易还信心满满，可一接触他才发现，事情并不像自己想得那么简单。麻老头的病情那是相当严重，自己费了牛鼻子的劲儿仍收效甚微。尤其是他见人就叫孙子，大跳"忠字舞"，而且曲目固定，老是一曲《大海航行靠舵手》，跳起来那是有板有眼，没完没了。几天下来，没有什么成效，周小易决定另辟蹊径，先从纠正他见人就喊孙子入手，制订详细的作战计划，一定纠正好这个难啃的老骨头。

"二舅爷，咱们今天玩个游戏好不好？"周小易看着自顾自在房间里大跳"忠字舞"的麻老头。麻老头是李完美的二舅，按辈分他应该随李小爱叫二舅爷。

"玩，好啊好啊，玩什么？"一听说玩，麻老头罕见地停了"忠字舞"，拍着手孩子般跳着。

"我们今天哪，玩一个爷爷孙子捉小鸡的游戏。我来当爷爷，你来当孙子。咋样？"周小易高深莫测微笑着。

"我当爷爷，你当孙子，孙子，孙子。"

"是我当爷爷，你当孙子，听明白了吗？"周小易皱皱眉头纠正道。

"哦，你爷爷，我孙子。"

"对，我爷爷，你孙子。从现在起，我就是你爷爷，叫爷爷。"周小易兴奋地说。

"爷爷，给我100块钱，我要买糖葫芦。"麻老头手一伸，模样认真得让人感到滑稽。

周小易没防老头儿有这一手，一愣："你这孙子，怎么可以随随便便伸手问爷爷要钱？"

"你是爷爷啊，爷爷不得给孙子买糖葫芦啊，你给不，不给就不是爷爷。"麻老头扭过身又跳起了"忠字舞"。周小易看着他，半晌回不过神，怀疑这瘦老头儿是不是真的有病，怎么一谈起钱就语言清晰，思路敏捷，跟个正常人一样。

“好好好，给你100块。”周小易从兜里掏出皮夹，抽出张崭新的百元钞票在麻老头面前一晃。麻老头一看新铮铮的百元钞票，眼睛放光，停止跳动扑过来，身手敏捷得根本不像个老人，一纵一纵地往钞票上扑去。他快，周小易更快，手一闪将钞票藏在了身后。惹得麻老头揪住周小易衣服围着周小易打起了转儿。

“叫，叫100声爷爷就给你。”周小易把票子高高举在头顶上，让老头儿够不着。

“给我，给我叫1000遍也成。”麻老头袋鼠一般蹦跳着。

“你到底有病没病啊你？”周小易扬着胳膊躲闪着，“给我说，钱还叫什么？”

“人民币。”

“不对，是币民人。”

“是人民币。”麻老头任周小易方法使尽，就是不改口。

“好好好，是人民币。”周小易达不到效果，只好转口退而求其次，“叫爷爷，100下，100下钱就是你的。”

“爷爷，爷爷，爷爷……”麻老头这下倒来得快。

正闹着，门口突然有人一声大喊：“周小易，你干什么？”

周小易吓了一跳，扭身看去，李完美手里提着个袋子站在门口，满脸的气愤。他不由得一愣：“阿姨，我在给他治病。”

“治病？”李完美夸张地瞪着眼，上下游移看怪物似的看着周小易，“就你？”

“您还不知道，我现在是这医院应聘的心理矫正师。”周小易低声道。

“啧啧，吃出看不出啊，骗鬼去吧你。”李完美一撇嘴，扭头看着麻老头，“二舅，您这是把谁叫爷爷呢？”

“他。”麻老头用手一指周小易。

“啥？你，周小易，你个王八蛋，竟然欺负我二舅。”李完美突然就发起飙来，扭头冲到过道大喊“护士医生来抓骗子”。周小易还没回过神来，麻老头见李完美喊叫抓骗子便一把拉住她的胳膊：“他是爷爷，不是骗子。”

“二舅你老糊涂了，你才是爷，骂他，叫他孙子。”李完美急道。

麻老头不理会：“他是爷爷，我是孙子，爷爷给钱。”

一阵杂乱的脚步声从过道传来，几个医生护士和一帮病人家属闻声跑进了屋子。

“干什么，这是在干什么？”当先跑进来的男医生问。

“骗子，他是骗子，抓骗子。”李完美一把抓住周小易的胳膊，生怕他跑了似的大声对围观的人说，“你们看看，他是我儿子公司做电脑游戏的，做游戏的给人看病，你们把病人当什么，玩物啊？”

“啥，他不是医生，做游戏的？”家属们一听这话都起了哄，围着医生吵了开来。一个说：“我说呢，我爸这几天咋老是蹲着尿，不蹲尿不出来，原来你们医院请了个假大夫啊！”一个马上附和说：“就是他，他把我爷爷治得鞋子老是反穿着。”

李完美火上浇油，指着周小易：“你们大家不知道，更为可恶的是，他竟然让我二舅管他叫爷爷，要不是我刚才碰上，还不定搞出什么恶作剧，这不明摆着欺负人嘛。”她抬手就在周小易头上打了一巴掌：“你妈就是和我有仇，你也不能拿我二舅报复出气，他当你爷都够格。”

“打他，揍这个骗子。”家属们不知谁喊了一声，所有人都呼啦一下向周小易吹胡子瞪眼扑来。周小易吓得变了脸色，正不知该如何应付，麻老头见众人喊打，吓得浑身一哆嗦，拉住医生躲到了身后：“爷爷，爷爷，我不打针。”

“你叫我什么，再叫一遍？”男医生脸色一变。

“爷爷，我不打针。”

男医生脸色变了，一把拉住周小易的手，充满了敬慕之情：“天哪，太神奇了，13床的思维正常了！周大师，周教授，你太厉害了，太厉害了。”

周小易不知发生了什么，只是机械地笑着，嘴张得半圆却说不出话。

李完美见男医生不但不帮自己，而且对周小易的行为大加赞赏，不由得怒火中烧：“你在做什么医生，我二舅是不叫你孙子了，可见人叫爷爷这对头吗？”

男医生微笑着一摊手：“李女士，病来如山倒病去如抽丝，你得让周医生慢慢矫正啊，这个不是一天两天就能做好的事。”

“什么医生，我看是个狗屁，叫他把医师资格证拿出来。”李完美不依不饶。

“我不是医生，也不是教授，我是创新思维训练师。”周小易忙解释道。

李完美说：“训练师？我看是狼狈为奸，巧立名目和医院联手骗病人的钱。”

“可不能这么说女士，周教授可是治好了不少病人的反话哟。”男医生见李完美给医院扣帽子，忙替周小易解释。

“屁话，你们把说反话叫治好了，可其他行为却全成反的了。大家伙让他们退钱。”

“退钱，退钱。”人群顿时起了哄。

“大家静一静，静一静，听我解释好不好。”男医生还想解释，李完美和群情激奋的病人家属一拥而上，把医生和周小易围在中间，大声嚷嚷着。

“病友们，他们不退钱，我们就把这事捅网上去好不好？”李完美一声招呼，所有人都拿出手机响应起来，对着男医生和周小易一通狂拍。

二十四

毫无疑问，事情的发展是周小易完全没有料到的，李完美是个说到做到、做事不计后果的女人。周小易非法行医的事情次日便被她披露到了网上，其带来的后果和连锁反应显而易见。

周一早晨，周小易按时来到公司开例会，同事们都用异样的眼光看着他，不少人还在窃窃私语。没见到同事们往日的亲热，周小易还真有点儿不适应，他讪讪地坐到自己办公桌前，打开电脑。

“周教授，今儿怎么来上班了？”吴极过来，嬉笑着和周小易打着招呼。

听到吴极叫自己教授，周小易打了个激灵，悄声问：“你丈母娘给你说什么了？”

“关我丈母娘屁事。你上网看看，你已经成网络红人了。赶紧，打几个关键词，周小易，空格，精神病。”

周小易看吴极的样子也不像开玩笑，急忙键入自己的名字。迅速打开网页，电脑屏幕上果然出现了自己穿着白大褂在医院的照片，并配有大篇幅的文章。

吴极拍拍周小易肩膀，揶揄道：“哥们儿，你也忒胆大了，没有医师资格，就敢上医院坐堂。”

“我不是医生，是矫正师，只负责纠正病人说反话的工作。”周小易正要给吴极讲清楚事情的原委，便听门外一阵吵闹声。一看，李完美带着十多个精神病家属不顾保安的劝阻，蜂拥进来。面对这群来源不明的不速之客，大家看起热闹。

在李完美的号召下，大家喊起了口号，“打倒周小易！”“退回我们的医疗费！”口号声此起彼伏。呼喊声中，两个妇女索性坐在地上，一把鼻涕一把泪地控诉周小易的“罪行”，其声可悲，其状可怜，令不知真相的人们纷纷将白眼投向周小易。

周小易彻底被这群精神病人的家属弄成了精神病，知道和这些人说不清楚，他又想给同事们解释，可在这种形势下，任何一句话都可能惹出更大的乱子。所以，尽管他心里抓挠着，却仍然一声不吭。

一个西装革履的男人在两个利落的年轻人的陪同下快步进了办公室。

吴极碰了下周小易，悄声说：“大事不好，老板来了。”

老板得知周小易利用工作的便利和自由，竟然在外冒充医生，当天就解除了他的合同。沮丧的周小易回到医院，一进医院，抬眼便看到大堂里张贴着医生资质简介的专栏被人用朱笔书写了“一群骗子”四个潦草大字，有的医生相片还打着大大的红叉。周小易愣了下，走过去想看看到底是怎么回事。还没走到跟前，胡主任拿着几份材料从过道走来，看见周小易就叫了声说：“小易来了，我正要找你哩，到我房间来吧。”

“我也正要找你。”周小易跟在胡主任后边，说，“主任，出大事了！”

“出什么事了？”胡主任停下脚步，看着表情夸张的周小易。

“我因为在你们医院兼职的事，让单位给开除了！”周小易满脸委屈地说。

“开除了？”胡主任用手扶扶眼镜，表情木然地看着周小易。

“是啊，上午我去公司，人家就把我解聘了。”周小易一脸苦相地看着胡主任。胡主任却不再说什么，转过身又往办公室走去。周小易跟在他屁股后面，有些讨好道：“主任，我可是因为咱们医院丢的饭碗，你看医院是不是给我加点儿薪水，弥补一下我的损失，给个安慰。”

“加薪？”胡主任停下脚步，“别做梦了，你已经被医院解雇了。”

周小易一愣，差点儿跌倒：“啥，你说啥？”

胡主任看着周小易，满眼愁绪：“说啥，说啥你没听明白。兄弟，我真后悔自己当初头脑发热让你来医院，那个叫李完美的病人家属煽动其他病人家属不断在医院闹事，给我们扣屎盆子，医院已经因为此事把我停职了，我们现在是同病相怜啊！”

“你们领导怎么这样？我去找他们解释一下。”周小易愣怔了好一会儿，“你们医院怎么可以这么没信义，我好歹进医院也给你们治好了几个说反话的病人。”

“这我承认，你是治好了他们说反话，但是副作用也很明显，现在好多病人反行为都明显加重，家属咬住要医院负责呢。”胡主任用手拍拍周小易肩膀，“我还有事，以后再联系吧。”说完，扭身撇下他往办公室走去。

“胡主任，解聘我可以，但我有一个小小的要求。”周小易向胡主任说自己正在搞一个科研项目，还需要在医院里待一段时间。他承诺自己不仅分文不拿，还会免费为需要他的患者提供帮助。胡主任想了想，同意了他的要求。

周小易在同一天里接连遭受两家单位的解雇，经受了事业上从未经受过的大挫折，心情自然糟糕透顶。为了那个神秘的“科研项目”，这些日子，他天天往精神病院跑，把培养儿子创新训练的事暂时放在了脑后。却不知道这段时间，婷婷和父母、公婆因为钢镚上学的事已经闹得乌烟瘴气不可开交。

马大玲家门口不远的第一实验小学是全市著名的小学之一，婷婷听从母亲的建议，想让钢镚进这个学校学习。但钢镚的户口在婆婆家里，为了能使孙子留在自己身边，苏梅说啥也不同意婷婷的主张，捏着户口本就是不给儿媳。为此，几个人展开一场争夺孙子的拉锯战，谁也不肯妥协，关系又到了剑拔弩张的地步。而周家的大小姐周小容却在全家为钢镚打口水仗的时候，不合时宜地不断炒作她要和陈子页做试管婴儿的事，更是把家里搅成了一锅粥。

婷婷心情糟糕到极点，晚上想和丈夫商量一下，让他去劝劝婆婆，为钢镚的今后考虑，从大局出发，把户口本给自己好尽快给儿子报名。周小易这段时间却像着了魔似的，整天就趴在电脑前，研究一款叫“主题医院”的游戏。

“你干什么你，精神病院待得时间长了，被传染了是吧。”婷婷和丈夫说了半晌话，一看周小易只是嗯哈，眼睛盯着电脑，一副心不在焉的样子，不由得来了气，上前一把夺下丈夫手中的鼠标。

“你干什么你?”周小易正在兴头上，突然被夺走鼠标，抬头不高兴地瞪着婷婷。

婷婷是真怒了，一改过去的轻声细语：“心好大啊你，工作都丢了，孩子的事也不管，回来就趴电脑前玩游戏啊，真有心情呀你。”

“说什么哪，被人‘炒’了又怎么样？福兮祸所伏，祸兮福所倚，对我来说还真说不定是好事呢。”周小易一副无所谓的样子说，“同一天被两个单位开除，这是凡人能经历的事吗？这将是我人生的最大财富，今后在职场再遇到大风大浪，我都无所畏惧了。”

“行了你，别死要面子活受罪了，明天赶紧回公司去给人家解释一下，把事情说清楚。就说你痛改前非，已经辞了医院的职务，把非法收入全部上缴，恳求人家看在以前的贡献上让你回去啊。”

“你这不是让我吃回头草吗？不干，大丈夫宁折不弯。”周小易一副丈夫气概。

“宁折不弯？能屈能伸那才叫男人。”婷婷挖苦道。

“你说的那是陈子页。”周小易不屑地撇了下嘴。

“你，你什么意思，怎么一说话就提他。”婷婷生气地看着丈夫。

“什么意思，意思很明白，当初抛弃你时狼心狗肺，现在又死乞白赖地纠缠不休。”周小易酸溜溜地说，“我已经想通了，为了干净彻底地结束你和陈子页的关系，我认他给我做姐夫。你告诉他，我同意他和我姐做试管婴儿。”

“你太自私了，用你姐的不清不白，换取你的安宁。”

“还有啊，别再想让我回那个公司了。等着，过不了多少日子，我要让他们把肠子都悔青了。”周小易关掉电脑起身去洗漱，“不跟你说了，我要睡觉，明天我还要去医院上班。”

“小易，我看你已经被精神病院弄神经了，不许再去那个地方！”婷婷望着老公疲惫的眼睛，心里又怜又恨，真不知道怎么才能拽回已经魔怔了的周小易。

“有句话叫‘不疯魔，不成活’知道不？我就是要把我弄成神经，弄成疯子，这样我的事业就快要成功了！你说不去就不去啊？告诉你，这也许就是我事业的转折点。我不但要去，还在那租了房子，以后咱们分居，看你再唠叨。”

“你，你疯了是吗？”婷婷气恼地起身拿起包，“你等着。”转身向门外走去。

“你，你干什么？”周小易站起来大声道。

“干什么，我找爸收拾你。”婷婷说完转身就扭头而去。周小易见她出去，呆怔了半晌，拿起电话就拨通了母亲的号。

“妈，婷婷到家里找我爸告状去了，千万别让她进门。”

周小易打电话通知母亲，只是不想让妻子到父亲面前状告自己，没想到苏梅这段时间因为钢镚的上学问题正和儿媳妇不对付，见婷婷上门告状便乘机借题发挥，威胁她如果不把孙子给自己送回身边，就不许再到这边来，给儿媳妇吃了个闭门羹。

婷婷状没告成，反倒被婆婆一顿冷嘲热讽。本来就满肚子的火一下给点燃，离开苏梅家时便委屈得眼泪哗啦啦流，一个人漫无目标地在街上游荡，心里烦乱委屈，夜深了却一点儿回家的意思都没有。

周小易给母亲打过电话，转头又回到他的游戏里去了，根本没想他这个电话带来的严重后果。不知过了多久，钢镚嚷着肚子饿，他才发现妻子还没有回家。忙给婷婷拨电话，可电话打通了总也没人接，他急了，又将电话打给母亲，问婷婷是不是还在父母那里。苏梅说我根本没让她进门。周小易情知母亲的脾气，肯定给婷婷吃了窝心火，便让她帮着分析婷婷到现在也没回家，电话也不接，会不会回了娘家？苏梅一听也急了，认为婷婷绝对不会把委屈带回娘家，她让周小易立刻出去寻找婷婷。挂了电话，周小易安顿好钢镚，骑上摩托蹿上了大街。

已经是夜里 10 点多钟，五颜六色的霓虹灯闪烁着，把都市的夜装点得扑朔迷离。街道上，不断有车辆滑过，三三两两的男人和女人，勾肩搭背，窃窃私语，游荡在酒店饭馆门口。

这个灯红酒绿、纸醉金迷的大都市，冒险家的天堂，是多少人心驰神往的地方。但婷婷却觉得，生活在这里，幸福感是越来越低。在陈子页和周小易之间选择后者，婷婷到现在也说不出是对是错。但不管怎样，钢镚出生后，自己是真的把对陈子页那点儿残存的留恋深深埋进了心底，静下心来想要相夫教子，做一个平平淡淡幸福的小女人。死心塌地想要和周小易过一辈子的婷婷，自打决定结婚起，从没想过有一天，希望找个别的男人倾诉。但今天，她突然就有了这种想法和冲动，她甚至想要找个酒吧进去，一个人将自己灌醉。

生活就像一部没有结尾的电视剧，往往随时充满巧合。婷婷满腹伤感在街上走着，内心似乎有一点儿隐隐的期待，到底是在期待什么，她心里却一团模糊。街上的行人行色匆匆，没有人注意到她，她就那样走走停停，自己都不知道眼下离陈子页的家越来越近了。就在她转过十字路口拐上威海路的当儿，一辆黑色奥迪从她后边驶来，超过她十多步远停下了，旋即车子再次起动，倒回到她的跟前。车窗摇下来，探出一个男人熟悉的脑袋，看着她表情很惊异的样子，似乎想不通大半夜的她怎么会一个人在大街上流浪。他语气关切地说："婷婷，你怎么在这里？"

这一声，就像一把钩子，一下几乎把婷婷眼泪给钩了出来。所有过去和陈子页的过往，那些温暖的日子，如同放电影似的，瞬间闪过婷婷大脑。一股热辣辣的痛楚感海水一样漫上婷婷鼻尖，让她小巧好看的两片薄唇紧绷着，不自觉流露出一种受了委屈看见了亲人似的想要哭、想要倾诉的表情。

在陈子页的记忆里，王婷婷一直是一个安静乖巧的女孩子，即使在她明显很生气的时候，也很难从她脸上看到那种因为气愤而流露出的夸张表情。这是一个纯粹的玉女，和她那特立独行、个性张扬、充满优越感和与众不同叛逆精神的大姑姐周小容有着天壤的差异。周小容如同一团火，炙烤着和她接近的每一个男人，仿佛如果男人感觉不到她那由肢体和语言所时时散发的灼人热量，就是她做人的失败。她总是在千方百计、想方设法标新立异，为自己赚取惊异的眼球和高频率的回头率，貌不压众不罢手，语不惊人死不休。就拿那个追她的比她小了 12 岁的大男孩冯昊来说，换了别的女人或者对面的婷婷，既然不打算接受，那么要么避开要么逃走，要么冷脸子款待不再搭理。可周小容就不同，心里明明装不下，还是保持一种很热络的暧昧，以致那个可怜的大男孩差点儿走火入魔最终犯罪。而婷婷却完全是另外一种女人，如同水一般的清澈，心里没有一点儿城府，看待事物就像她的两只眼睛：黑白分明，对就是对，错就是错。一点儿小小的感动，也许就会让她热泪盈眶；一点儿小小的伤感，也会让她耿耿于怀，好几天放不下来。对于陈子页来说，他一个人静下来的时候，有时也会思考，心里感觉莫名其妙，自己怎么会喜欢这么两个从外形到性格都截然不同的女人，难道自己的骨子里，也有着柔软和狂野并存的两种不同分裂的性格？望着一个人站在夜晚的街头、楚楚可怜的昔日恋人，陈子页知道在离家很近的地方碰上婷婷绝不是偶然，忙打开车门跳下车走了过去，关切地问："怎么啦，出什么事啦？"

婷婷绷着脸，眼里泪光莹莹不说话。

陈子页心里不知道为什么，掠过一阵无言的隐隐疼痛，毫不犹豫一把拉起婷婷的手,打开车门把她往车上推去:"上车,有什么事上车说吧。"

婷婷在陈子页拉住自己手的一霎时身子不由自主抖了下,一种久违了的、被呵护和关心的暖流,初潮一样滑过她的全身,她的大脑在一瞬间好像变成了一张白纸,身子不自觉拧了下,想要抗拒男人的关爱,但她明显感觉这种所谓的抵抗没有一点儿力量,在男人强有力胳膊的推动下,像一片树叶被风吹着似的,不由自主飘进了车里。陈子页关上车门,坐回驾驶位置,发动车子往前开去。

"吵架了?"陈子页开车行驶在大街上,眼睛看着前边霓虹闪烁的马路轻声问。听不见回答,便用眼睛的余光观察着坐在边上不言语的婷婷,语气有些愤懑道:"他怎么能这样,孩子都那么大了!"见婷婷还是不说话,自嘲地笑了下:"要去哪儿,我送你吧?"

"随你便!"婷婷扭头看着车窗外不断滑过的树木大楼,幽幽叹了口气。

陈子页的心咯噔一跳,一脚踩在刹车上,正在前进的车子"吱"一声停在了路上。他双手握着方向盘,有些惊异地扭头看着婷婷,似乎不相信这话是从婷婷嘴里说出来的一般,半响不说话。

"怎么啦?"婷婷见他停下,看了他一眼问。

"我……"陈子页犹豫着,"要不,你给他打个电话吧?"

婷婷眼睛闪了下,拉开车门就要下车。陈子页一愣,一把拽住她:"那,好吧,去我那儿坐坐吧。"见婷婷还是不说话,便摇了摇头苦笑了下,起动车子往家里开去。

周小易在这天晚上,骑着摩托几乎转遍城市的所有街道,大大咧咧没心没肺的他第一次感觉到了害怕和恐惧的味道。紧张担忧慌乱中,他打遍了所有朋友的电话,找遍了婷婷有可能去的几个场所,当感到婷婷如空气般消失的时候,他突然想起陈子页。最初笼罩着他的担忧和恐惧竟然莫名其妙被一种怨恨和气恼替代,摩托车掉了个头就直向陈子页住所驶去。

男人就是奇怪,其实周小易对妻子的为人,心底里还是999个放心和了解的。但不知为什么,明明知道她与陈子页之间已经成为往事,不可能再有什么瓜葛,但一看到陈子页,哪怕听到一点点儿关于他的信息,周小易都会紧张、嫉妒,心底泛滥起一种酸溜溜的不快。

引起这种不快,当然与周小容不无关系,如果不是自己有这么个人来疯似的姐姐,陈子页便不会出现在周家的范围里。这样,至少婷婷没有了频繁和他碰面甚至搅和其中的机会,那自己的担心、嫉妒就完全多余。周小易怎么也想不通,这么大个城市,上千万人口的茫茫人海中,陈子页怎么就如同幽灵一样萦绕在他的周围,偏偏和周家牵扯不清。其实他心里很明白,坚信妻子对自己的纯真,相信妻子的人品,但他不能相信陈子页,谁知道那个看似道貌岸然,一脸正人君子模样的男人戴着副正经人一样的金丝眼镜,骨子里到底是个什么货色?周小易不能不对他提高警惕。其实周小易自己也知道,这都是他太爱妻子的结果。爱得越深,心底里那害怕失去的情感就会越重,过分在乎一个人,有时候就会让人变得紧张,成为一个精神病患者,患上妄想和臆猜的毛病。

但今晚,周小易的妄想和臆猜似乎在长期的失算中得到验证和证实,当他骑着摩托车来到陈子页楼下,刚刚把车停稳,便看到陈子页的奥迪车驶了过来停在楼下,车门打开,婷婷从车上走了下来,跟着这个世界上最让他周小易羡慕嫉妒恨的男人走进了楼道。

周小易蒙了,他那经常充塞着奇奇怪怪程序编码的脑子里,很清晰地"嘭"了一下,一股热烘烘的东西跟着涌上他的大脑。

陈子页打开门把婷婷让进房间,脱去外套挂在衣架上,看着坐在沙发上的婷婷:"想喝点儿什么?"

"有酒吗?"婷婷看着屋里,眼睛四处搜寻着。

"酒?"陈子页愣了一下,明显感觉婷婷心情不好得厉害。在他的印象里,婷婷酒精过敏,是从来不喝酒的。

"是不是没有?"婷婷见他发呆,再次问道。

"有,有。"陈子页从酒柜里拿出一瓶法国红酒和两只高脚玻璃杯出来放在婷婷面前,给婷婷和自己各倒一杯。婷婷端起杯子就灌了一口,一股热烘烘的东西顺着喉咙滑下肚子,两片潮红霎时泛上她的脸颊,她被呛得忍不住大声咳嗽起来。

"喝这么猛,慢点儿。"陈子页忙伸手在她背上轻轻拍打着,并夺下她手里的酒杯想放到茶几上,但婷婷却将它抢过去,又灌了自己一口。

吊枝形的水晶灯照着宽敞舒适装潢考究的房间,半开着的落地窗前鹅毛绒窗帘被透进的风轻轻吹动着。陈子页有些心疼地看着楚楚可怜的婷婷,感觉她这些年外貌上的变化真不是很大。往日那些少女的清纯并没有因为有了孩子从她身上溜走,相反,婚姻的历练在她的身上凝聚,使她看上去多了一点儿成熟的风韵。大概是由于喝了酒的原因,她的脸颊荡漾着一种女人醉酒的妩媚,本来清澈好看的眼睛里春波荡漾,闪动着一种让人揣摩不透的诱人的光芒。陈子页的心,在这一瞬间仿佛回到几年前和婷婷谈恋爱的那段岁月,不知为什么就怦怦跳得厉害,不由自主就把手放到了婷婷丰腴的腿上。

陈子页的手突然放到自己腿上,婷婷不由得浑身一震,感觉到了那只手所传递的灼热力量,下意识把陈子页手推开了。这一瞬间,她的意识因为被这只久违了的手再次触摸的感觉，突然变得清醒了些，抬头看了眼挂在墙上的钟表，时针已经指向夜里11点半，婷婷突然觉着什么似的，四下看看屋里，好像这才突然发现自己坐在别的男人家里一样，忙起身就去拿放在一边的包。

“你干什么去?”陈子页见她突然站起来，本能地跟着站起。

“我，我回去!”

还沉浸在因为意外相逢而产生的一种莫名其妙错觉里的陈子页，听了这话，心里马上变得一片失落，所有的幻想和臆猜顿时消失得无影无踪。看来自己想多了，女人都一样，社会怎么进步，嫁鸡随鸡嫁狗随狗这种根深蒂固的传统观念依然会残留在她们脑海的深处。陈子页见婷婷想走，拉住她说：“干什么，既然来了就坐会儿。”

“不坐了。我在周家眼下是四面楚歌：因为钢镚的去留，婆婆不理我了；小容姐怀疑我在你俩的关系上作梗；老公莫名其妙要与我分居，再发展下去……”

“分居!”陈子页眼镜片后面的眼睛一下睁大，“为什么?”

“他因为在精神病院兼职的事被公司开除，现在精神病院又落井下石解雇了他。但他依然执迷不悟，不要报酬，还要在精神医院继续待下去。”

“周小易为什么喜欢精神病院?”

“可能是走火入魔吧。”

“婷婷，看到你和周小易幸福的小日子，我本来已经决定不再打扰你们的生活了。但是这个周小易太王八蛋了，骂你、打你，现在又要分居……是可忍，孰不可忍，我改变主意了。”陈子页突然抓住婷婷的双手，切切地说，“婷婷，离开那个无赖，我可以给你和钢镚幸福安宁的生活。”

婷婷坚决地从陈子页的手中将自己的手抽了回来，她回身坐到沙发上，轻轻说道：“谢谢你对我的关爱。周小易就是有一万个不好，但他从未背叛过我。他骂我，甚至是打我，我理解那是由于他太在乎我了。他要与我分居，我还不能了解真实原因，也许是他想静下来反思一下，也许他需要暂时逃避一下现实打击带给他的种种压力，也许……”

“不要说了。我告诉你，婷婷你太善良了，太爱站在别人的角度想问题了。”

“你总是夸我。”婷婷看了陈子页一眼，眼神里充满了温暖，“我不是善良，是有良心。我不否认你是我刻骨铭心的初恋，我也相信你会给我一个安逸舒适的生活。但是……”

“不用但是了。我今天也给你交个底，这个世界上，我的心中只有两个女人，一个是你，一个是周小容。我喜欢你的朴实、善良、诚实待人，中国女人传统的优秀品质你都具备;但我也喜欢周小容的睿智、博学、精神独立、我行我素的处世风格。虽然现在我知道,我和你之间已经不可能了,但不知为什么,我就是有点儿放不下啊!"

"我们的事情已经过去了,请不要再提。你如果心里有小容姐,那我请你还是尽快把你们的关系明确下来,这样对你、对她、对我、对小易都好。"

"我知道,我一直下不了决心,一个是因为周小容那人一会儿冷一会儿热,我实在琢磨不透她真实的内心;一个是因为我自己还不能完全斩断我们之间的情丝。曾经沧海难为水,除却巫山不是云!"

"谢谢你对我的爱。我已经有家,有孩子了,小易虽说有时做事不着调,可他对我的心我知道。"

"我知道,我知道!"陈子页说,"你放心吧,我不会让你再尴尬下去了。我看得出,你今天在家里可能受了委屈,可你却宁愿把它藏在肚子里,也不愿在我跟前说一声小易的不好,凭这一点,我知道自己该怎么做了。如果你今天彻底拒绝了我,我只能说遗憾了。"

婷婷想了一下,说道:"遗憾之后呢?"

陈子页定定地看着婷婷,语气温柔却坚定地说:"请你原谅,我不会再顾及你和周小易以及他父母的感受,将义无反顾地和周小容走在一起。"

"这也是我想要的一句话。但我希望你不要和周小容做什么试管婴儿,彼此拿出真诚,建立一个美满幸福的家庭,我想,这是我和周家人都希望看到的。"婷婷若有若无地叹出一口气,好像放下了重负一般,"今后我继续是周家的媳妇,你也可能是周家的女婿,鉴于这种特殊的关系,希望我们都把以前愉快的、不愉快的事情统统忘掉,不要给周家姐弟和他们的父母带去伤害和不快。"顿了一下,婷婷又说:"我们是很好的朋友,这不好吗?"

"好,好的!"陈子页望着灯光下宛如天仙的婷婷,内心酸溜溜的,"那让我们的关系,从今天崭新开始吧,我能最后一次吻你一下吗?"

"这个……"婷婷犹豫了一下,慢慢向陈子页伸出手,"这样好吗?"

"我……"陈子页看着那双嫩白的纤纤素手,眼里一片失落,"难道,最后一次,我只可以吻手吗?"

"这是我的底线,已经很奢侈了。我,我心里都有一种出轨的犯罪感觉。"婷婷眼睛忽闪着。

"好吧!"陈子页叹了口气,伸手托住婷婷的指尖,慢慢俯身把唇向那柔若无骨的玉手上凑去。就在他的嘴唇快要触到手背的时候,头顶的灯突然"啪"地发出一声轻响，屋子顿时陷入一片黑暗。

“停电了！”陈子页的手不由自主松开，感觉婷婷的手如蛇一样滑出了手心，对面传来一阵轻微的呼吸声。他说了声“别动，我去买个手电”，出门就往楼下去了。他一走，婷婷才觉得自己身上出了汗，按住心口，一动不动待在屋里喘息着。

周小易的人生在这一晚经历了从未有过的起起伏伏，就像波涛涌动的大海，潮涨潮落的，由开始的担忧、紧张，转变为后来的愤怒、羞恼。

站在陈子页家楼下，望着亮着灯的窗户，简直受尽折磨。要不是亲眼所见，他怎么也不相信，看着温顺贤惠的王婷婷，深更半夜竟然会背着自己和昔日的初恋在一起苟且。这是对他周小易的背叛，对周家的羞辱，对姐姐周小容的蔑视。愤怒的周小易一个电话把正在帮着自己寻找婷婷的周小容叫到了楼下，指着陈子页窗子愤怒地说：“姐，你看看那个男人的庐山真面目吧，今晚上我不叫他身败名裂，我就不是你弟弟，不叫周小易。”四下一瞅，见不远处的路灯下有块半截砖，他拿起来就要往楼上跑。

“你干什么？”周小容见状一把扯住他，“把砖放下，婷婷受了那么大气，找陈子页诉说也是有可能的。灯既然亮着，说明他们并没有事，你这样跑上去不是自取其辱吗？”

“姐，你傻啊，灯黑了就全完了，难道你想要你弟弟眼睛瞪着看别人造成事实，给我把绿帽子扣头上啊！”

“行了，别大呼小叫的，淡定一点儿好不好，怎么跟孩子似的。”

周小容话还没说完，仿佛在验证周小易的担心似的，那扇一直亮着灯的窗户突然不见了，整个大楼一片漆黑。

“妈的，狗男女！”周小易一看陈子页屋里灯光消失，顿时疯狂起来，捡起被周小容扔在地上的半截砖就往楼上冲去。本来还故作淡定的周小容也慌乱了，跟着周小易便往楼上跑。

周小易大呼小叫拎着个半截子砖跑到陈子页家门口，将防盗门砸得山响：“陈子页，你王八蛋，你畜生，给我滚出来。”

隔壁两家邻居听见外面有这么大的动静，纷纷打开门向外探望：“夜半三更的，这是干什么呢？”

一见有了观众，周小易越发来劲儿了，冲着左邻右舍嚷道：“大家都出来看啊，陈子页不要脸勾引我老婆，我要捉奸。”

听说是捉奸，原本还躲在各家防盗门里的邻居们纷纷从屋里出来，拥挤在亮着应急灯的楼道里看热闹。周小易退后几步，飞起踢门。门非但没踢开，自己反倒被弹回来，跌坐在了地上，结结实实地摔了一跤。在众人的窃笑声中，周小易从地上爬了起来，冲着防盗门结结实实又踹了几脚。

婷婷一听就知道谁来了，拉开门看着周小易生气地说：“你干什么啊？”

“干什么，我杀人！”周小易提着砖头气势汹汹跑进屋子，借着走廊的灯光满屋乱转，瞅不见陈子页就大声叫喊起来，“陈子页你个王八蛋，你给老子出来！”

婷婷见他疯了一样，气得脸色通红，便想要骂他，还没想好词却见周小容随后喘息着跑来。她索性就闭了嘴，生着闷气坐到沙发上不言语。

周小容和周小易在屋里找了一圈没有发现陈子页，都有些失望。“人，人哪里去了？”周小易见婷婷不搭理他们，便跑到阳台想看个究竟。

一束明亮的光射进屋子，陈子页拿着个手电筒出现在门口，看见屋里突然多了两个人，不由得一愣，旋即就明白了，有些生气地说：“小容，你们干什么？”

周小容和周小易都愣住了，脸色难看地笑着，不知道说什么好。

这场误会当然是以周小易再次的痛哭流涕、不断忏悔、跪洗衣板、跪方便面、跪键盘而结束，但周小容和陈子页却因了这件事的风波，都开始正视自己的身份，第一次坐下来，就试管婴儿的事和两人今后是否要在一起生活进行了正式的探讨。

谈话要求首先是陈子页提出的，当然，周小容好像在“捉奸”事件之后，也迫切想和陈子页聊一聊。这样一件关乎人生的正经事情，当然两个人心照不宣，不希望有第三个人在场，所以地点选在了周小容住所。

周小容的房间和她的人一样，里外都飘散着一股名牌香水淡淡的味道。周小容穿着睡袍接待陈子页，说是睡袍也不贴切，穿在周小容身上的，只是一件质地光滑的银灰色吊带短裙。裙子很短，刚刚能遮住大腿根部，这就使得她坐下的时候，陈子页的眼光老是不由自主地停留在她的裙摆上，好几次，他甚至都窥探见了里面粉红色内裤的蕾丝花边。周小容好像刚洗过头，乌黑略带弯曲的短发随意而不加修饰地乱乱地罩在头上；身子斜靠在沙发边，一只手端着高脚玻璃杯慢慢地转动着，观察着杯中酒的颜色；一只手随着胸部曲线平放在高跷着的大腿上，洁白的手腕看上去那么慵懒，没有一点儿力道。这情景，让陈子页不由自主想起那句著名的诗句：“垆边人似月，皓腕凝霜雪！”

陈子页将外套搭在沙发横档上，穿着白色小立领的衬衫，双手捂着倒满红酒的杯子，坐在周小容对面，静静看着周小容，心里对面前这个女人真有一种琢磨不透的感觉。这个女人疯狂的时候，散发出的那种烈焰一样的无穷魅力和光芒，可以让人呼吸不畅，但安静下来的时候，却有一种不像是她的别样的风情，难道这就是传说中的“静如处子，动如脱兔”一般的神秘女人？陈子页望着第一次在自己面前素面朝天的周小容，感觉这个女人不化妆的时候比化妆后更具女人的风韵。不知为什么，他的心里这一刻就有了一种异样的感觉。以前，他不否认自己喜欢周小容，但那仅仅是喜欢而已，但今天晚上不同了，这个女人不管是有意还是无心给自己展现了她的另一面，彻底粉碎了他以前所有的疑虑，让他产生一股发自内心想要彻底把这个女人据为己有关心照顾的感觉。陈子页用力咽了口唾沫，看着周小容说："我爱你！"

周小容听了这话一愣，眼光从手中的玻璃杯移到陈子页身上："你说什么！"

"我爱你！"陈子页提高声音说。

"咯咯咯！"周小容突然笑起来。

"干吗你？我是认真的！"陈子页见她这样，不知为什么有些恼了。

"咯咯咯。"周小容笑得更加大声起来，用手指着陈子页，"照照镜子，去照照镜子，你那表情！咯咯咯。"

"表情，我表情怎么啦？"陈子页疑惑地用手摸了下脸。

"你是在向我表白啊还是在对谁宣誓啊？咯咯咯。"

"不要笑，我是在认真跟你说一件大事！"陈子页突然提高了音量。

周小容戛然止住笑声，坐起来看着陈子页："认真的？"

"认真的！"陈子页再次重申。

"以前都是不认真的？"周小容又笑。

"以前也是认真的，但今天，我是发自肺腑！"陈子页扶扶眼镜，满脸真诚，"小容，你要是也喜欢我，那咱们就结束现在这种朋友不是朋友、情人不是情人的关系好不好，真真正正谈恋爱、结婚、生孩子，组建一个幸福的家庭。"

"这么神圣，是你的真实想法吗？"

"当然是！"陈子页激动地站起来，绕过茶几把手放在周小容肩膀上，俯身凝视着周小容说，"结束你的独身生活，我们在一起好吗？我不想再这样下去，让你弟弟把我当仇人一般看待，动不动拿砖劈我；不想让婷婷在你们家再让别人疑惑，扮演一个尴尬的角色；不想我在你们家因为这件事形象再倒坍下去……"

"打住。"周小容一根指头顶住手心，做了个暂停的姿势打断了陈子页，"原来你并不是真心喜欢我，是别有原因？"

"我是真心喜欢你，真心爱你，我想说的是，是这些因素促使我下决心想要结束我们现在的这种关系。"陈子页说。

"认真的？"

"认真的。"陈子页点点头。

周小容放下手:“可是我不能答应你。”

“为什么?”

“因为我给自己制订过人生规划。”周小容拿起面前的酒瓶,给杯子注满酒,“30岁之前,我是不打算结婚的,要极尽疯狂!看一场超赞的演唱会;有一次说走就走的环球旅行;结交一个随时可以甩脸子给他看的异性死党;在电影院无所顾忌地大哭一场;玩一个high通宵;酩酊大醉一次;谈一场绝对疯狂但不要结果的恋爱!”

“是够疯狂的了。”陈子页双手抱在胸前,看着满脸神往的周小容,“那30岁以后呢?”

“30岁以后我要改弦更张,敬养父母,烹饪打扫,工作读书,结婚育子,收起棱角,做一个居家过日子的小女人!”周小容有点儿调皮地仰脸看着陈子页。

一股吊带裙下散发出来淡淡的体香冲进陈子页鼻子,陈子页眼光移开周小容乳沟眨巴着说:“明白了,周小容要改邪归正。”

“怎么说话的?周小容没干过坏事。”

“对对对,说错了,用词不当,周小容是要重新做人。”陈子页笑着。

“又来。”周小容搞怪似的翻了个白眼,放下杯子把手臂搭在陈子页的肩上,“我记得你给我说过,男人的最大梦想就是把红颜知己变成自己的老婆?”

“对啊,我是这么说过。”陈子页点点头。

“那我就给你个机会。”周小容眼神热切地看着他。

“给我个机会,什么意思?”

“智商这么低,我是你的红颜知己吧?”

“是啊。”

“想把我变成老婆吗?现在就可以!”

“现在,你,你又想干什么?”陈子页望着面前这个艳如桃李一般的女人,不知道她哪根神经又出了毛病,“我是在认真向你求婚,不开玩笑!”

“求婚不可以,但我们可以试婚。”

“试婚!你,你什么意思?”

“不好吗?我在打算结婚之前,先得试试我适应不适应家庭生活。”

“你是对居家过日子心怀恐惧吗?要是这样,我可以给你说……”

“打住。”周小容再次做了“暂停”的手势,“我不需要别人上课,别忘了,我自己就是家庭问题专家。”

“你只是理论上的专家,生活实际可不是那样。”

陈子页还想争辩，周小容不耐烦地捂住耳朵："不听不听不听，要试开始，不试拉到，我要睡觉了。"

"这就开始吗?"陈子页下意识看了眼卧室。

"难道你还要来点儿前奏音乐铺垫一下？我去开音响。"周小容玩世不恭地笑着，跑过去就把音响打开，拉着陈子页随着音乐在屋里转了个圈，"我没记错的话，你曾说过一句很有诗意的话：'曾因醉酒鞭名马，生怕情多累美人。'今天晚上，我就让你累美人！哈哈哈哈哈哈。"

"这，这，太仓促了吧。"陈子页满脸涨红，说话都磕巴起来。

"一点儿不，我喜欢突然而至的感觉。"周小容脸颊泛着两片迷人的胭脂红，伸手慢慢解开陈子页的衬衫扣子，在他结实光滑的胸肌上轻轻抚摸着，眼神充满一种酒醉似的迷离感。

陈子页的血在血管里河水似的奔流起来，流得他都能听见那哗哗的奔腾声。一股由女人干净睡袍和身体散发出来的体香熏得他头昏目眩，不由自主伸手揽住周小容的腰，俯身把嘴按在了周小容两片艳红的嘴唇上。

二十五

钢镚的入学问题，不仅仅是他所受教育优劣的问题，更牵扯到孙子的监护权。为此，周家老两口亲自前往亲家家里进行游说。

"亲家，虽说是为了钢镚上学，但户口在姥姥家怕不合适。"苏梅开门见山道。

"重点小学就在我家门口，钢镚课间操都能到家打个来回。"马大玲毫不退缩，直抒己见。

"我们没有别的意思，纯粹就是为了钢镚上学方便。"王满堂一见两个女人戗戗上了，急忙给亲家解释着，"大玲的意思是说学校太近，太方便了，以后钢镚的接送、吃饭都在我们这边解决了。"

"那哪行？一日三餐，还要操心接送，把你们累坏了怎么办?"苏梅使出一贯的招数，话中有话地说，"还有啊，亲家您还要去老年俱乐部活动，那可是您的正事，如果让钢镚耽误了，我可不落忍。"

王满堂没听出苏梅话中的味道，连忙表示："没事，大玲不在，我也能把钢镚的事情照料好。"

"是吗？可是钢镚已经让我惯坏了，你知道他早上要吃什么，中午喝什么，晚上……”

“你的意思是钢镚在您家天天都是山珍海味，我们没有是不是？”马大玲感觉这亲家不是来商量孩子上学，而是抢孩子来了，遂提高了嗓门，义正词严道，“我们虽然不富裕，但我可以砸锅卖铁，还可以……”

俗话讲，三个女人一台戏。这两个女人在一起，这戏码也唱得足够分量啊！周非凡一见两亲家母明里暗里已是刀枪出库，箭影凛凛，急忙出面制止道：“亲家您说哪儿去了，苏梅的意思是，钢镚已经习惯了她的科学营养膳食，比如牛奶喝多少，果汁喝多少，粗细怎么搭配，荤素怎么搭配……”

王满堂认真地说：“这绝对不是问题。亲家母，你说给我，我都给抄下来，一顿都不会搞错。”

对于王满堂，苏梅很少明火执仗地叫板。她知道这个实诚人说的是心里话，便真心劝道：“亲家，不知您还记得不？当初大玲到我家伺候婷婷的月子，你和老周在你家不是清汤方便面，就是油炸方便面、干蒸方便面。您这把年纪了，是享福的时候了，我怎么能逼您去学厨子。”

王满堂被苏梅一番话噎得不知如何应对，看了马大玲一眼，自觉退下阵来。

马大玲直言相告：“亲家，不管您怎么说，市里最好的重点小学就在我家门口，这终归是改变不了的事实吧。”

苏梅说：“是，是事实。但钢镚呱呱落地户口就在我这儿，再说我已经写了遗言，将来我和老周百年后，我这房子是归钢镚的，不能为了一个上学的事情，让这房子没有了户主吧。”

王满堂释然道：“亲家没事，到时候我们可以把钢镚的户口再转回你那里。”

“瞎叨叨什么呢，你没听出来人家的意思是钢镚的户口不能转吗？”马大玲无奈地看着老公，真想上去把这个蔫老汉给踹灵醒了。

“也不是不能转。”关键时刻，周非凡还是得当和事佬，“这样吧，钢镚上学还有好几个月的时间，再说孩子是小易和婷婷的，还得听听他们的意见。不就是一个户口吗？我相信，靠六个大人的智慧一定会圆满解决的。”

回家的路上，苏梅就开始给各位同事、朋友打电话，终于落实了一个消息。那就是马大玲家门口的那个实验小学，确实是个老牌学校，曾经出过一个国家级部长，还出过两个中科院院士。孩子的教育问题毕竟是关系他未来的大事，对于这所学校的品质苏梅已不再纠结，打定主意就让钢镚在这里上小学。接下来的问题只剩下钢镚的户口了。若他的户籍不在学区，按时下流行的择校费将交纳 10 万元。可是将孙子的户口转至马大玲家，把监护孙子的权利拱手让给大老粗没文化的亲家两口子，苏梅心有不甘。更牵扯到钢镚的“主权”问题，一想到孙子的户籍归属将迁往别处，苏梅的心便又乱了起来。

“什么‘主权’问题，小容、小易不是你百分百的主权吗？他们的事你干涉得了吗？我还是那句话，儿孙自有儿孙福，现在连儿子、女儿都不听你的调遣指派，还想孙子将来能给你养老送终啊？”周非凡好言相劝，“眼下，摆在你面前的就两条路，一条，不花一分钱择校费，把钢镚的户口转到马大玲家。另一条，拿出10万块钱的择校费，还要托人找关系，你自己定夺吧。”

“庸俗。疼爱孙子为养老送终啊？这是亲情，无法割断的亲情。”话虽这样说，苏梅还是做出让步，同意将钢镚的户籍转出自己家，附带的条件就是，孙子虽然去实验小学上学，但老周家不能失去对孙子的抚养权，钢镚每天晚上还得回到周家吃饭睡觉。

马大玲两口子觉得亲家母的“附加条件”有点儿强势，心里颇感不快。但转念一想，好歹外孙离自己近了，每天中午可以回家一聚，也是之前不敢想的好事。加之心里也明白苏梅是爱孙心切，并无恶意。就这样两家就钢镚上学的问题终于达成了共识。

钢镚的入学问题解决了，周小容和陈子页却悄没声地住到了一起，开始了瞒着所有人的试婚生活。

这是一种奇妙的感觉，虽然周小容做这个决定和正式实施后，都从容不迫，好像这件事对她来讲并不是什么了不起的大事，但陈子页内心的感受却和她不一样。虽说他不是一个固执和保守的人，但毕竟他的心里爱着周小容，是想把这个自己视为红颜知己的女人娶回来当老婆的，现在虽说在试婚，他却像已经结婚似的，试着争取做一个模范合格、让周小容满意的丈夫。这件事来得突然，周小容可能是一时心血来潮做出的决定，所以没告诉任何人。而陈子页更不想在正式结婚之前，让第三个人知道这件事，毕竟试婚这件事是近几年社会开放后才出现的新潮的时代产物。陈子页虽然不是老土，但他是怀着一颗敬畏的心的。

桌上摆好了早餐，牛奶、麦片，丰富但都是简单便捷的食品。陈子页拖着长腔唤道：“女王陛下，请用膳。”

“我告诉你，我的早晨是从中午12点开始，今天将就你了，下不为例。”周小容打着哈欠过来。她懒懒地抬起手臂，将跷着兰花指的手搭在陈子页的手背上，做女王状骄傲而矜持地走向餐厅。

“12点起床？女王陛下，那微臣是给您做早餐，还是做中午饭？”

“看看，烦人的家庭问题是不是开始了。”周小容一副早知道的神情望着陈子页，继续做着她的女王，“给我来一杯牛奶、一杯蜂蜜水、一杯凉白开。”

陈子页一惊，夸张地说：“天哪，我妈我也没这样伺候过。”

“怎么，后悔了？”周小容半真半假道，“要真后悔就把昨夜的事当‘一夜情’处理了，我现在就离开。”

“别别，我现在就去弄你要的‘三杯水’。”

喝罢三杯水，周小容拿起陈子页正在撰写的一本书稿，指着其中一个章节向他讨教书稿中的人生重要关口都有哪些。

“人这一辈子大致有几个重要关口是跑不了的，比如，出生在什么家庭，上的是什么学校，从事什么工作，和谁结了婚，生了一个什么样的孩子……如果我能改变你对家庭的认知，那也算是给你的‘单女’姐妹们树立了一个楷模。”

“‘单女’怎么了？我们是‘单女’，但不是剩女。我们通过自身的努力，过着一种自主的生活。我们不是排斥婚姻，但进入婚姻是一件可以等待和选择的事情，而不是一件被迫去完成的事情，这是时代的进步。我们选择主动单身，这也正是现代人生活方式多元化的一种体现，我们呼吁全社会尊重我们对生活方式的选择……”

情知一说到“单女”问题，周小容便会滔滔不绝，刹不住闸。陈子页赶紧上去捂住她的嘴，央求道：“打住。咱能说说对老公和孩子的理解吗？”

“怎么说呢？我认为养老公、养孩子和养猪没什么区别。”

陈子页啼笑皆非，苦笑道：“你这个比喻不恰当吧。”

“如果非要说有区别的话，唯一的区别是猪不吃肉，老公孩子要吃肉。”周小容笑笑，猛然想起了什么，又补充道，“我小学毕业那年假期，有过一段在农村的生活。记得我奶奶每天起来的第一件事就是喂猪，不喂它就叫，吵得我们睡不好。饿肚子的猪不让人睡觉，同样饿肚子的我不出去找活干。奶奶喂饱了猪以后就是喂我，为什么要先喂猪后喂我呢？因为我比猪懂事，知道等，不乱叫。但是不吃是不行的，等的时间不能太长。”

“你这话是什么意思，是想说你比猪经饿，还是……”

“我说这番话的意思是，它使我联想到了以后家的生活。”

“这怎么能和家扯到一起？”陈子页对周小容这种跳跃性的思维还不大适应。

“我想象，结婚后，我每天早上起来的第一件事是喂儿子，他要上学，肩负着可能成为科学家、艺术家、政治家的历史使命，营养一定不能少。鸡蛋、牛奶、面包还有粥，热了不行怕烫着，凉了也不行怕胃疼，在不凉不热正合适的时候让他吃了。然后帮他戴上红领巾小黄帽，检查落没落作业，然后帮他穿好鞋，送他坐上校车，嘱咐他好好学习，尊敬老师，爱护同学。这些都是不如猪的，猪不用嘱咐。”说得起劲儿,周小容激动地站了起来,围在陈子页身边比画着又渲染道,“喂完了儿子,然后是喂老公。老公是高级的猪,肩负着养家糊口的重担,吃不好心情不好,工作不顺财路就难通。这样的猪,光有营养还不够,还要讲究口味和食欲,一般情况下他比猪的食欲差远了,所以要调配饲料,咸了淡了都不成,精心调配以后才能喂饱喂好。否则,会导致老公工作没情绪,继而使得财路受阻。”

陈子页皱着眉头:“你能不能不要拿猪做比喻,我听着不舒服。”

“我舒服啊,好好听着,听完就知道我为什么惧怕家庭了。”周小容得意地笑着,认真地说,“在农村,老是看见奶奶清理猪圈,我问奶奶,又臭又脏的猪为什么还要给它好的环境？奶奶说:猪圈干净了,猪才能睡好,睡好了才能长肉。猪圈是一周或更长的时间才清理一次即可,而孩子、老公的窝要每天清理,清洗、除尘、通气,每天必做,这一点不如养猪方便。刚刚清理干净的猪圈转眼间又面目全非,而刚刚清理完的房间也是同样的命运,这一点人和猪一样。”

陈子页终于悟到点儿什么:“你的意思是不喜欢做家务,或者说是不愿意伺候人。”

“听我说完。养猪省心,猪身体好没情绪,长得快还能卖钱。养儿子老公就没那么容易了,人脑经过进化,有要求,有欲望,还要你给他好脸色,最要命的是他们长得很慢很慢,十头猪都卖肉吃了,我儿子还在撒娇,老公还在耍赖,我还要继续喂他们。”

“所以你对儿子和老公有一种莫名的恐惧感。”

“是啊,本来无拘无束、自由自在的我,凭空多了个老公和儿子,多了一份责任和义务,他们什么时候能够‘出栏’还我一个清静自我的生活呢？我经常绝望地想,想得夜不能寐。久而久之,对家就有了厌恶感。”

“你对家的理解有偏差,我曾经写过一首关于家的歌词,念给你听听?”

周小容故意整整衣襟,捋捋头发,坐端正说道:“我会像听《圣经》一样听着。”

陈子页打开笔记本电脑,找到文档念道:“家的故事很多很多/男人们没讲完女人们加塞说/说它是恼怒时的出气所/说它是欢喜时的安乐窝/骂它是难念的经蜗牛的壳/赞它是甘甜的蜜最美的歌。”

“不错,有才气。不过,你朗诵的水平太差了,把好东西都糟践了。来,下面还有吗？如果有的话不如由专业人士给你朗诵。”周小容毫不客气地打击着陈子页的“气焰”,清清嗓子凑到笔记本电脑前,充满感情地朗诵着:“家是出门在外最想念的地方/家是挠脚丫吹牛皮的天堂/家永远是卿卿我我吵吵嚷嚷/家永远是柴米油盐儿女情长/天地之大/家是唯一可以原形毕露的地方/世界之广/家是唯一最最安全的地方。”

“怎么样，请指点一二。”

“有两句可圈可点，比如：‘家是挠脚丫吹牛皮的天堂’，还有‘家是唯一可以原形毕露的地方’。但‘家是唯一最最安全的地方’这句话我不能认同。综合我工作生活的经验，我得出了一个结论：家经营好了就是福地、安乐窝，但要是经营不好，可就是定时炸弹火药筒。”

“所以，你要试婚。”

自从被公司和医院除名后，周小易潜心在家研发他的游戏软件。用他自己的话就是完成“天降大任”。因为在此之前，他心智也苦了，筋骨也劳了，磨炼了几十年，等待的也许就是这个机会。

“我在想，我就是在公司干一辈子，也是打工，挣的是辛苦的工资。就说我的上一个游戏获得了巨大成功，给公司带来几千万的收入，但我只得到了十万元的奖励，到头来，稍有闪失，就被公司抛弃，这种傻事老子不干了。”

婷婷如同看个陌生人一般地看着丈夫：“你这些想法是从哪儿冒出来的？”

“从踏进精神病院的第一天，我就已经有了想法。”周小易侃侃而谈，“我的《模拟精神病院》游戏是《主题医院》游戏的升级版，但是比它更刺激，更有喜剧性、戏谑性。你知道吗？现在已经有多家大公司对我的设计方案伸出了橄榄枝。”

“我建议你还是把《模拟精神病院》的游戏给你们公司，说明你去精神病院兼职的良苦用心。”

“这也是条路。但是不知你想过没有，我天天在教钢镚要有创新意识，但我自己的创新意识在哪里？”

“去了趟精神病院就有了游戏的创意，这就是创新意识啊。”

“这倒没错。可是婷婷你发现没，我对经营自己没有创新意识，或者说根本就是没意识！”周小易对婷婷直抒胸臆，“我老爸说得对，人生没有过错，只有错过。现在就是我人生命运转折的重大机会，我不能再这样混下去了。第一步，我把我的创意方案转让给大公司，变成股份。第二步，我用股份挣来的资金成立‘小易游戏公司’，开发新的产品。同时我要用高薪把我原来公司的能人挖到我的麾下来，比如像吴极那样的。”

有了婷婷的支持，在接下来的这段日子里，周小易异常活跃，可以说迎来了他人生最为得意的时光。很快，由他研发的游戏软件《模拟精神病院》获得成功，一连被好几家游戏开发公司看中，准备收购。就连他原先所在的游戏公司也获得消息，打发吴极找周小易谈判，希望他看在过去曾被栽培的分儿上回公司继续工作，并且把他的薪资待遇一下上调了一倍多，但周小易都不为所动。

按照自己的既定目标，周小易和一家大公司谈妥了出让游戏软件的条件，并确定了发行比例分成。随后，他注册了一个“小易游戏公司”，把昔日的死党吴极和几个公司原来的好友挖过来，有模有样地展开手脚大干起来，连一向有些觉得丈夫胸无大志的婷婷也对他是刮目相看，觉得自己是嫁对了郎。

周小易姐弟俩刚消停了一段时光，钢镚又出事了。

苏梅在给孙子洗脸的时候，突然发现他鼻子下毛茸茸的，仔细一看，吓了一跳，原来钢镚不知几时，竟然有了胡须！

匆忙来到医院，却遇到个见怪不怪的医生。他坦言本周已经接过三个类似的小患者，原因大致是孩子含有激素的东西吃多了，出现性早熟症状，导致男性特征提前出现。他建议家长筛查孩子日常的饮食，查清激素来源，方能进行有效的治疗。

为了查清钢镚日常食物中的激素含量，全家人齐动员，将平日所食的鱼、肉、蛋分门别类拿到相关部门去检测，又将零食中的果冻、奶酪、膨化食品一一排除，最终将目标锁定在钢镚两天不吃便茶饭不思的山姆鸡上。为了调查山姆鸡的来源，周非凡想尽办法来到养鸡场，打听到一只山姆鸡从孵化到成为食用鸡，仅仅只需要四十多天的时间。没吃激素鸡怎么能长得这么快呢？大家都以为这次终于找到了罪魁祸首。可令人纳闷的是，送检之后仍没有从山姆鸡上查出任何激素来。周小容借“采访”之机，从饲养人员口里得知，山姆鸡之所以长得快的窍门，主要是不让鸡睡觉。鸡舍里布满了大瓦数的灯泡，一天只关极少时间，灯一亮，鸡就以为是白天了，便开始进食，所以四十多天就出栏了。而鸡的饲料中，确实没有添加未经许可的激素类添加剂。

还是周小易机灵，他偶然发现在父母、岳父和自己家里，从不间断的饮品是周小容栏目组赞助商提供的“黑马”牌饮料。而钢镚对此饮料百喝不厌，会不会是这里出了问题。经过检测，果然，“黑马”饮料里的某种激素严重超标，长期服用竟导致了钢镚小小年纪长出了胡须。

“民以食为天，这是大事中的大事！你们电视台千万不能为了一点儿经济利益，让这些非法厂商祸害百姓。你们要从这次事件中吸取教训。”周非凡抓紧时间给匆匆回来的周小容开始上课，“你们栏目为‘黑马’饮料做宣传，这不是害人吗？我们完全可以把这个厂家告上法庭，让他们进行赔偿。”

“爸，‘黑马’厂家是我们栏目的冠名赞助商，你告了他，我们栏目失去赞助经费，我又得去求爷爷告奶奶，现在拉点儿赞助费太难了。”周小容急急地劝着父亲，解释“黑马”饮品是《家庭》栏目的长期赞助商，因为有相关部门颁发的合格证，他们也就没有再请人进行检测。现在出了这样的事，让她很为难。

“这样，饮料出了问题，国家自有部门去处罚他。看在‘黑马’厂家给过小容赞助的分儿上，我们个人就不要求赔款了，但必须要有惩罚。”苏梅破天荒地高抬了贵手，她提出让厂家赔偿100只乡村无污染的柴鸡以示惩罚。因为在她看来，养鸡场四十多天催熟一只肉鸡，直供给快餐店。知道了真相的他们将不会再带孩子去吃山姆鸡，而这件事对吃山姆鸡长大的钢镚来讲，真是要比断奶更为艰难。所以，赔偿势在必行。

“妈，您也不能以偏概全，市场上的鸡蛋和鸡肉都有问题啊？我怎么没看见满街都跑的是人妖啊。”周小容不以为然地说，“您就说您要100只乡村无污染的柴鸡干什么？总不能开养鸡场吧？”

“这回你成我肚子里的蛔虫了。我就是要开养鸡场，要让钢镚吃上无污染的鸡蛋，让你爸吃上绿色、原生态的烧鸡。”苏梅兴致勃勃地告诉大家，她已经想好了养鸡的地点，就在家属楼的顶层大平台上。并且承诺，为了表示诚意，她将给本楼道所有邻居每家每月免费提供一斤无污染鸡蛋，过年的时候，每家发一只无污染的大公鸡。

百只柴鸡还没有索赔到手，苏梅便急不可耐地买了十几只小鸡，圈在楼顶养了起来。

正当她为自己的特色创举得意之时，李完美找到了家委会，对苏梅在楼顶养鸡一事正式投诉，说每日早晨5点鸡便开始打鸣，打扰了她正常的作息时间。而且常有带着鸡屎的鸡毛从天而降，落在晾晒的衣服被褥上。更无法忍耐的是，家禽的混合气味已经蔓延到了整个楼道，令人难以忍耐。

家委会的几个大妈因为平日里受了苏梅的恩惠，常有无污染的柴鸡蛋吃，对李完美的投诉只是应允着，并没有去制止苏梅的养鸡工作。这让李完美心生不爽，一气之下，她买了两只羊回来，也养在楼顶天台上，说是既然钢镚能吃上没有污染的鸡蛋，她家宝宝就能喝上纯天然的羊奶！

居民们纷纷投诉抗议，家委会主任坐不住了，叫来苏梅、李完美谈话，让她们立刻停止饲养活动，彻底消除鸡鸣羊叫，还大家一个安静、整洁的生活环境。

李完美振振有词强辩道：“凭什么啊，我家住在顶层，我在我家的屋顶上养羊天经地义。”

主任解释道：“你家虽然住在顶层，但这并不意味着你家就拥有楼顶的平台。”

苏梅力挺主任：“没错，楼顶是属于公用的。”

“你不要辩解。”听到苏梅开腔，李完美立即掉转枪口对准目标，“你家住在一楼，却在别人家的屋顶上养了那么多鸡。搞得我现在只要打开窗户，鸡屎味就扑面而来，要说取缔，你家鸡场才应该立即取缔。”

“你们家的羊就没有毛病了？”苏梅反唇相讥道，“每天不分早晚‘咩咩’地叫，吵得我睡不着觉，导致了神经衰弱。”

眼前这两个女人可以说是小区的精髓所在，一个冷艳高贵，一个时尚靓丽，平时走路都是眼睛看天的主，可眼下吵起来全然不顾形象，口水四溅，相互指责。家委会主任只得宣布取缔她们的饲养行为，并限期拆除。苏梅和李完美没有一个肯低头的，异口同声表示家委会制订的是霸王条款，她们连眼神都没交流一下，便不约而同结成统一战线，应允对鸡、羊进行“整改”，绝不再“扰民”。

苏梅将“整改”的任务交给了周小易，言称鸡是为钢镚所养，理所当然应该由他爹来完成。周小易想出了馊招，打算给鸡屁股一律加装“粪袋”，减轻污染程度。同时，他建议吴极迅速研发出适合给羊嘴戴上的消声器，以免两个老娘再起纷争。

“鸡粪兜”和“消声器”很快研制成功，给鸡们羊们戴上，虽然有些滑稽可笑，但预想的效果却达到了。苏梅刚安生几天，没想到周小容回来私下里偷偷告诉她说，自己怀孕了，差点儿没把苏梅惊得从椅子上跳起来。

周小容自从和陈子页试婚开始，有了固定持久的“性”福生活，过起了“类婚姻”生活。但对怎样做一个像样的妻子却仍是不得要领，依然保持了原先固有的生活习惯，早上不吃早餐，没有工作任务老是恋在床上不起来，而且瞌睡是越来越多，回到家就一副慵懒的样子。倒是陈子页把自己完全从一个风度翩翩的男人变成了模范丈夫，每天将房子打扫得干净明亮，婚姻生活安排得井井有条。开始他还抱着一种包容心，等待着周小容的逐渐适应和改变，后来一看周小容我行我素，丝毫没有改变的迹象，心里就多了一丝隐隐的担忧。

这天，陈子页认真地向她提出要正儿八经地谈恋爱、结婚、生孩子，不想再搞什么试管婴儿，觉得这一切都是在浪费和亵渎自己神圣的感情。周小容这才告诉他，所谓试管婴儿之事本身就是不可能的，国家有规定，不是想“试”就能“试”的事，此事仍是她为了考验陈子页的忠诚度而设的“局”。

一次两人激情过后，陈子页突然发现避孕套破了，而此时正值周小容的“危险期”。当他将这个“噩耗”告知对方时，周小容想也没想，便质疑陈子页做了手脚。

“没，真没，我发誓。”

“发你个头。”周小容用指头戳了下陈子页额头，莞尔一笑，“算了，随遇而安，正好试管婴儿不搞，给我妈生一个正常的。以后就不用戴套了。”

“啥?”陈子页原以为周小容定会要死要活拷问自己一番,没想到却是这么个结果,自己一时倒有些反应不过来。

“你怀孕了! 这怎么回事,孩子是谁的?”苏梅大睁着眼,怪物似的看着女儿。

“当然是陈子页的了!”周小容看着母亲,感觉有点儿好笑。

“陈子页,你和他?”苏梅嘴哆嗦着,不知道该咋说,“你这不是糟践自己吗? 没结婚怎么可以住一起?”

“啥叫糟践自己啊,我这叫心甘情愿,我们在试婚,试婚懂不懂? 我给你解释一下,试婚和非法同居可是两回事。非法同居不以婚姻为目的,而‘试婚’是以组建家庭为目的,两者有着质的区别。您不是老逼婚吗? 不就想看到我有家吗?”

“周小容,你怎么说起这种不要脸的事跟喝凉水一样,没结婚就住在一起,这是正经人干的事情?”

“我怎么不正经了? 你看看现在满大街跑的离婚女人,她们如果经过了‘试婚’,能有呼天天不应、叫地地不灵的悲惨样吗?”

“太不着调了。女儿啊,你不要忘了你是个女人,要有皮有脸。”

“妈,您别忘了,现在是21世纪,不是你和我爸结婚生孩子的20世纪。”

“你的意思是到了22世纪男女都可以裸着,不穿衣服了? 23世纪就可以没有伦理道德进行杂交了?”

“老妈,我说您赶不上趟了,您还不承认。您憧憬的那个时代,是地球人和外星人的美好时代,那时候,我的第N代传人,是要和外星人同床共寐的,是要生下跨天际的太空宝宝。”周小容笑着搂过母亲,揉搓着她的肩膀,好言好语又说道,“妈,你不是一直想要个外孙陪您玩吗? 女儿给您生个超级的极品。”

“你就是个极品! 我给你说,赶紧给姓陈的说去,马上和你结婚,要不然我告他性侵未成年。”

“哎哟喂,我都多大了,还未成年,您昏头了吧。”周小容忍不住“咯咯”笑起来。

“我昏头了,这是大人干的事吗? 大人谁能干出这事!”苏梅是真被气糊涂了,伶牙俐齿的她说话也没了套路。

“这不是大人干的事,难道还是小孩干的不成?”周小容再次被母亲逗笑,搂着母亲的肩膀说,“妈,你这都是从哪背下的台词啊?”

“你,你要气死我,等你爸回来我立马告诉他,看他不收拾你!”

“喵。”周小容冲母亲做了个鬼脸,“好啦,你慢慢向他倾诉吧,我有事走啦。”说着,起身拿起提包,没事人似的挥挥手出门而去,留下仍被气得不知所措的苏梅,一个人对着空气无处可发泄。

知道了周小容出格的“试婚“之举，周非凡虽然也很震惊，但他知道这个宝贝女儿的性格，做出的决定是不可能更改的。为了体现自己是个负责任的爸爸，周非凡拿出撒手锏，再次把全家人召集起来，开了个专门研究周小容问题的专题会。在这件事上，周家人的意见第一次出现了难能可贵的统一，老爸老妈儿子媳妇站在同一阵线上，一致对周小容的行径进行了口诛笔伐，达成了共识，那就是逼迫陈子页和周小容赶紧结婚，坚决不能允许这件事情再这样继续下去，必须终结它。大家商讨了一夜，直至口干舌燥才制订了方案，决定全家动员，弄到陈子页的户口本，偷偷到民政局找办理结婚登记的苏梅老同学的女儿，就说孩子们在国外，为他们代办结婚证，造成既定事实，逼迫周小容和陈子页就范。

协议达成，全家人立刻做了明确的分工和部署。第一阶段，由周小易用摩托车带着婷婷到陈子页所居住的小区，婷婷假装由此路过，偶遇不适晕倒在地，打电话给陈子页。第二阶段，待一旁观察的周小易看到婷婷以“休息”为由进入陈子页房间后，周非凡亲自打电话给陈子页，约他去茶馆谈事。第三阶段，独留在陈子页房间“休息”的婷婷乘机盗走陈子页户口本。整个计划由苏梅坐镇指挥，家庭成员各司其职，立刻分头展开行动。

一切非常顺利，甚至可以用“行云流水”来形容，非常完美，堪称一部经典谍战片。

就在一切看似要圆满结束的时候，一直在暗中放哨、预防老姐不期而至的周小易从电话中得知婷婷已将户口本得手后，精神一松，跑到马路对面的公厕去方便了一下，结果就这么个当儿，周小容就提着包进了小区往楼上去了。

刚刚得手想要离开现场的婷婷，听到钥匙在锁孔里的转动声，以为陈子页回来了，赶忙又躺在沙发上假装睡着。结果当然可想而知，周小容看到弟媳妇一个人睡在陈子页的房间，简直都不相信自己的眼睛，无论陈子页后来怎么解释，毅然收拾了自己的东西，含泪带恨地离开了她试婚的地方。

二十六

成功拿到了陈子页的户口本，苏梅满心欢喜，打电话急招王满堂来家议事。

得知亲家母要让自己假扮陈子页的父亲去替“孩子”领结婚证，王满堂真心为难了。这位一辈子用名誉和生命来维系“真诚”的老人，如今要去做一件弄虚作假的事，委实有些勉强。苏梅看出了亲家的犹豫，又是倒水递茶，又是好言相劝。

“一点儿事都不会有，发证的是我老部下的女儿，都打过招呼了，你不用紧张。到了婚姻登记处，话都由我来说，你配合一下就成。”

“这事我得和大玲商量商量。”

“亲家，您这是在帮我、帮我女儿呢。我一辈子就求您这么一次……”苏梅看着愁眉苦脸的王满堂，心里突然就有了“不识抬举”的念头，想我苏梅是什么样的人，能低下头来求你，已经是高抬你十八两了。她脸一沉，说：“不愿意就算了，亲家您回吧。”

看到苏梅真动气了，王满堂急忙应允。因为在他看来，周家如此信任自己，确实也是一家人才开的这个口。想着那平素不靠谱的周小容如果消停了，亲家老两口也就省心了，自己做点儿牺牲也算不了什么。

按照苏梅的意思，王满堂无须西服革履，但也不能像平日那样穿得过于随便，得像个文化人。次日一大早，趁着马大玲去跳街舞的时候，王满堂模仿电视里书画家的装扮，穿了件黑T恤，米色中筒裤，配以休闲鞋和早年间戴过的白色鸭舌帽，焕然一新出了门，赶在和苏梅约好的时间来到了区民政局。

对于王满堂今天的造型，苏梅觉得可以用“不同凡响”来形容。没想到整日灰头土脸的王满堂打扮起来也是老帅哥一个。她表扬了亲家，希望他能再接再厉，体态再放松些，表情再和蔼些，配合自己完成这个艰巨的任务。找到了托付办证的熟人小郭姑娘，但她很为难地告诉苏梅，自己恐怕不能照顾她代替孩子办证一事，因为国家规定，结婚证必须当事者本人来领，他人不能越俎代庖。

“阿姨也是当了一辈子的国家干部，规矩能不知道？只是事情特殊，出于无奈才这样做。”苏梅一听便急了，她将王满堂介绍给熟人，“这是男方的父亲，我亲家。我女儿已经怀孕六个月，两人现在住着‘移民间’回不来，我这当妈的怎么能让女儿落下个没结婚就把孩子生下的坏名声呢？姑娘，你可一定要给阿姨把这忙帮了。”

王满堂满面笑容地插了话：“就是。我儿子好不容易才拿上绿卡，可现在遇上了这事……”

小郭疑惑道：“阿姨，您刚不是说您女儿和他儿子都住着‘移民间’吗？怎么，大叔的儿子就有了绿卡？”

苏梅一时语噎，却又无法解释：“这……”

王满堂又解释道：“姑娘，是这样的，我儿子拿的是美国的绿卡，他和我亲家女儿现在住的是坦桑尼亚的‘移民间’，所以……”

“大叔，您可甭逗了，坦桑尼亚能有‘移民间’？”小郭眨巴着眼睛，紧紧盯着王满堂，连珠炮似的问道，“大叔，您儿子叫什么名字？哪年出生的？出国之前在哪个单位工作？”

“陈子页。出生年月……户口簿上不是都写着吗？”王满堂的脚被苏梅狠狠地踢了一下，他忙“机灵”地回答道，“我儿子出生在，出生在一个漆黑的夜晚，伸手不见五指啊，那是个风雨交加的夜晚，那晚的月亮特别地圆，特别地……”

替女领证的事自然泡汤了，王满堂少不了又受了苏梅一顿埋怨。

领不了结婚证，全家人费了九牛二虎之力弄来的户口簿也成了累赘，苏梅让婷婷再想办法给陈子页还回去，这才知道原来女儿和儿媳在陈子页家见过面，并且已经有了误解。因了自己的缘故，让孩子们产生了这么大的问题，苏梅于心不忍，决定亲自出马化解周小容和婷婷之间的矛盾。

目睹了婷婷“自由出入”陈子页的住所，周小容明白了意中人的心灵深处依然给婷婷留下了一个位置，而自己则无疑将成为一个“备胎”。虽然理论上她相信初恋大都会是无花之果，而陈子页却如此痴狂地坚守着自己的心动，可见他的爱之深。周小容这个龇牙咧嘴嘲笑了家庭小半辈子的人，在准备全身心投入家庭的怀抱时，却如同一部烂俗的电视剧般，遭遇了男主角的背叛。她不顾陈子页的再三反对，执意要将腹中的胎儿打掉。陈子页深知周小容眼下正处于易怒期，此刻的解释大抵会如风般吹过她的耳边，却不会留下半点儿痕迹。遂告诉她，自己也想通了，只要周小容不再吵闹，将亲自送她去医院做流产手术，而后和平分手。

在一家私立医院，陈子页为周小容预订了 VIP 服务。周小容一进医院大厅，刚报上姓名，便被两个漂亮的女护士请上了轮椅，享受了一对一的高级定制服务。做完例行检查，医生认为其怀孕月份较小，药物堕胎即可，并告知周小容，你的先生已经叮嘱了，要用最好的医生最好的药，把孕妇流产的痛苦降到最低。就在医生给周小容做流产心理辅导时，护士将取好的药交给了陈子页。看到药瓶中小小的两个白片，陈子页若有所思。

回到家里，周小容衣服都没换便懒散地卧在沙发上，曾经熟悉的一切很快将离自己而去，包括刚刚得知的小生命。窗外的日影越发的西斜，射进屋里的光褪掉了那层耀眼的金红，穿过纱幔照进屋里，给所有的物体上都笼罩了一层光晕，有些不知此地何处的意境。周小容无端地叹了一声，因为胸口堵得慌而扭了扭身子，将自己的脸朝向门口。

一个硕大的箱子出现在面前：“这是我送给你的。”

周小容看也不看，木然回答道：“我不会要你的一针一线。”

“这我相信，但你还是看看里面都装的是什么东西。”

“金山银山我也不稀罕。”

面对眼前这个他深爱着的女子，陈子页如同进行一种宗教仪式一样，将箱子端端正正放好，好像是周小容将他变成了巫觋一般，企图用即将展现的东西唤醒她被固执己见所封闭的真实感官。

“这是我托朋友从国外带回来的，现在没用了，你拿去也许今后会有用。”一堆包装精美的婴儿用品出现在面前，陈子页从中拿出一个精美的袋子，“这是我预交了30万港币给你在香港订的高端妇产医院，你可以在怀孕七个月的时候住进去，享受到至尊的分娩服务。本来想在你怀孕100天的时候送给你，现在对我来说，已经没用了。它有五年的期限，我还是想送给你，希望你的未来美满幸福。”

望着面前那些精致的小物件，周小容似乎有些心动。她微微喘息，焦灼地咬着嘴唇，坚定地摇了摇头，谢绝了陈子页的礼物。

“该说的都说了，该做的都做了，我尊重你的选择。”

周小容起手，从手提包里拿出药瓶放到茶几上，耷拉着眼皮说：“今天的事情，如果在试婚前，你怎么着都可以，我都能接受。但是我不能容忍你在我怀孕后做出这种事情，请你原谅我眼里揉不得沙子，我说到的就一定要做到。”说着抓起药瓶倒出药片便要往嘴里放。

“小容，你会后悔的。”

“后悔的应该是你。”

“既然你这么坚定，我也只好成全你了。”说罢给杯子里倒上水递了过去。

周小容将两片药摊在手上，手竟无端地颤抖了起来。她如今是多么喜欢小孩子啊，自从怀孕后，似乎从每一个孩子身上都能看到自己宝宝的影子，难道一个小生命就这样要结束在自己手中吗？周小容机械地抬手接过水杯，下意识地看了陈子页一眼，逆光中只看到他宽厚的身影，心不觉又怦然一动。可今天的感觉全然不同于以往，她甚至感觉到陈子页递来的那杯水亦是他动物本能的一点儿蹦跶，对自己骨肉本能的不舍。曾经沧海难为水，罢了，只是辜负了自己的一片真情……当断不断，反遭其乱。周小容一狠心，将药放进嘴里，一仰头将药喝了下去。

“你流泪了。”

“我是为女人流泪，不是为你。”周小容擦去嘴边的水渍，回身刚想躺回沙发上，包里的手机响了。她拿出手机一看是母亲打来了，稍作犹豫便接通了电话。

电话里苏梅将婷婷进入陈子页家偷户口本的事悉数讲来，直听得周小容抓心挠肝，越听手越冷，越听越发怵。最后竟然歇斯底里地冲着电话大喊：“你，你们怎么能这样？我胎都打掉了，这回可是被你们害惨了！”

得知藏在家中保险柜的户口本被婷婷“偷”走了，陈子页根本不相信。他打开保险柜将里面翻了个底朝天，才发现户口本确实没有了踪迹。王婷婷这位温顺可人的乖乖女竟然能做出这等令人不齿的事来，定有幕后主谋。想起婷婷在楼下“晕倒”被自己扶回屋来休息，周非凡恰在此时“调虎离山”，原来皆是醉翁之意不在酒，陈子页不免懊悔莫及。

“你不要怪婷婷，这事都是我妈指使的。”周小容想歉意地一笑，可嘴角不听使唤，只是不住地颤抖，“老公，我对不起你，冤枉了你，可你还对我那么好。”

陈子页看了周小容一眼，长叹道：“再好，孩子也没有了。”

“不行，我得赶紧去把吃了的药吐出来，哪怕还有一丁点儿希望，也要保住孩子。”周小容猛然想起这茬，起身跑到卫生间。想起自己造的孽，恨意顿时充满了每一个细胞，身子如同被抽了筋似的，软沓沓地一屁股坐在马桶边，对着马桶便开始自虐，“哇哇”地吐了起来。

“算了吧，药已经到了胃里，不要再折腾自己了。”陈子页倒还镇定，跟了进来耐心劝着，“小容，我们以后还会有孩子的。”

周小容吐得精疲力竭，心里平添了一阵惆怅，又有了一种想哭的感觉：“老公，请你原谅我，我一定给你再要上孩子，怀双胞胎，龙凤胎。”

“我什么胎都不要，就要你现在肚子里的宝宝。”看着周小容痛心疾首的样子，陈子页突然发出一阵狂笑，直笑得她六神无主，毛骨悚然。这时，陈子页才从口袋里拿出打胎药，将自己狸猫换太子的招数告诉了周小容。

得知胎儿安好，周小容“哇”地一声哭了，好似受了天大的委屈一般，全然不顾自己的形象，扑过来揪着陈子页便撕打起来：“你坏，你是个坏人！”

陈子页有些心酸地抱紧了她，开始吻她满是泪水的脸，温雨湿杏花般的温存。在他的爱抚之下，周小容如同抓住一件失而复得的宝贝似的，紧紧将双臂吊在他的脖子上，连哭带喘地回吻着，纠缠着，迷醉在熟悉的爱河之中……

得知女儿闹的是一场虚惊，苏梅提到嗓子眼的心这才放了下来。可让她不省心的事又接踵而来，钢镚和宝宝带着几个小朋友在楼顶玩耍，追鸡撵羊甚是快乐。怎料乐极生悲，一只羊在逃避孩子们不知轻重的追赶中，慌不择路，跃过护栏竟从楼顶摔了下去，一命呜呼。为了报仇，宝宝捡起钢镚扔下的棍子去扑打那些鸡们，钢镚奋勇护鸡，被宝宝失手将头打伤。

首先知道钢镚负伤的是周非凡，他带着孩子去医院包扎后，才和闻讯赶来的婷婷商议起此事的处理办法。他们一致认为，苏梅若知道宝宝将钢镚打伤，那李完美的太平日子可就没了。可李完美哪是省油的灯呢？她一定会咬住钢镚逼羊跳楼在先，不认“罪”不服输的。为了避免两家重现“战火”，必须隐瞒事情真相。翁媳俩一商量，统一了口径，认定钢镚是因为本人踩在鸡屎上不慎滑倒而致挂彩。并委以诱惑，使钢镚从了他们。

果然，苏梅虽然心疼孙子，但因为是“自残”也找不着仇家，只好将无名火压入心底，对钢镚愈发疼爱。她认为这回孙子负伤都是因为鸡粪清扫不净而致，遂免去了周非凡隔日清理鸡屎一次的差使，改由她亲自打扫，以除后患。

本以为事情已经平息，周非凡刚放下了悬在半空的心，李小爱捧着盆刚炖好的清汤羊肉登门致歉，让原来已经风平浪静的家中又刮起了超强台风。周非凡顶了“吃里扒外”“卖家贼”两顶高帽，丧失了家中的发言权，还被苏梅胁迫着一齐来到李完美家兴师问罪。

李完美对于女儿的“道歉”一说从心底来讲大不情愿。在她看来，本来是钢镚逼羊跳楼在先，宝宝只是以牙还牙，进行了自卫反击。眼下李小爱指责宝宝打人不对，还放了苏梅一马，给她送去清汤羊肉登门道歉，这不等于说自家的羊死得活该吗？她正郁闷这羊死得冤枉，苏梅带着周非凡登门了。

“把你家打人凶手交出来，我代你好好教育教育。”苏梅并不进门，只是站在门口，冲着开门的李完美怒目相向。

“代我教育？”李完美本来还想对躲在后面的周非凡绽个笑脸，没想到苏梅连个叫板都没有便直奔主题。她不屑地哼了一声，不温不火道：“可以啊。但你得先把你家的杀羊凶手交出来，我也替你管教管教。”

李小爱急急过来，劝道：“苏阿姨，钢镚逼死了我家的羊，宝宝打伤了钢镚，两人都有不对的地方，要不就算扯平了吧。”

李完美冲女儿叱道：“什么叫扯平？胳膊肘往哪儿拐呢？如果钢镚没有逼死我们家的羊，怎么会有宝宝打钢镚的事情发生呢？明白不，我们这是自卫反击，给了侵略者迎头一棒！”

苏梅毫不退缩道：“行，那我现在就让钢镚把你家剩下的那只羊也收拾了，让你家宝宝再表演一次自卫反击。”

“你若是敢动我家羊的一根毫毛，我就把你家的鸡全部毒死。”

“你个泼妇、半仙！”苏梅自觉吵不过对方，便冲着跑到门口看热闹的宝宝瞥了一眼，嘟囔道，“神了，真是有什么样的搅屎棍姥姥，就有什么样的搅屎棍孙子。”

“我是搅屎棍，我孙子也是搅屎棍？好，我就让你看看什么叫搅屎棍。”李完美拍拍宝宝的头，教唆道，“宝宝，她骂你是搅屎棍，去咬她，抠她。”

宝宝得令，突然蹿了出去，抱住苏梅的腿便狠狠咬了下去。唬得李小爱大叫："宝宝，你混蛋！"揪住宝宝便是一顿训斥。

听到苏梅一声惨叫，已经躲到楼道外面的周非凡闪身过来，正好看见苏梅扬手向宝宝打去，急忙拦腰将她抱住。眼见着丈夫拉偏架，将自己一腔的愤怒扼杀在摇篮之中，苏梅气得嘴唇直哆嗦。尤其是当着惺惺作态的李完美，周非凡一点儿不给自己面子，让在李完美面前争强好胜一辈子的苏梅伤心欲绝。回到家里，她连话都懒得说，对周非凡已然心灰意冷。

"苏梅，我不明白你这么大岁数了跟一个孩子斗什么？"周非凡无奈地站在卧室门口，看着面墙而卧的妻子沉痛地说，"我今天得好好敲打敲打你了。自打有了孙子，你是一点儿国家干部的样子都没有了。为了孙子你跟老公斗、跟亲家斗、跟媳妇斗、跟保姆斗、跟邻居斗，已经快成了逮谁咬谁的疯狗……"

"我是疯狗，我把你咬疼了是不是？"苏梅一骨碌从床上爬了起来，她的脸因为委屈而泛红，眼睛也因为愤怒而越发晶亮，"请你立刻离开疯狗的窝！"

"你不要给我耍无赖。这儿是我的家，你让我往哪儿走？"

"李完美那儿才是你的家！你不走是不是？行，你不走，我走！"苏梅说着，起身跃下床来，趿拉着鞋，拿着外衣便往外冲去。

周非凡横在门口，他已经被老妻的无理取闹搞得身心疲惫，遂无奈地高举双手做投降状："行，你能耐。我走，我净身出户！"

真应了陈子页诗中的那句话："家是恼怒时的出气所，家是欢喜时的安乐窝。"周小容这些天在外屡有不顺，回到家了不免发发牢骚，再听陈子页帮她捋一捋，心情便好了许多。

"这两天邪门儿了，在单位总是遇上让人不开心的事情。"

"很正常。"陈子页让周小容坐在沙发上，自己蹲下身去为她换好鞋子，体贴地说，"这也是女人怀孕中的正常精神反应。不开心的时候要学会给自己找乐，尽量不要怨这怨那，保持平和心态。"

"怎么保持平和心态？"

"保持平和心态，就是一大早被闹钟吵醒，要高兴地庆贺自己还活着；不得不从被窝里爬起来上班，要高兴地庆祝自己没有失业；收到一些短信，或吃饭聚聚，要想还有朋友想着咱；听别人的话有时刺耳，要理解因为这是有人注意你、关注你；衣服越来越紧，说明吃得有营养，日子过得舒坦；很想休息但没批准，说明还有重要的岗位离不开你……"

"你应该写一本书，名字叫《不要脸的好处》。"

“这名字好，比《厚黑学》通俗易懂，吸引读者眼球。”聊了些闲篇，陈子页直入主题，“说说今天谁又招惹你了？”

“古代是爱情故事多，现在是爱情事故多。”周小容下意识地舔了下嘴唇，抬头看了陈子页一眼，如实交代自己闯祸了。

这个祸闯的在周小容看来有些冤枉。起因是她一时兴起，将自己颇为得意的“试婚”生活以博客形式发在网上“晒幸福”，引来网友的围观，一周粉丝暴涨数十万，成了炙手可热的网络红人，被赐雅号“试婚姐”。然后这事就被台领导知道了。领导认为电视节目主持人是公众人物，必须有端正、清白的社会形象。而以“试婚”这种生活方式争“点击率”是不健康的，给青年没有树立好的榜样，也损坏了单位的声誉。勒令她要么立即结婚，消除“试婚姐”的负面影响，要么调离《家庭》栏目，去磁带库当保管员。放弃自己创办多年的栏目，好比剜去了周小容的心头肉一般。所以，她向陈子页提出一个要求，马上结婚。

听到“结婚”这两个字，陈子页疑惑地看看周小容，见她神情温婉，眼光真诚，确定她没有开玩笑的意思，便深深吸了一口气，感到整个肺腑都被一阵温暖的风吹得醉迷了起来。“试婚”在陈子页看来，是两个成年人相互之间的某种肯定，离签署婚姻契约只是一步之遥。然而就是这万里长征的最后一步，令他产生了巨大的挫败感，常常觉得在周小容面前自己就如同一只战败的猎狗。如今心仪的女人“缴械”投降，他自然欣喜若狂。

“狂”在陈子页这个成熟的男人身上所体现的，不是暴风骤雨，而是如春风细雨般的爱抚。他揽过心爱的女人，带着对迟来婚姻的“恨”意和心中满满的感激吻向周小容……

猛然间，屋门被敲得“砰砰”直响。周小容歉意地冲陈子页一笑，整了整已然乱了的衣衫，打开了房门。

站在门口的是“投奔自由”的周非凡。

看周非凡的脸色，周小容便知老爸遇到了烦心事。她借口让陈子页去给准岳父买酒将他支了出去，刨根问底将周非凡离家出走的原因问了个明白。周小容毫不犹豫地站在父亲一边，大赞周非凡有气节，不为娘们儿折腰，是个铁骨铮铮的好男人。

“爸，除了李完美，你还有没有相好的？把她叫来，在我这儿聚聚，放松放松。”周小容一副没正形的样子嬉笑着，看见父亲愠怒着冲自己瞪眼，便又娇嗔道，“看把您给紧张的。我说的聚聚，就是聊聊天，回忆回忆以前的美好事情。”

“我能有什么美好的事情？”

“老爸,你们这一代人真是可怜,老了连个美好的回忆都没有。你女儿我要是到了暮年,那美好的回忆一串一串的。”

对于女儿的特立独行,周非凡一直持肯定态度。只有他知道,女儿身上所特有的那种“酷”劲儿包裹着一种被娇纵出来的幼稚任性和与生俱来的旷达和超脱。有时候确是强势的体现,但更多时候则是外强中干,是一种“弱”的表示。他关切地问起周小容的试婚生活,期待她这次的感情生活能一帆风顺。

“相当满意。真是不试不知道,一试吓一跳。陈子页不光有强大的外表,更有细腻周到的内心。”周小容就如同被点中了穴道似的,“叽叽呱呱”地炫耀着自己的幸福,末了还大肆感谢婷婷,因为她当年没有眼力而错过了一个极品男人,才让自己捡了漏儿。

“看来你对你的试婚很满意。那你们准备什么时候结婚?”

“我俩明天就去把证领了。”周小容向父亲宣告在她的感情生活中,陈子页打败了所有对手,已然成了拯救她的天使,“我肚子里的孩子都几个月了,再不结婚我倒没事,可您二老的脸往哪儿撂?我们商量了,不举行俗气的婚礼,我俩要去结婚圣地拉斯维加斯补办一个浪漫的西式婚礼。”

“咱是中国人搞什么西式婚礼?”关键时候,周非凡还是摆起了家长的架势。

“吃吃喝喝,收点儿份子钱,明天还得还回去,有什么意思?再说,我的‘试婚’生活全世界都知道了,装纯洁还有意义吗?爸,拉斯维加斯可是男人的天堂,咱一起去,陈子页说了,他承担您和我妈所有的费用,还让您在那儿好好赌上几把。”

周非凡嘴上说着“我不去”,心里却是美滋滋的。周小容如同看穿了他的心思一般,将装帧精美的《人生一定要去的 101 个地方》放在他面前,让老爹读书找景点,先搞个路线图,再绘制个时间表,待她下班回来再做商议。

说是上班,周小容根本没往台里去,而是径直回到母亲家里,假称周非凡要和苏梅打持久战,回来取些衣服以备换洗。

自打周非凡扬言“净身出户”离家出走后,苏梅从心里就没把这当回事。在她看来,这种气话一般会在周非凡出去溜达个把小时后便会烟消云散。可今天有些奇怪,久久不归的周非凡令苏梅感到了罕见的“煎熬”,屋内悄无声息的安静,屋外不时传来的喧闹,时时都在刺激着她的神经,考验着她的承受力。一天都没心思吃饭了,也不想让孩子们为大人担心。没人陪伴,没人诉说,就这么一个人撑着,不知道这种局面何时结束。看到女儿回来为父亲拿衣物,苏梅的心顿时凉了半截,她装作不经意地问:“你爸真生气了?”

“生气归生气,但精神还好。我现在住在陈子页那儿,刚好给我爸腾了地方,他一个人过得可自在了。预计着一、三、五和藏石玩玉的老伙计们聊天，二、四、六和摆弄相机摄影的发烧友切磋，我爸说他好久没有过过这么自由舒坦的日子了。”周小容故意渲染着父亲的自由生活，侧眼看见母亲很不自在地扭过头去默不吱声，便过去凑在她跟前，关切地说：“我爸有石头、有照相机陪着，一点儿都不感到寂寞。但妈您一人在家可就没意思了，我和陈子页共处的这一段日子算是把女人弄明白了。”

“你明白什么了？”

“女人的痛苦，不是每天的劳累、发怨气，而是没有老公的衣服洗，做好了饭老公不回来吃。”

“你是在说我？”

“妈，我真得说说您。您一天到晚除了不跟钢镚斗，和你周围所有的人斗而且是其乐无穷。就说我爸，多好的一个老头，要人品有人品、要模样有模样、要才能有才能，整个一个老年‘高帅富’。可您不珍惜，把人家往外撵，小心哪天我爸想开了，一花引来万花开，第二春一焕发，你后悔都来不及。”

“他敢！”苏梅越听越毛，琢磨道，“这些年我已经把他磨得没有火气了，要说有人上杆子，也就是李完美，那妖精可是个见缝插针、乘虚而入的人。”

“是啊，李完美卧薪尝胆了这么多年，等什么呢？就等着你和我爸分居的这一天，你说她要是知道你和我爸分居了，对她来讲这会是多么欢欣鼓舞的消息。所以，你必须赶快把我爸请回来，别让李完美渔翁得利。”

“这头我不能低。”苏梅和女儿说了会儿话，把心里的怨气也释放了一些，她话里有话地说，“你和周小易是做儿女的，家里出了问题不能袖手旁观啊。”

“说的是啊，周小易平时跟你的哈巴狗一样，现在到哪儿去了？让他想办法把我爸劝回来。”周小容王顾左右而言他，假模假样地指责着。

“你就没责任吗？”儿子是娘的短板，任何人都不能说他不好，即使是自己嫡亲的女儿。苏梅板起脸来，将矛头对准了周小容，“没有你给你爸提供避难场所，他能过得这么自在、能不回家吗？哎，对了，你是不是在支持你爸和我对着干？”

听了母亲这一番话，周小容算是明白了父亲的气算是白生了。因为，苏梅吃的那是干醋，只要离开李完美这个“醋源”，天下立马就会平安无事，她心底有了让父母重归于好的底牌。

得知周非凡因为偏向自己被苏梅逐出家门，李完美决定放下架子亲自去给苏梅道歉，毕竟宝宝咬了她是自己教唆的。就在见苏梅之前，李完美突然又有了新想法，她要先和周非凡一晤，将自己由衷的歉意由他代为转达。

想到要和周非凡单独约会，李完美的心便开始歌唱。早在年轻的时候，曾经有一次她坐在周非凡的自行车后座上去赶场，和心爱的人贴得那么近，仅仅只是隔着一层薄薄的衣衫，那种微妙的、快乐的、散发着青春气息的感觉令她多少年后都不能忘怀。那天，为了赶演出时间，周非凡把车子骑得非常猛，那车就像脱缰的野马似的穿梭在城市的小巷里。坐在后面的李完美头发被风吹得肆意扬起，一袭裙子像旗帜一样飘扬着，这让她感到了极度的亢奋。在某一瞬间，她用手将周非凡的腰搂得紧紧的，之后竟是无边的宁静，静得都能听见自己的心跳。这转瞬即逝的感觉让年近六旬的李完美至今想起依然心神荡漾。

约会地点选择在了环城公园的湖边，离湖边不远处的小路上游人如织，而临湖的座椅却少有人光顾。李完美倚在椅子旁，举着一大串冰糖葫芦望着湖面游弋的小舟，静心等待周非凡的到来。

“阿姨，我是电视台的，我们正在拍栏目剧，麻烦您把这椅子腾给我们用用。”一个扎着小辫的男人过来，对李完美颇为和气地商量着。

“你们拍戏，我就得腾椅子啊？我告诉你，我演戏那会儿，你还不知道在哪儿呢？”李完美不屑地看了小辫男一眼，颇为自得地说着，“配合不成，我在等人，就约会在这椅子上。”

“阿姨，您坐在这儿影响我们的背景。”

“我影响你们背景了？”李完美轻盈地扭了下腰肢，闪身坐在座椅上，双腿并拢斜放一侧，摆出个优雅的坐姿来，“你的意思我又老又丑是不是？你让你们导演过来看看我这脸蛋、这身段，你们电视台台长的老婆也比不上……”她正说得带劲儿，待听见熟悉的声音叫“小李子”，抬眼一看果然是周非凡如期而至，不禁喜而开怀，起身叫着“周老大”，摇手欢呼着将他引至湖边。

小辫男对面前这位颇具艺术气质的女人束手无策，只好悻悻离去。导演知道借景不成正要发火，却透过监视器发现坐在那里的两位老人很有气质和风度，临时改了主意，决定让他们做个活动背景，以衬托戏中小夫妻的戏份。

看见周非凡，李完美不免万般唏嘘一番。因为在她看来，被苏梅扫地出门的周老大此刻外表虽然风光依旧，内心定是如万箭穿孔，伤心欲绝。她决定将自己的心思再次向他和盘托出：周非凡的“备胎”她是当定了，如若苏梅再敢对她心爱的人有任何冒犯，她将勇敢“出轨”，给周老大一个美好的晚年，共同创造最美夕阳红的范本让世人羡慕。虽是以玩笑方式说出的真心话，话一出口李完美便被自己的勇敢感动了。

“你别吓我好不好。”周非凡说着屁股往边挪了一下，大有保持距离的意思。

“我吓你干什么?”李完美说着,身子又往周非凡那边挪了一下,“看把你给吓的,我又不强奸你。”

“你能不能和我保持点儿距离,别让我晚节不保。”

“老大,你终于动情了。”在李完美听来,周非凡说的“晚节不保”定是与内心斗争的真心话。她不由得抿着嘴笑了,心底的那个乐啊,就如同捡到一块宝石一般:“老大,你现在胸口是不是像有只小兔子在蹦、在跳?记着当年,有回咱们在这个公园露天演出完毕,也就是在这张椅子上,你夸我的表演太成功了,奖励我,给我嘴里喂冰糖葫芦。”

“什么陈谷子烂芝麻的事,你怎么都能记得这么清楚。”周非凡心里暗自叫苦,这早已被记忆屏蔽掉的小细节,怎么在李完美的回忆里是如此重大的事件!

“老大,求求你再给我喂一次冰糖葫芦,我这辈子就是得不到你,也圆满了。”

“大庭广众之下,一老男人给一老女人喂冰糖葫芦,你不觉得滑稽吗?”

“喂冰糖葫芦是年轻人的专利啊?老封建,行,你不喂我,我喂你。”

推让拒绝之间,李完美成功地给周非凡嘴里塞了一个冰糖葫芦。而这一切,都被在不远处的剧组摄入镜头。因为,在导演看来,前景是一对打得不亦乐乎的小夫妻,后面是一双温馨无比的老人家,太有寓意了。

马大玲去外地参加街舞比赛了,家里只剩下了王满堂一人。这天他来到苏梅家里,带着钢镚兴致勃勃地去了动物园。

上一次来到动物园还是婷婷没上小学的时候,二十多年过去了,如今的动物园已经是大变样。动物们住的馆所各具特点,分布不同的区域,最让王满堂感到吃惊的是,若想看老虎、狮子一类的食肉动物,则是要坐在一辆轿车里,穿行偌大的野生放养区。看那些自由自在觅食嬉戏的庞然大物,王满堂忽然恍惚了,弄不明白到底是人看动物,还是动物看人。

在钢镚看来,动物园里的动物们和自己一样,应该有爷爷奶奶、爸爸妈妈,也应该和自己一样享受着一切应有的吃喝玩乐。到了猴馆他要给猴子们买香蕉吃,到了鳄鱼馆,他又异想天开地要给鳄鱼们买汉堡吃,惹得王满堂连连抱怨,说早知要给动物们买这么多自己平时都舍不得吃的东西,就从家里带个馒头来,既节省了钱,也能让钢镚给动物有得喂。怎料钢镚对于如此抠门的姥爷很不满意,他使出了浑身的解数,一哭二闹三玩横,众目睽睽之下,令王满堂尴尬万分。

“不是姥爷不给你买,是、是姥爷没带那么多钱。”

“没有钱?”钢镚坐在地上不起来,冲着王满堂吼道,“没有钱你给我当什么姥爷啊,穷鬼!”

看着如此没教养的“小皇帝”,周围的游客们不乐意了,纷纷指责钢镚不懂礼貌,要求他马上给姥爷道歉。就连给河马卖汉堡的阿姨也声称她的汉堡不会卖给不尊重老人的坏孩子。一听别人说自己是“坏孩子”,钢镚急了。他如同一只疯了的小狼崽子似的扑了上去,对准摆放汉堡的摊点直冲过去,拳打脚踢将摆放在外面的几个汉堡包扔到地上,手扔脚踹恨不得将它“碎尸万段”。慌得王满堂对卖汉堡的阿姨赔了一大堆好话,最后赔偿了被钢镚弄坏的十个汉堡才算了事。

想想此事虽然钢镚做得不好,但自己的责任还是有的。如若不是舍不得买汉堡的那几个小钱,何至于惹得外孙如此生气呢?王满堂决心扭转爷孙俩对峙的局面。

来到了孔雀馆,看见信步游走的孔雀,钢镚顿时云开雾散,扑着跳着扒在孔雀馆的隔离栏上,让姥爷和他一起欣赏孔雀美丽的羽毛。

王满堂心里一动,一个绝好的想法从脑海里闪过。只要得以实施,定会让外孙子对自己佩服有加,刚才不给他买汉堡来喂动物的阴影一定会消失得无影无踪。想到此,他趁一只孔雀漫步到隔离栅栏边时伸出手去,迅速从孔雀身上拽下两根羽毛。虽然没有拽下心仪的尾翎,但这两根来之不易的孔雀毛也一定会使钢镚喜笑颜开。

“钢镚,给你羽毛,回去插到帽子上,可好看了。”王满堂喜滋滋地回头叫着钢镚,却见刚才还喜笑颜开的外孙此时瘪着小嘴,一副马上就要哭出来的神态。唬得他连忙蹲下身子,嘘寒问暖起来。

“姥爷,你怎么能拔孔雀毛呢?不知道要保护动物吗?它得多疼啊!”钢镚说着,眼泪竟然流了下来。他命令道:“王满堂,你把孔雀的毛给它插回去!”

“这怎么能插回去?”

“你必须给孔雀插回去,不然,我就不要你这个坏姥爷了!”

于是,又是一场拉锯战。王满堂怎么也想不到,一个不到五岁的孩子竟然懂得那么多大道理,直说得自己恨不得找个地缝钻进去。一番协商,祖孙俩达成统一的意向,由王满堂背着钢镚走回家,以示对他拔孔雀毛的惩罚。

太阳正当午,满世界的人们都退到阴凉地方去了,王满堂背着钢镚已经走了半个多小时。对于一个年过六旬的老人来讲,这委实有些勉为其难了。王满堂用尽了法子,想让钢镚自己走路。可钢镚不仅“正义在胸”,还誓将这惩罚性的背外孙走路进行到底。

前方正在种树,沿着人行道将捆扎结实的树依次放着。王满堂已是气喘吁吁,每每走到树前,需要跨过树干时,他都得抬几次脚才能拖着沉重的腿走过去。

“姥爷，您走得太慢了，像蜗牛一样。”

“姥爷不像你爸爸年轻力壮，来，下来走走。”

“不行！您拔了孔雀的羽毛，就要惩罚您！赶快，要像刚才的那些野驴一样跑。”

“姥爷不行了，实在背不动你了。”王满堂放下钢镚，他扶墙喘息着，让自己的腰有一丝放松。

看见姥爷累得满头大汗，钢镚知道他不会再背自己了，便闹着要手机给周小易打电话，让他开着摩托车来接自己回家。王满堂本以为已经陪了钢镚大半天了，再加之自己以回去就做他爱吃的红烧肉为诱饵，一定能将钢镚带回自己家中，陪伴他以打发马大玲不在的无聊日子。可是钢镚执意要回去陪苏梅，并且言之凿凿地说，奶奶没有爷爷陪伴，比姥爷更可怜，他必须在奶奶身边陪着她。

外孙的“背叛”令王满堂非常伤心，满脑门子回荡着一个词“白眼狼”。古话常说“痴心父母古来多，孝顺儿孙谁见了”，王满堂忽然觉得自己对钢镚的爱如同被扔进深水里的一片沙尘，无影无踪且毫无声息。

顶着一头的乌云闪电，王满堂盼回了马大玲。得知她们的比赛很成功，还要推荐去上海参加“中国达人秀”的角逐。届时，老年俱乐部将组织一个家属啦啦队，全款资助去上海为街舞团呐喊助威。马大玲兴奋地告诉老伴，此番若双双出行，一定要将钢镚带上，祖孙三人一起共享天伦之乐。一听提起钢镚，王满堂刚刚还在因能去上海当啦啦队员而欣喜，此刻立时挂起了脸子。

盘问之下，王满堂才将钢镚“白眼狼般的罪行”悉数倒出。马大玲一听就炸了，这还了得，小小的年纪便如此嫌贫爱富，使唤老人，这不成了“逆子”的坯子了吗？必须教育！王满堂劝住了她，说自己以前舍不得吃舍不得喝，有一分钱都想替外孙子攒着，自己吃100个亏都可以，外孙子不能吃一个亏。可被钢镚这么一刺激，嘿，想通了，以后要为自己活着。他让马大玲请老年俱乐部的“书法家”将周非凡的语录“儿孙自有儿孙福，莫为儿孙做远忧”写成横幅，他要装裱了挂在卧室里，时时提醒自己，要活出晚年的精彩，莫负人生百年。

二十七

周非凡在外居住的日子，虽然过得逍遥自在，但时间一长，便对苏梅产生了一种负疚感。在他看来，自己被女儿带着吃遍了城郊的特色餐饮，又和陈子页谈诗论画说古谈今，从精神到肉体都得到了退休后前所未有的满足。而苏梅整日待在家中，以她的性格八成还在生闷气，所以自己必须回家了，否则老妻若因怄气而落下毛病，那自己就真是无颜面对了。

对老爸如此快地“缴械投降”，周小容大不以为然。她坚持父亲“离家出走”的过错方是母亲，这事必须要母亲先低头，否则一向大而化之的周非凡回家后定不会有好果子吃的。为此，她以打胎为要挟，言称若苏梅不请周非凡回家的话，她就让老娘一辈子都没有外孙！苏梅也情知自己做事有些过分，遂顺水推舟给周非凡打了电话，借着这个电话，周非凡回家又过上了平凡而幸福的日子。

日子就这样不紧不慢地过着，悄无声息地让人感觉不到它流走的时间。周小容和陈子页去了北京办理赴美签证，因为他们想把孩子生在美国，以实现周小容给美国人当“妈”的抱负。周小易夜以继日地研发《模拟精神病院》，已经进入最后的冲刺阶段。直到有一天，如同平地一声炸雷，钢镚一句偶然的话令周非凡夫妇又一次陷入婚姻危机，只是这一次来得比任何一次都突然，都难以挽回。

事件发生的没有任何征兆。看完《新闻联播》，周非凡开始摆弄散布在屋里各处的摆件，苏梅一如既往地令钢镚坐在沙发上看半个小时的电视，自己则忙不迭地在屋里整理着家务。突然，钢镚叫了起来：“爷爷上电视了！”周非凡和苏梅条件反射般地将视线投向电视屏幕，正看见李完美在给周非凡嘴里喂着冰糖葫芦。周非凡先是蒙了，他完全不知道这场面如何成了电视栏目剧的“镜头”。而苏梅则因为愤怒身子开始了摇晃，在周非凡和钢镚的视线都还集中在电视机上时，她顺手操起一只玻璃杯向周非凡甩去。许是感觉到了飞来的“武器”，周非凡本能地身子一弯，玻璃杯擦着他的头皮呼啸而过，狠狠地砸在墙上，溅出四射的玻璃碴。周非凡眼疾手快，将钢镚揽入怀中，一块飞来的玻璃碎片划过他裸露的手背，瞬间鲜血从伤口里渗出，一股血腥的气味在空气中渐渐弥漫开来。

“离婚！”

随着苏梅歇斯底里的一声号叫，周非凡毫无半点儿解释的机会，被扫地出门。

女儿不在本市，周非凡没了避难所，只好在离家不远处的小旅馆栖身。刚安置好，周小易便抱着堆东西登门造访来“探监”了。

“爸，除了这一箱方便面，我还给您买了榨菜、火腿肠，够您抵挡一阵子了。怎么样，还是有个儿子好吧。”

饥肠辘辘的周非凡赶紧给自己泡了一碗方便面，不无埋怨地叹息着：“就你这一堆东西啊，还不顶你姐一顿饭的零头。”

“不是儿子不带您下馆子。您现在是处在落难、流亡的境地,大吃大喝不符合您的心情。再说,万一让我妈知道,她会骂您没皮没脸、没心没肺,从而强化了她与您离婚的意念。”周小易机敏地剥开一根火腿肠递给老爸,一副贴心人的样子凑了过去,关切地问,“老爸,那‘冰糖葫芦门’到底是怎么回事?竟然让我妈前所未有地提出离婚?”

“什么‘冰糖葫芦门’?我以为李完美找我是要说宝宝咬了你妈道歉的事,怎知中了她的圈套。”周非凡一提这事,连吃饭的心思都没了,“我在想,会不会是李完美买通了电视台的剧组让我往进钻呢?”

“那也得怪您没抵挡住李完美的诱惑!”

“什么诱惑?不就是吃了个冰糖葫芦嘛。”

周小易郑重地提醒道:“爸,不是吃,是喂。”

周家父子对危机的形成存在分歧,周非凡更不领儿子的情,坚持在小旅馆居住,誓死不去周小易他们家暂居。他声称这是他们老人之间的战争,让周小易独善其身,不要掺和。

本想替父母解忧化解他们的危机,却被老爹坚决拒之,周小易怏怏回到家中,正遇签证归来的周小容。姐弟俩聊天之中,他故意将周非凡所住的小旅馆加以渲染,以期引得苏梅的同情,召唤老爹回家。

“住在一家小旅馆,脏兮兮的,大门外都能闻到一股脚丫子味。说是旅馆,我看就是车马店,民工都不住。”周小易见母亲别过脸去,知道这是她心里不自在的表现,愈发来劲儿地说,“关键是那地方连开水都没有,我爸就用凉水泡方便面。就这,还有不明职业的女人打骚扰电话、敲门。哎哟,我真怕我爸破罐子破摔,被传染上个什么病……”

“扇你的嘴。”周小容瞪了老弟一眼,虽然她知道这是小易在打苦情牌,也不能允许他如此设计父亲。

“不要说了。”苏梅一副局外人的样子,吩咐道,“小容,你现在就给李完美打电话,让她把周非凡接到她们家去,全天候照顾他的生活。”

“妈,您这哪是解决问题的态度。再说你把我爸手都打烂了,自己也是有责任的啊。”周小容堆起一脸的笑,劝道,“您想想啊,我老爸身为局级干部,又是仪表堂堂,多才多艺,文艺界哪有他那样的人,一辈子守着一个老婆?让喜欢他的女人没有了撒娇的机会。”

“我姐说得对。男人都正经了,女人到哪里去撒娇?”

“你别瞎理解我的意思。”周小容冲周小易瞪了一眼,回过身又接着说,“妈,我是说我爸在有限的晚年，偶尔犯一次错误也不算什么事，比起那些贪财、贪色的腐败分子，我爸不知道好哪儿去了。”

“没错。我爸这辈子亏大发了！”周小易绘声绘色地说，“妈您知道不，我曾经带我爸去桑拿了一回，为了让老人家知道一下现在社会的进步，给他叫了一个年轻美貌的小姐按摩，结果被我老爸扇了一耳光，还勒令人家写检讨。”

“周非凡看不上小姐是因为李完美那个老小姐勾着魂呢。”苏梅坚决地说，“你们不要再给他开脱了，立即表态，我跟周非凡离婚后你们跟谁走？”

“我的亲妈呀，不就是吃了个冰糖葫芦嘛，多大事啊，又不是接吻拥抱。况且，现在事情的真实原因还没弄清楚，您应该冷静一下才是。”

“我姐说得对，你儿子我现在连陈子页那样的都能大度接纳他当姐夫了，李完美那还能叫事吗？”

“周小易你什么意思？”周小容白眼仁向上一翻，转移了斗争大方向，“陈子页哪点儿不好了？婷婷那是有眼不识金镶玉！我警告你啊，以后不许在爸妈面前说陈子页的不是。”

苏梅干咳了一声，又开始了“护犊子”：“你看你，小易就说了陈子页一句，你就回了八句。你试婚还真给试出感情来了。你要理解你弟现在和我一样，心在滴血！”

俗话讲，天上下雨地上流，小两口打架不记仇，床头吵架床尾和是经常的事。可这老夫妻要是有了纷争，彼此都深谙对方的软肋和底线，没有几个回合是难分伯仲的。

为了父母的事，很少发愁的周小容这回真的发愁了。她知道父母之间最过不去的坎便是李完美，这个女人如影随形在周非凡夫妻的头顶萦绕着，不定什么时候便会聚起一片云，下起一阵雨。如果这个问题不解决，即使这回化解了父母之间的矛盾，也仅仅只是下一次纷争的开始而已。她让陈子页作为局外人给自己下一步的动作提个建议。

在陈子页看来，老丈人也是个能与时俱进的人。到了这个年龄，也不一定想与李完美具体做什么，怀怀旧聊聊天还是应该允许的。他建议周小容将苏梅年轻时的感情经历大起底，如若能找到诸如初恋情人之类的角色，问题就迎刃而解了。因为处在感情“无过错方”的女人，最容易向老情人、老朋友倾诉。届时只需让周小易跟踪偷拍，有了“证据”便可让周非凡一比一扯平，以化解离婚危机。

得了高参陈子页的高招，周小容便乘苏梅出门买菜之际，在屋里寻找着母亲深藏的日记和老照片。正当她全神贯注地翻箱倒柜之时，听到防盗门一阵开锁声，唬得她急忙关好柜门，将散落的东西一股脑塞进被窝，自己也慌慌张张地要往床上爬，想重新躺回去装成睡觉的样子。

“姐，你这是干吗呢?”

“哎哟，你可吓死我了。赶快配合我的工作。”看见开门的是周小易，周小容这才松口气，唏嘘着将被窝里的影集拿了出来，和弟弟分辨着过去那些泛黄照片上的人。其中有个王叔叔引起了他们的注意，周小易说之前自己去郊游，曾意外发现这个王叔叔在道观里当了住持，法号叫“念无法师”。

“‘无’不就是‘没’吗?‘没’和‘梅’同音……”周小容思量着，拿了支笔在纸上画着，“我看这个王叔叔有重大嫌疑。”

“你就凭这怀疑人家和咱妈有一腿，有点儿牵强了吧?”

“还有呢。这是咱妈的日记，我给你念念。‘W说了:今生已不想见你，只为再见的已不是你，心中的你不会再现。再现的，只是沧桑的岁月和流年。有些事情，过去了，就再也回不来了。’下面还有咱妈的批注，你听好了。‘能牵手的时候，别肩并肩;能拥抱的时候，别手牵手;能相爱的时候，别说分开;拥有了爱情，别去碰暧昧。’”

“天哪，没想到咱妈平静的外表下，还压着炽热的火山。”周小易啧啧称奇，“难道说咱妈在年轻时，也干过‘劈腿’的事?”

“你不要玷污老妈美好的感情好不好?你再看这篇日记。W说:爱也爱不够，爱的已经结了仇;恨也恨不够，恨的冤家难聚首。”周小容合上日记，坚定地说，“我要想办法见见这位王道长。”

对于老姐要见道长来化解父母的婚姻危机一事，周小易认为纯属瞎猫去碰死耗子，概率太小。他认为解铃还须系铃人，必须要从那个栏目剧组开始。

按照周小易的想法，周小容找到了那个栏目剧的导演，知道了将父亲摄入镜头的初衷，便动员他来到家中向母亲说明，当然内容也应该有取舍。导演向苏梅表示，所谓的“冰糖葫芦门”是剧组设计而为，李完美是特邀的演员，而周非凡则是她的搭档。一切动作都是在剧组指导下，为了配合剧情而完成的。苏梅对此说法半信半疑，她认为导演的这些话极有可能是周小容背后授意了，若要打消自己的疑心，只需李完美当面说清即可，无须如此大费周章。

全家人都在忙着给老两口“灭火”，婷婷也没闲着。她找到李小爱，告诉她这回事情真是闹大了，婆婆已经起草了离婚协议书，一切起因皆是因为那串糖葫芦。李小爱认为老人早已进入情感稳定阶段，要说李完美和周非凡有“出轨”的事不大可能，充其量也就是自个儿娘的一厢情愿。

“男人和女人什么情况下才可能一起进公园？又是什么关系可以互相喂东西？”婷婷提示道，“难道说，我公公的防线被你老妈攻破了？”

在李小爱看来，“防线”被攻破并不要紧，关键是时间不对。她向李完美抱怨，和苏梅“斗孙子”过招不可伤及大人，更不可破坏他人家庭。得知苏梅起草了离婚协议书，仿佛孙悟空掀掉了如来佛压在身上许多年的石头，李完美心里突然豁亮了，不禁手舞足蹈起来：“早该有这天了。”

“怎么，你真要当‘拆迁办’主任啊？”李小爱无奈地看着越老越小的母亲，感叹她人生的算盘上怎么就缺少不了那颗叫“周非凡”的珠子，“妈，您就不要活在自作多情的日子里了。”

“你不要管我的事。当年我眼看就要追上周非凡，没料苏梅横空出世……”李完美不无怨艾地叹息着，“小爱你知道吗？苏梅他爸当年是省里的一个厅长，为了能让他女儿与才貌双全的周非凡结成连理，承诺了扶周非凡坐上领导的位子。要不是为了仕途，周非凡怎么能断了和我的绝配姻缘？”

“妈，这事我问过周小易。人说他姥爷当年是酱油厂的厂长，你怎么就非要说人家是省里的厅长呢？”

“那是周小易的一面之词。”李完美愤愤地说着，“为了报复周非凡的无情无义，我故意嫁给他当年最看不上眼的乐队鼓师王铁蛋，以惩罚周非凡的心灵，以致堂堂一名角儿现在落了个猪嫌狗不爱的下场，没有了晚年的幸福。”

“假如说周非凡和苏梅真的离了婚，你认为他会与你结婚吗？”

李完美一时语噎，她虽然嘴里表现得“一往情深”，却也自知和周非凡结婚无异于痴人说梦。她激动得手臂挥舞着，一如秋风里的落叶：“他与我结不结婚并不重要。我要的就是这个过程，让她苏梅也不能有个安宁的晚年！”

“您这是何必呢？就算以前你俩曾经有过些感觉，这不都是几十年前的事了嘛，冤冤相报何时了啊。”李小爱看着为爱痴迷一生的老娘，真心劝道，“我看您不如从了赵叔叔。人家追了你这么多年，而且还是政协副主席，我也好跟您沾点儿光。”

对于女儿的提议，李完美不是没有完全听进去，只是她心里还绾着一个疙瘩，她要创造条件，听周非凡亲口“劝嫁”。为此，她请李小爱转告周家，“冰糖葫芦门”的事件很好化解，只需请栏目剧的导演再次出马，上演一场由她导演的“连续剧”，让苏梅亲眼目睹自己和周非凡“拥抱”完全是剧中的要求，便可消除醋坛子苏梅心中的积怨，还周非凡一个“清白”。

在周小容的安排下，栏目剧很快便“请”李完美和周非凡再次出山，联袂表演

“老夫妻”。当周小易回家请苏梅前去“看拍戏”时，苏梅谎称自己身体不适需要休息。趁着儿子上厕所之际，她将一支录音笔放进了周小易的衣兜，催促着他快去现场让导演改时间，以便自己能够“看戏”。

仍然是在公园，仍然是那个剧组，在周小容的组织下，为了挽救一个因为他们偶然过失而有可能解体的家庭，十几个人都在忙碌着。

周非凡坐在花坛边上看剧组的工作人员忙乎，李完美走过来柔声柔气地叫了声“周老大”，故意冲他娇媚地一笑。周非凡如遇抢劫，慌忙躲避拧过了身子。

“李阿姨，你得写下说明的字据。”周小容拿着纸笔过来，要求李完美写下此前发生的“冰糖葫芦门”完全是为了拍戏的需要听从导演的指挥而为，并非俩人涉嫌私情。李完美欣然应允，只提出一个条件，等苏梅待会儿看到她和周非凡按“剧情”拥抱后，便立刻写下说明还周非凡以清白。

苏梅迟迟不到，周家姐弟编好的戏码便无法上演，周小容不禁着急了。

“咱妈到底是真不舒服还是假不舒服。小易，是不是你露出了什么破绽?”

“哪能呢? 我多少次都把你骗得一愣一愣的。”

“要说你妈答应的事是不会轻易失信的。”周非凡犯了嘀咕，“我认为你妈压根儿就不会上你姐弟俩设的套儿。”

事已至此，无法完成预定的方案，爷儿仨一商量，决定改个时间。怎知李完美说自己的情绪都酝酿好了，这会儿吊在半梁上一时半刻还回不到现实生活中去，让周非凡陪着她去散会儿步。否则，作为周家雇来的“托儿”，改时间得付她工钱。否则她将不配合演戏，让周非凡和苏梅永远冷战下去。

这条件开的，无奈之下，周家父子也只得从了。

接着，周小易回家去照顾苏梅，弄清楚她几时可以去看栏目剧拍摄，周非凡则被周小容带回家中，继续过他漂泊的生活。

刚进家门，便见桌上已经摆好了丰盛的西餐。陈子页从厨房请出一位皮肤黝黑的女子，说是特意请来照顾周小容孕期生活的菲佣，美味的西餐正是出自她手。周小容不禁觉得自己就是做了一个梦，恍惚之中，她觉得自己浑身疲软，情不自禁地倒在陈子页的怀中，嗅着他熟悉的体温，深深吻向他的面颊。窘得周非凡不自觉地干咳了几声，这才让沉浸在幸福中的小两口急忙分开，招呼父亲大人落座进餐。

为了抒发自己满满的幸福，周小容要咏诗一首献给两个父亲，感谢周非凡给了自己生命，让她品尝人生况味，活出精彩生活；感谢陈子页给了她可爱的宝宝，让彼此的血脉得以传承。为示隆重，她让陈子页将录音笔拿出来记录这难忘的时刻。这才知道一大早苏梅便打电话说是要录音笔急用，陈子页已经在第一时间将录音笔给她送了过去，并教会岳母使用。

顿时，周小容怔在了那里。第六感告诉她，出事了！

从周小易的衣兜里取出录音笔，苏梅躲在卫生间将整个录音听了一遍，知晓周家父子三人伙同李完美“设计”引自己入套，怨恨开始吞噬她已经脆弱的心，她产生了一种被关在地牢里的感觉，背叛、欺骗、焦虑、无助，人心中最负面的那些要素全部都在这一刻涌现出来。她真想骂人，骂曾经和她相濡以沫的爱人，骂那一双嫡亲的儿女。可临到要走出卫生间面对周小易质问时，她突然被自己的一个念头给吓住了：一家人合伙哄骗自己，那自己成什么了？孤家寡人！

那几十年的岁月如影视剧一般从脑海里闪过，如梦游一般看到了自己支离破碎的过往。那曾经甜蜜的爱情，曾经血浓于水的亲情都化作云烟从面前消散开来，仿佛经过了一生一世，又仿佛仅仅是一瞬间。罢了，散了吧。

接过母亲递过来的录音笔，周小易很疑惑，他不明白对一切电子设备从来不感兴趣的苏梅为何借了陈子页的录音笔。在母亲的催促下，他嘴上答应立即回家，出门便去了周小容那里。在路上，周小易好奇地打开了播放键，这才知道母亲已将一切“阴谋”知晓。

“我妈手上拿着录音笔，强迫我交代是谁出的这主意给她下套。我大包大揽，说，一不是我爸，二不是我姐，你要杀要剐都冲我来，我就是这场阴谋的缔造者。”周小易冲着父亲、姐姐，声情并茂地说着，“我妈‘啪啪’就给了我两个响彻云霄的耳光。我说，妈您打得好，接着我又把屁股撅给了她。结果她老人家一脚就把我踹出了家门。”周小易硬生生挤出两滴眼泪，可怜兮兮地对周非凡说：“爸，您儿子这通罪遭的，可都是为了您啊。”

周非凡父女连声叫糟。因为他们知道，这种欲盖弥彰的把戏如果被苏梅看破，就是他们爷儿几个为掩盖“真相”而炮制的，是专为哄骗她而设，定当心灰意冷。正当他们商议着如何应对的时候，婷婷打来电话，说苏梅半个小时前将钢镚送给了马大玲，说自己要出趟远门，将孙子托付后就走了。

慌忙之中，几人又是打电话又是发短信，苏梅就如同掉进茫茫大海的一滴水珠似的，瞬间消失得无影无踪。

就在众人六神无主之时，周小容的手机上接到了苏梅发来的短信，限定周非凡八个小时内必须在放在家里的离婚协议书上签字，否则她将削发为尼。大家顿时乱了阵脚，不知该如何应对。苏梅何曾如此决绝过？别说儿女了，就是同床共枕三十多年的周非凡也无法找出丝毫的记忆。思来想去，周非凡先自定下神来，他要求儿女们帮自己捋捋思路，为什么看起来都是鸡毛蒜皮的事却惹出如此这般不可收拾的后果？七嘴八舌，周家姐弟争相发言，最有价值的点子出自周小易。在他看来，母亲此番“老宇宙大爆发”纯属因宝宝打了钢镚引起的。若非如此，她和李完美明争暗斗了几十年也没见红过脸，怎至于到了如今这般水火不容的地步。而要想让老娘放下眼前的纷争，只有分散她的注意力，让她有新关注对象。而这个只有一个人可以帮忙，那就是李完美。周非凡当即表示，此事由他完成，豁出老脸去，也得让李完美为苏梅回归家庭做出贡献。

果然，周非凡登门造访，言称若李完美不配合自己的行动，将与她正式“断交”。

看着眼前这位自己曾经爱得要命的男人，不再青春的脸庞已然有了秋暮的景象，面颊上隐约可见两块老年斑正欲蓬勃而出，李完美的孤寂渐渐被一种叫“怜惜”的情感所充盈起来了。她与这个男人之间的“爱”就像是一种类似饿鬼缠身的毒药，在自己的生活中长期潜伏慢慢发作。也非常清楚这情感是不可为而强为之的一种虚幻，但就是难以割舍无法自拔，以至于将“爱”这个男人形成了一种习惯，为“爱”他而去“恨”所有和他有亲密关系的人。眼下这“爱”已经影响到了他的正常生活，而这，恰恰是自己今生最不愿意看到的。

“我和苏梅打归打，闹归闹，但绝没有逼她上山当尼姑的意思。”李完美有些懊悔地坦陈心迹，“我没啥实质的意思，也就是嘴上说说，过过干瘾罢了。”

如果李完美急赤白脸地表示要和苏梅斗争到底，周非凡还真准备了一些对付她的词。可眼见她如此这般楚楚可怜地自我检讨，却让周非凡心里不落忍了。从内心讲，他对李完美并不反感，甚至还有很大的欣赏成分。她的美丽和才情都曾让年轻的周非凡为之倾倒。可造化弄人，缘分这东西就是这么奇特，偏偏苏梅闯进了自己的情感世界，并且掳获了那颗年轻躁动的心。两个人变成一个家，有了儿女，有了宁静与幸福，对李完美也就仅仅剩下“欣赏”了。即使是很近的距离，即使他们的呼吸在一个狭小的空间释放，都未曾有过身体内在的冲动与需要。

“其实你有时候还是睡在我梦里的。”周非凡沉吟着，突然认真地看了李完美一眼，笑道，“我梦见下辈子咱俩又在一个剧团工作了。但我变成了女的，叫李完美，你变成了男的，叫周非凡。我这个女李完美可劲儿地追你，喊着周非凡，我海枯石烂志不移，下定决心……”

“不怕牺牲，排除万难，去争取胜利！”李完美很有默契地跟着将语录念完，之后，感动得泪眼婆娑，“老大，今天有你这个梦，以后就是你让我上刀山、下火海，我也在所不辞！”

留下一封离婚协议书，对家人极度失望的苏梅信步出了家门，恍惚中信步行走，当她清楚地意识到自己的存在时，已经来到郊区那座香火极盛的道教圣地兴善观，这里是苏梅初恋男友王翰宇的出家之地。面对楼台亭榭、树密花稀的道观，苏梅不禁感叹造化弄人，冥冥之中自己竟然来到这个清静之地，要知道自从王翰宇在此出家，三十余年她从未踏入此观。

道观位于高处，如审判者似的俯视着芸芸众生，用一条蜿蜒的林间小道引领着苏梅来到大门前。适逢众道士用斋完毕列队归舍，望着一个个长衫高髻远离尘世的道人，无数湮灭于历史长河和流落于民间的道家故事涌入苏梅的脑海，竟平生了一种久违的感觉。突然，她眼前一亮，一位身穿白色对襟短服、头戴庄子巾的老年道长吸引了苏梅的注意力，虽然已是仙风道骨极具脱俗之相，但眼角眉梢中依稀可见青年王翰宇的影子。苏梅不禁脱口而出："王翰宇！"

道长停下脚步，眼角轻抬，平静地说："这里只有王道长，只有念无法师。"

苏梅从声音里听出这正是王翰宇，恐他忘记自己，忙说道："我，我是……"

"红尘多少事，不到白云中。"道长的声音仍是云淡风轻，"步云霄，任逍遥，罪垢凡尘一笔销。"

望着王道长飘然而去的身影，苏梅的目光不再追逐，她表情复杂地低下了头。此刻，苏梅产生了一种奇异的感觉，有敬佩，有欣赏，但更多的是恍惚。带着诸多的疑问，苏梅走进大殿，她跪在老子像前的蒲团上，虔诚地望着他，期待能受到引领，化解她眼下的人生困境。她像是被塑像所吸引了，而塑像也正"注视"着她。和善的面容浮在空中，仿佛有一丝笑意，认真去看却又难以捕捉。若有所思的苏梅，凝视着塑像，脸上的神情渐渐舒缓下来。

道士们来到大殿内打坐诵经，和殿外居士们的诵经合为一体，和谐有致，恰如天外梵音，令苏梅心里平静而充满了暖意。可这感觉没持续多久，她便觉得浑身又不自在了起来，侧目一望，周小易如神兵天降，不知何时来到了她的身边。

周小易告诉苏梅，家里出大事了。见她一副平静如水，将凡事置之度外的神情，便认真地说，李完美听说如今给孩子做 DNA 亲子鉴定的人越来越多，而且不是亲生的儿女已经达到了 30%，所以忙偷偷也去给宝宝做了 DNA。结果没想到的是，宝宝竟然不是李小爱的儿子！

苏梅怔了一下，瞬间从"仙境"回到了"人间"，竟然有些幸灾乐祸地笑了："报应，这是老天爷对李完美的报应。"

"谁说不是呢！李小爱找到当年生宝宝的那家医院，咬定是医院搞错了她的孩子。医生调出了当年的记录，说由于孕妇太多，不光孕妇两人一张床，新生儿也是两个孩子一张床，确实有可能搞错。"见母亲有了反馈，周小易愈发来了精神，"老妈，我要告诉您一个晴天霹雳的消息，您一定要挺住。"

"怎么,你爸出什么意外了吗?"苏梅一下子抓住儿子,急切地问,"他咋了?是病了还是摔了?"

周小易心里一乐,他知道在母亲心里,父亲的分量是任何人都无法比拟的,过去是,现在依然是。对自己此行的胜算,他有了更大的把握:"我爸倒没啥大事,是钢镚,我儿子出事了!"

听到钢镚"出事",苏梅两眼圆睁,目瞪口呆,一下子瘫坐在了地上。

"经过 DNA 鉴定,钢镚是李小爱的儿子,宝宝才是我的亲生儿子!他们当年在医院被粗心的护士洗澡时给抱错了。"周小易一副认真的表情,痛心疾首道,"妈,您得接受这个残酷的现实。"

"不可能!"苏梅慌慌张张地站起来,当机立断道,"回家,立即回家!"

此刻,被当作"诱饵"的钢镚正和姥爷走在回家的路上。玩了一下午,他仍然意犹未尽,上楼时,钢镚提出要和姥爷来一场爬楼梯比赛。想到每次走上七层楼梯都要喘息停歇几次,如今要和生龙活虎的外孙比赛,王满堂心有余悸,遂以有心脏病为由推托。钢镚毫不退让,言称姥姥和电视都在讲"生命在于运动",爬楼梯就是运动,运动就是专治心脏病的。姥爷如果不爬楼梯便是不爱他,他将立刻回到奶奶家去,和爷爷一起比赛爬楼梯!看见外孙没有半点儿犹豫地要往外跑,王满堂只好叫住他,答应比赛爬楼梯。

答应容易,做起来可就难了。为了哄外孙开心,王满堂竭尽全力开始了爬楼梯比赛。登上二楼,稍有喘息;登上三楼,已觉气急。王满堂想歇息一下,却见钢镚从楼上跑了下来,嘴里吆喝着,小手使劲儿推着姥爷,"帮助"他继续爬楼。就这样,在外孙的"帮助"下,王满堂又拖着步子登上了一层楼。突然,他感到一阵殃及全身的抽搐,脚软身斜,不自觉地倒在了楼梯上。

临倒下时,王满堂头顶上一只蜘蛛不知从哪里吊了下来幽幽地坠落着,又突然上升。他觉得眼下胸腔的气息就如同这蜘蛛丝一般,细若游丝。每一次呼吸都要使出全身的力量,生恐气力不够"气息"便会中断了。王满堂还想使劲儿往旁边挪一下,别压着了在身后推自己上楼的钢镚,便听见外孙一声声奇怪的叫喊"姥爷,姥爷!"就什么也不知道了。

看见姥爷骤然倒地,钢镚自然是惊慌失措。他"哇哇"地哭着,想冲下楼去叫人,可没跑几步,又冲上楼来,从王满堂口袋取出手机,老练地拨了 120 的号码。

"是 120 的阿姨吗?我姥爷病了……"

因为 120 及时赶到,王满堂得以及时医治,没有了生命之虞。

当钢镚再次看到姥爷时,是在医院的重症监护室里。他好奇地打量着戴着氧气面罩的姥爷，拨弄着围绕在病床周围的各种管子和红红绿绿的线，一个一个地找到它们和姥爷连接的位置。正当钢镚专心致志搞“科研”之时，婷婷喝令他就地跪下，给姥爷下跪道歉。

“我爷爷说了，男儿膝下有黄金。”钢镚直愣愣地说，“给谁都不能下跪！”

“不跪看我不打死你。”婷婷被气恼了，挥手扇了钢镚一巴掌。

“打死我，我也不跪！”

“钢镚，我告诉你，今天惩罚你，你哪儿也不能去。”婷婷被不听话的熊孩子气得眼泪哗哗的，命令道，“你就待在病房里，给你姥爷倒屎、倒尿。”

“我和姥爷比赛爬楼梯有什么错？”

“你不知道你姥爷有心脏病吗？”

“要不是我给 120 打电话，我姥爷早就死翘翘了……”

眼见钢镚口无遮拦，婷婷又急又气，抬手又给钢镚一嘴巴：“我让你胡说八道。”

“王婷婷，你狼心狗肺！我救了你爸，你还打我。”钢镚哇哇大哭起来，不管不顾地叫道，“我找我爷爷奶奶去！”

婷婷还在生气，没有理睬钢镚。她望着父亲躺在病床上憔悴的面庞，心里又急又痛，如果不是钢镚逼着父亲爬楼比赛，老人家何至于差点儿将命送了？不行，必须得让他给姥爷道歉。她回身去抓钢镚，这才发现孩子不见了！婷婷来到门口向走廊看去，只见哭喊着的钢镚已经冲过护士站，跑向了电梯间，她再也顾不上想别的，心急火燎地追了出去。

躺在病床上的王满堂虽然没有力量说话，但屋里发生的一切全都感觉得到。钢镚的每一句话都如同钢针一样扎进他已经千疮百孔的心脏，令他在忍受巨大的生理痛苦时还感受到了心理的极致痛苦。两颗硕大的泪珠滚出他深陷的眼眶，无声无息。

在医生的精心治疗下，王满堂的身体得以渐渐恢复。但他的心头每时每刻都犹如压着一块巨石，那就是视若珍宝的外孙为何对自己无动于衷，毫无感情可言？虽然婷婷答应回家“收拾”钢镚，马大玲扬言要抓住孙子让他给姥爷磕响头，但这一切在王满堂看来都已经和自己没有了丝毫的关系，他明白了一个道理，那就是强迫得来的爱不是爱。自己爱外孙，并希望得到他的回报。可爱是有分寸的，任何爱过了头都只会是溺爱，都会助长被爱一方的嚣张气焰，让他认为这爱是应该得到的，是别人理所应当给予的。而外孙也有他自己的世界，他会在成长中比较，选择最适合自己的环境和朋友，任何人，哪怕是亲人也不能将其左右。

“喂不熟的狗啊。”想起钢镚的行径，王满堂仍是耿耿于怀，“让白眼狼爱他爷爷去。我这次要是大难不死,一定要好好地过自己的日子。”

“老头子,先把身体养好再说。我就不相信那小王八崽子能真成了白眼狼!”马大玲说着从包里拿出一条字幅向老伴展开,笑道,“你要的字来了。”

看到条幅上“儿孙自有儿孙福,莫为儿孙做远忧”这句话,王满堂不得不佩服亲家周非凡的远见,确实该到了自己醒悟的时候了。

从道观回到城里,苏梅连家都没顾上回,径直来到李完美家中。进得门去,她不顾李完美的阻拦,冲进屋里找到宝宝,将他紧紧抓住,前后左右仔细端详。

“我以为是谁呢,苏道姑啊!”李完美拖着长腔和苏梅打着招呼,“我以后烧香磕头可要走走你的后门了。”

“你说,那个、那个他们,是不是抱错了?”苏梅顾不上和李完美打嘴仗,急切地问,“求求你了,赶快告诉我啊。”

李完美看了苏梅一眼,回身叮嘱宝宝回房间去看电视。宝宝说了声“苏姥姥再见”,便很听话地回了房间。李完美目送外孙离开后,将身子往门框上一靠,双手抱在胸前,眨巴着眼睛,露出一副高深莫测的神情凝视着苏梅,一言不发。

苏梅央求道:“李完美,你告诉我啊。”

“就算是抱错了,我也认了。”李完美一字一句地说,“宝宝就是我的亲孙子!”

“这怎么可能,老天爷怎么会开这种玩笑。”

“希望你不要给宝宝心里带来阴影。”李完美瞅了苏梅一眼,回身进了房间,毫不客气地将门关上,将苏梅一个人晾在自家的客厅里。

“宝宝,宝宝!”苏梅跟了过去,用拳头砸着门,声嘶力竭地喊着。她再也不能允许这种阴差阳错的事件继续下去了,她必须要和亲孙子在一起!

二十八

自从知道了宝宝是自己的“亲孙子”之后,苏梅终日茶饭不思,看见钢镚便想到宝宝。实在思念“亲孙子”了,便会来到李完美家的楼道前等待那个小小的身影出现。但凡宝宝走出楼道,苏梅的眼睛便会像钩子一样,紧紧盯住他的一举一动。这时候,全世界的一切都会在她眼前视而不见,全部被屏蔽得无影无踪。一直到宝宝的身影从视线里消失,苏梅便会呆呆地坐在某处,仔细地回忆着宝宝的音容笑貌,生恐漏掉任何细节。

对于周氏父子三人设下的“抱错孩子”这个局,婷婷非常不赞同。她觉得凭着一份假的DNA鉴定报告让苏梅认定宝宝是自己的亲孙子,而含辛茹苦带大的钢镚却是别人的孩子,虽然是善意的谎言,但这样折腾一个老人有些过分了。周小易要求婷婷将此事绝对保密,不可对岳父母通报,因为周家姐弟冒着被诟病的可能与李完美一家结成联盟,意在促使父母早日破镜重圆,出此下策也实在是被逼无奈。据他的分析,苏梅开口请周非凡回家就在眼前,因为"假孙子"钢镚的问题已是迫在眉睫,非解决不可了。

听了丈夫的解释,婷婷觉得还是有一定道理的。如果公婆之间的误会不能解除,那必定影响到他们的晚年幸福。她守口如瓶,没有将这件事告诉父母。直到有一天,马大玲急招她回家,婷婷这才知道,苏梅已经将此事和他们做了通报,要求亲家和自己一起商议对策,是留钢镚还是要回宝宝。

"这是比天还要大的事,你为什么不告诉我?"马大玲暴跳如雷,颤抖的手指着婷婷训斥道,"钢镚不是我孙子? 这事打死我也不信。"

"我信,我太信了。"王满堂坐在沙发上,不动声色地说,"你们看看钢镚最近对我的表现,哪点儿像是有血缘关系?"

"爸,钢镚是有做得不对的地方。"婷婷急忙解释道,"但您不能说他和您没有血缘关系。"

"你颠三倒四的说什么呢?"马大玲越听越糊涂,"一会儿说钢镚和宝宝抱错了,一会儿又说我们和钢镚有血缘关系,到底怎么回事?"

从天而降的"亲孙子"让马大玲心生感慨。两个在同一医院、同日出生的孩子,父母、祖辈又有着无法分解的关系,竟然阴差阳错被抱错了!这事当评书来听,马大玲都觉得挺神奇,更何况发生在自己身上,当事者又是自己视为生命的钢镚和因姥姥获罪的宝宝。想到以前为了钢镚而对宝宝的亏欠,马大玲后悔极了。为了弥补对宝宝的歉疚,更为了以"亲姥姥"的身份和宝宝亲热,她在超市里买了一辆最贵的遥控汽车,径直去了幼儿园,

"马姥姥,你为什么要送我汽车玩具啊?"

"姥姥喜欢你,爱你啊。来,让姥姥看看你的眼睛。"马大玲笑眯眯地回答着,把宝宝搂进怀里,顿时觉得这孩子比钢镚真是乖巧了很多,很有婷婷幼时的神韵。正要仔细打量宝宝的眉眼,却看见苏梅拎着一个大的变形金刚盒子也来了。

"亲姥姥"和"亲奶奶"在幼儿园里意外相逢,她们决定今天就把"认孙"的事定了,以免夜长梦多,让李完美占了先机。

"虽然我对钢镚有感情,但事情到了这种地步,也只能忍痛割爱了。"马大玲说着,想着钢镚将离自己而去,心里一酸,眼泪竟不听使唤地流了下来,"李完美是单

身，李小爱的丈夫又没爹没娘，宝宝生活在一个没有爷爷、奶奶、姥爷的家庭里，是世界上最可怜的孙子。”

“你说得有情有理，大是大非面前一点儿都不糊涂。”苏梅对亲家给予少有的赞赏，又叹息道，“但是一日‘奶孙’百日恩，让我放弃钢镚，我还是不能接受。”

人生在世，大都是在弥合、培养亲情，如这般撕裂亲情的事在苏梅看来是不道德的，更是不人性的。一个养了五六年的孩子说不是亲生的就真不是亲生的了？那一把屎一把尿的辛劳，一掬泪一捧笑的甘甜怎是说忘就能忘记得了的？马大玲提议立刻认宝宝为亲孙子，钢镚为干孙子。虽然钢镚是干孙子，但所有待遇与亲孙子相同。

话虽这样说，但苏梅再次看到钢镚时，满腔的柔情和不舍还是化作泪水流了出来。慌得钢镚急忙为奶奶擦去眼泪，关切地问她为何伤心。苏梅谎称“心疼养在楼上的鸡死了一半，所以才掉眼泪”。

“是不是让宝宝家李姥姥给毒死的？我一会儿就去踹死她，叫她再跟你吵架！”

听钢镚如此对待他的“亲姥姥”，苏梅心里一阵难过。她告诉钢镚，以后和宝宝在一起要互相帮助，不许打架。对李姥姥也要尊敬友爱，因为她之前和自己吵架都是在闹着玩的。看着钢镚将信将疑的目光，苏梅忙让他回屋看电视去。可是当钢镚转身离开时，那幼小的身影又幻化成宝宝的背影……

眼见老妈被自己设的局整得有些魔怔，周小易姐弟俩于心不忍了，婷婷更是看不下去。她央求李小爱动员母亲尽快配合周家的行动，以便让周非凡夫妇重归于好。

在一个李完美吟戏舞袖的时候，看着她貌似心情不错，李小爱便劝母亲为了自己，放弃对苏梅的敌意，尽快修复两家的关系。这不仅因为自己和婷婷是闺蜜，更重要的是周小易设计开发的《模拟精神病院》游戏马上就要上市，可以带来近千万的效益。他已经邀请吴极加入自己的动漫公司，还配送了干股，利益相当可观。如果因为家庭的关系而导致合作的失败，将得不偿失。李完美出乎意料的爽快，为了孩子们的合作，她愿意配合周家的计划，同时修复两家的关系。

得到李小爱传来的信息，周家姐弟决定双双出马，一举将母亲“拿下”。

“我和婷婷说服了李小爱和吴极，他们同意我们认宝宝为亲儿子。”周小易煞有介事地向苏梅汇报着，“可李完美却不同意，说这事还得谈。因为她和宝宝已经有了深厚的感情，而这种隔辈情是牢不可破的，是任何阶级敌人也打不倒摧不垮的。”

“李完美别把话说得太满了。”苏梅不屑地别了下脑袋，用一种笃定的神情看着儿子，责道，“当年她也说过与周非凡‘有着深厚的感情，这种惊天动地的恋情是牢不可破的，是任何阶级敌人也打不倒，摧不垮的’，最后不是照样让我这个‘阶级敌人’给摧毁了吗?”

“妈，您和李完美斗了一辈子，不就是为了我爸嘛！李完美是什么人，当年是红透戏剧界的名伶，放到现在就是明星、大腕，还不得千人追，万人迷啊。”周小容挺着大肚子在屋里转悠着，给苏梅上着“眼药”，“可是，妈您虽说相貌平平，中专毕业，但不还是给了她李完美一个响彻云霄的耳光，一举拿下了老爸，成为情场的胜利者！”

周小易立即如磕头虫般地点着头，随声附和道：“我认为，不是咱妈有能耐，而是咱老爸眼里有水。姐你想啊，咱这院里谁不夸咱爸娶了个上得了厅堂、下得了厨房的好老婆。”

苏梅静静地听着，突然脸上有了温暖的表情，显得很是受用。

一见母亲有了反应，周家姐弟瞬间交换了一个眼神，周小容立即过去坐在苏梅身边，搂着她温柔地说自己曾经做过一个梦，梦见父母都 80 岁了，俩人坐在一个双人轮椅车上，一人摇着一个轱辘沐浴在夕阳之中。那情景如诗如画，如梦如歌，将她感动得都哭醒了。

苏梅看看儿女们，对他们苦心经营的一切报以微微一笑。得知周非凡想回来和自己商谈孙子的归属问题，她觉得丈夫能够主动低头，心底已经“原谅”他了，可表面还是拿着。直到听周小易谈起和李完美的“谈判”细节，她觉得自己恐怕到现场会控制不了情绪，再和李完美起纷争。周小容马上将计划好的方案向她和盘托出，即让父亲充当谈判首席代表，会有利于他们提出的要求。

接下来，周家姐弟盛邀母亲视察“谈判”场地。这个被周小易称为“福地”的咖啡馆，他的《模拟精神病院》的游戏合作就是在这里谈成的，此番被选作周李两家的洽谈的场所，也是颇费心思的。苏梅对地点倒不介意，但她要求在包间里必须布置有钢镚各个时期的可爱照片，同时反复播放《世上只有妈妈好》的歌曲，以打动李完美一家对钢镚的隔阂，营造有利于她认可钢镚的环境。

按照苏梅的要求，周小易在咖啡馆包间里放了几幅和钢镚等高的“易拉宝”，并播放着《世上只有妈妈好》的音乐。

“周老大，你这是给孙子搞摄影展呢?”李完美一如既往地嬉笑着。在周非凡面前，她总是随心所欲，倒显得对方有些木讷呆板。

“说正事。”周非凡不置可否一笑，认真地说，“我希望你能和苏梅坐下好好谈谈，不要再在家属院‘斗孙子’了，成为邻居们茶余饭后的谈资。”

"'斗孙子'现在已经成了我生活的一部分,一天不斗,闲得心慌。"李完美并不介意周非凡对自己的评价,甚至还有些得意。她环顾四周,"这屋的风水不错,我今天要是帮你摆脱了离婚的危机,不知能得到什么样的奖赏?"

"奖赏就是大家的和睦,就是让孙子们健健康康地成长。"

"你给我做报告呢。"李完美坐下来,颇为认真地说,"我什么奖赏都不要,只要你周非凡一句话。"

"什么话?"

"你得承认我是你永远的初恋情人。"李完美的声音突然低了下来。她突然觉得心里好像有什么东西凝固了,泪水盈满眼眶即将奔涌而出。突然之间,李完美将头扭向一边,使劲儿咽下泪水,近似于梦呓般地说道:"有了你这句话,我这辈子就没白活,就可以重新去寻找属于我的生活。"

"瞧你说得多可怜。"周非凡本想用玩笑话将此尴尬的情景化开,可眼前李完美柔软可怜的声音令他收起了笑容。这个被他叫了一辈子"小李子"的女人爱了一个不爱她的男人,且爱得是那样的痛苦与煎熬。这爱在周非凡看来已经不是爱了,而是一种疾病,一种比爱更执着的坚持。他实在摸不准李完美几十年来"爱"的是他周非凡,还是"爱"她本人这些年的情感付出。不管怎样说,自己这生是负了这个多情的女人了。"好,我今天向你道歉,是我把你推进了王铁蛋的怀抱,导致了你今天的悲剧。"

李完美的泪水情不自禁流了出来,她板着脸儿木木地望着周非凡,使劲儿一抹泪花,嗔道:"你就承认我是你永远的初恋情人能死啊!"

周非凡正要解释,手机上来了一条短信。打开一看是周小容来的,提醒他说话要格外当心,万一李完美身上藏着录音机会后悔莫及。周非凡一个激灵,借故屋里热建议李完美脱去大衣,并殷勤地替她挂到衣架上,其本意是检查她的衣兜里有无藏有录音器材。

李完美享受着周非凡的周到"服务",心里非常满足。她拿开对方搭在自己腰间的手,说谢谢周非凡对她炽热的感情,对已然老去的身体她没有丝毫兴致,只要周非凡心里有她就知足了。周非凡一听大事不好,这事情弄得也太岔了!他急不择言地向李完美解释自己是在检查她身上有无带录音器材,并非图谋不轨。李完美明白真相后不禁勃然大怒,厉斥周非凡不是好人,以小人之心度君子之腹!

自打同意周非凡去当谈判先头兵,苏梅这颗心就被提到了嗓子眼。长久以来,周非凡和李完美的关系如同一根微弱纤毫的银针深植于她的大动脉,平日感觉不出,稍有风吹草动便会硬生生地疼痛起来。对于周非凡和李完美有"私情"一事,本来她从心底是不相信的，但当事人令人生疑的举动又令她不得不怀疑再三。李完美喜欢周非凡是人所皆知的事，即使一位丧偶的市政协副主席追了十多年也不见她有半点儿动心的迹象。此人的人生目的仿佛就是与苏梅较劲儿，意欲挑起“家变”引苏梅下台，将周非凡据为己有，以了她大半辈子的相思之情。有这种人在其左右虎视眈眈，苏梅不提着心眼也不由得她。

此刻，苏梅坐立不安，生恐给了李完美和周非凡光明正大接触的机会而再生事端。她向隐蔽在咖啡馆附近的儿女了解里面“谈判”的动向，暗示他们若李完美有任何不雅举动，必须在第一时间冲进去解救周非凡。

钢镚过来缠着苏梅撒娇，要出去吃哈根达斯。要是以往苏梅早就乐颠颠地答应了，一路上向邻居们炫耀着钢镚的种种“本领”，心满意足地享受着众人的羡慕。可今天她告诉钢镚有事不能出门，从冰箱拿出盒装的冰激凌给他解馋。吃惯了嘴的钢镚很不满意奶奶的做法，他故技重演，欲给姥姥拨电话让她买了哈根达斯给自己送来。可电话还没拨通，马大玲夫妇已经按响了苏梅家的门铃。看见姥姥、姥爷突然登门，钢镚围着他们欢呼不已。当看到二老没给自己带任何礼物时，便气冲冲地扔下他们生气去了。

看着钢镚气冲冲的背影，几个老人同声叹了口气，对这个已经娇宠坏了的孩子报以无可奈何的叹息。马大玲告诉苏梅，此番倒是想和苏梅商量，如何在“换孙子”事件完满解决之前，给钢镚打打预防针，让他有做“干孙子”的思想准备，以免到时孩子难以承受。

马大玲叫来钢镚，委以软言柔语，问他家里的老人好不好。仍在为哈根达斯而生气的钢镚连声说不好，还表示最恨的是王满堂，原因是比赛爬楼梯是大家都同意了的，而且还是自己打的120救了姥爷，可偏偏家里大人都说自己不对，还挨了打。他威胁王满堂，如果还想给他当好姥爷，就立刻带他去吃哈根达斯，给他赔礼道歉！

听到钢镚直呼老伴的名字，马大玲立即火起，顺手给了他一巴掌，质问他一个马上就是“干孙子”的小屁孩，凭什么给大人发号施令？此言一出，众人皆愣住了。马大玲也懊悔莫及，捂着嘴悄悄坐下不再言语。

“姥姥，什么叫干孙子啊？”

马大玲迟疑一下，一把搂住了钢镚，禁不住哽咽起来。而此时的苏梅已是泪流满面，王满堂亦是老泪一把。他们不想相信，也不敢相信，视之如珍宝的钢镚竟然和自己没有了血缘关系，以后会宛若路人！

看到几个大人不理自己都在暗自流泪，钢镚内心产生了一种惶恐，以为有什么大事要发生，遂“哇”地一声哭了出来。这哭声如同战场上的冲锋号一般，引得苏梅扑过去紧紧抱住钢镚，大放悲声：钢镚啊，钢镚你怎么这么命苦啊？马大玲也扑了过去，两个女人抱着孙子哭成一团，泪水交织在一起，似乎又找到了亲家姐妹之间那久违的感情。

这厢祖孙情正纠结得浓烈，那厢苏梅的电话响了。周小易告诉老妈，周非凡和李完美不知为何吵了起来，大有斗殴的迹象。他让苏梅赶快乘出租车速到，以阻止事态继续发展。

知道周非凡怀疑自己暗藏录音器材，李完美伤心至极。她犹如困兽般地在屋里转悠着，想骂周非凡无情无义吧，他时常明里暗里帮自己摆脱困难；说他情深义重吧，对自己却总是若即若离，仿佛生活在一个难以破解的谜团中。想着自己多年来对心灵的坚守和付出，而今又为了周非凡的幸福生活，自己摒弃前嫌配合他们做局以化解苏梅的误会，却凭空被他误会，真是无限的感叹与无奈。罢了，就让这一腔的柔情付之东流，放过周非凡也是给自己一条明路不是？

见李完美哭得很是伤心，周非凡也于心不忍。遂向她坦以心迹，说自己是一朝被蛇咬，十年怕井绳。之前苏梅就是使用了“录音器材”，才让所谓的“冰糖葫芦门”冤案无法昭雪。此次对李完美的怀疑，完全是怕过了头才出此下策。明白了事情原委，李完美表示原谅了周非凡对自己的怀疑，但前提是，必须得承认自己是他永远的初恋情人。

正在纠结之时，周非凡的手机收到信息，周小易告诉他，苏梅已经来到咖啡馆门口，让他迅速按“既定方案”办。周非凡忙向李完美做了个手势，告诉她只要保证今后再也不做“冰糖葫芦门”之类的局，自己就一定说出她想要听到的话。

周非凡这番表示令李完美欣喜异常。在她的想象中，这段表白将是动人心弦的，会在未来的道路上伴随着她迤逦而行。为此，承认自己的错误与之相比，真是小菜一碟了。

“周老大，我真的不该没事故意和你玩暧昧，不该处心积虑地约你去公园。更不该难为你，给你嘴里塞冰糖葫芦，把你推进‘冰糖葫芦门’冤案的火坑。我保证今后再也不做这种不道德的事情，请你一定原谅我，好不好。”

“小李子，那我也给你说实话吧。很遗憾，我的初恋情人是苏梅，真不是你。”

“周老大，你个王八蛋，你就说一回是我咋了，你能死啊！”

“砰”的一声，VIP包厢的门被打开，苏梅推开包间门，连李完美在哪里都没看清，便怒喝道：“李完美，你再给我骂一句周非凡试试！”见李完美瞠目结舌地望着“从天而降”的自己，她得意地将脖子一扭，对周非凡真诚地道歉，说刚才在门口她已经听到了李完美的“供诉”，明白了事情真相。是自己冤枉了老公，让他流落街头居无定所。今后一定会接受教训,提高明辨是非的本领,绝不会让这种危害家庭的冤案再次发生。在大家的注视下,苏梅挽起周非凡的胳膊,要和他一起回家,重度晚年美好时光。

眼看着一场纷争得以化解,大家都松了一口气。突然李完美请苏梅留步,将周家姐弟谎称钢镚被抱错的事抖落了出来,说虽是善意的欺骗,可也不能看着孩子们欺骗老人而坐视不管。

苏梅大惊,在一连串的追问下,终于将事情弄明白了,钢镚失而复得令她长长地松了一口气,但儿女的“背叛”却令她倍感伤心,当着李完美的面更是有口难言。

回到家中,周家姐弟彼此配合,极尽口才,为自己的“设谋”开脱。

“我们编抱错孩子的谎言,是为了解决本不应出现的家庭矛盾,实属无奈,老妈你应该原谅我们。”周小容腆着笨重的身子为苏梅揉肩。

“如果没有这个善意的谎言,老爸就不能洗清冤案。洗不清冤案,不管是您‘出家’,还是您二老闹离婚,都会使咱们美满的家庭破裂,让世人耻笑。”周小易从婷婷手里接过热水盆,在里面绞了条毛巾给老妈示意她擦个脸。

苏梅心安理得地享受着儿女们的“孝顺”,突然问起李完美为什么会同意和他们一起编织抱错孩子的谎言?此言一出,婷婷立马慌了神,周非凡赶紧给周小易使眼色,示意他挺身而出。

“妈,是这样的。”周小易心领神会,绘声绘色地说,“当时我拿到您的离婚协议,心想完了,我们美满和谐的家庭要被李完美粉碎了。于是,我就拿了把咱家的切菜刀去了李完美家。面对失去理智的我,李完美主动要求上山向您坦白她制造‘冰糖葫芦门’的罪过。但我和我姐认为您不会相信李完美,于是就想出了钢镚和宝宝抱错的馊招,想引您下山。”

“我们以为这么大的谎言,李完美不会接受,就求李小爱做她的工作。”周小容添盐加醋道,“但没想到的是,李完美看到你真要上山出家,动了恻隐之心,竟然同意了与我们联手制造善意的谎言。”

周小易刚要继续渲染,听见周非凡的两声干咳,忙补充道:“当然,这里面也有我爸的功劳,他老人家说,李完美葬送了他晚年的幸福生活,他不光活着不会再理李完美,而且将来到了阴间,也会请求阎王爷让李完美变成没爹没娘、没儿女、没老公的孤独女鬼。”

“好了。都怪我没有及时、准确地把事情给你妈说清楚,作为道歉我要送给你妈一件东西。”在大家的注视下,周非凡从柜子里取出一个盒子,“今年是我和你妈结婚45周年,我要拿出我珍藏的一块最好的和田子料,加工成精美的金镶玉,到时亲手戴在你妈的脖子上。”

周小易和周小容为周非凡的举动起劲儿地鼓掌。他们知道，老爸此招一出，老妈的这次“叛乱”就算是平定下来了。

“我这么大年纪要金镶玉干什么？家和了比什么都好。”苏梅压抑住心中的喜悦，故意生硬地回绝了老公。紧接着，她又做出了一件让大家都刮目相看的事情，那就是三十多年了，第一次提着礼物去了李完美家，谢谢她戳破了抱错孩子的谎言，放下了自己心中沉重的石头。并表示今后一定要珍惜孙子，不拿孙子当武器来“斗”。

“我真不是和你故意‘斗孙子’。”李完美坦陈心迹，幽幽说道，“你知道我是孤身一人，心里的酸楚是没人知道的。只要你能理解我喜欢周非凡这事没有错，我就心满意足了，保证今后不再打扰你和周非凡的生活。”

李完美的保证让苏梅很自责，她深知每个女人都曾有过倾心的男人，那是一种魂牵梦绕的牵挂，是一种情非得已的放手，如李完美对周非凡，如自己对初恋的王翰宇。想到此，她和李完美谈起了自己的初恋，说当年因为嫁与周非凡，导致对方一时伤心出家修行，对此事她亦纠结了半生。前些日子去道观里见了故人，见他一心修道也使自己放下了自责。“我之所以告诉你这件事情，是想让你知道，并不是所有的轰轰烈烈才是真情，默默的祝福，也是一种温馨的享受。”

“默默的祝福也是一种温馨的享受。这话老赵也给我说过。”

“老赵是谁?”

“我的忠实粉丝，现在的政协副主席。”

“我听说过，他在追你。你有什么打算吗?”

李完美莞尔一笑，秘而不答。

接下来的日子可用“云淡风轻”和“惊喜连连”来形容。

周家老两口又开始了含饴弄孙、颐养天年的幸福生活；《模拟精神病院》顺利通过公测大获成功，周小易自立门户筹建的游戏公司尚未开张，某门户网站已发出了预订他三年内设计两个大游戏项目的订单；婷婷辞去了保险公司的工作，加入到老公的团队当了名副其实的贤内助；马大玲她们老年俱乐部的街舞表演被“达人秀”选中，要赴沪参赛，王满堂当了啦啦队员将随队前往站脚助威。一旦比赛完毕，不管结果胜负，他们都要去苏杭一游，漫步人间天堂，重温美好时光；李完美出人意料地结婚了，对方是追了她十多年的政协副主席；周小容则为了实现她给美国人当妈的愿望，积极筹备赴美生子事宜，并邀请苏梅赴美陪伴生产。

当周小容挺着大肚子降落在美国某机场时，却被美方边检人员以“有移民倾向”为由拒之门外禁止入境。正在懊恼之中，有中介主动找她，动员前往中国公民可以落地签证的塞班岛生孩子。因塞班是美属地,得知在此产下的婴儿将自动成为美国公民。对此,周小容动了心。虽然价格不菲,但为了和美国佬较真,她不顾苏梅的劝阻,执意要前往塞班生产,非给美国人当妈不可! 遗憾的是造化弄人,好不容易登上了去往塞班的航班,周小容却因为连续长途颠簸而发生了早产症状,尽管她一再坚持,却仍然在飞机落地前五分钟将孩子产在机舱内。周小容当即给刚出生的小妞起了小名叫"背背",意指此孩和她娘都太背了,就差五分钟,硬生生地没给美国人当上妈,将一个伟大的理想化成了泡影!

背背要回来了,为了安排好周小容娘儿俩的生活,苏梅越洋电话告诉周非凡,她回国后将直接去周小容家,照顾女儿及外孙女的生活,让周非凡做好食宿自理的心理准备。周非凡对此颇不以为然。在他看来,夫妻不能一天到晚都黏在一起,如同一只鱼缸中的两尾鱼,待在一个空间里吐着泡泡。你吐出来的我吸进去,我吐出来的你吸进去,虽你中有我我中有你,但久而久之,很难两相不厌倦。最合理的夫妻关系则是"五天打鱼,两天晒网","打鱼"可以相扶相持,"晒网"时还是需要各自有空间,独霸阳光,静享清闲。如今没了苏梅的唠叨,倒可以随心所欲干自己喜欢的事了。想想摄影、赏石这些曾经的爱好,随着钢镚的到来早已丢到爪哇国了,此番被苏梅"特赦",迎接他的定会是丰富多彩的、自由自在的生活。

周非凡正想入非非,周小易盛请老爸喝酒。父子酒没过三巡,周小易便抱怨创业不易,自己和婷婷整日泡在工作中,完全顾不上孩子。而老丈人和丈母娘眼下也是指望不上了。且不说一直热爱街舞的丈母娘每日排练不着家,就是老实听话的老丈人也关了修车铺,眼下一、三、五是钓鱼、打麻将,二、四、六上京剧自乐班,搞得即将要上学的钢镚没人接送。

"我丈母娘说如果钢镚一定要由他们接送,那就得撕毁跟我妈之前签的协议,钢镚必须吃住在她家。就这,还得等她忙完了'达人秀'比赛的事后才能实施。"周小易可怜巴巴地望着老爸,央求道,"钢镚再有几天就开学了。爸,我和婷婷商量了,希望您能住到我们家,我们上班了您接送钢镚,我们下班也能照顾您的吃喝。"

"我看现阶段也只有这样了。"周非凡倒很爽快,他知道儿子开公司不易,自己能帮上他的忙也是一件双赢的事。

"那我让婷婷立马给您收拾房间,今天就搬家。"

给一个人搬家其实很简单,周小易夫妇将周非凡的衣物整理了一个箱子也就大功告成了。想着有段时间家里将无人居住,婷婷找了些旧床单和报纸,将家里的大件细软全都覆盖停当。面对这一个空落落的家,周非凡不禁顿生感慨:自己真的要跟苏梅"分居"了!

"看您伤感的,为了孙子的分居是快乐的分居,是幸福的分居。"周小易拍拍老爸，安慰道，“这叫甜蜜的分居！”

“分居”的日子就这样开始了。苏梅在周小容家照顾襁褓里的背背，周非凡往返学校接送刚上学的钢镚。孙子、外孙子因为老人的照顾而得以健康快乐地成长，老人也在孩子的成长过程中感受天伦之乐，重拾美好童年。但在忙碌的间歇，周非凡和苏梅也经常怅然若失，挂着对方的起居饮食，甚至往日的那些打闹责骂也成了回忆中最甜蜜的细节。

又是一个草长莺飞的日子，恰逢周日，周非凡打电话请苏梅回久别的家中，说有要事相告。苏梅给周小容交代了背背的若干注意事项，匆匆回到家中。一进门，便被周非凡递上的一束鲜花给惊呆了。

当知道今天是他们结婚45周年纪念日时，望着两鬓已然斑白的丈夫，苏梅舔了下有些发干的嘴唇，心中突然有了一种冲动，渴望投入周非凡的怀中与他紧紧相拥，可话到嘴边却是一连串的埋怨：“老夫老妻了，庆祝什么，也不是什么大日子。还买这花，多贵哟，都够给背背买罐奶粉了。”

“不是大日子就不能庆祝了？我承诺过你，今天还有个仪式呢。”周非凡卖了个关子，回身将盖在沙发上的被单掀起，露出了沙发的本来面目。

扬起的微尘在阳光下跳跃着，似是欢迎久未谋面的主人。

苏梅揭开盖在电视上的丝巾，回望着满是尘垢的房间，不禁泛起一阵心酸：“咱俩有三个月没在一起了。”

“是整整92天。一个人的生命只有990个月，三个月又过去了。”

“看你说得这么伤感。今天是喜庆的日子该高兴才是。”

经苏梅提议，周非凡觉得打扰正在忙碌中的孩子们不妥，不如将亲家马大玲和王满堂请来，一来时间长了没见他们还真有些想，二来几个人年纪相仿，聊起来也更有共同语言。电话一打通，马大玲正在后台准备，因为“达人秀”决赛在即，而负责加油鼓劲儿的王满堂也如同打了吗啡一般，兴奋异常。

按照马大玲的吩咐，他们打开了电视机，观看正在直播的电视节目。铿锵有力的音乐伴以节奏鲜明的舞蹈，马大玲和一群老年男女在魅力四射地表演着街舞。镜头扫过观众，看见王满堂举着“大玲，加油”的电子标牌在台下呐喊着，一副志在必得的样子。

正看得起劲儿，周非凡长叹一声起身将电视关掉，感慨自己常说“儿孙自有儿孙福，莫为儿孙做远忧”这句话，可眼下却身不由己地陷入了“俯首甘为孙子牛”的境地，而真正做到活出自己精彩的，却是以前将孙子视为生命的亲家！

“梅梅，还记得我给你有过一个承诺吗？”

“这辈子你给我的承诺太多了，不知道是哪个？”

周非凡从包里取出一个丝缎盒子，从里面取出一枚特意定制的金镶玉挂件，郑重其事地戴在了苏梅的脖子上。

手托被雕刻成心形的挂件，苏梅看见那温润的玉质上只镌刻了一枝梅花。简约的构图，细腻的刻画，虽只是寥寥数朵梅花，却让人眼前不觉生出盎然春意来。无意苦争春，一任群芳妒。这玉件实不负一个“傲”字，恰似苏梅性格的传神之作。要说知己者，真是非周非凡莫属也。苏梅抬眼看了近在咫尺的丈夫，竟然生出几分羞涩来。她发现丈夫的眉梢上沾了些许的灰尘，便抬手上去欲将它擦掉……

恰在此时周小容打来电话，说是背背突然发烧41度，上吐下泻，让苏梅赶快过去“灭火”。

放下电话，苏梅如坐针毡，急着要回周小容家。周非凡感叹三个多月了，老两口才第一次回自己的家，别总惦着儿孙的冷暖，却没了自己的生活。他的话还没落音，婷婷又打来电话，说来了几个大客户，她和周小易都要去陪同，央求公公待会儿去接还在上补习班的钢镚。

放下电话，苏梅与周非凡嘴角都泛起一丝苦笑，再次相对无言。

“看来咱俩上辈子都欠孙子的。”苏梅感叹着，“用名人的话来说，就是‘痛，并快乐着’。”

“我想了好久的庆祝计划要泡汤了。”

“没事，等到咱们金婚的时候，把亲戚朋友都请来，大办一场，弥补你我今天的遗憾。”

周非凡无奈地笑笑，拿起刚刚覆盖在沙发上的被单，复又盖了上去。苏梅看着丈夫不情不愿的样子，微微一笑，将刚才盖在电视机上的纱巾也盖了上去。两人默契地来到窗帘边，同时从两边将刚刚打开的落地窗帘缓缓合上……

夕阳下，苏梅和周非凡搀扶着缓缓走出院子。路旁一簇簇玫瑰花都开了，被风吹散的玫瑰花瓣飞落到人行道上，飘飘洒洒的，虽失去了花的形状，但那清香的气味却充斥了空气中。

周非凡在苏梅的额头亲了一下，顺手将她额前被风吹散的几绺碎发捋上，轻声说道：“老伴，宝石婚快乐。”

苏梅脸一热，心底的五味瓶便打开了。她的眼泪骤然间盈溢了眼眶，抓起周非凡的手，颤抖着送到唇边轻轻吻着。接着，两人分别上了停在门口等候客人的两辆出租车。周非凡搭乘的那辆出租车迅速掉头，苏梅与周非凡隔着车窗相互招手告别。两辆出租车背道而驰，驶入都市繁忙的车河，渐渐远去。

一轮泛着金色的夕阳依然挂在空中……